KB150647

어차피 조연인데 나랑 사랑이나 해

I

어차피 조연인데
나랑 사랑이나 해

단디 장편 소설

FEEL PREMIUM EDITION

Contents

1. 초면에 실례지만 사랑해요

"넌 누구냐."

"그러는 그쪽은 누구신데요."

아무래도 나를 치고 갔던 트럭이 가짜였나 보다. 그렇지 않고서야 왜 내가 어딘지도 모를 방 안, 그것도 침대 위에서 낯선 남자와 있는 거지. 굳이 정숙하려 했던 적은 없었지만 이렇게 필름 끊길 정도로 놀고 마신 적도 없었는데.

게다가 이 남자, 초면에 내 목에 칼까지 들이대고 있다.

"내 방에 들어와 놓고 지금 내게 누구냐고, 하아……."

지쳤다는 표정으로 한숨을 쉬는 남자의 얼굴이 왠지 모르게 낯익었다. 정확히는 꿈에서만 수십, 수백 번도 더 그리던 얼굴과 너무도 닮아 있었다.

태양을 닮아 빛나는 금발과 새벽의 별을 그대로 옮긴 것처럼 반짝이는 푸른 눈. 그러나 내가 상상했던 것보다 더 앳된 얼굴이었다.

에이, 설마.

에이, 그럴 리가.

이거 꿈이겠죠? 아니면 죽어서 천국에 온 건가?

목이 썰리기 일보 직전인데도 호기심을 참을 수가 없었다. 혹시나 싶은 마음으로 물었다.

"……카일?"

그는 굳은 얼굴로 미간을 찌푸렸다.

"알면서 왜 묻는 거지. 여기까지 숨어든 걸 보면 다 알고 있는 것 같은데."

"꺅!"

목 밑에 칼이 있는 걸 까먹고 손을 들어 입을 틀어막을 뻔했다. 자칫하면 내 손으로 내 모가지에 칼을 박아 넣을 뻔한 것이다. 본의 아니게 자살하려는 나를 보고 더 놀란 카일이 엉거주춤하게 든 손을 내가 내리기도 전에 황급히 칼을 빼냈다.

"뭐 하는 거야!"

방금까지 내 목을 겨누고 있던 건 당신이었잖아요. 하지만.

"……역시 다정해…… 최고야……."

그 말을 끝으로 나는 까무룩 기절해 버렸다.

반년 전, 나는 아무 생각 없이 한 소설을 읽게 되었다.

소설 제목은 〈킹메이커〉. 붉은 눈을 가진 자만이 황제가 될 수 있다는 빌테온 제국에서 검은 눈의 버려진 황자를 황제로 만드는 여자 주인공의 이야기였다.

황제는 마치 결벽증처럼 붉은 눈의 아이들만을 제 밑에 두었다. 1황비 프리실라의 권력에 밀려 그녀가 낳은 첫 아이만을 살려 두었을 뿐, 그 뒤로 태어난 붉은 눈이 아닌 아이들은 독살이든 사고사든 빠짐없이 죽어 나갔다.

누군가는 하늘의 뜻이라 했지만 실은 모두가 그것이 진실이 아님을 알고 있었다.

그 흔한 재판 한 번 열리지 않고, 제대로 된 조사도 없었다. 적안이 아닌 아이들은 어떻게 죽든 상관없다는 황제의 태도에 황가의 아이들은 간단한 장례만을 치르고 흙으로 돌아갔다.

이미 아들 하나를 잃었던 3황비 루이지엔느는 아이를 낳자마자 산파에게서 아이를 뺏어 들다시피 데려와 품에 안았다.

"눈 떠! 눈을 뜨란 말이다!"

엉덩이를 두들기며 깨우자 아이가 피비린내 나는 침실을 울음소리로 가득 채우며 눈을 떴다.

검은 눈이었다.

"아, 이사크, 아가……. 왜, 왜 나를 닮아, 아아……."

금방이라도 혼절할 것처럼 머리를 싸매던 그녀는 입 안의 여린 살을 물어뜯으며 겨우 정신을 차렸다.

루이지엔느는 시녀와 함께 그를 황궁 밖으로 내보내 버렸다. 꼴에 남자 주인공이라고 시련의 시작이었다.

검은 눈의 소년은 황궁 바깥에서 갖은 고생을 하다가 자신이 황자인 줄 알게 되면서 여자 주인공의 도움으로 황궁에 입성하게 되고, 그렇게 차츰 입지를 넓혀 가며 빌테온 황가 최초로 검은 눈의 황제가 된다.

그리고 나는 〈킹메이커〉 속의 여자 주인공도, 남자 주인공도, 심지어 서브 남주도 아닌 한 조연에게 마음을 빼앗겨 버렸다.

카일 드 빌테온.

그는 어머니를 닮은 파란 눈동자를 빛내며 태어났다. 어떻게든 황제에게 인정받고자 노력했지만 황제는 단 한 번도 1황자인 카일의 이름을 불러 준 적이 없었다.

마치 투견처럼 내보내져 국경 지대의 전쟁터에서 싸우던 카일은 왼쪽 팔을 잃고 외팔이 되어 돌아왔다.

패전하고 돌아온 그에게는 더 이상 무엇도 남아 있지 않았다.

'처음부터 황제의 자리는 바라지도 않았습니다, 그냥……. 그냥 남들처럼 살고 싶었습니다. 그런데 제게 왜 그러셨습니까. 폐하.'

집무실로 들어온 카일의 말에 황제는 무뚝뚝한 얼굴로 답했다.

'글쎄. 그 자리에서 누릴 만한 것들은 이미 다 누렸지 않니.'

늘어지는 목소리엔 어떠한 애정도 담겨 있지 않았다. 자식을 향한 일말의 미련도 없는 눈동자를 보며 카일은 황제의 집무실에서 남은 한쪽 팔로 자신의 목을 그어 자살했다.

'당신 같은 자를 아버지라고 섬기는 게 아니었는데.'

그것이 그의 마지막 말이었다.

눈물을 쏟아 내며 소설을 읽었는데 주인공들은 카일의 죽음을 그리 오래 슬퍼하지도 않았다. 이 장대한 소설 속에서 카일은 저처럼 붉은 눈이 아닌 형제를 동정하고, 도와주다가 결국 매정한 황제를 원망하며 죽었다.

안타까운 사람.

카일은 딱 그 정도 역할밖에 안 되는 조연이었다.

슬퍼할 겨를도 없이 등장인물들은 비워진 1황자의 자리만큼 더 가까워진 황권을 차지하기 위해 암투를 이어 갔다.

나는 거기서 분노에 차서 책을 덮었다.

"아니, 이보세요, 그래도 카일이 1권부터 3권까지 살아 있었잖아. 왜 이래. 너무한 거 아니야?"

눈물을 닦고 각종 소설 커뮤니티를 뒤져 보았지만 카일에 대해 이야기하는 사람은 단 한 명도 없었다. 심지어 작가의 개인 SNS에서도 카일의 이야기는 없었다.

점점 분노가 차올랐다.

"왜! 왜 서브 남주가 카일이 아닌 거야!"

"흑흑, 카일이 서브만 됐어도 자료가 있었을 텐데."

"작가 이 자식아, 이럴 거면 카일을 묘사하지 말았어야죠."

"카일······. 흑, 카일······ 보고 싶어요. 젠장, 왜 하필 글자 따위에게 사랑에 빠진 거야, 나는······."

누구에게도 제대로 사랑받지 못한 채 죽어 버린 카일과 종이 속에만 존재하는 그를 더 사랑하지 못해서 목이 바짝바짝 말라 가던 나. 사춘기 때도 안 하던 사랑의 열병을 뒤늦게 앓았다. 울기도 많이 울었고, 카일의 흔적을 좇아 그가 나오는 장면을 열 번이 넘게 다시 읽기도 했다.

······근데 그게 좀 과했나. 책까지 들어올 정도로······?

어제까지만 해도 나는 지친 몸을 이끌고 일을 하러 가던 평범한 직장인에 불과했는데. 동물을 사랑하고, 사장을 싫어하는 아주 평범한.

길을 건너던 중에 커다란 트럭이 돌진해 왔고, 아차 싶었을 때는 이미 삶의 모든 기억이 주마등처럼 스쳐 지나가고 있었다. 숱한 삶의 기억들 가운데 마지막을 하얗게 불태운 건 역시 나의 카일이었다.

'……내 마음을 전하고 싶어…….'

그런데 이렇게 책으로 들어올 줄은 몰랐죠. 내가 유언으로 카일 보고 싶다고 했다고 냅다 책 속으로 들어온 건가?

……신이 누군지는 모르겠지만, 소비자 만족도 평가 대만족입니다. 후기 200자 꼭꼭 채워서 찬사를 보냅니다. 감사합니다.

눈꺼풀이 파르르 떨리며 차갑던 손끝에 천천히 감각이 돌아오기 시작했다. 청각도 깨어났는지 카일의 목소리가 들려 왔다.

"정신 차렸으면 그만 일어나지."

……어떡해, 상상했던 것보다 목소리 더 좋잖아. 안아 들고 튀고 싶다. 실눈을 뜨고 가만히 누워 그의 동태를 살폈다.

수심 가득한 눈으로 나를 힐긋대는 카일의 옆얼굴이 슬쩍 보였다. 너무 잘생겼어, 미친 거 아니야? 원래 기절한 공주는 키스로 깨우는 거잖아요, 황자님. 입술을 조금씩 앞으로 내밀었다. 뽀뽀 한 번만 해 줘. 죽은 사람 소원도 들어준다는데 진짜로 죽은 내 소원 못 들어줄 이유가 없잖아. 카일. 뽀뽀해 줘.

"어, 저기…… 전하, 이 여자가 입술을 내미는데요?"

"……그대로 썰어 버려라."

"아, 일어났어요!"

인심 야박하시네.

그대로 벌떡 일어나려 했지만 몸이 움직이지 않았다. 고개를 돌려 보니 손과 발이 밧줄로 꽁꽁 묶여 있었다.

다행히 장소는 아까 그대로 카일의 침실인 듯했다. 다만 아까 전엔 없었던 한 남자가 카일의 뒤에 서서 나를 바라보고 있었다. 오렌지빛 짧은 머리칼에 큰 키, 주근깨 많은 얼굴. 그는 카일의 옆을 지키는 보좌관이었다. 카일이 믿는 몇 안 되는 사람. 검은 눈의 황자 이사크가 카일을 제 편으로 만들기 위해 가장 먼저 다가갔던 사람이기도 했다.

"······벤지?"

두 남자의 눈동자가 동시에 커졌다.

엄마야, 진짜로 벤지 맞나 봐. 나 손 떨려 어떡해.

몸서리치며 우리의 운명적 만남을 기뻐하고 싶었지만 어찌나 꽁꽁 묶였는지 몸은 조금도 움직이지 않았다. 창밖을 내다보니 아까는 까만 밤이었는데 밖에 벌써 푸른 여명이 돋아 오고 있었다.

"넌 누가 보냈지."

차가운 목소리에 심장이 얼어붙을 것 같았다.

난 카일 당신의 생을 읽고 난 이후로 새벽만 되면 당신 눈동자가 떠올라서 잠 못 이뤘는데.

상심한 것도 잠시, 만약 이 모든 게 내 상상이거나 꿈이면 어쩌나 하는 불길한 생각이 밀려왔다. 인생이 이렇게 나 좋을 대로 흘러갈 리가 없는데.

"확인차 물어보는 건데, 이건 꿈인가요?"

"전하, 아무래도 미친 것 같습니다."

벤지의 진지한 충언에 카일은 아무 말 없이 다시 칼을 꺼내 들었다. 걸핏하면 칼을 빼 드네. 섹시하니까 넘어가 준다. 누나가 한 번 봐준 거야.

"······정말로 카일이에요?"

굳은 표정의 카일은 조금씩 내 목에 겨눈 칼을 밀어 넣었다.

"누가 보냈는지 대답해라."

살 안쪽으로 파고든 칼날 때문에 따끔한 고통과 함께 조금씩 피가 흐르는 것이 느껴졌다.

아프네?!

"아파! 완전 생생해! 대박!"

눈을 굴려 옆을 바라보자 황가의 문양인 붉은 매가 문에 새겨져 있는 것이 보였다.

"우와! 이거 진짜 꿈 아닌 거예요? 나 저거 알아요, 봤어요! 붉은 매! 황가의 상징! 아야! 피 계속 나! 엄청 아프네!"

그러고 보니 누워 있는 침대의 색도 붉은색이었다.

내가 또 이거 잘 알지.

책을 반복해 읽다 보면 배경과 간단한 설정 정도는 외우게 된다.

"붉은 침대보! 우와! 황족의 방! 금발 벽안! 1황자! 카일 드 빌테온 황자님!
연한 주황빛 머리칼에 주근깨 기사님! 벤지 피셔! 맞죠? 다 맞죠? 우와, 대박이
다, 완전 생생하네! 나 지금 혼수상태인가? 죽은 건가? 이런 호사 누릴 줄 알았
으면 진작 도로에 뛰어들어 볼 걸 그랬네!"

물 밖으로 갓 건져 낸 물고기마냥 펄떡이며 나는 방 안을 둘러봤다. 〈킹메이커〉
의 설정과 모든 것이 같았다.

"……이봐. 자꾸 헛소리하지 말고 대답해. 넌 누가 보냈지. 여기 온 목적이
뭐야."

"몰라요. 눈을 뜨니까 여기였어요. 여기, 황자님 옆자리에 제가 누워 있었어
요. 역시 우리는 운명인,"

"……어떻게 경비를 뚫고 들어왔지. 누군가 들여보내 준 창부인가."

"무슨 말을 그렇게 하세요. 창부 아닌데요. 그런 일 해 본 적도 없어요. 게다
가 황자님이랑 어떻게 한번 해 보겠다는 그런 목적은 더더욱……,"

"왜 말을 하다 말지?"

곰곰이 생각해 보니 한 번 자는 거 나쁘지 않을 거 같긴 하다. 아니지, 내가
이득이잖아. 최애와의 합방이라니. 컴 온.

"카일 님, 제가 저쪽에서 언제 다시 깨어날지 모르거든요. 아닌가? 죽었나.
아무튼, 이제 저희가 알 만큼 아는 나이잖아요."

내 눈빛이 음험하게 변하는 걸 봤는지 카일은 조금씩 뒷걸음질을 치기 시작
했다. 좀 전까지 내 목을 파고들던 칼날이 덕분에 떨어져 나갔다.

카일의 눈동자에 당황스러운 빛이 어렸다. 잔뜩 경계하고 있는 모양새가 고
양이 같았다.

귀여워……. 작고 귀여운 나의 노란 아기 고양이.

콧김이 절로 거세졌다.

"저, 전하. 위험합니다. 제 뒤로 물러나세요."

벤지가 본능적으로 카일과 내 사이를 가로막았다. 역시 유능한 보좌관은 뭐가 달라도 다르네. 눈빛만 보고도 알아채다니.

"손발 다 묶여 있는데 제가 뭘 어쩌겠어요."

"……잘했다, 벤지. 방금 뭔가 굉장히 위험한 느낌을 받았어."

이게 다 정말 꿈일까? 그럼 지금 말해야 하지 않을까? 갑자기 꿈에서 깨면 어떡해. 이게 마지막 기회일 수도 있잖아. 내가 만든 환상이라도 한 번은 꼭 입 밖으로 말하고 싶어.

"카일 황자님."

밧줄에 묶여 있고, 칼에 목숨을 위협받고 있어 내 로망과는 살짝 달랐지만, 꼭 그에게 하고 싶은 말이 있었다.

"……사랑해요."

나를 보고 있던 카일의 눈동자가 일순간 커졌다. 벤지가 깜짝 놀라 황자와 나를 번갈아 쳐다봤다.

"전하, 혹시 저자와……"

"모르는 사람이다."

카일은 혹여라도 오해받을까 봐 두려웠는지 황급히 벤지의 말을 끊어 먹었다.

당황스럽죠? 많이 놀랐죠? 나도 그래요. 하지만 갑자기 다른 세계로 온 나만큼 놀랐겠어요. 그러니 할 말은 꼭 해야겠어요. 이게 내 무의식의 세계라도 좋아요. 당신에게 말할 수 있어서 다행이에요.

다시 한 번 힘주어 말했다.

"카일, 사랑해요."

담아 두었던 감정을 끄집어내자, 마음속을 꾹 막아 놓았던 댐이 무너지는 것 같은 기분이 들었다.

"감히, 황자 전하의 이름을 함부로 부르다니."

벤지가 잔뜩 열이 오른 얼굴로 한 걸음 앞으로 다가왔다.

아, 맞다. 여긴 소설 속이었지. 황자의 이름을 함부로 부를 수 있는 사람은 황제와 그의 친모 프리실라 황비뿐이었다.

프리실라 드 벨로이스트.

국혼 후 단 한 번의 유산도 없이 카일을 낳은 프리실라 황비는 그를 황제로 만들기 위해 혈안이 되어 있었다.

황후 엘린느가 2황자인 헤론과 3황녀인 시에나를 낳기 이전에 두 번의 유산을 겪은 것이 프리실라 황비 때문이라는 소문이 돌았지만 다들 함부로 입을 열진 않았다. 그런 말을 가볍게 떠들고 다니기엔 벨로이스트 가문이 손을 뻗지 않은 곳이 없었고 확실치도 않은 것을 떠들고 다니기엔 다들 목숨을 아끼는 자들이었다.

그러나 말하지 않는다고 없는 사실이 되는 것은 아니다.

……나 너무 무시무시한 시어머니를 만나게 되는 거 아닌가. 물론 아직 결혼도 하지 않았지만.

벤지가 금방이라도 죽일 것처럼 뒷덜미를 잡아 나를 바닥으로 끌어 내렸다.

아야. 아프잖아. 내가 돌아가면 너 나오는 페이지 다 찢는다.

"무슨 목적으로 여기 숨어들었는지 말해라."

벤지가 딱딱한 목소리로 나를 내려다보며 말했다. 곧이어 옆구리에서 칼을 빼어 들었다. 번쩍이는 칼날이 나를 향했다.

……조금 무섭네. 나 이제 꿈에서 깰래. 고백도 했으니까 다 이뤘단 말이에요.

눈을 꾹 감았다 떴지만 그대로였다. 목에서 흐르는 피까지.

"그만. 아직 누군지 모르니 함부로 다루지 마."

카일의 말에 벤지는 조용히 칼을 다시 넣었다. 바닥으로 내동댕이쳐진 탓에 옆구리가 묵직하니 아팠다.

더럽게 아프네. 벤지 너 이 새끼, 전쟁터에서 분량도 없이 죽는 놈 주제에.

속으로만 저주를 퍼부으며 벤지를 노려봤다. 아까까지만 해도 반가운 마음에 꽤 우호적인 감정을 갖고 있었지만 지금은 아니었다. 벤지도 질세라 나를 째려봤다. 의미 없는 눈싸움이 이어지자 카일이 다시 입을 열었다.

"허튼수작 말고 어디 소속인지 말해."

15

"저는,"

바닥에 무릎을 꿇고 천천히 위를 올려다봤다. 카일의 양쪽 팔이 멀쩡하게 잘 붙어 있었다.

다행이다, 아직 전쟁이 일어나진 않았나 보네.

황제의 신임을 얻기 위해 전쟁터로 떠나지만 약 2년간 아무도 찾지 않아 국경에서 외로운 싸움을 계속해야 했던 그의 이야기가 떠올라 가슴이 저며 왔다.

심지어 그 부분은 소설에 잘 서술되어 있지도 않았다. 그저 전쟁터로 갔다가, 몇 번의 전투에서 패하고 외팔이 되어 돌아왔다는 몇 문장뿐이었다.

"누가 보냈냐고 물었다."

"저는 그냥 황자 전하를 너무 좋아해서 여기로 온 사람이에요."

어쨌든 거짓말은 아니었다. 어떻게 오게 됐는지는 모르니 이것만이 내가 할 수 있는 최대한의 대답이었다. 고개를 들어 올려 카일을 바라봤다. 그는 살짝 웃고 있었다.

"재밌는 설정이네."

누군가가 그려 놓은 것처럼 부드럽게 올라간 입꼬리와 쭉 뻗은 콧대와 커다란 두 눈. 금을 뿌린 실처럼 매끄러워 보이는 황금빛 머리카락.

등줄기에 소름이 돋았다. 분명 위협적인 미소일 텐데 얼굴에 열이 올랐다.

아, 되게 사명감 있는 콘셉트 잡으려 했는데 자꾸 음흉한 마음이 들잖아요. 위기감? 개나 줘 버려. 너무 좋네, 진짜.

티 나지 않게 군침을 삼키려고 했는데 '꿀꺽' 소리가 너무 크게 울렸다. 카일의 비릿한 미소가 시야에 가득 들어차다.

"내가 여태 봤던 암살자 중 가장 참신하다. 그 점은 높이 사지."

최애와의 역사적 첫날 밤은 다소 당황스러운 방향으로 지속되고 있었다.

"어디 소속이냐."

"……말해도 잘 모르실 건데요."

"말해라."

"서울이요. 고향은 부산이고요."

"들어 보지 못한 지명이군. 네 이름은 뭐지?"

"……김금자요."

발음이 다소 촌스럽다는 이유로 여기저기서 놀림받긴 했지만 나는 나름대로 내 이름이 맘에 들었다. 아빠가 항상 1등만 하라는 의미로 금 금(金)을 넣어 지어 준 이름이었다.

황자님, 어서 그 아름다운 입술로 내 이름을 불러 줘.

"……깅깅자?"

"네?"

"깅……깅자."

"아뇨, 김금자요. 똑바로 발음해 보세요. 김. 금. 자."

"말투가 건방지군."

"누가 카일 황자 전하보고 키잉 힝자 즈흐, 이렇게 부르면 좋겠어요?"

쿱!

벤지가 코에서 바람 빠지는 소리를 내며 웃었다.

웃어?

묶여 있던 나는 고개를 돌려 벤지를 노려봤다. 웃음을 참느라 빨간 얼굴이 된 벤지가 카일의 눈치를 보고 있었다.

"벤지도 내 이름이 발음 안 되나요?"

"보좌관님이라고 불러라."

"……브즈근님."

벤지가 옆구리에 차고 있던 칼집에 손을 올렸다.

이놈들은 왜 하나같이 맘에 안 들면 칼을 빼 들지. 예절을 독학으로 배웠나.

어쨌거나 내가 멀쩡히 사는 것이 중요했다. 아까 베인 목이 아직도 따끔거렸다.

만에 하나, 이게 꿈이 아니라면? 진짜로 여기서 두 번째 인생이 시작된 거라면?

목소리를 가다듬고 예의 바른 목소리로 그에게 다시 물었다.

"보좌관님. 김금자를 발음해 보시겠어요?"

"······깅깅자."

아무래도 이쪽 세계의 사람들은 혀가 다 반 토막 나 있나 보다.

카일이 사뭇 당당하게 비아냥거렸다.

"거봐라, 나만 안 되는 것이 아니군. 네 이름이 이상하다."

"저희 아버지랑 어머니가 지어 준 이름인데요."

"······세상에 하나밖에 없을 특별한 이름이군."

차마 부모 욕을 할 순 없었는지 이름이 이상하다며 핀잔을 주던 카일이 말을 바꿨다.

크흠, 흠.

몇 번의 헛기침을 하던 카일이 내 얼굴을 뚫어지게 바라봤다.

어머, 뭐야. 부끄럽게.

얼굴에 열이 올라 뜨거워졌다.

"왜 얼굴이 빨개지지."

"······여, 여태 뭐 들으셨어요. 전하를 엄청 좋아한다니까요. 황자 전하도 좋아하는 사람 앞에 가면 떨리고 그럴 거 아니에요."

카일이 고개를 갸우뚱 꺾었다.

"글쎄. 그런 적이 없어서 잘 모르겠군."

새벽의 어스름한 빛이 창을 통해 들어와 조각처럼 아름답게 빚어진 그의 옆얼굴에 그림자를 만들어 냈다. 쓸쓸한 미소에 짙은 외로움이 깔려 있었다.

그가 다치고 죽는 결말을 바꾸고 싶었다. 고통 속에서 외로이 홀로 죽게 둘 수 없었다.

무슨 일이 있어도 다치지 않게, 슬프지 않게, 행복하게 살게 해 줄 거야.

나는 그만 홀린 것처럼 다시 한 번 그에게 말했다. 매일 책을 가슴에 품고 절절 끓으며 했던 말을.

"사랑해요. 황자 전하."

카일이 어이가 없다는 듯 나를 돌아보며 웃었다. 이리 봐도 저리 봐도 그림 같은 모습이었다.

그동안 내가 웬만한 남자들이 성에 차지 않은 이유가 있었어.

나는 저만큼 잘생긴 남자가 아니고서야 눈에 들어오지 않는 거였다.

"벤지."

"네, 전하."

"……깅깅자의 얼굴을 아는 자가 황궁 내에 있는지, 첩자나 용병이라면 어느 길드 소속인지 알아 와라. 저 머리칼을 조금 잘라 가도 좋겠군. 쉽게 볼 수 있는 색은 아니니."

"예, 전하."

충성스러운 벤지는 그의 명령에 고개를 살짝 숙인 뒤 옆구리에서 단도를 빼들었다.

잠, 잠깐만! 머리카락을 자른다고?

"안 돼요, 벤, 벤지 님. 나 이거 진짜 열심히 길렀는데요!"

"가만히 있어라, 다친다."

눈을 질끈 감았다. 사각, 하고 머리카락이 잘려 나가는 소리가 들렸다. 눈물이 찔끔 흘렀다. 안 돼…… 내 흑단같이 고운……,

"엥? 은발이잖아?"

얼빠진 목소리를 내며 잘려 나간 머리카락을 바라봤다. 벤지의 왼손에 들린 것은 살짝 푸른빛이 도는 은색의 머리카락이었다. 그러고 보니 입고 있는 옷도 사고 날 때 입었던 옷이 아니었다.

그때는 남색 카디건을 입고 있었는데, 지금 입은 옷은 목선이 드러나는 무늬 없이 깔끔한 드레스였다. 색깔은 같았지만 확연히 달랐다.

"오, 옷을 갈아입혔어요? 이…… 변태……."

"무슨 소리를, 악!"

뒤로 묶여 있는 손을 대신해 발을 높이 들어 발뒤꿈치로 벤지의 발등을 내려찍었다. 비명을 지르며 발을 붙잡은 벤지가 한 발로 콩콩 뛰어다니기 시작했다. 나는 바닥을 엉덩이로 걸어 다니며 벤지의 발등을 노리고 바닥을 쿵쿵 찍어 댔다. 온 힘이 실린 뒤꿈치 도끼질에 벤지는 한 발로 콩콩 뛰다가 절뚝이며 모서리로 도망갔다. 눈가에 눈물이 고인 벤지가 발을 부여잡고 울먹였다.

"무슨 소리야, 원래부터 그 옷을, 악! 그만!"

"웃기지 마요! 나 원래 이 옷 아니었거든요!"

"내가 올 땐 이미, ……혹시 황자 전하가?"

벤지의 말에 놀라 카일을 돌아봤다. 내 이상형이 변태라니. 놀라 눈을 휘둥 그레 뜨자 카일도 두 손을 들어 손사래를 쳤다.

"무, 무슨 소리를 하는 거냐. 내가 옆자리의 기척에 놀라 깼을 때부터 이미 그 옷이었어."

"그럼 내 옷 누가 갈아입혔어요! 교양머리 없이!"

귀족들이라 그런지 '교양'이라는 단어에 민감하게 반응했다. 머리를 산발을 하고선 벤지와 카일을 죽일 듯 노려보자 카일과 벤지가 고개를 도리도리 저었 다.

잠깐, 옷이야 그렇다 치고 머리카락은 왜 은발이지?

난리를 치다가 잠깐 멈춰서는 생각에 빠지자 벤지는 그 틈을 노려 그대로 문 밖으로 나가려다 다시 뒤돌았다.

"전하."

"왜."

"저자를 계속 침실에 묶어 두실 겁니까? 여러모로 의심스럽고 위험한 자라 전하만 두고 나가기가,"

"괜찮아, 벤지 너처럼 발등이 찍히는 일은 없을 거야."

카일의 웃음 섞인 말에 벤지는 입을 꾹 다물었다.

"그래도, 첩자인데 너무 긴장감이 없는 것은 아닌지……."

카일이 웃음기 띤 얼굴로 벤지를 돌아봤다.

"재밌잖아, 날 사랑한다면서 죽이러 왔다는 게."

"안 믿으시네! 사랑한다니까요! 인생을 걸었어! 나는, 어? 사랑이, 와. 흥분 하니까 말도 안 나오네, 전하! 제 심장을 꺼내서 보여 드릴 수도 없고?! 어?"

내 간절한 외침을 뒤로하고 카일은 벤지를 밖으로 내보냈다.

조용한 복도에 카일의 목소리가 소곤소곤 울렸지만 그가 벤지에게 뭐라고 명령하는지는 들리지 않았다. 벤지가 가고 난 후 카일은 피곤한 듯 눈가를 주 무르며 긴 소파 위에 털썩 주저앉았다.

조흐언나 섹시하다.

"저기, 카일."

"……황족의 이름은 부르는 게 아니라고 아까 분명……. 하아, 넌 대체 어디서 왔길래 기본적인 예의도 모르는 거지. 아까 목을 벨 걸 그랬군. 너는 천민인가?"

"……글쎄요, 아닐걸요."

나는 머뭇머뭇 입을 달싹이며 무릎걸음으로 조금씩 그의 앞으로 다가갔다.

"전하, 저 거울 좀 보여 주세요."

"뭐?"

황당하다는 듯 카일의 한쪽 눈썹이 올라갔다.

하지만 저도 급하단 말이에요. 거울을 봐야 했다. 옷은 그렇다 쳐도 머리카락의 색이 변한 것은 이상했다. 확인할 필요가 있었다.

"감히 내게 그딴 부탁을 하다니."

"아뇨, 잠, 잠깐만요. 카, 카일 전하. 그게 아니고, 제가 지금 묶여 있잖아요. 손도 발도 다요."

손과 발을 들어 보여도 그는 미동도 없이 나를 바라보기만 했다.

"그럼 저를 일으켜서 거울이 어디 있는지 말해 주세요. 제가 알아서 콩콩 뛰어서 가 볼게요. 아니면 줄을 풀어 주셔도 돼요."

다급한 목소리에 카일은 길게 한숨을 내쉬었다.

"누군지도 모르는데 함부로 풀어 줄 순 없지."

긴 두 다리로 휘적휘적 걸으며 다가온 카일이 내 앞에 주저앉았다.

그리곤 무겁지도 않은지 나를 번쩍 들어 올린 후 척척 앞으로 걸었다. 심장이 빠르게 뛰는 걸 혹시나 들킬까 봐 머릿속으로 딴생각을 한참 했다.

구구단을 외자, 구구단을 외자……. 팔칠은 오십육. 팔팔 육십……팔. 팔…… 카일 팔 근육 대박. ……후우, 몸에서 좋은 냄새 난다…….

안 돼, 맡으면 안 돼. 지금 킁카킁카하면 너무 가까이 있어서 변태인 거 들킬 텐데. 안 돼.

"……왜 눈을 까뒤집고 콧구멍을 벌렁거리는 거지. 혹시 주술 같은 것을 걸고 있나."

조심스럽게 나를 살피며 묻는 카일 때문에 산통이 깨 버렸다. 목소리에는 약간의 두려움마저 묻어났다.

대체 날 뭐로 생각하는 거야.

"……제가 원래 다른 생각을 하면 눈을 약간 까뒤집는 습관이 있는데, 그걸 그렇게 생각하시다니. 제 로망을 철저히 부수시네요."

"사랑한다며 얼굴을 붉힐 땐 언제고 정작 품에 안겨 있을 땐 다른 생각을 한다고?"

"그러는 황자 전하는 사랑한다고 고백한 여자를 주술사 취급하셨잖아요!"

"아까부터 보니 꽤 불같은 성질이군. 기억을 잃었다 쳐도 귀족 아가씨는 아닌 것 같아."

피식 웃는 그의 얼굴이 꽃처럼 아름다워 쏘아붙일 말을 잃고 말았다.

미치겠네, 왜 얼굴만 보면 이렇게 정신이 빠지는지. 이름을 김금자가 아니라 김 못 말리는 얼빠로 바꿔야겠어. 온몸에 열이 훅 오르기 시작했다. 젠장. 땀 냄새 나면 어떡하지. 이런 내 생각은 모르는지 카일은 어딘가 냉담한 얼굴이었다. 이 자식아. 덜 잘생기라고. 나 지금 온몸이 워터 파크라고.

나를 안은 카일은 꽤 넓은 침실을 가로질러 방 모서리의 전신 거울 앞에서 나를 내려놓았다.

커다란 거울 속에는 낯선 여자가 서 있었다. 오른쪽 끄트머리가 조금 잘려 나간 긴 은발의 여자가 놀란 표정으로 나를 바라보고 있었다.

……저게 나라고?

아니, 그건 나였다. 하지만 내 원래 얼굴과 묘하게 달랐다. 서구적인 느낌이 더 강했다. 원래 눈동자는 진한 갈색이었는데 훨씬 더 색이 연해졌다. 캐러멜에 가까울 정도로 노란빛이 돌았다. 그뿐 아니라 콧대까지 더 높아졌다. 두상도 좀 길어진 것 같았다. 게다가 원래의 내 나이보다 더 어려 보였다.

"세상에, 나 몇 살처럼 보여요?"

"……그걸 왜 나한테 묻지? 숙녀의 나이를 평가하는 건 신사로서의,"

"……우와, 황자님!"

"말 끊는 건 버릇인가 보군. 왜 그러지, 새삼 네 얼굴을 보고 반하기라도 했나."

"저 쌍꺼풀이 있어요."

"뭐?"

"요새 다들 한다고 하고, 또 나이 들면 눈이 처진다길래 저도 할까 말까 고민을 좀 했거든요. 근데 사실 뭐, 있어도 그만 없어도 그만인 거 같아서 수술 안 했는데. 우와, 저기 보세요. 저기 눈 깜빡일 때마다 눈꺼풀에 주름이 막, 우와. 이런 느낌이구나."

거울을 보며 주접을 떠는 나를 내버려 둔 채 카일은 천천히 뒤로 걸어가 의자에 앉았다. 발이 묶여 있어 어딘가로 가지도 못하고 나는 그대로 서서 거울을 통해 카일을 바라봤다. 뒤편에 놓인 붉은 벨벳 의자에 앉은 그는 느긋하게 긴 다리를 꼬아 앉았다. 반사된 거울로 카일과 눈이 마주치자 머릿속에서 온갖 음험한 상상이 펼쳐졌다.

아깝다. 카메라만 있었어도 사진 100장은, 아니다. 1,000장은 찍어 가는 건데.

'……카일 진짜 너무 잘생겼어. 청순해. 섹시해. 정말 너무 좋아. 최고야. 잘생겼어. 잘생긴 게 최고야.'

갑자기 카일이 두 손을 들어 얼굴을 가렸다.

왜 저러지?

그가 천천히 두 손을 내렸다. 두 볼이 살짝 상기된 거 같았다. 흠, 흠. 헛기침까지 하는 거 보니 무언가 불편해 보였다.

"전하, 왜 그러세요?"

"방금 한 말 다시 해 봐."

"뭘요? '전하, 왜 그러세요?' 이거 말이에요?"

"아니 그거 말고. 그 전에 한 말. '카일 너무 잘생겼어. 청순해. 섹시해.' 였나? 마지막 문장은 '잘생긴 게 최고야.' 였는데."

"제제제가 그걸 입 밖으로 소리 내서 말했어요?"

"그그그럼 내가 그걸 어떻게 들었을까?"

아무튼 이놈의 입방정. 주인의 의지를 따르지 않는구나.

거울로 빨갛게 변한 내 얼굴이 확연하게 보였다.

"그 모습이 가짜라면 정말 칭찬할 만한 연기력이고,"

"진짠데요."

불퉁한 얼굴로 말하자 카일이 살짝 웃었다. 나를 물끄러미 바라보며 카일은 천천히 팔짱을 꼈다.

"진짜라고 해도, 믿을 수가 없군."

"저더러 불같은 성격이라고 하시더니, 황자님이야말로 의심이 많으시네요."

"깅깅자는 겁이 없는 편인가 봐."

"왜 자꾸 깅깅자라고……!"

그때 시녀의 목소리가 방 안을 울렸다.

"황자 전하, 조찬을 가시려면 지금 준비하셔야 합니다."

눈이 번쩍 뜨였다.

조찬? 설마 그 조찬인가?

나는 다급하게 몸을 돌려 카일을 향해 말했다.

"카일 황자님. 오늘 조찬에서 가니쉬는 드시지 마세요."

"그게 무슨 소리지."

소유욕이 강한 3황녀 시에나는 다음 황좌는 늘 자기의 오라버니인 헤론의 것이라 말하고 다녔다. 걸핏하면 1황자인 우리 예쁜 카일을 무시하고, 나중에 등장하는 검은 눈의 황자도 죽이려 드는 소설 속의 악녀 캐릭터였다.

"가족분들끼리 모이는 조찬만 갔다 오시면 입이 깔깔하고, 속이 더부룩하고, 몇 날 며칠 토하셨다면서요. 그거 시에나 그 개같은 게……."

카일의 얼굴이 험악하게 변했다.

"황족을 뭐라고 생각하는지 모르겠다만, 방금 그 발언은 당장 목을 쳐도 이상하지 않을 정도였다."

아이고, 입방정이야.

대상이 시에나라면 종이 한 장을 가득 욕으로 채울 수도 있지만, 일단 지금은 미안하다고 해야겠지. 나 죽기 싫어.

"그, 제가 말실수를 조금 했습니다. 한 번, 아. 아까 여러 번 했구나. 조금만 더 용서해 주세요."

카일이 뭐라 대답하기 전 다급하게 말을 이었다. 지금 말하지 않으면 시간이 없을 것 같았다.

"……시에나 황녀님이 요리사를 시켜서 황자님의 스테이크 가니쉬에 장난을 치고 있는 거예요. 그거 약물이라서 자꾸 드시다 보면 몸에 쌓여서 죽을 수도 있대요. 나아중에, 다른 황자님이 오시게 되면 알아채시고 도와주시겠지만요."

"다른 황자?"

미심쩍다는 말투로 나를 훑어봤지만, 나는 내가 아는 걸 그에게 전달하는 것이 더 급했다.

"네, 나중에 또 누가 오시거든요. 아무튼, 그걸 계기로 두 분이 조금 친해지시긴 하는데 아무튼 그 전까지는 이렇게 가족끼리 모이는 조찬마다 고생하셔야 되잖아요. 저 그동안 너무 마음 아팠어요. 그러니까 오늘 가니쉬는 드시지 마세요. 네? 황자님?"

또 한 소리 들을까 봐 차마 더 붙잡진 못하고 발만 동동거리며 카일에게 부탁했다.

1권 중반부나 돼서야 황궁에 입성한 검은 눈의 황자가 카일을 도와주는 장면을 그만 망쳐 버렸다. 하지만 나는 스토리를 지키는 것보다 당장 내 최애의 편안한 식사가 더 중요했다. 어차피 카일과 검은 눈의 황자가 친해지는 장면은 이것 아니고서도 숱하게 많았으니까.

가니쉬 먹지 마세요.

애타는 내 목소리를 듣고 카일은 알 수 없다는 얼굴로 인상을 찌푸리고 고개를 갸우뚱 꺾었다.

그렇게 귀엽게 고개를 꺾으면 내가 코피가 나, 안 나?

쿵!

코를 들이마시자 역시 비릿한 피 냄새가 흘렀다.

"콧물이라도 흘리는 건가."

아뇨, 코피예요. 황자님 너무 귀여워서요.

라고 솔직하게 대답하면 또 황족을 모욕했다고 목을 칠지도 모른다는 생각이 들었다.

"……음, 네. 제가 콧물이 좀 자유분방한 편이라서요. 아무튼, 전하. 절대로, 가니쉬 드시지 마세요. 저 한 번만 믿어 보세요. 다른 음식은 드셔도 되는데 가니쉬만요! 손해 보는 것도 아니잖아요."

카일은 나를 향해 무어라 말을 하려 입을 달싹이다가 꾹 다물기를 여러 번 반복했다.

"시에나가 장난을 치고 있다는 건 이미 알고 있었다."

"……그런데 왜,"

"내가 알면서도 넘어가야 할 주제밖에 안 되니까."

헙!

입을 틀어막았다.

아련해, 청초해, 섹시해. 그리고 슬프다. 가슴이 찢어질 것 같아! ……너무 좋아.

혼미해지려는 정신을 겨우 붙잡았다. 그래도 가니쉬는 안 되는데…….

중얼대는 내 목소리를 가로막으며 카일이 문으로 향했다. 새벽잠을 설친 것 치고는 가벼운 몸놀림이었다.

❖　❖　❖

시녀에게 오늘은 침실 청소가 필요 없다 명하고서 카일은 간단히 채비하고 정찬실로 향했다. 헤론의 생일이라는 이유로 마련된 조찬이었다.

큰 이변이 없으면 헤론이 황제가 되겠지.

그 당연한 사실을 아직도 포기하지 못한 것은 카일의 어머니인 프리실라 황비뿐이었다.

오늘도 프리실라는 과하다 싶을 정도로 화려하게 차려입고 상석에 앉아 있었다. 화려한 블론드빛 머리칼이 어깨 밑으로 구불거리며 흘러내렸고, 깔끔하

26

게 마무리된 피부 화장 덕에 푸른 눈이 더욱 시원하게 돋보였다. 그녀는 언제나 가진 모든 것을 당당하게 내보이는 사람이었다.

"카일."

"네. 어마마마."

"조금 늦었구나. 주인공보다 늦으면 안 되지."

"죄송합니다. ……미안하구나, 헤론. 내가 잠을 설치는 바람에 늦었네."

"아닙니다, 형님. 아프시면 굳이 오시지 않았어도 됐을 텐데요."

걱정하는 척 말하고 있지만 너 따위 안 와도 된다는 뜻이겠지.

카일은 애써 웃어 보였다.

"그래도 와야지, 네 탄일이니."

"오라버니는 오늘도 빛이 나시네요. 특히 그 깔끔한 눈이요. 호수를 닮았어요."

시에나가 웃으며 말을 걸어왔다. 매번 눈을 마주할 때마다 놀리는 것이 지겹지도 않은지. 카일은 숱한 세월 동안 연습한 대로 당황하지 않고 눈을 휘며 웃었다.

갑자기 지난밤 내내 괴롭히던 건방지고 당찬 목소리가 생각났다. 벌게진 얼굴로 콧김을 씩씩 내쉬던 이상한 여자. 오들오들 온몸을 떨며 사랑한다 고백하다가 갑자기 충혈된 눈으로 분노에 차 말하던 여자의 목소리가 귓가를 울렸다.

'시에나 그 개같은 게……'

픕.

"오라버니?"

"……아니다. 너도 오늘 아주 빛나는구나. 연한 자줏빛 드레스가 눈과 잘 어울려."

"네, 일부러 색을 맞췄는데 오라버니께서 알아봐 주시니 기쁩니다."

알아봐 달라고 그리 말했으니 원하는 대로 말해 줘야지.

카일은 아까처럼 웃지 못하고 씁쓸하게 미소만 살짝 지었다.

인사치레 같은 말들이 오간 후에 코스 요리가 하나둘씩 테이블 위로 올라왔다. 깅깅자라는 그 여자가 어떻게 알았는지는 모르겠지만 그녀의 말은 사실이었다. 언젠가부터 조찬을 참석한 이후 며칠씩 앓곤 했다. 혹여나 안 좋은 소문이 퍼질까 봐 자리를 피하지도 못했다. 매번 식도가 헐고 입 안이 쓰려도 그냥 넘어갔었다.

……어떻게 안 거지?

카일은 스테이크를 조심스레 썰어 입에 넣었다. 가니쉬에는 왠지 손이 가지 않았다.

"어머, 오라버니. 오늘은 식사를 제대로 못 하시네요. 속이 조금 안 좋으신가 봐요."

"밤잠을 설쳐서인지 입맛이 없구나."

"그래도 헤론 오라버니의 생일인데 조금 더 드시죠."

시에나의 권유에 카일은 싱긋 웃으며 답했다.

"미안하구나, 무례를 용서하렴. 나중에 헤론에게 선물을 따로 보낼게."

더 권하지 않고 시에나는 고개만 까딱 움직이곤 식사를 계속했다. 포크로 고기를 푹푹 찔러 대는 모양이 무언가 마음에 안 드는 모양이었다.

오늘은 입이 헐지 않았다.

'가니쉬 드시지 마세요!'

꽁꽁 묶인 채로도 기죽지 않고 외치던 그녀의 목소리가 귓가에서 웅웅 울렸다.

'시에나 그 개같은……'

'사랑해요. 카일.'

기분이 묘했다.

감히, 황족의 이름을 부르다니.

조찬 후에도 멀쩡한 혀가 신기해 입천장을 툭툭 두드리던 카일은 조심스레 목을 쓸어내렸다.

교양 수업이 끝난 후 카일은 훈련장으로 향했다. 하루의 빽빽한 일정 중 무엇 하나도 빼먹을 수는 없었다. 이렇게라도 하지 않으면 황자로서의 자격도 없다고, 나태하다는 소리를 들을 테니까.

아무리 두뇌가 명석해도, 검법이 뛰어나도 카일은 황자보다는 다른 별칭으로 더 유명했다.

'빌테온의 푸른 별.'

사람들은 빌테온 황가를 '태양'이라 불렀다. 그런 의미에서 푸른 별이란 언뜻 들으면 아름다운 별명이었지만 결코 황가의 중심에 속할 수는 없다는 의미와 같았다.

무거운 검을 휘두르며 잡생각을 하나씩 떨치고 있던 중 멀리서 벤지가 다가오는 것이 보였다. 카일의 앞까지 다가오고도 벤지는 한참 동안 말을 꺼내지 못하고 망설였다.

"왜."

"……그게,"

"깅깅자를 조사해 왔나."

"……전하. 그런 사람은 아무도 모른다고 합니다."

"갑자기 하늘에서 뚝 떨어진 것도 아닐 텐데 아무도 모른다는 게 말이 돼?"

"지난밤에 전하의 성을 지키는 호위 기사들은 한 치의 빈틈도 없이 순찰을 돌았고, 은발의 여자를 아는 사람 또한 성내에 아무도 없었습니다."

"수도 전체에선?"

"용병 길드의 소식통에게 물어봤지만 은발의 암살자는 아무 데도 없다고 합니다."

"평범한 가문일 확률은? 천민이거나…… 창부거나."

창부가 아니라고 소리치다가 알 거 다 아는 나이지 않냐며 음흉하게 웃던 깅깅자의 얼굴이 떠올라 카일은 등골이 서늘해졌다.

……보통 여자는 아닌 거 같았는데.

"혹시 몰라 그쪽도 조사해 봤지만, 적어도 수도 도성 안에는 그런 여자가 없답니다. 은발의 여인이 몇 명 있긴 했지만 모두 신원이 확실한 사람들입니다. 그중 실종된 사람이나 신원이 불명확한 사람은 아무도 없었습니다."

"그럼 아까 시켰던 감시는 어떻게 됐어? 오후 동안 깅깅자는 내 방에서 뭘 하고 있었지."

"······그게."

"괜찮으니 말해라, 주술이라도 외우고 있었나. 아니면, 은밀하게 외부와 연락이라도 했나."

"······묶인 몸으로 폴짝폴짝 뛰어다니며 전하의 침실을 구경······하는 것 같았습니다. 전하의 베개에 얼굴을 파묻고, 전하의 초상화를 보며 침을 흘리고, 또 전하가 앉았던 의자에 앉아 있었고, 그리고 또,"

"······그만."

카일이 오른손으로 두 눈을 가렸다. 정말, 생전 겪어 본 적 없는 부류의 여자였다.

❖ ❖ ❖

내가 곰곰이 생각을 해 봤는데 말이야, 이제 와서 알아채는 것도 좀 웃기긴 한데······. 이거 진짜로 꿈 아닌 거지?

목에서 흐른 피 때문에 살짝 얼룩진 드레스를 내려다보며 한숨을 폭 내쉬었다. 피는 멎었지만 목을 움직일 때마다 상처가 조금씩 따끔했다.

아까 거울로 보니까 큰 상처는 아닌 거 같던데.

내 평생에 꿈을 이렇게 길고 생생하게 꾼 경우가 있었던가. 아무리 생각해 봐도 정답은 '아니오.'였다.

나는 카일이 아까 앉았던 벨벳 의자에 앉아 내 마지막 기억을 천천히 떠올렸다.

야근이 끝나고······. 그래, 퇴근 1시간 남았는데 나한테 와서 '금자 씨, 이것만 해 주고 가요.'라고 했었지. 하마터면 친절한 금자씨 영화 실전판 찍을 뻔했다.

아무튼, 그렇게 야근을 하고 집으로 돌아가려고 길을 건너던 도중에 트럭이 내게 달려들었고 쾅 하는 굉음과 함께 몸이 공중으로 붕 떠올랐다. 온몸의 뼈가 바스러지는 고통 속에서 나는 삶의 미련들을 하나하나 떠올렸고, 그중 마지막을 장식했던 게 카일이었다.

30

최근에 내내 그의 생각을 했기 때문이었을까?

그것 때문에 여기로 온 것일지도 모른다는 생각이 들었다. 그럼 이건 환생인가? 아닌가, 빙의인가?

고민을 거듭하고 있을 때쯤 굳게 닫혀 있던 방문이 열리고 카일과 벤지가 들어왔다. 그림처럼 잘생긴 카일이 넓은 보폭으로 내 앞까지 걸어왔다.

……잘생겼어!

내 좌우명을 떠올렸다.

'어떻게든 되겠지.'

그래, 어떻게든 되겠지. 환생이든 빙의든 뭐가 중요해. 어차피 인생 별로 재미도 없던 차에 잘됐어. 돈에 허덕이며 공과금과 월세에 눈물짓던 나날이여, 안녕. 인성 바닥인 팀장님도 안녕. 야근은 너 혼자 하세요.

나는 최애와 사랑을 하겠어요.

'난 정말 카일이 너무 좋아.'

마음으로만 눈물을 흘리며 그를 바라보고 있었는데 카일의 얼굴이 다시 빨개졌다.

"너는 정말…… 부끄러운 줄을 모르는군."

"네? 뭐가요?"

"그리고 내 이름을 함부로 부르지 말라고 했을 텐데."

이상하다, 이번엔 정말로 속으로만 말했는데. 어리둥절한 표정으로 카일을 보고 있자 벤지가 그에게 물었다.

"전하, 지금 무슨 말씀을 하시는 건지……."

"방금 깅깅자가 '난 정말 카일이 너무 좋아.'라고 말했잖아."

내가 또 그랬다고? 아닌데, 이번엔 정말 아니었는데.

벤지의 표정도 나와 다를 바가 없었다. 고개를 살짝 옆으로 기울인 벤지의 눈썹이 기묘하게 꿈틀거렸다. 오른손을 들어 머리를 긁적인 벤지는 조심스레 카일에게 말했다.

"전하, 저는 아무 말도 듣지 못했는데요."

"……뭐?"

막막한 적막으로 채워진 어색한 공기를 깬 건 벤지였다.

"하하, 전하께서 변태 암살자 때문에 충격이 크셨나 봅니다. 환청을 다 들으시고."

자, 잠깐만? 내가 마음으로 한 말이 카일한테 들렸단 말이야?

그런 것치고는 내가 여태 했던 말을 카일이 다 들은 것 같진 않았다. 왜 어떤 말은 듣고, 어떤 말은 못 듣는 거지?

나는 카일의 눈치를 살피며 마음속으로만 강하게 외쳤다.

'카일 잘생겼어! 사랑해! 그리고 이왕이면 나랑 사랑해! 뜨겁게!'

너스레를 떨며 상황을 무마하려는 벤지를 보고 있던 카일이 황급히 나를 돌아봤다.

헉, 진짜로 들렸나?

"너. 방금 뭐라고 그랬지?"

"혹시 뭔가를 들으셨나요?"

카일이 성큼성큼 내 앞으로 다가왔다.

"방금 내게, 사, 사, 사, ……벤지. 넌 정말 아무것도 듣지 못했나?"

"……예, 전하."

"깅깅자."

"……네."

이렇게 불리고 싶진 않았지만 어쨌든 대답했다.

"방금 말한 사람이 네가 아니라고? 정말로 내 환청인가."

"……입 밖으로는 아무 말도 안 했어요. 마음으로만 했죠."

내 말을 들은 벤지가 내 앞으로 불쑥 튀어나와 목을 움켜쥐었다.

"전하에게 주술이라도 걸었나."

"아니, ……캑, 아니…… 아니요. 그걸, 내가, 무슨 수로 하겠어요. 이거 놔요……."

벤지에게 목이 잡혀 쿨럭대고 있는 사이에 카일은 망연자실한 표정으로 뒷걸음질을 쳤다. 침대 모서리 기둥을 부여잡으며 그는 다리가 풀린 듯 침대 위로 내려앉았다.

"······내 머리에서 다른 사람의 목소리가 들리다니······."

카일이 두 손으로 얼굴을 가렸다.

"······이게 대체 무슨······. 벤지, 나는 어쩌면 좋지."

잔뜩 패닉에 빠진 내 황자님을 달래고 싶긴 했는데 나도 어떻게 해야 할지 감이 오지 않았다.

난 이딴 텔레파시 바란 적 없다고!

"잠, 잠깐만요! 카일! ······전하. 드릴 말씀이 있는데요······. 전하께 제 마음의 소리가 전부 다 들리는 건 아닌 거 같아요."

"그걸 어떻게 확신하지?"

벤지가 날카로운 목소리로 물어봤다. 나를 금방이라도 죽일 기세였다.

왜, 왜냐하면······.

"제가 했던 생각을 카일 전하께서 다 들으셨다면,"

"들었다면?"

카일이 조용히 되물었다. 나는 침을 꼴깍 삼키고서 작게 한숨을 내뱉었다. 쪽팔리지만 말해야지.

카일을 그나마 조금이라도 안심시켜 주고 싶었다.

"만약 제 생각을 전하께서 다 들으셨다면, 저는 황족을 희롱한 죄로 곧장 죽었을 거예요."

카일의 입이 떡 벌어졌다.

'세상에, 깜짝 놀라는 것도 너무 귀여워.'

아차, 입조심. 생각 조심.

벤지는 내가 마녀인지 의심되니 의혹이 풀리기 전까진 밧줄을 풀어 줄 수 없다고 했다.

"하지만 팔이 너무 아픈걸요, 하루 종일 뒤로 묶여 있었잖아요."

"······간단한 테스트를 하고, 그다음에 풀어 주도록 하지."

지친 목소리로 말한 카일이 내 앞에 의자를 가져와 앉았다. 그러고는 벤지를 시켜 나 역시 의자에 앉혔다.

"자, 아무거나 생각해 봐."

"아무거나요?"

"그래, 말은 하지 말고."

이제부턴 정말 들릴지도 모르니 조심스럽게 생각을 골라야 했다. 일단 정말 아무 글자나 단편적으로 떠올랐다.

보증금, 교통사고 보험, 사망자 보험금, 앗. 좀 귀여운 걸로 바꿔 볼까. 토끼, 고양이, 강아지, 병아리, 새, 붉은 매, 킹메이커, 벤지 나빠, 목 아파, 반창고 없나요, 배고파, 물 좀 마시게 해 줘요. 왜 이런 필요도 없는 초능력이 생긴 거지.

의식의 흐름대로 줄줄 단어들을 떠올리는 동안 카일은 별다른 반응 없이 가만히 나를 보고만 있었다.

나를 빤히 바라보는 하늘을 닮은 파란 눈동자라니.

'카일 귀여워. 주머니에 넣어 다니고 싶어.'

카일의 눈이 동그래졌다.

"뭐? 나를…… 어쩐다고?"

"아니, 아니, 그게 아니고요, 전하. 잠, 잠깐만요. 다른 생각도 조금만 더 해 보고요."

내가 더 놀랐다.

아, 왜 그랬지. 좀 정상적인 말을 할걸.

나는 다시 최대한 평범한 문장을 생각해 냈다.

'오늘 조찬은 어떠셨나요, 전하.'

"들렸어요?"

"……아니."

다시 해 보자.

'전하, 오늘 하루 잘 보내셨나요.'

"들렸나요?"

"아니. 들리면 손을 움직이도록 하지. 그 전까진 계속 생각해 봐."

"……좋아요, 대신 혼내시면 안 돼요."

"……적당히 골라서 생각해."

"어떻게 그래요, 생각을 어떻게 조절할 수 있냐고요, 그리고 마구잡이로 생각해야 그중에 어떤 게 전달되고 어떤 게 안 되는지 알 수 있죠."

"……마음대로 해."

나는 여태 카일이 들었다던 문장을 조심스럽게 떠올리다가 그중에 하나를 속으로 되뇌었다. 어쩌면 오늘 아침에 그것도…….

'카일, 섹시해.'

그가 민망한지 눈을 피하며 손을 움직였다.

아, 생각하면 안 되는데 멈출 수가 없네……. 카일 너무 귀여워. 어떡해.

'카일 잘생겼어요.'

까딱.

'카일 잠옷 차림 보고 싶어요, 어제 새벽에 기절하기 전에 한 번밖에 못 봤어.'

……까딱.

카일의 귀가 점점 빨갛게 물들었다. 왜 카메라가 없는 거야. 하다못해 궁정 화가라도 불러와 줘요. 난 이걸 기록으로 남겨야겠어.

'저는 전하가 제복 차려입은 것도 보고 싶어요.'

움직이지 않았다.

'카일 밥 먹는 거 보고 싶어요, 나 안 먹어도 배가 부를 거 같아.'

움직이지 않았다.

'전하 항상 좋은 일만 가득하세요.'

이번에도 움직이지 않았다.

"아무래도 '카일'이라는 이름을 불러야 전달이 되나 봐요. ……그것도 다 되는 건 아닌 거 같지만요."

답답한 마음이 들어 저절로 인상이 찌푸려졌다. 기준을 알 수 없으니 짜증이 치솟았다. 닥치는 대로 머릿속에 떠올렸다.

'카일 내가 본 사람 중에 제일 화려하게 잘생겼어. 수수한 잘생김 다 꺼져. 이목구비가 폭발하는 잘생김이 최고야. 잘생김이라는 글자를 사람으로 만들면

당신 아닌지.'

카일의 손가락이 덜덜 떨며 움직였다.

오, 이번 건 들렸나 보다.

'카일 귀엽고 깜찍해. 온 세상 털 달린 동그란 보송보송이들 모아 놔도 군계일학 카일. 최고야.'

'카일 잘생긴 거 너무 비현실적이야. 신이 빚은 조각인 줄 알았더니 신이었네. 갓카일. 카일갓. 아니 그냥 갓. 이제부터 재채기할 때 카일블레스유라고 외쳐. 당신 완벽 그 자체. 이제부터 완벽하다를 카일하다라고 표현하겠습니다.'

'잘생긴 게 죄라면 카일 당신은 부관참시.'

'카일 생각할 때마다 심장이 너무 빨리 뛰어요, 부정맥인 줄 알고 병원 갔다 왔어.'

'미안, 아까 나갈 때 엉덩이 봤어요. 카일 엉덩이 짱 예뻐.'

"엉덩이를 왜 봐!"

카일이 새빨개진 얼굴로 의자를 박차고 일어섰다.

"전하의 엉덩이를 봤나!"

벤지가 또 칼을 빼 들었다.

"아니! 일, 일부러 본 건 아니고, 무심코 뒷모습을 봤는데, 그게 딱 눈에 들어와서…… 아, 아니, 죄, 죄송합니다, 전하. 그게 아니고……, 음, 방금 한 말이 다 제대로 들렸나요?"

말을 하며 그의 반응을 살펴본 바로는 전부 다 듣진 못하는 것 같았다. 확률은 랜덤인가 보네.

카일은 엉덩이의 충격 때문인지 다리가 풀린 것처럼 의자에 털썩 주저앉았다. 마른세수를 한 번 하고서 카일은 내게 물었다.

"깅깅자. 부관참시는 무슨 뜻이지?"

"……하필 그게 들리다니……. 음, 부관참시는 옛날 역사서에 기록된 극형 중 하나인데요, 음, 죽은 사람의 시체를 땅에서 파내어 목을 자르는……."

벤지가 입을 틀어막았다.

"전하, 그걸 왜 물으셨습니까. 설마 저자가……."

36

"깅깅자가 나를 부관참시 하겠다고 했다."

"이 자식이!"

"꺄악!"

아니, 왜 앞뒤 말을 뚝뚝 잘라서 그렇게 말해요!

벤지가 칼을 휘두르기 직전, 카일이 손을 휘휘 저으며 지친 얼굴로 그를 말렸다.

"만약 잘생긴 게 죄라면, 나는 부관참시 해야 된다고……."

벤지가 손에 들고 있던 칼을 바닥으로 떨어뜨렸다.

챙, 챙그랑―

칼날이 바닥으로 떨어지는 소리가 울렸다. 기사는 칼을 떨어뜨리는 법이 없다던데. 얼마나 놀랐으면.

물론 아까는 카일이 제일 놀란 얼굴이었지만.

칼 맞을 뻔한 나는 순간 억울해져 눈물이 핑 돌았다.

"씨……. 화 안 낸다고 했으면서."

금세 흐어엉, 하고 눈물이 터졌다. 하루 종일 묶여 있던 설움도 함께 스멀스멀 올라왔다.

"진짜 너무한 거 아니에요? 나, 흐으, 허엉, 난 진짜, 그냥, 아무것도 안 했, 아니 파렴치한 생각을 조금 하긴 했지만, 흐으, 생각을 하래서 했는데 왜 그런 생각을 하냐고 하면, 흐으, 내가 뭐라고 해야 되냐고, 엉엉, 밧줄 너무 아파, 피 안 통하는 거 같단 말이에요, 엉, 손가락 보라색 됐겠네. 엉엉, 툭하면 칼 꺼내서 죽이려고 하고, 뭔 귀족이 그래. 엉엉, 누가 여기 오고 싶어서 왔나. 난 그냥 고백만 하고 싶었을 뿐인데……."

눈물을 줄줄 쏟아 내며 말하자 카일이 손수건을 내밀었다. 원망스레 손수건을 보고 있다가 마음으로 투덜거렸다.

'손이 묶여 있는데 손수건을 주면 어쩌냐고요.'

못 들은 것 같았다.

'카일, 내가 지금 손이 묶여 있는데 손수건을 주면 어떡해요.'

또 듣지 못한 듯했다.

'카일, 이 초특급 메가 섹시폭탄아. 내가 손이 묶여 있는데 손수건을 주면 어떡하냐고요.'

"아."

카일은 고개를 끄덕이더니 내 뒤로 돌아가 밧줄을 풀기 시작했다.

"전하, 지금 뭐 하시는……."

"진짜 마녀라면 손이 묶여 있었어도 우리 둘 다 죽었을 거야. 설령 밧줄이 풀려도 너랑 내가 있는데 혼자서 어쩌진 못할 거다."

손이 점점 느슨해졌다. 한번 쏟아 내고 나니 눈물도 더 이상 흐르지 않았다.

"그리고,"

카일은 말을 잇기 전에 한숨을 길게 내쉬었다.

"……계속 들어 보니 악의는 없는 것 같다. ……조금 음흉할 뿐."

'조금'처럼 보였다니, 천만다행이다.

확인차 속으로 한 번 더 말해 봤다.

'카일, 내 목소리 들리면 답해요.'

역시 그는 밧줄을 풀고 있을 뿐, 대답이 없었다.

'우리 엄마 사위 카일. 내 목소리 들리면 답해 주세요.'

"……나는 황자라 신분을 모르는 자와는 결혼을 할 수 없다."

다 풀어 낸 밧줄을 손에 들고서 카일이 어이가 없다는 듯 웃으며 대답했다. 살짝 올라간 입꼬리며 부끄러워 발그레 물든 두 볼이 새벽보다 훨씬 부드러워 보였다.

이상하다, 원작에선 이렇게 잘 웃는 설정이 아니었던 것 같은데.

"카일, 이 아니고, 전하."

"왜."

"아무래도 제가 전하를 좋아한다고 말하는 문장들이 전해지는 것 같아요. 그냥 일상적인 건 안 되고요. 제가 사심을 듬뿍 담으면, 전달이 되나 봐요."

한참이나 묶여 있던 팔이 굳어서 잘 움직이지 않았다.

으으—

고통스러운 신음을 내며 겨우 팔을 움직였다. 카일이 다시 손수건을 내밀며 작게 읊조렸다.

"메가 섹시폭탄이라니……."

말을 좀 가려서 할 걸 그랬다. 생각나는 대로 한 말이라서 어떤 반응을 해야 할지 모르겠네. 당황해 눈물을 닦으며 딴청을 피웠다.

카일도 대답을 바라고 한 말은 아니었는지 날 보고 있지 않았다. 그는 멍하니 고개를 끄덕였다. 이제야 상황을 천천히 받아들이는 모양이었다. 내 마음의 소리가 자기에게 들리는 이 말도 안 되는 상황을.

"……그래, 그런 것 같군. 내 평생 그렇게 다양한 방식의 고백을, 한꺼번에, 그토록 과격하게 들은 것은 처음이었다."

왠지 부끄러워져 몸이 배배 꼬였다. 카일이 복잡한 심경이 담긴 눈으로 날 내려다봤다.

"일단은 풀어 주기도 애매한 상황이 됐군. ……깅깅자."

저거도 자꾸 들으니 정이 가네.

"예, 전하."

"아직은 완전히 풀어 줄 수 없고, 신원도, 죄명도 확실치 않은 자를 가둬 둘 수도 없다. 내가 따로 명령하기 전까진 내 황궁에서 일을,"

"정말요? 좋아요!"

'아싸! 카일 옆에 맨날 있어야지! 너무 좋다, 진짜! 아, 맞다. 생각 조심해야 되는데.'

뒤늦게 눈치를 보자 카일이 피식 웃으며 손을 올렸다. 내 머리 위까지 올라간 손은 공중에서 우뚝 멈춰 서더니 그대로 다시 내려갔다.

방금 뭐 한 거지?

"흠, 큼, 하도 듣다 보니 나도 정신이 없네. 벤지."

"예, 전하."

"깅깅자의 일자리를 찾아봐라, 내 궁 안에서."

"……예, 전하."

무언가 불만인지 벤지의 대답이 느렸다.

카일은 많이 피곤했는지 벤지가 나를 데리고 방을 벗어나기도 전에 침대 위로 풀썩 쓰러지듯 누워 버렸다.

많이 힘들겠지. 엄청 놀랐을 거야.

일부러 그런 것도 아닌데 괜히 죄책감이 들어 미안해졌다.

습관처럼 '카일 너무 좋아.'라고 생각하곤 했었는데 고쳐야겠어.

앗. 방금 또 카일이라고 했네. 앗. 또 해 버렸다. 이것도 다 들리려나.

"벤지 님, 지금 어디로 가는 건가요?"

"네 일자리를 찾아야지."

"있잖아요, 벤지 님. 황자님은 침대 위에서도 칼을 챙기고 주무시는 거예요? 혹시 누구 들어오면 죽이려고요?"

"너 같은 첩자가 들어오면,"

"우리 황자님 숙면도 못 하시고 피곤해서 어떡해요. 아우, 내가 평생 지켜 드리고 싶다."

입이 진짜 방정맞긴 한가 보다. 벤지의 표정이 요상하게 변했다.

"근데 '크홍' 전하는 혹시 올해 나이가 어떻게 되세요?"

"……방금 전하를 어떻게 부른 거지?"

"벤지 님, 눈 그렇게 뜨지 마세요. 무섭잖아요. 제가 나쁜 마음이 있는 게 아니고요. 제가 '크홍' 전하의 이름을 부르면 쉬고 있는 전하를 방해할 수도 있잖아요. 목소리가 들리니까."

눈을 동그랗게 뜨고 말하자 벤지는 턱을 매만지며 고개를 끄덕였다.

"그렇군. 전하를 불편하게 하면 안 되지."

"그럼요."

싱긋 웃자 벤지가 불편했는지 고개를 돌렸다.

이 자식이, 사람이 웃는데 왜 고개를 돌려.

"전하는 올해 스물한 살이시다. 아카데미를 조기 졸업하고 돌아와 착실하게 계승 수업을 받고 계시지. 물론 뭣 모르는 자들은 전하를 푸른 별이라 부르며 황제가 될 수 없을 거라고 하지만, 나는 그렇게 생각 안 해."

"왜요?"

"전하만큼 제국을 생각하는 분은 없으니까."

"……맞아요. 저도 그렇게 생각해요."

평생 제국을 위해 살다가 죽었으니까. ……하지만 내가 온 이상 그런 일은 없을 거야.

"그나저나 깅깅자라는 이름은 처음 듣는다. 그런 식으로 발음하는 이름 자체가 처음이야. 너는 타국에서 온 것 같은데 어떻게 황자 전하와 날 알고 있었지? 지금 전하가 여러 일이 겹쳐서 널 그저 두고 보겠다고 하시지만, 마녀인지 주술사인지 모르는 지금 상황에선,"

"벤지 님."

이 자식이 또 귀찮게 하네. 입 좀 다물려야겠다.

나는 벤지의 손을 맞잡았다.

"벤지 님은 정말 좋은 분이신 것 같아요. 물론 엄청 무섭긴 하지만, 전하를 위해서라면 뭐든지 하실 수 있다는 용맹함이 보여서 괜히 저까지 가슴이 두근거릴 정도예요. 제가 있던 아주 먼 곳에까지 벤지 님의 충성심과 기백이 알려졌답니다. 제가 어쩌다 황궁까지 오게 됐는지는 저도 잘 모르지만 그래도 멋진 황자님과 그런 황자님을 보필하시는 훌륭한 기사님이자 보좌관이신 벤지 님을 뵙게 돼서 너무 영광이에요."

벤지의 입술이 씰룩거렸다.

나는 알고 있지, 벤지가 칭찬에 약하다는 걸. 사회생활 겪다 보면 딸랑딸랑 딸랑이로 빙의하는 것쯤이야 우스워진단다, 이 꼬맹아.

세부 설정이 많아서 소설 전개 느리다고 투덜거려서 죄송해요, 작가님. 이렇게 은혜를 갚습니다.

어디서 왔는지 말해 봐야 모를 테니 여러 칭찬들에 섞어서 슬쩍 흘렸더니 아니나 다를까, 벤지는 흡족한 대답을 얻었다고 생각했는지 손을 슬쩍 빼며 얼굴을 붉혔다.

"……일은 그렇게 힘들지 않을 거다. 네가 어떤 사람인지만 확실해지면 있던 곳으로 돌아갈 수도 있고."

벤지는 더 이상 나에 대해 묻지 않았다. 사실 나로서도 해 줄 말이 없었다.

그가 대한민국을 알 리도 없었고, 돌아가는 방법은 내가 제일 궁금했으니까.

어쩌면 나는 이미 죽었을지도 모른다. 커다란 트럭에 치여 몸이 한참 떠올랐으니.

근데 황자님이 스물한 살이라고? 그럼 아직 검은 눈의 황자가 입궁하기 전인가?

시간을 벌 수 있을지도 모른다. 기필코 카일의 입지를 넓히고, 황궁에서 무시당하며 홀로 외롭게 죽어 가게 하진 않을 거야.

나는 두 손을 꾸욱 말아 쥐며 다짐했다.

벤지를 따라 검소해 보이는 건물로 들어가자 그곳엔 머리를 틀어 올리고 검은 옷을 단정하게 입은 나이 든 여자가 서 있었다. 손에 든 문서 뭉치를 봐선, 뭔가를 정리하는 것 같았다. 벤지가 그녀에게 웃으며 다가가 말을 걸었다.

"마담 틸리."

"어머, 보좌관님. 여긴 무슨 일이세요. 이 아이는 누구죠. 머리색이 아주 특이하네. 어느 가문 영애인가요? 아니, 입은 옷을 보니 평민인가? 보좌관님이 여자를 데려오시다니 별일이네요."

……아직 벤지가 '마담 틸리'라고밖에 하지 않았는데. 엄청난 수다쟁이의 느낌이 풍겼다.

"사정이 있어서 맡게 된 여자인데, 일자리가 있을까? 하녀직이면 될 것 같은데."

"그래요? 아유, 마침 카일 전하의 개인 도서관을 정리해 줄 아이가 필요했어요. 얼마 전에 있던 애가 글쎄 고향으로 돌아간 거예요. 농사꾼이 되겠다나, 뭐라나. 나 원 참. 그렇게 갑자기 그만두면 뒷사람을 어떻게 구하라는 건지. 이름이 뭐죠, 아가씨?"

"깅,"

먼저 대답하려는 벤지의 옆구리를 쿡 찔렀다. 여기에서까지 깅깅자라 불리고 싶진 않아.

뭔가 부르기 쉽고, 고급스러운 이름 없나. 아무리 머릿속을 휘저어도 생각이 나질 않았다. 그때 방음이 안 돼 매일 들려오던 401호 옆집 아줌마의 음성이

번개처럼 떠올랐다.

'여기다 똥 싸면 안 된다고 몇 번을 말했니. 어유, 이뻐.'

'밤에는 짖으면 안 되지? 착하지? 뭐가 그렇게 신기해? 아이구, 그랬어?'

사랑을 듬뿍 받는 하얀 포메라니안은 항상 앙! 앙! 짖어 대 내 밤잠을 설치게 만들곤 했었다. 그놈 이름이 뭐였지. 항상 아줌마가 애타게 불렀는데.

가만있어 보자, 이름이…….

"……조세핀!"

"음?"

"……조, 조세핀이에요. 평민이라 성은 따로 없어요."

그렇게 나는 조세핀이 되었다.

……아줌마. 강아지 이름을 좀만 더 고급스럽게 짓지 그랬어요.

"그래요, 조세핀. 내 할머니랑 이름이 같네요, 운명인가 봐! 호호호!"

기분 좋게 웃는 틸리를 따라 나도 어색하게 하하 웃어 보였다. 벤지가 옆에서 입을 틀어막고 어깨를 떨고 있었다.

그래도 킹킹자보다는 조세핀이 낫지.

"조세핀, 글은 읽을 수 있죠?"

틸리가 사람 좋게 웃으며 내게 종이 뭉치를 내밀었다.

"아, 글이요…….."

틸리가 내민 꼬부랑꼬부랑 꼬인 글씨들을 하나도 알아볼 수 없었다. 영어도 아니고, 한글은 더더욱 아니었다. 한 번도 본 적 없는 글자들이었다.

"……모르겠는데요."

"너 글 몰라?"

옆에 서 있던 벤지가 더 화들짝 놀라 내게 물었다.

이 나라 문맹률이 그렇게 낮은가. 그게 이렇게 놀랄 일인가요.

"어머, 글을 모르면 일을 맡길 수가 없는데 어쩌지…….."

틸리가 곤란한지 내게 내밀었던 종이 뭉치를 도로 가져가 턱선을 툭툭 두드리며 미간을 찌푸렸다.

"보좌관님. 남자면 몰라도 조세핀에게는 시킬 일이 없어요. 카일 전하의 궁에 배치된 인력들이 꽉 차기도 했고, 가문이 없는 평민 아가씨에게 시킬 수 있는 일도 한정적인 데다가 더 이상 사람을 늘리면, 저도 중앙부에 혼이 나거든요. 알죠? 무슨 말인지?"

굵은 눈썹을 씰룩대며 웃는 틸리가 얄미웠지만 나로선 더 이상 할 수 있는 일이 없었다. 벤지 역시 뾰족한 수가 없었는지 매너 좋은 기사님처럼 싱긋 웃기만 했다.

건물을 빠져나온 벤지는 내게 여태 글도 안 배우고 뭘 하고 살았냐, 대체 고향이 어디냐, 등등 투덜거렸다. 촉새마냥 종알대는 입을 다물리고 싶었지만 어쨌든 내가 글을 몰라 상황이 더 어려워진 건 맞는 말이니 입을 다물고 있었다.

만약 내가 여기 궁에서 일하지 못하게 되면 난 어쩌지?

궁 밖으로 나가게 되면, 카일을 만날 수 있는 기회가 적어지고, 그럼 그가 처하게 될 위기에서 그를 구할 수가 없어진다.

……아까 틸리가 뭐라고 했더라?

'남자면 몰라도, 조세핀에게는 시킬 일이 없어요.'

그럼 남자면 일을 할 수 있다는 뜻이잖아?

"벤지!"

"으, 응?"

갑자기 고개를 쳐들며 밝은 얼굴로 옷소매를 잡아끌자 벤지가 얼떨결에 내 뒤를 졸졸 따라왔다.

"벤지! 여기 빈방이 어딨죠? 그리고 옷도 새로 한 벌 가져다줘요."

"그런 걸 왜 찾는 거야."

"난 여기서 꼭 일을 해야 돼요."

"……역시 첩자였던 건가."

"그게 아니라! 황자님 곁에서 황자님을 행복하게 해야 된단 말이에요. 여자가 할 일이 없다면, 남자의 일을 내가 하면 되죠. 내가 남장을 할게요."

"이봐. 남자의 일은,"

"그래 봤자 정원에서 커다란 물통을 실어 나르며 나무에 물을 주거나 아니면 마차의 문을 열고 닫고 짐을 옮기는 거겠죠. 나도 다 알아요. 몇 번이나 읽, 아니, 봤는걸요."

당황한 벤지가 입을 달싹였지만 달리 할 말이 생각나진 않는지 멀뚱히 서 있기만 했다.

"아, 얼른요! 아무 옷이나 가져와 주세요! 남자 걸로요."

눈에 띄는 창고 같은 방 안으로 들어가 문 바깥으로 벤지를 밀어 냈다. 놀랐는지 '잠, 잠깐만? 진심이야? 정말?' 하고 몇 번을 되묻던 벤지는 이내 중얼거리며 발걸음을 옮겼다.

"근데 방금 날 또 벤지라고 부른 것 같은데."

뜨악하는 마음에 혼자 입을 틀어막았다. 등장인물을 이름으로 부르는 게 습관이 되어 있다 보니 또 실수를 해 버렸지만 긴장되어 들뜨는 마음을 감출 수 없었다.

잠시 후, 벤지가 윗옷과 바지를 들고 나타났다.

"내가 황자님께 말해서, 다른 곳을 찾아볼 테니까⋯⋯."

"황자님의 궁이 아니면 안 돼요. 최대한 가까이서 황자님을 행복하게 만들 거란 말이에요."

상황이 조금씩 달라지고 있었다. 웃음기가 없다고 묘사되었던 카일이 오늘 내 앞에서 몇 번이나 웃었으니까.

왠지 카일을 더 즐겁게 할 수 있을 것 같았다. 그를 떠올리자 저절로 웃음이 피어났다. 나는 벤지를 보며 활짝 웃었다.

"나만 믿어요, 벤지."

벤지의 표정이 이상해졌다. 나를 가만히 보던 벤지는 갑자기 얼굴을 반대쪽으로 돌려 버렸다.

왜 저러지? 나한테 냄새나나?

"황자님이 여기 안 계셔서 다행이네."

"왜요?"

"방금 그 표정을 황자님이 봤으면, ⋯⋯아니, 누구라도⋯⋯."

"지금 바빠 죽겠는데 무슨 소릴 하는 거예요. 벤지 님. 칼 있죠?"

"……있지만 검을 배우지 않은 사람에게 함부로 칼을 쥐여 줄 순 없어."

"그래요? 그럼 벤지가 잘라 줘요."

"……뭘?"

"내 머리카락이요."

"미쳤군. 정말 미쳤어."

"그렇게 중얼거릴 시간 있으면 빨리 잘라요."

"……네 정체를 아직 모르니 조심히 대하라는 전하의 명이 있었어. 나는 그냥 일자리만 넘겨주고,"

"그러니까 그 일자리를 구하려고 이러는 거잖아요! 이러다가 하루 다 지나가겠어요. 그냥 많이도 말고, 적당한 장발의 남자로 보일 정도로만 자르면 돼요. 어깨를 덮을 정도로만 자르면 될 것 같아요."

긴 머리카락을 손가락으로 얽어 내리자 걸리는 부분 하나 없이 부드럽게 흘러내렸다.

이 세계의 나는 트리트먼트에 굉장히 공을 들였나 봐.

아쉬운 마음이 들었지만 어쩔 수 없었다. 내가 여기 온 이유가 있다면 그건 아마 카일 때문일 것이라는 생각이 들었다. 내 이전 삶의 가장 큰 미련이 카일이었다면, 그의 행복을 빌어 주는 게 지금의 내가 해야 할 일일 테니까.

그리고 어차피 진짜 남자가 되는 것도 아니고, 남자인 척하는 것뿐인데 뭐 어때!

결심을 굳히고 혼자 '흠!' 기합을 넣었다. 당당하게 휙 뒤돌자 뒤에 서 있던 벤지가 움찔, 떠는 것이 느껴졌다.

"진짜로 잘라야 하나? 나는 누군가의 머리를 잘라 본 적이 없는데."

"벤지! ……님! 언제까지 그러실 거예요? 그러면 칼 빌려주세요, 제가 대충 잘라 볼게요."

그의 오른쪽 옆구리에 꽂혀 있는 단도를 향해 손을 뻗자, 벤지가 곧장 팔로 나를 밀어 내며 뒷걸음질 쳤다.

"기사는 자신의 검을 함부로 빌려주지 않아."

……그럼 좀 잘라 주던가.

한참의 실랑이 끝에 벤지가 내 머리카락을 손에 쥐는 데까지 성공했다. 은색의 머리카락이 벤지의 투박한 손바닥에 가득 잡혔다.

"……은하수 같군."

"뭐요?"

"……아냐. 그냥, 뭔가, 느낌이, 흘러내리는 게, 강 같은 느낌이라……."

이 인간이 지금 바빠 죽겠는데 뭐라는 거야.

"벤지. 시간 없어요. 아까 잘랐던 머리카락 길이에 맞추면 될 거 같아요. 어깨를 약간 넘기는 정도니까 적당하지 않을까요? 그리고 한 번에 다 자르지 말고 머리를 세 갈래로 나눠서 길이를 맞춰서 잘라 줘요. 약간은 삐뚤어져도 돼요, 그게 더 평민 같을 테니까요."

"꽤나 까다롭군."

"그럼요. 누군가를 속이는 건 쉬운 일이 아니잖아요. 자! 난 준비 다 됐어요!"

두 눈을 질끈 감았다.

서걱서걱 잘려 나가는 소리에 저절로 어깨가 움츠러들었다. 정수리 위로 벤지의 불규칙한 숨소리가 들렸다. 작게 숨을 들이마시고, 흡 하고 숨을 참고 슥, 슥 잘라 내고 나서 벤지는 후우― 숨을 내뱉었다.

나도 그를 따라 숨을 참았다가 후우, 하며 함께 뱉어 냈다. 괜찮을 줄 알았는데 등골에 식은땀이 주룩 흘렀다.

"어깨 내려, 이러면 길이를 볼 수가 없다고."

피아노를 두드리듯 벤지가 긴 손가락으로 내 어깨를 톡톡 두드렸다.

"깍!"

한때 등촌동 까막새라는 별명으로 불린 적이 있었다. 누가 건드리기만 해도 펄쩍 뛰며 깍! 하고 놀라기 때문이었다. 바짝 긴장하고 있던 나는 당연히 허락도 없이 날 건드린 벤지 때문에 깜짝 놀라 버렸다.

깍! 하는 소리와 함께 반사적으로 어깨를 뒤흔들었고, 조금씩 잘리던 머리카락이 효과음을 느낄 새도 없이 댕강 잘려 나갔다.

내 머리카락을 한 움큼 움켜쥔 벤지와 그 손을 허망하게 바라보는 나 사이에 지독한 적막이 흘렀다.

조심스레 손을 올려 어깨를 더듬거렸다. 왼쪽은 곱게 날개뼈를 덮는 수준이었는데 오른쪽은 귀 밑, 턱선 부분에서부터 끝나 버렸다.

벤지가 손에 쥐고 있던 빛나는 은빛 머리카락을 후드득 떨어뜨렸다.

나는 바닥으로 춤추듯 떨어지는 머리카락들을 소리 없이 보고 있다가 퍼뜩 정신을 차리고 그에게 소리를 질렀다.

"……벤지!"

"미, 미안! 미안! 근데 네가 크게 움직여서,"

"아, 벤지가! 나를 건드리니까, 놀라서 그런 거잖아요!"

"……다친 데는 없어?"

"……씨이, 없어요……. 아이, 아까워."

벌컥 화를 내긴 했지만 어쩔 수 없었다. 이어 붙일 수도 없는 노릇이고.

"그냥, 이 선에 맞춰서 잘라 주세요."

미용실에 온 불만 많은 손님처럼 나는 다시 뒤돌았다.

"울지 않네."

"이깟 게 뭐라고 울겠어요. 괜찮아요, 머리는 금방 자라니까요."

"아깐 울었잖아."

"아까는……! 아깐, 그냥, 나는 진짜 잘해 보려고 한 거였는데 자꾸 마녀니, 주술사니, 어쩌니 하면서 칼 들이대고 겁을 주니까 눈물이 난 거죠. 그리고 좋아하는 사람 보면 이런저런 생각 다 하잖아요. 나는 카…… 아차, 크홍 황자 전하를 좋아하니까요."

"그래, 그럴 수 있지. 하지만 좋아하는 사람을 보고 누구나 음흉한 생각을 하진 않아."

"벤지, 정말 순식간에 사람을 변태로 몰아가네요! 그렇게 나쁜 생각도 아니었어요. 그냥, 엄청 멋있다는 그런 정도였다고요."

"너 아까부터 자꾸 벤지, 벤지 하는데."

"……헙."

종알대던 입술을 꾹 다물었다. 머리 위에서 벤지가 피식 웃었다. 또 웃네. 내가 웃긴가.

"머리를 잘못 자른 게 미안하니까 넘어가도록 하지. 그래도 남들 앞에선 그러지 않도록 해. 남 보기에 평민이 귀족의 이름을 함부로 부르는 건 좋지 않으니까. 궁에서 일할 건데 밉보일 순 없잖아."

"하긴, 그것도 그렇겠네요. 신경 쓸게요."

짧은 대화가 끝날 무렵 벤지는 뒤로 물러서며 '다 됐어.' 라고 말했다. 물어본 질문에 몇 마디 대답을 했을 뿐인데 아까와는 달리 금방 끝난 것 같았다.

혹시 일부러 내 긴장을 풀어 주려고 한 건가? ……에이, 아니겠지.

방에는 거울이 없어 내 얼굴이 보이지 않았다. 턱선에 맞춘 길이라는 건 만져서 알 수 있었지만 직접 볼 수는 없어 답답했다.

벤지를 향해 돌아보며 그를 똑바로 올려봤다.

"벤지, 나 어때요."

"……음, 꽤……."

"이제 보니 벤지는 눈 색이랑 머리카락이랑 색이 같네요."

"아, 응……."

"예뻐요."

"……아, 너도……."

"그죠? 그럴 줄 알았어. 난 원래도 어딜 가나 못났다 소린 들어 본 적이 없다고요. 물론 헛소리하는 놈들을 내가 살려 두질 않았죠. 이런 얼굴이면 단발도 소름 돋게 잘 어울릴 줄 알았어, 내가."

너스레를 떨며 짧은 머리칼을 탈탈 털어 내고 있었는데 나를 빤히 쳐다보던 벤지의 얼굴이 붉게 물들어 있었다. 더운가?

벤지가 준 옷으로 갈아입고 나가자 복도에서 기다리고 있던 벤지가 놀란 눈으로 나를 바라봤다.

원래 입고 있던 남색 드레스의 밑단을 조금 찢어 가슴을 동여매고 그 위에 윗옷을 입자 적당히 마른 남자처럼 보였다.

"나 지금은 어때 보여요?"

"……여전히,"

"벤지 님 아직도 더워요? 얼굴이 굉장히 빨간데요."

"……빨리 가지. 틸리에겐 널 조세핀의 쌍둥이 남동생이라고 소개할게."

"좋아요."

바빠서 정신이 없는 모양인지 틸리는 바뀐 옷을 대충 훑어보곤 고개를 주억거렸다. 호호 웃는 얼굴에 다분히 귀찮다는 아우라가 강하게 풍겼다.

"그래요, 이름이 뭐죠?"

아, 젠장. 남자 이름을 또 생각해야 되잖아.

창의력은 아까 멈춰 버렸다. 내가 버벅대고 있자 옆에서 벤지가 입을 열었다.

"조."

"네?"

"음?"

틸리와 내가 동시에 벤지를 쳐다보자 벤지가 어깨를 으쓱하며 나를 내려다봤다. 그의 시선에 따라 틸리의 얼굴도 다시 나를 향했다.

아하. 내 이름이구나.

"네, 네! 조예요, 조! 하하하. 부모님이 누나 이름과 제 이름을 동시에 지으려다 보니 귀찮으셨나 봐요. 평민이 다 그렇죠 뭐. 하하하."

"흐음……."

멋쩍게 웃는 나를 보며 틸리가 입술을 일자로 쭉 폈다가 눈썹을 바짝 올리며 싱긋 웃었다. 아무래도 좋은 모양이었다.

"좋아요, 조! 오늘부터 마구간을 맡아 줘요."

"네, 뭐든지 열심히 하겠, 네? 뭐요?"

"마구간이요. 원래 하던 놈이 일이 고됐는지 도망갔어요. 근성 없긴. 아무튼 오늘부터 조가 담당했으면 좋겠어요. 설마 이전의 그놈처럼 도망가진 않겠죠? 잠은 마구간 옆에 작은 오두막이 있으니 그곳에서 자면 돼요. 혼자 쓰게 되니 참 잘됐죠? 딱히 불편하진 않을 거예요. 모두 카일 전하의 말들이니 귀하게 대해야 해요. 말들이 아프거나 하면 나에게 말하고요. 물론 밥을 안 먹는다느니,

심통을 부린다느니 하는 그런 소소한 것쯤은 조가 알아서 해야 해요. 나도 일이 많으니 조가 마구간 담당으로서 자기 역할을 충실하게 했으면 좋겠네요. 알았죠?"

"아……. 마구간. 하하. 네, 좋아요. 제가 또 말을 참 좋아해요. 하하하하."

고작해야 마차나 쓸고 닦겠지 했더니 마차를 끄는 말들을 관리하게 됐네.

주변에 시녀들이나 시종들이 지나가면서 벤지에게 꾸벅 인사를 하며 볼을 붉혔고 틸리는 내 손목을 덥석 잡았다.

"어머, 남자애가 손목이 이렇게 가늘어서 일은 할까 모르겠네요. 이봐! 다들 인사라도 하고 가! 여긴 오늘부터 일하게 된 조!"

"……아, 안녕하세요! 조예요!"

하녀들이 빨랫감을 한 짐 들고 가며 '조! 이것 좀 날라 주고 가!' 라며 넉살을 떨었다.

진짜로 가야 하나 싶어 발을 움직였더니 틸리가 뒤에서 잡아끌며 말렸다.

"벤지 님과 얘기도 안 끝났는데 어딜 가니. 평민이라 했으니 말을 편하게 할게. 벤지 님. 대체 이런 아이를 어디서 데려온 거예요? 난 아까 조세핀이 더 똑 부러지게 생겨서 좋았던 거 같은데."

"……아는 남매인데, 그, 사정이 있었어."

"어유, 그래도 뭐. 일만 잘하면 됐지."

틸리는 그대로 사라졌고 마구간으로 털레털레 걸어가는 동안 벤지가 졸졸 쫓아왔다.

"이봐. 혹시 조라는 이름이 마음에 안 들면,"

"아니에요. 벤지도, 아니다. 벤지 님도 밖에선 조라고 불러 주세요. 킹킹자든 조세핀이든 의심받잖아요."

"그래, 알았어. 난 이만 갈 테니까 무슨 일이 있으면 기사단으로 와서 날 찾아. 아니면 황궁의 보좌관실에 와도 좋고."

"……네, 알겠어요."

마구간……. 마구간이라니.

배정받은 업무가 예상 밖이라 벤지의 말에 성의 있게 대답할 기력이 나지 않았다.

　중간까지만 나를 데려다주고선 벤지는 다시 카일의 곁으로 돌아갔다. 황자님의 곁을 오래 비울 수 없다나 뭐라나.

　머릿속엔 오직 '마구간?', '내가 마구간지기라고?' 하는 생각만이 가득했다.

　마구간이라니……. 간지가 안 나잖아…….

　카일의 성 부지의 구석에 다다르자 짐승의 변 냄새가 코를 찔렀다. 마구간지기가 도망갔다더니 제대로 관리도 되지 않은 게 티가 났다.

　마구간의 문을 열자 양쪽으로 길게 늘어진 우리에 갇힌 말들이 한눈에 들어왔다.

　하얀 말, 검은 말, 갈색 말……. 말, 말, 말…….

　"안녕, 말들아……. 난 이제부터 너희의 식사 및 청소를 담당하게 될 조란다. 하하하."

　허탈한 웃음과 함께 마구간지기로서의 일상이 시작됐다.

　"자! 일단 이 빌어먹을 말똥부터 치워 볼까! 냄새가 코를 찌르네, 정말!"

　아까 카일이 줬던 손수건을 콧구멍에 쑤셔 박았다. 좀 더 귀한 데에 쓰고 싶었지만 가슴을 묶은 천을 풀어서 코를 막을 수도 없었고, 산처럼 쌓인 볏짚을 사용할 수 있을 리는 더더욱 없었다.

　저걸 쑤셔 넣었다간 코피가 쏟아질 거야. 카일 생각할 때 코피 흘리는 것만으로도 충분해.

　벌써 해 질 녘이니 얼른 똥만 치우고 자야겠어. 나는 두 팔을 걷어붙이고 넓은 삽을 손에 쥐었다.

　그때 등 뒤로 긴 그림자가 졌다.

　"넌 누구야."

　인상이 더러워 보이는 아저씨가 마구간 안으로 터벅터벅 들어왔다. 장화를 높게 올려 신은 그가 걸을 때마다 진흙이 질퍽거리는 소리가 울렸다. 흰머리가 거뭇거뭇 올라와 있었지만 생각보다 얼굴은 그리 늙어 보이진 않아 나이를 가늠하기가 어려웠다.

"……안녕하세요, 저는 조라고 하는데요. 오늘부터 마구간을 맡게 됐어요."

"그래? 잘됐네. 난 정원사 릭이다. 대충 릭이라고 불러."

……릭을 릭이라고 부르지, 그럼 다른 사람들은 뭐라고 부른단 거지.

"별일이네. 이렇게 마른 놈을 마구간으로 보내다니. 틸리 님이 정말 일손이 없었나 보군. 어쨌든 일단 밥부터 먹여야지."

"우와! 정말요? 안 그래도 배고팠는데,"

"너 말고. 말들 말이다. 뭐든지 말부터 챙겨. 너 한 몸 팔아 봐야 말 꼬리털 만큼의 값도 안 나올걸."

"……네."

시큰둥한 말투로 릭은 마구간에서의 일을 대충 가르쳐 줬다. 실은 대충인 척하면서 꽤 꼼꼼하게 날 가르쳤다. 그는 원래 일하던 사람이 도망간 탓에 지난 한 달간 정원 일을 하면서 짬짬이 말들의 밥을 챙기러 왔다고 했다. 바빠서 거의 밥만 챙기는 수준이었다곤 하지만.

"그러니까! 제일 먼저 밥부터 챙겨야 돼! 청소를 하든, 빗질을 하든 말이야. 청소도 빗질도 매일마다 해 줘야 하고. 어?"

"네에……."

늘어지는 목소리에 릭은 더욱 언성을 높이며 열성적으로 날 가르쳤다. 대충 가르치겠다더니, 거짓말이었나 봐. 이 영감쟁이.

"내 말을 듣고 있는 거야? 이 말들도 다 이름이 있으니 외워야 돼. 넌 누가 이름을 이상하게 부르면 좋겠냐!"

이미 깅깅자에다가 조라고 부르는 놈들 천지인걸요…….

속으로만 생각하며 나는 그가 가르쳐 주는 말들의 이름을 열심히 외웠다. 밥은 시간을 맞춰서 시종들이 지내는 생활관에 가서 먹고 오면 된다고 했고, 새벽에 말들이 갑자기 울거나 난동을 피울 수도 있으니 마구간지기는 여기서 혼자 지내야 한다며 릭은 외로워하지 말라고 날 달랬지만 내 생각은 달랐다.

가슴을 옥죄이는 이 끈에서 탈출할 수 있겠군.

"벌써 저녁인데 밥이나 먹으러 가지. 이렇게 말라서 힘은 쓰겠냐?"

어깨를 퍽 치며 릭은 나를 마구간 바깥으로 떠밀었다. 말씨가 험해도 은근 걱정하는 눈빛이었다.

하지만 한 번만 더 치면 이 소설 장르가 스릴러로 바뀌게 될 거야, 아저씨.

저녁으로 나오는 멀건 옥수수죽과 찐 감자 한 개를 먹고 나오니 어느새 밤이었다. 까만 하늘에 반짝이는 별들을 보니 카일이 생각났다. 난 매일 이 시간이 되면 당신의 이야기를 읽었는데.

흐음, 이왕 여기까지 왔는데 편지나 써 볼까.

섹시 큐티 프리티 카일, 안녕하세요. 저 깅깅자예요. 김금자인데 어차피 발음 못 하시니까 편하게 생각하시라고 깅깅자라고 보냅니다. 제 목소리 들리실까요, 신이 빚은 역작 카일. 저는 마구간으로 왔어요. 본의 아니게 민망한 칭찬을 계속해서 죄송해요. 하지만 어떤 말이 전해지는지 모르니까요. 카일 몸매 비율로 제국 제패해. 앗, 반말 죄송해요. 습관이라서 그래요. 제가 속으로만 끙끙 앓으며 카일을 좋아한 지 너무 오래됐어요. 혹시 제가 보고 싶으시면 마구간으로 와 주세요. 피곤하실 테니 텔레파시는 그만 보낼게요. 카일 팔 근육에 끼어 죽고 싶어. 안녕히 계세요. 좋은 꿈 가득 꾸세요.

불편한 잠자리에 몸을 뉘었다.

어느 인생이나 참 만만치가 않구나. 하아……

머리를 대자마자 잠이 들었다. 말들이 히이히힝힝힝 울어 대는 소리에 겨우 눈을 뜨니 벌써 아침이었다.

"좋은 아침이야! 벤, 멜린다, 린지, 마틴, 디에프!"

그래도 마구간 문을 활짝 열어젖히며 하루를 시작했다.

이왕 맡은 일이니 농땡이 부리지 말고 열심히 해야지! 한국인의 근성을 보여 주마.

……그렇게 한 달이 지났다.

카일도, 벤지도…… 오지 않았다.

이 소설 이렇게 끝인가. 하긴, 마구간지기를 찾아오는 황자의 이야기라니……. 말도 안 되지.

킹메이커 외전은 여기서 완결입니다. 독자 여러분, 사랑해 주셔서 감사합니다.

쓸데없는 생각을 하며 일하다 보니 어느새 점심이었다.

"릭! 밥 먹으러 가요!"

"어어! 짜식! 보기보단 꽤 버티는데! 금방 그만둘 줄 알았더니."

"당연하죠!"

"처음보단 어깨도 넓어졌어!"

"하하하하!"

생활관에 갈 때마다 유리창에 비친 나를 보곤 하는데 확실히 키도 전보다 크고, 좀 더 단단해진 느낌이 들었다.

"여— 조!"

"맥스, 안녕하세요. 아까 셀마가 잡히면 가만두지 않겠다던데요."

"조! 어제 릭이랑 싸웠다면서 오늘은 같이 밥 먹으러 왔네."

"저야 뭐, 이 황궁 구석탱이에 박혀 일을 하니 친구가 릭밖에 없잖아요. 릭도 친구가 없으니까요."

"난 아냐, 인마! 내가 너랑 놀아 주는 거지!"

"릭은 나만큼 젊은 친구를 사귄 걸 좀 더 고마워해야 돼요!"

긴 테이블에 모여 밥을 먹으며 다 같이 낄낄 웃었다. 힘들긴 한데 점점 보람차고 즐거워지는 게 문제였다. 이렇게까지 아무렇지 않게 생활에 적응해도 될까.

게다가 아무도 날 여자라고 의심하지 않아. 말도 안 돼.

밥을 퍼먹으며 문득 팔뚝을 내려다보니 단단해진 전완근이 눈에 띄었다. 그럴 만도 하네. 순식간에 납득했다.

하지만 매일 일을 하면 잔근육이 자랄 수밖에 없단 말이에요.

나는 투덜거리며 습관처럼 카일에게 메시지를 보냈다. 처음엔 매일 썼지만 마구간의 일이 힘들어 까무룩 잠드는 날은 까먹기도 했다. 오늘도 3일 만의 편지였다.

안녕하세요, 오늘도 지독하게 잘생겼을 카일. 저 보러 와요. 엄청 바쁜 건 알

지만 그래도 너무 보고 싶어요. 아니면 벤지라도 보내 줘요. 심심하단 말이에
요.

판타스틱 카일 풀 컬러 화보집 144p 내 줘. 카일이 날 보러 와야지, 내가 어
떻게 자리를 비우겠어요. 카일은 땡땡이를 치면 혼나고 끝이지만 저는 자리를
비우면 바로 잘린단 말이에요. 그게 바로 노동자와 권력 계층의 차이 아닐까
요. 인간 마약 카일, 보고 싶어요.

마구간지기로서의 지루한 일상에 천천히 적응해 가고 있었다.

❖　❖　❖

푸읍!

홍차를 마시던 중 사레가 들린 듯 카일이 손수건으로 입을 막고 한참을 콜록
거렸다.

"전하, 괜찮으세요?"

옆에 있던 시녀들이 말을 걸었지만 얼굴이 벌겋게 달아오른 카일은 쉽게 입
을 열지 못했다.

매일 듣는데도 매일 새로웠다. 낯 뜨거운 칭찬들이 계속해서 이어졌다.

카일은 손만 절레절레 저으며 시녀들을 뒤로 물렸다. 그럴 리는 없겠지만 혹
시라도 제 머리에만 들리는 소리가 밖으로 새 나갈까 두려웠다.

카일 보고 싶어서 눈물 나. 근데 카일 생각하니까 또 웃음 나. 요 체키라웃,
울고 웃는 나는 어릿광대. 컴온.

진짜로 미친 여자가 아닐까.

보지 않아도 훤히 그려졌다. 긴 마대 자루를 들고 머리를 흔들며 춤을 추고
있을 그 여자가.

이곳 테라스에서 마구간은 보이지도 않았다. 그런데도 목소리가 이렇게 선
명하게 들릴 정도라니.

카일은 악몽을 떨쳐 내듯 얼굴을 좌우로 짧게 흔들곤 마구간이 있을 왼쪽 저
편 어딘가를 한참 바라봤다. 잠깐 잠잠하던 목소리는 다시 울렸다.

아아~ 카일~ 카일 금발 최고야. 당신 나랑 결혼해. 당신은 금발. 나는 은발. 그럼 애기는 동발.

부드러운 미소를 지으며 홍차를 삼키는 카일의 이마에 힘줄이 돋았다. 쉴 새 없이 떠들고 있었다. 지금 한 달 동안 안 찾아갔다고 시위라도 하는 건가.

깅깅자의 꿍꿍이속을 알 수가 없어 카일은 그녀를 황성 안에 두고 몰래 감시했다. 내버려 두면 제풀에 지쳐 도망을 가든, 새로운 음모를 꾸미든 할 것이라 예상했다.

벤지에게도 조를 살피기만 하고 직접적으로 만나진 말라고 명령해 둔 참이었는데…….

결과적으로 얘기하자면, 아무런 소득도 얻지 못했다.

한 달이 흐른 지금, 깅깅자는 조라는 새로운 이름과 마구간지기 생활에 완벽히 적응했다고 한다.

아침에 올라온 보고서를 훑어봤다.

· 기상 후 여물통의 물을 갈아 주고 건초와 생초를 버무려 말들에게 먹이를 줬음.

· 우리를 청소하며 노래를 부름.

· 검은 말이 생초만 남기자 얼굴을 붙잡고 왜 편식하냐고 화를 냄. 말에게 진심으로 화를 내는 것으로 봐선 동물과 대화를 하는 게 아닐까 의심이 됨.

· 정원사 릭과 함께 아침 식사 하러 가며 싸움. 릭이 머리를 한 대 치자 곧바로 릭의 오금을 발로 차고 도망감. 달리기가 빠름. 성질이 보통이 아닌 듯.

· 식사 후 돌아와 새로운 볏짚으로 말들의 보금자리를 푹신하게 다져 놓음.

· 건초를 가지러 수레를 끌고 황궁의 뒤뜰까지 갔다 옴.

· 수레가 넘치도록 들고 옴. 힘이 좋음.

· 마담 틸리의 부탁으로 진창에 빠진 마차를 다른 인부들과 힘을 합쳐 끌어 올림.

'······마차를 끌어 올렸다고?'

카일의 입가에 허탈한 미소가 번졌다. 조의 일상이 나름대로 꽉 차 있었다. 바쁘니 네가 찾아오라는 조의 당돌한 편지가 이해가 됐다.

그 이후로도 조가 말을 빗질하고, 옆의 들판으로 끌고 가 생초를 먹이기도 했다고 적혀 있었다.

수상한 움직임은 없었다.

'진짜로 첩자가 아니었던 건가……?'

감시를 맡긴 이자는 조가 여자인 줄도 모르는 사람이었다. 그런데 하루 종일 이어지는 감시에도 여자임을 들키지 않을 정도로 철저했다고?

……의외로 고단수의 암살자일지도 모른다는 생각이 들었다.

고민하고 있는 중에도 조의 헛소리는 계속되었다.

카일 황자 미모에 인생 저당 잡힌 마구간지기 인터뷰.

조 : 안녕하세요, 마구간지기예요. 금발이 그렇게 잘 어울리는 사람은 옥수수수염 말곤 우리 카일밖에 없을 거예요.

대체 이게 무슨 소리지. 무엇보다 이런 헛소리를 혼자서 떠들고 있다는 점이 가장 이해할 수 없었다.

어떻게 이렇게 쉴 새 없이 떠들 수가 있지? 그것도 내 생각만으로?

홍차 한 잔조차 제대로 마실 수 없는 정도가 되자 카일은 결국 참지 못하고 펜을 집어 들고 빈 종이에 아무렇게나 글을 써 내려갔다.

그러곤 옆에 서 있던 시종에게 종이를 건넸다.

"이거, 마구간의 조에게 갖다줘. 내가 전해 줬다고 하면 아마 곧바로 읽을 거야."

"예, 카일 황자 전하."

시종이 재빠르게 테라스 문을 열고 마구간으로 달음박질쳤다. 황자 전하가 직접 편지를 쓰실 정도로 급한 일이 뭐가 있을까.

시종의 종종거리는 발걸음 소리를 듣기라도 했는지 말들이 제자리에서 흙을 차 내기 시작했다.

"멜린다! 방금 풀 부드러운 거 깔아 줬잖아. 승질머리가 아주 못됐구나!"

마구간 안에서 미성의 소년이 말을 달래고 있는 것이 보여 시종은 냉큼 안으로 들어갔다. 마구간은 전에 왔을 때보다 깔끔하게 정리되어 있었다.

"조?"

그의 이름을 부르니 말을 달래던 마른 소년이 활짝 웃으며 돌아봤다. 볕이 새어 들어와 하얀 피부와 은발이 반짝이며 빛나고 있었다. 굉장한 미소년이었다.

"네! 제가 조예요. 안녕하세요."

인상 좋게 웃는 낯이 싹싹해 보였다. 마구잡이로 자른 은발 머리를 뒤로 묶어 놓은 게 장난기 많은 말썽쟁이 같으면서도 단정한 눈매와 묘하게 잘 어울렸다.

시종 펠은 '전하께서 이 소년에게 왜 편지를 쓰셨을까.' 궁금했지만, 길게 의문을 가지진 않았다. 주인이 하는 일에 종이 물음을 가지면 안 된다고 생각했으니까.

"카일 전하께서 자필로 쓰신 편지니 읽어 봐."

"카일 전하께서요? 드디어!"

조라는 소년이 반색하며 종이를 받아 들고 펼쳤다. 거기까진 심부름하는 입장에서 굉장히 뿌듯하고 좋았지만, 문제는 그 뒤였다.

조는 굳은 얼굴로 종이를 곱게 다시 접었다.

"아저씨. 으음, 편지 가져다주셔서 정말 감사해요. 그런데 사실 제가 글을 몰라요."

"……저런."

"부탁할 만한 사람도 없어서 그러는데 편지를 읽어 주실 수 있으세요?"

글을 모른다는 것이 부끄러울 텐데도 아무렇지도 않게 말하는 것이 가슴 아팠다. 조라는 이 친구가 그간 겪었을 힘든 일이 뻔히 보였다. 집에 있을 아들이 딱 저만한 나이였다. 싹싹하게 웃으며 밝게 일을 한다는 것이 참 기특했다.

시종 펠은 찡한 가슴을 부여잡고 고개를 끄덕이며 카일의 편지를 펼쳤다.

"얘야. 대신에 내가 편지를 읽어 준 것을 남에게 말하면 안 된단다. 황족의 편지를 함부로 가로챈 게 되니까."

"그럼요, 아저씨 곤란하게는 안 하죠, 제가."

참 사근사근한 소년이었다. 그러니 카일 전하께서도 이 아이를 귀엽게 여기고 친히 편지까지 주시는 거겠지.

펠은 온 얼굴에 뿌듯한 미소를 띠우곤 첫 줄을 읽어 내렸다.

"조, 날 좋아하는 네 마음은 다 알겠으니……."

「조. 날 좋아하는 네 마음은 다 알겠으니 이제 그만해. 내 생활에 지장이 있을 정도니까 말이야. 부탁한다.」

펠은 차마 뒤 문장을 읽지 못했다.

"왜요, 아저씨? 뒤에 뭐라고 쓰여 있어요?"

조가 초롱초롱 눈을 빛내며 펠을 바라봤다.

……가여운 것.

펠이 입술을 꾹 다물고만 있자 조는 조바심이 났는지 앞에서 폴짝폴짝 뛰었다.

"아저씨. 아니, 실례인가? 성함이 어떻게 되세요?"

"……펠."

겨우 대답한 펠은 고개를 잘게 좌우로 흔들었다.

우리 전하가 그럴 리 없어. 상냥한 전하가 이 어린 소년의 마음을 짓밟기 위해 편지를 썼을 리 없어.

무언가 착오가 있는 게 분명했다. 서로 이런 가벼운 장난을 칠 정도로 알고 보면 가깝다던가…….

"조, 혹시 전하와 친한 사이니?"

조가 일자로 뻗은 눈썹을 위로 올리며 눈을 휘둥그레 떴다가 미간을 찌푸렸다. 빨간 입술이 부드럽게 삐죽이는 것이 이리 보고 저리 봐도 귀여운 인상이었다.

"아뇨, 친하진 않은 것 같아요. 전하가 제게 칼을 겨눴거든요. 제가 사랑한다고 했는데 말이에요. 아저씨 보기에는 제가 징그러운가요?"

60

"오, 아니, 아니란다. 얘야."

황금빛 들판을 닮은 조의 캐러멜색 눈동자가 맑게 일렁이자 펠은 가슴이 저며 왔다.

징그럽다니, 이렇게나 사랑스러운데. 남자아이의 동경과 선망조차 무시할 정도로 무자비한 주군이라니.

펠은 카일에 대한 부정적 이미지를 가슴 한편에 심었다.

"몇 살이니, 조."

"……어, 아마 열일곱, 열여덟 정도 되지 않았을까요. 나이는 정확하게 모르겠어요."

"나이를 모른다니, 그게 무슨 말이야?"

"제가 사정이 있어서 이쪽으로 오긴 했는데, 몇 살이나 됐는지는 잘 모르겠어요. 그래도 전하를 보겠다는 일념으로 열심히 살고 있어요."

펠의 가슴에 휑하니 찬 바람이 불었다.

불쌍한 것. 제가 몇 살인 줄도 모르는 아이가 전하에 대한 사랑만으로 황궁으로 들어와 고된 일을 하다니.

"……그래, 네 고백을 들은 전하가 너를 여기, 이…… 마구간에서 일하게 하셨니."

"네, 제가 전하 곁에서 떠나기 싫다고 했거든요. 마음을 받아 달란 건 아니지만, 또 강요할 순 없잖아요. 그래도 계속 좋아하고 싶긴 해서 어쨌든 옆에 있겠다고 했어요."

"……그 이후론 전하를 본 적이 없고?"

"괜찮아요! 전하는 바쁘니까요. 게다가 저는 늘 마음으로 전하한테 고백하고 있는걸요."

싱그럽게 웃는 조를 보며 펠은 저도 모르게 손을 올려 조의 머리칼을 쓰다듬었다. 부드러운 머리카락이 펠의 손바닥 아래에서 엉겨들었다.

"왜요, 전하께서 뭐라고 하시는데요?"

차마 이 어린 소년에게 '전하께선 네게 동경조차 하지 말라 하시는구나.'라고 할 수 없어 펠은 한참이나 말을 꺼내지 못했다.

"……카일 전하가 저를 영 싫어하시죠? 그건 역시 제가……."

"아냐! 아니다. 세상에, 이렇게 착한 아이를. 가여운 조. 그게 아니야. 모든 사랑은 다 아름답단다. 전하께서 지금 몸이 안 좋으셔서 그러신 걸 거야. 너는 늘 그랬듯 전하를 사랑해도 된단다."

"정말요? 우와! 감사합니다! 앗, 펠 아저씨한테 감사할 게 아닌 건가. 아무튼 요!"

펠은 웃으며 고개를 끄덕이곤 다시 카일에게 돌아갔다.

아이의 사랑조차 받아 주지 않는 황자라니. 겉보기의 이미지만 신경 쓰는 사람이었단 말인가.

펠은 제가 모시는 주군에 대한 실망감을 감출 수가 없었다.

물론 조는 펠이 가고 난 뒤, 고개를 갸우뚱 꺾었다.

"역시 내가 침실에 숨어든 것 때문에 아직 날 의심하고 계신 건가. 하지만 계속 좋아해도 된다고 하시니, 계속 좋아해야지."

마음속으로 염불을 외듯 또다시 카일을 불렀다.

카일 안녕하세요, 당신의 킹킹자예요.

잠깐의 휴식이 끝난 후 이제 업무를 볼까 하던 카일은 또다시 들리는 머릿속 조의 목소리에 파드득 떨며 자리에서 일어났다.

"펠!"

펠을 불러 편지를 제대로 전했냐고 말했더니 그는 무언가 굳은 얼굴로 '예, 전하.'라는 대답을 할 뿐이었다.

편지를 보긴 한 건지 조가 카일을 찾는 횟수는 약간 줄긴 했지만 여전히 너무 많았다. 늘 조가 곁에 있는 것처럼 생생했다.

"이럴 거면 차라리 옆에 두는 게 낫나……. 아냐, 아니야. 내가 미쳤지. 그런 애를 옆에 두면 피가 바싹 말라 버릴 거야."

하루 뒤 카일은 다시 편지를 썼지만 왜인지 펠이 그 심부름을 원치 않았다.

"전하, 죄송하지만 저는 그 아이에게 그런 편지를 줄 수 없습니다."

대체 왜?!

답답한 마음이 들어 다른 시종을 보냈더니 그도 다녀온 뒤 카일을 쓰레기 보듯 보며 휙 고개를 숙여 인사하고 지나갔다. 분명 인사를 받았는데도 무시당한 기분에 카일은 고개를 갸우뚱 꺾었다.

그날 이후로 이런 일들이 몇 번이나 반복됐다. 시종들이 마음이 여린가 싶어 시녀들을 보내도 봤지만 그쪽도 사정은 마찬가지였다. 몇은 눈가에 눈물 자국을 달고 돌아오기도 했다.

"딱하기도 하지……."

"어쩜 그리 무심하실까……."

쑥덕거리는 대화에 신경이 거슬리기 시작할 때쯤, 벤지가 카일을 찾아왔다.

"전하, 제가 한번 가 볼까요?"

"고작 편지 전해 주는 건데 네가 갈 필요 없……지만 이제 내 시종들은 아무도 조에게 가려고 하지 않는군. 대체 왜 그러지."

고작 편지를 전해 주는 일인데도 아무도 가려고 하지 않는다니. 무언가 이상했다.

벤지 역시 시종들이 이해가 가지 않았다.

조에게는 사람을 끌어당겨 매료시키는 힘이 있다. 왜인지 금방이라도 그의 편이 되어 고개를 끄덕거리게 된다. 한 번 보면 두 번 보고 싶어질 텐데 대체 왜 그럴까.

사실 지금 벤지는 편지를 전달하는 목적보다는 오랜만에 조가 보고 싶었다.

"그러니 제가 다녀오겠습니다."

"……그래. 그럼 갔다 와."

이로써 당분간 조를 찾아가지 말라는 명령도 취소된 거겠지.

벤지는 만족스레 웃으며 마구간으로 걸어갔다. 차분히 움직이는데도 자꾸만 걸음이 빨라졌다.

말들이 히힝 울어 대는 소리가 가까워지고 저 멀리 소매를 걷어붙인 채 건초 더미를 짊어진 조가 보였다.

못 본 새 꽤…… 자랐구나. 여러모로.

"조."

"벤지!"

어깨에 짊어지고 있던 볏짚을 내던지고 팔랑거리며 뛰어오는 모습이 영락없는 고향에 두고 온 막냇동생 같아 벤지는 가슴이 싱숭생숭해졌다.

"벤지 님이라고 부른다며."

"아이, 아무도 없는데 뭐 어때요! 벤지는 내 머리칼을 다 썰어 먹었잖아요. 이거 봐요, 그래도 많이 길었죠?"

길었다고 해 봐야 목덜미가 횅하니 보일 정도였다. 하얗고 긴 목선이 눈앞에 번뜩이자 벤지는 아뜩하여 눈을 질끈 감았다.

"벤지? 왜 눈을 감고 있어요? 나 머리 많이 길었냐고요."

"……모자를 쓰는 게 좋을 것 같은데."

"왜요? 단발 별로예요? 난 좋은데."

"……못생겼으니 얼굴을 가려야지."

"아, 벤지 여자들한테 인기 없겠는데. 그런 말 하면 누가 좋아하겠어요."

능청스레 넘겨 버리는 조를 보고 있자니 저절로 웃음이 피었다.

"편지를 가져왔어."

"정말요? 벤지는 그래도 기사님인 데다가 보좌관이라면서요. 이런 편지를 벤지가 가져다주다니. 재능 낭비예요."

"인정해 줘서 고맙지만, 다른 시종들이 모두 마구간으로 오려고 하질 않아서 말이야."

"음? 그럴 리가 없는데?"

"……그럴 리가 없다니, 그게 무슨 소리야."

"아까도 펠이랑 토미가 와서 먹을 거랑 담요를 주고 갔는데요. 밤에 추울까 봐 걱정된대요. 어제도 우르르 와서 같이 놀다가 갔어요."

개인적으로는 오면서 편지는 안 갖다주려고 한다니. 그렇다면 문제는 편지에 있는 게 분명했다.

벤지가 편지를 꺼내 들자 조는 느슨해진 머리를 풀었다가 다시 묶으며 그에게 부탁 아닌 듯한 말투로 부탁했다.

"편지 좀 읽어 주세요, 제가 글을 못 읽잖아요."

"……그래."

왜지, 왜 미워할 수가 없지. 진짜 마녀이기라도 한 건가.

고민하며 벤지는 편지를 펼쳤다. 카일이 며칠 새 악에 받쳤는지 글씨를 날림으로 휘갈겨 쓴 게 티가 났다.

「조, 제발 부탁이니 내 생각 좀 그만해. 머리가 다 아플 지경이야.」

아하.

그제야 시종들의 반응이 이해가 갔다. 사정을 다 알고 있는 벤지야 당연히 '조가 카일 전하 생각을 너무 많이 했군. 전하께서 괴롭겠구나.'라고 곧바로 떠올렸지만 시종들은 이걸 읽으면 무정한 황자 전하가 어린 소년의 멋모르는 사랑을 매몰차게 거절한다고 생각했을 것이다.

"왜요, 벤지. 편지에 뭐라고 적혀 있어요? 여태 온 사람들은 다 편지를 안 읽어 주고 그냥 가더라고요."

"음, 아마 다 비슷한 내용이었을 거야."

"뭔데요?"

"전하께서 피곤해하시니 생각을 적당히 하는 게 어때."

"아, 헉!"

"……왜?"

"나 그동안 습관처럼 되게 많이 했는데. 마음으로 편지는 편지대로 보내고, 주접은 주접대로 다 떨고 있었어요. 설마 그걸 다 들은 걸까요?"

"내 생각에는 전하께서 그걸 다 들으신 것 같은데."

"허어억— 망했다."

"왜? 무슨 얘기까지 했는데 그래."

한 달간 은근히 보고 싶었던 것도 있고, 귀여운 마음이 들어 벤지는 따스하게 그녀를 내려다봤다.

"다음 생엔 황자 전하 입술로 태어나고 싶다고 했어요. 윗입술로 태어나면 아랫입술이랑 뽀뽀하고, 아랫입술로 태어나면 윗입술이랑 뽀뽀할 테니까요."

"정말…… 놀랍도록 창의적이네."

"그죠."

조가 민망한 듯 웃었다. 그때 말발굽 소리가 세차게 들리기 시작했다. 가장 덩치가 큰 검은 수말 디에프였다.

들판에서 혼자 풀을 뜯어 먹던 디에프는 울타리를 뛰어넘어 달리기 시작했다. 처음엔 마구간 근처를 돌더니 이내 볏짚이 쌓인 곳을 훌쩍 뛰어넘었다.

디에프는 이내 다시 들판의 반대 방향으로 달리기 시작했다. 하지만 그쪽으로 가면 잡을 수조차 없었다.

"어떡해요! 쟤 잃어버리면 나 정말 잘릴지도 몰라요!"

조가 다짜고짜 디에프를 잡겠다며 달려 나갔다.

"디에프! 디에프, 돌아와! 디에프!"

몇 번이나 불러도 돌아오지 않던 디에프는 만족할 만큼 뛰고 나서 부드럽게 멈추더니 다시 뒤돌아 바람을 맞으며 달렸다.

휘날리는 갈기가 마치 그림과도 같다고 감탄한 것도 잠시, 디에프는 빠르게 조에게로 달려오고 있었다.

디에프를 잡으러 무작정 달려가던 조가 멍하니 두 눈을 깜빡였다.

"……어라?"

사람 머리보다 훌쩍 큰 디에프가 눈 깜짝할 새 바로 앞까지 다가왔다.

이렇게 또 죽는 건가. 살, 살려 주세요.

그렇게 생각하기도 잠시, 무언가가 허리를 잡아챘다.

"정신 차려!"

어느새 벤지가 마구간에서 말을 타고 달려와 조를 안아 올려 제 앞에 앉혔다. 달리는 말 위로 안착한 조는 어리둥절한 표정으로 벤의 품에 안겼다.

"가만 서 있으면 어떡해!"

혹여나 놓칠세라 조의 허리춤을 바짝 끌어안고 왼손으로 고삐를 잡은 벤지는 디에프를 피해 말을 몰았다.

속도를 줄여 뒤돌아보니 디에프는 곧바로 조를 지나쳐 제 발로 마구간 안으로 들어가는 중이었다. 푸흐흥 울고 뒷발굽으로 땅을 박차는 것이 갑갑하던 속이 풀린 모양이었다.

조가 그제야 막혀 있던 숨을 천천히 내쉬었다.

"나, 나 방금……. 나 방금……."

"너 방금 죽을 뻔했잖아! 멍청아, 거기 그러고 가만히 서 있으면 어떡해!"

"왜, 왜 성질을 내고 그래요! 나도 엄청 놀랐다고요!"

"너 그러다가 잘못되기라도 했으면!"

"잘못되기라도 했으면 뭐요!"

벤지는 벌어져 있던 입을 꾹 다물었다. 품 안에 가만히 안겨 있는 조의 손이 떨고 있는 것이 보였다. 그를 안고 있는 자신의 손도 떨고 있었다.

너 잘못됐으면…… 내가…….

"……카일 전하께서 네 정체가 밝혀지기 전까진 조심하라고 했었어. 함부로 행동하지 마."

"방금은 디에프가 나한테 달려든 거잖아요."

"아니, 그러니까 내 말은……."

한동안 말이 없던 벤지는 손에 힘을 풀었다. 손안에 가득 차 있던 그녀의 온기가 서서히 멀어졌다.

"……다치지 말라고."

벤지는 더 이상 말을 꺼내지 않았고 조 역시 놀란 가슴을 쓸어내리느라 말할 정신이 남아 있지 않았다.

카일이 황급하게 자리에서 일어섰다.

"카일 전하, 갑자기 왜 그러십니까."

급한 일이라도 생각난 것처럼 다급해 보이는 카일을 따라 시종들도 분주하게 움직였다.

벤지가 간 뒤로 간만에 조용하다 싶었는데 방금 분명히 머릿속에서 조의 목소리가 울렸다.

살려 주세요.

짧은 음성이었지만 공포에 침식된 목소리는 듣자마자 저절로 눈앞이 캄캄해질 정도였다.

"마구간으로 간다. 많이 따라올 필요 없어."

"직접 가시게요? 말이 필요하신 거면 시종을 시켜 말을 데려오라고 할까요?"

"아니. 마구간에 볼일이 있어서 가는 거야. 괜찮아."

황자 전하가 마구간에 무슨 볼일이 있냐며 숙덕거리는 시종들을 뒤로하고 카일은 빠른 발걸음으로 마구간으로 향했다.

오늘따라 초조해 길이 험하게만 느껴졌다.

마구간 근처를 두른 울타리를 넘어가자 검은색 말 위에 올라앉아 있는 조가 보였다.

왜 살려 달라고 한 거야, 괜찮은 건가.

멀쩡해 보이는 모습에 걱정과 동시에 괜스레 화가 치밀었다.

"깅깅ㅈ……!"

그녀를 부르며 앞으로 다가가자 그제야 오두막에 가려 보이지 않던 벤지가 눈에 들어왔다.

벤지는 조를 말의 등 위에서 안아 내리고, 조심히 부축해 작은 의자에 앉히고 있었다. 조가 무어라 투덜거리는 듯 말하고 있긴 했지만 벤지와 조는 확실히 웃고 있었다.

카일의 표정이 굳었다. 한 달 동안 쉬지 않고 귀를 울리던 조의 목소리가 들리지 않는다는 사실이 이상하게도 불쾌했다.

2. 빌테온의 푸른 별

마구간 앞에서 멀거니 서 있는 카일을 누군가 불렀다. 그의 시종인 펠이었다.

"전하. 프리실라 황비마마께서 찾으십니다."

"……그래."

카일은 그대로 뒤돌아 발걸음을 프리실라의 궁으로 옮겼다. 걸음이 떨어지지 않아 가는 길이 유독 멀었다.

"어마마마. 부르셨습니까."

"그래."

카일이 자리에 앉기 무섭게 프리실라가 살랑살랑 부치던 부채를 내려놓았다.

황금빛 머리카락을 올려 묶어 목선이 훤히 드러났다. 프리실라는 초조한 듯 찻잔을 소리 나게 내려놓았다.

"카일. 버나드 헤스티안 공을 기억하니?"

"예. 어릴 때 몇 번 봤던 기억이 납니다."

"버나드 경이 이번에 공작위를 받게 되었다는구나. 너한테는 먼 친척뻘이니 다녀오는 것도 좋지."

"로레인 공께서 돌아가셨습니까?"

"그 정도면 오래 살았지. 로레인이 오래 버티는 바람에 진작에 네 것이 되었어야 할 헤스티안이 오래 돌고 돌았지 않니."

"그러니까…… 헤스티안 영지에 가서 버나드에게 내 사람이 될 수 있냐고 확답을 받아 오라는 겁니까?"

"확답이야 이미 예전에 받았으니 상관없고, 이번 방문은 다른 이들에게 보여 주기 위한 것이다. 헤스티안이 이 벨로이스트의 것이라고 말이야. 선대 황제에게도 꼬리를 내리지 않았던 헤스티안을 든든하게 안아 들고 돌아올 널 생각하니 어찌나 웃음이 나는지. 물론 네가 황제가 되면 버나드 경에게 장관직이라도 하나 줘야겠지."

대수롭지 않게 말하며 프리실라는 다시 부채를 펼쳤다. 건조한 두 눈에는 탐욕만이 가득했다.

"……저는 빌테온입니다. 벨로이스트는 어머니의 가문이고 저는 단지……."

"네가 그 벽안을 가지고서 아직까지 살아 있는 게 누구 덕이라고 생각하니."

무어라 더 대답하지 못한 채 카일은 눈을 아래로 내리깔았다. 하고 싶은 말들이 목구멍 아래에서 파도처럼 넘실거렸으나 아무런 말도 꺼내지 못했다. 틀린 말이 아니었다. 어머니 말대로 벨로이스트가(家)의 힘이 아니었다면 카일 역시 그의 이복동생들처럼 진작 죽었을 것이었다.

아무런 힘이 없어 한 줌 흰모래와 같은 뼛가루로 스러져 갔던 동생들의 낯이 문득 떠올라 입 안이 썼다. 카일은 찻잔을 들어 마른 입술을 적시듯 마시고 천천히 내려놓았다. 식은 홍차에선 떫은맛이 났다.

"너는 벨로이스트며, 빌테온의 아들이다. 벽안? 그따위 것에 가로막힐 것이라면 갓 태어난 너를 내가 제일 먼저 죽였을 것이다. 수많은 가문들이 나와 너를 받치고 서 있어. 그리고 앞으로 더 늘어나겠지. 그렇게 황좌로 가는 것이다, 아들아. 어떤 것이 네 앞길에 가장 도움이 되는 길인지 잘 생각해 보렴."

프리실라의 궁에서 나오는 카일의 표정이 좋지 않았다.

어렸을 적의 일이 떠올랐다. 고작 3살이었던 이복동생 앤드류가 연못에 빠져 죽었던.

그럴 리 없다고, 시종들과 함께 다니는데 그렇게 어이없이 죽을 리 없다고, 한 번만 조사해 달라 했지만 누구도 카일의 말을 듣지 않았다. 황제의 집무실을 찾아갔을 때, 황제는 특유의 무미건조한 음성으로 답했다.

"지금 바쁘니 나중에 얘기하자꾸나."

카일은 돌아가 그를 기다렸지만 앤드류가 무덤에 묻힐 동안 황제는 카일을 다시 부르지 않았다.

타국에서 온 황비는 아들을 잃고 그대로 자결했고 황제는 퍼즐을 맞추듯 빈자리를 다른 황비로 채웠다.

이듬해에 7살이었던 지메네즈 황녀가 독을 마시고 서서히 죽어 갈 때 카일은 어머니를 찾아갔다. 어리고 순수했던 그때는 어머니가 자신의 편이라고 믿었으니까.

"어마마마, 지메네즈 저대로 두면 죽을지도 모릅니다. 살려 주세요. 어마마마는 그러실 수 있잖아요, 제발요."

프리실라는 자신을 붙잡은 어린 아들의 손목을 내려놓았다.

"카일. 넌 누구니."

카일은 멍청한 얼굴로 제 어미를 올려다보았다.

"……그게 무슨,"

"잘 생각하고 대답하렴. 카일. 네가 누구지."

"……카일 드 빌테온……."

"그래, 넌 빌테온이다. 황제의 아들이지. 다음 황위를 이을 1황자다. 지메네즈가 죽은들 그게 뭐가 문제니. 슬픔? 그건 금방 지나간단다, 아들아. 명예는 훨씬 긴 기쁨을 네게 안겨 줄 거야."

차마 그녀에게 물어보지 못했다. 지메네즈의 식사에 독을 탄 게 당신이냐고.

카일은 돌처럼 굳어 버린 혀를 더 이상 움직이지 못하고 어머니에게서 등을 돌려 걸어 나왔다.

지메네즈는 1주일 뒤 죽었고, 황궁에서는 빠르게 장례를 치렀다. 모든 것이 그대로였다. 죽은 황녀를 슬퍼하는 이는 그녀의 어미 말고는 아무도 없었다.

카일은 그날부터 프리실라의 궁을 마주할 때마다 두려웠다.

내가 '황자답게' 살지 않으면 어마마마는 저를 죽일 건가요? 쓸모가 없으니까? 만약 내가 붉은 눈이었다면 더 진심으로 나를 사랑해 주셨을까요?

프리실라가 소개하는 귀족들은 카일의 단정하고 성실한 자태를 보며 저들끼리 모여 수군거렸다.

'1황자라 그러신가, 확실히 의젓하신 것이 황자다우십니다.'

'카일 전하가 황권에 가장 가까우신 분이지요.'

'2황자인 헤론 전하가 그래도 정당성이 있지 않습니까.'

'적안 때문에요? 그래도 가문으로만 보면 벨로이스트가 낫지요.'

다음 황제를 뽑는 긴 레이스의 경주마가 된 기분이었다. 다른 그 무엇보다도 황제가 될 수 있는가 없는가가 가장 중요했다.

나는 황제가 되어야 하는 사람이구나. ……내가 원치 않더라도.

어머니와 저들에게 나는, 그런 용도구나.

상념에 젖어 있어도 카일에게는 힘없이 걸을 권리조차 없었다. 그는 황자다워야만 했다. 좀먹듯 파고드는 우울에 잠식당하기 직전, 머릿속에서 목소리가 울렸다.

아우 씨, 드럽게 아파. 아프니까 카일 보고 싶어. 아, 아깝다. 이왕이면 카일 방에 있는 거울로 태어나는 건데. 그럼 맨날 카일 볼 거 아냐. ……와, 쩐다. 거울이면……. 잠깐만. 나 너무 변태 같은가. 뭐 어때. 이런 건 안 들리겠지.

문득 웃음이 터지려는 것을 꾹 참았다. 적어도 이 세상에 하나는 있는 것 같았다. 황자가 아니라도, 좋아해 줄 사람이.

"악!"

"거봐. 내 다쳤을 거 같더라니."

아까 말에 올라탈 때 갑자기 당겨져 뛰어오른 탓인지 디뎠던 발목이 시큰거렸다. 벤지는 나를 의자에 앉힌 후 내 앞에 한쪽 무릎을 꿇고 앉았다.

"벤지! 누가 보면 어쩌려고 그래요."

"누가 볼 게 두려웠으면 벤지라고 부르지 말아야지."

웃으며 대답한 벤지는 고개를 숙여 내 신발을 조심스레 벗겨 냈다.

앗, 발 냄새 나면 어쩌지.

오늘 아침에 열심히 씻긴 했지만 혹시라도 발 냄새가 날까 봐 은근히 걱정됐다. 누가 숙녀의 신발을 벗기나요.

부끄러움이 옮겨 가기라도 한 것처럼 발가락이 저절로 꼬물거렸다.

벤지는 무릎을 꿇은 왼쪽 허벅지 위에 내 발을 올려놓고 이리저리 살피다 침울한 목소리로 중얼거렸다.

"고작 이런 일로 발목이 붓다니."

이보세요. 고작이라뇨. 어처구니가 없네.

"벤지가 날 갑자기 잡아당겼잖아요. 그때 헛디딘 거 같단 말이에요."

억울하고 놀란 감정이 아직도 쉬이 가라앉지 않아 숨을 씨근덕거리며 말했다. 인상을 찡그린 채 나를 올려다본 벤지의 눈에는 무언가 언짢은 기색이 가득 들어 있었다.

……표정이 왜 저러지. 나 진짜 발 냄새 심하게 나.

"역시 마구간은 위험했던 것 같아."

"오늘만 그래요, 오늘만. 다른 때는 이런 적 없었다고요."

"오늘이 처음이었다고 해서 앞으로는 이런 일이 없을 거라고 보장할 수 있어?"

갑자기 말을 왜 이렇게 잘해. 뭐라 대답해야 할지 몰라 우물쭈물하고 있자니 벤지가 품에서 작은 손수건을 꺼내 들었다.

"이걸로 세게 묶고, 너무 무리하진 마. 뼈를 다친 건 아닌 거 같으니 곧 가라앉겠지."

"알았어요."

벤지는 한참이나 내 발목을 보며 한숨을 쉬다가 신발을 도로 신겨 주고 마구간 옆의 오두막까지 데려다줬다.

"저 애들 저녁 줘야 돼요."

"밥은 내가 주고 갈게, 그냥 앉아 있어. 전지훈련 다닐 때 내 말 건초는 내가 챙겨 먹였으니 그 정돈 나도 할 수 있어."

"오늘이야 그렇다 쳐도 내일은요? 내일 아침에도 일해야 된단 말이에요."

"조. 방금 다쳤잖아. 그러니까 오늘만이라도 그냥 앉아 있어."

답지 않게 다정하게 구는 벤지의 말투에 왠지 웃음이 터졌다.

아이고, 또 누나 다치니까 걱정하는 거 봐. 귀엽긴.

물론 여기선 내가 더 어린 것 같았지만 실제 나이로는 내가 누나니까 속으론 그렇게 말해도 되겠지.

밖으로 나간 벤지가 움직이는 소리가 들렸다. 몇 번 왔다 갔다 하는 소리가 들리더니 벤지는 옷에 건초 풀을 몇 가닥 붙이고 와선 내게 인사했다.

"조, 나 자리를 오래 비우면 안 돼서 오늘은 이만 가 볼게. 푹 쉬어야 돼. 내일 또 오든지 할 테니까, 무리하지 말고, 쉬어야 돼."

"아우, 알겠어요! 잔소리가 왜 그렇게 많대. 벤지가 아니라 밴댕이인가 봐."

눈을 흘기며 나를 쳐다보던 벤지가 성큼성큼 들어와 내 정수리를 툭 하고 때렸다. 노크라도 하는 것처럼 가벼운 느낌이었지만 어쨌든 가만있다가 맞으니 기분이 영 좋진 않았다.

"지금 나 쳤어요?"

"그렇게 미운 말만 하지 말고 잘 먹고, 잘 낫기나 해."

갑자기 쟤는 왜 저런대.

물론 속으로만 말했다. 벤지는 몇 번이나 뒤돌아보더니 결국 가 버렸다.

뭔 잔소리를 저렇게 많이 해. 일 좀 하다 보면 다칠 수도 있는 거지, 뭐.

침상의 이부자리에 드러누워 뒹굴거리고 있으니 솔솔 잠이 쏟아졌다. 아무래도 잔뜩 긴장했다가 풀어진 탓인 거 같았다.

까무룩 잠들었다가 벌떡 일어나 앉았다. 밤인가? 벤지가 문을 안 닫고 갔나. 너무 추운데?

토미가 주고 간 담요를 위에 더 덮으려고 일어나자 갑작스러운 움직임에 놀랐는지 발목이 시큰하게 쑤셔 왔다.

아우 씨, 드럽게 아파.

나는 그제야 벤지가 묶어 놓은 손수건을 풀고 내 발을 제대로 만져 보았다. 어두컴컴해 잘 보이지 않아 달빛이 내리쬐는 바깥으로 나갔다. 의외로 밖으로 나가니 선선한 바람이 볼을 간질여 기분이 좋았다. 나는 오두막 앞에 놓인 작은 의자에 앉아 조심스레 발을 들어 올렸다.

붓긴 부은 거 같은데……. 이게 그렇게 요란 법석 떨 만큼인가.

그래도 아프니까 괜히 마음이 싱숭생숭했다.

힝. 아프니까 카일 보고 싶다. 못 본 지 한 달이나 됐는데.

"그래서 여기 왔잖아."

"꺅!"

"……넌 나를 볼 때마다 놀라는군."

지독하게 낮은 목소리가 밤공기를 뚫고 다가왔다. 다가오는 발소리도 듣지 못했는데.

살짝 흐트러진 그의 금발이 바람을 따라 흔들렸다. 어두운 밤인데도 그만이 환하게 보였다.

태양 같았다.

"카이이일—"

"아직도 예절을 모르나 본데, 전에도 말했듯 황족의 이름은 함부로 부르는 게 아니라고."

"아, 아픈데 한 번만 봐줘요. 그리고 어차피 머릿속에서 카일이라고 하루에 수십 번씩 불렀잖아요."

"……어디가 아픈데."

"발목이요, 아까 삐었어요."

"칠칠맞지 못하긴."

그는 무언가 삐진 게 있는지 삐딱한 말투였지만 걱정이 되긴 했는지 내게로 걸어왔다. 긴 보폭에 거리가 훅훅 줄어들었다. 팔을 뻗으면 금방 닿을 거리까지 다가온 그가 느리게 눈을 깜빡이며 나를 뚫어지게 바라봤다.

"머리카락을 꽤 많이 잘랐군."

"아! 카일은 내 머리 처음 봤죠. 벤지가 잘라 줬어요."

"……벤지가?"

"네. 처음에 갔는데 틸리 님이 글 모르는 여자애는 할 수 있는 일이 없다는 거예요. 그래서 남장을 하고……."

"남장한 건 알고 있었지만 머리카락을 이렇게 많이 자른 줄은 몰랐어. 근데 잠깐만. 뭐? 글을 몰라?"

"어라? 벤지가 말 안 했어요? 나 글 못 읽는데."

카일의 한쪽 눈썹이 올라갔다.

엥, 화났나.

"그럼 그동안 편지는 누가 읽어 줬지?"

"……아, 편……지……. 그건……."

"심부름을 보냈던 시종과 시녀들이 읽어 줬나 보군. 그러니까 다들 그런 식으로 날 대하지."

"왜요, 다 좋은 분들 같던데."

카일이 나를 원망스레 쳐다봤다.

"지난 1주일 동안 식은 홍차에, 묘하게 딱딱한 스콘에, 잉크를 갖다 달랬더니 마른 잉크를 갖다주질 않나."

뭐야, 뭔 소리야. 뭐. 왜 날 째려봐. 난 잘못한 거 없잖아.

"됐다, 내 잘못이지."

억울한 마음에 금방이라도 대들 것처럼 눈을 부라렸더니 카일이 쪼그려 앉아 내 발을 살폈다.

"카, 카일……. 이런 말 뭐하지만, 나 발 냄새 날지도 몰라요."

아……. 자고 일어나서 발 씻을걸. 하루에 두 명이나 내 발에 코 박고 쳐다볼 줄은 몰랐다.

피식 웃는 소리가 들린 건 내 착각이었나. 카일이 무심한 표정으로 고개를 살짝 들어 올렸다.

오 마이 갓. 지져스. 내려다보니까 정확히 20배 정도 더 잘생겼네. 카일보다 키 컸으면 매번 이 각도로 봤겠지. 아, 젠장, 어릴 때 우유 더 마실걸.

"나를 내려다보는 이는 드물어."

"아니, 이놈의 목소리는 뭐 그렇게 사소한 거까지 전달한대요. 쪽팔리게."

"말을 가려 하는 게 어때. 남장을 하고선 더 거칠어진 것 같군."

"남자 같아 보여요? 난 아무리 봐도 내가 너무 귀엽던데."

"……발목이 아니라 머리를 다쳤나."

이 인간이.

앗, 이건 안 전해졌겠지.

그래도 진심으로 한 말이었다. 생활관에 있는 창문으로 본 나는 단발도 소름 돋게 잘 어울리는 미인이었는데.

"저 근데 꽤 잘났지 않나요? 물론 카일이 훨씬 예쁘지만 나도 어디 빠지는 미모는 아닌 거 같던데."

허리를 살짝 숙여 카일에게 얼굴을 가까이 들이대자 그가 황급히 고개를 숙였다.

"……다, 다쳤으면 궁정 의사라도 부르지 그랬어."

"아이, 됐어요. 마구간에서 일하는 애가 무슨 궁정 의사예요."

"너는 아직 내가 붙잡고 있는 인질이니까 어느 소속인지 밝혀지기 전까진 멀쩡하게 있어야지."

"아직도 그 소리예요! 나 진짜 아니라니까 그러네!"

살짝 올라간 광대로 봐선 카일이 웃고 있는 것 같았다. 사람을 암살자로 몰아가 놓고 웃다니, 잘생긴 얼굴만 아니었으면 멱살을 잡아 흔들었을 텐데.

집에 돌아가면 진짜로 이름 바꿔야지, 김 못 말리는 얼빠로.

"그나저나 어쩌다 다친 거야."

"아야! 살살 다뤄요!"

카일이 발목을 휙 꺾어 버린 탓에 눈물이 찔끔 흘렀다.

"아까 낮에 디에프가 들판에서 갑자기 울타리를 넘어 막 달리는 거예요. 잡으러 뛰어가는데 다시 돌아오더라고요. 거기까지만 해도 괜찮았죠. 그런데 개가 밥 준 사람을 알아본 건지 뭔지, 완전 치받아 죽일 것처럼 날 향해서 달려들었어요."

그래서 살려 달라고 했군, 작게 속삭이는 카일의 목소리가 들렸다. 그는 자리에서 일어서며 웃음기 담긴 목소리로 말했다.

"밥을 준 사람을 죽이려고 달려든 건 아닐 텐데."

"아무튼 그때 벤지가 달려와서 날 잡아챘어요."

"잡아채다니?"

"말을 타고 와서 순식간에 나를 안아 올렸어요. 그 덕에 피했고요."

"……널 안았다고?"

어느새 일어서서 팔짱을 낀 채 이야기를 듣고 있던 카일이 목덜미를 문지르며 눈을 느리게 감았다 떴다. 무언가 불편해 보였다.

너를, 안았다고.

"느에에."

지금 이렇게 말꼬리가 늘어진 건 내 잘못이 아니라 과하게 나른한 표정으로 나를 내려다보고 있는 카일 때문이다.

나른과 섹시의 황금 비율이 몇 대 몇이냐고 물어보면 나는 카 대 일이요, 라고 답해야지.

"이제 네가 하는 말에도 면역이 생길 지경이야."

"정말요?!"

"……왜 그렇게 좋아하지."

"면역이 생긴다는 건, 더 해도 된다는 말 아니에요?"

"취소하겠다. 그런 의미는 아니었어. 횟수를 좀 줄이거나, 적어도 시간이라도 정했으면 좋겠군. 식사 도중에 누가 내 머릿속에서 카일은 나른 섹시 황금 비율이라고 말하면 정말 곤란하거든."

"……아, 방금도 들렸구나."

"너는 네 목소리가 들린다는 거에 자각이 없나 봐."

"……약간 남의 일처럼 느껴지긴 해요, 워낙 실감이 안 나서."

"그럼 그게 다 꾸며 낸 말이 아니라 진심이었어?"

"어떤 거요?"

내 물음에 카일은 바로 대답하지 못하고 한참 망설이는 듯 손을 몇 번이나 말아 쥐었다 펴기를 반복했다.

"……한다거나,"

겨우 입을 열어서 뱉은 말은 너무 작아서 제대로 들리지도 않았다.

"크게 말해요, 뭐라고요?"

"……그, 저기, 사랑! 한다고, 나한테……. 잘생, 겼다고……. 하루에 몇 번씩이나……."

아무렇지 않게 뱉던 말이었는데 카일이 쑥스러워하니 덩달아 나까지 얼굴에 열이 오르고 말았다.

"그럼 당연히 진심이죠. 내가 빈말하는 사람으로 보여요?"

별달리 할 말도 없어 괜히 발가락으로 돋아난 잡초나 뜯고 있었다. 발목을 삐었어도 발가락은 힘이 들어가는구나, 같은 부질없는 생각을 하고 있을 즈음에 카일이 헛기침을 하며 다시 말을 걸었다.

"디에프는 내 말이니까 내가 책임질게."

"뭐, 뭘요? 데려가시게요? 안 돼요. 디에프 쟤가 기본 성질이 더러워서 그렇지, 가끔 착할 때도 있어요. 그리고 디에프만 전하 말인가요? 나머지 애들도 다 카일 거잖아요. 안 돼요, 데려가지 마요."

정이 들었다기보다는 이렇게 관리하는 말이 줄어들면 내 평가가 떨어져 황궁에서 잘릴까 걱정이 됐다. 인사 고과 지긋지긋해. 나 당장 먹고살 곳도 없는데, 이 사람아. 나 잘리라고 그러는 거냐.

조마조마 떨리는 심장으로 올려다보자 카일이 바람 빠지는 소리를 내며 웃었다.

"그래, 다 책임질게."

"에?"

"다 책임진다고. 아마 디에프가 답답해서 그런 걸 거야. 네가 말을 탈 줄 모르니 달리질 못해 그랬겠지. 앞으론 하루에 한 번이라도 와서 말을 타야겠군."

"정말요? 매일 와요? 여기에?"

"……말들이 답답할까 봐 오는 거지, 딱히."

"뭔 소리예요! '딱히, 너 때문은 아냐.' 그런 소리 하지 마요. 제가 다쳤으니까 걱정돼서 그러시는 거 아니에요? 또 사고 날까 봐?"

금방 텐션이 올라간 나는 활짝 웃으며 그에게 말했다. 카일은 티 나게 고개를 반대쪽으로 꺾어 버렸다.

뭐 저렇게 부끄러움을 많이 탄대, 귀엽게시리. 귀여워. 너무 귀여워. 뒤통수 동그랗고 사랑스러워. 사탕 아닐까. 입 안에 넣고 와랄랄라 하고 싶어. 마구간 책임지는 김에 겸사겸사 내 인생도 책임져 줘.

카일이 뒤통수를 슬쩍 쓸어내리며 한 걸음 떨어졌다.

"다 들리니까 너무, 그렇게 크게 대놓고 말하는 건,"

그때 까만 하늘 위에 떠 있던 별이 둥근 궤도를 그리며 떨어져 내렸다.

"전하! 카일! 별똥별, 별똥별!"

나는 다친 것도 잊은 채 자리에서 벌떡 일어나 그의 옷소매를 잡아당겼다.

"뭐?"

"별똥별이요! 빨리 소원 빌어요!"

유성이 비처럼 쏟아져 내리고 있었다. 한두 개가 아니었다. 검은 하늘 위를 가득 채운 푸르고 하얀 빛들이 긴 꼬리를 남기며 우르르 떨어졌다.

나는 두 손을 모으고 간절하게 빌었다. 여기 오고서 매일같이 빌었던 것들과 최근에 가지게 된 소망들을.

카일이 행복하게 해 주세요. 카일이 사랑받는 걸 뻔뻔하게 즐기게 해 주세요. 카일 이왕이면 나랑 사랑해. 그리고 릭이 자꾸 내 감자 안 훔쳐 먹게 해 주세요. 내일 고기 나와라, 내일 생활관 식사에 고기 나와라, 고기 좀 푹 익혀서 나와라……. 늦게 가도 고기 남아 있어라…….

슬쩍 눈을 떴더니 카일은 멍하니 하늘을 올려다볼 뿐 아무것도 하지 않고 있었다.

"뭐 해요, 카일! 소원 빌어야 된다니깐요!"

"……별은 아무 쓸모가 없지 않나."

"네?"

"별은 그저 낮의 찌꺼기에 불과하잖아. 태양이 될 수도 없고, 태양과 같은 시간에 존재해서도 안 되고……."

하늘을 바라보며 쓰게 웃는 카일의 얼굴이 외로워 보였다.

"에이. 그렇게 말하면 듣는 별 섭섭하죠. 태양이 아무리 밝게 빛나도 사람들은 별에 대고 소원을 빌잖아요."

카일이 천천히 나를 향해 돌아봤다. 나는 그를 향해 미소 지었다.

"별은, 희망이에요. 카일."

그는 알 수 없는 표정으로 나를 보다 갑자기 오른손을 들어 눈을 가리며 돌아섰다.

"카일 전하, 추워요? 눈이 시려요? 바람이 너무 부나?"

카일은 대답 없이 자꾸만 얼굴을 보여 주지 않으려는 듯 나를 피했다.

"추우면 담요라도 갖다줄까요? 담요 갖다줄 테니까 나랑 별 구경 좀 더 해요."

뭐야, 왜 얼굴 안 보여 줘. 너 보려고 누나가 여기서 말똥 치우고 사는데 이 놈아.

돌아선 채 카일은 우물거리며 뭐라 말했다.

"……아해?"

"뭐라고요? 잘 안 들려요."

"……진짜로 날 좋아해?"

뭐? 진짜로 좋아하냐고? 이놈 자식을 확 그냥.

화딱지가 난다. 아니, 대체 한 달 동안 뭘 들은 거야.

이왕 여기까지 온 김에 이 가여운 사람을 행복하게 해 주고 싶었다. 미래를 바꿀 수 없다면 사랑한다는 말이나 실컷 해 줘야지, 적어도 외롭지는 않게 만들어 줘야지, 라고 생각했는데. 뭐? 진짜로 좋아하냐고? 아, 나! 내 한 달 돌려 줘!

……이 와중에 등판 되게 넓네. 거참, 살맛 나는 등짝이다.

"카일! 저 좀 봐요."

나는 무엄하게도 카일의 어깨를 잡아 돌려 세웠다. 든든한 체구와는 달리 카일은 내가 이끄는 대로 움직여 내 쪽을 바라봤다.

파르르 떨리는 아랫입술을 지그시 깨물고서 눈가를 촉촉하게 적신 모습이 묘하게 색정적이라 꺼내려던 말을 잊어버렸다.

"……불러 놓고 왜 아무 말도 안 하지? 지금은 마음도 조용한데. 설마 또……."

"……."

몰라, 뭐라는 거야. 목소리 완전 촉촉해. 아무 생각 안 할래.

나는 한참이나 예술 작품에 홀려 버린 것처럼 카일의 얼굴을 뜯어보고 있었다.

카일이 입술을 달싹일 때마다 혈색이 돌아 입술 안쪽부터 붉은 색감이 고르게 번졌다.

"네 생각이 안 들려, 조."

"……지금 아무 생각도 안 하고 있거든요. ……정말 최고예요, 카일."

"뭐가."

"당신이요. 당신 정말 최고야."

잘 익은 토마토처럼 빨개진 얼굴의 카일은 대답도 없이 뒤돌아 빠르게 사라져 버렸다. 안녕히 가시라는 인사조차 까먹고 나는 멍하니 쏟아지는 유성우 아래에 서 있었다.

단언컨대, 잘생긴 게 최고다.

※　※　※

"펠, 펠!"

"예, 카일 전하. 무슨 일이십니까."

걷는 것도 뛰는 것도 아닌 애매한 걸음걸이로 급하게 궁 안으로 들어온 카일은 그의 충직한 시종을 불렀다.

"펠이 보기에 나는 어떤 사람이지?"

순간 펠의 머릿속에 숱한 대답들이 동시다발적으로 떠올랐다.

'어린 소년의 마음을 짓밟는 파렴치한.'

'황제에게, 황비에게, 또 형제들에게, 그리고 걸핏하면 찾아오는 암살자에게까지 시달리는 가련한 벽안의 황자님.'

'……냉혈한.'

'연고도 없는 조를 홀로 마구간에 일하게 한 무심한 사람.'

물론 카일에게서 제 봉급이 나오기 때문에 펠은 가슴속의 문장들 중 단 한마디도 꺼내지 못했다.

"전하께서는 완벽한 분이죠."

주름을 보기 좋게 들어 올려 웃으며 한 치의 거짓도 없는 것처럼 꾸몄다. 사실 딱히 거짓은 아니었다. 행실로만 두고 보면 황자들 중 카일이 가장 바르고 의젓했으니까.

그렇게 넘어가려고 했는데.

"……펠이 보기에도 그런가?"

"……예?"

"내가, 아무래도…… 보통 잘생긴 게 아닌 거 같아."

단번에 펠의 얼굴이 구겨졌다. 물론 카일은 누구나 한 번쯤 뒤돌아볼 만한 미남형이긴 했다. 화려한 인상인 프리실라 황비의 이목구비를 닮았으나 자아내는 분위기가 차분하고 단정했다. 카일은 귀공자 느낌이 바닥에 떨어진 머리카락 한 올에까지 흘러넘치는 사람이었다. 게다가 얼굴값 한다는 뭇 귀족들과는 달리 염문설에도 휩싸인 적이 없었다.

그런데 이제 와서 거울을 보고 자화자찬이라니……. 뒤늦은 얼굴값을 하는 건가 싶어 펠은 한참 곤란한 얼굴로 카일의 옆에 서 있었다.

카일은 붉어진 낯으로 분주하게 거울을 보며 말했다.

"……나도 장미수 같은 걸로 세안을 해 볼까."

"전하께서는 이미 남부럽지 않게 고운 피부를 가지고 계십니다."

"으음……. 그래? 아니면 나도 자기 전에 머리를 빗어 볼까."

"전하, 대체 왜 그러십니까. 마구간에서 무슨 일이라도 있으셨어요?"

생전 이런 적 없던 사람이 거울 앞에서 온갖 폼을 잡고 있으니 펠은 무언가 불안해졌다. 머리라도 크게 다친 것이 아닌가 싶은 마음에 넌지시 물어보았지만 카일은 볼썽사납게 귓불을 붉히며 다른 얘기를 꺼냈다.

"보통 별을 보면 무슨 생각을 하지?"

"……으음……. 밤이구나……."

흐리멍덩한 눈으로 대답한 펠의 얼굴에 어느새 피곤이 덕지덕지 붙어 있었다.

"내가 헛소리가 길었군. 미안해, 펠. 이만 건너가서 쉬도록 해. 오늘은 혼자 정리하고 자겠다."

카일의 친절을 몇 번이나 사양하다가 펠은 떨어지지 않는 발을 겨우 떼 내어 황자의 침실에서 빠져나왔다.

오늘따라 황자님이 이상하다. 조 그 녀석이 황자님께 못생겼다고 했나? 그래서 황자님이 갑자기 외모에 신경을 쓰시는 건가.

물론 사실은 그 반대였지만.

카일은 이불 속에서 창문 밖으로 보이는 별 무리를 보며 조의 목소리를 되뇌었다.

'별은 희망이에요, 카일.'

자꾸 조가 떠올랐다.

3. 만남의 광장, 마구간

급하게 돌아갔던 그날 밤 이후로 카일은 출석 도장이라도 찍듯 매일같이 마구간으로 찾아왔다. 간혹 내가 셀마나 릭과 놀다가 마구간으로 들어올 때면 카일은 기다리고 있던 의자에서 벌떡 일어서서 내게 성질을 부렸다.

"발목도 안 좋다며 어딜 그렇게 돌아다녀!"

"오시면 오신다고 연락을 주시든가요! 그럼 기다렸겠죠!"

이렇게 한바탕 싸우고 가는 날도 있었다.

벤지 역시 걸핏하면 마구간의 울타리를 열고 들어와 발목은 괜찮은지, 더 다친 곳은 없는지 묻곤 했다.

한동안 조용하던 마구간에서 사람 냄새가 나는 것 같았다.

"이제 좀 살 만하네!"

건초를 옮기느라 땀이 난 이마를 소매로 닦으며 말했더니 벤지가 이상한 표정으로 나를 바라봤다.

"……넌 정말 이상해."

"내가 뭘요. 바쁘다면서 맨날 마구간에 오는 벤지 님이 더 이상하죠."

"카일 전하를 좋아한다고 하지 않았나?"

"좋아하죠, 엄청."

"……보통 귀족 영애들은 좋아하는 남자 앞에서 그렇게 힘자랑을 하지 않아."

"연고도 없는 제가 귀족 영애들처럼 살면 굶어 죽을걸요. 저의 매력 포인트는 강한 생활력이에요."

그렇군, 고개를 끄덕인 벤지가 자리에서 일어났다.

며칠 전에 벤지가 손수건으로 묶어 주고 갔던 발목은 다음 날이 되자 씻은 듯 나았고 나는 다시 열차게 일하고 있었다.

저 멀리에서 말을 타던 카일이 내 쪽으로 달려오더니 몇 걸음 앞에서 멈춰 섰다. 말 콧김이 뿌얀 것을 보니 어느새 날이 꽤 추워진 게 느껴졌다.

"조."

"예, 전하."

"나 어디 멀리 갔다 올 거 같아. 그래서 당분간 마구간에 못 와."

흠, 그러시구나. 하긴, 황자 정도 되면 되게 바쁘겠지.

"어디 가시는데요?"

"헤스티안."

헤스티안, 헤스티안이 어디더라……. 분명 소설에 나왔었는데 가물가물했다. 지나가듯 슬쩍 나온 지명이라 기억이 잘 나지 않았다. 혹시나 싶어 카일에게 넌지시 물어봤다.

"전하, 헤스티안의 특산품이 뭐죠?"

"……왜? 뭐 필요해? 거긴 옷감이 유명하지."

"그렇구나. 으음. 아니에요."

들어도 모르겠다. 소설 속에서 옷감이 딱히 중요하게 다뤄진 적은 없었다.

〈킹메이커〉에서 검은 눈의 황자 이사크는 어느 영지에서 유출이 불가하다는 광석 교류를 성공시켰다. 그로 인해 제국민들에게 제 존재를 알리고 당당하게 황자로서 황궁 안에 제 자리를 만들었다. 꼭 제 눈처럼 빛나는 검은빛의 오르브시델이었다.

그곳의 영지 이름도 광석 이름이랑 비슷했던 거 같은데, 오…… 오르…….

"오르, 오라…… 오를, 오라."

"……혹시 오라버니라고 부르고 싶은 것이라면 그건 무리일 것 같아, 조."

뭔 소리야. 누가 남 고민하고 있는데 끼어들래.

어처구니없단 표정으로 올려다보자 말에 타고 있던 카일이 당황했는지 그의 파란 동공이 이리저리 날뛰었다.

물론 잘생기면 다 오빠고, 오빠는 호칭이 아니라 신분에 속하는 거라지만 전혀 다른 생각을 하던 중에 오해를 받아 그런지 요상하게 기분이 구렸다.

잔뜩 기분 나쁜 표정에 당황한 모양인지 카일은 고삐를 잡고 있던 손을 풀고 휘휘 저었다.

"아니, 그게 아니라, 네가 자꾸 오라, 오르, 이렇게 하니까."

"제가 황자 전하한테 왜 오라버니라고 하겠어요."

"그, 그렇지. 여동생도 아닌데. 아무튼, 헤스티안에 갔다 올 동안, 말들 관리를 부탁……"

카일은 말을 하다 말고 내 뒤에 서 있는 벤지를 바라봤다.

"벤지 님도 그곳에 가나요?"

"……응. 데려가야지. 둘만 있을 순 없잖아."

"무슨 둘이요? 에에— 카일 전하. 싫어하는 사람이랑 둘이서 가는구나. 어색해서 벤지 님도 데리고 갈라는 거구나—"

내가 또 전에 회사에서 별명이 김눈치였다. 이 정도야 거뜬하지.

물론 팀장님은 내게 눈치를 조금 길러 보는 게 어떻겠냐고 권하긴 했지만 내 생각엔 나는 눈치가 꽤 빠른 거 같았다. 그게 아니면 왜 별명이 김눈치였겠어.

카일의 표정이 방금 전의 나처럼 구리게 변했다.

아니, 저러다 미간에 주름이라도 생기면 어쩌려고 저러신담.

"두 분 다 가시면 말들은 또 들에 풀어 뒀다가 데리고 와야겠네요. 괜찮아요. 원래 그렇게 했으니까요."

말에서 훌쩍 뛰어내린 카일은 내 손목에 묶인 손수건을 슬쩍 내려다봤다.

"그건 전에 벤지가 준 건가."

"네."

"기사단의 손수건이군. 내가 준 건 어쨌어?"

"아, 저 울 때 주신 거요? 그거 처음 온 날 여기 똥 냄새가 너무 심해서 코 막았다가 빨고, 그다음에 또 콧구멍 막았다가 또 빨고 하다 보니까 조금 해어졌어요."

옆에서 잘 따라 걷던 카일이 갑자기 걸음을 멈추고 날 돌아봤다.

"……넌 날 좋아하는 게 맞나."

오늘따라 왜 이러시지, 다들.

"당연히 좋아하죠."

품! 웃음을 터뜨리는 벤지의 소리가 들렸다.

웃어? 내 사랑이 웃겨?

"전하, 이만 가 보셔야 합니다. 대륙 무역학 시간입니다."

대화를 끊고 벤지가 카일을 데리고 사라졌다.

다음 날 마차를 끌고 갈 말 두 마리를 데리고 성문 앞까지 갔다. 본궁 소유의 말들도 많았지만 역시 내가 사랑과 정성으로 먹이고 씻긴 애들이 털에 윤기가 줄줄 흘렀다.

보람차다……. 어떡해, 나 진짜 마구간이 천직인 거 같아.

사람들이 많은 탓에 카일과는 인사하지 못했지만 벤지는 슬쩍 와서 내게 뭔가를 쥐여 주고 갔다. 면포에 싸인 것을 열어 보니 단내를 폴폴 풍기는 튀긴 과자였다.

……이런 간식 정도에 내가 넘어갈 줄 알았다면 너무 고마워, 잘 먹을게.

누가 볼세라 냉큼 입 안에 넣고 굴리니 미적지근한 단맛이 입 안에 달콤하게 퍼졌다. 이곳에 온 뒤로 단맛이 나는 건 처음 먹은 것 같았다. 저절로 입가에 미소가 퐁퐁 피어올랐다. 떠나는 마차 행렬을 보며 활짝 웃으며 손을 흔들었다.

이제나 올까, 저제나 올까 하며 황자님만 기다리기엔 역시 할 일이 많았다. 정신없이 바쁘게 지내다 보니 시간은 잘도 흘렀다.

이러다가 마구간 마스터 되는 거 아닐까.

그래도 허전하다. 마구간이랑 들이 이렇게 넓었나.

그래도 최근엔 매일 찾아오는 귀여운 소년 덕분에 꽤 재밌었다.

오늘도 테오가 왔을까.

콧노래를 부르며 밥을 먹고 돌아오니 마구간 앞의 볏짚 더미 위에 누군가 앉아 있는 게 보였다.

"테오!"

"조!"

바닥의 굴러다니는 돌을 툭툭 차며 나를 기다리고 있던 건지 내 목소리를 듣곤 자리에서 벌떡 일어섰다. 처음 봤을 때랑 영 딴판이네.

"왜 이제 와!"

성질부리는 건 하나도 안 변했지만. 무슨 시종의 동생이라고 했던가. 처음 봤을 때 하도 얼버무리며 말해서 기억이 잘 나지 않았다.

처음 마구간을 찾아온 그는 볏짚 위에 주저앉아 꾸벅꾸벅 졸고 있던 내 발을 걷어찼다.

"므, 므어야……! 느그야!"

"나 말 타고 싶어."

"뭐?"

잠이 덜 깨서 제대로 사리 분별이 되지 않았다. 반쯤 눈을 뜨니 적갈색 머리칼이 눈앞에 아른거렸다. 뒤이어 소년이 혼잣말로 웅얼댔다.

"형은 뭐 때문에 여길 오지……."

"뭐……? 뭐라고? 형? 너 형이 있어? 누군데? 나 여기 자주 오는 친구 많아. 말하면 다 알아."

카일이 헤스티안으로 떠난 뒤로는 시종과 하녀들이 놀러 왔다가 잠깐씩 수다를 떨다가 가곤 했다. 이름이야 이제 거의 다 외우니까.

"말해 봐, 헬럿? 아니면, 셀마? 틸더슨?"

하품을 하며 대답했더니 나를 더럽다는 식으로 쳐다봤다. 별처럼 아름다운 분홍색 눈이 반짝이처럼 빛나고 있었다.

미모가 장난 아니네. 미래가 밝구나, 꼬맹아.

"됐어! 조용히 해!"

"……이 콩알만 한 것이……."

꿀밤이라도 때리려고 했지만 겨우 내 가슴께까지밖에 안 오는 분홍 땅콩한 테 화를 내 봤자 내 모양만 우스워질 것 같았다.

나는 인자하고 착하니까.

마음의 평화를 불러오기 위해 좋은 생각을 했다.

카일, 잘생긴 카일, 금발 미남 카일…….

신경질적으로 머리카락을 쓸어 넘긴 소년이 내게 버럭 소리를 질렀다.

"무슨 생각 하고 있는 거야? 내 말 듣고 있어? 나 말 타고 싶다니까!"

"……잠깐만. 너 말 탈 줄 알아?"

안 그래도 며칠간 말들이 제대로 달리질 못해 시름시름 흥이 빠진 것 같아 걱정이 되던 중이었다. 나는 반색하며 그의 손을 이끌고 말을 한 마리 한 마리 구경시켜 주었다.

"신기하네! 말도 탈 줄 알고! 너 이름이 뭐야?"

활짝 웃는 내 얼굴을 보며 소년은 퉁명스럽게 답했다.

"……테오."

"그래, 테오! 들어와. 처음엔 똥 냄새가 좀 나지만 익숙해지면 그것도 괜찮, 아니 사실은 괜찮지 않아! 언제 맡아도 독하니까 조심해."

내 경고에 테오는 심술궂은 표정을 풀고 픽 웃었다.

"얜 벤, 그리고 저쪽에 하얀 말이 멜린다. 저기 제일 작은 애가 린지. 지금 여긴 없는데 황색 말이 마틴, 검은색 커다란 말이 디에프야. 가격을 따지면 안 되지만 디에프가 제일 비싼 놈이야. 성깔도 제일 더럽고."

"너는?"

"응? 내 성깔도 더럽냐고?"

"아니. 네 이름은 뭐냐고."

"아, 난 조라고 해. 그냥 편하게 조라고 불러."

릭한테 옮았나 보다. 우리끼린 장난치며 웃지만 이 어린애한테도 통할까 싶었다.

"그게 뭐야, 그냥 조잖아."

퉁명스럽게 말을 하면서도 광대를 서서히 올려 웃는 게 귀여워 나는 테오의 동그란 머리를 쓰다듬으며 그를 따라 웃었다. 테오는 제 머리 위의 내 손을 보다가 시선을 올려 내 얼굴을 똑바로 바라보았다. 그러곤 말갛게 웃었다.

"조는 여기서 일한 지 얼마 안 됐나 봐."

"응. 두 달도 안 됐어. 왜?"

"……아냐. 내 머릴 쓰다듬은 사람이 아무도 없었거든."

"정말? 왜 그랬지? 이렇게 동그랗고 귀여운데!"

궁 구석에서 말똥을 치우며 살다 보니 찾아오는 손님이 반가워 나는 테오를 보고 눈을 접으며 꽤 즐거운 티를 냈던 것 같아.

"……너 내가 올 때마다 좋아할 거야?"

"당연하지. 매일 오면 좋겠는데?"

아무리 시종의 동생이라도 황궁에 자주 올 순 없겠지 싶었다. 그래도 진심이었다. 이렇게 매일 올 줄은 몰랐지만.

건초 더미 위에 앉아 있던 테오가 내게 달려왔다. 그새 친해져 반가운 척을 하는데 꼭 어린 산짐승을 길들인 기분이었다.

"테오! 뛰지 마! 다치면 어쩌려고 그래! 오늘도 날 보러 왔어?"

"내가 널 보러 왜 와! 말 보러 왔지!"

"에이, 나 보고 싶었으면서 또 거짓말하는 거 같은데―"

"조는 엄청 어린데 말하는 건 아저씨 같아."

"야……. 넌 무슨 말을 그렇게 하냐. 나처럼 생기 넘치고 미래 창창한 아가씨, 아니 젊은이가 어딨어."

"됐어. 린지나 데려와. 말 탈 거야."

"야, 넌 그 명령조 말투부터 고쳐야겠다. 땅콩만 한 게 형한테 왜 그러냐."

테오가 나를 물끄러미 올려다봤다.

"조는 정말 겁이 없어."

"나 그런 말 자주 들어. 헤헤."

"눈치도 없고."

"어? 와, 우리 팀장님이랑 똑같은 소릴 하네. 나보고 눈치 없다고 그랬어. 성실한 거 말곤 쓸모가 없다고."

"……팀 장? 그 사람은 누구야? 나 말고 여길 찾아오는 사람이 또 있어? 누구랑 친한 거야?"

그러고 보니 이상하게 테오가 다녀간 뒤로 다른 사람들의 왕래가 뜸해졌다. 이상하네. 밥 먹을 때 말곤 인사도 거의 하지 못했다. 다들 바쁘신가.

"조!"

테오가 내 옷깃을 잡으며 날 불렀다. 고개를 숙여 내려다보니 나름 위엄 있게 인상을 쓴 분홍색 눈동자가 나를 노려보고 있었다.

"팀 쟝이 누구냐니까."

"아. 음…… 팀은 전에 나랑 같이 일하던…… 내 상사였어."

"흐음, 말버릇이 더러운 사람이구나. 아랫사람을 부릴 땐 그런 식으로 하면 안 된다고 그랬어."

"맞아. 사랑과 애정으로 다독여야지. 개자식……. 근데 테오 너는 그걸 누가 가르쳤어? 너도 평민이잖아."

"……평민?"

"그래, 나도 성이 없고 너도 없잖아. 난 조. 넌 테오."

"……음, 뭐. 그래. 알아서 하고, 아무튼 린지 탈래. 린지 데리고 나와."

"내가 진짜 너니까 남몰래 태워 주는 거야. 이거 진짜 황자님 알면 나 혼난다고."

"……허세 부리지 말고 빨리."

쟨 나이도 어린 게 왜 저렇게 사람을 부려 먹지.

마구간 안으로 들어가 린지 앞에 섰다. 제일 덩치가 작고, 유순한 린지는 나를 알아보고 푸드드 소리를 내며 침을 튀겼다. 처음엔 더럽다고 기겁을 했지만 이젠 귀엽게만 느껴졌다.

"린지, 나와. 테오가 또 널 보러 왔대."

린지의 등에 안장을 얹고 천천히 앞으로 이끌자 다그닥다그닥 말발굽 소리를 내며 린지가 나를 따라왔다.

엥, 여기 있던 디딤대가 어디 갔지.

"테오, 여기 있던 돌 어디 갔어? 너 그거 밟고 올라가야 되잖아."

"내가 어떻게 알아."

"어쩌지. 테오. 내가 들어 줄까?"

"됐어. 혼자 올라갈 수 있어."

말은 그렇게 했지만 테오는 고삐를 잡고 한참이나 발을 들었다가 내리길 반복했다.

"……조."

거봐, 날 찾을 거면서.

"너 하나쯤은 번쩍 들 수 있지. 그동안 키운 근육이 제값을 할 때가 됐어."

테오의 옆구리를 잡고 머리 위까지 들어 올렸다. 팔이 약간 후들후들 떨렸지만 이렇게 작은 남자아이 정도는 잠깐 들 수 있었다. 매일 건초와 볏짚을 나르고 수레를 끌고 다니며 힘이 세졌으니까.

묵묵히 나를 두 눈 가득 담던 테오가 내 앞머리를 툭 건드렸다.

"난 나중에 이만큼 클 거야. 너보다 더."

"네, 네, 그때 되면 오라ᄇ, 아니 형님이라고 불러 드릴게."

테오가 사르르 웃자 때아닌 봄이 온 것 같아 나까지 기분이 좋아졌다.

"……조는 힘이 엄청 세네."

"네가 가벼운 거지. 테오 너 많이 먹고 키 좀 커야겠다. 살도 쪄야겠는데."

"……우리 집안의 사람들은 원래 나중에 큰대. 열다섯에 이 정도면 정상이라고."

"그래, 그런 걸로 하자, 이 쪼꼬만 땅콩 테오야."

말 등에 안전하게 올라앉은 테오는 익숙하게 고삐를 움켜쥐고 천천히 움직였다. 나는 테오의 옆에서 린지와 발을 맞춰 함께 걸었다. 멀찍이서 시종들의 비명과도 같은 고함 소리가 들렸다.

"……황자님! 어디 계십니까……!"

"……황자 전하! ……저쪽을 찾아봐!"

목소리들은 우측 정원의 앞쪽까지 우르르 다가왔다가 다시 멀어졌다.

"테오, 아무래도 황자님이 없어졌나 봐."

"그런가 보네."

"아, 카일 황자님 보고 싶다."

"네가 보고 싶어 한다고 맘대로 볼 수 있는 분이 아니잖아."

"네가 뭘 모르나 본데, 카일 황자님과 나는 마음으로 연결돼 있다고."

"……형, 아니 카일 황자님이랑 너랑……?"

"그럼!"

당당하게 고개를 끄덕였다. 테오의 눈에 경악이 서렸다. 나를 머리부터 발끝까지 느리게 눈으로 훑어보기도 했다.

'그래서 그런 거였나…….'

뭐라 작게 말하기도 했는데 린지의 말발굽 소리에 제대로 들리진 않았다. 내가 카일이랑 친한 게 그렇게 놀라울 일인가. 나 그래도 꽤 미인이던데.

"정말, 둘이, 마음이…… 그래?"

버벅대며 묻는 테오의 얼굴에 어쩐지 오기가 생겨 버렸다.

"당연하지! 카일 황자님은 내 앞에만 서면 얼굴이 빨개진다고."

따지고 보면 거짓말은 아니었다. 내 희롱성 텔레파시에 당황해 붉어지시는 것 같긴 했지만.

테오는 말고삐를 움켜쥐며 먼 산을 바라보다가 고개를 끄덕거렸다.

"어쩐지, 혼담을 다 거절하시더니. 취향이…… 이쪽이셨구나."

이쪽? 무슨 쪽?

……아, 맞다. 나 지금 남장하고 있었지. 까먹었다.

여기서 농담이었다고 하면 황족을 모욕했다는 죄로 잡혀갈 것 같아 입을 꾹 다물었다.

카일……. 미안해요. 사람이 원래 고위직에 앉아 있으면 각종 소문에 시달리는 법이랍니다.

대신 조심스레 속으로 편지를 보냈다.

"카일 전하가 말을 갑자기 좋아하게 된 줄 알았어. 그래서…… 오는 줄 알았는데, 느, 너, 너를…… 너를 보러 오는 거라니."

양심에 찔리긴 했지만 딱히 부인하진 않았다.

"……너랑 잘 놀고 있지만 어떤 점에서 전하가 너를, ……그렇게 보는 건지는 잘 모르겠어."

하! 내 매력을 모르는구먼.

입을 다물고 있었어야 했는데 또 참지 못하고 거드름을 피워 댔다.

"테오, 다 어른들만의, 어? 사정이란 게 있는 거야."

"이렇게나 아저씨 같은데 대체 왜 전하가 너랑……."

"너 한 번만 더 아저씨라고 하면 말 궁둥이 걷어차서 떨어뜨린다."

히익!

테오는 '핫!' 이라는 이상한 기합과 함께 빠르게 말을 몰았다. 몇 바퀴를 돌다가 기진맥진한 얼굴로 다가온 테오는 내려 달라며 내게 손을 뻗었다. 올라갈 때완 달리 힘없이 내려오는 게 영 신경 쓰였다.

"……내가 협박해서 그래? 야, 미안. 사과할게. 미안해."

"아냐, 그냥. 나는, 우리 혀, 황자 전하가 애인이 있는 줄 몰라서……. 그것도 조 너라니……."

"놀래켜서 미안, 그, 사실,"

"이만 가 볼게. 생각할 시간이 필요해."

나를 아련하게 바라보던 테오는 터덜터덜 걸으며 마구간을 빠져나갔다. 린지의 고삐를 쥐고 있던 나는 갑작스러운 테오의 심경 변화에 당황했지만 할 수 있는 일이 없었다.

왜냐하면 말들 밥 줄 시간이었다. ……미안. 테오. 나 얘네 밥 제때 안 주면 혼나.

그로부터 이틀이 지난 후 테오는 다시 찾아왔다. 어떤 결심이라도 한 것처럼 다부진 인상이었다. 물론 나는 분홍 병아리가 짹짹대는 걸 보는 기분이었지만.

"나! 응원할 거야!"

"뭘?"

물을 길어다가 마구간 바닥에 뿌리며 청소를 하고 있던 나는 내가 무슨 장난을 쳤는지도 까맣게 잊은 상태였다. 소매를 걷어 올린 채 물동이의 물을 바닥에 뿌리고 넙적하고 긴 밀대로 밀며 잔챙이 오물들을 밖으로 쓸었다.

마구간 입구에 서 있던 테오는 내가 일하는 모습을 묵묵히 보고 있다가 작은 손으로 턱을 감싸 쥐고 고개를 끄덕였다.

"조 너라면 우리 전하를 지킬 수 있을 거 같아. 힘도 세고, 일도 잘하니까. 물론 우리 전하도 엄청 세지만, 만약의 경우라는 게 있으니까. 계속 보다 보니까 잘 어울리는 거 같기도 해."

아하. 그거였구나. 황자와 어울리는 신붓감(?)인지 고민했다는 게 너무 귀여웠다. 나는 밀대를 내던지고 입구에 서 있는 테오를 향해 달려갔다.

"으악! 뭔데! 왜 그래!"

두 눈이 휘둥그레져서는 뒤로 도망가려는 테오를 붙잡아 올렸다.

"아이구! 귀여워! 쪼그만 게! 귀여워!"

"조! 조, 잠깐만! 나 옷 구겨지는데, 조!"

바닥에 내려놓자 잔뜩 울상이 된 테오가 제 옷의 원단을 툭툭 치며 나를 흘겨봤다.

"집에 가서 엄마한테 갈아입혀 달라 그래. 너 말 타는 거 보면 집도 잘살 거 같은데."

"……너 우리 엄마 얼마나 무서운지 모르잖아."

"와, 엄마 무섭기로 따지면 또 우리 엄마 못 빼놓지. 광복동 이영숙 하면 모르는 사람이 없었어."

"……뭐?"

분홍 눈이 반짝이며 나를 올려다보고, 나는 다시 내 말실수를 깨달았다.

이놈의 입방정. 입을 꿰매든가 해야지…….

"어머님의 이름이 특이하네. 우리 어마마, 어머니는 지금 바빠서 내 옷을 갈아입혀 줄 시간 없어, 원래도 그럴 분은 아니었지만."

씁쓸하게 말하는 테오의 두 어깨가 유난히 외로워 보여 나는 손을 올려 그를 토닥였다. 내 손길에 놀라지도 않고 테오는 나를 보다가 옆의 의자에 앉아 조용히 쓰다듬을 받고 있었다.

"우리 엄마는 오르본의 무슨 광석이 필요하대. 그걸로 검을 만들면 더 단단해진다고. 어마마, 어머니는 요새 오르본 얘기뿐이야. ……나랑은 말 안 한 지 오래됐어. 지금 어머니한테는 오르본이 나보다 더 중요한 일일 거야."

그렇구나, 우리 귀여운 분홍 삐약아.

조용조용 말하는 테오의 머리칼을 쓰다듬으며 듣고 있다가 문득 한 단어가 뒤통수를 치고 가는 충격을 받았다.

오르본!

오르브시델!

오르본의 검은 광석이 무기에 섞이면 강도가 세진다는 이야기가 돌고 나서 황궁에선 오르본을 등에 업은 자가 황궁의 검을 쥐게 된다는 이야기가 나왔다.

존재만 겨우 인정받은 수준이던 검은 황자가 오르본을 가지게 될 거라곤 아무도 예상치 않았지만 검은 눈의 황자는 누구보다 빠르게 오르본을 든든한 제 뒷배로 만들었다.

상황이 소설대로 흘러가고 있었다. 마구간지기 하나가 새로 들어왔다고 해서 소설의 줄거리가 바뀌진 않았다.

제기랄. 나 왜 날짜 생각을 안 한 거지? 아니, 애초에 헤스티안이라는 글자를 듣고도 왜 그렇게 안일했던 거야!

루이지엔느 황비가 태어나자마자 궁 밖으로 보내며 살린 검은 눈의 이사크가 황제가 되려 하고 있다. 정확히는, 그를 황제로 만들려고 하는 원래의 여자 주인공, 델로아 알베니스가 움직이고 있다.

수도에서 이틀은 마차를 타고 가야 하는 영지 알베니스. 그곳의 장녀로 태어난 델로아는 평생을 알베니스 가문의 영주가 되기 위해 공부했다. 무려 16년이라는 시간을.

그런데 어느 날, 과하게 금슬이 좋은 부모님 때문에 뒤늦게 아들이 태어나 버렸고 그녀는 그렇게 알베니스의 후계 자리에서 밀려났다. 아버지, 어머니, 그리고 평생을 내 것이 될 것이라 굳게 믿었던 영지까지. 모든 것들이 꼴도 보기 싫어진 델로아는 유학을 준비했다.

그러다 잠깐의 동정으로 길거리에 쓰러진 늙은 여인을 도와주고, 그녀를 집으로 데려다주며 그녀의 아들이라는 이사크와 만나게 됐다.

노파는 숨이 끊어지기 전 델로아가 있는 자리에서 비밀을 이야기했다. 이사크가 실은 황제와 루이지엔느 황비 사이에서 태어난 황자이며 자신은 그저 시녀에 불과했다고.

싸늘한 시체를 붙잡고 눈물 흘리는 이사크의 검은 머리카락과 검은 눈을 내려다보며 델로아는 조용히 주먹을 움켜쥐었다.

며칠 뒤 떠날 것처럼 짐을 싸고 있는 이사크를 찾아간 델로아는 그에게 제안한다.

"이사크. 날 황후로 맞겠다고 약속해요. 그럼 당신을 황제로 만들겠습니다."

제국 변두리의, 백작가(家) 영애이면서도 그녀는 황자 앞에서 당당했고, 적절히 협박도 할 줄 알았다.

"황자인 게 알려지면 당신은 어차피 황궁에 가기도 전에 죽을 겁니다. 이 작은 영지에서 그걸 숨기고 살아가고자 해도 힘들 거고요. 도망 역시도 쉽지 않겠죠. 제가 사실을 알았잖습니까. 저는 이 알베니스의 장녀고, 넓게 보면 빌테온 제국의 신하죠. 저 시녀분이 돌아가신 마당에 황족임을 증명할 수도 없으니 이사크 당신에게 남은 건 황족을 사칭한 죄로 사형당하는 것뿐입니다."

"지금 나한테 협박하는 거야?"

"비참하게 죽을 건지, 황제로 살아갈 건지 의견을 묻는 겁니다."

이사크는 결국 고민 끝에 그 제안을 받아들였다.

델로아는 자신이 황자인 줄도 모르고 살아온 이사크를 황제의 재목으로 착실히 갈고닦은 뒤 함께 수도로 향했다.

머지않아 그는 제국민들의 앞에 오르본을 거머쥔 검은 눈의 황자 이사크라 소개될 것이다.

카일은 그만큼 박탈감과 동류애를 느끼겠지.

'검은 눈을 가지고서도 백성들의 환영을 받는 나의 동생, 이사크.'

아악! 안 돼. 카일! 울면 안 돼!

초조한 마음에 손톱을 딱딱 물어뜯었다.

카일을 행복하게 만들겠다고 해 놓고선! 의외로 말을 잘 다뤄서 재능을 뽐내느라 소설 줄거리를 까먹고 있었잖아. 나 진짜 바본가!

머리를 쥐어뜯고 있었더니 테오가 나를 이상하게 쳐다봤다.

"머리 헝클지 마. 조."

"그냥 내가 바보 같은 짓을 해서 그래."

"조는 원래 바보 같으니까 조금 더 한다고 큰일이 나진 않아. 괜찮아."

"위로해 줘서 고마, 잠깐만. 뭐라고?"

킬킬 소리 내며 웃는 테오의 모습은 영락없는 장난꾸러기였다. 진짜 내 동생이었으면 꿀밤이라도 한 대 때리는 건데. 난 엄청 심각하다고. 이러다가 또 카일…… 상처받으면 어떡해. 그 커다랗고 아름다운 눈에서 또 눈물이 뚝뚝 떨어지면 어떡하냐고.

이렇게 가만히 일이나 하며 카일을 기다릴 순 없었다. 지금 마음 텔레파시로 카일에게 하나하나 전달하기엔 중간에 뚝 끊길지도 몰랐다.

"테오. 너희 형이 여기서 일한댔지?"

"……으응."

"네가 매일 이렇게 들락거리는 걸 보면 꽤 중요한 일을 하는 사람인가 봐. 황궁에 가족을 데리고 올 수 있는 건 꽤 오래 일한 사람이라는 거잖아."

"그렇지……. 20년은 됐어."

"우와, 엄청 오래됐네. 그럼 카일 전하가 언제 돌아오는지도 알아? 간 지 한 달이 넘었잖아."

"……곧 돌아온다고 들었어."

정말 소식 빠르네. 여기 있는 나한테는 그런 소식이 안 들리는데. 아무튼 테오 말대로라면 테오의 형이 벤지 님과 마주칠 수도 있겠네. 아무래도 카일 전하께 바로 전달해 달라는 것보다는 보좌관님을 통하는 편이 더 편하겠지?

"테오. 나 부탁 하나만. 벤지 님한테 조가 애타게 찾고 있다고, 황궁에 돌아오는 대로 꼭 와 달라고 전해 주라. 늦은 밤이라도 상관없으니까. 꼭. 알았지?"

"뭐?! 조! 너 어떻게 그럴 수가 있어! 이…… 배신자!"

테오의 두 눈이 분노로 얼룩졌다. 대체 또 어디서 실수를 한 거지.

"왜 화났어. 테오."

"우리 혁, 황자 전하랑 사귄다면서 벤지를 만나겠다고?!"

아차.

졸지에 화려한 양다리를 걸쳐 버렸다. 뭐, 뭐라고 말을 바꿔야 하지.

눈을 굴리던 나는 벤지가 단번에 알아챌 이름이 떠올랐다.

"내, 내가 말실수를 했네! 내가 보고 싶어 하는 건 당연히 카일 전하밖에 없지. 벤지 님을 찾는 사람은 조가 아니라 조세핀! 조세핀이 벤지 님을 찾아."

"……조세핀이 누군데."

"……우리 누나. 나랑 쌍둥이야. 다른 곳에서 일하고 있고."

"정말?"

"당연하지, 진짜야. 우리 누나 이름 대면 벤지 님이 바로 알걸. 둘이 되게, 음, 되게 친해."

"조세핀은 벤지, 아니. 벤지 님을 왜 찾는데."

말문이 턱 막혔다.

카일을 살리려고? 카일을 행복하게 해 주려고?

어떤 대답을 해도 테오의 의심을 피하긴 힘들 것 같았다. 아악! 어릴 때 창의력 좀 잔뜩 키워 놓을걸.

"……조, 조세핀이 벤지 님이랑 사귀거든."

"조세핀이라는 너희 누나는 벤지 님이랑 사귀고, 너는 카일 황자님이랑 사귄다고?"

"……으음…… 비슷해. 아니. 맞아. 그래."

뭔가 심각하게 배배 꼬인 것 같지만 어떻게든 되겠지. 나는 내 좌우명을 다시 한 번 가슴에 새겼다.

괜찮아. 어떻게든 되겠지!

"너희 남매는 황궁에서 일하면서 어떻게 귀족인 벤지를…… 심지어 황자 전하까지……. 조, 이거 아는 사람 또 있어?"

분홍 삐약이가 걱정되는 눈으로 나를 올려다봤다.

세상에, 귀여워…….

"아니, 아직은 삐약이밖에 몰라."

홀린 듯 대답했다가 입을 헙 하고 다물었다. 자, 말실수 자꾸 하는 사람 오른손을 들어요. 그대로 뺨을 내려쳐요.

"삐약이?"

"……그, 저기…… 내가 돌보는 새가 있는데, 걔를 삐약이라고 불러. 말들한테 사료로 나가는 곡물을 조금씩 주거든."

"……동물한테 고민 상담을 해?"

"그럼. 이런 중대한 일을 사람한테 말할 순 없잖아."

스스로의 임기응변에 내심 감탄했지만 테오는 뭐가 불만인지 입술을 삐죽 내밀며 내 발끝을 툭 찼다.

얘는 사람 걷어차는 게 취미인가.

"나한텐 말했잖아."

"그거야 내가 테오를 믿으니까 그렇지. 우리 착한 테오. 아무한테도 말하면 안 돼. 알았지?"

동그란 눈동자를 빛내며 나를 보던 테오의 두 볼이 천천히 눈동자 색으로 물들어 갔다. 피부가 하얀 게 온통 분홍색이 되니 사랑스럽기 그지없었다.

"……응, 알았어."

고개를 끄덕이는 테오의 머리칼을 쓰다듬었다. 린지를 타고 들판을 도는 테오의 옆을 따라 걷다가 넌지시 물었다.

"검은 눈의 황자가 황궁에 오지 않았어?"

"……어?"

아차. 아직 안 왔나. 하긴, 오르본에 대한 소문을 프리실라가 발 빠르게 먼저 알아챈 것일 수도 있다.

굳은 표정의 테오가 입을 열었다.

"그런 게 소문이 나는구나."

"뭐? 그런 거라니."

"곧 죽을 황자잖아."

"……아니, 그 사람은……. 왜 죽을 거라고 생각해?"

"아는 사람이야?"

"그건 아니지만."

테오는 심드렁한 얼굴로 팔짱을 꼈다.

"눈 색이 다르면 죽잖아. 나도 언제 죽을지 모르고."

"야! 왜 그런 말을 해! 눈 색이 무슨 상관이야!"

테오가 나를 뚫어지게 쳐다봤다. 진득한 시선에 꿰뚫리는 것만 같은 착각이 일었다.

"……카일 전하랑 사귄다더니 정말로 눈 색은 신경 안 쓰나 보네."

"그, 그렇지."

무심한 얼굴이 누구를 닮은 것 같았는데 당황한 탓인지 연결이 잘 되지 않았다.

"검은 황자는 루이지엔느 황비의 핏줄이래. 붉은 매 인장이 박힌 증표를 들고 왔다더라. ……황제 폐하는 별 관심도 없어 보였다지만."

"그래?"

"이름이 뭐냐고 묻고 그 자리에서 빌테온의 성을 가지라 했대. 루이지엔느 황비마마가 맞다 하시니까 그냥 인정하신 걸지도 모르지."

"그렇구나……."

실은 그게 아니었다. 황제는 루이지엔느의 말을 따른 것이 아니라 그저 무신경한 것이었다.

❈　❈　❈

황제는 넓은 알현실에서 멍하니 서 있는 이사크를 대충 훑어보곤 진한 와인을 입 안 가득 들이붓듯 마셨다.

와인 잔을 따라 올라갔다가 내려오는 시야에 이사크가 오른손에 쥐고 있는 붉은 매 인장이 그려진 브로치가 문득 들어왔다.

"……내 아들이라고?"

"……예, 폐하."

"루이지엔느를 더 닮았군."

단순한 감상평을 내놓은 황제는 긴 숨을 느리게 흘려보냈다.

"황제의 앞에서 당당하게 검을 들고 있는 모습 또한 그녀를 닮았구나."

"……그분께서 주신 것입니다."

이사크가 검을 쥐고 있는 오른손을 잘게 떨었다. 오른손 가득 땀이 흘러 조금 고쳐 쥐자 검집에 든 칼이 흔들리며 무거운 침묵을 깨뜨렸다. 웅웅거리는 소리가 마치 울음 같았다.

옛날, 황제가 루이지엔느에게 줬던 검이었다. 황비에게 검은 어울리지 않는 선물이라는 사람들도 있었지만 그녀의 고향인 테리슨 반도가 철광석으로 유명하고, 그녀가 검법에 능하다는 것을 생각하면 보기 드물게 잘 고른 선물이었다.

그 검을 꼭 쥐고 있는 이사크의 두 눈이 젊은 날의 루이지엔느를 보는 것 같았다. 검술을 해 보라 했더니 조롱하지 말라며 침실의 휘장을 잘라 버리던.

"루이자의 아들이 맞나 보군."

그것이 황제 나름대로의 확답이었다.

알현실을 걸어 나오며 이사크는 단 한 번도 불려 본 적 없던 호칭으로 불렸다.

"이리로 안내하겠습니다. ……이사크 황자 전하."

앞에 서 있던 시종이 이사크를 황자 전하라 부르며 고개를 숙였다.

이사크는 고개 숙인 시종의 정수리를 물끄러미 바라보았다. 평생을 빌어먹고 살리라 믿었던 어린 날에는 황금빛으로 빛나는 황궁의 사람들은 다들 신이라 믿었었다.

멍한 얼굴의 이사크는 밖의 작은 협실에서 기다리고 있던 제 약혼자의 앞에 검을 내려놓았다. 실은 떨어뜨린 것에 더 가까웠지만.

무력한 얼굴로 그는 무너지듯 말했다.

"……이리 간단한 거였나. 아들로 인정받는 게? 그런 거였어?"

델로아는 이사크의 뺨을 부드럽게 감싸 쥐었다.

"이사크 전하. 단지 황자로 인정받는 게 목표였다면, 여기까지 오는 것보다 시골에서 숨어 사는 게 더 행복했을지도 몰라요."

망연자실한 이사크의 얼굴을 제 눈앞으로 당기며 델로아는 그의 두 눈을 똑바로 보고 말했다.

"여기까지 온 이상 살아남아야죠."

그러곤 누구도 듣지 못하도록 그를 느리게 안아 귓가에 속삭였다.

"당신은 황제가 될 거고, 그 길은 방금 전 당신이 걸어 나온 길보다 훨씬 복잡할 겁니다."

이사크는 저를 붙잡고 우는 루이지엔느에게서 어떠한 애정도 느끼지 못했다.

왜 저를 버렸어요, 버릴 거면 아예 버리지, 왜 증표 같은 걸 줘서 다시 돌아오게 하셨습니까. 그런데 제가 다시 찾아왔을 때는 왜 다시 도망가라 말하지 않으셨어요, 제가 진짜로 황제가 되기라도 하면 어쩌시게요, 저를 버린 어머니한테 어떻게 할 줄 알고.

이사크는 응어리들을 가슴 깊숙한 곳으로 삼켜 버렸다. 그를 묵묵히 보고 있던 델로아에게 루이지엔느가 눈물을 닦고 말을 걸었다.

"알베니스 영애라고 했던가요? 고마워요. 이사크가 혼자였다면, 정말…… 여기까지 오는 것도 힘들었을 거예요."

갈라지는 목소리에도 기품이 묻어났다.

델로아는 루이지엔느에게 예의를 갖춰 양쪽 치맛자락을 살짝 올리며 허리를 숙였다. 그러곤 그 특유의 단정한 높낮이로 인사를 올렸다.

"아닙니다. 황비마마. 저야말로 이사크 황자 전하를 여기까지 모실 수 있어 영광이었습니다. 아무리 멀어도 가족은 가족이니까요."

"……가족?"

"예. 제 외증조모님의 존함이 게르베르타 셀 테리슨이십니다. 그맘때는 테리슨 반도와 빌테온 제국의 교류가 지금보다 더 활발하던 시기였으니까요. 테리슨가(家)의 왕녀님께서 보잘것없는 제 가문과 인연을 맺으신 것이 길이 남을 영광이라 외증조모님의 존함을 기억하고 있었습니다."

가만 서 있던 이사크의 시선이 델로아에게 돌아갔다. 여기까지 오는 길에 한 번도 듣지 못했던 이야기였다.

"그랬구나! 알베니스……."

가문의 이름을 되새김질하듯 부르는 루이지엔느의 시선을 알아챈 델로아가 생긋 웃었다.

"땅은 넓지만 농사를 지을 수 없는 붉은 흙이 지천입니다. 상징적인 의미 덕에 한때는 갓 즉위한 황제가 땅을 밟기 위해 방문하기도 했지요. 하지만 먼 거리에 허울뿐인 행사라며 쓸모없는 전통이라 하는 황제들도 계셨다 들었습니다. 그러던 중 알렉테몬드와의 대전쟁이 터지고 난 후 황궁의 각종 행사들이 간소화되어 이제는 그저 영주민들과 힘을 합쳐 살고 있는 작은 지역에 불과합니다."

시녀가 옆에서 루이지엔느의 귀에 무어라 속살거렸다.

"……작은 지역이라기엔 철기 산업이 꽤 발달한 곳이라는군요, 우리 일리네가 그쪽 지방에서 왔거든."

티 없이 맑은 얼굴로 델로아는 일리네를 향해 웃었다.

"예, 어떻게든 살아남아야 했거든요. '알베니스는 죽지 않는다.' 다소 거칠지만 이게 제 가문의 가언입니다."

루이지엔느의 검은 눈썹이 살짝 위로 올라갔다.

방을 나서기 전, 루이지엔느는 이사크의 손을 부여잡았다.

"이사크. 살아 있어 주어서 고맙고, 이렇게 다시 내 곁에 와 주어서 고맙다. 무슨 말을 해야 할지 모르겠지만……. 그때의 나는 너를 살리기 위해 내린 결정이었단다……."

이사크는 말을 하려 입을 열었다가 이내 닫아 버렸다. 입 안이 바싹 말라 버린 것 같았다. 눈물이 마른 것처럼.

황비의 궁에서 나오는 길에 델로아는 이사크를 향해 미소 지었다.

"잘하셨습니다. 황자 전하. 앞으로도 그렇게 필요한 말만 하시면 됩니다."

"……델로아. 다른 건 상관없는데 전처럼 그냥 이사크라 불러 주면 안 될까?"

델로아의 투명한 녹색 눈이 이사크를 올곧게 쳐다봤다. 얼음처럼 차가운 시선에 이사크는 얼어 버린 것처럼 그녀의 앞에서 굳어 버렸다.

"……어리광을 부리고 싶으시면 알베니스의 뒷골목으로 돌아가셔야죠. 전하."

창문 위를 두드리는 찬 빗물 같은 그녀의 음성에 이사크는 말없이 고개를 끄덕이며 앞으로 나아갔다.

❋　❋　❋

"황—자— 즈은—하—"

저 멀리서 땡땡이친 황자를 찾는 소리가 들려왔다.

누군지는 모르겠지만 저 황자는 매일 도망 다니나 봐. 게다가 쉽게 잡히질 않네.

"테오. 황자들 중에 생양아치 새끼가 있나 봐."

"……너 어디 가서 그런 말 함부로 하면 안 돼."

"아니, 근데 저렇게 맨날 도망을 치고 한 번을 안 잡히네. 대단하지 않냐."

말을 신나게 타고 있던 테오가 시선을 돌리며 먼 산을 보다가 천천히 속도를 줄였다. 린지의 목을 토닥이며 고삐를 당겼다.

"워, 워…… 린지, 착하지. 조. 나 내려 줘. 이만 가 봐야겠어."

테오는 날 향해 두 팔을 뻗었다. 처음 말 위에 올려 줄 땐 싫다고 하더니. 역시 인간은 적응의 동물이구나. 그래도 두 달 만에 마구간에 적응한 내가 제일 짐승이다.

나에게 손을 뻗어 오는 맑은 분홍빛 눈의 테오가 너무 사랑스러워 나는 그를 내리다 말고 내 품 안으로 꼭 안아 버렸다.

"뭐, 뭐 하는 거야!"

"아유, 귀여워. 꼭 너 같은 남동생 있으면 좋겠어."

"……이러지 마, 조. 너한테는 카일 황자님이 있잖아."

"뭐야, 그 대사는! 무슨 싸구려 로맨스 소설 같잖아."

"갑자기 날 왜 안아."

"네가 너무 귀여우니까."

"조가 하는 대사야말로 싸구려 로맨스 소설 속 남자 주인공이 하는 말 같아."

하여간 그냥 예뻐할래야 할 수가 없다. 짧은 두 다리로 반대쪽으로 걸어가던 테오가 휙 뒤돌았다. 인사를 할 건가 싶어 손을 흔들었지만 테오는 제자리에 선 채 입술을 잘근잘근 씹었다.

왜 저러는 거지?

이리저리 둘러보던 테오가 내게 다시 다가왔다.

"눈 색이 상관없으면,"

"응."

"그, 혹시, 파란 눈만 좋아하는 거야?"

"음?"

무슨 소리인지 단번에 이해가 가질 않아 머릿속에서 다시 한 번 재생 회로를 돌려야 했다.

파란 눈만 좋아하냐니, 그게 무슨 소리야. 갑자기 그건 왜 묻지?

침묵이 길어지자 나를 보고 있던 테오의 시선이 침울해지며 천천히 아래로 향했다.

"다른 색은 싫은 거야?"

"음? 대체 무슨 소릴 하는 거야. 사람을 눈 색으로만 판단하는 사람이 어딨냐. 나는 그냥,"

"……너는?"

"잘생긴 사람이 좋아. 묻지도 따지지도 말고 딱 누가 봐도 잘생긴 사람. 다정했으면 좋겠고, 아! 돈도 많았으면 좋겠다. 하지만 돈은 내가 벌면 되니까 일단 잘생겼으면 좋겠어. 난 얼굴 뜯어먹고 살 거니까."

테오의 눈이 동그랗게 커졌다가 천천히 제자리로 돌아왔다. 양손으로 머리칼을 꼭 잡았다가 쥐었다가 하며 입을 벌렸다가 다물기를 반복했다.

그게 그렇게 놀랄 일인가.

"그럼 분, 분홍색 눈은 어때?"

"부운홍 누운?"

짜아식, 또 이 누나한테 반했구만.

입꼬리가 스멀스멀 올라갔다. 장난스레 테오를 흘겨보며 '너어?' 하고 물었더니 테오가 제자리에서 펄쩍 뛰며 질색을 했다.

"아냐! 그냥, 그냥! 물어본 거야! 다른 사람들은 어찌 생각할까 해서!"

"우리 테오야 당연히 너무 귀엽고 사랑스럽지. 이렇게 예쁜 테오를 누가 싫다 하겠어. 할 수만 있었으면 쪼꼬맣게 꽁꽁 접어 가지고 누, 아니 형아 주머니에 쏙 넣어 다니고 싶어."

온 얼굴을 불태워 버릴 것처럼 빨갛게 물들인 테오가 주먹을 꾹 말아 쥐었다.

왜 그래? 하고 묻는 나를 험악하게 째려보던 테오는 한쪽 발을 뒤로 쭉 당기더니 그대로 내 정강이를 힘껏 걷어찼다.

"악! 야!"

"너 가끔 나를 열 살짜리 애처럼 대하는데, 내가 몸이 조금 덜 자랐긴 해도 열다섯이야. 2년만 있으면 사교계에 데뷔도 한다고. 또 그 안에 키도 엄청 클 거고. 너보다 훨씬 더 클 거야."

"아오, 정강이야. 아이고, 아파."

정강이를 붙잡은 채 바닥에 주저앉아 테오를 올려다봤다. 그렁그렁 눈꼬리에 매달린 눈물방울에 테오는 움찔 놀라긴 했지만 씩씩거리며 다시 저 멀리 사라져 버렸다.

아, 정강이에 멍들겠다.

소매로 눈물을 슥슥 문질러 닦았다. 말들 밥 줄 시간이었다. 울긴 했지만 일은 계속 해야지.

팀 쟝의 목소리가 귀에서 울렸다.

'넌 성실함 하나는 알아줘야 돼.'

그러니까요, 팀장님. 제가 여기까지 와서도 이렇게 열심히 일을 합니다……

테오의 말처럼 그로부터 며칠 지나지 않아 황자의 긴 마차 행렬이 황궁으로 들어왔다.

나는 곧장 말 두 마리를 끌고 마구간으로 돌아왔다.

오구, 내 새끼들. 살이 왤케 많이 빠졌어. 힘들었어? 가서 맛있는 생초 뜯어먹자, 애들아.

아무래도 마구간지기가 천직인 것 같다. 책 속에 빙의를 하고서야 적성에 맞는 취업을 하다니. 인생 진짜 알다가도 모를 일이네.

❀　❀　❀

"형님!"

"깜짝이야. 테오도르, 여긴 무슨 일이니."

빌테온 제국의 5황자 테오도르 드 빌테온이 카일의 집무실 문을 열어젖히고 들이닥쳤다.

남들이었으면 눈살을 찌푸렸을 행동이겠지만 프리실라가 낳은 동복동생이라 그런지 카일은 테오도르를 보면 안쓰러움과 동시에 무구한 애정이 느껴졌다.

5황자라 계승 순위도 낮고 게다가 눈도 적안이 아니었다. 심지어 그는 '되다 만 황자'라는 치욕적인 별명으로 불리기도 했다. 사실 인지도가 낮아 그런 별명조차 모르는 사람이 태반이었지만.

테오의 분홍색 눈이 마구 일렁이고 있었다.

"형, 진짜로 조 그 자식이랑…… 그, 그렇고 그런 사이야?"

"……조?"

"응! 조! 마구간에서 일하는 조! 하얗고 은색 머리에, 자기가 잘생긴 줄 알고 자꾸 잘난 척하는 놈! 키도 나보다 약간 더 큰 주제에 건방지고 눈치도 없는데, 좀 웃기고…… 재밌고, 같이 있으면 즐겁, 아니! 그게 아니고! 형 조랑 진짜로 그런 사이야?"

"……네가 조를 어떻게 알아?"

"역시 아니지? 조가 거짓말을 한 거지?"

피곤한 몸으로 집무실 책상 앞에 앉아 있던 카일의 책상 앞까지 다가온 테오도르는 그의 팔을 잡고 뒤흔들었다. 대답 없이 곤란한 얼굴로 굳어 있는 것이 영 불안했다.

"설마 진짜야?"

"……그렇다기보다는…… 좀, 남다르긴 하지."

테오도르는 머리를 긁적이며 답변을 피하는 카일을 불만스레 쳐다봤다.

"형 분명히 어마마마한테 혼날 거야. 형은 황자잖아."

진지한 목소리로 말하는 테오도르의 말이 처음엔 이해가 가지 않아 카일은 '응?' 하고 되물었다가 곧 입을 다물었다.

……너무 익숙해지고 그 자신도 당당해서 잊고 있었는데 조는 현재 남장을 하고 있었다.

하긴, 건초를 사람 허리 높이만큼 쌓아 놓은 수레를 끌고 가는 그 모습을 보곤 누구라도 쉽게 조의 정체를 알아차리기 힘들 거다.

"형, 정신 차려. 형은 1황자잖아. 안 그래도 지금 어마마마가 새로 들어온 검은 황자 때문에 예민한데 형까지 그러면 어떡해. 어마마마한테 걸리면 형 끝났어. 아니다, 조가 멀리 쫓겨날지도 몰라. 조는 눈치도 없이 형 보고 싶다고 하더라."

보고 싶다니. 대체 애한테까지 무슨 소릴 하고 다닌 거야. 그럴 거면 남장이나 하질 말든가.

마음으로는 타박을 하고 있는데 입술은 스멀스멀 위로 올라간다.

정말로 내가 보고 싶었나?

하지만 이 터무니없는 헛소문이 프리실라 황비의 귀에 들어가면 조는 쫓겨나는 게 아니라 그 자리에서 죽을 것이다. 카일은 애써 웃으며 차분하게 말했다.

"……뭔가 오해가 있었던 것 같은데 남다른 사이라는 것은…… 하, 아무튼 별일 아니니까 누구에도 말하지 마, 테오도르."

앳된 얼굴의 테오가 카일을 마주 보며 밝게 웃었다. 카일처럼 조곤조곤 제 말을 들어 주는 사람이 이 넓은 황궁에 몇 없었다. 부드럽게 타이르듯 말하는 카일의 목소리에 들떴는지 테오도르는 카일을 붙잡고 고자질하듯 떠들어 댔다.

"형, 들어 봐. 조가 자꾸 나보고 더 많이 먹으라는 거야. 건방지지 않아? 내 식사 한 끼의 양을 보면 그런 말 못 할 텐데. 그리고 나는 늦게 자라는 거라고 아무리 말해도 안 믿어!"

분홍 꽃잎을 물에 띄워 놓은 것처럼 아름다운 테오도르의 눈이 빛을 받아 빛났다.

"조는 내가 황자인 줄 모르거든, 그래서 너무 막 대하는 것 같아. 나보고 형이 여기서 몇 년 일했냐는 거야, 그래서 20년은 됐다고 했어."

본인은 다 컸다곤 하지만 이럴 때 보면 열다섯은 아직도 한참 자라야 하는 나이구나, 싶은 마음에 카일은 가만히 듣고 있었다.

그중 거슬리는 문장이 들리기 전까진.

"게다가, 조의 누나인 조세핀이라는 사람은 벤지랑 사귄다더라!"

"……좋은 오후입니다, 테오도르 황자 전하. 그런데 제가 누구랑 사귄다고요?"

테오도르가 미처 닫지 않은 문을 열고 벤지가 들어왔다.

"조세핀."

불퉁한 얼굴로 테오도르가 벤지를 돌아보며 말했다. 카일의 두 눈이 불꽃처럼 타오르며 벤지를 바라봤다. 조세핀이라면, 킹킹자의 여장(?) 이름이었다. 보고를 들어 알고 있던 사항이었지만 설마 이렇게 다시 듣게 될 줄은 꿈에도 몰랐다.

테오도르가 눈치도 없이 끼어들었다.

"피셔 공작가도 망했네. 평민 아가씨랑 사랑에 빠지다니."

"조세핀이랑 벤지가 사귄다니 그게 무슨……."

"형은 몰랐어? 조가 자기 입으로 그러던데. 자기 누나가 벤지랑 사귄다고."

"조가 그랬다고요?!"

이번엔 벤지가 놀랐다.

테오도르만이 영문도 모른 채 카일과 벤지의 얼굴을 번갈아 가며 쳐다봤다.

"아, 서로 사귀는 거 모르고 있었구나. 벤지는 조랑 형님이랑 사귀는 거 알고 있었어?"

"조가 전하랑 사귄다고요?!"

"내가?!"

벤지와 카일이 서로를 놀란 눈으로 한참 쳐다봤다. 테오는 요란을 떠는 두 사람을 향해 온 인상을 찌푸리며 귀를 틀어막았다.

"시끄럽게 왜 자꾸 소리를 질러! 둘 다!"

의도하든 의도치 않았든, 테오도르는 폭풍을 끌고 와 버렸다.

"아무튼 형이 조한테 따끔하게 한마디 해 줘. 자꾸 날 껴안아. 나보고 귀엽대."

"……뭐?"

카일의 눈빛이 형형하게 빛났다. 펜대를 잡고 있던 손에 힘줄이 돋았다.

"내가 황자인 것도 모르니까 그럴 수 있지만, 좋은 놈인 거 같아서 좀, 참고 있지만, 음……. 아니, 사실 별로 썩 나쁘진 않았는데 그래도…… 으음. 그렇게 안아 준 사람은 처음이었지만……. 아냐, 몰라. 일단 너무 애처럼 대하니까 기분이 안 좋아. 형도 조가 애처럼 대하면 싫을 거잖아, 그치?"

말을 하고 있는 도중에도 헷갈리는지 테오는 몇 번이나 말을 바꿔 가며 머리를 긁적이다 겨우 문장을 마무리했다. 그러곤 위를 올려다보자 카일이 위화감이 느껴질 정도로 아름답게 웃고 있었다. 카일은 테오의 부드러운 머리카락을 쓰다듬었다.

"그게 어떻게 같니. 테오도르. 나는 조와 사귀고, 너는 아니잖아."

"……으응?"

벙찐 얼굴로 되묻는 테오도르에게 카일이 다시 천천히 새기듯 말했다.

"나는. 조와. 사귀고. 너는. 단순히. 친구 사이인데. 그게. 어떻게. 같아."

테오도르의 큰 눈이 당혹으로 물들었다.

"……아, 아까는 안 사귄다면서…….."

"그거야 '내 조'가 위험할까 봐 그랬지. 너도 어마마마의 성정을 알잖아."

굳은 분위기를 눈치챈 벤지가 슬쩍 끼어들었다.

"전하."

"응?"

두 전하가 동시에 벤지를 쳐다봤다.

"카일 전하. 헤스티안 공이 선물한 옷감과 와인을 황비마마께 보낼까요?"

"……직접 가겠다."

몇 번의 헛기침을 하던 카일이 자리에서 일어났다. 흐트러진 옷매무새를 정돈하려 시녀를 부르려는데 테오도르가 카일의 옷깃을 잡았다.

"잠깐만, 이것만 말하고."

저도 모르게 경계가 담긴 눈으로 카일이 내려다보자 테오는 일부러 벤지에게 말했다.

"벤지. 조세핀이 와 달래."

"……저요?"

오차도 없이 곧게 서 있던 벤지가 손가락으로 자신을 가리켰다. 애써 가라앉혔던 얼굴이 다시 상기되어 혈색이 돌았다.

그래서 테오도르는 군이 하지 않아도 될 말을 덧붙였다.

"응. 꼭 밤에 와 달라는데."

"……나는?"

"형은 어마마마한테 간다며. 빨리 가 봐."

"아니, 밤이면……."

"밤에는 헤스티안 갔다 온 거 정리해야 된다며. 그리고 형이 조세핀을 왜 만

나. 조랑 사귄다며."

"그건 그렇지."

둘 사이에 묘한 기류가 흘렀다. 테오도르가 갑자기 팔짱을 끼며 짝다리를 하고 카일을 힐긋 올려다봤다.

"형님, 조랑 포옹해 본 적 있어?"

"……뭐?"

"나는 조가 나 되게 좋아 죽겠다는 얼굴로 갈 때마다 안아 주는데."

"……나도, 조가, 매일, 고백을……."

가만있어 보자. 그게 정말 고백이었던가.

카일은 잠깐 그녀가 여태 했던 말들을 천천히 더듬었다.

"ㅈ, 조는 나를……,"

"형을 뭐?"

"……그는 나를 주머니에 넣어 다니고 싶다고 했다."

"그건 나한테도 그랬어."

"뭐? 직접 말했어?"

"그럼 형한테는 직접 말 안 했어?"

"……물론 나도 직접 들었지."

"조가 형을 많이 좋아하는 건 아닌가 보다. 나한테도 그런 말을 했으니까. 아니면 나를 형만큼 좋아하나 보지."

"그런……! 아냐!"

벌컥 화가 나 소리를 높였지만 지금 어느 갈래에서 화를 내야 할지 분간이 가지 않았다.

당연히 저를 좋아하는 줄 알았던 조가 비슷한 말을 테오에게도 했다는 것에 화를 내야 하는 것일까. 아니면 그 음험한 욕망으로 똘똘 뭉친 은발 변태가 귀한 동생에게까지 마수를 뻗쳤다는 것에 분노해야 할까.

카일의 얼굴이 당황으로 마구 구겨졌다.

"잠, 잠깐……. 조는 알면 알수록 더 위험한 사람이야. 테오. 일단 조심하고……."

형 된 도리로서 경고는 해 줘야 할 것 같았다. 두 달 가까이 들었던 조의 진심들은 농담으로 넘기기엔 다소 위험 수위인 것들도 있었다.

"형은 포옹도 안 해 봤다면서 위험한지 아닌지 어떻게 알아."

"……다 아는 수가 있어. 조……는 조금, 아니다. 조금보다는 많이 음흉한 인간이야."

"그래도 형보단 내가 조랑 더 친해. 물론 조금 아저씨 같은 면이 있지만, 그래도 내가 더 친해."

크흡!

벤지가 입을 틀어막고 고개를 숙였다. 카일이 날카로운 시선으로 노려보자 벤지는 대놓고 얼굴을 반대로 돌렸다. 어깨가 위아래로 요동쳤다. 차마 크게 웃지는 못하고 터지려는 웃음을 기를 쓰고 참고 있었다.

얼음장 위에 서 있는 것 같던 분위기가 벤지의 웃음으로 한결 풀어지자 테오도르는 슬쩍 자리를 피했다.

"……어쨌든 난 갈래. 아, 맞다. 조한테 내가 황자인 거 말하면 안 돼. 나도 조가 형이랑 사귀는 거 남한테 말 안 할게. 벤지도 평민이랑 사귀고 있는 거 비밀로 해 줄게."

호기롭게 말하는 테오의 얼굴을 원망스레 보고 있던 카일의 귓가에 또다시 조의 음성이 들렸다.

아, 딕 개자식~ 사람 겁나 건드네. 카일 보고 싶어. 카일은 어떻게 이름도 카일이지? 너무 귀여워. 카일 잘생긴 얼굴로 눈 씻고 싶어. 아깝다. 내 발목이 아니라 카일 발목이 뽀작 났어야 했는데. 그럼 바로 카일 신발 벗기고 발이나 왕창 구경할 텐데. 아. 카일 얼굴 안 보니까 일할 맛이 안 나네. 카일 보고 싶어.

승리감에 도취된 카일이 한쪽 입꼬리를 올려 웃었다.

"……조는 내 얼굴을 보는 것이 삶의 낙이라고 할 정도로 날 좋아하지. 게다가 내 발까지 좋아하고, 조의 기상천외한 고백들은 네가 상상도 못 할,"

"카, 카일 전하. 이제 그만……."

카일 머릿속의 목소리는 멈추지 않았다.

내 목소리 들려요? 먼 길 다녀와서 지친 카일 보고 싶어. 약간 신경질적인 거 너무 섹시해. 인간섹시 카일. 저 할 말 있어요. 마구간에 와 줘요. 말 오래 타면 엉덩이 아프지 않을까. 카일 엉덩이 상하면 어쩌지. 백만 불짜린데. 앗, 죄송합니다. 방금 껀 안 갔으면 좋겠다. 아무튼 카일. 마구간에 와 주세요. 이상한 짓 안 할게요.

"조는 항상 내 생각을 하고 있어!"

"형이 그걸 어떻게 알아! 무슨 생각을 하는데!"

"……그건 말할 수 없어."

"왜!"

"아무튼, 조는 항상 나를 두고…… 조금 이상하긴 하지만 아무튼 늘 내 생각을 하고 있다. 조는 내 입술로 다시 태어나겠다는 사람이야! 게다가 내 엉덩,"

"전하!"

벤지가 다급하게 카일의 입을 막았다.

"……뭐?"

"전하, 이제 진짜 그만하세요."

벤지가 조심스레 카일의 경박스러울 정도의 호들갑을 지적했다. 테오도르가 경악에 물든 얼굴로 벤지를 돌아봤다.

우리 형 왜 이래.

그 말은 벤지도 하고 싶은 말이었다.

우리 전하가 원래 이랬던가, 걱정스러운 마음이 들었다.

볼을 부풀렸다가 가라앉은 테오가 '내가 더 크면 형보다 더 잘생겨질걸.' 라고 호언장담하며 문을 열어젖히고 나갔다.

"벤지."

"예, 전하."

"내가 가기 전까진 너도 못 가."

"그런……!"

"조세핀이 너랑 사귄다니, 그게 무슨 소리야."

"……아무래도 조가 들킬 것 같아서 급하게 둘러댄 말인 것 같습니다. 그런데 전하가 조와 사귄다는 건 어떻게 된 겁니까."

"그것도 아마…… 둘러댄 말이겠지. 아무튼 넌 나랑 같이 가는 거다. 혼자는 절대 못 가."

언제부터 의젓하던 전하가 이렇게 유치해졌나 생각하며 벤지는 초조한 듯 검을 살짝 쥐었다 놓았다.

※　※　※

새삼 이 세계의 신분 제도를 실감하게 된다. 소설로 읽을 때는 온갖 사건들이 커다랗게만 느껴졌는데, 지금의 내겐 다 먼 나라 이야기에 불과했다.

똑같은 시간 속을 살고 있어도, 마구간에서 일하는 나에게 큰일이라고 해 봐야 말들의 안위뿐이다.

"디에프! 왜 밥통을 다 엎어 놨어, 아이고, 내가 못 산다!"

"멜린다, 왜 물똥을 싸니. 소화가 잘 안 돼? 물똥 치우려면 누나 신발에 똥 다 묻어요, 이놈 자식아."

그나저나 밤에 둘 중 아무나 와 달랬더니 왜 안 와.

"어이구…… 다리야……"

쑤신 다리를 툭툭 치고 있었더니 낯선 목소리가 들렸다.

"걷다 보니 여기까지 와 버렸네. 여기가 어디니?"

종아리를 주무르던 손을 내려놓고 소리가 들리는 쪽으로 고개를 돌리자 에메랄드빛 눈동자와 눈이 마주쳤다. 달빛에 비치는 짙은 블론드빛 머리카락이 바람에 따라 살랑거렸다.

"……델로아……."

겨우 입 안을 맴돌 정도로 작게 중얼거린 탓에 듣지는 못한 것 같았다. 델로아가 그림처럼 내 쪽을 향해 걸어왔다.

내 인생의 역작 〈킹메이커〉의 주인공님께서 내게 말을 걸었다.

나 이제 진짜 남은 생에 여한이 없다. 신이시여. 다시 한 번 말하지만 이번 인생 만족도 100점 만점에 도합 200점입니다요. 아까 마구간에서 일하게 했다고 투덜거려서 죄송해요.

델로아 알베니스.

냉철한 판단력과 기지로 뒷골목의 황자를 제국의 황제로 만든 사람.

〈킹메이커〉라고 검색하면 읽은 사람들 모두가 절절 앓고 있는 판타지 소설계를 뒤흔든 여자 주인공.

지금 그녀가 내 앞에서 날 향해 웃고 있었다.

어떡해. 어쩌지. 일단 태어나 주셔서 감사하다고 할까. 나 지금 무슨 표정이지? 아까 머리 빗었던가. 입 냄새 안 나나?

"안녕. 내가 밤눈이 어두워서 길을 잃었네. 불빛이 보여서 일단 여기로 왔어."

"아으아으아아가씨께서 왜 하녀도 없이 호으언자 다니세요."

"……날 알아?"

"ㄷ, 델로아 알베니스 님 아니세요? 말씀 많이 들었습니다."

델로아가 느리게 눈꺼풀을 감았다 뜨며 나를 한눈에 담았다.

"알베니스에서 왔니?"

"아뇨, 그, 그건 아닌데……."

이놈의 입! 전에 벤지야 그럭저럭 넘겼지만 델로아 앞에선 뭐라고 해야 할지 도저히 머리가 굴러가지 않았다.

두 손을 모은 채 고개를 숙이고 눈을 이리저리 굴리고 있었다.

"괜찮으니 겁먹지 말고 말해 보렴."

아우 씨, 듣던 대로 아랫사람한테 인자해. 너무 좋아. 아니, 지금 이런 생각 할 때가 아닌데.

"새 황자님이 알베니스의 아가씨님과 함께 오셨다고 하셔서요. ……건너 들었습니다."

"새 황자님……. 그래. 황궁이 소문이 참 빠르긴 하네. 그런데 아가씨면 아가씨지, 아가씨님은 뭐니. 너도 참 재밌는 아가씨네."

헤헤. 수줍게 웃다가 번뜩 고개를 쳐들었다.

"저, 저 여잔 줄 어떻게 아셨어요?"

"음?"

유려하게 미소 짓던 델로아가 고개를 갸웃 꺾었다.

"누가 봐도 여자애잖아. 머리 짧다고 못 알아보는 바보들이 있어?"

"……전부 다 그러던데요."

벙하니 입을 벌리고서 델로아를 바라봤다. 나도 꽤 큰 편이었지만 델로아는 나보다도 더 키가 컸다. 게다가 꼿꼿하게 편 허리 덕에 굉장히 당당해 보였다. 속된 말로 마차 뒤에 거꾸로 매달린 채 봐도 귀족 태가 나는 사람이었다.

이런 사람이 황후가 되는 거구나.

"다들 바보네. 아무리 봐도 귀여운 아가씨인데. 일을 하려고 머리를 잘랐니? 저런."

언니, 저를 꼬시면 어떡해요. 너무 좋아서 눈물이 나요.

델로아의 에메랄드빛 눈동자가 나를 지그시 바라보자 긴장이 되어 심장이 두방망이질 쳤다.

"이름이?"

김 못 말리는 얼빠요.

"……조입니다."

"조?"

"네. 아가씨. 편하게 조라고 불러 주세요."

"귀엽네."

귀엽……. 평생 귀여움받고 싶다. 앗. 안 돼. 정신 차려. 카일의 황위를 위협하시는 분인데.

……아니지 않나. 정말로 그렇게 큰 위협이었나. 그냥 이사크가 황제만 된다고 하면 상관없으셨던 거 같은데. 이사크 황제 만들고 나서 카일이랑 나랑 둘이 도망가게 해 달라면 가게 해 주시지 않을까.

내가 카일의 입장도 생각 않고 혼자 꿈의 나래를 훨훨 펼치고 있을 때 델로아는 내 앞으로 한 걸음 더 다가왔다.

"별궁으로 데려다주겠니? 아직 이사크 전하의 궁이 따로 정해지지 않았거든."

"……네, 네! 당연하죠!"

어차피 몇 주 뒤면 그녀는 이사크와 함께 오르본으로 가실 테니 궁은 크게 상관없었다.

그 전에 카일에게 먼저 오르본으로 가라고 말해야 하는데. 아직 카일도 벤지도 안 왔으니 델로아 아가씨를 잠깐 데려다주는 건 괜찮겠지.

"아가씨! 말 타실 수 있으시면 말 타실래요? 발 아프지 않으세요?"

"누구의 말인데?"

"카일 황자님의 마구간인데……. 역시 조금 그렇겠죠."

"하하. 그렇지. 카일 황자님과 개인적 친분을 쌓고 나면 모를까. 지금은 무리겠네. 그나저나 신기하네. 마구간지기가 주인의 명도 없이 이렇게 당당하게 말 타고 가라고 하는 건 처음이야."

"주, 주인 의식으로 일하고 있습니다."

걸쭉한 팀장의 목소리가 뇌 어딘가에서 생생하게 재생됐다.

'여러분. 주인 의식을 가지고 일을 하시란 말이에요. 내 회사다! 라는 생각으로! 내가 일을 제대로 못 하면 큰일이 난다! 이런 마인드로!'

진짜로 내 회사였으면 너부터 자른다.

매번 마음으로만 투덜대며 귀에 딱지가 앉도록 들었던 말이었는데 여기서 이렇게 써먹을 줄은 몰랐다.

"마구간에서 일하는 게 힘들어도 '이 말들이 사실 다 내 돈 주고 산 귀한 내 말들이다! 내가 여기 주인이니까 내가 일을 안 하면 큰일이 난다!' 그런 생각을 갖고 일을 하면 덜 힘드니까요. 말들한테 애정도 많이 가고……. 하하. 다 억지지만…… 자기 최면이라도 걸어서, 하하."

내가 말을 하고 있는데도 너무 낯이 뜨겁다. 주인 의식을 하도 갖고 일하다 보니 진짜 내 말 같아서 아가씨한테 타고 가라고 했다고?

내가 델로아였으면 평민이 건방지다고 가만 안 뒀을 거 같아.

"그래? 듣기에 따라선 황자의 말을 욕심내는 걸로도 들리겠다. 황실 모욕죄로 잡혀가겠는걸."

아니 그렇다고 진짜로 그런 말을 하시면 어떡해요. 이 언니는 무슨 말을 이렇게 험악하게 한대.

초조하게 눈치를 보며 울타리 문을 곱게 열어 드렸다.

"하하. 아가씨. 얼른 가요. 밤공기가 너무 차네요. 하하. 여차하면 업어 드리겠습니다."

능청을 떨며 문을 열고 델로아가 앞서 걷도록 했다. 마구간에서 일하는 주제에 그녀보다 앞서 걸을 수는 없었다.

"조?"

"예?"

"불을 네가 들고 있으니 앞이 제대로 안 보이네."

"아. 그럼 불을 아가씨가 드실래요? ……헉. 죄송합니다."

불을 반쯤 내밀었다가 얼른 다시 내 쪽으로 당겼다. ……지금이라도 무릎 꿇을까. 귀족 아가씨한테 불을 들라고 하다니. 나 정말 돌아 버렸나 봐. 난 왜 하나 하면 하나 생각밖에 못 하지.

델로아의 당황한 눈이 동그랗게 커졌다.

"……조는, 정말……."

"죄송합니다! 아가씨! 진짜 정말 죄송합니다!"

"……난 그냥, 나란히 걷자고 하려고 했는데."

"예, 예! 나란히 걸, 예? 그, 그것도 이상하지 않나요?"

"뭐가."

너무도 뻔뻔하게 되묻는 델로아의 얼굴에 내가 도리어 더 당황해 버렸다. 내가 아무리 벤지와 맞먹고 황자 전하한테 카일, 카일, 하고 부르는 위아래 뒤집어진 사람이라지만 모르는 사람에겐 건방지지 않게 굴었다.

이 시대에서 산 지 두 달이 된 생초보긴 하지만 평민이 귀족이랑 나란히 걷는 게 이상한 모양인 건 나도 안다.

"저는 평민이잖아요. 아니면 제가 불도 밝혀 드려야 하니까 조금 앞에서 안내할게요, 그런 건 다른 분들도 하던데."

"괜찮아. 내 옆으로 와. 네 얘기 좀 해 줄래? 어쩌다 남장을 하고 마구간에서 일하게 된 거야?"

주황 불빛에 비쳐 그림자가 진 그녀의 얼굴이 많이 외로워 보였다. 책 속에서 읽었던 델로아와는 약간 달랐다.

그도 그럴 것이 내가 읽었던 건 이사크와 있었던 일이었고, 그녀 혼자 결심하고 그를 황제로 올리기 위해 계획을 짜던 부분이었다. 집안을 등지고 홀로 시녀 하나만을 데리고 수도로 올라왔던 그녀의 심경에 대한 묘사는 없었다. 그 때문에 목표주의적인 그녀의 차가운 면모가 더 드러나 매력 있다는 독자들도 있었지만 나는 가끔 그녀가 외롭진 않았을까 생각하기도 했다.

"심심해서 그래. 말해 줄래? 조?"

"아, 그게요……."

머리를 긁적이며 델로아의 옆으로 다가갔다. 물론 다는 말하지 않았다. 전에 펠에게 말했던 것과 비슷한 듯 다르게 얘기했다.

기억을 잃었고, 그런 나를 카일 전하가 구해 주셨다고. 황궁 내에서 일을 하려고 했는데 글도 못 읽는 여자애가 할 수 있는 일이 없어 남장을 하고 마구간으로 들어갔다고 말했다.

말을 하다 보니 어쩐지 정말로 내가 기억을 잃은 처량한 소녀가 된 것 같아 기분이 울적해졌다.

캬, 이 연기력으로 고등학교 때 조퇴 작살나게 많이 했었지.

녹슬지 않은 메소드 연기에 스스로 감탄하고 있을 때쯤 델로아가 내 손목을 살짝 잡았다 놓았다.

정말 대단한 언니네. 보통의 귀족들은 평민과 접촉하려고 하지 않는다.

"내가 틈틈이 글을 가르쳐 줄까?"

"……저한테 왜 이러세요, 델로아 아가씨. 이사크와 했던 계약 연애의 끝은 진실한 사랑 아니었나요. 제겐 카일이 있어요.

"음, 나뭇가지가 어딨지."

차마 나뭇가지를 줍는 것까지 델로아에게 맡길 수가 없어 나는 불을 들고 근처의 나뭇가지를 주워 들었다. 델로아는 나뭇가지를 들고 바닥에 무언가 천천히 적어 내렸다.

"자, 봐. 나 지금 조라고 썼어. 네 이름."

전혀 모르겠는데요.

내 얼빵한 표정을 보고 델로아가 까르르 웃음을 터뜨렸다. 정색하고 있으면 얼음을 빚어 만든 조각 같은 분인데 웃으니 천사가 따로 없었다.

"아가씨 진짜 아름다우세요."

"……으음."

"……제가 예절을 잘 몰라서 그러는데 혹시 평민이 하면 안 될 말이었을까요?"

"그건 아닌데 너 표정이 무슨, 넋이 나간 사람 같아서 조금 놀랐어."

돌아가면 반드시 개명한다.

"제가, 얼굴에 좀, 약해서……."

"아하, 그래서 카일 전하의 궁에서 일하는구나."

족집게네…….

델로아는 궁으로 돌아가는 길에 몇 가지 글자를 더 가르쳐 주었지만 그녀가 선생님 체질이 아니라는 것 말고는 큰 소득이 없었다.

철자를 먼저 가르쳐 주시지. 단어들만 냅다 써 봤자 저한테는 꼬부랑 그림으로밖에 안 보인단 말이에요.

물론 성실한 마구간지기로서 단 한 마디도 토를 달지는 않았다.

델로아는 별궁 근처에 다다랐을 때 즈음 혼자서 돌아갈 수 있다고 말했다.

"조. 혹시 마구간의 일이 힘들면 이사크 전하 궁의 하녀가 되는 건 어때? 일이 쉽진 않겠지만 그래도 마구간보다는 편하지 않을까? 너랑 자주 보면 좋겠다."

이렇게 스윗하실 수가 있나. 설탕 공예 장인이 녹인 설탕을 한 가닥 한 가닥 조심히 굳혀 올려 사람으로 만들면 우리 델로아 아가씨가 아닐까요.

"말씀은 너무 감사하지만, 저는 지금 일이 좋아요."

델로아도 좋지만, 그래도 원래 내 목적은 카일을 행복하게 해 주는 거였으니까. 더 많이 웃고, 즐거워하고, 사랑받는 것을 즐길 줄 아는 사람으로 만들어 주고 싶었다.

내 단호한 대답에 델로아는 아쉽다는 듯 살짝 웃었다.

"그렇구나……."

죄책감이 들었다. 원래 계획대로면 벤지와 카일에게 빨리 오르본으로 떠나라고 말하려 했다.

이사크 황자보다 더 빨리 가서 오르본 백작을 카일의 사람으로 만들라고. 빌테온의 검이 되라고.

"어쩔 수 없지. 알았어, 가 봐."

"네, 아가씨! 밥 맛있는 거 많이 드세요! 오늘 글자 가르쳐 주셔서 감사해요. 제가 외우는 걸 잘 못해서 다 모르겠긴 한데, 그래도 가르쳐 주신 게 너무 감사해요! 아! 맞다. 저 여자인 거 비밀이에요, 아가씨. 믿을게요."

"너도 참 힘들겠다. 그래. 응, 잘 가."

화사하게 웃으며 델로아가 손을 흔들었다.

그녀를 뒤로하고 빠르게 마구간으로 돌아갔다. 델로아는 역시 〈킹메이커〉의 주인공다웠다. 사람이 고급져. 그녀와 친해지고 싶은 한편 마음 한구석이 무거워졌다.

델로아는 아마 누구와 약혼을 했어도 그를 황제로 만들었을 것이다. 그 말인즉, 그녀는 무슨 일이 있어도 이사크를 황제로 만들고 말 것이다. 오르본 따위 중요하지 않을 수도 있다.

카일이 행복해지려면 뭐가 필요하지……?

걸어가며 천천히 소설의 줄거리를 더듬었다.

이사크 황자가 오르브시델을 이용해 검을 개발해 입지를 다졌지. 카일은 슬퍼하면서도 부러워하고, 그런 한편으로 또 그를 동정하고.

이사크가 사교계 파티에서 검은 눈이라며 조롱당하다가 실수로 독을 먹고, 나중에 시에나의 계략인 걸 알아채지만 아무것도 하지 못하고, 델로아가 분노하고…… 이사크가 벤지에게 접근하고, 앗. 아닌데. 사이에 사건이 하나 있었는데. 뭐였더라.

아. 맞다. 너무 짧게 지나간 탓에 잊고 있었다.

5황자가 죽는다.

황궁은 쉬쉬하며 그대로 사건을 덮고 만다. 그 사실에 이사크가 충격을 받는 장면이 있었다.

근데 5황자 이름을 모르겠네. 책에서도 한 번 정도밖에 안 나와서 기억이 안 난다.

뭐, 어때. 별로 중요하진 않겠지.

4. 죽어야 하는 조연

델로아를 데려다주고 난 이후 마구간으로 돌아왔지만 밤이 다 되도록 아무도 오지 않았다.

아니, 테오 이놈 자식은 말을 제대로 전한 거야 만 거야. 어려서 그런가. 형한테 말 좀 전해 달라니까. 다 컸다더니 아직도 한참 애기네. 다음에 오면 확 그냥 쭉쭉이나 해 버릴까 보다.

어릴 때 아빠한테 당했던 쭉쭉이는 모욕적이었다. 팔다리를 잡아당기던 쭉쭉이를 크고도 당하니까 치욕을 참을 수가 없었지.

그 자존심 센 테오를 놀릴 생각 하니까 괜히 콧구멍이 들썩거렸다.

팔 잡고 쭉쭉 당기면 기함을 하겠지. 분명히.

'하지 마아아아~'

하면서 소리 지르고 얼굴 시뻘게지겠지. 귀여운 조카가 생긴 기분이다.

물론 그 들뜬 기분도 잠시. 며칠이 지나도록 카일도, 벤지도 오지 않았다.

이 게으른 새끼들. 너네가 그러니까 조연 신세를 못 벗어나는 거다. 도와준대도 안 찾아오네.

한참 투덜거리고 있을 때 나를 찾아온 건 의외로 델로아 아가씨였다. 작은 양산을 들고 마구간 앞에 서 있던 델로아는 나를 발견하고 살짝 웃으며 손을 흔들었다.

주인공은 주인공이네.

나 죽은 거 맞나 봐. 엄마. 저기 천사가 있어요. 나 수목장으로 부탁해.

"아가씨! 안녕하세요!"

한 품 가득 들고 있던 볏짚을 내던지다시피 공중에 날려 버리고 델로아에게 달려갔다.

주인 만난 똥개마냥 뛰어가는 내 모습이 웃겼던지 델로아는 하얀 장갑을 낀 손으로 살짝 입을 가리며 웃었다. 지중해의 바다 색깔을 그대로 담아낸 것 같은 녹안이 풍성한 속눈썹 사이로 가려졌다가 다시 드러났다.

그 모든 것들이 슬로 버전으로 눈앞에서 펼쳐졌다.

제정신일 수가 없지. 당연하지. 내가 못 말리는 얼빠여서가 아니라 이걸 제정신으로 견딜 수 있는 사람이 어디 있겠어. 그러니까 침 흘린 건 내 잘못 아님.

"······조. 여기······."

델로아가 검지로 제 입꼬리를 툭툭 두드렸다.

"뭐요? 예?"

"조. 침 흘렸어."

"아, 예······. 그, 바람이······ 차네요. 겨울이 오나."

황급하게 손을 들어서 흐른 침을 닦다가 깨달았다. 지금은 봄이라는 걸. 겨울은 벌써 지나간 후라는 걸.

제길. 손 든 김에 내 뺨이라도 후려칠 걸 그랬네.

"조는 칠칠맞지 못하구나."

"아가씨가 적당히 예뻤으면 굉장히 꼼꼼했을걸요. 저 완전 완벽주의자처럼 보였을지도 몰라요."

"하하, 조는 농담도 잘하네."

"와. 아가씨한테 예쁘다고 한 사람이 여태 아무도 없었어요? 인간들 눈알을 똥구멍에 달고 다니나. 아가씨, 진짜 제가 평생 봤던 사람 중에 제일 예뻐요. 알피지 게임에서 커스팀했던 캐릭터들보다도 훨씬,"

"뭐?"

"돠?"

"어?"

"예? 제가 뭐라고 했죠?"

"커스터…… 뭐라고 했던 것 같은데. 그게 뭐니?"

황급히 목소리를 내리깔았다. 차분하게 이야기를 이었다.

"……옛날 옛적. 제가 살던 동네에는 커스팀이라는 자작이 살고 있었습니다."

"어머, 그래? 재밌는 가문이네. 한 번도 들어 본 적 없는데."

"그, 그 가문 사람들은…… 돈도 없고 명예도 없고 뭣도 아무것도 없지만……. 어, 음, 얼굴 하나만큼은 기똥찼죠."

주둥아. 멈춰.

"그래서, 그, 약간, 우리 동네에서 미의 기준처럼 됐습죠. 동네 사람들끼리 있을 때 뭐 예쁜 거 보면 '이야. 커스팀보다 낫네.' 라고 말하곤 했어요."

"그렇구나. 커스팀가(家)에선 영광이었겠네."

"……예, 뭐, 그렇죠."

최대한 아무렇지 않게 웃어 보이려 노력했다. 강냉이 딱 위아래로 여덟 개만 공개하자.

델로아를 계속 밖에 세워 둘 수가 없어서 마구간 울타리의 문을 살짝 열었다.

"아가씨. 들어오실래요?"

"아니, 괜찮아. 너한테 전해 줄 게 있어서 왔어."

델로아가 손짓하자 그녀의 뒤에 서 있던 시녀가 품에서 책을 꺼냈다.

웬 책이지.

앞으로 다가온 시녀가 내게 책을 건넸다. 얼떨결에 받아 들고 보니 알록달록한 그림이 그려져 있는 책이었다.

"이게 뭐예요?"

"글을 모른다고 해서 준비해 봤어. 네가 혹시나 남들한테 무시당할까 봐."

델로아의 따뜻한 눈빛이 햇볕처럼 느껴졌다.

좋은 얼굴에 좋은 인성 깃든다.

진짜 옛날 어른들 말씀 하나 틀린 거 없다니까. 아니, 옛날 어른들 말이 아니었나. 알 게 뭐야. 내 신념이다.

차도 뭣도 없는 탓에 맹물이라도 대접하려 했지만 델로아는 끝내 들어오지 않고 웃으며 돌아갔다.

하긴, 나 같아도 말똥 천지인 곳엔 들어오기 싫을 것 같아. 그럴 수도 있지. 암요, 아가씨가 다 옳구먼유. 지가 이 두 눈으로 똑똑히 봤슈. 아가씨가 짱이유.

사실 나 같은 평민 나부랭이가 귀족 아가씨와 대화를 한다는 것 자체가 언감생심이었다.

델로아 아가씨 어쩜, 진짜 마음씨도 곱고 말씨도 착하시고. 어느 하나 빠지는 게 없으시네.

신이 나서 괜히 궁둥이를 들썩거리며 아까 내던진 볏짚을 하나둘씩 정리했다.

아놔. 그래도 성질을 고치던가 해야지. 뭔 지푸라기를 이렇게 사방에다가 던져 놨냐.

신난 건 잠깐이고 몰아치는 일거리에 또 한숨이 폭 나왔다. 두 팔을 걷어붙였다.

"볏짚 정리하고, 여물 구유에 부어 놓고, 그다음에 우리 청소하고, 새 볏짚 부어 놓고, 가운데 길 물청소 싸악 한번 하고, 밥 먹으러 가야지!"

바쁘다고 대충 하기에 나는 너무나 막일이 천직이었다.

❋　　❋　　❋

델로아는 별관으로 돌아가던 중 뒤에서 따라 걷던 시녀 캐플린에게 손짓했다.

캐플린은 알베니스에서부터 그녀를 따르는 시녀였다. 캐플린이 티 나지 않게 반걸음 가까이 다가가자 델로아가 입을 거의 움직이지 않은 채 말했다.

"커스팀이라는 자작이 있는지 알아봐."

캐플린이 작게 고개를 끄덕이며 다시 반걸음 뒤로 물러섰다. 델로아의 붉은 입술이 보기 좋게 호선을 그리며 올라갔다.

감히 내게 거짓말을 하네. 기억을 다 잃었다더니.

단 하나의 지푸라기 따위도 걸리적거려선 안 돼.

좋은 아이처럼 보이긴 했지만 의심스럽게 느껴진 순간부터는 조금도 믿을 수 없었다. 델로아는 양산을 쥔 손을 조금 고쳐 잡았다.

친구는 못 되겠네, 조. 난 거짓말쟁이는 싫어서.

❉ ❉ ❉

오늘 밥은 또 찐 감자였다. 왜 고기를 안 주냐. 뭔 힘으로 일하라는 거야. 나는 오두막 바깥의 벤치에 주저앉아 델로아가 주고 간 책을 펼쳐 들었다.

책만 주고 가면 어떡해. 이게 뭔 말인지도 모르는데.

책을 이리저리 펼쳐 봐도 역시 내겐 꼬부랑 그림처럼 보일 뿐이었다.

"왠지 옹알이도 '안녕하세요, 어머니. 아버지. 처음 뵙겠습니다.' 라고 했을 것 같다."

근데 역시 델로아 아가씨는 뭔가 달라도 다르더라. 걸어만 다니는데도 기품이 뚝뚝 떨어져서 그거만 주워 먹고 커도 종놈 팔자 뚝딱 고쳐서 귀족 아가씨인 척할 수 있겠던데.

아니 잠깐만. 나 방금 아가씨라고 했네. 세상에, 2번밖에 안 봤는데 벌써 아가씨라는 호칭을 붙이다니.

새삼 카일과 벤지에게 미안해졌다. 책 속 인물이라 그런지 카일과 벤지에게는 아무리 해도 높임 표현이 제대로 입에 붙지 않았는데.

델로아 아가씨. 참말 평생 모시겠사와요.

아무도 듣지 않는 충성 맹세를 하다가 아차 싶었다. 나 또 얼굴에 넘어가서 이 세상으로 넘어온 목적을 까먹었네.

　내 최우선은 카일이다. 멍청아. 이 바보 뇌야, 듣고는 있는 거냐.

　……아무래도 내 몸속에 종놈의 피가 흐르는 것 같다. 아빠가 우리 김씨 가문이 왕족이라고 했을 때 안 믿길 잘 했지. 내 이럴 줄 알았어. 분명 우리 조상 중에 양반 호적 사 가지고 팔자 핀 놈 있다니까. 아니면 내가 이렇게 마구간지기가 천직일 리가 없어.

　"그치, 멜린다?"

　"뭔 말이랑 대화를 해."

　"악! 깜짝이야! 릭! 소리 좀 내고 다녀요!"

　"야 이씨, 네가 소리 질러서 내가 더 놀랬어! 인마!"

　"얻다 대고 인마래요, 인마가! 나이 먹었다고 막말하는 거 봐! 왜 여기서도 유교 사상을 따져요!"

　"무슨 헛소리야!"

　그러게요. 나 뭐래니.

　"……제가 있던 곳에선 나이가 권위인 줄 아는 어른들이 많았거든요."

　"흠, 그래? 이상한 곳이네. 하지만 무조건 소리 지르고 그런 건 안 좋아, 조. 넌 가끔 너무 위아래가 없어."

　"릭은 앞뒤도 없는데요. 어떻게 등에도 살이 쪄요?"

　"너 이 새끼! 이거 봐! 또, 또!"

　킬킬 웃으면서 릭을 피해 도망 다녔다.

　뒤를 돌아보면서 바닥에 있는 말똥을 발로 차자 릭이 질색을 하며 도망갔다. 늙은이 달리기 실력이야 그래 봤자지.

　커다란 덩치로 으아악 하며 달리는 릭을 향해 굳은 말똥을 차고 있었는데 갑자기 뭔가 잘못 날아갔다. 앗. 내 황금발이 이런 실수를 할 리가 없는데. 똥자네 어디까지 날아가는 겐가.

　똥의 궤도를 살펴보다가 눈에 카일이 들어왔다.

　어, 잠깐만. 앗. 아니. 안 돼.

　손을 뻗는 순간 퍽. 하는 소리와 함께 금빛 옷감으로 재단된 카일의 옷 위로 말똥이 정확하게 안착했다. 잠깐 그대로 멈춰 있던 똥은 그대로 바닥으로 굴러 떨어졌다.

카일이 음산하게 웃었다.

그래도 잘생겼네.

"……꽤 기분이 좋아 보이는군."

"저, 전하. 안녕하세요. 오랜만에 뵙습니다."

황급히 주변을 둘러봤지만 릭은 벌써 도망가고 없었다. 아, 치사한 영감쟁이.

"자리를 비울 틈이 없어서 이제야 왔군. 그런데 나를 꽤나 기다렸나 봐? 이렇게 환대를 해 주다니."

"……그거 마른 똥이라서 냄새 별로 안 나요. 다행이죠? 하하……. 어, 어쩜, 우리 전하는 말똥에 비벼져도 아름다우실까."

"거짓말하지 마."

"거짓말 아니에요!"

"다 들었어. 너 방금 마음속으로 '아— 똥 묻은 카일 씻겨 주고 싶다.' 했잖아. 그게 어딜 봐서,"

"조! 아직도 전하에 대한 불경한 생각을 버리지 못했나!"

"벤지. 이 정도는 괜찮아."

"'이 정도는'이라뇨. 전하……. 대체 그간 무슨 얘기를 들으신 겁니까."

카일은 대답이 없었다. 제발 말하지 마요, 카일. 나 그래도 벤지랑 꽤 친해졌었는데 벤지 칼 맞아서 범죄자로 생을 마감하고 싶진 않아.

카일 한 번만 봐주세요. 이번 생은 무리지만 다음 생엔 건전하게 살아가겠습니다.

내 간절한 눈빛을 본 건지 카일은 그냥 짧게 고개를 흔들고 말았다. 벤지가 내게 가까이 다가오더니 어깨에 손을 턱 하고 올렸다.

"조. 부탁이니 적당히 해. 나는 전하에게 충성을 맹세한 사람이다. 아무리 너라도 도를 지나치면,"

"예, 예……. 저도 다 알죠. 근데 생각이라는 게 자기도 모르게 뻗쳐 나가는 거라서요. 앞으로는 조심할게요. 매일 명상하겠습니다."

"아니!"

"네?"

카일이 손을 들어 말을 끊었다. 그는 살짝 붉어진 얼굴로 손을 이리저리 휘저으며 다가왔다.

"너는 아무것도 하지 않는 걸 하지 마."

"그게 대체 무슨 소리예요."

인상을 찌푸리고 카일을 쳐다보자 그는 몇 번 말을 고르는 듯 입술을 달싹이다가 곤란한 듯 겨우 말했다.

"너는 가만히 있을 때 오히려 머릿속이 더 시끄러우니까."

"……아."

그러고 보니 그랬구나. 아침에 일어나서 잠깐 뒹굴거릴 때. 밥 먹고 와서 멍 때릴 때. 일하다 말고 쉴 때나 혹은 잠자기 전. 매번 헛소리를 꽤나 해 댔던 것 같다.

"카일 전하. 죄송합니다. 저 진짜 앞으로는 눈코 뜰 새 없이 바쁘게,"

"아니! 그것도 안 돼!"

"그건 또 왜요!"

"너는 바쁠 때 감정이 더 격해지던데, 그건 정말……."

"조, 널 살려 둔 것을 감사하게 생각해라."

벤지가 약간 분노에 찬 눈으로 나를 노려봤다.

아. 잠깐. 타임. 보좌관님. 우리 며칠 동안 사이좋지 않나요.

두 손을 들어 손사래를 치며 조심스레 뒷걸음질했다.

"벤지 님. 보좌관님. 선생님. 잠깐만요."

"괜찮아. 그만 됐어. 근데 조. 손에 든 책은 뭐지?"

귀찮은 듯 벤지를 말리던 카일이 턱짓으로 내가 들고 있던 책을 가리켰다.

"아. 이거요. 델로아 아가씨가 주고 가셨어요."

카일의 한쪽 눈썹이 비스듬히 올라갔다. 무언가 신경에 거슬린 듯했다.

"델로아?"

"네. 이사크…… 황자님이랑 같이 온 알베니스 백작가(家)의 영애님이요. 아직 한 번도 못 보셨어요? 진짜 홀딱 반하실걸요. 미모가 완전 빛이 내린 것처럼, 크으으—"

"그자가 왜 너에게 책을 줬지?"

'여자끼리의 동지애 아니겠슴까.' 라고 말하려다 재빠르게 입을 다물었다. 여자인 것을 들키지 말라고 했었는데 이렇게 재빠르게 들킨 걸 보면 분명 잔소리가 쏟아지겠지. ……내가 할 수 있는 거짓말은 하나뿐이었다.

"……그, 글쎄요. 나한테 반했나?"

카일이 눈살이 찌푸리더니 오른손을 들어 이마를 짚었다.

델로아가 나한테 반했다는 말이 그 정도로 충격이었나.

카일의 행동이 내게는 오히려 더 충격이었다. 자존심에 스크래치가 날 만큼.

별의별 게 다 자존심이 상하는 괴상한 성격인 건 나도 안다. 하지만, 하지만…… 나 꽤 괜찮지 않았나.

"뭐예요. 카일 표정이 왜 그래요. 그게 그렇게 충격이에요?"

"……네가 글을 모르는 걸 알 정도로 친해졌나 보군."

"그거야 황자님 시종분들이랑 시녀분들도 알고 정원사 릭도 알고 전하의 궁에 계신 분들은 거의 다 알걸요."

"그 정도로 인맥이 넓다는 것도 놀랍지만, 그걸 차치하고라도 그는 이 궁의 사람이 아니잖아. 어떻게 알게 됐고, 대체 왜 너한테 반, ……반하……. 하아. 너는 끈끈이 풀인가."

끈끈이 풀?

사람한테 끈끈이 풀?

"지금 저한테 끈끈이 풀이라고 하셨어요? 황자 전하, 어떻게 그런 말을 할 수가 있어요!"

"어떻게 만나는 사람마다 감겨들어! 그게 상식적으로 말이 된다고 생각하나!"

카일과 내가 왁왁 소리 지르며 싸우기 시작하자 벤지가 가운데에서 당황한 얼굴을 했다.

뭔가 말려 보려 했는지 두 손으로 카일과 내 사이를 벌리려 했지만 내가 너무 흥분한 탓에 역부족이었다.

"내가 뭐가 모자라서! 이 정도면 완전 꽃미남인데! 우리나라였으면 바로 데뷔했어!"

"사교계에 데뷔하기엔 넌 교양이 없지!"

"뭐요, 교양?!"

"게다가 외모를 떠나서! 내가 얌전히 있으라고 했는데! 지금 온 궁의 사람 다 만날 기세잖아! 좀 있으면 황제 폐하까지 보러 가겠군!"

"어~ 네~ 갈 건데요, 갈 건데요! 황제 폐하 만나 가지고 내가 이 구역의 마구간 킹이라고. 당신은 빌테온 킹이냐고 시건방 떨 건데요!"

"야!"

"왜!"

"……요!"

조그맣게 덧붙인 존댓말에 카일은 어처구니없다는 듯 고개를 꺾었다가 잠시 후 '하.' 하고 짧은 한숨을 뱉어 냈다.

"……야라고 소리 지른 것은 내가 사과하도록 할게."

"끈끈이 풀도 사과하세요."

카일은 말없이 가만 나를 쳐다보기만 했다. 한쪽 눈을 찡그린 것도 같은데 그런 것 따위 눈에 들어오지 않았다.

윤기 넘치는 금발이 바람을 따라 부드럽게 찰랑였다. 앞머리 사이로 살짝 보이는 이마가 반듯하니 곧았다. 그 아래의 미간이 살짝 찡그려진 것까지. 완벽했다.

어떡해. 작가님도 인물 설정할 때 이렇게까지 잘생긴 줄 모르고 인물 설정했겠지.

당신의 발닦개가 되겠습니다.

카일, 화내는 그런 얼굴까지 섹시할 필요가 있나요 당신. 방금까지만 해도 날 끈끈이 풀이라고 해서 완전 지구 반대편까지 돌아 있었는데 지금은 또 끈끈이 풀 나쁘지 않은 것 같잖아요. 그래요, 저는 끈끈이 풀입니다.

몸을 반쯤 돌리던 카일이 눈을 동그랗게 뜨고 다시 나를 쳐다봤다.

아, 젠장. 또 들렸나 보네.

카일은 몇 번 목을 가다듬더니 한결 차분해진 목소리로 물었다.

"알베니스 영애가 너에게 반할 이유가 뭐가 있지."

"저 예쁘게 생겼잖아요."

당당하게 얼굴을 들고 말하자 카일의 얼굴이 황당함으로 물들었다.

"안 예뻐요?"

고개를 휙 돌려 벤지에게 묻자 벤지가 눈을 이리저리 돌리며 카일과 내 눈치를 보며 대답했다.

"아…… 나는…….'"

"나 별로예요?"

내 얼굴을 뚫어지게 보던 벤지의 얼굴이 순식간에 빨갛게 물들었다.

"……예쁘지. 정말."

대답을 한 후 벤지는 왜인지 고개를 푹 숙이고 다시 카일의 뒤로 돌아가 아예 나를 등진 채 섰다. 목이 빨간 거 같은데 저건 나중에 놀리기로 하고.

카일은 그런 벤지를 힐끔 보더니 뭔가 더 화난 얼굴을 했다.

"*끈끈이 풀*."

"하? 지금 나보고 또 *끈끈이 풀*이라고 했어요?"

"네 얼굴이 아무리 예, ……예쁘……, 제길! 이런 말 어디서도 써 본 적 없어!"

귓바퀴가 발그레 물든 게 꼭 만화에서 튀어나온 것만 같았다.

사교 파티에서 여자 꼬셔 본 적 없나 봐. 세상에. 너무 순진하고 귀여운 카일.

"이런 때에는 생각을 좀 멈출 순 없나! 어떻게 알베니스 영애가 네 얼굴만 보고 호의적일 수가 있겠냐고! 뭔가 꿍꿍이속이 있다고는 생각 안 해 봤어?"

"고작해야 마구간지기인데 나한테 무슨 꿍꿍이가 있겠어요! 있다고 해 봐야 뭐, 잘생기고 예쁜 어린 애인을 만들고 싶은 거겠죠!"

"그런 말을 하다니! 알베니스 백작가(家)에서 널 가만둘 거 같아? 너는 귀족 모독죄로 백번을 참수당해도 싸."

"얼굴이 좋아서 호의적인 게 뭐가 문제예요! 당장 나만 해도 전하 얼굴 보고 싶어서 여기서 말똥이나 치우면서 사는데! 나도 말똥 싫어! 카일만 좋지! 얼굴 자주 보여 주는 것도 아니면서! 난 맨날 보고 싶은데!"

와다다 말을 뱉어 내고 씩씩거리고 있는데 카일의 얼굴이 또 벌겋게 변했다. 눈처럼 하얀 피부 위에 붉은 잉크를 한 방울씩 떨어뜨린 것마냥 눈 밑부터 온 얼굴이 붉게 물들었다.

"베, 벤지! 벤지!"

"왜!"

"궁, 궁정 화가! 화가 불러요, 빨리!"

다급함에 카일의 얼굴에서 눈을 떼지도 못하고 손짓으로 벤지를 불렀다. 귀족 모독이고 나발이고 이 장관을 나만 볼 순 없었다.

신이 내린 선물이야, 이건.

어정쩡하게 서 있는 벤지를 향해 성질을 부렸다.

"화가 부르라니까는 지금 뭐 하고 있어요!"

하마터면 벤지한테까지 말똥을 던질 뻔했다. 당황한 벤지가 왜 그러냐며 고개를 돌렸고 카일은 아직도 눈 둘 곳을 찾지 못하고 온 얼굴만 빨갛게 물들인 상황이었다.

"봐 봐! 지금 이 얼굴을 좀 봐 봐요! 완전 냉혈미남같이 생긴 이목구비 주제에 지금 완전 온 세상 수줍음은 자기가 다 마신 것처럼 온 볼을 빨갛게 물들이고 서 있잖아요! 이 냉과 온의 갭 어떡해요! 어떡할 거야! 갭 사이 신이야, 우리 카일! 이 예쁜이를 나만 볼 수 없어. 이건 남겨야 돼! 카메라! 카메라 없어? 이 중세 색목인 놈들, 카메라도 하나 없어?"

"조, 일단 진정해……. 전하. 괜찮으십니까?"

벤지가 카일의 어깨를 두드리며 물었다. 왼손으로 입가를 가린 채 땅을 보고 서 있던 카일은 두 눈을 질끈 감았다 뜨며 고개를 절레절레 흔들었다.

저런 거까지 귀엽다. 우리 카일 문화유산으로 지정해서 길이길이 곱게 보존해야 해. ……아냐. 보존하진 말자. 이번 생 어차피 이리로 온 거 완전 지독하게 엉망진창으로 얽히고 싶다.

두려운 눈빛으로 나를 잠깐 바라보던 카일은 마구간으로 향했다.

"말을…… 말을 타야겠다……."

나는 곧장 뒤따라가며 해맑게 물었다.

"전하! 제가 준비해 드릴까요!"

"아니! 너는 되도록 그 자리에 가만히 있어! 움직이지 말고!"

"……예."

까탈스럽긴.

한참이나 말을 타고 돌던 카일이 조금 진정했는지 울타리 앞에 서 있던 내게 가까이 다가왔다.

"조. 간단히 용건만 말해. 날 부른 이유가 뭐지."

"전하. 이왕 땀 흘리신 김에 안에 들어가셔서 세수라도 하고 가시죠. 제가 시원한 물 받아 놨어요."

"……조. 그만 껄떡거리고 용건만 말해."

아, 맞다. 용건. 중요한 일이 있어서 부른 거였는데. 며칠 만에 얼굴을 봤더니 너무 반가워서 잊고 있었다. 뭐였지.

"며칠 전에 다녀오셨다던 지방 이름이 뭐였죠?"

카일의 두 눈이 의심스럽게 변했다.

"아직 네가 암살자라는 의심을 다 풀진 못했다. 굳이 그걸 왜 묻는 거지."

"암살자는 무슨. 저는 전하를 행복하게 하라고 신이 보낸 선물이라니까요. 우리 전하 꽃길만 걷게 해 드릴 거예요."

"알 수 없는 소리만 하는군."

"괜찮아요! 저 믿고 한 번만 말씀해 보세요! 제가 기똥찬 조언 할 수도 있잖아요!"

카일은 입매를 곧게 폈다가 무심하게 툭 뱉었다.

"그러고 보니 가기 전에도 한 번 말했었군. 말 못할 것도 없지. 헤스티안이다."

"아! 맞다! 헤스티안! 그리고 헤스티안에서 한 달쯤 뒤에 하는 무슨 파티 같은 거 갈 거잖아요. 친목 도모였나."

책 속엔 프리실라 황비의 분노 어린 대사뿐이었지만.

'헤스티안에서 희희낙락 놀며 친분을 쌓을 동안 검은 눈이 오로본을 먹을 줄이야.'

처음 읽을 때만 해도 주인공의 입장에서 읽고 있었기 때문에 후루룩 넘겼던 대사였다. 하지만 책을 모두 읽고 난 후 머릿속에서 카일의 얼굴이 떠나지 않아서 다시 읽었을 땐 땅을 치며 프리실라처럼 분노했다.

헤스티안에서 우리 카일이 스트레스를 풀고 놀았으면 몰라, 엄마가 일하라고 보냈는데 또 욕먹었잖아. 게다가 돌아오니까 검은 눈이 황자라고 인정받고 있고.

젠장…… 우리 카일 얼마나 속이 쓰렸을까.

책 속에서 카일은 여러모로 노력에 비해 운이 안 따르는 사내였다. 부모 운도 지지리 없고, 가진 거라곤 미모와 처연함뿐이던.

하지만 괜찮아요. 이제 가진 거라곤 당신밖에 없는—물론 아직 안 가졌지만—운빨의 대명사 김금자가 왔잖아요.

눈을 반짝이며 말 위에 올라탄 카일을 바라봤지만 역광 때문에 어떤 얼굴을 하고 있는지 제대로 보이지 않았다. 카일이 타고 있던 말 디에프가 내 쪽으로 얼굴을 돌렸다.

몇 달 밥 먹었다고 또 요놈이 친한 척하네.

귀여워서 디에프의 얼굴을 한참 쓰다듬으며 실실 웃고 있었더니 카일이 무어라 말을 걸었다.

사실 제대로 못 들었다. 문득 눈에 들어온 카일 허벅지가 너무 실했다. 어쨌든 이것도 내 잘못은 아니다.

"……듣고 있나!"

"예?"

"내 개인 일정까지 어떻게 미리 알고 있었냐는 말이야. 나도 오늘 아침에 겨우 전해 듣고 결정한 건데."

"앗, 저 진짜 이상한 사람은 아니에요. 모든 걸 다 말할 순 없지만 카일이 잘됐으면 좋겠어요. 전하. 헤스티안 가지 말고 오르본으로 바로 가세요."

"오르본?"

"네. 오르본에 검은색의 광물이 있잖아요. 오⋯⋯르브시델이요."

이름 더럽게 어렵게 지었네. 작가님의 발닦개가 된다던 것은 취소입니다. 책 속에 들어갈지도 모를 한 명의 독자를 위해 이름은 간단하게 지으셨어야죠.

"검이나 방패에 넣으면 더 단단해진다는 그 검은색 광석이요. 프리실라 황비님도 그거 조사하고 계신다던데, 지금 헤스티안에 갈 게 아니라,"

"네가 그걸 어떻게 아느냐 물었다. 내가 물을 때 말해."

약간 당황했지만 이번엔 정말로 할 말이 있었다.

"프리실라 황비님이 오르브시델에 관심이 많으시다는 건 황궁에 있는 사람 이면 누구든 알걸요. 매년 봄마다 오르본에 선물을 보내신다면서요. 그걸 준비 하는 시종들도 생활관에 함께 밥을 먹으러 오니까요. 건너 들었어요."

카일이 말에서 훌쩍 내려 내 앞으로 다가왔다. 울타리 너머에 있던 나는 뒷 걸음질을 치려고 했지만 몸이 굳어 움직여지지 않았다.

나를 내려다보는 카일의 얼굴이 차갑게 식어 있었다.

"카일, 저 의심하지 말고 들어 줘요. 오르본으로 빨리 가야 돼요. 가서 먼저 교류권을 따 오셔야 해요."

"조."

"네?"

"내가 왜 네 말을 들어야 하지?"

그건, 그건⋯⋯.

아무리 생각해도 할 말이 없었다. 내가 너무 대책 없이 굴었나 봐. 하긴, 나 같아도 다짜고짜 누군가 와서 말을 들어 달라고 하면 안 믿을 것 같았다. 변명 할 거리도, 거짓말을 할 수도 없었다.

그래도 진짠데, 나는 진짜로 정말로 카일을 돕고 싶어서 온 건데.

억울하고 다급한 마음에 코끝이 찡해졌다. 아무리 생각해 봐도 이유랄 것이 없었다.

"⋯⋯제가 전하 사랑한다고 했잖아요."

작은 목소리로 웅얼거리듯 말했다. 카일은 이번에는 당황하지 않고서 곧게 선 자세로 한 치의 흐트러짐 없이 내게 다시 물었다.

"암살자인지, 주술사인지 모를 너의 말을 내가 들어야 할 이유가 뭐냐고 물었어. 거기엔 정확한 대답이 필요해."

더 이상 할 수 있는 말이 없었다. 머리도 나쁘고, 장점이라곤 솔직한 것뿐인 내가 그에게 전할 수 있는 건 진심밖에 없었다.

"저를 그냥 전하를 위해 준비된 사람이라고 생각해 주시면 안 될까요? 많이 서투르고 이상하긴 한데요, 그거 저도 다 알거든요? 근데…… 그냥 한 번만 믿어 주세요."

어느새 눈물이 그렁그렁해졌다. 그러나 카일은 가만히 나를 보다가 몸을 돌려 버렸다.

"벤지. 이만 가자."

"……예."

나를 힐긋 바라본 벤지는 살짝 미소 지으며 인사를 하더니 그대로 마구간을 벗어나는 카일의 뒤를 따라갔다.

디에프는 내 속도 모르고 푸른 평지에서 생풀만 냠냠 뜯어 먹고 있었다.

……이씨, 카일 못된 놈. 내가 다 지 좋아서 하는 말이고, 자기 잘되라고 하는 소리. 내가 언제 허튼소리 했냐고. ……물론 허튼 말 많이 했던 건 알지만, 나 진짜 암살자 아닌데. 주술사도 아닌데. 난 진짜 그냥…… 그냥 좋아서 그런 건데. 그게 다인데.

❖   ❖   ❖

마구간에서 빠져나와 궁으로 돌아가던 카일은 신경질적으로 겉옷을 벗어 던졌다. 안에도 옷이 있긴 했지만 그래도 방 안이 아닌 복도에서 겉옷을 찢다시 피 벗은 것은 처음이었다.

벤지는 카일의 겉옷을 받아 들다가 무심코 조를 떠올렸다.

조가 봤으면 또 펄펄 뛰며 좋아했겠군. 섹시하다고, 한 번만 더 해 달라고 전하의 뒤를 졸졸 쫓아다녔겠지. 강아지처럼. 그러면 짧은 은발이 목덜미를 찰랑이며 흔들렸겠다.

벤지는 저도 모르게 입꼬리를 올려 웃다가 혼자 파드득 놀라 다시 무표정으로 걸었다.

긴 다리로 복도를 앞서 걸어가던 카일은 우뚝 멈춰 섰다. 그의 뒤에 있던 벤지 역시 멈췄다.

카일은 주먹을 꽉 쥐고서 혼잣말처럼 말했다.

"믿어야 할 이유가 전혀 없는데. 믿어도 될 것 같아서 문제다."

카일은 두 손으로 얼굴을 감싸 쥐더니 짙은 한숨을 내뱉었다.

"왜 자꾸 믿고 싶지? 주술인가? 주술이라기엔 감각이 너무 생생해."

"예?"

"한 번도 이런 적이 없었고, 있어서도 안 될 일이라 생각했는데."

벤지는 조심스레 카일의 눈치를 보다가 말했다.

"전하, 혹시 조의 얘기를 하시는 거라면 제가 다시 조사를 해 보겠습니다."

카일은 찌푸린 미간을 풀지도 않고 천천히 벤지 쪽으로 돌아섰다.

"……네 눈에는 어때."

"네?"

"조가 거짓말을 하는 것 같아? 아니면, 주술사처럼 보여?"

벤지는 가만히 그녀와 있었던 일들을 떠올렸다. 머리를 잘라 달라고 호기롭게 말하던 거나 마구간에서 일하다 보니 근육이 자랐다고 자랑하던 모습.

한 번도 꾸민 척, 거짓말을 하는 느낌은 없었다. 그 또한 연기라면 대단한 실력자겠지만.

벤지는 솔직하게 말했다.

"그게 다 연기라면 할 말은 없지만, 적어도 제 눈에는 그냥 솔직한 사람 같았습니다."

"그럼 날 좋아한다는 건?"

카일의 투명한 푸른 눈동자가 벤지를 똑바로 바라봤다.

벤지는 마구간에서의 조의 모습을 조심스레 그려 보았다.

언제나 카일을 보며 체면이라곤 없이 활짝 웃던 해맑은 얼굴을. 저와 둘이 있을 때도 카일 얘기를 하며 잔뜩 상기되던 두 볼을.

"진심이라고 생각합니다."

짧은 한 문장을 말하는데도 어쩐지 속이 쓰렸다.

카일은 그에 대해 대답도 않고선 방 안으로 들어가 버렸다. 벤지가 돌아가려던 찰나, 다시 문고리가 돌아가며 문이 조금 열렸다. 카일은 지친 목소리로 명령했다.

"조와 내통하는 자가 있는지 알아봐."

"예, 전하."

카일은 뻔히 보이는 진심조차도 그냥 받아들일 수 없었다. 애초에 그렇게 자라 왔고, 앞으로도 그렇게 살아야 했다. 황자라는 자리를 지키기 위해선 다가오는 주변인 모두를 의심해야만 한다. 언제 다른 형제들처럼 죽어 나갈지 모르니.

명령을 받고 돌아서며 벤지는 처음으로 카일을 동정했다.

❈   ❈   ❈

카일이 가고 난 이후 시무룩해져 있던 나는 빠르게 눈물을 닦았다. 디에프가 앞에 와서 침을 튀겼기 때문이다.

말 새끼 눈치가 지 꼬리털만큼도 없네.

"야. 디에프."

히히힝.

"아. 침…… 내 얼굴에 침 그만 튀겨. 비록 너는 모르겠지만 이거 로맨스 장르 책이라고. 나 엑스트라라고 무시하냐. 마구간지기에게도 사랑이 있어."

디에프의 얼굴을 붙잡고 중얼대던 와중에 마구간의 바깥 울타리가 열리는 소리가 들렸다. 뒤를 돌아보자 피곤한 얼굴의 테오가 들어오고 있었다. 테오는 느리게 눈을 깜빡이다가 날 향해 손을 뻗었다.

"……조."

"테오!"

매일같이 찾아오다가 며칠이나 쉰 건 이번이 처음이었다.

"테오. 왜 그동안 안 왔어?"

테오는 하품을 한 번 하고서 기지개를 켰다. 장난기 가득한 목소리로 내게 대답했다.

"왜. 나 보고 싶었어?"

"당연하지!"

적갈색 머리카락 사이에 손을 넣고 마구 휘젓자 테오는 기분 좋게 웃었다.

"야. 조."

"왜."

"샤워를 언제 한 거야. 너한테서 말똥 냄새 너무 나잖아."

"……너네 집은 돈 잘 벌어서 모르나 본데 여기는 타이밍 놓치면 샤워 잘 못 하고 그래. ……나 그래도 얼굴이랑 손발이랑 겨드랑이는 맨날 씻어. 머리도 이틀에 한 번은 감는데. ……미안하다."

이렇다 할 샤워 시설이 부족한 건 사실이었지만, 여자인 걸 들킬 수가 없어서 이른 새벽이나 늦은 한밤중에만 몰래 움직이다 보니 씻기가 힘들었다.

내 시무룩한 대답에 테오가 눈을 동그랗게 뜨고 손을 휘휘 저었다.

"농담이야. 장난친 건데 조가 이렇게 심각하게 받아들일 줄 몰랐어. 원래는 장난 잘 받아 줬잖아."

"아, 장난이었어? 몰랐네. 오늘 좀 정신이 없어서."

테오와 함께 걸어가 린지를 데리고 나왔다. 연한 갈색 갈기를 휘갈기는 린지는 오늘 기분이 좋아 보였다. 디딤돌을 아직도 찾지 못해 테오를 안아 올렸다. 말 위에서 몇 번 엉덩이를 들썩이며 자리를 잡은 테오가 내 어깨를 툭 쳤다.

"조. 원래 시종들은 디딤돌이 없으면 밑에 무릎을 꿇거나 엎드리거든. 너처럼 안아 올리는 무례를 범하진 않아."

"……아, 그래? 다른 곳에서 와서 몰랐어. 다음부턴 그렇게 할게."

"조. 진짜 왜 그래, 오늘? 무슨 일 있었어? 네가 평소처럼 소리 지르고 장난칠 줄 알았어. 아냐, 디딤돌 없어도 돼. 안아 올려도 돼. 앞으로도 디딤돌 계속 없었으면 좋겠어."

고삐를 두 손에 꼭 쥔 채 나를 걱정스레 내려다보는 분홍 눈을 보고 있자니 마음이 따뜻해졌다.

"있잖아……."

괜히 고민을 털어놓을 정도로. 물론 다 얘기할 순 없었다. 책 속으로 들어왔다고 말하면 누가 믿겠어. 미친 취급이나 받겠지. 그렇게 되면 마구간이고 뭐고 이대로 쫓겨나게 될지도 모를 일이었다.

"카일 전하는 내가 좋아하는 걸 안 믿는 거 같아. 물론 그럴 수밖에 없는 걸 알고, 내가 믿음이 안 가는 사람인 건 알지만 가끔 조금 서러워."

"사귀는데 왜 안 믿지? 카일 전하는 너를 좋아하는 거 아니었어?"

나는 린지의 옆에서 천천히 걸었다. 누구에게도 다 솔직할 수 없다는 게 약간 슬퍼졌지만 테오라도 있어서 다행이었다. 아니었으면 혼자 끙끙 앓았을 테니까.

"내가 전하를 더 많이 좋아하거든. 약간 매달리는? 그런 거야. 테오 너는 연애 안 해 봤지?"

평소의 나처럼 이죽거리며 장난을 치자 테오가 오른발로 내 어깻죽지를 발로 찼다.

"나도 좀 더 크면 할 수 있어! 아직 사교계 데뷔를 안 해서 그래!"

"사교계 데뷔크흡흑!"

"너 왜 웃어?"

"테오 네가 아무리 그래 봐야 진짜 귀족도 아니고 좀 잘나가는 집 아들 아냐? 잘생긴 건 인정하지만 사교계도 돈빨 말고 권력, 명예빨이 좀 들어가야 되는 거잖아."

테오의 고운 얼굴이 일그러졌다.

"우, 우리 집 나쁘지 않아!"

"그래. 야, 나도 몰랐는데 내 윗대 선조 중에 누가…… 귀족의 족보를 산 거 같아. 지금은 흐지부지된 개족보지만."

"뭐? 귀족의 양자로 들어갔다는 말이야?"

"어. 여기도 그렇게 신분 세탁 많이들 하지?"

"그럼 너 고향에선 평민이 아니겠네?"

"아냐. 거기서도 노예처럼 살긴 했어. 맨날 일했거든. 어휴, 주말이 없고, 퇴근도 없고……. 여긴 그래도 월세 안 나가니까 좋네. 관리비도 없고."

"……가끔 조가 하는 말을 전혀 모르겠어. 말투도 진짜 시장에 있는 아저씨들 같아. 사실은 열일곱 살보다 훨씬 나이 많은 거 아냐?"

마냥 애인 줄 알았더니 테오 이 녀석이 여기 〈킹메이커〉 인물 중에 제일 촉이 좋은 모양이다.

물론 그래도 아저씨는 아니야. 나는 한국에서도 스물다섯 살이었다고. 게다가 성별부터가 틀렸잖아.

"내가 말 궁둥이 꼬집으면 너 말에서 떨어진다."

"……못됐어."

입을 삐죽이던 테오는 홀로 '이랴!' 하며 말을 타고 앞으로 달려 나갔다.

다시 벤치로 돌아온 나는 델로아가 준 책을 펼쳐 들었다. 글씨가 크게 쓰여 있긴 했지만 여전히 지렁이가 기어 다니는 것처럼 보였다. 얼마 후 테오가 울타리에 고삐를 묶어 놓고 옆으로 다가와 앉았다.

"이게 뭐야? 빌테온 전설?"

"이걸 그렇게 읽어?"

"어릴 때 읽었던 거야. 태양이 쉬고 갔던 땅이라서 붉은 대지가 많고, 태양을 담은 적안이 황제의 대를 잇는다는. 그런 내용이야."

에잇.

책을 냅다 바닥에 던지듯 떨어뜨려 버렸다. 놀란 테오가 나를 바라보다가 인상을 찡그렸다.

"빌테온의 전설이 싫어?"

"당연히 싫지. 전설이야 뭐, 어느 나라마다 있는 거라지만 그게 적안만이 황위를 잇는다는 정당한 이유가 될 순 없잖아. 그거 때문에 고통받는 사람들도 있는데!"

"……그래?"

테오가 떨리는 목소리로 내게 물었다. 나는 카일 생각에 이미 제정신이 아니었다.

이딴 동화를 어린애들한테 읽히니까 애건 어른이건 다 카일만 보면 황제가 되니 마니 나불거리지.

분노에 치를 떨며 나는 책을 밟아 버릴 기세로 말했다.

"너는 잘 모르겠지만 유전자라는 게 그리 간단하지가 않아. 우성이 있고, 열성이 있는데 이게 결국은 다 확률 게임이란 말이야. 황제 폐하가 애를 낳아도 황비님들에 따라서, 혹은 그 선조들 DNA에 따라서 눈 색이며 머리색이 천차만별인데 뭔 놈의 빌어 처먹을 적안, 적안, 읍!"

내 얘길 들으며 눈을 빛내고 있던 테오가 다급하게 내 입을 틀어막았다. 입이 막힌 채 의문이 담긴 눈으로 테오를 바라봐도 그는 주변을 둘러보며 손에서 힘을 풀지 않았다.

"조. 나는 너 진짜 좋아해."

고백이요? 갑자기?

놀라서 눈을 튀어나올 정도로 크게 뜨고 테오를 쳐다봤다. 한 손으로 내 뒤통수를 받치고 다른 손으로는 힘껏 내 입을 막고 있던 테오가 답지 않게 낮은 목소리로 말했다.

"너랑 오래 보고 싶어. 그러니까 황가를 모독하는 말은 앞으로 하지 말아 줘. 아무도 듣지 않는다는 보장은 못 하니까."

겨우 테오의 손을 풀고 푸하, 하며 숨을 쉬었다. 테오의 이마에 꿀밤이라도 먹이려 했지만 진지한 눈으로 나를 노려보는 탓에 그조차 하지 못했다.

"마구간까지 누가 와. 너랑 카일 황자님 말고는 없어. 아. 이 책 갖다준 델로아 아가씨도. ……시종들도 있네."

"거봐. 조 너는 사람들을 끌어당기는 파리지옥 같은 면이 있어서 항상 조심해야 돼."

"파리지옥? 이번에는 또 파리지옥이야?"

"왜. 누가 너보고 파리지옥이래?"

서로 놀리는 게 낙인 테오와 나는 이렇게 건덕지만 생겨도 신나는 티를 냈다.

"아냐, 있어. 넌 몰라도 돼."

"치. 하지만 조는 진짜로 파리지옥 같은걸."

"알아. 다 내가 예쁜 탓이지. 누굴 탓하겠냐. 이거 봐. 내가 얼마나 잘났으면 처음 본 델로아 아가씨도 날 챙겼겠어."

"그러고 보니 이상하네."

테오가 바닥에 떨어진 책을 주워 흙을 툭툭 털어 냈다. 지금 보니 책 표지에 태양이 부담스러우리만큼 커다랗게 그려져 있었다.

"이사크 황자를 따라왔다는 건, 그를 지지하겠다는 뜻 아냐? 그런데 왜 붉은 태양의 전설을 이 궁에서 일하고 있는 네게 선물했지? 떠보는 건가."

고민하는 얼굴이 꼭 카일을 닮은 것 같았다. 어유, 귀여워.

"뭐 그런 걸 생각했겠어. 그냥 이게 빌테온에서 제일 유명한 동화니까 선물했겠지. 내가 글을 모르잖아."

"조는 너무 의심이 없어."

"사람이 의심 많아서 뭐 하겠냐. 결국 다 사람끼리 부대껴서 사는 세상이야."

"……아저씨."

"땅이라고 내가 너 못 던질 거 같냐."

테오 옷의 뒷덜미를 살짝 잡아 올리자 테오의 분홍색 눈이 당황으로 물들었다. 물결치듯 이리저리 흔들리던 눈이 금세 나를 노려봤다.

"조, 나중에 후회해."

"아이구, 도련님. 사교계 데뷔하셔서 저 여자 친구라도 소개시켜 주실라굽쇼."

"너! 혀, 아니 카일 전하랑 사귀잖아!"

"그치. 나는 무조건 일편단심이지. 우리 카일밖에 없어."

묘하게 카일의 이야기만 나오면 충성심을 뽐내는 테오를 놀리고 싶어졌다.

"야. 근데 델로아 아가씨 엄청 예쁘더라."

"너 진짜 나빠. 내가 다 말할 거야. 이…… 배신자."

테오가 주먹을 꼭 쥐고 치를 떨며 나를 죽일 듯 노려봤다.

"너 되게 카일 전하한테 충성심이 높다."

툭 던진 말에 테오는 도톰한 입술을 몇 번 웅얼대다가 작게 말했다.

"……으니까."

"뭐? 크게 말해."

"닮고 싶으니까."

"전하를? 네가?"

"알아! 한참 모자라는 거!"

잠깐 머릿속에서 회로를 돌려 봤다. 묘하게 이목구비가 닮은 거 같긴 하지만 굳이 얼굴을 따져 보자면 장르가 다르지 않나. 테오는 순정 만화 서브 남캐 같지만 우리 카일 전하는 어딜 봐도 조각상이라고.

"아냐, 테오 너는 그쪽 분야가 아냐."

단호하게 말하는 목소리에 상처라도 받은 건지 테오가 망연자실한 얼굴로 나를 올려다봤다.

하지만 테오야, 누나는 미학과를 졸업한 미학주의 킹이란다. 아름다움을 논할 때 자비란 있을 수가 없지.

"장르가 달라. 아니야."

"……너무해. 똑같이 눈 두 개, 코 하나, 입 하나 달렸잖아."

"진심으로 그러는 건 아니지? 카일 전하가 내 남자 친구라서 그러는 게 아니고, 카일은 정말…… 약간, 독보적이지 않니? 예술가들이 담합하여 만들어 낸 조각조차 카일의 앞에선 그저 지점토 뭉치에 불과할걸. 왜냐하면 카일은 신이 빚은 조각이거든. 카일을 엄마 아빠가 만들었겠냐. 아니야. 신이 만든 거야. 어? 신이 자기 생을 걸고 고심하며 만든 거라고. 게다가 이목구비에서 서정적인 분위기가 흐르지만 얼굴을 붉힐 때면 또 얼마나 귀여운데. 그렇게 다채롭기도 쉽지 않아. 화내는 얼굴이랑 부끄러워하는 얼굴이랑 동일 인물이 맞는지 계속 생각하게 된다고."

가만히 듣고 있던 테오가 아랫입술을 파드드 떨며 조금 옆으로 멀리 떨어졌다.

"카일 전하는 너 이러는 거 알아?"

"알다마다. 더한 얘기도 해."

……물론 그쪽은 별로 달가워하지 않는 눈치였지만. 주접이 멈추질 않아. 내 입은 머리보다 빠르거든.

테오는 작은 발로 땅의 흙을 툭툭 걷어차며 시무룩하게 중얼거렸다.

"……좋겠네, 형은."

잘못 들었나 싶어 다시 되물었다.

"형? 뭔 형?"

"아무것도 아니야."

숙인 고개 위로 작고 동그란 머리통이 귀여워 쓰다듬으려다 또 자존심 상해할 것이 뻔히 보여서 가만히 듣고만 있었다.

"얼굴……도 물론 멋지지만, 내가 닮고 싶은 건 형, 아니 카일 전하의 의지야."

"맞아. 사람이 참 인성이 됐더라. 어쩜 그렇게 자비롭고 섹시한지."

"섹시 말고! 의지! 성격! 조 이 멍청아!"

"미안. 말실수했어. 계속 말해."

테오는 앉아 있으면서 카일이 얼마나 성실한 사람인지에 대해 구구절절 얘기했다. 책으로 어림짐작만 했던 그의 성격을 다양하게 들을 수 있어서 좋았지만 한편으론 마음이 아팠다.

아무도 알아주지 않는데도 끊임없이 노력을 해야 한다는 게. 그런 면이 조롱의 대상이 되는 걸 알면서도 멈출 수는 없다는 것들이.

"나는 카일 전하처럼 될 거야."

"그럴 거야, 우리 귀여운 테오둥이."

왠지 기특한 마음에 테오의 머리를 마구 휘젓다시피 쓰다듬었다. 내 손을 앙칼지게 쳐 낸 테오가 정색을 하며 자리에서 벌떡 일어섰다. 놀리는 건 귀신같이 알아챘다.

"……테오둥이라니?"

"너 너무 귀여워서 내가 방금 별명 하나 만들어 봤어. 테오 귀염둥이. 줄여서 테오둥이."

말 끝나기 무섭게 다리를 걷어찼다. 악! 하고 고개를 숙이는 순간 머리를 한 대 통 치고선 테오는 열받은 얼굴로 버럭 소리를 질렀다.

"너 진짜 나중에 엄청 후회해!"

맞고서도 너무 웃겨서 웃음이 멈추질 않았다.

"왜. 너 귀여워서 그러는 건데. 테오둥이. 더 줄일까? 테둥이?"

아악!

주먹을 꼭 쥐고 쿵쿵 발을 구르다가 테오는 발걸음을 돌렸다. 돌아가려는 모양이었다.

"마이 큐티 둥둥. 벌써 갈 거야?"

"그딴 식으로 부르지 마. 너 참수시킬 거야."

"야, 네가 아무리 잘사는 시종네 아드님이어도 참수는 황족들이 시키는 거아냐? 응? 테둥, 아직 어려서 몰라?"

테오는 순식간에 팔을 뻗어 내 짧은 머리카락을 잡고 흔들었다.

"아! 야! 잠깐만! 야, 치사하게 머리채를 잡아? 야!"

차마 나보다 어린 애의 머리채를 잡을 순 없어서 뒷덜미를 잡고서 둘이 푸른 벌판 위를 빙빙 돌았다.

"내가 하지 말랬지! 그렇게 부르지 말랬지!"

"야, 이 쪼끄만 게! 야! 안 놔? 어쭈, 안 놔?"

"내가 이 정도로 끝내는 걸 다행으로 알아!"

한참 뒤흔들던 테오는 손에 힘을 풀고 씩씩거렸다.

그런데 화가 풀린 게 아니라 지쳐 버린 얼굴이었다. 테오의 손아귀에 감긴 내 은색의 머리카락들을 보며 열이 받았지만 숨을 거칠게 고르는 테오가 걱정되는 마음이 더 컸다.

고작 드잡이질 한 번 했다고 이렇게 지친다니. 말이 안 되잖아.

"괜찮아? 너 체력 저질이다. 물 한 잔 갖다줄까?"

테오는 제 가슴을 퉁퉁 치더니 별안간 하품을 했다.

"……요새 자꾸 이러네. 조, 나 이제 가 볼게."

"너 왜 그래? 몸이 많이 안 좋아? 집에 가서 좀 쉬어."

걱정스러운 마음에 허리를 약간 숙여 테오와 눈을 맞췄다.

분홍색의 맑은 눈이 반쯤 감겼다가 천천히 뜨였다. 눈이 마주친 테오가 볼을 발갛게 물들이다가 폭 안겨 왔다.

"머리 잡아 뜯어서 미안. 그래도 그 장난 앞으론 치지 마. 엄청 화나. 조 우리 ㅎ, 카일 전하랑 잘 지내. 자꾸 다른 여자한테 눈 돌리고 그러지 말고."

아니, 아까는 농담한 거지.

어정쩡하게 대답을 하면서도 갑자기 테오가 이러는 것이 불안했다. 나는 얼떨결에 테오를 마주 안아서 등을 토닥이며 그를 달랬다.

"왜 그래. 테오 많이 피곤해?"

"……아냐. 요즘 잠이 많아져서 그래. 나 이제 가 볼게. 또 올게, 조."

따뜻한 테오의 온기가 빠져나갔다. 혼자 울타리 문을 열고 나가던 테오는 조금 걷다가 잠시 후 뒤돌아 손을 흔들었다. 마주 손을 흔들며 인사하면서도 무언가 불안했다.

히히히히힝.

그러나 말한테 밥 줄 시간이라 불안감이 오래가진 못했다.

낭만이 10초를 안 가네. 이놈의 엑스트라 인생.

이후로 3일 내내 테오는 찾아오지 않았다. 성장기라서 그런가. 훌쩍 키가 큰 테오를 상상해도 잘 떠오르지 않았다. 언제나 분홍 병아리일 것만 같았다.

조용하던 마구간 울타리의 문을 연 것은 벤지였다. 쭈뼛거리며 다가온 벤지는 약간 헝클어진 주황빛 머리를 손으로 슥슥 아무렇게나 빗으며 굉장히 멋쩍은 티를 냈다.

"안녕하세요, 벤지. 근데 왜 그러고 서 있어요?"

벤지는 한참 말을 잇지 못하고 뜸 들이다 입을 열었다.

"전하가 당분간 생각을 멈추라고 하셨어."

"네?"

단번에 이해가 가지 않아 되물었다.

"생각을 멈추라뇨? 그게 무슨 말이에요?"

"뭔가 정리할 시간이 필요하셨나 봐. 그래서 조 네가 카일 전하의 생각을,"

"생각을 어떻게 멈춰요? 지금도 머릿속에서 하고 있는데! 말만 들어도 생각나고! 여기서 일하는 이유 자체가 카일 때문인데 어떻게 생각을 멈춰요! '생각을 멈춰야지.' 라고 하는 것도 사실은 생각을 하고 있는 거잖아요."

괜히 억울한 마음에 말이 와다다 쏟아졌다. 흥분한 나를 다독이던 벤지는 짧게 말을 전했다.

"오르본으로 간다고는 하셨어. 그리고 네가 계속 머릿속에서 중얼거린 방법대로 해 본다고도."

"정말요?"

내 말대로 한다는 게 기뻐서 활짝 웃었다. 책 내용을 알고 있으니까 이사크가 했던 꿀팁을 그대로 카일에게 전해 놓은 차였다.

애초에 오르본 백작은 빌테온의 붉은 황가 자체를 싫어했다. 선선대 황제가 즉위하며 당시 오르본 백작 부인의 일가친척을 말살했다고 했던가. 가족들을 죽인 붉은 황가에 오르브시델이라는 귀한 광물을 내어 줄 리 없었다.

그 이후 오르본은 타 지역과의 교류를 단절했다. 오르브시델 역시 시간이 지날수록 소문만 무성한 기적의 광물이 되었지만 오르본 입장에서는 딱히 손해 볼 일도 없었다. 영지 안에서의 자급자족은 더 부유해지진 않더라도 부족하진 않은 생활이었기에.

오르본령에서는 외부의 손님을 반기질 않았다. 황궁에서 주최하는 파티에도 매번 핑계를 대며 가지 않았고, 간혹 광물을 욕심낸 귀족들이 무역권을 따내기 위해 방문할 때마다 몸이 안 좋다느니, 오르브시델은 교역 상품이 아니라느니 둘러댔지만 사실 그저 원수 같은 황가에 이용당하기 싫을 뿐이었다.

이사크가 책 속에서 백작의 마음을 열었던 방식까지 구구절절 말하고 싶었지만 그러면 또 의심을 할 게 뻔했다. 그래서 지난 며칠 동안 평민들이 알고 있는 오르본과의 관계는 어느 정도인지 식사하며 릭이나 셀마에게 넌지시 물어보기도 했다. 평민들은 오르본을 그저 성가신 정도로만 알고 있었다. 그것도 궁에서 오래 일한 사람들만 대충.

'오르본? 어유, 선물을 이만큼 준비해서 보내면 그대로 돌아오니깐. 귀찮아.'

딱 그 정도였다. 그만큼 난공불락의 오르본을 함락시키기 위해선 몇 날 며칠 백작을 직접 찾아가 문을 두드린 이사크의 집념과 정성이 필요했나 보다.

책 속의 줄거리를 떠올리다 보면 카일이 자꾸 생각났다. 잠이 오지 않는 밤에 혼자 나가 별을 보며 생각했다.

우리 카일도 그런 거 잘할 텐데. 안 해서 그렇지, 우리 카일도 하라고 하면 잘한다고요. 우리 카일 특기가 미모인 줄 아시겠지만 사실은 끈기와 노력이라고요.

카일에게 이사크보다 먼저 떠나라 말하고 싶었다. 하지만 또 말했다가 카일에게 의심받을까 봐 약간은 두려웠다.

카일이 그런 차가운 눈으로 날 보는 일은 없었으면 좋겠어.

혼자 좋아할 때가 더 나았나. 시무룩해지다가도 간간이 들려오는 델로아나 이사크의 소식에 마음이 조급해지는 건 어쩔 수 없었다.

'조. 들었어? 별궁의 검은 황자님 말이야.'

'왜.'

'엄청 잘생겼대. 게다가 시녀들이나 시종들에게도 허물없이 다정하시고. 저번에 셰릴이 넘어지려는 걸 잡아 주셨다지 뭐니. 어쩜, 나도 그 손 한 번이라도 잡아 봤으면 소원이 없겠어.'

검은 황자님이야 당연히 주인공이니까 잘생겼겠지. 주인공이 뭔 말인 줄 아냐? 가만 냅둬도 알아서 잘 산다는 뜻이다.

열이 받아 버린 나는 숟가락을 내려놓고 셀마에게 성질을 부려 댔다.

'셀마. 너는 언어 체계가 어떻게 됐길래 그렇게 부자연스럽냐. 엑스트라라서 언어 스탯이 덜 찍혔어?'

'뭐, 뭐?'

카일이 내게 정색을 하고 다급하게 떠난 뒤인 데다가 언제 다시 찾아올지도 몰라서 나는 잔뜩 예민해져 있었다.

결국 그날 밤부터 지난 며칠 동안 카일에게 나름대로 열심히 메시지를 보냈다.

진지한 내용을 사심에 담아 보내기란 얼마나 고된 일인지. 자신과의 싸움에서 승리한 자만이 내게 돌을 던지라.

빌테온 다 바보들이야. 약을 왜 먹어. 우리 카일 얼굴만 보면 병이 씻은 듯이 낫는데. 그 산증인이 바로 접니다. 침대 위에서의 반신불수와도 같은 생활을 청산한 것은 바로 우리 프리티큐티섹시제너럴메가섹시에잇톤트럭 카일을 만났기 때문이에요. 카일 너무 사랑해. 아, 맞다. 오르본 가면 일단 겸손하게 가요. 마차에 황가의 문장을 너무 크게 달진 말고요. 적어도 그 영지 안에서라도요. 오르본은 선선대 황제에게 가족들을 잃었잖아요. 사랑해요, 카일. 어떻게 손도 예뻐. 오르본 백작의 마음을 열기 위해선 카일 당신 그 귀하고 아름다운 섬섬옥수 손가락으로 매일 노크하며 꾸준하게 마음을 보여 주시는 게 좋을 것 같아요. 백작의 어린 아드님과도 약간 놀아 주시고요. 카일 땀 냄새도 안 나. 다음에 빨래방에 취직시켜 주세요. 아, 취소. 이건 취소. 젠장. 이건 안 갔으면. 메시지 삭제 안 되냐.

……

사랑하는 카일. 오르본 백작에게 적안이 아니라는 것만으로도 어느 정도 점수를 딸 수 있을 거예요. 엄마랑은 안 친한 척하시고요. 프리실라 황비님을 별로 안 좋아하시는 것 같던데요. 물론 제 시어머님을 욕할 생각은 없습니다. 앗. 시어머니라고 해 버렸네. 텔레파시는 왜 메시지 취소가 안 되지. 송신이 됐는지 안 됐는지도 모르겠네. 이거 가고 있어요? 아놔. 시대가 어느 땐데 양방향 통신이 안 돼. 우리 카일 목소리 맨날 듣고 싶구만.

"잠깐만요, 벤지. 전하가 내가 말한 걸 다 들었대요?"

"……아마? 너한테 그만 말하라고 하시던데."

"저 진짜 쪽팔려서 못 살겠어요. 에휴, 그만 하직할랍니다. 마구간에 우리 귀염둥이 벤, 멜린다, 린지, 마틴, 디에프들 밥 잘 챙겨 주세요. 전 여기까지예요."

"너 대체 전하한테 무슨 소리를 했길래 그래."

"벤지가 알면 저를 칼로 곱게 죽여 주진 않을걸요."

흉터 많은 두 손을 들어 머리를 싸맨 벤지는 이 어린 소녀에게 악마가 깃들기라도 한 것인지 잠깐 고민했다. 그렇지 않고서야……

"잠깐만. 그러면 카일 또 얼굴 빨개졌겠네요? 벤지 그 얼굴 봤어요? 이번에는 궁정 화가 불렀어요?"

그냥 변태 악마일지도 모른다는 생각을 했다.

그만 돌아가려는 벤지를 잡고서 물었다.

"벤지. 내가 이런 거 물을 사람이 벤지밖에 없어서 그러는데요."

소매를 붙잡힌 벤지는 묘하게 기쁜 표정을 했다.

"그래, 뭔데. 말해 봐."

"여기 여자들은 생리할 때 어떻게 해요?"

당황한 걸 감추지도 못한 채 벤지는 한참 버벅거렸다.

"그게, 그건, 그런, 아, 그렇군, 아니, 그걸……."

결국 그가 꺼낸 말은 되물음이었다.

"그걸 왜 나한테 묻지."

물론 곧장 스스로 답했다.

"나 말곤 물을 곳이 없었겠네."

물론 델로아는 내가 여자인 걸 안다. 하지만 평민 나부랭이가 생리를 어떻게 처리하냐고 귀족에게 물을 순 없었다. 아가씨로 귀하게 자라 오신 분이 그런 질문까지 곱게 대답해 줄 것 같진 않았다. 결과적으로 내게 남은 사람은 벤지뿐이었다.

"내 사정을 속속들이 아는 사람 중에 편한 사람이 벤지밖에 없단 말이에요. 미안해요. 근데 나 진짜 어떻게 해야 될지 모르겠어서."

벤지는 눈을 마주치지 못하고 이리저리 굴려 댔다.

글쎄. 그건, 음.

"벤지는 누나 없어요?"

"누님이 한 분 있지만, 그런 문제로는 얘기를 해 본 적이 없어서."

"하긴. 그렇겠네요. 그럼 애인이나 다른 분들한테 물어보시면 안 될까요?"

"내가? 아니. 나 애인은 없어."

"아, 그렇구나."

"정말, 나 애인 없어."

"알았어요, 누가 뭐라나요. 아무튼 벤지가 주변에 물어봐 줘요. 내가 묻고 다니면 마구간 일자리 잘릴 수도 있단 말이에요. 벤지 정도는 돼야 '어머, 우리 벤지 님은 어쩜, 호기심도 많으셔라.' 하면서 끝나죠."

엊그제 들었던 셀마의 말투를 따라 했다. 벤지는 잠잠히 생각을 해 보더니 나를 힐긋 봤다가 이내 고개를 돌려 버렸다.

많이 민망한가 보네.

"벤지. 여자라면 다 하는 거예요. 그러니까 그만 부끄러워하시고 대책을 마련해 주세요. 아. 저 머리도 잘라 주고 가세요."

"머리도?"

"많이 길었잖아요."

"그냥 장발 남자인 척하면 안 될까."

"그러기엔 제가 너무 예쁘잖아요. 물론 단발도 소름 돋게 잘 어울리지만. 아무튼, 칼 없어요?"

"······있지."

"그럼 온 김에 좀 잘라 주고 가세요. 여기에 날붙이라고 해 봐야 낫밖에 없는데 저 혼자 머리 자르다가 진짜 머리까지 잘라 버리면 어떡해요. 그런 개죽음이 어딨어."

"너는 말을 해도······."

결국 한숨을 쉰 벤지는 왼쪽에서 작은 칼을 꺼내 들었다. 머리를 묶고 있던 끈을 잡아당겨 풀자 은색의 머리카락이 어깨 위로 흘러내렸다. 목을 가릴 정도 되는 머리카락을 손가락으로 조금 풀어 헤치며 뒤돌았다. 벤지는 어깨까지 왔던 머리카락을 조금씩 잡고 칼로 잘라 내기 시작했다.

"그럼 그전에는 어떻게 했지?"

"뭐가요."

"······네 나이에 그걸 안 해 봤을 리 없고 여태 어떻게 처리했냐는 말이야."

"아. 생리요. 제가 살던 동네에는 엄청 흡수 잘 되는 천을 팔았거든요. 그거 사서 쓰고 버렸죠. 쓰레기 엄청 나왔어요. 여기 와선 두 달 넘게 한 번도 안 했네요. 갑자기 생활 패턴이 변해서 그런가 봐요. 원래도 좀 불규칙하긴 했지만요. 근데 요 며칠 몸이 찌뿌둥한 것이 아무래도 할 거 같아서. 그럼 어떻게 해야 하나 막막해서요. 오신 김에 여쭤봤어요."

아무렇지 않게 말했는데 벤지는 그렇지 않았나 보다. 잠깐씩 목에 닿는 손이 데일 정도로 뜨거웠다. 전보다 더 세심하게 자르고 있는지 오래 걸렸다. 게다가 자른 부분이 마음에 안 들었는지 몇 번을 더 만지작거리며 다듬기까지 했다.

"다음엔 가위를 챙겨 와야겠어."

"왜요? 더 잘 잘라 주려고요?"

"이왕 부탁받은 건데 잘하면 좋잖아."

어깨 위의 머리카락들을 툴툴 털어 내며 벤지를 돌아봤다. 오두막 안으로 들어오는 볕이 가지런하게 벤지의 얼굴을 비췄다.

"오. 꽤……."

"응?"

"벤지는 주근깨가 있고 눈이 약간 처져 있어서 순하고 장난기가 많은 인상인데, 코도 오뚝하고 입매가 다부져서 별로 그렇게 안 느껴져요. 오히려 단단해 보인다고 해야 되나. 믿음직한 느낌이에요. 오, 조화로운데."

"너 그거 버릇인 거 같은데 그만둬."

"예?"

칼을 주머니에 넣으며 벤지는 뒤돌아선 채 말했다.

"남의 얼굴을 뜯어보는 것 말이야."

"에이, 우리가 남인가 뭐. 비밀을 공유한 사인데. 이 정도면 가족이지."

벤지의 옆구리를 쿡 찌르며 먼저 오두막 문을 열고 나갔다. 머리카락이 짧아지니 훨씬 가볍고 시원했다.

아으으—

기지개를 켜다 말고 뒤돌아보자 벤지는 여전히 오두막 입구 쪽에 서서 나를 보고 있었다.

잠깐 동안 홀린 것처럼 나를 보고 있던 벤지는 고개를 황급히 돌리며 내게 인사했다.

"갈게."

짧은 인사를 하고 빠르게 사라진 벤지는 그 날 저녁이 되기 전에 다시 찾아
왔다.

한 뭉치의 천을 들고서.

"이, 이, 이걸로, 그, 대고. 좀 있다가 젖으면 빨아서 쓰고……."

"어우. 내가 너무 민망한 걸 시켰나 봐요. 얼굴 빨개진 거 봐. 벤지 님 얼굴
터지겠어요."

"……천은 안 들키게 알아서 처리해."

"알았어요, 감사해요."

민망함을 참을 수 없었는지 벤지는 재빠르게 천을 건넸다.

"조. 이만 가 볼게. 바빠서 오르본에서 돌아온 뒤에야 보겠네. 건강하고. 다
치지 말고."

"아이고, 알았어요. 얼른 가 보세요."

부끄러워하면서도 할 말은 조목조목 다 하는 벤지가 귀여워 손을 들고 양껏
흔들어 줬다.

그리고 며칠 뒤 테오가 다시 찾아오긴 했지만 어찌나 꾸벅꾸벅 졸아 대는지
금방 보내 버렸다.

'이제야 키가 크나 보네!' 하고 놀려도 아예 듣지 못할 정도였다.

집에 가서 좀 쉬어, 라며 테오를 보내 버리고 나는 홀로 텅 빈 마구간에 덩그
러니 앉아 있었다.

정말로, 할 게 없다.

심심할 때면 떠오르던 카일의 생각을 하지 않으려고 노력했다. 그가 부탁한
일이니까.

적당히 바쁘게 일하고, 밤에 눈을 감으면 얼른 잠들었다. 가끔 쉽게 잠들지
않을 때는 몸을 마구 움직였다. 아무도 없을 때 호수에서 물을 떠 오는 김에 목
욕도 하고, 구멍 뚫린 벽을 고치고, 그도 여의치 않으면 팔 굽혀 펴기나 윗몸
일으키기를 했다.

1주일쯤 뒤에 카일 전하의 시종인 펠이 찾아왔다.

"펠 아저씨!"

"오, 조! 잘 지냈니? 못 본 새 더 듬직해졌구나."

"제가 너무 미모가 출중해서 사람들이 무시할까 봐 근육을 키워 봤어요."

"에이. 그래도 아직은 사내 녀석치곤 몸태가 가는걸."

사람 좋게 웃으며 펠은 린지를 제외한 말 네 마리를 모두 데리고 나오라고
했다.

"네 마리 다요? 어디 가시나 봐요?"

"카일 전하께서 오르본으로 가신다는구나."

"아……. 저를 직접 부르시지 않고. 괜히 펠 아저씨만 수고스럽게 오셨네요.
제가 같이 말 끌고 가 드릴게요."

"아. 아니야. 괜찮단다. 울타리 밖에 다른 사람들도 있으니까. ……오, 조.
우리 착한 조. 그런 표정 하지 말거라. 카일 전하께선 사실 너를 꽤 많이 아끼
신단다. 알고 있지?"

이 세계의 종들은 다 언어 설정이 번역체로 돼 있나.

"네. 펠 아저씨. 걱정 마세요."

밝게 웃으며 말 네 마리 위에 안장을 얹어 마구간 바깥까지 데리고 나갔다.
한동안 일거리도 줄고 조용해지겠지만 그다지 달갑진 않았다.

펠 아저씨는 내가 걱정됐는지 몇 번이나 뒤돌아보며 인사하다 멀어졌다. 조
용해진 일터를 돌아보고 나니 그제야 카일이 말 한마디 없이 가 버린 게 실감
이 났다.

저번엔 배웅이라도 했는데. 이번엔 그것도 못 했네.

조금 큰 신발을 벗어 던지고 맨발로 푸른 잡초를 툭툭 뽑아 댔다.

카일이 떠났으니 아마 이사크 쪽도 준비해서 가겠지. 카일보다 덜 요란하게,
훨씬 소박하게 갈 거야. 델로아가 그러라고 시켰으니까. 황궁에 두 명의 황자
가 사라진 후에……. 아. 5황자가 죽는구나. 헤스티안으로 떠났던 카일 황자가
5황자의 죽음을 늦게 전해 들었었지. 아, 그 황자 이름이 뭐더라. 5황자 이름은
아직도 생각 안 나네.

문득 5황자의 죽음을 카일에게 먼저 알려 주면 그가 나를 믿을지도 모른다는 생각을 했다. 그러나 그렇게 되면 주술사라는 의혹을 절대 벗어 버릴 수 없겠지.

게다가 이야기에는 순리라는 게 있었다. 5황자가 죽어야 카일이 각성하니까. 지금까지는 어머니인 프리실라 황비가 하라는 대로 했다면 5황자의 죽음이후로 카일은 스스로 판단하고 행동했다. 꽤 아끼는 동생이었던 듯했다.

1황자인 카일의 적극적인 정치적 행동으로 인해 적안을 가진 헤론 황자의 기반도 약간씩 뺏어 올 수 있었다. 물론 전쟁에 나가서 다 흐지부지되긴 하지만.

슬픈 일이지만, 소설의 줄거리를 최대한 해치지 않기로 했다. 모든 이야기엔 다 필요한 장치가 있는 거니까. 진짜 〈킹메이커〉를 위해선 어쩔 수 없지. 게다가 5황자는 이름도 거의 안 나오는 엑스트라였잖아. 도구적으로 사용된 게 안타깝긴 했지만 상관없었다.

아휴, 우리 전하가 오르본에서 잘 해내셔야 할 텐데.

혼자 이런저런 생각을 하고 있자니 하품이 쩌억 나왔다. 기지개를 켜며 느긋하게 벤치에 드러누웠다.

하아— 심심하다. 근데 테오는 정말 많이 아픈가. 요새 계속 안 보이네.

생활관에서 밥을 먹고 돌아오던 중 저 멀리 누군가에게 끌려가는 익숙한 말을 발견했다.

"릭. 저기 저 연한 갈색 작은 말 있잖아요."

"엥? 린지 아니냐. 린지가 왜 저기 있지."

"맞죠! 저거 린지 맞죠! 에라이, 도둑놈. 넌 뒤졌다, 새끼야."

두 팔을 걷어붙이고 재빠르게 달려갔다. 하는 일이라곤 말 관리하는 것뿐인데 말을 도둑맞으면 권고사직이 아니라 바로 모가지였다.

중세 시대를 물로 보지 마라. 여긴 진짜로 모가지가 잘린다고!

"이 개자식아! 내 말한테서 손 떼! 아니, 우리 전하 말한테서 손 떼!"

도둑놈은 린지에게 마구를 채우고 끌고 가고 있었다. 그 와중에 린지는 낯선 사람을 따라가지 않겠다고 네 발로 뻗대는 중이었다.

소리를 지르며 달려가 승마용 모자를 쓴 남자의 갈비뼈를 걷어차려는 순간 그가 빠르게 옆으로 돌았다. 주먹을 날리려고 했지만 휙 피하는 모양새가 어디서 쌈박질 좀 해 본 티가 났다.

다행인 점은 나도 왕년에 머리채 좀 잡아 봤다는 거였다.

옷깃을 잡아당김과 동시에 머리채를 휘어잡아 뒤로 꺾었다.

"야. 너 이리 와, 이 도둑놈 새끼야. 어디 황궁에서 말을 훔쳐. 간땡이에 빵꾸 났냐. 이 새끼야."

"아! 이거 놔!"

"놓긴 개뿔을 놔. 이거 카일 전하 말이다! 멍청아!"

"놓으라고! 허락받았어!"

"허락이 다 뭐졌네요. 카일 전하도 안 계신데 감히 누구한테 허락을 받아. 마구간지기인 나도 못 들었는데, 밥탱이 자식아."

말 도둑놈이 고삐를 놓치자 린지는 몇 걸음 뒤로 물러나더니 느긋하게 싸움 구경을 했다.

우리 린지 너무 착해. 좀만 기다려. 언니가 말 도둑놈 뒤통수에 원형 탈모 만들어 버릴게.

도둑놈의 뒷머리채를 잡고 한참 흔들다 보니 모자가 벗겨졌다. 칠흑같이 검은 머리카락이 햇빛 아래에 드러났다.

……검은 머리카락?

뒷덜미가 싸해졌다. 불길한 기분이 척추를 타고 올라왔다.

아차 하는 찰나에 남자가 주먹으로 복부를 가격했다. 억. 세게 친 건 아니었지만 꽤 아팠고 손에 힘이 저절로 풀렸다. 남자가 나를 팍 밀치며 소리를 질렀다.

"카일 황자의 동생인 테오 황자랑 얘기하고 마구간 사용을 허락받았다고! 대화 도중에 잠이 들긴 했지만, 어쨌든 확답을 들었어! 근데 감히 내 머리를 잡다니! 아야…… 내가 아무리, 새로 왔다고 해도 날 모르진 않을 거 아냐!"

"……어윽, 혹시 이사크 황자님?"

"······내 이름은 아는 모양이네."

헝클어진 검은 머리를 매만지며 이사크가 나를 바라봤다. 무거운 색의 눈인데도 은근히 장난기가 돋보이는 게 뒷골목의 양아치 기가 돌았다. 책이랑 똑같네, 정말.

"뭐, 마구간지기로서는 훌륭하다고 볼 수 있지만. 그래도 테오 황자의 허락이 있었는데도,"

잠깐만. 뭐라고?

"이, 이사크 전하. 실례지만 카일 전하의 동생 황자님의 존함이 뭐라고 하셨어요?"

"······이 궁에서 일한다면서 그것도 몰라? 마구간에 자주 오갔다고 하던데. 테오도르 드 빌테온. 주변에선 테오 황자님이라 하더라."

그제야 기억났다. 분홍색 눈, 적갈색 머리카락. 속칭 '되다 만 황자' 테오도르 드 빌테온.

"이사크 황자님. 테오 황자님 혹시 키가 이만하고요, 약간 곱슬머리에다가,"

"그래, 큰 분홍색 눈에. 너랑 안다던데."

"어······. 어, 그, 그럼 안 되는데. 아닌데."

머릿속이 새하얗게 번져 갔다. 테오가 5황자라고? 그동안 왜 생각을 못 했던 거지. 몸에서 온 열기가 한꺼번에 빠져나가는 기분이었다.

이사크 황자가 내 어깨를 붙잡으며 물었다.

"뭐가 아니란 거야? 이봐. 괜찮아?"

어떤 말을 꺼내야 할지 감이 오지 않았다. 도와주세요, 살려 주세요? 테오 황자님이 죽어 가요?

······믿을까?

몇 달 동안 나를 봤던 카일과 벤지도 아직 믿지 못하는데 이사크 황자가 어떻게 날 믿겠어.

나는 내 어깨를 붙잡으며 말을 거는 이사크 황자의 손목을 잡고 떼어 냈다. 황족의 허락도 없이 그의 몸에 손을 댄 것은 엄청난 죄였지만 그런 것을 생각할 겨를이 없었다.

테오가 죽는다니.

"안, 안녕히…… 계세요."

"야, 괜찮아?"

걱정되는 말투로 말을 거는 이사크 황자에게 뭐라 대답해야 하는지도 감을 잡을 수 없었다. 머릿속이 엉망진창이었다.

"황자님, 저 가 보겠습니다."

"……그래."

멍청한 얼굴로 이사크에게 인사를 하고 먼저 뒤돌아서 뛰었다. 이게 무례라고 하든 말든 그런 것 따위 지금 중요하지 않았다. 지금 내겐 테오가 더 중요했다.

꼬우면 죽이든가.

뛰어가는 내 등에 대고 이사크가 외쳤다.

"야! 이 말은 어떡해!"

"……제, 제가 저녁에 황자님 별궁으로 가겠습니다!"

바빠 죽겠는데 왜 자꾸 말 걸어. 한 번만 더 말하면 못 들은 척해야지.

다행히 이사크는 별말이 없었다. 생활관을 지나 황궁의 수많은 정원 중 하나에 다다라서야 깨달았다. 테오의 궁이 어딘지도 모른다는걸. 테오가 황자라는 것도 이제 알았는데 그의 궁이 어디 있는지 알 수 있을 리 없었다. 어떡해, 어떡하지.

발을 동동 구르며 초조하게 주변을 둘러봤다. 마음은 급해 죽겠는데 할 수 있는 게 없다는 사실에 미칠 것만 같았다.

그때 저 멀리 아는 얼굴이 지나갔다. 저 마담의 이름이 뭐였더라. 그쪽으로 달려가자 여자가 화들짝 놀라며 눈썹을 찡그렸다. 숱 많은 검은 눈썹이 팔자를 그리며 올라갔다.

"어머머! 황궁 안에서 그렇게 경박스럽게 뛰면 안 돼! 너! 이름이 뭐라 그랬지! 내가 뽑은 애였나. 내가 이렇게 안목이 없을 리가 없는데. 너 어디 소속이니!"

틸리. 말 많고 안목도 없는 아줌마.

"안녕하세요! 틸리 님. 저는 조라고 합니다! 기억하실진 모르겠는데 몇 달 전부터 카일 황자님 궁의 마구간에서……."

"아! 아아. 그래! 생각났어. 조. 너희 누나 조세핀이었나. 난 그 애가 더 좋았어. 그 애는 잘 지내니. 어쩜, 말라 보여도 꽤 똑똑해 보였는데. 글을 못 읽는다니, 아까워서 나 원 참. 요새는 평민들도 글을,"

끝도 모르고 이어지는 바람에 말을 끊어야만 했다.

"아! 누나요. 누나는…… 잘 있어요. 틸리 님. 저 여쭤볼 게 있습니다. 혹시 테오도르 황자 전하의 궁이 어디 있는지 알 수 있을까요?"

"테오도르 전하의 궁? ……네가 거긴 왜?"

틸리의 작은 눈이 더 게슴츠레하게 변했다. 팔짱을 끼며 틸리가 나를 비스듬히 쳐다봤다.

"……이사크 전하의 심부름이에요. 저한테 전하라는 말씀이 있었거든요."

"이사크 전하? 아! 새로 온 황자님! 그래, 그분은 꼭 폐하의 아드님이 아닌 것처럼 머리색이며 눈도 다 검더라고. 루이지엔느 황비님만 쏙 닮았나 봐. 게다가 17년을 밖에서 자라셨다니 어쩜 그런,"

"틸리 님. 이사크 황자 전하가 급한 일이라고 하셨어요."

걱정돼 죽겠는데 황자 뒷담화나 까고 있을 시간이 없었다. 틸리는 두툼한 입술을 삐죽거리며 손가락질로 저 먼 곳을 가리켰다.

"저기, 장미 정원 지나고 하얀 건물 뒤편으로 작은 상아색 건물이 있어. 뛰지 말고. 걸어가, 애. 뛰다가 넘어지면 황궁에서 그대로 잘리는 거야. 너 모가지만 잘리는 게 아니라 나까지,"

"예! 틸리 님 감사합니다!"

끝까지 잔소리 같은 조언을 퍼붓는 틸리의 말을 끊고 빠르게 걸었다. 중학교 때 경보 대회에서도 이렇게까지 열심히 하지 않았는데. 엉덩이랑 종아리가 터져 나갈 것 같았다. 커다란 하얀색의 건물을 지나자 초라해 보이는 상아색 건물이 나타났다. 입구에 서 있던 경비병이 나를 막아섰다.

"어디 가는 거야."

"황자 전하를 뵈러 왔어요."

"······네가?"

미심쩍게 눈을 굴리던 놈이 내 가슴께를 툭 밀쳤다.

"꺼져. 황궁 말단 시종이 들어갈 곳은 아냐."

화가 울컥 치밀었지만 경비병의 덩치가 꽤 커 보여서 꾹 참았다. 나는 지는 싸움은 하지 않아. 내가 한주먹 거리도 안 될 것 같으니 참는다.

"이사크 황자님의 심부름으로 왔어요."

"누구? 아······. 이사크 황자님."

그놈은 히죽거리더니 고개를 끄덕였다.

"어쩐지. 누구네 시종인가 했네. 그 꼴을 보니 알 것 같군."

"······아뇨, 저는 카일 전하의 마구간에서 일하고, 이사크 황자님은 지나가다가······."

"됐어, 됐어. 들어가. 카일 황자님도 뭐. 무슨 말인지 알지? 이 궁에서 일하는 내가 할 말은 아니지만 말이야."

화가 치밀어 올랐다. 물론 황자마다 할당된 예산이 다 다르고, 카일의 예산이 2황자인 헤론에 비해 적다는 것은 알고 있었다. 프리실라 황비가 아무리 잘나가 봤자 적안한테 돈 쏟아붓고 애지중지하는 황제한테는 못 당하지.

그러니 적안도 아니고, 프리실라 황비가 좋아할 만큼 완벽하지도 않은 5황자 테오도르는 이도 저도 아니겠지. 속된 말로 테오는 죽도 밥도 안 되는 취급이었다.

하지만! 그렇다고 쳐도! 감히 경비병 기사 나부랭이가 황자님을 무시하다니! 니놈 자식이 그런 말을 할 깜냥이 되냐. 열이 잔뜩 받았지만 입꼬리를 올려 같이 웃었다.

"헤헤, 바쁘다고 해서 왔긴 왔는데, 솔직히 좀 그렇네요. 이사크 황자님 심부름이라는 게."

"그치. 뭐. 그래도 별수 있나. 너 평민이지? 너 같은 평민 종놈은 황궁에서 일하는 것만 해도 감지덕지지."

"아유, 네. 그럼요. 기사님 같은 멋진 직업이 아닌데요. 기사님 정말 멋지세요. 칼도 그렇고요. 성함을 알 수 있을까요."

"나? 허허. 짜식. 맞아. 궁에서 일하려면 인맥이 중요하지. 칼 게드리다. 게드리 가문에 대해선 들어 봤지."

"당연하죠, 기사님. 앗, 저 이만 들어가 봐도 괜찮을까요. 아무리 이사크 황자의 심부름이라도, 저 같은 나부랭이는 간이 쫄려서……. 헤헤."

"하, 사내자식이. 그래. 가 봐."

"예! 게드리 님! 다음에 또 뵙겠습니다."

얼굴이랑 이름 외웠어, 게새끼야.

황자가 지내는 궁인데도 건물 안에 사람이 그리 많진 않았다. 시녀 하나를 붙잡고 황자 전하의 방을 물었다. 시녀는 의문이 담긴 눈으로 나를 바라보다가 '테오 전하는 주무시고 계신데?' 라고 말했다.

알아요, 안다고, 그래서 내가 미치겠다고요.

책 속에서 테오의 죽음 이후 카일은 시에나 황녀를 의심하며 '잠이 늘다가 죽는 거. 그 약초를 써서 테오를 죽인 게 시에나 너였니.' 라고 물었다. 비통해하는 표정이라 묘사된 카일의 얼굴을 상상하며 나는 헤벌쭉 입을 벌리고 웃었었다. 이곳에 오기 전까진 테오의 죽음의 과정 따위는 생각한 적도 없었다.

테오가 자고 있다는 2층의 방 문 앞에 서자 시녀가 짜증 섞인 목소리로 나를 말렸다.

"주무시고 계시다니까!"

"이 말씀 꼭 전하라고 하셨어요, 이사크 황자님이!"

물론 이사크는 그런 적이 없지만.

나는 똑똑 두 번 노크한 뒤에 대답을 듣지 않고 열어젖혔다. 시녀가 헉, 하며 입을 틀어막았다. 황족의 방 문을 함부로 여는 것 자체가 모독죄고 큰 실례였지만, 몰라. 알 게 뭐야.

테오는 자고 있었다. 작은 몸을 동그랗게 말아 이불을 끌어안은 채.

"테오. ……전하."

문 앞에서 전하라는 호칭을 급하게 붙여 그를 부르자 그가 몸을 움찔 떨다가 반쯤 눈을 떴다.

"……나 지금…… 자고 있잖아. 하…… 나가. ……응? 조?"

도톰한 이불을 쥐고 있던 하얀 손이 눈을 비볐다. 분홍색의 예쁜 눈이 나를 똑바로 바라봤다. 테오가 활짝 웃었다.

"조."

이렇게 착한 앤데.

내가 왜 죽어도 된다고 했을까. 이야기 그까짓 게 뭐라고.

"조, 표정이 왜 그래. 들어와. 헤일리는 가 봐."

내 뒤에 서 있던 시녀가 멀어지는 소리가 들렸다. 나는 천천히 걸음을 옮겨 방 안으로 들어갔다.

테오가 나를 향해 손을 뻗었다. 울 것 같은 기분이었지만 울 순 없어서 입술을 앙다물었다. 테오는 순진한 얼굴로 배시시 웃으며 손가락 끝을 꼭 잡아 왔다.

"조. 오늘은 더 못생겼는데. 근데 나 황자인 줄은 어떻게 알았어?"

"……키가 엄청 작은 황자가 있다는 소문이 들리길래 테오 전하인 줄 알았죠. 이 황궁에 쪼꼬미가 우리 테둥이 말고 또 누가 있겠어요."

"에이씨."

입으로는 짜증을 부리면서도 테오는 자다 깨서 나를 본 게 반가운지 미소를 거두질 않았다. 무작정 찾아오긴 했지만 어떤 말을 해야 할지 알 수 없었다.

먹는 걸 조심해? 마시는 걸 하나하나 검사해 봐? 해독제를 찾아보라고? 궁정 의사들이 테오의 죽음의 원인을 모른다고 했던 거 같은데. 카일이 책 속에서 그랬었는데. 그럼 살아 있는 당장은 뭘 할 수 있는데. 내가 뭘 해야 얘가 살아?

테오의 손을 꼭 잡고 고개를 숙였다가 천천히 들어 올렸다.

"너무 오래 주무시지 말아요."

"히, 조 나한테 존댓말 처음 하네. 원래는 반말했잖아."

나도 모르게 뽀얀 볼을 꼬집으며 같이 웃었다.

"귀한 분인지 몰랐잖아요, 반말 지금도 할 수 있긴 한데. 해 줄까?"

테오는 별안간 볼을 꼭 제 눈 같은 분홍 빛깔로 물들이다 내 손을 떼 냈다.

"건방진 조. 참수시킨다."

"아, 해 보시던가. 나 좋아하면서 꼭 말을 이렇게 무섭게 하신다."

몇 번의 농담을 더 나누다가 자리에서 일어섰다. 어떤 조언을 해야 할지 감이 오지 않았다. 잠이 온다며 나를 내보내려는 테오를 붙잡고 물었다.

"너무 잠을 많이 주무시네요. 테오 전하. 요 몇 달 사이에 달라진 거 없었어요? 이불이나, 벽지. 아니면 식사. 물?"

"……글쎄. 매일 똑같아서 모르겠어. 왜? 조 나 걱정해 주는 거야?"

"사람은요? 새로 들어온 시종은 없어요?"

테오는 대답도 없이 고개를 돌려 하품을 하더니 눈물 맺힌 눈으로 나를 밀어냈다.

"있잖아, 조. 나 졸려……."

"전하, 제발요. 아까까지 잤잖아요. 저 왔으니까 얘기 좀 해요. 아니면 린지 타러 갈까요?"

"린지 아까 이사크 황자가 빌려 달라고 했는데. 말이 없다고, 카일 전하도 없어서 왔다고 하면서……."

"아. 맞다. 그러면, 그러면……. 저랑 정원 걸을래요? 졸리시면 제가 전하 업어 드릴게요."

"웃기지 마. 너 또 나 던질 거지."

"내가 언제 널 던졌어!"

테오가 키득키득 웃으며 이불을 끌어안았다.

"또 반말하네, 건방진 조……. 아무것도 안 바뀌었어. 그러니까, 나…… 하으음……. 잘게. 다음에, 내일이나…… 모레, 그때…… 놀자. 잘 가, 조."

테오는 금세 눈을 감아 버렸다.

"황자님? 테오 전하? 테오 전하. 테오!"

밖에는 들리지 않을 정도의 목소리로 테오를 부르며 몸을 흔들었지만 깨지 않았다. 불안해 미칠 것만 같았다. 새근새근 숨소리를 몇 분간 듣다가 겨우 밖으로 나왔다. 침실의 문을 여는 동안에도 몇 번이나 뒤돌아봤다.

저러다가 죽었댔는데. 내가 나가고 나서 갑자기 숨이 끊어지면 어떡하지.

온몸에 추를 매단 것처럼 버겁기만 했다. 도움을 청할 사람도 없었다.

밖으로 나가서도 쉽게 떠나지 못하고 서성거리자 게드리가 발길질을 해 댔다.

"얼쩡대지 말고 마구간으로 가, 인마!"

그 나름대로 친한 척인 듯했지만 역시 기분이 더러웠다. 마구간으로 돌아가는 길이 너무 멀었다. 내가 할 수 있는 게 아무것도 없었다.

〈킹메이커〉 속에서 나는 그냥 조연조차 안 되는 마구간지기 엑스트라였다.

마구간으로 돌아가자 린지가 잔뜩 쌓아 놓은 건초 앞에 서서 와드득와드득 건초를 씹어 먹고 있는 게 보였다.

아, 밥 줄 시간이었네. 근데 쟤 이사크 황자가 데려가지 않았나.

정신없는 와중에 울타리를 지나자 오두막 앞 벤치에 앉아 있는 이사크가 보였다.

"이사크 황자 전하? 저 기다리셨어요?"

"응. 야. 뭐 좀 물어보자. 얘 배고파서 그런 거야? 내 별궁에선 한 발자국도 안 걷던데."

"아. 린지가 사람 낯을 많이 가려요."

"말이 사람을 어떻게 알아보고."

"얘네도 눈이 있는데 당연히 알아보죠."

반은 맞고 반은 틀렸다. 린지는 아마 낯선 곳인 데다가 배가 고파서 움직이지 않았을 것이다.

이사크는 머리를 긁적이다가 자리에서 일어섰다.

"그리고 너 아까 꼭 무슨 귀신이라도 본 것처럼 굴어서 말이야. 괜찮냐."

괜찮냐라니. 진짜 책이랑 똑같잖아. 뒷골목 양아치 말투를 왜 못 버리냐고 델로아랑 아웅다웅 싸우는 장면이 떠올랐다.

그리고 책처럼 죽게 될 5황자의 이야기 역시 생각났다. 나는 다급하게 이사크의 앞으로 불쑥 다가갔다. 이사크가 살짝 놀라며 뒤로 한 발자국 물러섰다.

"왜, 왜."

"황자님. 저한테 방금 괜찮냐고 물어보셨죠."

"뭐? 어…… 그렇지."

"저 지금 엄청, 하나도, 매우 안 괜찮아요. 진짜 별로예요."

"아, 그래? 그런 것 같긴 하네. 얼굴이 파래, 너. 무슨 일인데."

역시. 남자 주인공 인성 뭐가 달라도 다르네. 다정을 기본으로 깔고 가는구나.

나는 남자 주인공의 버프를 빌리기로 했다.

"괜찮냐고 물었으면 고민까지 들어 줘야 하는 것이 인지상정."

"인지, 뭐?"

"혹시 독극물이나 약초 잘 아시나요? 아니면 좀 알아봐 주실 수 있으실까요. 이사크 전하는 황자님이잖아요. 제발요. ……제 친한 친구의 어머니가 죽어 갑니다."

"뭐? 친구의 어머니? 괜찮은 거야? 많이 아프대?"

어정쩡하게 서서 나를 지켜보던 이사크가 단숨에 내 앞으로 다가와 어깨를 붙잡고 내 안색을 살폈다. 걱정이 가득한 두 눈에 진심이 가득 서려 있었다.

이사크 황자도 황궁에 오기 전 평생을 어머니라 믿고 의지했던 사람을 잃었으니 공감할 거라 생각은 했지만, 이렇게까지 목소리가 높아질 줄은 몰랐다.

"어머니가 독에 중독이라도 된 거야? 의사는 불렀어? 너도 가 봐야 되는 거 아냐? 친한 친구라며."

거짓말을 한 게 미안할 정도였다.

아니. 미안. 사실 하나도 안 미안한 게 미안하다.

눈물 어린 눈으로 얼굴을 반쯤 내리고 소매로 눈가를 콕콕 찍으며 말했다.

"연고도 없이 마구간에서 일하게 된 저를 제 가족처럼 여기며 도와준 친구예요. 그 친구의 어머니가 그만…… 흑. 최근에 잠이 점점 느시더니…… 호흡도 가늘어지고……."

"잠이 늘어?"

영 석연치 않은 얼굴로 이사크가 고개를 갸우뚱 꺾었다. 그럴 법도 했다. 테오도르의 증상은 약물 중독자라고 보기에는 너무 평범했으니까. 조바심이 들어서 나는 눈을 동그랗게 뜨고 더 리얼하게 감정을 실어 얘기했다.

"정말, 정말로 정정하셨거든요. 아침저녁으로 펄펄 뛰어다니셨다니까요. 그러시던 분이 어느 날부터인가 침대에서 벗어나질 못하세요!"

"그래? 정말 이상하긴 하네."

이사크 황자가 한 손으로 턱을 매만지며 의문스러운 표정을 지었다. 나는 눈물을 머금고 최대한 비통한 표정으로 애절하게 그를 바라보았다.

"하지만 저나 친구나 약초에 대해 아는 것도 없어서 할 수 있는 게 없네요……. 친구가 좌절하는 모습을 보고만 있어야 한다니."

내 엄마가 죽어 간다고 했어야 했나. 하지만 델로아한테 기억을 잃었다고 말한 이상 엄마 얘길 할 순 없었다.

나 여기서 거짓말밖에 안 하는 거 같아. 연기만 늘어 가네.

눈물을 그렁그렁 눈꼬리에 맺은 채로 고개를 쳐들었다가 단번에 팍하고 숙였다.

"제에가! 어흑흑! ……대신 죽어 그 은혜를 갚을 수만 있다면! 당장에라도!"

"……야, 왜 그래. 아까 내 갈비뼈 발로 차려고 할 때 그런 얼굴도 아니었으면서. 괜찮냐."

남자 주인공 초기 설정은 분명히 뒷골목에서 자란 장난기 많은 의리파였다. 불쌍한 사람을 보면 그냥은 못 지나쳤지. 그거 때문에 델로아랑도 초반부에 많이 싸웠지만.

알 게 뭐람. 인생은 나부터입니다.

나는 이사크의 소맷단을 붙잡고 늘어졌다.

"황자 저으언하! 도와주시옵소서!"

"마, 말투가 왜 그래?"

실수. 다시.

"황자 전하! 도와주세요. 제 친구가 죽어 갑니다! 흐흑!"

"친구도? 친구 엄마라며?"

아, 제길. 또 실수.

"어머니를 잃을지도 모르는데 자식이 제대로 살 수 있겠어요? 속이 썩어 문드러지죠."

이사크의 짙은 눈썹이 찡그려졌다. 입매를 야무지게 다문 이사크가 고개를 끄덕이곤 내 손목을 살짝 잡았다 놓았다.

"물어볼게. 주변에 똑똑한 사람도 있고."

델로아 얘기인 듯했다.

"내가 할 수 있는 건 최대한 해 볼게. 너 이름이 뭐라 그랬지?"

"……조입니다. 황자님."

"그래, 카일 황자 전하의 마구간에서 일하는 거 맞지? 내가 빨리 알아봐서 가르쳐 줄게. 마구간 일 도와준 친구면 친구도 궁에서 일하겠네? 걘 누군데."

"아……. 릭이요."

"릭?"

"예……. 정원에서 일하는, 릭입니다."

나 왜 릭이라고 했냐. 그 아저씨 연세가 몇 세더라.

이사크는 내 어깨를 툭 치며 부러 장난을 담아 말했다.

"너무 걱정하지 마. 금방 좋아지실 거야. 친구한테도 전해 주고. 내가 비록 아직 껍데기뿐인 황자지만 그래도 모른 척은 안 할게. 조금만 기다려."

와. 진짜 좋은 사람이다. 이사크 당신 같은 사람이 내 직장 상사여야 했는데. 역시 책은 책이다. 저런 사람 현실에 있을 리가 없어.

이사크는 내 등을 퍽 치며 울타리 밖으로 나갔다. 나는 열성적으로 비굴하게 보이기 위해 최선을 다했다. 울타리 바깥까지 마중을 나가 눈물 젖은 눈으로 그를 향해 말했다.

"저는 황자님만 믿습니다."

"알았어. 내일이나 모레 다시 올게. 그동안은 좀 쉬어. 너 얼굴이 말이 아니네. 고생 많이 했나 보다."

……얼굴은 원래 이랬는데. 착한 의도라서 화를 못 내겠네.

애써 웃으며 이사크를 배웅하고 돌아왔다. 내일 되면 약초가 뭔지, 해독약은 어떤 게 있는지 알려 주겠지. 그러면 내 봉급으로 구해서 어떻게든 테오한테 넘겨주면 될 거야. 카일이나 벤지가 있었으면 부탁해 보는 건데. ……아냐. 더 안 믿었을 거야. 테오도르가 죽는다고 하는 걸 믿었어도 문제지. 그땐 빼도 박도 못하고 주술사로 낙인찍힐 텐데.

카일 이놈 새끼. 얌전히 품에 안길 것이지, 왜 밀네 마네 튕기고 난리야. 얼굴값 하는 거야, 뭐야.

……설마 욕하는 것까지 들린 건 아니겠지.

"하…… 들리네."

"예? 카일 전하. 뭐라고 하셨습니까?"

"한동안 잠잠하다 했어."

카일은 덜컹거리는 마차에 앉아 이마를 짚으며 미간을 찌푸렸다. 오랜만에 들린 조의 목소리는 너무나도 모욕적이었다. 간만이라 더 그렇게 느껴지는 듯했다.

'카일 이놈 새끼 얌전히 품에 안기지, 튕기고 난리? 이게 미쳤나.'

짧게 한숨을 내쉰 카일은 맞은편에 앉아 있던 벤지에게 물었다.

"벤지. 네가 보기엔 내가 품에 안길 사이즈던가?"

"……전하를 제가요?"

벤지의 오렌지빛 눈이 커다랗게 뜨였다. 둘 사이에 잠깐 짧은 정적이 흘렀다. 벤지가 눈을 아래로 내리깔고 사뭇 진지한 목소리로 차분하게 읊었다.

"……안자면 안아는 보겠지만 전하 역시 근육이 있으셔서 한 품에 들어오시지는 않을 듯합니다."

카일이 오른손을 내려 칼자루를 손에 쥐었다.

"한 번만 더 그런 말을 하면 네 목을 찔러 죽이겠다."

"아니, 전하께서 방금……!"

"나는 조 얘기였어!"

"예? 조가 전하를 안고 싶다고 했습니까? 아, 그럴 법도 한데…….."

"그럴 법도 해? 그자가 나를 안고 싶어 해?"

카일이 집어 들던 책을 내려놓고 벤지를 쳐다봤다.

"둘이 있을 때 대체 날 두고 무슨 얘길 하기에 그럴 법하다는 소리가 나와. 나는 매번 들을 때마다 깜짝깜짝 놀라는데."

"전하. 솔직히 말해도 될까요."

벤지의 단단한 음성에 덩달아 긴장해 버린 카일은 느리게 고개를 끄덕였다. 뭔가 결심이라도 한 것처럼 벤지는 무릎 위에 올려놓은 손을 펼쳤다가 다시 말아 쥐었다.

"전하가 없을 때 드러내는 주접이 더 심한지, 아니면 혼자 하는 속마음이 더 심할지 분간을 할 수가 없습니다. 저번에는 제게 묻더군요. 황자 전하의 미용사는 누구냐고. 제게 황자 전하의 다음 머리 스타일을 상세히 주문했습니다. 굉장히 치밀합니다."

"……내 머리 스타일?"

"예. 머리 손질할 때 반은 까고, 반은 덮어 달라고 하더군요."

카일은 자동적으로 손을 들어 머리를 매만졌다. 그냥 평범하게 짧은 머리였다. 때에 맞춰 미용사를 불러 머리를 다듬는, 아주 평범한.

벤지는 진중한 낯으로 두 손으로 깍지를 끼며 허리를 숙였다. 안 그래도 낮은 목소리가 한층 더 낮게 감겨들었다.

"그 여자는 변태입니다. 전하."

"그런 것쯤은 이미 알고 있다. 변태 암살자인지, 변태 주술사인지가 문제지."

"조가 전하의 잘린 머리카락을 시장에 내놓으면 상큼한 레몬, 달콤한 바나나보다 더 잘 팔릴 거라고 하더라고요."

"……에이, 내 머릿속에선 그거보다 더한."

"그러다 갑자기 멈추곤 '앗. 안 팔리겠네요. 그 전에 내가 다 살 거니까.' 하며 깔깔 웃었습니다. 머리카락을 사서 뭐 할 거냐고 물었지만 돌아오는 대답이라곤 '우리 전하는 머리카락 한 올마저 잘생겼으니까. 문화유산은 챙겨야 돼. 이게 다 후손들을 위한 길이에요.' 같은 헛소리라……."

카일은 두 손으로 머리를 감싸 쥐었다. 조심스레 손가락으로 얽어 내리자 머리카락 하나가 빠져 손바닥 위에 올라갔다.

조의 목소리가 머리에서 자동 재생 됐다. 그 말도 안 되는 주술이 아니라 카일의 상상이었다. 소름 끼치게 현실감 넘치는 상상.

'카일 머리카락까지 너무 좋아. 상큼한 레몬색♥ 내가 다 뜯어 먹을래.'

후다닥 손을 털어 버렸다. 고개를 돌리자 창가에 비친 제 얼굴이 보였다.

'……그렇게 잘생겼나.'

고심해서 살펴봐도 그렇게 미친 망아지처럼 날뛸 정도인지는 감이 오지 않았다.

벤지는 떨어진 카일의 머리카락을 보다 잠깐 고민했다. ……조가 좋아할까. 물론 고민만 했다. 줍지는 않았다.

✿　✿　✿

3일 내내 테오가 찾아오지 않았다. 가끔 짬을 내 테오의 궁으로 찾아가도 그는 전처럼 몇 마디 말을 나누다가 금세 잠에 빠져들고 말았다. 한 번쯤 콕 찔러 보고 싶은 찹쌀떡 같은 볼을 발갛게 물들이며 자는 모습은 정말 너무나도 사랑스러웠지만 불안해서 돌아 버릴 지경이었다.

하루 만에 답을 주겠다던 이사크는 답도 없고, 그 와중에 카일의 명령이 있었으니 카일의 생각을 할 수도 없었다. 릭과 밥 먹으러 갈 때마다 혹시라도 이사크 황자와 마주칠까 봐 전전긍긍하기까지 했다. 릭 어머니가 아니라 릭 아내가 죽는다고 했었어야 했는데.

"릭 결혼했어요?"

"아니. 나는 일이 좋아."

"잘나셨소."

"너 이 자식 말투가 점점?"

"아, 속상한 일 있어서 그래요. 이사크 전하는 보이지도 않고."

"이사크 전하? 그 새로 왔다던 검은 황자님?"

"네. 뭐 아는 거 있어요?"

생활관으로 들어서며 묻자 릭은 커다란 코를 긁적거리며 아무렇지 않게 말했다.

"오늘 아침에 떠났잖아."

"네? 어디로?"

"거기 있잖아, 우리 카일 전하가 간 곳."

"오르본?"

"그래. 오르본."

이 배신자 새끼. 도와준대 놓고! 가르쳐 준다며! 최선을 다하겠다며!

"악!"

일이 어쩜 이렇게 하나도 안 풀릴 수가 있냐. 테오는 하루하루 말라 가고, 카일은 날 의심하고! 도와주겠다던 주인공 새끼는 오르본으로 가 버리고! 왜 이렇게 빨리 간 거야! 원래는 초여름쯤이었던 거 같은데.

……나 때문이구나. 내가 카일을 오르본으로 보냈기 때문에 거기도 급해진 거야. 카일보다 빠르게 오르본 백작의 마음을 얻어야 하니까.

……그럼 우리 테오는 어떡해.

생활관 식당에 멍청히 서 있다가 밖으로 뛰쳐나갔다. 뒤에서 릭이 외쳤다.

"야! 오늘 고기래!"

아니야. 지금 고기가 중요한 게 아니야. 물론 중요하지만, 테오가 위험하다고.

마음속으로 그 어느 때보다 크게 그를 불렀다.

머리부터 발끝까지 섹시 다이너마이트 카일. 돌아와요. 당신 동생 테오도르가 죽어 가요. 제발, 믿어 줘요. 나의 노란 아기 고양이 카일.

❊　　❊　　❊

초조와 불안으로 울렁이는 속을 달래려는 듯 이사크는 쉴 새 없이 창가에 올린 손을 까딱거렸다. 작은 마차 안이 이사크가 검지를 두드리는 딱딱 소리로 채워졌다.

델로아는 허리를 꼿꼿이 세우고 앉아 이사크를 보며 들릴 듯 말 듯 작게 뇌까렸다.

"가만 계세요. 전하."

"⋯⋯델로아. 이렇게 빨리 갔어야 했어?"

"카일 황자가 이쪽으로 움직일 줄 몰랐으니까요. 그가 헤스티안을 잡는 것에 집중할 줄 알았습니다."

"나 도와줘야 될 사람이 있었어. 약속도 했는데."

"알베니스에서 떠나올 때도 그런 말을 하셨습니다. 도와줘야 할 동생들이 있다고. 전하가 없어지면 당장 내일부터 굶을지도 모른다고."

이사크는 꼭 맞게 입은 황자 특유의 화려한 외출복이 불편한지 소매를 아래로 잡아끌었다. 델로아와 함께 고향을 떠나오던 일이 엊그제 겪은 일처럼 생생했다. 고향의 뒷골목에서 동생들이 옷깃을 붙잡으며 매달렸더랬다.

'형. 진짜 가? 형, 어디 가는데? 이제 다신 안 와?'

'나 배고파. 형.'

'동생 머리가 엄청 뜨거워. 자꾸 울기만 해. 어? 오빠. 어디 가?'

'바보야. 이사크 형 간대.'

'오빠, 가지 마.'

울먹이며 칭얼대는 동생들을 뒤로하고 이사크는 떨어지지 않는 발을 애써 꾸역꾸역 움직였다.

조에서 그런 동생들을 겹쳐 봤다. 커다란 눈에 눈물을 매달고 도와 달라 외치던 얼굴.

이사크는 습관적으로 손을 입가로 가져다 댔다. 불안할 때면 손톱을 물어뜯는 버릇이었다. 입술이 벌어지는 순간 인형처럼 앉아 있던 델로아가 이사크를 불렀다.

"이사크."

"⋯⋯아. 미안."

손을 다시 무릎 위로 가져갔다가, 무릎 위의 바짓단을 두드리다 그게 또 신경 쓰여 아예 팔짱을 껴 버렸다. 델로아는 그런 이사크를 보다 못해 결국 말을 얹었다.

"전하가 걱정하시는 그게 어떤 일인지는 알 수 없지만 이사크 전하가 사사롭게 도울 이유가 없다는 것은 압니다. 신경 쓰지 마세요. 모든 일에는 경중이 있습니다. 정에 흔들리지 마시고 이성적으로 판단하세요."

"……응."

하루아침에 황자가 된 이사크로서는 귀족의 말을 거역하기가 버거웠다. 특히나 저렇게 온몸으로 고귀한 태생임을 뿜어내는 인물 앞에서는.

이사크는 델로아를 힐긋 바라봤다. 처음 볼 때부터 귀한 사람이라는 티가 나는 여자였다. 하얗고 맑은 얼굴에 올리브색의 녹안을 반짝이며 제 집의 문을 열고 들어왔었다.

'이분이 그쪽 어머니신가요, 길에서 갑자기 쓰러지셔서.'

길가에 쓰러진 사람을 도왔던 친절은 단순히 변덕이었을까. 델로아는 이사크가 황자란 걸 안 뒤로 매섭게 변해 버린 것만 같았다.

'저를 황후로 맞이하겠다고 약속하세요. 그럼 당신을 황제로 만들겠습니다.'

그때의 델로아는 때에 맞춰 적절한 곳으로 시집을 가는 가문의 도구로 쓰이느니 직접 제 칼날을 벼려 당신의 검이 되겠다 말했었다.

이사크는 어처구니없게도 그 말을 당당히 뱉는 델로아의 박력에 반해 버렸다. 그래서 이렇게 됐지.

서로가 서로의 방패가 되고 창이 되는 계약 관계.

이사크는 숨을 길게 들이마시고 내뱉었다. 델로아는 그런 이사크를 보며 붉은 입술을 움직였다.

"걱정 마세요, 전하. 다 잘될 겁니다."

"……응."

듣기로는 그 뒷골목의 아이들에게도 델로아가 조금씩 돈을 주고 작은 일거리를 줬다고 했다. 살아갈 수 있도록. 이사크가 미련 없이 그곳을 떠날 수 있도록.

이사크는 이번에도 델로아가 뭐든 하지 않을까. 그런 안일한 생각을 했다.

달리던 마차가 잠깐 쉬는 중에 델로아는 시녀가 가져다준 작은 쿠키를 입에 쪼개 넣으며 조라는 마구간지기의 얼굴을 떠올렸다. 실은 이사크가 어떤 일 때문에 고민하는지는 진작 알고 있었다. 궁으로 돌아온 그가 궁정 의사에게 찾아가 물었다는 질문을 그대로 시종에게 전해 받았으니.

계속 잠을 자다가 죽어 버리는 독약? 그 질문을 묻기 이전에 조와 만났다고 했으니 조가 부탁했겠지. 저렇게 정에 휘둘러서 어쩌려고.

조는 딱히 해가 될 인물처럼 보이지는 않았지만.

커스텀이라는 자작은 실제로 있었다. 정말로 조가 말했던 것처럼 비루하게 살며 하녀 하나를 데리고 남루한 저택에 사는. 주변에 물어보니 인물은 그냥저냥 적당한 정도.

반은 맞고 반은 틀린 농담이었다. 그러나 기억을 잃었다던 조가 어떻게 과거의 일을 농담처럼 제 앞에서 꺼냈는지는 여전히 의문이었다.

우연인지 아닌지는 두고 보면 알겠지.

델로아는 쿠키를 이사크에게 내밀며 살풋 웃었다.

"전하. 생각을 조금 가벼이 하세요."

"알았어. 델로아. 근데 아까 이사크로 불렀잖아. 또 그렇게 불러 주면 안 돼?"

"어리광 부리지 마시라고 했죠."

"왜 그렇게 까칠하냐."

투덜대면서도 이사크는 델로아가 건네는 쿠키를 받아 입에 한가득 집어넣었다. 교양 없다는 잔소리가 자연스럽게 뒤따랐다.

❈   ❈   ❈

"그거 기억나요? 카일! 당신이랑 나랑 보내던 첫날 밤! 우리 한 이불 속에서 깼잖아요! 당신이 내 목에 칼 들이대던 순간 그게 달빛에 반사돼서 반사판처럼 당신 얼굴에 촤악— 나는 당신 얼굴을 보고 꺄악— 그때 카일 엄청 예뻤다고. 아따! 달의 요정 세일러 문이 다 죽었따! 우리 카일 짱짱! 기적의 세일러 카일! 오고 있어요? 듣고는 있어요? 긴급 상황! 메이데이, 메이데이!"

아무도 없다 싶으니 아예 대놓고 입으로 소리 내서 말했다. 이러면 더 잘 들릴까 봐서.

밤이 이슥하니 저물 때까지 황궁의 정문을 지나는 마차는 한 대도 없었다. 있었지만, 대부분은 업무를 보러 왔거나 회의를 위해 참석한 귀족들뿐이었다.

저녁을 먹기 전에 테오를 보러 갔지만 테오는 여전히 자는 중이었다. 방에 들어가지도 못한 채 나를 가로막은 시녀를 붙잡고 물었다.

테오가 잠든 지 얼마나 됐냐고.

늙은 시녀는 매부리코에 걸린 안경을 고쳐 쓰며 아무렇지도 않게 답했다.

"아마, 여덟. 아니, 아홉 시간 정도."

"그 전에는요?"

"테오 전하가 잠드는 시간까지 체크할 정도로 한가하진 않아. 식사를 두 번 정도 거르셨던 거 같네."

더 이상 대답하기도 귀찮았는지 시녀는 내 어깨를 툭 치고 그냥 지나가 버렸다. 결국 테오의 얼굴을 보지도 못하고 돌아왔다.

이 동네는 신도 없나요. 이 불쌍하고 가련한 저를 좀 굽어살펴라, 이 새끼야.

새벽 동이 틀 때까지 잠들지도 못했다. 까맣던 하늘이 애매하게 밝아지고 점차 시야가 밝아질 무렵, 갑자기 말발굽 소리가 땅을 울렸다. 황궁 내부에선 각 마구간 부지 내의 평야가 아닌 한 말을 타고 달리는 게 금지돼 있었다. 그런 규칙을 어길 정도로 간 큰 놈은.

나는 침상에서 벌떡 일어나 밖으로 나갔다. 마구간 울타리를 열어젖히고 무작정 뛰었다. 저 멀리서 무언가가 다가오고 있었다. 말 위에 올라탄 인영이 빠르게 가까워졌다. 그림자는 하나밖에 없었지만 확신했다. 카일이었다. 내 목소리를 듣고 달려온 게 확실했다.

타이밍을 맞추기라도 한 것처럼 새벽의 여명이 조금 더 밝아졌다. 푸른 하늘을 배경으로 한 채 노란 햇살 같은 금발을 휘날리며 카일이 달려왔다.

나를 발견한 카일은 검은 말의 속도를 줄이곤 뛰어내리다시피 말에서 내려 달려왔다. 그의 흐트러진 앞머리 사이로 이마에 땀이 송송 맺혀 있었다. 살짝 젖은 머리카락들이 갈래갈래 갈라졌다. 카일이 숨을 한 번 들이켤 때마다 목의 핏대가 움찔거렸다. 순식간에 내 앞까지 달려온 카일은 나를 붙잡고 속에서 끓어오르는 것을 뱉듯 외쳤다.

"무슨 소리야! 테오도르가 왜!"

"카일, 그게요."

"무슨 소리냐고 물었어! 장난도 정도껏 쳐! 여태 내 머리 속에다가 하는 농담들 다 그냥 웃고 넘겼지만, 이번만은 안 돼! 이번은 안 된다고!"

카일의 궁 경비를 맡은 기사 하나가 소란을 눈치채고 가까이 다가왔다.

"전하. 괜찮으십니까. 무슨 일이신지⋯⋯."

카일은 기사를 쳐다보지도 않고 '아무것도 아니야. 가 봐.' 라고 대답하곤 나를 보며 말했다.

"따라와."

혼자 남은 디에프가 밤새 달려서인지 투레질을 하며 거친 숨을 쿵쿵 내쉬고 있었다. 나는 디에프의 고삐를 잡고 카일의 뒤를 따라갔다.

마구간 안에 들어서자마자 카일이 나를 향해 뒤돌아섰다.

"깅깅자."

나를 바라보는 카일의 눈을 나도 똑바로 바라봤다.

아까까지 숨이 차서 헐떡거리던 모습은 어디 갔는지 소름 돋도록 차분한 얼굴이었다. 관자놀이에서 투명한 땀 한 줄기가 그의 턱선을 타고 흘러내렸다.

"테오도르는, 내 동생이야."

"예. 알아요."

"이번엔 그냥 못 넘어가. 무슨 속셈이야. 가라고 떠밀 땐 언제고 그딴 개소리로 날 다시 불러? 멀쩡하던 애가 갑자기 왜⋯⋯!"

"그래서 불렀어요! 테오가 하루하루 말라 가는데 제가 할 수 있는 게 없었다고요!"

"⋯⋯네가 한 건 아니고?"

"⋯⋯뭐라고요?"

카일이 옆구리에서 빠르게 검을 빼내어 단숨에 내 목을 겨눴다. 시린 감각이 온몸으로 퍼졌다. 차가운 푸른 눈동자가 날 노려봤다.

"정신없는 헛소리로 내 혼을 다 빼놓고, 그 틈에 내 가족을 죽이고 황실의 안녕을 더럽히려는 속셈이었다면 그 전에 내가,"

"뭐요?"

빡도네. 이건 정말 안 되겠다.

억울하고 또 억울해서 분통이 터졌다. 왼손으로 검날을 잡아 내 목에서 떼어냈다. 카일이 당혹스러워 한쪽 눈썹을 찡그리는 틈을 타 검을 쥔 그대로 넓은 보폭으로 다가가 그의 정강이를 걷어찼다.

순식간에 일어난 일에 당황한 카일이 다리의 고통에 고개를 숙이려는 찰나 그의 멱살을 한 손 가득 잡아챘다. 코가 맞부딪힐 만큼 가까이 그의 얼굴을 잡아당긴 뒤 당황으로 물든 그 아름다운 면상에 대고 경고했다.

"예쁘다고 넘어가는 것도 한두 번이지. 내 모가지에 칼 들이댈 시간 있으면 테오 살릴 궁리나 하세요. 당신한테만 소중한 거 아니니까."

"……너 지금 감히 나한테,"

"일에도 순서가 있잖아요. 그다음에 날 죽이든지 말든지, 그건 당신이 알아서 하고. ……일단 그 입 다물고 내 말 믿어요. 나도 다른 수가 없어서 당신 부른 거니까."

카일은 굳은 얼굴로 조용히 나를 노려봤다. 조용한 새벽 적막의 틈새로 칼을 쥔 내 손에서 흐른 피가 바닥으로 떨어지는 소리만 뚝, 크게 들렸다.

잠시 후 벤지의 목소리가 들렸다.

"카일 전하!"

달려온 그는 그 후 검을 쥔 나를 보며 내 이름을 한 번 짧게 부르더니 곧바로 손에서 검을 빼내고 황급히 손수건을 감았다.

그러는 와중에도 나와 카일은 서로를 째려보기만 했다.

예쁜 얼굴에서 왜 그따위 못된 말만 튀어나와. 내 목표는 당신의 안위밖에 없는데. 정말 그거 하나로 여기서 버티는 건데.

스산한 새벽바람이 우리 둘 사이를 스쳤다. 벤지가 손수건을 감으며 씨근덕대며 말했다.

"조. 대체 전하 앞에서 무슨 불경을 저지른……, 손을 어쩌자고 이랬어."

카일은 굳은 얼굴로 나를 보며 입술만을 움직였다.

"벤지."

그제야 벤지가 손수건을 다 묶고 카일을 향해 돌아보며 고개를 숙였다.

"조의 곁을 떠나지 말고 지켜. 네 눈으로 똑똑히 지켜봐라. 조 너는 내 명령 없이 마구간을 벗어나지 마."

"……예. 전하. 명 받들겠습니다."

벤지의 대답이 끝나고 한참 침묵이 흘렀다. 내게도 말한 것이지만 기분이 더러워서 대답하지 않았다. 딱히 대답을 들을 거라 생각하지도 않았는지 카일은 빠른 걸음으로 마구간을 빠져나갔다. 가는 방향으로 봐선 테오의 궁인 듯했다.

벤지는 카일이 가고 난 후 나를 측은히 바라봤다.

"동정하듯 바라보지 마요. 기분 나빠요."

한껏 날을 세우고 말하자 벤지는 눈을 아래로 늘어뜨리고 긴 숨을 내쉬었다.

"속이 상해서 그런다. 왜 손을 다쳐."

"상처야 나으면 그만인데 뭐요."

"손은 잘 낫지도 않잖아. 이게 뭐냐."

"사람을 열받게 하잖아요. 나보고 뭐라는 줄 알아요? 내가 테오를 죽이려고 하는 거 아니냬요. 내가 검술만 잘했으면 한판 싸웠어."

"용케 멱살은 잡았던데."

"그러니까요. 무슨 황자가 저렇게 허술해요. 잡는다고 그게 잡혀? 무술은 따로 안 해요? 단련 그런 거."

"하……. 일단 들어가자. 춥잖아."

벤지가 오두막 문을 열곤 나를 먼저 들여보냈다.

마차를 타고 3일 동안 갔던 길을 단 하루 만에 말을 타고 쉬지도 않고 달려왔다고 했다.

어쩐지. 디에프가 죽으려고 하더라니.

물통에 물을 한가득 담아 들자 벤지가 뺏어 들었다.

"앉아 있어. 다쳤잖아."

"됐어요. 이까짓 거."

"……또 피 나네. 날이 완전히 밝으면 의사라도 부르자."

"마구간지기한테 정성을 쏟으면 그것도 이상하다고 소문날걸요."

틀린 말은 아닌지라 벤지는 인상만 조금 찌푸렸다. 어느새 손수건을 흠뻑 적신 피가 오두막의 나무 바닥 아래로 뚝뚝 떨어졌다. 벤지는 내 손을 잡아 손바닥을 하늘이 향하도록 하곤 상처를 가까이 들여다봤다. 그러곤 품속에서 또 다른 하얀 손수건을 꺼냈다. 벤지는 그것으로 다시 내 손목을 감싸곤 근처에 있던 헝겊을 빼 들어 손을 꽁꽁 묶어 지혈했다.

"손수건을 두 개씩 들고 다녀요?"

"하나는 원래 네 거였어. 도성 벗어나기 전에 사 둔. 생각보다 빨리 줘 버렸네."

오렌지색 눈동자를 담은 눈꼬리가 축 처져 아래로 늘어졌다.

피곤할 테니 침상에서 잠깐 잠이나 자라고 해도 벤지는 다친 나를 위해 잠자리를 양보했다. 물론 잔뜩 열이 오른 나는 잠이 오질 않아 몇 번이나 누웠다가 자리를 박차고 일어났다.

"악! 이 개자식!"

"왜 또 그래. 누구."

"누구겠어요!"

"……조. 그러면 안 돼."

"아, 이 자리에 있지도 않은데 욕 좀 하면 어때요! 없을 땐 나라님도 욕하는 세상인데!"

"너는 마음의 소리가 들리잖아."

"……아 몰라! 들으라지! 얼굴만 예뻤지, 아주 개차반이야! 눈동자가 그렇게 반짝거리지만 않았어도 내가 아까 눈알을 찔렀어요! 너무 잘생겼어! 더 화나!"

뭉쳐 놓은 지푸라기 위에 앉은 벤지는 내가 하는 욕을 듣다가 한숨을 몇 번이나 내쉬었다. 그래도 욕을 그치지 않자 그는 결국 울상을 지었다.

"조. 전하 입장에선 그럴 수밖에 없잖아. 평생을 그렇게 살아오셨으니까."

"알아요! 알아서 더 답답해! 저건 가정 교육 문제예요. 부모가 애한테 얼마나 사랑을 안 줬으면 저 나이 먹어서도 저래."

"방금 그 말 절대 밖에서 하지 마. 진심이야."

벤지가 놀란 눈으로 나를 바라봤다. 하긴, 제국의 황제와 황비를 싸잡아 가정 교육 운운하며 욕하는 간 큰 사람이 있을 리 만무했다.

물론 나는 알 바 아니었다.

꼬우면 와서 죽이든가.

"진짜 가만 안 둬! 어떻게든 믿게 한다. 내 사랑 없이는 살지도 못하는 몸으로 만들어 주지."

승부욕으로 전의를 불태우며 말하자 벤지는 걱정스러운 눈으로 나를 보다가 픽 웃어 버렸다.

"내가 웃겨요?"

"……참, 멋지네."

쓸쓸히 웃는 벤지의 얼굴이 평소보다 배는 더 피곤해 보였다.

"벤지, 겉옷 좀 벗지 그래요?"

"어, 어?"

"아니면 물 갖다줄 테니까 씻을래요? 나는 나가 있을게요."

"아니, 그래도…… 어떻게 너 생활하는 곳에서……."

"아이고, 괜찮습니다. 안 봐요, 안 봐. 나 그런 거 훔쳐보는 그런 사람 아니에요."

"……내 신의의 문제야."

"그럼 갑옷이라도 벗어요. 불편해 보여요. 한숨 자야 될 거 같기도 하고."

"네 곁에서 떨어지지 말고 지켜보라는 카일 전하의 명이 있었어."

"아이고, 설마 다 지켜보고 있겠어요? 전하가 신인가? 물론 미모는 갓입니다. 어쨌든 검사하는 것도 아니잖아요. 그리고 벤지가 한두 시간 잠 좀 잔다고 제가 뭐 마법의 주문이라도 외우겠어요?"

그래도 마음에 걸렸는지 벤지는 한참 망설였다. 벤지의 앞에 서서 팔짱을 낀 채 발만 까딱거리며 그의 결정을 기다렸다.

뭐야, 왜 이렇게 느려. 힘들어 죽겠는데. 안 그래도 날밤 까고 새벽부터 카일이랑 싸우고, 좀 이따 날 밝으면 또 일해야 돼서 멘탈이 나가기 일보 직전인데.

배가 고팠는지 말들이 히힝 울어 대기 시작했다. 결국 기다리지 못하고 내가 먼저 말을 꺼냈다.

186

"나 쟤네 아침밥만 주고 올게요. 오두막이랑 바로 붙어 있으니까 내 발소리도 들릴걸요. 그러니까 임무 소홀했다고 자책하지 말고 그 갑옷 벗고 조금 쉬고 있어요. 밥이랑 물만 주고 바로 다시 올게요. 벤지도 피곤할 거 아니에요."

벤지를 두고 밖으로 나와 옆의 말들이 지내는 마구간 안으로 들어갔다. 그제야 다리에 힘이 풀렸다. 휘청거리다 넘어질 뻔한 것을 겨우 문을 짚고 일어섰다. 카일이 나를 믿지 못하고 싸운 것과는 별개로 어떻게든 테오가 살아날 수 있게 됐다는 사실에 안도감이 밀려와 가슴이 울렁거렸다.

동생이니까 살려 내겠지. 카일이라면 무슨 수를 써서든, 테오가 죽는 원래의 줄거리를 바꿀 수 있을 거야.

손이 덜덜 떨려 와서 손끝이 새하얗게 질릴 정도로 주먹을 꾹 말아 쥐었다. 테오가 죽을지도 모른다는 지난 며칠간의 두려움은 상상을 초월할 정도였다.

아직 주변의 소중한 사람을 잃어 본 적이 없었단 말이야.

말 위에서 내려 달라며 내게 두 팔을 벌리던 테오가 머릿속에 박힌 것처럼 선명했다. 지푸라기 더미 위에 퍼질러 자고 있던 내 다리를 발로 차며 일어나라고 깨우던 것도. 정말로 카일 전하와 사귀냐고 두 눈이 동그래져 묻던 것도.

아. 하긴, 카일이 형이니까 놀랐을 법도 하네.

웃음이 픽 나오다가 곧이어 눈가가 발개졌다.

"테오 꼭 살려 줘요, 카일."

내가 이 세계에서 할 일은 카일을 행복하게 만들어 그가 죽지 않게 하는 것뿐이라고 생각했다. 그 과정에서 원작에 이름도 몇 번 나오지 않았던 테오는 줄거리를 위해 죽어도 된다고 여겼다. 그러나 그게 아니었다.

죽어도 되는 사람은 없었다.

제발, 살려 줘요. 마음으로 간절하게 빌다 보니 또 빡이 돌았다.

신 개새끼야. 만족도 200% 후기 취소합니다. 사람을 왜 복불복으로 죽이고 살리세요? 걸리면 너부터 죽인다.

겨우 진정하고 말들에게로 향했다. 디에프가 아직도 벤지가 채워 준 물통에 코를 처박고 물을 마시다 내가 다가가니 고개를 들고 투레질을 하며 아는 척을 해 댔다.

아이구, 그래쪄. 얼마나 목이 말랐을꼬, 우쭈쭈. 내 새끼.

디에프와 린지의 여물통에 건초와 생초를 섞어서 주고 난 뒤 오두막으로 돌아갔다. 살포시 문을 열자 벤지가 지푸라기 위에 비스듬히 앉아 갑옷을 벗고 졸고 있었다.

갑옷 안의 얇은 옷 하나만을 걸치고 지친 얼굴로 굳은 채 자고 있는 얼굴이 안쓰러웠다. 조용히 안으로 들어가 내 담요를 그에게 덮어 줬지만 꼼짝도 안 하는 걸로 봐선 꽤 깊이 잠든 듯싶었다.

거봐. 잠 잘 자면서.

조심스레 벤지의 맞은편에 앉았다. 몸은 피곤했지만 잠이 들진 않았다.

"······어나, 일어나. 조!"

"······뭐, 어?"

아. 잠들었네. 언제 잤지.

흘린 침을 손등으로 급하게 닦으며 일어나자 양손 가득 음식을 들고 서 있는 벤지가 눈에 들어왔다.

"뭐예요? 밥?"

배고파 죽을 뻔했네. 뱃가죽이랑 등가죽이 너무 긴밀해졌어.

질문과 동시에 손을 내밀어 한쪽 접시를 받아 들었다. 평소 내가 먹던 굳은 빵 쪼가리나 멀건 수프 등이 아니었다. 절대로 주욱 찢어지는 부드럽고 커다란 빵과 따뜻하고 고소한 양송이 수프. 게다가 한쪽엔 고기까지 있었다.

고기. 고기다.

"세상에. 이게 뭐야. 이런 구금 생활이라면 매일이라도 할래요."

무릎 위에 접시를 올려 두고 왼손으로는 빵을 집어 먹으며 오른손으로는 숟가락으로 수프를 떠먹었다. 벤지는 잠깐 서 있다가 맞은편에 가 앉았다.

"테이블이라도 하나 있어야겠네."

"밥은 생활관 가서 먹고, 여기선 잠만 자는데 뭘요. 괜찮아요."

고기를 다 씹고 말하느라 대답이 느렸다. 그릇을 싹싹 먼지 한 톨 남기지 않고 다 비우고 난 뒤 고개를 들자 벤지와 눈이 마주쳤다.

"너무 잘 먹어서 말할 타이밍을 놓쳤네. 점심까지 거르고 잤으니 그럴 만도 하지."

"내가 점심도 건너뛰고 잤다고요? 뭐야! 그러면 두 끼 양을 한 번에 가져왔어야죠!"

벤지가 눈을 접으며 소리 없이 씩 웃고는 말을 이었다.

웃기냐. 나 농담 아니었는데.

"제피아스 뿌리 때문이었대."

"네?"

테오의 얘기였다. 나는 모자란 식사에 대한 불만을 접어 두고 벤지의 말에 집중했다.

"카일 전하께서 새벽부터 궁정 의사들을 불러 테오의 몸을 진찰하게 하고 이상이 있냐고 물으셨다더군. 잠을 잘 뿐 괜찮다고 말하던 의사들을 모두 물렸는데, 황궁의 중 딱 하나가 제피아스의 뿌리 때문이라고 결론을 내리고 약을 처방했대."

"제피아스가 뭔데요."

"향이 좋아 향수로도 쓰이고, 꽃잎 특유의 노란빛 때문에 염료로도 쓰이지만 그 뿌리는 신경을 안정시키는 일종의 수면제로 사용되지."

"수면제요? 애한테 수면제를 먹였어요?"

"내가 누누이 말하지만 조 너는 밖에서 황실 얘기 하지 마……. 어디 가서 황자님한테 애라고 했다간 끝이니까. 아무튼, 제피아스 뿌리로 만든 환약을 주기적으로 복용하게 되면 점차 잠이 늘어 가다가 그대로 죽는다더군. 지금은 테오의 측근들을 심문하며 범인이 누군지 밝혀내고 있고."

"빨리 처리했네요, 다행이다. 테오는요?"

"황자님이라고 부르라니까."

"아, 거참! 마음 급해 죽겠는데! 테오 황자님은 어떻대요?"

"아까 밥을 가져다준 시종에게 물으니 깨어나셨다던데. 무려 하루 반나절 만에 깨어나셨다고 하더라. 정말 큰일 날 뻔했어. 자칫하면 1주일, 혹은 2주일 안에……."

"아아. 말하지 마요. 끔찍해요. 상상도 하기 싫어요."

"그런데 조."

"네."

"너는 어떻게……. 아냐, 카일 전하가 네게 물으시겠지. 밥 다 먹었으면 치울게."

벤지는 내 손에 쥔 빈 그릇을 받아 들고 밖으로 나가더니 금세 돌아왔다.

당장이라도 테오에게 달려가고 싶었지만 내가 갈 순 없었다. 마구간지기와 친한 황자라니. 카일에게도, 테오에게도 좋은 점이 없었다.

"네가 카일 전하에게 알려 줬다는 게 알려지면 좋을 게 없어. 독을 쓴 사람이 다음 타깃을 너로 잡을지도 모르지. 작전을 망쳤으니."

"알아요, 나도 바보 아니라고요."

바깥 울타리에 올라가 목을 쭉 빼고 봐도 카일 궁의 한쪽 벽면밖에 볼 수 없었다. 그 뒤의, 더 뒤편의 테오의 궁은 티끌만큼도 보이지 않았다.

이틀 뒤, 오르본으로 떠났던 카일의 마차 행렬이 다시 황궁으로 돌아왔다. 카일 없는 카일의 마차 행렬을 구경 가려던 그때 카일에게 불려 갔다. 카일의 궁 안으로 들어온 것은 몇 달 만이었다. 벤지는 걱정스러운 눈빛으로 나를 살피며 앞서 걷다가 굳게 닫힌 문 앞에서 내게 뭔가를 말하려는 듯 망설이더니 이내 아무런 말 없이 집무실의 문을 노크했다.

"들어와."

단단한 음성이 안에서부터 들려왔다. 열린 문으로 들어가자 의자 위에 앉아 있던 카일이 고개를 들며 벤지에게 물었다.

"벤지. 수상한 점은 없었나?"

며칠 동안 밥도 제대로 먹지 못했는지 카일의 얼굴이 수척해 보였다. 예민해진 표정과 날렵해진 턱선 때문에 한층 더 날카로워 보였다. ……열받도록 잘생겼네.

벤지는 한 치의 망설임도 없이 답했다.

"없었습니다. 조는 밥을 먹고, 자고, 일하는 게 다였습니다."

일은 다 지가 해 놓고 뭔 소리래.

손을 다쳤으니 조심하라며 벤지는 내가 일을 하려고 하면 옆에 와서 얼쩡대다가 못 참겠다는 듯 할 일을 다 뺏어 가곤 했다.

덕분에 잘 놀았지. 나 이제 풀피리도 불 줄 안다고.

카일은 작게 고개를 끄덕이곤 나를 보며 물었다.

"조."

"네."

"……정체가 뭐야."

"테오가 멀쩡한지부터 말해 주세요."

"네가 주술사일 경우 너는 사형이야."

"진짜 주술사 아니에요. 그냥 걱정돼서 그래요. 테오 괜찮아요? 밥은 잘 먹어요?"

카일은 눈을 감고 천천히 숨을 고르다가 답했다.

"이젠 괜찮아. 조금씩 더 괜찮아지고 있어. 더 늦었으면 큰일 날 뻔했지. 그래서 묻는 거야."

눈꺼풀을 느리게 감았다 뜨며 카일은 푸른 눈동자 가득 나를 담아냈다. 그러곤 납덩이처럼 무거운 목소리로 물었다.

"넌 어떻게 알았어, 대체 정체가 뭐야."

"전 그냥 전하 궁에서 일하는 마구간,"

"깅깅자."

"……네."

어찌나 뚫어지게 보는지 파란 눈동자에 관통당하는 기분이 들 정도였다.

어쩌지. 말을 해야 하나. 믿을까.

당장 나만 해도 내가 잘 살고 있는데 누군가 찾아와서, '하하! 여기는 내가 읽은 책 속이군. 나는 사실 다른 세상에서 왔다네.'라고 말하면 믿을 거 같지 않았다. 헛소리한다고 경찰서에 신고나 했겠지.

카일 역시 그러지 않을까. 자기가 평생을 일궈 놓은 업적이 고작 책 속에서 몇 문장으로 나열되고, 그뿐 아니라 죽음조차 하찮다니. 믿지도 않고 미친 사람

191

취급이나 할 거 같은데.

책이라고 말해선 안 돼.

그렇다고 주술사로 몰려 죽고 싶지도 않았다. 나 아직 해야 할 일이 많단 말이야. 카일을 살려야 된다고. 엄청 행복하게 살아서 인생의 참맛을 알게 해야되는데! 저 꽃 같은 얼굴이 활짝 피는 걸 봐야겠다고! 너 행복한 꼴을 봐야 내가 행복해질 것 같다고!

게다가 처음엔 카일만 보였지만 이젠 아니었다. 카일뿐 아니라 테오도르도, 전쟁에서 죽어 버린다는 벤지까지.

모두 죽지 않고 행복한 결말이 보고 싶어졌다.

카일이 긴 한숨을 내쉬었다. 많이 지쳤는지 항상 단정하던 머리카락이 약간 흐트러져 있었다. 그러고 보니 셔츠 단추도 하나 풀린 상태였다.

내가 조금 더 지치게 하면 카일의 저 셔츠 단추가 하나 더 풀리는 건가. 지랄을 대차게 떨어 봐야 되나.

갑자기 카일이 미간을 찌푸리며 나를 바라봤다. 셔츠 옷깃을 잡고 단추를 급하게 채우는 걸 보니 내 목소리가 또 들린 것 같았다.

"너는 이런 상황에서까지 왜 그래!"

당황한 얼굴을 보니 놀리고 싶어졌다. 나는 최대한 심드렁하게 뱉었다.

"제가 예언을 좀 하는데, 전하 어차피 저랑 결혼해요."

조용한 가운데 카일의 놀란 목소리가 더듬거리며 튀어나왔다.

"지금, 대체, 무슨, 아니…… 내가, 내가? 정말? 아니 왜……."

"이해가 잘 안 가시죠. '내가 왜 저런 출신도 불분명한 여자랑 결혼을 하나' 싶죠. 그게 바로 사랑의 힘입니다."

에라. 모르겠다. 될 대로 돼라. 알 게 뭐야.

"아. 천기누설은 함부로 하면 안 되는데."

"천기누설……?"

"카일 전하 같은 분은 잘 모르시겠지만 하늘에도 하늘의 일이란 게 있습니다요. 다 자기네들끼리 비밀로 짜고 치는 고스톱인데 저 같은 미물이 이렇게 함부로 말하고 다니면 당연히 안 되겠죠. 하늘이 노하시면 내가 신병을 앓아서 사지육신이 쑤셔."

"뭐라는 거야! 대체."

그러게요. 저도 모르겠는데요.

짝다리를 짚은 채 입에서 튀어나오는 대로 지껄이는 중이었다. 화가 난 주둥이가 뇌의 통제를 거치지 않았다.

"벤지 님도 뒤에 계시는데 내가 지금 신의 말씀을 너무 아무렇지 않게 터뜨렸죠. 어떡해. 나 내일 죽는다. 아이고, 천지신명님."

무미건조하게 툭툭 뱉어 내는 폭탄 발언 때문에 카일의 얼굴이 시시각각으로 현란하게 변했다. 아까는 빨갰다가 놀라서 얼굴이 하얘지더니 지금은 다시 파랗게 질려 버렸다.

뒤에 서 있던 벤지가 나를 돌려 세웠다.

"무슨 소리야! 네가 죽는다니!"

"아, 몰라요. 하늘이 하는 일에 어찌 인간 따위가 토를 달겠습니까요. 죽으라면 죽는 거지. 안타깝게 되었도다. 나는 카일을 살리러 왔는데."

어깨를 으쓱 올렸다 내리며 높낮이 없는 어조로 문장을 툭툭 던졌다. 벤지의 주황색 눈이 마구 일렁였다.

카일이 의자에서 천천히 일어서는 소리가 들려 그쪽으로 고개만 돌렸다. 카일은 숙이고 있던 얼굴을 들어 올리며 물었다.

"나를 살리러 왔어?"

"당연하죠. 행복하게 만들어 주려고 왔어요."

"내 비가 될 사람이라고, 네가?"

"······물론 미래라는 게 그렇게 간단하지가 않아요. 경우의 수로 따지면 그게 제일 일어날 확률이 높아서 그렇게 말씀드렸어요. 인생이란 게 참 한 치 앞을 모르지 않습니까요."

"말투는 왜 그러지. 지금 어떤, 신이라도······ 몸에 들어간 건가."

"아뇨. 이건 화나서 그런 건데요. 전하 저한테 칼 겨눈 거 아직 사과 안 하셨잖아요."

"지금 그 화났다는 것 때문에 거짓말을 하는 건 아니고? 장난치지 말고 똑바로 말해."

역시 황자는 황자인가 보네. 인생 헛살지 않으셨군요. 평생을 눈칫밥을 먹고 자란 분은 뭐가 달라도 다르네.

이 와중에도 화가 나 찌푸리는 카일의 얼굴이 잘생긴 탓에 화를 어떻게 내는 게 맞는 건지도 분간이 가지 않았다.

나는 몸을 똑바로 세운 채 빚어 놓은 조각처럼 생긴 카일의 얼굴을 뚫어지게 노려봤다. 말없이 나를 쳐다보던 카일의 관자놀이가 꿈틀거리는 게 눈에 보였다.

"후우……. 그래. 어제 다짜고짜 검을 겨눠서 미안해. 내가 사과할게. 그러니 솔직하게 말해 줘. ……너는 정말로 신탁을 전하는 자인가?"

어쩐지 이를 악물고 말하는 거 같은데. 하지만 사과를 들었으니.

"……사실 신의 목소리가 들린다거나, 내일 죽는다거나 하는 건 거짓말이고요."

카일이 눈을 질끈 감으면서 이마를 짚었다. 미간이 꿈틀거리는 게 금방이라도 화를 쏟아 낼 듯했다.

"아, 잠깐만! 내 말 끝까지 들어요! 미래의 일들을 조금 알고 있는 건 사실이에요."

차마 책 속이라고 말을 할 순 없어서 신이 보낸 심부름꾼인 척하기로 했다. 둘 중 뭐가 더 심각한지는 모르겠지만 책 속 세상이라는 것보다야 믿을 만하겠지. 여기도 종교는 있을 거 아냐.

"미래를 알긴 아는데 정확하진 않아요. 사람은 매번 선택에 따라 인생이 바뀌니까요."

그러자 다리에 힘이 풀렸는지 카일은 의자에 털썩 주저앉았다.

"오르본에 가라고 했다가 다시 돌아오라고 했던 것들이 다 그런 이유 때문이었나. 내가 고작 네 미신 장난에 휘둘렸다고?"

"미신 장난이라뇨. 테오를 살렸잖아요."

"신전의 사제들도 예언은 하지 않아. 자연 현상이나 갖가지 사건들을 통해 신의 뜻을 해석할 뿐이지. 근데 너는 미래를 어떻게 알지?"

……뭐라고 대답해야 하지. 길게 시간을 끌 순 없었다.

"제, 제가 신의 최애캐입니다."

"뭐?"

"최고로 애정하는 사람이라고요. 카일, 여기 궁에 있는 사제들이 왜 예언을 못하는 줄 아세요? 신께서 별로 안 좋아해서 그래요. 나는 대략적으로이긴 하지만 미래를 알고 있잖아요. 그게 왜겠어요. 신께서 나를 제일 예뻐하셔서 그래요. 신의 최고 애정 캐릭터. 나. 김금자. 당신에게 사랑과 행복을 전하러……."

"그만."

"네."

카일의 두 눈이 게슴츠레하게 변했다. 의심을 풀지 못하고 카일은 계속 질문을 퍼부었다.

대질 심문이 계속됐다.

"그럼 왜 네가 말한 미래들은 정확하지 않지?"

"아. 그, 그게 원래는 통신이 원활했거든요? 근데 지금은 다 끊겼어요. 신의 사제가 공평해야 되는데 제가 인간을 너무나 사랑하여……. 그, 재주를 박탈당한 거죠."

"인간?"

"당신이요. 카일. 내가 카일을 너무 사랑해서 이제는 미래를 읽을 수 없게 된 거죠. 왕년에는 좋았죠. 앞일 다 훑어보고. 그, 그때 복권을 샀어야 했는데."

이게 무슨 타락 천사의 뾰로롱 재활 치료기야. 말하면서도 어처구니가 없다.

카일은 잠깐 당황하더니 다음 질문을 했다.

"그럼 너와 내가 결혼한다는 건 진짜야?"

"아. 그건 제 희망 사항입니다."

머리를 마구 헝클어뜨린 카일은 울상을 했다.

"놀랐잖아!"

어떡해, 너무 귀여워.

"아니, 귀여운 건 둘째 치고 그게 그렇게 놀랄 일이에요?"

"그 와중에도 귀엽다는 생각을 했어? 그리고 너 같으면 안 놀라겠어? 만난

지 몇 달 되지도 않은 사람과 갑자기 결혼을 하게 될 거라는데! 게다가 너……
너 변태잖아!"

"뭐요, 변태?! 내가 왜 변태예요! 조금 솔직한 거지! 책 같은 데서 보니까 첫
눈에 반해서 막 원수끼리도 죽고 못 살아서 사랑 맹세하고 서로 막 '너 아니면
안 돼!' 하면서 독약 마시고 그러던데! 로미오와 줄리엣 몰라요? 그리고 내가
뭐 어때서요! 나 정도면 괜찮지! 진짜 웃기는 사람이네!"

"뭐? 웃기는 사람?"

"웃기지, 그럼 안 웃겨요? 당신 얼굴만 보고 있어도 세상에서 제일 재밌어!
너무 웃겨! 맨날 보고 싶어! 너무 잘생겼어, 최고야!"

"너, 너는! 매일 머리에서 그런 말을 하고도 질리지도 않나!"

"잘생긴 사람은 안 질려! 그게 왜 질려! 난 평생 얼굴 뜯어먹고 살 건데요!"

어렸을 때부터 어머니는 내게 말하셨지. 낯을 가리지 말라고.

낯 안 가리는데요, 했더니 엄마는 사람 낯짝을 가리는 게 문제라고 하셨다.
나는 너무 티가 난다고.

하지만 엄마. 나는 사실 아직도 잘 모르겠어. 엄마. 좋은 낯짝을 더 좋아하는
게 왜 문제가 되나요. 잘생김은 삶의 희망인걸요. 살아갈 힘을 주는데요.

늘 그랬던 것처럼 또 얼굴이 빨개진 카일은 열이 오른 얼굴을 식히려는지 창
가로 가까이 가 섰다.

한참 열불을 내고 싸우다가도 저 얼굴을 보면 화가 한여름의 아스팔트 위 얼
음 조각마냥 순식간에 녹아 버리는데요. 낯짝을 가리는 게 왜 문제가 되냐고.

카일 얼굴 옆선 봐. 이마부터 콧대까지 내려오고 인중을 지나 사뿐히 올라온
두 입술까지. 완벽 그 자체다. 누가 인중은 천사가 살포시 눌러 놓은 흔적이랬
는데. 우리 카일은 천사들이 아주 너나 할 것 없이 달려들어서 인중에 손가락
올려 보겠다고 뒤지게 싸웠나 보다. 어쩜 저렇게 선명하고 잘생겼지. 입술까지
빨간 거 봐, 어떡해. 앵두 같은 입술? 말 똑바로 하세요. 카일 같은 앵두입니다.

카일이 황급히 입술을 가렸다.

내가 넋을 놓고 카일의 옆얼굴을 보며 또 마음속으로 잔뜩 희롱을 일삼고 있
을 때 벤지가 적막을 깨고 정리를 했다.

"그러니까, 조는 이제 미래를 볼 순 없다는 거네."

"……네."

귀를 빨갛게 물들인 카일은 돌아보지도 못한 채 여전히 창가에 서 있었다. 귀여워라.

내 대답을 들은 벤지는 잠깐 조용하더니 한 가지 더 질문했다.

"그럼 네 마음의 소리가 카일 전하에게 들리는 건 왜 그런 거지? 더 이상 신의 사제도 아니라며."

"그건 저도 모르겠어요."

카일이 나를 획 돌아봤다. 내 희롱에 지쳐 빨개진 얼굴이 너무 귀여워 앞으로 24시간 계속 쉬지 않고 미모를 칭찬하고 싶었지만, 그랬다가는 목이 달아날 것 같았다.

아니, 나보고 어떡하라고. 난 그냥 차에 치이기 전에 네 생각 한 거밖에 없는데! 나도 억울해. 이렇게까지 말이 다 들릴 줄은 몰랐단 말이야.

나는 두 손을 휘휘 저으며 말했다.

"나 진짜 그건 몰라요. 모르는 일이에요. 난 그냥 카일 얼굴을 좋아하는 사람인데!"

"……얼굴만?"

"네? 뭐라고요?"

"아니, 아니."

입가를 가리고 있던 손을 치운 카일이 인상을 찌푸렸다가 길게 숨을 내뱉으며 허리에 손을 짚었다.

세상에, 카일 허리가 왜 거기야. 다리 길이 오 메다 삼십이.

"됐어."

카일은 지친 얼굴로 나가 보라며 손짓하다가 나를 바라봤다.

"손은?"

"네?"

"손은 괜찮아?"

"아. 내 손."

나는 벤지가 아침저녁으로 빨아 가며 묶어 주었던 손수건을 풀었다. 어찌나 꽁꽁 싸맸던지 잘 풀리지 않아 이로 매듭을 잡아당겨 가며 풀었다.

벤지가 도와주려 손을 잠깐 뻗었다가 카일의 눈치를 보며 내렸다.

뭐야. 둘 중 아무나라도 도와주든가. 내가 고기 뼈다귀도 아니고 매듭을 물어뜯고 있는데.

멀찍이 서 있던 카일이 다가와서 반쯤 드러난 내 손바닥의 상처를 보다가 말했다.

"……이건 벤지의 손수건인가."

"아뇨, 제 건데요."

"손수건이 어디서 나서."

"벤지가 사다 줬어요. 제 거래요."

카일은 한참 대답 없이 내려다보다 대뜸 내 손바닥 위에서 손수건을 채 갔다.

"피에 젖어 엉망이군. 내가 새로 하나 구해다 주지."

"엥, 그거 빨아 쓰면 되는데요. 주세요. 아깝게 왜 버려요."

자원을 낭비하네, 천도 부드러워서 좋았는데. 비싼 거 아냐?

카일이 더 가까이 오자 지중해의 볕을 잔뜩 머금고 자란 상큼한 나무 열매 같은 향이 났다.

세상에. 지금 손수건이 중요한 게 아닌데? 카일 향수 뭐 써, 꽃에서 태어났다고 해도 믿겠는데. 나 지금 콧구멍 킁킁거리면 이상하겠지.

"향수는 안 써. 그리고 콧구멍은 지금도 벌렁거리고 있어."

"제 생각 읽지 마세요."

"내 생각을 안 하면 되잖아."

"그게 되면 여기까지 오지도 않았어요. 재채기와 사랑은 감출 수 없다고요."

입술을 삐죽이고 있는데 카일의 입꼬리가 살짝 올라가다가 말다가 하며 씰룩거리는 게 보였다. 발개진 볼을 보니 뭔가 또 부끄러워하는 것 같았다.

흔치 않은 구경이라 얼굴을 들이대자 카일은 고개를 푹 숙여 벌어진 내 손바닥의 상처를 살폈다.

"깊이도 베였네……."

"살살 잡으려고 했는데 세게 쥐었나 보죠. 괜찮아요. 벤지가 3일 밤낮으로 상처 봐 줬거든요."

"……벤지가?"

"네. 카일이 벤지 두고 갔잖아요. 지켜보라면서요. 둘이서 할 게 뭐가 있겠어요."

"……뭘 했는데."

카일의 싸늘한 목소리가 낮게 울렸다. 세상에, 내 최애캐는 목소리도 섹시하네. 아니, 근데 상처 세게 쥐지 말라고. 아야, 이놈아. 누나 아프다.

뒤에 서 있던 벤지가 약간은 다급한 목소리로 덧붙였다.

"별거 없었습니다! 상처를 치료하고, 그냥…… 글을, 조금……."

"아! 맞아. 나 글 배웠어요. 많이는 아니지만. 이제 내 이름이랑 카일 이름 쓸 수 있어요. 어우, 여기 글 어렵더라."

지렁이도 아니고 꼬불꼬불 꼬여선. 내 이름이야 한 글자라서 금방 모양을 외웠지만 '카일 드 빌테온'은 너무 어려웠다. 다 쓰진 못하고 그냥 '카일'이라는 두 글자만 외웠지.

"한 번 써 볼까요?"

당당하게 웃으며 카일의 손목을 덥석 잡아 손바닥이 천장을 향하게 뒤집은 후 내 손가락으로 글자를 쓰기 시작했다.

카……. 나 완전 빌테온의 한석봉이 따로 없네.

열심히 쓰고 있는데 어째 잡은 카일의 손이 점점 뜨거워졌다. 왜 이래, 이거?

고개를 드니 카일이 잡히지 않은 오른손으로 눈가를 가린 채 반쯤 돌아서 있었다.

"카일? 아니, 카일 전하? 괜찮아요? 엄청 뜨거운데. 감기 걸렸어요?"

걱정을 가득 담아 물었지만 카일은 내게 잡힌 손을 휙 빼 버리곤 벤지에게 명령했다.

"벤지. 황궁의를 불러와."

"헐! 진짜로 아파요? 어떡해!"

"나 말고 너 말이야, 너! 손 다친 거 제대로 치료해야지!"

"에이, 이까짓 거 그냥,"

"조용히 해. 상처 제대로 치료하지 않으면 곪으니까. ……그리고 내 책임이 크잖아."

귀여워 죽겠어. 저 미안해하는 얼굴. 내 아기 고양이.

카일은 내게서 비켜서서 뒤에 있는 벤지를 향해 명령했다.

"벤지. 네가 직접 데려와. 조 때문에 의사를 불렀다는 소문이 나면 곤란하니 최대한 조용히."

벤지가 고개를 숙이고 나가고 난 후 카일은 내게 소파에 앉아도 된다고 허락했다.

계속 서 있었던 다리가 은근히 아파 오던 차에 잘됐다 싶어서 얼른 넓은 소파에 털썩 주저앉았다. 이런 푹신한 소파에 얼마 만에 앉아 보는지 모르겠어.

벨벳 특유의 질감을 손바닥으로 만끽하다 고개를 들어 올리자 그림 같은 미남이 서서 나를 내려다보고 있었다.

나는 오른손으로 정수리를 내리치며 왼발을 박자에 맞춰 쿵쿵 굴렀다.

팔짱을 낀 카일의 얼굴이 조금 일그러졌다.

"뭐 하는 거지. 신과 소통하려는 의식…… 같은 건가."

"아뇨. 어디서 봤는데 뭔가를 암기할 때 특이한 행동을 하면 더 잘 기억한다고 해요. 카일 지금 너무 잘생겨서 기억하려고요. 정말 조각 같아요. 어떻게 살아 움직일 수가 있어. 미켈란젤로 등신 하찮은 놈. 다비드상이 다 무슨 소용이야. 우리 카일이 살아 있는 조각인데. 나 지금 망막으로 사진 찍고 있으니까 방해 마십쇼."

곱게 똑 떨어지는 카일의 턱선이 묘하게 벌어졌다. 카일이 입을 벌리자 그 안의 하얀 치아와 붉은 혀가 눈에 들어왔다. 더 빠르게 정수리를 내리쳤다.

나 머리 터질 거 같아. 어떡해. 죽어도 좋아. 아냐, 오래 살아서 당신 볼래. 돌았어, 진짜. 아냐, 돌은 건 나야. 사랑해. 진짜 미남 최고다.

"그, 그만해. 조."

"와, 진짜 태어나길 잘했다."

"알았으니까 그만……."

"가까이서 보니까 감동이 두 배."

"그만하라고! 왜 멈추질 않아!"

"관짝 들어갈 때까지 잊고 싶지 않아."

"내가 널 못 잊을 거 같아……."

"어머, 전하♥"

"아냐, 그거 아니야. 제발 그만."

"자기 얼굴이라서 감흥이 없나 봐요. 나는 카일 얼굴 볼 때마다 매번 놀랍고 감격스러워요."

"내 곁의 누구도 너처럼 행동하진 않아!"

"그럼 다 바보다."

멍청하게 홀린 듯 뱉은 말에 카일이 헛웃음을 터뜨렸다.

크음, 흠, 하며 목을 가다듬은 카일은 의자를 끌고 와 약간은 멀찍이 내 맞은편에 앉았다.

진지한 얘기를 하려는 것 같아 나도 손과 발의 괴상한 행동을 멈췄다. 사실 계속하고 싶었지만, 그랬다간 우리 카일 정말로 기겁하고 도망갈까 봐.

일자로 꾹 다물렸다 열리는 붉은 입술이 예술이었다. 또 내 뚝배기를 터뜨리려다 오른손을 꾹 말아 쥐어 겨우 참았다. 카일은 사뭇 진지하게 내게 물었다.

"조. 네가 정말 미래를 봤다면, 테오도르의 식사에 약을 넣은 사람도 알고 있다는 건가."

나는 고개를 저었다. 정말로 몰랐다. 원작에서 테오도르의 죽음에 대한 서술은 몇 줄 없었으니까.

여태 적안이 아니었던 다른 황자나 황녀들이 그러했듯 5황자 역시 쉽게 죽었고, 그대로 묻혔다.

카일은 오르본에서 돌아온 델로아와 이사크를 경계하며 날카롭게 변했다.

그러나 테오의 죽음에는 결백했던 이사크 역시 5황자의 죽음이 제대로 밝혀지지 않았음에 분노했다. 독살인지 병사인지조차 제대로 알려지지 않았다. 이사크는 현 황제와 황실에게 더욱 큰 적의를 가지게 된다.

그 장면들을 위해 테오도르의 죽음이 사용됐으니 독자 역시 알 수 없었다. 배후가 누구인지.

나는 카일을 보며 말했다.

"하나 확실한 건, 황제는 별로 관심이 없다는 거예요."

"……폐하를 함부로 부르지 마라."

말은 그렇게 하면서도 카일의 눈은 슬퍼 보였다. 우는 눈을 하고서도 그는 울지 않았다.

알고 있겠지. 황제에게 눈곱만큼의 관심조차 받을 수 없다는 걸. 정말로 테오도르가 죽었어도, 그대로 지나가고 끝날 일이었다는 걸.

카일은 의자에 등을 곧게 펴고 앉아 묵묵히 눈을 깜빡였다. 다물린 입술이나 꼼짝도 하지 않는 손끝 발끝은 담담해 보였다. 그러나 심연 어딘가에선 울고 있을 것만 같았다.

"……카일, 울지 마요."

"안 울어. 그리고 카일 전하라고 불러."

"둘만 있는데 뭐 어때, 헉! 지금 밀폐된 공간에 단둘이잖아요! 대박. 어떡해. 나 손도 안 묶여 있어!"

자리에서 벌떡 일어서자 카일이 눈에 띄게 동요하며 제 몸을 엑스 자로 가렸다.

"왜, 왜! 얌전히 그냥 앉아! 묶여서 손을 치료받고 싶은 게 아니면!"

"나 같이 여린 애가 뭘 어쩌겠어요. 그냥 카일을 향한 마음만 커다랄 뿐이죠."

미심쩍게 나를 살피던 카일은 내가 다시 소파에 앉을 때까지 몸을 가린 손을 치우지 않았다. 내가 소파 등받이에 몸을 깊숙이 묻는 걸 보고서야 경계 가득하던 가드를 서서히 내렸다.

그늘이 질 정도로 풍성한 속눈썹이 팔락거리는 걸 구경하고 있다가 카일의 말을 조금 놓쳤다.

"근데 너……라며."

"방금 뭐라고요?"

"……너 내 얼굴만 좋다며."

눈을 마주치지 않고 살짝 내리깐 두 눈과 빨개진 볼.

와. 이건.

아니, 이 사람아.

반칙.

소파 팔걸이 부분을 필사적으로 움켜쥐었다.

발가락 끝이 터져 나갈 것처럼 발씬거렸다. 몸이 당장에라도 앞으로 튕겨 나갈 것처럼 덜덜 떨려 왔다. 욕망을 찍어 누르느라 온몸에 힘이 들어갔다.

"……조, 지금 표정이 이상한데."

나는 두 눈은 부릅뜬 채 카일을 뚫릴 정도로 보고 있었고 어깨가 들썩이는 걸 참기 위해 왼손으로 소파 팔걸이를 꾹 틀어쥔 상태였다. 오른손은 아까 매만지던 벨벳의 소파 원단을 쥐어뜯고 있었다.

"조. 괜찮나?"

승모근에서 뚝, 소리가 들렸다.

"자, 잠깐. 일어나지 마세요. 가까이 오지도 마세요."

겨우 딱지가 앉을 만하던 왼손의 상처가 결국 터졌는지 팔걸이가 축축하게 젖어 갔다. 피비린내가 살포시 퍼져 나가기 시작하자 카일이 의자에서 벌떡 일어섰다.

"손에 피가!"

"앉아 있으라니까요!"

"……왜."

나는 사람이다. 나는 이지적인 판단을 할 줄 아는 사람이다. 나는 카일을 덮치지 않는다. 나는 생각을 할 줄 알고, 절차를 차근차근 밟을 줄 아는 사람이다. 나는 카일을 덮치지 않는다.

소파를 잡아 뜯던 오른손을 들어 내 뺨을 후려쳤다. 철썩 소리가 카일의 방을 울렸다. 잠깐 시야가 멍해졌다. 응? 잠깐만. 카일의 방을, 울렸다……?

카일의 방……?

우리 둘뿐……?

안 돼.

다시 한 대를 더 쳤다. 카일은 어정쩡하게 의자에 앉지도 서지도 못한 채 나를 바라봤다.

귀여워.

안 돼. 정신 차리자. 김금자. 너는 고등 교육을 받은 자랑스러운, 이영숙 여사의 딸이다.

아니, 엄마. 들어 봐. 엄마도 아빠 먼저 자빠뜨렸다면서. 나는 외않되.

아냐. 안 돼. 자기 합리화 하지 말자. 사랑은 쟁취하는 거라지만 사람은 쟁취하면 안 돼.

천천히 깊게 숨을 들이마시고 얕고 길게 내뱉었다. 몇 번 숨을 고르고 나자 겨우 진정되는 걸 느낄 수 있었다.

방금 내 인생 최고의 고비였다.

뭐?

내 얼굴만 좋다며?

어디서 그런 귀여운 대사를. 예쁜 짓 하기 학원을 다녔나.

카일이 원망스럽기까지 했다.

"어디 그런 얼굴로 그런 대사를 쳐요!"

"……어? 아, 아니. 아까는 얼굴이 좋,"

"그러니까! 그런 얼굴로! 그런 대사를! 이, 요망한! 으으! 귀여워!"

너무 귀여운 걸 보면 폭력성을 감출 수가 없다는 논문 결과도 있다던데. 실험체로 저를 갖다 쓰시는 것은 어떻습니까.

발을 쿵쿵 구르자 바닥이 울렸다. 그때 똑똑 노크 소리와 함께 차분한 목소리가 방 밖에서 울렸다.

"전하. 닥터 로베스키를 모셔 왔습니다."

"……그래, 들어와. 아니. 잠깐만."

카일은 내 눈치를 보며 슬쩍 엉덩이를 들어 일어나더니 확인하듯 물었다.

"너 괜찮은 거지?"

"빨리 아무나 들어오라고 해요."

"이제 들어와."

문이 열리고 머리가 하얗게 샌 황궁의가 들어왔다.

그에게 손을 치료받는 내내 나는 답답한 가슴을 퍽퍽 내리쳤다. 사정을 모르는 의사는 어리둥절한 낯으로 물었다. 내 신분을 묻지 말라는 벤지의 말이 있었는지 그는 내게 존대를 했다.

"혹시 체했다면, 약을……."

"아니요, 괜찮아요. 선생님. 그보다 신경 안정제 같은 거 갖고 있으신가요?"

"예? 아뇨, 들고 다니진 않습니다만."

"아니면 마취제는요?"

"……불면증에 좋은 수면제를 갖다드릴까요."

"아뇨. 저 말고 카일 전하에게 마취총 선물해 주세요. 항상 들고 다니다가 위험할 때 쏘라고요. 큰 짐승한테 쓰는 그런 거요."

방 안을 감돌았던 심각한 적막 도중 카일이 뭔가 깨달았다는 듯 '헉.' 하는 짧은 음성과 함께 아예 내게서 돌아서 버렸다.

벤지는 허리에 손을 올리고 나를 혼냈다. 뭐, 늘 하던 말이었다. 대체 너는 머리에 뭐가 들었냐는 둥, 전하에게 불경스러운 말 좀 그만하라는 둥. 그리고 사람한테 마취총이라니 대체 너 자신을 뭘로 생각하냐는 둥.

뭐긴 뭐야. 나는 시방 위험한 짐승이오.

5. 가랑비에 옷 젖는 줄 모른다

의사가 확실히 다르긴 다른가 보다. 꼼꼼히 소독하고 치료한 덕분인지 손바닥은 금세 아물어 갔다.

카일은 그 이후로 사건 진상 조사를 위해 바빴는지 1주일 넘도록 마구간으로 오지 못했지만 괜찮았다. 눈만 감으면 생생했다.

'……너 내 얼굴만 좋다며.'

캬. 미모에 취한다.

유유자적 한량마냥 건초 더미 위에 누워서 히죽대고 있었는데 바깥 울타리가 열리는 소리가 들렸다.

릭이었다.

"릭. 웬일이에요."

"너 무슨 생각을 하고 있었길래 얼굴이 빨개. 야한 생각 했지! 이 자식아!"

"또, 또! 말 험하게 하네! 내가 야한 생각을 하긴 뭘 해요. 난 그냥……"

"그냥?"

"그, 흐흐, 있어요, 흐. 히히."

"······알고 싶지 않다."

"말 안 해 줄 건데?"

키득거리며 웃으며 릭을 향해 말똥을 걷어차자 릭은 들고 있던 쇠스랑을 높이 쳐들었다.

"말똥 좀 차지 마!"

"알았어요. 근데 왜 왔어요? 아직 밥때 안 됐는데?"

"그게······ 그, 네가 좀 젊으니까······ 나보다는 잘 알 거 같아서. 딱히 물어볼 사람도 없고."

"뭔데요, 뭔데."

테오도 병이 완전히 다 나을 때까지 오지도 않고 내가 갈 수도 없어 심심하던 차에 잘됐다 싶었다. 릭은 우물쭈물하며 건초 더미 위에 주저앉았다.

"좀 있으면 틸리 님 생일이라는데······ 뭘 준비해야 하나 해서."

"틸리 님 생일인데 릭이 왜······. 아? 어? 둘이? 어어? 이야, 이게 이렇게 꼬이네?"

릭의 등짝을 퍽 치자 릭이 버럭 소리를 질렀다.

"꼬이긴 뭐가 꼬여! 난 그냥, 그냥! 선물만 하려는 거지!"

"에헤이, 선물을 그냥 합니까. 그럴 거면 릭이 나한테 안 왔겠지. 이렇게 얼굴 발그레하게 생기가 돋아 가지고는 어디 누굴 속여. 그죠? 근데 틸리 님 귀족 아니에요? 신분 격차를 뛰어넘은 사랑 그런 거예요?"

"······나도 따지자면 귀족이야."

"응?"

눈알이 튀어나올 뻔했다.

릭 아저씨. 처음 만났을 때 그냥 정원사 릭이라면서요. 릭이라고 부르라면서요. 당황해 어버버하고 있자 릭이 머쓱하게 손톱 위 거스러미를 떼어 내며 말했다.

"지방의 작은 남작가인 데다가, 돈도 없어서 어릴 때부터 황궁으로 들어와 일하게 됐지만 귀족은 맞아. 그게 아니면 어떻게 정원 전체를 관리했겠어."

귀한 분이었네. 내 표정을 본 릭이 머리카락을 벅벅 긁다가 나를 툭 밀쳤다.

"나도 거의 잊고 사니까 그냥 늘 하던 대로 해. 말똥은 던지지 말고."

"……알았어요. 어우, 놀래라."

"아무튼 틸리 님이 나 같은 놈이 주는 선물을 받을지 모르겠어."

손에 들린 쇠스랑을 몇 번 고쳐 쥐는 릭의 얼굴에 수심이 가득했다.

"걱정 마세요. 나 여자 마음이라면 귀신같이 알거든요."

"……그래?"

미심쩍게 나를 보는 릭의 어깨를 짚으며 나는 비장하게 말했다.

"일단 이발부터 하실까요, 형님."

"겉모습이 뭐가 중요해. 사람은 마음이 중요하지!"

"성깔이 더러우면 겉모습이라도 잘나야지! 그리고 외모는 예선전 같은 거라고요! 예선 통과 못하면 본선, 결승전? 웃기지 마! 참관객도 못 된다니까!"

"사람들이 다 너처럼 얼굴만 본다고 착각하지 마!"

"어쭈구리! 도와 달라고 할 땐 언제고! 나 믿어 보라니까요!"

또 왝왝 소리를 지르며 싸우다 보니 목이 칼칼해졌다. 옆에 있는 물통에서 물을 벌컥벌컥 마시고 턱에 흐르던 물을 슥 닦아 냈다. 마침 빨랫감을 가득 들고 마구간 앞을 지나가던 제인이 손을 흔들기에 나도 활짝 웃으며 마주 인사했다.

릭은 불퉁한 얼굴로 나와 제인을 돌아보며 퉁명스럽게 말했다.

"제인 너 좋아한다던데."

"진짜? 어쩐지! 마구간 앞을 하루에 네 번씩 지나가더라니! 거봐요, 릭. 사람은 얼굴이에요. 물론 난 성격도 좋지만."

하루 뒤 릭은 깔끔하게 머리를 짧게 자르고 나타났다. 이마가 드러나니 전보다는 나았지만 험상궂어 보이는 인상이 문제였다.

"릭. 웃어 보세요."

"이렇게?"

광대만 한껏 올린 웃음은 어딘가 괴이했다.

"눈이 웃어야죠. 나 봐요."

마침 또 제인이 지나갔다. 쟤 자주 지나가네. 오늘은 품에 바구니를 들고 있었다.

"안녕! 제인!"

"웅! 조! 안녕!"

한 팔이 떨어져라 흔드는 제인을 보며 나는 두 눈을 곱게 접으며 웃었다.

"어때요? 작살나죠?"

"······순진한 어린애한테 그런 거 하면 못써."

"알았어요. 이제 안 할게요. 아무튼 자연스럽고 싱그렇게 웃어 보라고요."

"내 나이가 몇인데 싱그럽게 웃어. 징그럽지나 않으면 다행이지."

"미중년의 간지는 중후하고 어딘지 모를 싱그러움에서 나오는 거라고요!"

릭의 오금을 발로 차며 꽥 소리를 지르자 릭이 놀란 눈으로 나를 바라봤다.

그날 이후로 릭이 일하고 있으면 달려가서 웃어 보라고 시키고, 생활관에 밥 먹으러 갈 때마다 틸리에 대한 정보를 얻어들었다.

결혼을 하루 앞두고 얼굴 한 번 안 본 약혼자가 말에서 떨어져 죽었다고 했다. 그래서 황궁으로 들어와 기계처럼 일을 한 지가 수십 년이라고. 나이가 들어 '마담'이라고 모두 부르지만 결혼은 한 적이 없다고 한다.

좋아하는 건 프리지아, 깔끔한 글씨, 책, 수다.

"프리지아 꽃다발을 선물할까?"

"도망갈 일 있어요? 아직 호감도 없는데 다짜고짜 꽃다발이라니."

"그런가."

"데이트도 한 번 안 해 놓고 꿈도 크시네. 릭. 약속 하나만 해요. 틸리 님이 싫은 티 내면 바로 마음 접기로!"

"나 그 정도 눈치는 있어!"

"그런 양반이 여태 연애를 못해."

나는 릭에게 정원 관리 대장을 꼼꼼하고 예쁜 글씨로 써서 틸리에게 직접 가져다주라고 시켰다. 그리고 틸리가 말을 걸면 최대한 열심히 대답하고 이왕이면 질문도 덧붙이라고. 옷은 항상 깔끔하게. 깨끗하게 씻으시고 구취 조심.

겨우 그걸로 되겠냐고 눈살을 찌푸리던 릭의 두 눈알을 찔렀다.

"뭐든지 대화부터!"

라고 지난주에 카일을 덮치려던 어린 짐승이 말했답니다. 흑흑.

아니나 다를까. 1주일쯤 뒤에 틸리의 짐을 들어 주며 그녀와 함께 걷는 릭을 볼 수 있었다.

거봐. 모든 관계는 소소한 대화부터라니까. 수다를 좋아하는 친화력 킹 틸리 님에게는 프로 리스너가 필요했을 터였다.

틸리는 한참을 혼자 말하다가도 깔깔 웃었다. 가끔 릭의 어깨를 툭 치기도 했다. 좋군. 좋을 때야.

생활관 문턱에 기대서 히죽거리며 보고 있자니 잘 키운 수제자를 하산시킨 고수가 된 기분이었다. 그때 내 등을 누군가 툭툭 두드렸다. 헬릿이 어색하게 웃으며 내게 옥수수를 내밀었다.

"……이게 뭐야."

"릭한테 들었어. 혹시 나도 도와줄 수 있을까 해서."

"뭐? 헬릿. 나 딱히 시간을 내서 도와주기가,"

"나 식당에서 일하는 거 알지?"

"따까리라 불러 주십쇼."

❊　❊　❊

생활관 의자에 앉아 고기를 으적으적 씹다가 문득 고개를 드니 어느새 주변이 꽃밭이었다. 다 살판났구만.

릭은 틸리와 얘기하며 생전 본 적도 없는 미소를 온 얼굴에 만연히 띠고 있었다. 어쭈? 들꽃까지 꺾어다 줬어? 정원사 아저씨. 황궁 꽃 꺾으면 죄라면서요.

헬릿과 안젤리카도. 루다와 딕. 틸더슨과 샌디도.

모조리 쌍쌍바네. 외롭다, 인생.

눈이 마주친 헬릿이 콧잔등을 씰룩이며 인사했다.

허허, 그래요. 내가 그대의 마담뚜요.

포크에 육즙이 넘치는 고기를 찍어 들고 나도 웃어 보였다. 어느새 나는 소문난 러브 컨설턴트가 되어 있었다.

그도 그럴 것이 남장을 해야 해서 남자들과 어울리다 보니 그들의 심경이나 행동거지도 통달했고, 여자의 마음이야…… 내가 여잔데…….

포크 끝을 잘근잘근 씹었다.

내 연애만 내리막길이네. 카일은 왜 안 오냐고.

만족스러운 식사를 끝내고 마구간으로 설렁설렁 돌아갔다. 릭은 틸리의 무거운 짐을 들어 줘야 한다며 날 먼저 보내 버렸다.

치사한 중늙은이. 오다가 발이나 삐어라.

바닥에 있는 돌멩이를 툭툭 차고 있을 때 저 멀리서 달려오는 발소리가 들렸다. 고개를 들자 적갈색의 곱슬머리가 붕방거리며 뛰어오고 있었다.

"테오?!"

"조!"

나를 향해 두 팔을 벌리며 뛰어온 테오를 한 품에 안아 올렸다.

"세상에! 테오! 이게 얼마 만이야! 아니, 테오도르 황자 전하! 우리 귀염둥이! 뭔 잠을 그렇게 자! 멍청아!"

"이 바보야! 테오 할 거면 테오 하고, 존칭을 할 거면 똑바로 해! 멍청이가 뭐야!"

내 품에 안긴 테오가 내 뒷머리를 잡아 뜯으며 내 귀에 대고 소리를 질러도 나는 그를 끌어안고 놓아주질 않았다. 맘 같아선 뽀뽀라도 퍼붓고 싶었다.

어이구, 내 강아지. 우리 똥강아지. 건강도 하지. 주책맞게 눈물이 나네.

테오를 내려놓자 테오가 내 얼굴을 찌그러질 정도로 붙잡고 나와 눈을 맞췄다.

"울어?"

"야, 크흥, 안, 안 울거든요? 키힝."

"너 콧물 나오는데?"

"크흐흥, 테오 전하. 아프지, 으으, 아프지 말라고요. 죽지도 마. 너 죽는다, 진짜."

"황족에게 죽는다고 하는 사람 조밖에 없어."

소매를 쭈욱 빼서 콧물을 닦자 테오가 기겁하더니 손수건을 내밀었다. 그러고 보니 카일은 내 손수건 가져가 놓고 왜 새 거 안 줘. 테오의 손수건으로 눈물과 코를 닦고 내 주머니 안으로 쑤셔 박았다.

테오도르는 내 추한 얼굴을 보더니 옆에 바짝 다가와 붙었다.

"나 봐. 조. 왜 내 얼굴 안 봐."

"어으, 잘나지도 않은 얼굴. 무슨, 쿵, 재미가 있다고 봐요."

"너 못생겼다."

"테오 전하보다 잘생겼거든요."

안 울려고 했는데 멀쩡하게 뛰는 모습을 보니 눈물이 멈추질 않았다. 간만에 만난 테오도르는 약간 마르고 키도 컸지만 내 기억 속의 테오 그대로였다. 독을 이겨 내고 멀쩡히 돌아와 준 것이 괜히 고맙고 감격스러워 나는 또 테오를 끌어안았다.

"……저기, 조. 나도 반갑긴 한데……."

"전엔 내 가슴께밖에 안 왔는데 이제 어깨에 닿을락 말락 하네요, 테오 전하. 쑥쑥 크세요. 알았죠."

"알았어, 알았다고."

테오가 내 뒤통수를 쓰다듬었다.

어이구, 땅콩만 한 게 어느 세월에 이렇게 커서 나를 위로해. 어흑흑. 아들 하나 업어 키운 기분이네. 어머니. 이 불효녀가 이제야 당신을 이해합니다. 내 작은 분홍 콩알아. 분홍 삐약아. 건강해야 돼.

울상을 짓는 나를 달랜답시고 테오는 내 손을 잡고 마구간까지 이끌었다.

그래서 그런가.

소문이 났다.

5황자 테오도르와 카일 궁의 마구간지기 조가 정분이 났다는.

"예? 내가?"

"그래, 자식아! 조용히 해!"

"테오 전하랑?"

"조용히 하라고!"

릭이 내 정수리에 꿀밤을 먹였다. 그 날 카일의 궁 정원을 오가던 하녀들 몇 몇이 쑥덕거리더니.

"우리, 우리 그런 거 아닌데! 친군데!"

"누가 친구를 보고 그렇게 질질 울어!"

"설마 릭도 그렇게 생각하는 거예요?"

"그럴 리가 있나! 네가 정이 많으니까 그랬겠지. 게다가 솔직히 이런 말, 불경스럽지만……. 테오 전하보다는 카일 전하가 잘생겼으니 너라면 카일 전하를 좋아할 거라고 생각했지."

"릭 진짜 나를 너무 잘 안다. 우리 우정 영원히 가요."

"됐어. 그런 말 하지 말고, 소문 처리나 어떻게 할지 생각해. 그거 더 불어나서 황비님 귀에라도 들어가면 너 큰일이니까."

"아."

프리실라 황비님. 잊고 있었다. 아마 뼈도 못 추리겠지. 진짜로 뼛조각 하나 남기지 못하고 죽을지도 모른다. 아무리 테오도르에게 관심이 없다고 하나 자기 아들이 평민 남자랑 사랑에 빠졌다는데 가만두고 볼 위인은 아니었다. 가문의 이름을 더럽히고, 황실을 능욕했다며 쥐도 새도 모르게 죽여 버리겠지. 물론 테오를 제외한 나에게만 해당되는 이야기였다.

등골이 오싹해졌다.

릭에게 듣고 보니 소문은 꽤나 정교했다.

테오가 몇 달 전부터 거의 매일 마구간을 찾아왔다는 것. 나와 각별한 사이라 그가 아플 때 내가 병문안을 자주 갔다는 것. 낯을 가리던 테오가 내가 가면 자다 말고 일어나 날 반겼다는 것. 게다가 병이 나은 이후에 주변의 시선을 신경 쓰지 않고 정원에서 눈물의 해후를 했단 것.

애틋한 마음을 감추지 못하고 눈물을 쏟으며 서로를 끌어안고 보듬었다는 대목에선 기겁을 했다.

애틋……하긴 한데, 그런 감정은 아닌데.

"약간, 말고삐로 키운 내 아들? 같은 느낌인데요."

릭은 눈살을 찌푸리며 나를 보다가 말도 안 되는 소리 말라며 지나가 버렸다. 왜 말이 안 돼, 내 나라에는 통장으로 키운 내 새끼라는 유구한 역사와 전통을 가진 격언이 있다고요.

그나저나 이 일을 어쩌. 소문이 더 커지면 안 되는데. 카일도 알고 있으려나? 헉, 우리 예쁜이 질투라도 하는 거 아냐? 그럴 리는 없는 거 알지만. 못 본 지 너무 오래됐어.

카일이 보고 싶었다.

❉　❉　❉

"내가 보고 싶다면서 그딴 소문이나 내고 다녀?"

"……전하?"

"……아냐. 계속하지."

벤지에게 일과에 대한 설명을 듣던 중에 카일은 계속 씨근덕거렸다. 결국은 참지 못하고 벤지에게 물었다.

"벤지 너도 그 소문 들었나?"

"어떤 소문 말씀이십니까."

"조에 대한……."

"아."

카일은 신경질적으로 머리카락을 흐트리려다 얌전히 손을 내려놓았다. 반만 깐 머리는 세팅하고 고정시키는 데 꽤나 오랜 시간이 걸렸다. 거울 속 스스로의 모습이 낯설어 몇 번이나 시종에게 묻기까지 했다.

'나 괜찮아?'

하고 묻자 시종 펠은 서비스적 미소와 함께 대답했다.

'카일 전하께서는 항상 멋지십니다.'

카일은 불안하고 불만족스러웠다. 어디어디가 멋있고, 이런 점이 예뻐서 마음에 들고, 억만금과 당신을 바꾸자고 한다면 억만금도 뺏고 당신도 갖고 말겠다고 할 정도의 그런 칭찬이 듣고 싶었다.

반 깐 머리에 적응을 한 후에 조에게 보여 주러 가고 싶었지만 뜻대로 되진 않았다. 오르본도 놓치고 헤스티안 친목 파티도 가지 않은 카일에게 분노한 프리실라 황비가 심기가 불편해 카일을 자주 불러내어 나무랐기 때문이다.

'카일. 정신 차려라. 이럴 때일수록 더 목표를 바로 잡아야지. 너는 벨로이스트의 명예를 드높일 사람이다. 너 말곤 없어. 이것 말고 중요한 일은 없어. 너는 벨로이스트의 황자다.'

카일은 고개를 끄덕임으로써 프리실라의 궁에서 빠져나와 제 궁으로 돌아갔다. 조에 대한 스캔들은 정원을 지나던 중에 우연히 시종들의 이야기를 듣게 된 것이었다.

'테오도르 전하 말이야. 난 그분이 그러실 줄 정말 몰랐어.'

'죽었다 깨어나시니 뜻밖의 사랑에 눈을 뜨셨나 보지.'

그때까지만 해도 카일은 제 동생 테오에게 애인이 생긴 줄로만 알았다. 뒤 문장을 마저 듣기 전까지는.

'그래도 마구간지기랑 사랑에 빠지는 건 좀 그렇지.'

'일한 지 반년 정도였나. 이름이 뭐랬지. 쉬웠는데.'

'조잖아.'

'아, 그래. 조. 그놈 엄청 재밌어. 보기보다 힘도 좋고.'

조와 테오도르? 둘이 사랑에 빠졌다고?

이마에 힘줄이 올라올 정도로 순식간에 큰 배신감이 그를 덮쳤다. 입 안이 쓰게 느껴져 잔뜩 인상을 찌푸리며 카일은 빠르게 궁으로 돌아갔다. 씩씩거리며 목욕을 하고 습관처럼 장미수로 머리를 감고 잠자리에 들었다.

웃는 것도 예쁘다며. 내가 제일 잘생겼다며. 내가 희망이라며.

……배신자.

카일은 밤잠을 쉽게 이루지 못했다. 이불을 덮고 누워도 가슴에 열이 차 잘 수가 없었다. 벌떡 일어나 앉았다가 다시 퍽 소리가 나도록 뒤로 누웠다.

왜 이렇게 화나지.

다시 이불을 박차고 일어나 실내용 슬리퍼를 신고 가운을 여몄다. 카일은 우다다 달려가 문고리를 잡고 돌리려다 우뚝 서 버렸다.

지금 가서 뭐 해. 뭐라고 물어볼 건데.

결국 카일은 도로 침대에 누워 억지로 잠에 들었다. 그러나 낮이 되어도 조나 테오에게 물으러 갈 자신이 없었다. 테오는 전에도 당당하게 말했으니까. 조는 자기를 좋아한다고.

진짜였나. 날 좋아한다면서. 내가 제일 예쁘다면서.

조의 말도 계속 마음에 걸렸다.

'얼굴이 좋아서.'

울적해졌다. 이제 내가 싫어진 거야? 내가 칼을 들이대서? 안 믿어서? 마구간에 자주 안 가서? 하지만 바빴는데. 오르본엔 네가 보냈잖아. 네가 다시 오라고 해서 돌아왔잖아, 왜.

그렇게 3일이 더 흘렀다. 소문은 계속해서 들려왔다. 둘이 정원에서 부둥켜 안고 울었다느니, 테오도르가 조의 손목을 잡고 박력 있게 밀어붙였다느니, 조가 테오도르를 안아 들고 공중제비를 돌았다느니…….

"공중제비는 왜 돌아!"

"카일 전하. 괜찮으십니까?"

잘만 읽던 책을 쿵 내려놓으며 카일이 씨근덕거렸다. 이제 보니 책이 뒤집어져 있었다.

지금 이 순간에도 머릿속에는 조의 음성이 들렸다.

카일 보고 싶어. 내 노란 아기 고양이. 쪼꼬맣게 접어 가지고 주머니에 쏙 넣었다가 보고 싶을 때 꺼내서 입 안에 넣을래.

"변태 자식!"

"조 말씀이십니까."

단번에 알아듣는 벤지에게도 열이 받았다. 조는 대체 평소에 얼마나 헛소리를 하고 다녔길래.

그래서 몇 날 며칠 속을 끓던 카일이 결국 벤지에게 이렇듯 물었던 것이다.

"벤지 너도 그 소문 들었나?"

"어떤 소문 말씀이십니까."

"조에 대한……."

"아."

그런데 벤지가 이어 말한 조의 소문은 다른 종류였다.

"조가 요새 사람들을 맺어 주고 다닌다던데요."

"뭐? 조가?"

"연애에 대해 그렇게 해박하다고 합니다."

사실 카일은 지금 마구간지기가 불꽃같은 연애 생활을 하건 말건 지적할 시간이 없었다. 황자라는 자리는 매일 할 일이 넘쳤으니까.

그런데, 그런데.

"조가 연애를 잘한다고?"

흰 종이 위의 글자들이 눈에 들어오지 않았다.

"하! 지가 연애를 해서 그런가 보지."

신경이 쓰여 죽을 맛이다.

카일은 저도 모르게 만년필의 촉을 세게 짓눌렀다. 아니나 다를까, 촉이 우그러져 제대로 글씨가 나오지 않았다. 카일은 신경질적으로 펜을 탁 하고 내려놓았다. 앞에 서 있던 벤지가 고개를 갸우뚱 꺾었다.

"……조가 연애를 한다고요?"

"그래! 지금도, 방금도! 내 머릿속에서 떠들고 있었으면서! 연애는 다른 사람이랑……."

스스로도 무언가 이상함을 느꼈는지 한참 소리치던 카일은 잠깐 말을 잇지 못하다 입을 닫아 버렸다. 갑작스러운 침묵에 벤지가 말을 걸었다.

"전하?"

"내가 연애하겠다는 것은 아니고, 다만 테오도르는 황자니까 안 된다는 거지. ……그래. 황자랑 평민이 아무리 친하다 해도 어떻게 연애까지 해. 말도 안되지. 내가 말리러 가야겠다."

카일은 자리에서 벌떡 일어섰다. 빠르게 문 쪽으로 걸어가다가 다시 휙 뒤돌았다. 바로 뒤에서 따라가려던 벤지가 움찔 놀랐지만 이내 침착한 얼굴로 제가 반평생을 모셔 왔던 황자님을 바라봤다.

여태껏 한 번도 본 적 없는 얼굴이었다. 어쩔 줄 몰라 하며 곤란해하는.

카일은 늘 교육받은 대로, 정석대로 움직였다. 긴 고민도 갈등도 딱히 없었고, 있을 법한 상황까지 끌고 가지도 않았다. 항상 최소한의 움직임으로 최고의 평판을 이끌어 내는, 황자 자리에 최적화된 인간이었다. 그런 것치곤 푸른 눈 탓에 평판이 미미했지만.

그런 카일이 지금 한 손으로 문고리를 잡고서 나가지도 못하고 주춤거렸다.

"나는, 그, 이상한 감정이 아니고. 동생이 걱정돼서."

"……예."

"너도 알다시피 조는 변태잖아."

"예."

그건 확실히 대답할 수 있었다. 벤지는 고개를 굳게 끄덕였다. 조는 만만치 않은 자였다.

확실한 위험인물.

"테오도르랑 조, 어떻게 생각해?"

"……위험하죠. 여러모로."

프리실라 황비를 생각해도 위험했고, ……테오도르의 안위 역시.

"그래. 나는 테오를 구하러 가는 거야."

카일은 스스로 다짐하듯 낮게 읊조리며 문을 열었다. 지금 이 순간에도 머릿속은 언제나처럼 시끄러웠다.

자, 다들 주목. 카일 잘생긴 점에 대해 말해 보자!

설마. 이 변태가 사람들 모아 놓고 얼굴이나 팔뚝, 엉덩이, 가슴 같은 것들에 대해 떠드는 건 아니겠지. 계단을 내려가는 카일의 발걸음이 빨라졌다. 그러나 목소리는 단 하나였다.

자! 조부터.

넵. 카일은 티 존의 자기주장이 엄청 강합니다. 전국 토론 대회 우승에 빛나는 눈썹 뼈와 우뚝 솟은 콧대. 짙은 눈썹을 가졌는데 눈매가 유려하고 순해서 마냥 세 보이지도 않아요. 이게 가능한 부분입니까. 완전히 돌았습니다. 아니요, 돌은 건 저였습니다. 저는 아주 돌아 버렸어요.

그래! 다음은 조세핀!

네! 카일은 뒤태도 잘생겼어요. 뒤태 본 사람 손 들어 봐!

까아아. 나요!

저요!

우리 카일 떡 벌어진 어깨 태평양이야. 단단한 목에서 어깨로 떨어지는 각도 예술이에요. 그거 죽기 전에 봐야 할 예술 작품 100선에 뽑힌 거 다들 알고 계신가요.

김금자 씨도 말해 보세요.

예, 기다리고 있었습니다! 선생님들! 단단하고 군살 없는 허리 보셨나요.

아, 이분 배우신 분이네.

그럼요. 저 카일대 4년제 나왔다고요. 한껏 업 된 엉덩이 보셨냐고. 우리 카일 엉덩이 하늘에 달렸어. 키도 짱 커. 옥황상제 똥구멍 찌르는 중. 옥황상제도 울고불며 한 수 접고 갑니다.

혼자 저딴 생각을 하며 논다고? 충격으로 계단을 내려가던 카일은 앞으로 나아가지 못하고 휘청거렸다. 그런 그를 벤지가 부축했다.

"전하. 괜찮으십니까."

"……테오도르가 위험해. 빨리 가자. 아니, 그 전에 내 엉덩이 얘기를 할 거면 테오를 왜 만나!"

"조가 또 전하의 엉덩이를 탐했습니까!"

"너는 말 좀 가려 해라!"

궁의 로비를 지나려던 시종이 황급히 뒷걸음질 쳐 시야에서 사라졌다.

황자님의 엉덩이가, 어쩌고 하며 속삭이는 것이 귓가에 어른거렸지만 시종의 입단속할 에너지조차 없었다.

카일은 짜증 섞인 눈으로 보폭을 크게 하여 마구간으로 향했다.

혼자인 줄 알았던 조는 의외로 테오도르와 함께 있었다. 그게 더 문제였다. 남과 같이 있을 때도 머릿속으로는 그런 음험한 생각이나 하고 있다니.

카일이 씩씩거리며 빠르게 걸어가자 그를 발견한 조가 활짝 웃으며 제자리에서 펄쩍펄쩍 뛰었다. 조의 목소리가 머리에서 광광 울릴 정도로 크게 울려 퍼졌다.

카일! 세상에! 머리 반 간 머리! 미쳤다, 미쳤어! 돌았다! 엄마, 아빠! 낳아 주 서서 감사합니다. 지금 이 순간 내 시력 10.0!! 살아 있는 루테인! 금발 진짜 금 아니냐고! 24K 순금 한 돈 부럽지 않아! 아니 물론 금도 카일도 다 내 꺼다. 내 놔.

무슨 말인지는 모르겠지만 아주 괄괄히 뛰며 기뻐하고 있다는 건 알 수 있었 다. 카일은 왠지 웃음이 새어 나오려는 걸 겨우 눌러 참으며 걸어갔다.

반 간 머리로 세팅하길 잘했다는 생각이 약간 들었다. 뭐, 어차피 늘 같은 머 리에 질리던 참이었으니까.

조가 미친 망아지처럼 뛰어오다가 흙이 다 튈 정도로 급하게 멈췄다. 활짝 웃는 빛나는 얼굴로 그녀는 한쪽 손을 들어 올렸다.

"전하! 잠깐만요! 줄 거 있어요!"

"……내게?"

조는 후다닥 오두막 안으로 달려가 버렸다. 테오도르가 가까이 다가와 카일 에게 웃으며 인사했다.

"형이 웬일이야."

카일의 눈썹이 보이지 않을 정도로 미세하게 떨렸다.

"……볼일이 있으니까 왔지."

"원래 자주 오지도 않잖아."

"……아닌데. 요 몇 주 정신이 없어서 못 온 거지. 원래 되게 자주 왔는데."

그때 조가 손에 무언가를 들고 다시 달려왔다.

화관이었다. 붉은 장미가 크게 달려 있고 작은 보라색 방울꽃이 몇 송이 달 려 있고 테두리는 푸른 줄기로 얼기설기 엮어 놓은.

조는 카일의 앞에 서서 발을 종종거리며 부탁했다.

"어떻게 이런 우연이 있지, 완전 진짜 운명인가 봐요. 삼신할매가 홍실로 묶 어서 밀실에 가둔 게 아니고서야 이럴 리가. 완전 운명의 붉은 실 감금플."

"대체 무슨 말이야! 너는 어떻게 입 밖으로 꺼내는 말이나 속으로 하는 말이 나 한 치의 차이도 없어."

"좋은 거 아니에요? 카일 앞에서 한 줄기 거짓도 없이 진실하잖아요. 너무 좋아, 진짜. 카일. 그러니까 이거 한 번만 써 주세요. 오늘 아침에 만들었어요. 완전 꽃 싱싱하잖아요. 카일 생각하면서 만들었다고요. 오늘 안 쓰면 버려야 되는데. 오늘 딱 왔네요, 운명이야."

벤지와 테오도르가 카일을 힐끔 쳐다봤다.

쓰자니 부끄러웠고 안 쓰자니 조의 저 기대 어린 눈빛을 모른 척하기 왠지 미안했다.

"나는 물을 게 있어서 온 거야. 이건, 다음에."

"이거 생화라서 오늘 못 쓰시면 다음은 없는데! 저 이거 보세요, 손가락에 장미 가시 빵꾸 났어요. 카일 생각하면서 열심히 만들었는데. 이거 봐요, 내 손톱 초록색이에요! 아, 카일이 쓰면 진짜 예쁠 거 같은데."

들뜬 얼굴로 총총 뛰며 화관을 들이대는 조의 고집을 못 이기고 카일은 결국 화관을 정수리에 살포시 얹었다.

난 왜 항상 얘 페이스에 말리지. 매번 이런 식이었다. 항상 중요하다고 생각했던 일도 조의 요란 법석에 뒤로 밀리는 것 같았다. 카일은 눈을 질끈 감았다가 살짝 떴다.

"⋯⋯자, 됐지."

조는 두 손으로 온 얼굴을 가리고 손 틈새로 카일을 보고 있었다.

"썼잖아. 뭐 해. 제대로 봐. 아니면 벗는다."

"아니, 아니!"

조가 두 손을 뻗어 카일을 만류했다. 그 탓에 드러난 조의 얼굴이 빨갛게 익어 있었다.

"너, 너 왜 얼굴이 빨개⋯⋯."

덩달아 카일의 얼굴도 붉어졌다.

"너무 예뻐, 진짜⋯⋯."

기도하듯 코앞에 모아 쥔 손끝까지 빨갛게 물들이며 조는 멍하니 카일을 올려다봤다.

차라리 평소처럼 난리 치며 펄쩍펄쩍 뛰었으면 이렇게 민망한 분위기가 되진 않았을 것이다.

카일은 차마 마주 보지도 못하고 눈을 살포시 아래로 내리깐 채 부끄러워했다.

조는 카일에게 두 팔을 내밀다가 그대로 굳은 듯 카일의 발그레한 얼굴을 올려다봤다.

"정말, 너무, 진짜 예뻐요……. 투명한 금발에 활짝 핀 붉은 장미를 올려놓으니까 색채감 쩔고, 게다가 노란색이랑 대비되는 작은 보라색 방울꽃이 의외로 푸른 눈이랑도 어우러져서……. 온 얼굴이 꽃이다. 나 꼭 태어나서 처음으로 색깔을 보는 기분이에요. 나 여태 뭘 보고 산 거야. 눈뜬장님이 바로 날세."

가까이 있는 사람만 들을 정도로 작게 중얼대는 조의 말을 들은 카일의 얼굴이 한층 더 붉어졌다.

옆에서 가만 보고 있던 테오도르는 다분히 전투적인 표정으로 두 사람을 번갈아 쳐다봤다.

그때 조가 발을 질질 끌며 카일에게 다가갔다. 넋 나간 조의 손가락이 카일의 턱끝에 닿을 즈음, 테오도르가 발을 쿵 굴렸다.

"뭐 해! 둘이!"

카일은 번쩍 고개를 쳐들고 화관을 냉큼 벗어 내렸다. 방울꽃 두 송이가 바닥으로 떨어졌다.

"아……!"

조의 원망스러운 눈초리에 카일은 머쓱하게 먼 산을 보며 투덜거렸다.

"……이런 거 네 애인한테나 하지."

대답은 의외로 테오도르에게서 들려왔다.

"뭐? 조 애인은 형 아니야?"

음?

응?

어?

세 사람의 머리가 동시에 테오에게 휙 돌아갔다. 어깨를 움찔거리며 떤 테오가 말을 꺼냈다.

"조 네가 저번에 그랬잖아. 카일 전하랑 사귄다고……. 그리고 형도 내가 물어봤을 때 맞다고 했잖아. 벤지도 그 자리에 있었고."

아. 그랬지.

카일은 미심쩍은 표정으로 조를 바라봤다.

그녀는 헤실거리며 온몸을 배배 꼬고 있었다. 허허. 아. 짜식. 기억력도 좋으십니다. 테오 전하. 허허. 아, 진짜 어떡해. 너무 좋네.

입을 귀까지 찢어 가며 웃는 걸 보니 조가 테오와 사귄다는 건 헛소문인 듯했다.

그나마 다행이었다. 근데 왜 그런 소문이 퍼진 거지. 카일이 고민에 빠져들 무렵, 조가 화관을 다시 집어 들었다.

"자기. 이거 한 번만 더 써 줘요."

뭐?

한꺼번에 여러 말들이 목구멍 바로 아래까지 차올랐다.

지금 뭐 하는 짓,

당장 손을 내려,

자기?

……자기?

어처구니가 사라진 자리에 뭔가 모를 간지러움이 자랐다. 자기……?

카일의 커다랗고 푸른 눈이 정처 없이 마구 흔들렸다.

풉! 참지 못하고 웃음을 터뜨린 벤지 탓에 카일은 얼었다가 깨진 것마냥 삐걱거리는 목을 잘게 털고 정신을 차렸다.

"조……."

카일의 음산한 목소리에도 굴하지 않고 조는 광대를 실룩거렸다.

"왜요. 저희 좋은 감정 갖고 만나고 있었잖아요. 나는 엄청 보수적인 사람이라서 결혼을 전제로 사귀는 거 아니면 연애 그런 거 안 한다고요. 전하가 저를 책임져 주신다면서요."

"형! 조랑 결혼을 전제로 만나고 있었어? 형, 조는 남자야!"

"아니야!"

버럭 소리를 질렀다가 아차 했는지 카일은 다시 정정했다.

"겨, 결혼을 전제로 만나는 건 아니야."

카일이 오른손으로 이마를 짚고서 작은 목소리로 조에게 말했다.

"황궁에 소문이 났잖아. 너랑 테오랑 사귄다는."

"아. 그거요?"

"'아, 그거요?' 알고 있었나 보다?"

카일의 신경질적인 되물음에 조는 어깨를 으쓱하며 무덤덤하게 말했다.

"제가 뭘 어쩌겠어요. 그런 헛소문은 해명하고 다니면 더 커지잖아요. 그저 우연히 정원에서 테오 전하 뵀던 날 소문이 났던 거예요."

조의 시큰둥한 대답과 달리 소문을 아예 몰랐던 테오는 두 눈을 반짝이며 카일과 조 사이를 막아섰다.

"누가? 누가 그래? 나랑 조랑 사귄다고?"

"너는……!"

눈에 띄게 들뜬 테오에게 한마디 하려다 어떤 말을 해야 할지 몰라 카일은 망설였다.

조는 변태니까 조심해? 좋아하면 안 돼?

그 전에 조 남자인 줄 알고 있잖아. 그건 문제없어? 괜찮은 거야?

아니 그보다 훨씬 전에, 내가 조랑 사귀는 건 괜찮은 거냐고.

작은 머리가 엉망진창으로 엉켰을 때 벤지가 끼어들었다.

"일단, 조의 말이 맞습니다. 소문에 일일이 반응하는 게 오히려 역효과를 불러올 수도 있죠. 테오 전하가 마구간에 발길을 끊으시면 소문도 점차 줄어들 거라 예상됩니다."

"싫어."

벤지를 눈으로 흘긴 테오는 조의 손목을 움켜잡았다.

"조. 나 말 탈래."

"어? 아, 예. 린지에 마구 채워 드려요? 아까는 안 타신다더니."

테오가 무작정 조를 마구간 쪽으로 이끌었다. 조금씩 멀어지는 조의 손에 들린 화관을 보며 카일은 눈을 데굴데굴 굴렸다.

벤지의 말이 백번 맞았다.

테오는 당분간 마구간에 오는 빈도를 줄여야 했다. 소문이 더 커지면 위험하니까.

……그러니까 지금 이건 테오를 위한 거야. 테오, 테오를 위해.

카일은 머뭇거리다 조를 불렀다.

"조."

작게 말해서 들리지 않았는지 테오와 조는 앞으로 계속해서 걸어갔다. 카일은 숨을 크게 들이마시고 내쉬며 각오를 다졌다. 그리고 외쳤다.

"자기야!"

테오가 놀란 눈으로 뒤돌아봤다. 조가 온몸을 휙 하고 돌려 카일을 바라봤다. 그녀의 은발이 햇볕을 받아 반짝거렸다.

활짝 피어난 조의 두 눈이 그 어느 때보다 반짝거렸다. 테오도르가 멍한 표정으로 잡고 있던 조의 손목을 슬쩍 놓았다.

사냥감을 노리듯 형형한 눈으로 저를 쳐다보는 조에게 카일은 덜덜 떨며 두 손을 살짝 앞으로 내밀었다.

"이, 이리 와."

이게 잘하는 짓일까. 미친 망아지에게 줘선 안 되는 먹이를 주는 게 아닐까.

짧은 순간 많은 의문이 머리를 스쳤지만 정신을 차렸을 때는 이미 조가 제게 달려오고 있는 중이었다.

어떡해, 카일 미쳤나 봐. 거짓말 최고야. 거짓말하면 안 된다고 한 새끼 누구야. 너 뒤졌다. 아니다. 내가 방금 죽임.

또 험악한 소리를 마음속으로 크게 해 대며.

"네! 자기야! 당신의 조 왔어요!"

조가 품으로 와락 안겼다. 고작해야 손만 잡을 줄 알았던 카일은 잔뜩 당황했지만 애써 태연하게 오른손을 들어 조의 등을 툭툭 두드렸다. 녹슨 깡통 같은 몸놀림이었지만 테오도르를 올리기엔 충분했다.

"……형은 꼭 내 앞에서…… 그래야 돼? 둘만, 있을 때…… 쿵, 하면 되잖아……!"

점차 크게 울먹이던 테오는 카일을 지나쳐 가며 벤지를 끌고 갔다. 벤지도 여기 오래 있어서 뭐 하냐고.

어라, 하던 찰나에 벤지도 사라져 버렸다.

카일은 아직도 제 허리를 부서져라 끌어안고 있는 조의 어깨를 살짝 쳤다.

"……조."

"네, 전하!"

"두 사람 갔어."

"제 귀엔 아직 테오 전하의 발소리가 들리는데요."

"멀리 갔어. 떨어져."

"치."

어깨에 기대고 있던 조가 아쉽다는 듯 입맛을 다시며 물러섰다. 카일은 조에게 대체 왜 입맛을 다시냐고 물으려다 그냥 질문 자체를 물러 버렸다. 물어서 뭐 하겠나, 싶었다.

무슨 힘이 그리 좋은지 붙잡혔던 허리가 끊어질 것 같았다. 신나서 콧김을 뿜뿜 내뿜는 조와는 달리 카일은 헛기침만 큼큼 뱉었다.

"진짜로 자기라고 할 줄 몰랐어요!"

"마음에 담아 두지 마."

"아니에요. 싫어요. 방금 껴안았던 카일의 온기까지 제 마음속에 저장할래요."

"카일 전하라고 부르, 하. 이제 전하라 부르라고 시키는 것도 지긋지긋하다."

"그럼 이제 자기라고 부를까요?"

"……."

만약 카일이 귀하게 자란 황궁의 황자님이 아니었다면 방금 눈으로 욕을 하지 않았을까.

그러나 조는 그런 것 따위 신경 쓰고 싶지 않았다. 조의 머릿속엔 단 하나의 생각만이 가득했다.

우리 예쁜이가 나보고 자기래!

생글거리는 조의 얼굴에 지나칠 정도로 생기가 넘쳤다. 카일은 지친 얼굴을 쓸어내리며 조에게 신신당부했다.

"이 주술이 끝나기 전까진 널 놓아줄 수 없으니까 제발 얌전히 좀 지내. 헛소문에 엮이지 말고."

"네!"

활기차게 대답한 조는 팔을 벌렸다. 어쩌라는 건가 싶어서 조를 보며 팔짱을 끼자 조가 팔을 으쓱 올리며 카일에게 말했다.

"굿바이 포옹 같은 거 안 해요?"

결국 카일은 참지 못하고 조의 머리를 쥐어박았다.

"악! 지금 나 쳤어요?"

조의 눈에서 불꽃이 튀었다. 곧장 덤벼들 기세라 카일은 황급히 뒤돌아 마구간 밖으로 나갔다. 빠르게 걸어가는 동안에도 머리가 시끄러웠다.

아, 어쨌든 우리 예쁜 카일이 나보고 자기라잖아! 어떡해! 신혼여행 어디로 가야 돼! 애 몇 명 낳아?

고개를 절레절레 흔들며 카일은 황궁으로 돌아갔다. 지쳐 버린 몸뚱이가 축 처져 땅에 질질 끌렸다. 잠깐만 붙어 있어도 온 기가 빨리는 기분이었다.

웃기긴 했지만.

카일은 어이없다는 듯 하, 고 숨을 내뱉으며 얕게 웃었다.

그로부터 3일 뒤, 검은 황자 이사크의 행렬이 황궁으로 돌아왔다. 오르브시델의 교역권을 따내고서.

며칠간 수도가 시끌벅적했다. 검은 황자가 제국에 흑빛 영광을 안겼다느니, 어쨌다느니.

근 100년간 닫혀 있었던 오르본의 문을 열고 세상 밖으로 검은 광물을 빼낸 황자의 입지가 훌쩍 부상했다. 드물게 황제마저 조찬에서 오르본 얘기를 꺼냈을 정도였다.

프리실라 황비는 조찬 이후 방으로 돌아가 신경질적으로 탁자 위를 쿵 내려쳤다. 카일이 걱정스러운 눈으로 제 어미를 바라봤다. 그러나 말 한마디 쉬이 붙이기 힘들었다. 프리실라는 질투와 분노로 타오르는 눈을 한 채 차갑게 말했다.

"카일."

"예, 어마마마."

"여러 말 하지 않으마. 정신을 똑바로 차려야 한다."

"⋯⋯예."

카일은 곧장 뒤돌아 나왔다. 이런 때에는 차라리 제 동생 테오도르가 좋아 보였다. 조찬이 끝나자마자 어딘가로 내뺐으니까. 그 멀어지는 동그란 뒤통수를 보고 벤지를 시켜 마구간에는 가지 않도록 하라고 명령하는 수밖엔 없었다. 카일 역시 당분간은 갈 수 없을 터였다. 예민해진 프리실라가 카일의 일거수일투족을 감시할 것이 뻔했다.

'당분간 또 심심하다고 머릿속에서 칭얼거리겠군.'

살짝 웃었다가 금세 표정을 지운 카일은 빠르게 앞으로 걸었다. 표정 따위를 남에게 보여선 안 되었으니까.

❈ ❈ ❈

아. 진짜 심심해 죽겠네. 지나가는 인간이 없다. 뭔 놈의 궁이 이렇게 드럽게 넓기만 넓어 가지고. 구석에 있는 마구간은 일부러 찾아오는 게 아니고서야 지나가는 사람을 마주치기가 쉽지 않았다.

심지어 요새는 릭도 쉽게 볼 수 없었다.

연애하느라 바쁘신가 보지, 뭐. 어쩐지. 내가 장미랑 방울꽃 와다닥 뜯어 가도 하늘 보면서 콧노래나 부르고 있더라니.

"개미 코딱지도 안 보여! 나 심심해 죽으라는 거야, 뭐야!"

소리를 질러도 아무도 대답 안 한다. 혼내는 사람도 없다. 제기랄, 일찌감치 해치운 바람에 할 일도 없다. 나 어떡해. 적성을 살린 취업을 책에 빙의해서야 하네. 진짜로 마구간지기가 천직인 것 같다. 그렇지 않고서야 이렇게 일을 잘할 리가.

동종 업계 20년 경력의 바이브가 내 몸에서 흘러넘친다고. 이러다가 생활의 달인에 말똥 치우기 이런 걸로 나가게 생겼단 말이야.

나는 멍청한 표정으로 주변을 돌아봤다. 마구간 내부뿐 아니라 마구간 부지 전체에 있는 오물도 싹 치웠다. 말들 빗질도 하고, 건초 더미도 갈아 주고, 밥도 주고, 고삐를 씌워서 말들이랑 찬찬히 같이 걷기도 했다. 내가 말을 못 타니까 그냥 산책시키듯 걷고만 왔다.

그래도 시간이 남아서 비가 새던 지붕을 고치기 위해 사다리를 타고 지붕에까지 올라갔다. 카일 궁이 보여서 마음으로 편지 한 통 짤막하게 쓴 뒤에 썩은 나무판자를 뜯어내고 새 판자를 덧대 열심히 망치질해 가며 고쳤다.

그래도 시간이 남았다. 에라, 모르겠다 싶어서 물을 양껏 길어 와 대낮에 오두막 안으로 들어가 목욕도 했다.

그래도 사람이 없었다.

정말.

휑.

너무한 거 아냐? 아무리 이게 〈킹메이커〉 속이라지만 나도 내 인생의 주인공인데, 이 자식들아. 한 놈은 나랑 놀아 줘야지. 내가 이렇게 오랜만에 보송보송하게 씻었는데 왜 아무도 안 오냐.

문득 델로아 생각이 났다. 듣자 하니까 황궁으로 돌아왔다던데. 오르본과의 교역권도 성공적으로 따냈다지. 그래서 카일이 안 오는 건가. ……심심하다. 델로아가 전에 나보고 심심하면 오라고 했잖나.

작은 나무 의자에 앉아 곰곰이 떠올리다가 벌떡 일어섰다.

고민해서 뭐 해! 가서 물어보지 뭐! 꺼지라고 하면 빠르게 꺼지고 온 김에 놀고 가라고 하면 놀고 오자!

비교적 작은 별궁으로 가는 동안 생활관과 시종들 전용 식당을 지나긴 했지만 다들 바빠 보였다.

역시 먹고살기 바쁜 건 다 똑같구나.

틸리와 릭도 보였다. 사내 연애 금지 조항 그런 거 여긴 없나.

괜히 아니꼬웠지만 내가 도운 커플이니 이제 와 투덜거릴 수도 없었다.

잘해 보쇼.

짜증이 잔뜩 묻어 나오는 발걸음으로 털레털레 걷다가 별궁 앞에 도착했지만 나를 발견하고 웃으며 다가온 건 델로아가 아닌 이사크였다.

시커멓고 숱 많은 머리카락이 한눈에 들어왔다. 솔직히 썩 달갑지는 않았다. 나는 델로아 보고 싶었거든요. 이 약속도 안 지키는 치사 빤스 인간아.

"야! 오랜만이야. 연락도 없이 갑자기 가서 미안해. 친구 어머니는 어떻게 됐어?"

"어이구, 바쁘신 황자 나리 아니십니까요."

허리를 굽혀 인사하긴 했는데 눈알이나 혀가 곱게 굴러가지가 않았다.

"말투가 왜 그래."

"미천한 평민 나부랭이의 친구 어머니는 재수 좋게 목숨은 건졌습죠."

"……미안해. 나도 너 돕고 싶었는데 갑자기 바빠져서."

"예, 소식 들었죠. 어찌나 대단하셨는지, 완전 혀를 내둘렀잖아요. 축하드립니다요. 황자님."

박수를 짤깍짤깍 쳤더랬다. 이사크의 표정이 묘하게 뭉개졌다.

"조, 내가 미안해."

"귀하신 분이 어떻게 제 이름까지 외우셨대요. 바쁘셔서 마차에 쏠랑 타 가지고 날아가셨으면서."

"그래도 친구 어머니한테 별 탈이 없어서 다행이다. 이래 봬도 엄청 미안해하고 있었어. 뭐, 네가 싫다면 어쩔 수 없고."

생각보다 싹수가 있는 놈이었나 보다. 며칠 내내 발을 동동 굴리고 결국은 카일까지 불러와서 그와 칼부림까지 했지만 이렇게 미안하다고 하는 걸 보니 왠지 기분이 풀렸다.

어쨌든 황자인데 이렇게 마구간지기한테 사과하다니. 참 밸도 없지.

"황자님이 진심으로 걱정해 주셨다니, 뭐. 저도 더 이상 투덜거리진 않을게요."

은근슬쩍 이사크의 어깨를 툭 치며 웃었다. 황당하다는 표정으로 나를 보던 이사크가 풉 소리를 내며 웃었다.

남자 주인공이라서 그런가. 웃음소리 남다르네.

내 삐딱한 시선에도 굴하지 않고 이사크는 한참 웃다가 내 어깨에 손을 짚었다.

"너 진짜 맘에 든다."

"저 솔직하게 말해도 돼요?"

"뭔데."

"제 몸에 손대지 마세요."

아학학학. 경박스럽게도 이사크는 크게 웃었다.

자기 궁 앞인데 쪽팔리지도 않나. 무슨 황자가 이래.

짜증 때문에 신경이 곤두섰지만 어깨 위의 손을 치워도 되는지 안 되는지 잘 분간이 가지 않았다.

황자가 올린 손을 내가 쳐 내도 되는 건가. 당연히 안 되겠지.

온 얼굴에 기분 나쁜 티를 내며 머리를 굴리고 있을 때 드디어 이사크가 어깨에서 손을 내렸다.

"나 고향에 너 같은 동생들 많았어. 대부분은 나중에 엄청 친해졌고."

이사크는 사람 좋게 웃으며 악수를 청했다.

"나 있잖아, 너랑 친해지고 싶다."

"황자님이 저 같은 놈이랑 왜요."

"내 동생들 생각도 나고, 그냥, 편해. 여기는 다들…… 좀 딱딱하잖아."

무슨 맥락인지는 알 것 같았다. 책에서도 이사크는 처음에 황궁 생활에 적응하지 못하고 힘들어했었지.

하지만 내 알 바는 아니다.

너 때문에 우리 카일은, 인마. 전쟁터도 가고. 친하지도 않은 친척들한테 인사하러 다니고, 팔도 잃고, 목숨도 잃고, 다 했어. 인마.

속으로만 쌍욕을 하며 나는 두 손을 앞으로 내밀어 이사크의 악수를 거절했다.

"저 청소하고 와서 엄청 더러워요. 감히 황자님과 손을 잡을 순 없습니다."

사실 목욕하고 왔다.

이사크는 약간 불만스러운 얼굴로 나를 내려다보더니 내 손목을 잡아끌어

억지로 악수를 했다.

"자! 내가 먼저 한 거니까 괜찮지?"

괜찮긴 개뿔이 괜찮아. 이 새끼 예의범절을 귀동냥으로 배웠나.

나도 모르게 대놓고 미간을 찌푸리자 이사크는 살짝 물러났다.

"아. 미안. 내가 눈치가 좀 없는 편이라. 너는 부담스러울 텐데 내가 실례했어."

시선을 내리깔고 살짝 입술을 앙다물었다가 이사크는 고개를 들어 올렸다.

뚜렷하지만 아직은 선이 고운 앳된 얼굴이 눈에 들어왔다.

아, 이게 주인공 버프라는 건가. 얼굴에 빛이 도네요.

"아니, 뭐. 황자님만 괜찮으시다면 저는…… 상관없죠. 근데 너무 친한 척하진 마세요. 저도 입장 곤란해요."

이사크는 안심했다는 듯 길게 숨을 내쉬더니 활짝 미소 지었다.

"다행이다."

역시, 좀 덜 생겨도 인상이 좋으면 중간은 가는구나. 나도 잘 웃고 살아야지.

오늘도 소소한 삶의 교훈을 얻었다. 다음에 카일 만나면 위아래 치아 여덟 개 보이는 미소로 기본 세팅해 놔야지.

얼빠진 생각을 하고 있자니 이사크가 말을 걸어왔다.

"여긴 어쩐 일이야. 나한테 사과받으러?"

"아뇨, 델로아 아가씨 뵈러 왔어요."

"델로아를? ……왜?"

나는 저 눈을 안다. 제 것을 뺏길까 봐 불안해하는 눈.

내가 회사에 도시락 챙겨 간 날 김 대리가 웃으며 '맛있겠네.' 라고 나불거렸을 때 내가 저런 표정이었지.

이사크를 놀리고 싶어서 움찔거리는 광대를 억누르지 못하고 나는 입꼬리를 파들거리며 떨었다. 결국 비열하게 웃는 얼굴이 되었다.

"델로아 아가씨가 자주 보자고 했는데요."

이사크는 뚱한 시선으로 나를 바라봤다. 당장이라도 에베베베 혀를 내돌리며 이사크를 놀리고 싶었지만 이럴 때는 최적의 순간을 위해 최대한 아무렇지 않아 보이는 게 좋았다.

"델로아 아가씨가 전에 저한테 글도 가르쳐 주셨거든요. 참 좋으신 분이에요."

"……글을? 너한테? 왜?"

"모르죠. 처음 본 날이었는데 선뜻 그러시던데요. 어쩜, 본 투 비 귀족 아가씨는 걸음걸이나 말투에서도 귀태가 싸악—"

"야, 이 양아치야. 델로아를 그 입에 올리지 마."

"뭐요? 양아치? 그쪽 전하도 몇 달 전까지만 해도 대차게 놀았다면서요!"

"그쪽? 그쪽?"

"하아이고야, 우정 참 싱겁다! 5분 전에 친구 하자고 손 내밀더니 내가 말실수 한 번 했다고 목을 꺾을 기세네!"

"네가 잘못한 거 생각 안 하지?"

"내가 뭐 어쨌는데요!"

"델로아를…… 델로아한테……."

"어처구니가 없네. 자꾸 나한테 동생, 동생 하니까 나도 형 같아서 하는 말인데요. 어이. 형. 정작 델로아 아가씨는 마음도 없는데 왜 형 혼자서 난리예요. 그리고 그렇게 해서 마음을 얻겠어요?"

이사크의 눈이 동그래졌다.

"우리 형이었어 봐. 상대는 관심 코딱지만큼도 안 주는데 왜 너 혼자 따라다니냐고 도시락 싸 가면서 뜯어말렸지."

화난 김에 독한 말을 했는데도 이사크는 잠잠했다. 버럭 소리라도 지를 줄 알았다. 아니면 전처럼 나랑 쌈박질이나 하든가. 내 주먹은 준비됐다.

그런데 그는 조용했다. 생각에 잠긴 듯 말이 없었다. 놀린 건 나였지만 살짝 걱정이 돼서 괜찮으냐고 물으려던 찰나, 이사크가 입을 열었다.

"……델로아가 나를 별로 안 좋아하는 건 맞아. 그럼 나는…… 희망이 없는 걸까. 어떻게 해도?"

소설 스토리상 주인공들은 가만히 냅둬도 알아서 사랑에 빠지게 돼 있다. 그건 내 소관이 아니었다. 사실 딱히 신경 쓰고 싶지도 않았다.

오히려 억울했지. 우리 델로아 아가씨 이런 팽팽 놈팽이를 만나지 말고 알베니스의 가주가 되셨어야 했는데. 아무리 봐도 모르겠다. 이건 작가한테 항의해야 돼. 이런 우유부단하고 소심한 놈이 왜 주인공이야. 이리 봐도 저리 봐도, 기차 안에서 브레이크 댄스를 추면서 봐도 우리 카일이 주인공감인데.

얘는 무슨 멘탈이 이렇게 순두부람? 괜히 건드렸다. 이사크의 표정이 우울해질수록 양심의 가책이 느껴졌다.

"아…… 이럴 때는 그냥 긴 고민 말고 술이나 한잔하면 좋은데."

혼잣말처럼 작게 읊조렸는데 그게 들렸는지 이사크가 고개를 살짝 움직였다.

"술 마실래?"

"……여기 술 있어요?"

눈이 반짝 빛났다. 이전의 생에서도 술을 그다지 즐기는 편은 아니었지만 그래도 가끔 스트레스 받을 때면 맥주 1캔씩 사서 집에 들어가곤 했었다. 근데 그걸 반년 가까이 못 마셨으니.

맥주가 아니어도 좋았다. 포도주든, 뭐든. 알코올의 향기가 간절했다. 나는 다시 이사크의 어깨를 툭 쳤다.

"이사크 전하. 사랑의 아픔은 술로 잊으셔야죠."

"……나 아직 안 차였어."

"어쨌든 아픔은 술로 잊으시죠."

델로아한테 들키면 혼날 게 뻔하다며 이사크와 몰래 별궁 건물의 테두리를 빙 돌아서 술 창고로 향했다. 허리를 숙이고 둘이 살금살금 걸으니 꼭 야자를 땡땡이치던 고등학교 때가 생각나 웃음이 났다. 소리 내서 웃지 않으려고 웃음을 꾹 참고 이사크의 뒤를 따랐다. 식당 근처에 다가가자 맛있는 냄새가 코를 찔렀다. 고기……?

"이사크 전하."

"왜."

허리를 숙이고 앞서가던 이사크가 뒤돌기에 나는 손가락으로 창문 너머를 가리켰다.

"안주 필요하지 않으세요?"

자기 궁 음식을 훔쳐야 한다는 것에 이사크는 잠깐 망설이는 모습을 보였지만, 술도 훔치는 이 마당에 안주가 뭐 대수냐고. 결국 창문을 넘기로 했다.

"네가 엎드려, 내가 창문 넘어서 가져올게."

"제가 더 덩치 작잖아요. 전하가 엎드리셔야죠. 저 허리 나가요."

"야, 그래도 내가 황잔데."

"와. 아까는 동생 생각이 나니 어쩌니 하시더니 갑자기 또 신분 끌고 오시네. 신분제가 탈부착입니까."

"……알았어. 적당히 가져와."

"눈치 못 채게 조금씩 싹 긁어 올게요."

고등학교 때 담 넘어가서 떡볶이 사 먹던 실력이 있지. 이 정도 높이의 창문은 껌이다.

이사크의 등을 밟고 올라서서 창문 너머를 살폈다. 안으로 조심스레 들어가 주방을 돌며 치즈와 고기 한 덩어리, 구석에 있는 토마토 두 개까지 알뜰히 챙겼다.

뭐 더 없나.

바늘 훔친 김에 소까지 훔치려던 중, 문 너머에서 사람 발소리가 들려왔고 나는 냉큼 창문을 넘었다.

로맨스 소설이니만큼 이사크와 우당탕 넘어져서 코가 맞닿을 거리에서 서로 눈이 마주치는 그런 연출이라도 있을까 싶었는데 전혀 없었다. 이사크는 벽에 붙어서 바닥에 한쪽 무릎을 꿇고 착지한 나를 지켜보고 있었다.

"뭐 해. 빨리 와."

"옙."

창고에서 포도주도 한 병 빼 왔다. 어디로 가야 할지 몰라 술과 안주를 들고 두리번거리다 구석의 풀숲에 자리를 잡고 앉았다.

이런 재밌는 일이 얼마 만인지 모르겠다. 이사크와 눈이 마주치자 웃음이 터졌다. 그도 비슷한 생각 중이었는지 얼굴이 아까보다 한결 밝았다. 그러고 보니 장난을 좋아한다고 했었지. 급하게 부엌을 터느라 잔이며 수저랄 것도 없어 번

갈아 술병을 주고받으며 마셨다.

"그래도 말로라도 건배합시다. 기분이니까요."

"좋아."

"이사크 전하를 위하여."

"응. 고마워."

"아이, 뭐 하는 거야. 무드가 없네. '위하여' 라고 같이 하는 거예요."

"그래? 그럼 다음엔 '조를 위하여' 라고 하자."

"역시 사회생활을 밑바닥에서부터 시작하신 분은 뭔가 달라도 다르네. 감사합니다."

그렇게 둘이서 한참 술을 퍼마셨다.

조를 위하여, 이사크를 위하여, 사랑을 위하여, 델로아 만세, 카일 만만세, 조와 이사크의 새로운 인생을 위하여, 나만 잘되길, 우리 둘이 잘되길, 이사크 두고 온 동생들 번창하길, 등등. 하다못해 마구간에 있는 다섯 마리 말들에게도 각각 축복을 빌었다.

들킬까 봐 빨리 마셨더니 취기가 금방 돌았다. 머리가 핑 돌아 어지러웠다.

"전하아……."

"어우, 야. 됐어. 뭔 전하야. 간지럽게."

사람마다 주사가 다 다르지만, 내 주사는 친화력이었다. 갑자기 박애주의자가 되어 인간 군상에 연민을 느끼고 넓은 가슴으로 타인을 이해하고 아껴 주는, 정말 괴상한 주사였다. 택시만 타면 자꾸 '잔돈은 가지세요! 기사님, 파이팅!' 이런 소리나 하고, 평소에 그렇게 욕하던 팀장과도 회식만 하면 베스트 프렌드가 따로 없었다.

문제는 책 속에 들어와서도 주사가 똑같았다는 거였다.

"전하라고 부르는 거 싫으십니까? 그러면 형이라고 해 드려?"

술에 취해 반쯤 눈이 풀린 채 물었는데 이사크는 헤실거리며 고개를 끄덕였다.

"좋아, 동생 생긴 거 같다."

"하, 형. 내가 진짜…… 마음이, 어? 형 생각을 하니까, 내가, 히끅, 마음이 아프다."

"야아…… 네가 마음이 왜 아프냐. 오늘, 꼭, 내가 아파야지."

"아니, 우리 형 그래도 주인공 가오가 있지, 이게 뭐냐아……."

"주인공?"

"……형은 형 삶의 주인공이지."

"그래……, 맞아. 그치."

고개를 주억거리다가 또 술을 한 모금 더 마시고 나뭇등걸에 반쯤 몸을 기대고 있었다.

이제 슬슬 가야 했다. 해도 졌으니까.

"형. 나 이제 가 봐야 돼."

풀숲에 얼굴을 처박고 어푸, 하프으, 하며 괴상하게 숨을 쉬던 이사크가 얼굴을 쳐들었다.

"어? 아, 어! 그래! 가야지, 가야지."

"2차로 노래방 한 번 뛰어야 되는데."

"뭔 차?"

"어유, 촌스러운 중세 시대 놈아, 나 진짜 간다!"

"너 방금 욕했지!"

술에 취해 벌게진 눈가를 부라려 봤자 무섭지 않았다. 일단 나도 술에 취하기도 했고.

"아무튼 저 간다!"

"그래! 잘 가!"

"형도 들어가서 자, 여기서 자면 감기 걸려."

이사크의 팔뚝을 잡고 일으켰다. 어깨동무까지 하고 함께 휘청이며 걸었다. 이사크랑 본의 아니게 친분을 어마어마하게 쌓아 버린 기분이었다.

별궁 입구 근처까지 가서 어깨동무를 풀고 나는 술에 취해 또 별궁의 담을 넘었다.

연애는 필수, 결혼은 선택! 가슴이 뛰는 대로 가면 돼~.

원래 세계에서의 내 애창곡을 흥얼거리며 마구간으로 신나게 걸었다. 땅이 아주 그냥 디스코를 추네.

몇 번 넘어질 뻔했지만 이 천하의 김금자 절대 자빠지지 않아. 내가 자빠뜨려야 할 건 내 사랑의 타깃, 카일뿐이지.

"닐리리야 닐리리야 니나노~"

두 팔을 휘적대며 앞으로 걸어가자 저 멀리 마이 스윗 홈 마구간의 오두막이 보였다.

"따라따랏따~ 따라다라다라~ 김금자의 러브 하우스!"

마구간의 울타리를 열어젖히자 오두막 앞에 서 있는 검은 인영이 눈에 들어왔다.

"누구세요, 악!"

갈지자로 걷다가 돌부리에 걸려 몸이 뒤로 넘어갔다. 땅에 처박힐 걸 생각하고 몸에 힘을 쭉 풀었는데 의외로 내 몸을 누군가가 힘 있게 붙잡았다. 단단한 가슴팍에 안기자 시원하고 달콤한 체취가 느껴졌다.

흐흐, 기분 좋아.

나는 그의 옷깃을 붙잡고 얼굴을 어깨 언저리에 파묻고 웅얼거렸다.

"……카일 냄새 난다. 히히. 좋은 냄새."

내 어깨를 붙든 손은 타는 것처럼 뜨거웠다. 하지만 그의 체취는 유달리 시원해서 묘하게 기분이 들떴다. 꼭 나무들 한가운데 서서 달디단 열매를 한 입 가득 씹어 삼키는 것 같았다.

"꼭 카일 냄새 같다. 히, 카일 냄새 너무 좋아……."

"너한테선 술 냄새밖에 나지 않는군."

"히히, 이 목소리도 너무 좋아."

"……대체 어디서 술을 이렇게 퍼마신 거지."

"나 아는 형이랑 한잔했지."

"남장을 하다가 드디어 미쳐 버린 건가. 깅깅자. 너는 여자다."

"아니……. 그게 아니라 우리 형 동생 하기로 약속했거든……. 근데 너 말투 꼭 카일 같네."

힘이 들어가지 않는 다리 근육에 겨우 힘을 주고 붙어 있던 몸을 떼어 냈다. 이렇게 보니 생긴 것도 꼭 카일 같았다.

"우와, 카일이랑 똑같이 생겼네."

"너는…… 하."

그가 미간을 살짝 찌푸리며 앞머리를 쓸어 올렸다.

잘생겼네!

함박웃음을 지으며 박수를 짝짝 쳤다.

"우리 카일도 엄청 잘생겼는데! 너도 괜찮네! 근데 나는 카일이 더 좋아!"

내 앞에 선 남자의 얼굴이 빨개졌다. 헛기침을 흠흠, 뱉던 그가 은근슬쩍 물었다.

"……어디가 좋은데."

"너 카일 몰라?"

"……알아."

"아는데 왜 물어, 등신아. 카일을 알면 그런 질문 못하지."

"왜."

진심으로 앞에 선 이 남자를 치고 싶어졌다. 답답해서 가슴을 퍽퍽 치다가 오두막 앞의 벤치에 앉았다. 술에 적잖이 취했는지 몸이 자꾸 휘청거렸다.

"야. 너 딱 생각을 해 봐. 이리 옆에 앉고."

"……그러도록 하지."

나는 벤치에 앉은 채 몸을 남자 쪽으로 돌렸다. 움찔 놀라는 얼굴까지 카일과 똑같았다. 나는 사뭇 진지한 얼굴로 남자에게 말했다.

"카일은, 억새풀이 잔뜩 피어 있는 강변에 내리쬐는 노을빛 같은 금발이야. 한낱 썩은 지푸라기 같은 그저 그런 금발과는 차원이 다르다고. 거기다가 구름 한 점 없이 맑은 날의 하늘을 쏙 뽑아서 만든 깨끗한 구슬 같은 눈동자. 피부는 또 어떤데. 완전 정성 들여 빚어 놓은 백자야. 파리가 앉으면 미끄러지겠지만 그 파리는 앉기 전에 내가 죽인다."

"너는…… 시를 쓰는 게 좋겠군."

"아니야! 멍청아!"

주먹으로 정수리에 딱밤을 먹이자 남자가 동공을 커다랗게 뜨며 나를 바라 봤다.

"이런 생각이 나도록 하는 카일이 대단한 거야. 잘생긴 사람 최고라고! 게다 가 성실하고! 은근히 다정하고! 몸가짐도 바르고! 옷 단추도 맨날 다 채우고 다 니고! 가끔 하나만 풀어 줬으면 좋겠다!"

"뭐?"

남자의 얼굴이 일그러졌지만 나는 아랑곳 않고 말했다.

"야, 들어 봐 봐. 내가 카일을 몇 주 전에 안아 봤거든?"

"……그런데?"

"근육이……! 완전!"

남자가 내 입을 다급하게 틀어막았다. 눈을 크게 뜨고 버둥거렸지만 남자는 손에 힘을 풀지 않았다. 몇 초 뒤 겨우 남자는 나를 풀어 줬다.

"그의 몸 얘기는 별로 듣고 싶지 않군."

나는 콜록대다가 눈물을 닦으며 아쉬워했다.

"아, 거기가 하이라이트인데."

남자는 내 앞머리부터 턱까지 얼굴 전체를 갈고리로 쓸어내리듯 휙 쓸었다. 아프진 않았지만 기분이 나빠 고개를 쳐들자 남자가 웃고 있었다. 은은하게 미 소를 띤 얼굴이 사랑스러웠다.

재빠르게 오른손을 들어 뺨을 후려쳤다. 물론 내 뺨.

"갑자기 또 왜 그래."

"나한테는 카일이 있어. 웃지 마."

내 말을 무시한 건지 빙긋이 웃던 남자는 제 무릎 위에 손을 올리고 몇 번 꼼 지락거리더니 말을 이었다.

"답답해서 왔어."

"그래, 그랬구나……."

슬슬 졸음이 몰려왔다. 꾸벅거리고 있는데 남자가 험담을 시작했다. 그것도 감히 카일의 험담.

"카일은 네가 생각하는 것만큼 멋진 사람은 아닐 거야. 어머니의 그늘에서 벗어나지도 못했고, 의심이 많고, 치졸하지. 게다가 남들이 하는 만큼 적당히 할 뿐 뭐 하나 특출난 재주도 없어. ……얼굴이야 그렇게 태어난 거니 빼놓고. 네가 아는 지금의 카일 황자가 스스로 노력해서 만들어 낸 가치가 있을까? 그는 그냥, 황궁의 꼭두각시 인형 같은 존재야."

잠이 와 죽겠는데 헛소리를 하니까 두 배로 짜증이 솟구쳤다.

나는 손을 들어 남자의 입을 때렸다. 짝, 소리 나도록 입을 맞은 남자가 황당하다는 듯 나를 쳐다봤지만 나도 지지 않고 눈을 부라렸다.

"카일 어머니가 성깔 부리는 건 카일 잘못도 아니고, 의심이 많은 건 황자니까 그럴 수밖에 없고! 그리고 뭐, 치졸? 치이조올? 이 새끼가 돌았나. 너 죽고 싶어? 산 채로 꼭두각시 한번 돼 볼래?"

남자가 입을 가린 채 고개를 도리도리 저었다. 나는 계속 말했다.

"그리고 네가 뭘 몰라서 그러는데 카일 뭐든지 다 잘해. 못하는 거 하나도 없이 완전 다 잘한다고. 노력파랬어. 사람이 노력으로 모든 일 잘하기가 쉬운 줄 아냐. 너 같은 놈은 죽었다 깨나도 못해. 근데 우리 카일은 주변의 기대치가 높아서 스스로 만족을 못하는 거야. 우리 카일 얼마나 대단한, 끅, 사람인데에……."

말을 하다 보니 또 잠이 솔솔 몰려왔다.

"네 말마따나 그런 상황이잖아. 근데 그 속에서도 순수하고 강하고 섹시하고 올곧은 성격 유지하기는 또 얼마나…… 어렵겠냐. 그것만 봐도 우리 카일 완전, 일등 신랑감이지…… 물론…… 내 신랑이다."

그대로 잠이 들었다.

눈을 뜨니 오두막 안이었다. 깨질 것 같은 머리를 싸매고 일어났다. 포도주는 숙취가 최악이었다.

나 어떻게 들어왔더라. 누구랑 싸우기도 했던 거 같은데. 오랜만에 마신다고 너무 달렸네. 술 끊어야지. 어우, 속 쓰려.

배를 어루만지며 밖으로 나가 말들 밥을 주고 다시 오두막으로 들어갔다. 아침을 먹으러 생활관으로 갈 힘도 없었다. 담요로 몸을 칭칭 감고 깜빡 잠이 들었다.

"……조! 조!"

잠결에 나를 부르는 소리가 들려 겨우 눈을 끔뻑이며 일어나자 문이 벌컥 열렸다.

테오도르였다.

"……테오 전하?"

"말! 말 탈래!"

"이제 여기 오셔도 된대요?"

"기마 대회 있거든! 형도 같이 왔어!"

기마 대회?

잊고 있던 기억이 슬며시 되살아났다. 맞아. 기마 대회도 있었지.

시에나 황녀가 최근 오르본을 통해 입지가 두터워진 이사크를 질투해 그가 타게 될 말의 발굽에 가시를 심었다.

악명에 비하면 귀여운 전략이었지만 결과는 전혀 귀엽지 않았다. 이사크의 말은 달리던 도중 고꾸라졌고 그 때문에 그는 갈비뼈를 크게 다쳤다.

……하필 그게 카일의 말이었지. 이사크에게는 말이 없으니까. 카일이 첫째 황자라는 이유로 이사크에게 말을 빌려줬던 것으로 기억한다.

일부러 자기 말에게 상처를 내고 고꾸라지게 했다는 의혹을 받았지만 카일은 딱히 해명을 하지 않았다.

카일은 오르본의 교역권을 통해 제국민들에게 황자로서 확실히 자리매김한 이사크와 대면하고 싶지 않아 했다. 평생을 인정받기 위해 노력했던 자기와 달리 그는 드라마틱하게 등장해 모든 스포트라이트를 가져갔으니까.

이사크와 델로아 측에서는 아직까지 감히 카일 황자에게 덤벼들 수 없었다. 그 탓에 둘 사이에 오해가 생겼다. 이사크가 카일을 견제하고 카일 역시 이사크만 살피는 와중에 적안인 헤론 황자가 한 달 후에 있을 황제의 사냥을 바로 옆에 붙어서 따라간다는 엉망진창의 전개였다. 물론 카일이 최애캐인 내 입장에서의 엉망진창이었지. 시에나는 손도 안 대고 코를 푼 격이었다.

안 되지, 안 돼. 가만히만 있었어도 황제가 벨로이스트가(家)의 눈치를 보면서 헤론이랑 카일 둘 다 데려갔을 사냥터였다고.

이를 바득바득 갈았다.

시에나 이년. 가만 안 둔다. 감히 내가 자는 사이에 내 마구간을 들어와? 어쩌면 벌써 내 말에 손을 댔을지도 모른다(내 마구간도, 내 말도 아니었지만).

나는 말들에게 마구를 채우며 허공에 대고 조용히 뇌까렸다.

"가만 안 둬……. 너 내가 진짜 가만 안 둔다……. 혼구녕을 내 준다. 죽인다. 기필코 죽인다."

내 험악한 표정을 본 카일이 디에프의 고삐를 내 손에서 가져가며 내게 말했다.

"……조 아직 술이 덜 깼나."

"아, 어제 너무 달려 가지고……."

습관처럼 대답하다가 움찔 놀랐다. 나 술 마신 거 어떻게 알았지. 몰래 마신 거였는데!

눈을 동그랗게 뜨고 카일에게 물었다.

"나 술 냄새 많이 나요?!"

"너 혹시 어제 일,"

헐, 어떡해. 어제 술 마셨냐고 혼낼 건가 봐. 말들 지켜야 되는데 술이나 퍼먹었다고 혼나겠지.

나는 안절부절못하며 카일에게 사과했다.

"죄송해요! 진짜 죄송해요, 딱 한 잔만 한다는 게,"

"……누구와 마셨지."

이사크랑 마셨다고 해도 되나. 그쪽도 비밀일 텐데. 결국 거짓말을 해 버렸다.

"……식당에 그, 아는 형들이랑 남은 술이 조금 있다길래."

카일은 대답도 없이 나를 쳐다보다가 말을 그대로 끌고 나갔다. 마구간을 나가며 작게 읊조리긴 했다.

"그놈의 아는 형."

내가 아는 형 어쩌구라고 떠든 적이 있었던가. 고개를 갸웃했지만 내게 달려

드는 귀여운 분홍 뼈약이 테오도르 덕분에 금세 고민이 날아갔다.

"조!"

"어이구, 귀여운 우리 테오 전하."

품으로 뛰어들기에 팔을 벌리고 안으려고 했더니 대뜸 정강이를 까였다.

"내가 귀엽다고 하지 말랬지!"

"아! 그럼 귀엽지나 말든가요! 귀여워 죽겠어!"

황자의 볼을 꼬집을 순 없어서 그냥 테오와 마주 보고 키득대며 웃었다. 린지의 고삐를 잡고 테오와 함께 걸어 나갔더니 카일이 잔뜩 성난 표정으로 우리를 보고 있었다.

정확히는 나를.

"……전하? 왜 그러세요?"

"너는 누구에게나 그렇게 귀엽고, 잘생기고, 좋다는 표현을 하나 보지?"

"예?"

"게다가 기억력도 안 좋고."

"아니 왜 갑자기 시비를 거세요."

삐뚤게 대답해도 카일은 나를 가만히 노려만 봤다. 심상찮은 기운을 느낀 테오가 카일에게로 가 웃으며 매달렸다.

"에이, 형. 왜 그래. 조는 그냥 나랑 친하니까 그런 거지. 그리고 조는 형이랑 사……귀잖아."

쟤는 아직도 저 말이 저렇게 버거운가.

카일은 탐탁지 않은 표정으로 나를 보다가 한 마디 툭 뱉었다.

"헤어졌다."

언제?

나 몰래?

아니 물론 사귄 적도 없지만?

저절로 동공이 확장되고 입이 쩍 벌어졌지만 카일의 표정엔 변화가 없었다.

"아무하고나 술이나 마시고 다니고. 적어도 내가 네 ㅇ, 애인이면 그러지는 말아야지!"

아니 이 사람아.

어처구니가 없어서 머리가 다 벗겨질 지경이라 오히려 뭐라고 대답해야 할지 빠르게 계산되질 않았다.

테오도르는 우리 사귀는 줄 알고 있고 벤지는 아니니까. 내가 뭐라고 말해.

벤지가 눈을 커다랗게 뜨고 나와 카일을 번갈아 바라봤다. 당황스럽겠지. 다 거짓말인 줄 알았는데 갑자기 화를 내고 있으니. 그러나 당사자인 저도 놀랐다면, 믿으시겠습니까.

"카일. 제가 이해가 안 되는데."

"이해가 왜 안 돼. 너 그 아는 형이랑 술 마시는 게 나는 이해가 안 된다고."

"......?"

우리가 진짜로 사귄 것도 아닌데 왜요. 말이 목 끝까지 차올랐지만 테오도르가 함께 있어서 묻지도 못했다. 갑자기 왜 저렇게 화내는 거야. 카일은 혼자 씩씩거리다가 말에 올라탔다.

"만나는 사람마다 다 좋지, 너는."

그러곤 혼자 신나게 달려 나갔다.

남겨진 나와 테오도르, 벤지는 서로를 번갈아 보았다. 다들 어리둥절해 보였지만 제일 답답한 건 나였다. 대체 우리 예쁜이 못 본 사이에 무슨 약을 잘못 먹었기에 저러냐고.

테오도르가 내 손을 꼭 잡고 신신당부했다.

"형이랑 헤어져서 참 마음이 아프지만, 그래도 나도 금방 크니까. 조 조금만 기다려 줘."

이건 또 무슨 소리야. 귀여워 죽겠다, 정말.

"테오 전하 아직도 다 안 크셨어요? 다 크시려면 지금부터라도 부지런 떨어야겠는데요."

이죽거리며 놀리자 테오가 잡은 손에 힘을 주곤 무어라 투덜거리다 저도 말을 타고 가 버렸고 나는 벤지와 단둘이 마구간에 남았다.

"벤지 님은 기마 대회 안 나가세요?"

"나가지. 나도 공작가의 기사니까."

"아. 그러면 말 하나 골라잡아서 타시죠. 마구 올려 드려요? 멜린다 요새 컨디션 좋은데."

"아냐. 나중에 탈게. 너 혼자 남아 있으면 심심하잖아. 오랜만이기도 하고. 잘 있었어?"

세상에, 완전 벤설탕이네. 우리 벤지 씨는 벤츠 벤, 간지 지를 써서 벤지인가 봐요.

감동한 얼굴로 벤지를 보고 있자 그는 부끄러웠는지 얼굴을 반대쪽으로 돌려 버렸다.

"어, 그, ……너 근데 카일 전하랑은 어떻게 된 거야? 정말로, 그, 사귀었던 거야?"

"아뇨. 벤지도 알다시피 원래 저 혼자 북 치고 장구 치고 하고 있었잖아요. 근데 갑자기 왜 와서 꽹과리로 깽판을 치고 가는지 모르겠네요."

"……미안하지만 다시 말해 줄래?"

"안 사귀었다고요. 근데 갑자기 헤어지자니까 조금 서럽네요."

"……아, 진짜로 사귄 건 아니었구나. 난 또."

어쩐지 안도한 목소리의 벤지가 세게 말아 쥐고 있던 주먹에 힘을 풀곤 나를 바라봤다. 주황색 곱슬머리가 부는 바람을 따라 보기 좋게 나풀거렸다.

"내가 가르쳐 줄 테니 조 너도 승마 배워 볼래?"

"제가요?"

혹시 타면 국가 공인 자격증 나오나요. 나는 국가에서 인정해 주는 거 아니면 새로운 걸 배울 마음이 없는 사람인데.

"승마 그거 귀족들 취미 아니에요? 저 배워 본 적 없어요."

"말들 관리하다 보면, 가끔 타야 할 때가 있으니까. 말이 갑갑해서 난동 부릴 때도 있고. 그리고 새 말이 들어오면 훈련도 시킬 줄 알아야지."

그건 그렇다. 일한 지 얼마 안 됐을 때는 디에프한테 치여서 두 번째 생도 어이없이 마무리할 뻔했지. 벤지가 그 전에 살려 줬지만. 뒤로 돌아 푸르릉대는 말들을 하나씩 훑어봤다.

"벤지."

"응."

"내가 말을 타면, 또 얼마나 멋있을까요."

잠깐 놀란 눈으로 나를 보던 벤지는 실없는 웃음을 터뜨렸다.

"글쎄, 본 적은 없지만 멋지긴 하겠다."

그날 카일은 내게 인사도 않고 말을 조금 타다가 쌩하니 가 버렸고, 테오도르와 벤지도 곧이어 가 버렸다.

하지만 벤지는 가끔 짬을 내 찾아와 내게 승마를 가르쳤다. 심심했던 차에 잘됐다 싶었고, 말들을 더 오래 살필 수 있어서 좋았다.

가끔 훈련이 덜 된 말은 낯선 사람에게 발길질도 한다는데, 우리 벤, 멜린다, 린지, 마틴, 디에프는 어찌나 사랑스럽고 착한지. 내가 어정쩡하게 올라타도 짜증 한 번을 부리지 않았다. 밥 준 보람이 있네. 덕분에 발굽도 시시각각 확인하기 편했다. 아직은 가시가 보이지도 않았고 다른 말들도 보폭이 일정하고 걸음걸이도 편안해 보였다.

"조, 왜 그래. 말들한테 문제라도 있어?"

벤이 한 발짝 내디딜 때마다 아래를 힐끔거렸더니 옆에서 마틴을 타고 함께 평원을 거닐던 벤지가 말을 걸었다.

"아니면 안장이 불편해?"

세심하게 신경 쓰는 말투였지만 입을 좀 닫았으면 좋겠다. 누나 바쁘다. 나 지금 두 마리 중에 혹시라도 문제가 있을까 봐 온 촉각을 곤두세우고 있는 상태라고.

"괜찮아요, 벤지."

"이제는 네가 내 이름을 부르는 것도 아무렇지가 않네."

"예에……."

조용히 좀 해라, 누나 집중하고 있다니까. 카일 마구간에 있는 말한테 문제 터지면 나도 죽는다고. 이사크랑 카일은 싸우고 말겠지만 저는 죽는단 말입니다. 아직 카일이랑 뽀뽀도 안 해 봤는데. 그렇게 허무하게 죽을 순 없어.

벤이 오른쪽 앞다리를 좀 저는 거 같은데. 내려서 확인을 해 봐야 되나.

"이제 천천히 걷는 건 할 수 있지."

"예, 그럼요. 잘 걷죠."

"대답에 영혼이 없는데."

"사랑과 영혼을 담아 대답하고 있는데요."

내 시큰둥한 대답에도 벤지는 딱히 나무라지 않았다.

아닌가. 벤 똑바로 잘 걷는데.

벤의 앞다리를 보려 몸을 기울이다가 그만 중심을 잃고 아래로 떨어질 뻔했다.

"으악!"

"조심!"

벤지가 내 윗옷 뒷덜미를 잡아채 올렸다. 뒷덜미라니. 킹메이커 잔인하네. 엑스트라한테는 로맨스도 한 가닥 안 넣어 주고. 도둑질하다 걸린 놈마냥 뒷덜미가 덜렁 들려 다시 말의 안장 위로 앉혀졌다.

"조심해. 말에서 떨어지면 큰일 나니까. 밟히면 뼈가 부러져."

"아니, 벤이 발이, 아…… 예."

내 시무룩한 대답에 벤지는 나를 보며 말했다.

"말들이 이상이 있는지 살펴보고 싶은 거라면 내려서 같이 볼까?"

얘 뭘 먹고 이렇게 착하지. 카일은 왜 삐쳤는지도 모를 그날 이후로 소식도 없는데. 그러고 보니 벤지 얘는 보좌관이라는 애가 이렇게 마구간에 자주 들락거려도 되나. 카일은 어쩌고.

"벤지, 근데 카일 전하는요? 전에는 항상 같이 계셨지 않아요?"

"……아. 요새는 혼자 검술을 하시거나 공부하시는 시간이 길어져서. 난 대기 시간이 많아졌어."

"카일이 혹시 벤지한테도 화난 건가요? 왜 화를 내지? 나는 뭐 때문에 화난 건지도 모르겠어요."

"난 알 거 같은데."

"알면 말 좀 해 줘요."

치사하게. 지만 알고. 이런 게 제일 싫다. 예고편만 띄우고 본방송은 안 해 주는 놈들.

"벤지, 세상에서 제일 치사한 게 뭔지 알아요? 첫 번째는 말을 하다 마는 거고, 두 번째는……."

"두 번째는 뭔데."

나는 빠르게 말 머리를 돌려 울타리 쪽으로 돌아갔다. 말에서 멋지게 내려 마구간으로 집어넣었다. 캬, 내가 진짜 주차 하나는 기가 막힌다. 실력 안 죽었네.

벤지가 냉큼 뒤쫓아 와 캐물었다.

"두 번째가 뭔데."

"봐요, 치사하고 기분 나쁘죠? 왜 말을 하다 말아요? 전하가 왜 삐쳤는데요. 나 갑갑해 죽겠어요. 그 예쁜 얼굴로 화내니까 귀엽고 사랑스럽긴 한데 그 이후로 얼굴을 안 보여 주니까 돌겠다고요."

벤지는 끝내 입을 열지 않았다. 당사자들끼리 해결해야 하는 문제이며, 자기는 그냥 빈자리가 나길 기다릴 뿐이래. 뭔 소리야. 나랑 스무고개 하자는 거야. 뭐야.

"여기가 무슨 버스예요? 뭔 빈자리가 나길 기다려!"

짜증을 내도 벤지는 그냥 웃으며 돌아갔다. 같이 말 살펴 주겠다던 약속도 안 지키고.

벤의 말발굽에 차일까 봐 덜덜 떨며 오른쪽 앞다리를 살폈지만 아무런 이상도 없었다. 그래도 내가 요 며칠 내내 쪽잠 자면서 살피고 있으니까 괜찮겠지. 아무도 못 올 거야.

내 안심을 비웃기라도 하듯 기마 대회를 2주 앞두고 새로운 말들이 다섯 마리 더 들어왔다.

"이, 이게 무슨. 이게 무슨 업무 과다예요! 나 혼자 말 열 마리를 어떻게 돌봐요! 연봉 협상도 없이 이러는 게 어딨어!"

꽥꽥 소리를 질렀지만 말을 끌고 들어온 사람들은 별 대답도 없이 그대로 말만 두곤 떠나 버렸다.

먼 길을 마차에 실려 온 말들이 지친 티를 내기에 일단 물과 밥부터 넉넉히 주고 나왔다. 코리안 인심이 이렇게 무섭다. 내가 맡을 것도 아닌데 밥부터 챙

거 주게 되네. 근데 이러면 열 마리를 다 살펴야 하잖아. 빈틈이 생기는 순간 끝장이라고. 내 목숨도. 그리고 종국에는 카일의 목숨까지도.

불안이 스멀스멀 치고 올라왔다.

나는 평민 종놈이라 내 고용주를 함부로 찾아갈 순 없지만, 고용주에게 다이렉트 메시지를 쏠 수는 있지.

숨을 가다듬고 살포시 눈을 감았다. 나의 앙칼진 아기 고양이 카일에게.

내 인생을 전부 주고 싶은데 이미 다 줘 버려서 나한테 남은 게 별로 없다. 그럼 카일이 내 꺼 해. 그걸로 우리 퉁쳐요. 카일. 듣고 있나요. 대체 (시발) 나한테 왜 이래요. 화나면 말을 하든가. 일거리만 이렇게 주고 가면 어떡해요. 이놈의 숙식 제공 마구간은 퇴근도 없어. 카일 손가락에 보험 들어요, 당신 섬섬옥수 볼 때마다 나 사실 머릿속에서, 아. 잠깐. 스톱. 이건 빼고. 아무튼, 나 이러면 파업할지도 몰라요. 아니면 계속 이렇게 말 걸어서 정신 사납게 한다. 가만 안 둔다. 진짜. ……말하고 보니까 정말 가만 안 두고 싶다. 지독하게 얽히고 싶다. 당신 인생에 유일한 오점이 되고 싶다.

혼자 마음속으로 중얼대고 있었는데 울타리 밖에서 누군가가 나를 불렀다. 방정맞게 들뜬 목소리에 고개를 돌려 보니 황자답게 옷을 차려입었지만 어딘지 모르게 날티가 나는 이사크였다.

잘생겼고 말고를 떠나서 너는 간지가 없잖아. 흥이 확 떨어지네. 저런 놈이 왜 주인공이냐고. 독자들은 어디에서 매력을 느끼는 거지. 어휴, 술이 깨니까 사람이 바로 보이네.

"조! 안녕!"

"안녕하세요, 이사크 전하. 여기까지 어쩐 일이세요."

"너 또 왜 그렇게 냉담해. 너는 술 마셔야 나랑 친구 해 주는 거야?"

"전하는 인생 짱짱하게 잘 폈는데 왜 그렇게 친구에 집착하세요. 마음을 비우세요. 저란 인간, 전하의 친구가 되기엔 한없이 부족합니다."

"전에 나랑 둘이 있을 때는 그냥 형, 동생 하자며!"

"형, 나 바쁜 거 안 보여? 나 지금 말이 다섯 마리나 더 들어와서 빡돌았다고."

"……넌 왜 이렇게 중간이 없냐."

잠깐 당황하던 이사크는 이내 밝은 얼굴로 마구간 안으로 들어왔다.

"아무튼, 나 말 타러 왔어!"

"허가받으셨어요? 우리 카일 전하한테?"

"응. 오르본에서 보낸 말을 둘 곳이 없었거든. 황궁 공용 마구간은 내 궁에서 너무 멀어서 고민이었는데 카일 전하가 선뜻 여기 쓰라고 하더라고. 너 일 잘한다고 얼마든지 맡기라는데."

"와, 어처구니 분실 신고 넣으러 가야겠네. 내가 일 잘하는 거랑 업무 과중이랑 무슨 연관성이 있지. ……아니, 그러면 이 다섯 마리가 다 이사크 전하한테서 온 말이라는 거예요?"

"……응."

오르본 백작이랑 친해졌다더니 말을 다섯 마리나 받을 정도였나.

책에서는 단순히 카일의 말이라고 적혀 있었는데. 오르본에서 선물받은 이사크의 말인지는 몰랐다. 단순히 카일의 마구간에서 돌본 말이라 카일이 의혹을 받았다니. 황궁 공용 마구간을 사용하면 의심받을 일도 없을 텐데. 물론 이사크가 안 다치면 좋겠지만.

아무튼 여기서 돌볼 수는 없었다. 혼자서 말 열 마리를 관리하는 건 아무래도 역부족이었다.

"죄송하지만 저는 카일 전하의 영원한 종입니다. 이사크 전하의 말까지 돌보는 건 제 업무가 아닌 것 같습니다만."

최대한 스윗하게 대답하고 백 스텝을 살금살금 짚었는데 이사크가 웃으며 내 어깨를 붙잡았다.

"카일 전하도 허락했다니까. 네 말처럼 너는 카일 전하의 사람인데 왜 상부의 명령을 어기는 거야. 그리고 너한테 따로 수고비도 챙기기로 했어."

"아니, 여기는 인권도 없어요? 돈 받기 전에 내가 죽겠다니까요. 나 허리 빠개지고 나면 치료비까지 넣어 주실 거냐고요."

이사크는 멘탈이 어찌나 짱짱한지 진상을 부려도 얼굴 찌푸리는 법이 없었다. 그냥 헤실헤실 웃으며 즐거워만 했다.

"너 말하는 거 고향 생각나고 좋다."

"지금 저보고 날건달 같다고 욕하는 거죠."

"눈치 빠르네! 카일 전하는 너 눈치 없다고 욕하던데."

"내 욕도 했어요? 아니, 언제부터 내 욕까지 나눌 정도로 친한 사이가 되셨대요."

소설엔 그런 말 하나도 없었는데. 믿기지가 않았다. 둘은 이렇게 친해지지 않았다. 카일이 죽기 전까지도.

"마구간 얘기가 나와서 네 얘기를 했더니 말씀하시던데. 다른 말엔 대답 잘 안 해 주시던데 조 네 얘기는 많이 하시더라고. 너를 많이 아끼나 보던데."

아, 나, 또. 허허, 거참. 하, 나, 좌하. 크흐흐.

참을 수 없는 미소가 스멀스멀 안개처럼 피어올랐다. 입을 다물고 싶었는데 저절로 죽 입꼬리가 올라가며 광대가 하늘로 치솟았다.

"허, 거참. 하하, 허. 뭐, 어쩔 수 없죠. 이사크 전하도 아직 별궁에서 지내시고. 허허. 두 분이서 합의 보셨다는데 제가 뭐 어쩌겠어요, 흐흐, 하. 참. 나 좋아하는 티 내지 말라니까. 카일 전하 진짜 못 말려. 허허."

비실비실 웃으며 마구간 안으로 함께 들어온 후 이사크가 고르는 말을 유심히 살폈다. 그가 타게 될 말의 발굽에 가시가 꽂히게 될 테니까. 이사크는 꽤 큰 갈색 말을 골랐다.

"얘로 할래."

"이름 지으셔야죠."

"……이름? 음. ……록시아."

"오, 뭐야. 고향에 두고 온 여자 친구 이름이에요?"

"……너 아저씨 같다는 말 많이 듣지?"

테오도르도 그런 말을 했었고, 가끔 벤지도 그랬고, 카일도…… 그랬었지. 릭은 자주 했었고. 어째 아는 인간들이 다 한 번씩은 했던 것 같지만.

"아닌데요? 전혀 아닌데요? 완전 순수하고 아름다운 청년이라고 했는데요."

"……수도 사람들 안목 험악하네."

이 새끼 말하는 거 봐.

"이사크 전하. 아까 저랑 형 동생 하자고 했는데 원래 형제끼리 많이 싸우는 거 아시죠."

이사크는 내 말을 가뿐히 무시하며 사람 좋게 웃었다. 나 같은 동생만 한 박스라는 게 거짓말은 아니었는지 다루는 게 능숙해 보였다. 이사크는 록시아의 얼굴을 쓰다듬었다.

"내가 데리고 있던 동생 이름이었는데…… 아프다가 약을 제때 못 먹어서 죽었어. 걔가 죽기 전에 약속해 달라고 했거든. 자길 잊지 말아 달라고. ……그런 동생들이 많아. 내가 있던 그 마을 밖에도, 이 제국 전체에도 그렇게 잊혀지고, 사라지는 사람들이 있겠지. 모두 기억하고 싶어, 나는."

오, 그런 컨셉인 건가. 약자들의 황자. 가장 높은 곳에서 가장 낮은 곳까지 살피겠다는 그런 포부. 주인공은 뭐가 다르구나. 이름의 출처를 물었을 뿐인데도 이렇게 뜬금없이 자기 포부를 밝히네.

"예. 파이팅 하십쇼. 근데 록시아 오늘 못 타십니다."

"왜?"

"록시아 눈을 보세요. 흐리멍덩해선 누가 봐도 멀미에 지쳐서 쉬고 싶어 하는 눈이잖아요."

아쉽다는 표정으로 록시아를 쓰다듬던 이사크가 '아.' 하는 짧은 탄성을 지르며 나를 돌아봤다.

"야, 듣자 하니까 네가 연애 좀 한다며."

또 복장 터지는 소리 하네. 나 지금 완전 낙동강 오리알 돼서 카일 쫓던 개 지붕만 쳐다보는 중인데. 내 불만 가득한 표정을 알아채지 못한 건지, 아니면 모른 척하고 싶었던 건지 이사크는 제 하고 싶은 말만 꺼냈다.

"나 연애 상담 좀 해 줘."

"죄송하지만 뭐 착각하신 거 같아요. 저는 제 연애도 제대로 못 하고 있다고요."

"너 누구 좋아하는데."

"카일이요."

"……너 돌았어?"

"카일한테 돌았죠."

가만 듣고 보니 화가 났다. 다짜고짜 돌았냐니. 물론 진짜 돌았지만. 바보한테 바보라고 해도 욕이라고요.

"아니, 뭐. 갑자기 나한테 돌았다고 하는 이유가 뭐예요. 성별? 신분? 성질?"

"난 그거 세 개 다."

"형 진짜 사람 섭섭하게 한다."

"내 동생이었으면 도시락 싸 가면서 너 말렸어."

저번에 했던 말을 이렇게 돌려받는구나. 입방정 떨면 안 된다는 교훈을 이렇게 또 배웁니다.

근데 나 좀 억울해.

"그래도 카일 전하는 내 앞에서 얼굴도 붉히고, 어? 내가 화관 써 달라고 하니까 화관도 써 주고! 나랑 포옹도 했어요! 그리고 그, 뭐냐. 나한테 월급도 주는데요. 돈이 오고 간다는 게 진짜 신의고, 사랑이죠. 제가 볼 땐 델로아 아가씨가 이사크 전하를 진심으로 좋아할 확률이 더 낮을걸요?"

거짓말이다. 주인공 놈은 가만히 둬도 잘 된다. 하지만 너무 배알 꼴리잖아. 왜 내 사랑을 무시하냐고. 내 사랑은 저번 생에서 무시당한 걸로 족하다고요.

어떻게 책 속의 글자한테 사랑에 빠지냐고, 흔한 일러스트 하나 없는 조연한테 반하냐고 비웃었던 친구 놈들 지금 뭐 하는 줄 알아요? 몰라. 내가 다 파묻었는데 어떻게 알아. 땅속에 잘 있겠지.

말이 그렇다는 거예요, 차에 치여 죽은 제가 뭘 알겠습니까.

사람이 사랑이 제대로 안 되니까 이렇게 삐뚤어진다.

씩씩대는 나를 보던 이사크가 골똘히 나를 보다가 한 가지 제안을 던졌다.

"그럼 내가 카일 전하랑 너랑 잘 되게 해 줄게. 나랑 델로아 좀 도와주면 안 돼?"

"와, 형. 그거야말로 너무 양심 없는 제의 아냐? 형이랑 델로아 아가씨는 희망이라는 게 없잖아요. 형님 거울 보고 오세요, 이마빡에 귀티 한 줄기라도 있는지."

"······너 까먹고 있는 거 같은데 나 황자다."

꼭 뭣도 없는 것들이 지 성질날 때만 나이 따지던데 여긴 신분으로 누르네. 만민 평등사상을 가슴에 새기란 말이다, 이 황자 놈아. 물론 속으로만 말했다.

"델로아 아가씨가 지금 원하는 건 뭔데요. 델로아 아가씨가 바라는 걸 하는 게 호감 얻기에 제일 좋잖아요."

"······기마 대회에서 어떻게든 우승을 하래. 이미지가 중요하니까. 나는 아직 황자라는 느낌은 덜하다고."

"아. 황가의 핏줄은 신성한 거니까 뒷골목에서 자랐어도 능력은 월등하다, 그런 이미지를 세우려는 거죠?"

이사크는 커다란 검은 눈을 반짝 빛내며 반가운 듯 웃었다. 거참, 자주 웃고 인상도 참 밝네.

"어떻게 알았어?"

"그냥 삘이 그랬어요."

그거야 책에 적혀 있었으니까요. 내가 이래 봬도 카일의 흔적을 조금이라도 더 찾겠다고 책을 서른마흔다섯백열두 번을 봤다고요.

이사크는 조금 쓰리게 웃었다. 자세히 보니 얘도 미인은 미인이었다. 막 굴러먹은 태가 나서 오히려 지켜 주고픈 그런 캐릭터인 것 같았다. 명색이 소설 속이라 그런지 얼굴 빠지는 애들이 없네.

내 굳은 확신은 며칠 뒤, 2황자 헤론을 만나며 와장창 깨졌다.

굳이, 정말 굳이. 안 오셔도 되는데. 이사크가 승마 연습을 하러 오자 위로 명목으로 찾아온 것이었다. 사실은 비웃으러 왔겠지만.

"이사크. 마구간 하나 없어서 카일 황자의 궁을 빌린다더니 진짜였구나."

"······헤론 황자 전하. 좋은 아침입니다."

나는 지위가 낮다 못해 땅바닥에 붙은 신분이라 헤론에게 뭐라 말을 걸지도 못했다. 원래 황족이 말을 걸기 전에 먼저 말하는 게 아니라고 하더라고. 내가 하도 건방을 떨고 다니니 이사크가 자중하라며 그저께 일러 줬다.

고개를 숙여 헤론 황자에게 인사한 후 그의 얼굴을 봤다.

근데 이목구비 진짜 난장판이네. 정리 좀 하고 살아라. 저건 뭐 말린 가자미 새끼도 아니고.

내가 다른 건 몰라도 저놈이 황제가 되는 것만큼은 막아야겠다. 제국의 위상을 아주 곤두박질쳐서 떨어뜨릴 관상이야.

이사크가 사람 좋게 웃으며 헤론의 빈정거림을 하나하나 받아 주고 있었다.

말 타는 자세가 틀렸다느니, 널 닮은 시커먼 흑마나 고르지 그랬냐부터 시작해서 기마 대회에 나갈 실력이 되긴 하냐, 말을 제대로 타 본 적이나 있냐, 기사들도 자주 다치는 경기니까 무서우면 안 나와도 된다. 어쩌구. 저쩌구.

이사크는 낯을 붉히지도 않았다.

"걱정해 주셔서 감사합니다, 헤론 전하. 다행히 무섭진 않습니다. 뒷골목에서 자랐으니 이 정도야 뭐."

싱긋 웃은 이사크는 헤론을 향해 상냥하게 말했다.

"동물보다 무서운 건, 사람이잖아요?"

하마터면 옆에서 휘파람이라도 불 뻔했다.

헤론은 마주 웃었지만 적잖이 기분 나빴던지 이사크에게 한마디 더 얹고는 그대로 사라졌다.

"그래, 네 말처럼 사람이 무서운 법이지. 특히 이런 황궁은 뒷골목보다 더. 여긴 머리라는 걸 쓰잖니."

관자놀이를 툭툭 두드리는 걸 보아하니 꽤나 위협적으로 보이고 싶었나 보다.

까고 있네. 내가 책 읽으며 느낀 건데 여기서 헤론이 제일 멍청하다.

비웃음이 터지려는 걸 필사적으로 허벅지를 꼬집으며 참았다.

헤론이 사라지고 난 후, 괜히 약이 오른 나는 이사크의 어깨를 툭툭 쳤다.

"우리 다른 건 몰라도 저놈은 꼭 이깁시다. 형님."

"너 저번에 열받았다고 앞으로 형이라고 안 부른다며."

"쟤한테 더 열받네요. 이사크 전하가 우리 카일 전하 이기면 화날 것 같긴 한데 그래도 저 쥐새끼 땅딸보는 잡아야겠어요."

한 달 후에 있을 기마 대회는 일반적인 레이스가 아니었다.

콜로세움의 테두리에 기수들이 대기하고 있다가, 뿔피리 소리가 들리면 제 몸보다 큰 창을 들고 콜로세움 정중앙에 세워진 깃대를 향해 달려가 높이 매달린 과녁을 명중시키는 게임이었다. 과녁까지 가는 길에 창을 든 기수들이 한꺼번에 달려들고, 타인의 얼굴을 제외한 곳에 공격이 가능했다.

대체 그런 위험한 놀이를 왜 하는지. 상상만 해도 아찔해 손이 떨릴 지경이었다.

나는 혹시나 누가 들을세라 이사크에게 바짝 붙어 기마 대회에서 조심해야 할 것들을 일렀다.

첫 번째, 빠르게 출발하지 말 것. 뒤의 놈들에게 표적이 되니까.

제일 빨리 도착하는 사람이 아닌, 과녁에 명중시키는 사람이 우승하는 게임이라는 걸 명심할 것.

두 번째, 섣불리 창을 던지지도 말 것. 창을 잃으면 기수들의 먹이로 전락하니까.

세 번째, 첫발을 내디뎠을 때 말의 상태가 이상하면 곧장 기권할 것.

이사크는 기특하다며 내 머리를 쓰다듬었다.

"황궁에서 일한 지 1년도 채 안 됐다더니 이런 놀이 해법은 어떻게 알아?"

"해법이란 게 있나요. 그냥, 게임 방식을 듣고 유추한 건데. 아무튼 제 말 다 알아들으셨죠?"

"알았어, 알았어."

이사크가 우승을 하든 말든, 어쨌든 다치지 않는 게 중요했다. 최애는 카일이었지만 그는 내가 가장 좋아했던 소설의 남자 주인공이기도 하고, 이젠 정말 친한 형처럼 느껴지기도 했다. 아, 나 여자지. 참. 아무튼.

그때 내 머리를 쓰다듬던 이사크의 손목을 누군가가 잡아서 치워 버렸다.

"장소를 빌려준다 했지, 내 사람한테까지 손대라곤 안 했는데."

노기 띤 음성으로 이사크에게 경고를 날리는 사람은 카일이었다. 내 사람? 내 사람이라고 했지, 방금. 그럼. 내가 네 거고, 네가 내 거지. 암.

오랜만에 보는 카일이 반가워 눈을 빛내며 그를 바라봤다. 못 본 새에 더 잘생겨졌어. 어쩜 성장기도 훌쩍 지났을 텐데 나날이 미모가 업그레이드가 되는 거니. 처음 만났을 때만 해도 한 입 뽀시래기 같더니 어느 세월에 이렇게 또 으른이 돼 버린 거야. 카일 성숙미에 취한다, 크으. 이모 여기 안주 한 접시 추가요. 오늘 밤은 카일에게 진탕 취하고 싶어요.

또 들렸는지 카일이 나를 바라봤다.

"너는……."

"예?"

"아니다."

고개를 절레절레 흔드는 카일을 향해 이사크가 고개를 숙이고 사과했다.

"죄송합니다. 친해졌다고 생각해 막역하게 대했습니다."

"이 황궁에 들어온 이상 너는 황자다. 지위에 맞게 행동해."

"……예."

이사크는 카일에게 사무적으로 웃고는 내게 인사했다. 그러곤 오늘 연습은 이만하면 됐다며 말을 직접 잡아끌었다.

"이사크 전하. 록시아는 제가 마구간에 넣어 놓을게요."

"아냐. 내가 넣어 놓고 갈게!"

재빠르게 사라진 이사크 탓에 넓은 평지에 카일과 나만 남았다. 카일은 묵묵히 먼 산만 바라보고 있었다. 여기까지 왔으면 말을 하든가, 말을 타든가. 둘 중에 하나는 해야 될 거 아냐. 일부러 카일의 코앞에서 알랑거렸지만 카일은 분명 내가 보일 텐데도 눈길을 주지 않다 한참 후에야 입을 열었다.

"……요새는 말을 잘 하지 않던데."

"말이요? 저 말 많이 하는데."

벤지도 승마 가르치겠다고 찾아오고, 테오도 전만큼은 아니지만 간간이 마구간에 들러 놀다가 갔다. 이사크야 당연히 기마 대회 준비한답시고 하루가 멀다 하고 드나들었다. 말 많이 하는데 왜. 멀뚱멀뚱 카일을 바라보자 그는 도톰한 입술을 조금 우물거렸다.

어머, 저거 분홍 젤리 아냐? 한입에 꿀딱 삼키고 싶다.

망설이던 카일이 말했다.

"……혹시 내가 헤어지자고 해서 그런 건가."

이게 또 무슨 귀신도 팔짝 뛸 말씀인가요. 내가 놀란 눈으로 보고 있자 카일은 한껏 더 수그러든 표정으로 나를 바라봤다.

"조. 황궁에서 누가 제일 좋아?"

"카일이요."

즉각적으로 튀어나오는 대답에 카일은 눈을 동그랗게 뜨다가 다시 물었다.

"그럼 누가 제일 잘생겼어?"

"카일이요."

백설공주 동화책 속의 왕비가 방에 데려다 놓은 마법의 거울이라도 된 기분이었다. 뜻 모를 질문을 해 대다가 내 대답을 모두 듣고서야 겨우 안심하는 카일을 보고 있자니 눈알이 뒤로 돌아갈 지경이었다.

한 번만 더 입술 오물거려 봐, 진짜 가만 안 둔다. 완전 너, 내가 사랑 그거 제대로 한다.

이글거리는 눈으로 바라보고 있었지만 카일은 알아채지 못하고 계속해서 말했다.

"그런데 왜 요즘 말이 줄었지. 전에는 항상 말하고 있었잖아."

"말이요?"

"……네가 하는, 그 말."

카일이 제 머리를 가리키자 그제야 감이 왔다. 아. 텔레파시.

"요새 좀 바빴어요. 마구간에 돌볼 말들도 많아졌고, 찾아오는 사람도 많아졌고요."

"내가 허락한 건 이사크뿐인데?"

"요새 벤지 님한테 승마랑 글자를 조금씩 배우고 있거든요. 또 테오 전하도 오셔서 글자 가르쳐 주거나 놀다 가시고요. 종들이나 하녀들도 와서 저랑 얘기하고 가고요."

조의 러브 컨설팅이 아직도 호황이랍니다, 전하. 저도 어쩌다 이렇게 됐는지는 모르지만. 내 사랑이나 잘 챙길걸.

한숨을 폭 내쉬고 보니 정신이 들었다. 잠깐만. 얘 지금 질투한 건가. 최소 서운해한 거잖아!

나는 카일에게 바싹 붙어 최대한 기대에 가득 찬 표정으로 물었다.

"카일, 내가 자주 말 안 걸어서 서운했쪄요? 심심하고, 나 막 보고 싶고 그래쪄요?"

"아니. 아닌데."

"근데 왜 누가 제일 잘생겼냐고 물었어요? 왜 황궁에서 누굴 제일 좋아하냐고 물었어요? 귀여워 죽겠어, 이 깜찍이."

"뭐?"

카일의 얼굴이 일그러졌다.

"아, 뒷말은 마음속으로 하려고 했는데 실수로 나갔어요."

"하, 전에는 마음 조절도 못하니 알아서 듣고 무시하라더니, 요새는 자유로운가 보군."

카일이 아닌 척하면서도 하도 속상한 티를 팍팍 내서, 나는 졸졸 따라다니며 그를 달랬다.

"이름을 빼놓고 생각해서 그래요."

"이름은 왜 빼는데."

은근히 불만스러운 목소리로 카일이 물었다. 나름대로 티를 안 내려는지 시선을 피하긴 했지만 긴 눈초리가 불퉁하게 올라간 게 앙큼하기 그지없었다. 얘는 어떻게 된 게 삐쳐도 귀여워?

"얼굴을 자주 보니까 음험한 상상이 더 늘어서 자제가 안 되더라고요. 칼 맞을까 봐요."

머쓱하게 웃으면서 말했는데 카일은 질겁하며 나를 돌아봤다.

"……나를 두고 무슨 상상을 하길래."

"방금 입술 움직일 때 젤리 같아서 냠냠하고 싶다고 생각했어요. 이 정도는 그래도 무난하죠?"

카일은 손을 들어 입술을 가리더니 빨개진 얼굴로 걸음을 빨리했다. 무난한 게 아니었나 봐.

마구간 안으로 들어간 카일은 디에프에게 직접 마구를 채우더니 고삐를 잡고 나를 지나쳐 갔다.

"그럼 같이 있을 때는 전하한테 다 들리게 말할까요? 제가 하는 고백이 듣고 싶으신 거면 말이에요."

"그게 아니라, 요새 하도 잠잠하니까 무슨 일인가 해서 온 거였어!"

"전하도 기마 대회 나가시려면 준비하셔야 되잖아요. 마구간 자주 와서 얼굴 좀 보여 줘요. 아, 참. 물론 나는 카일 얼굴만 좋아하는 건 아니에요."

"황족을 놀리지 마."

"귀여워, 내 노란 아기 고양이. 쑥스러움도 많아♥"

"그만하라고 했지!"

"……."

"엉덩이 좀 그만 봐! 넌 어떻게 된 게 입을 열어도 그 모양이고, 입을 다물어도 그 모양이야! 머리가 어떻게 된 거 아냐?"

"왜요, 일관성 있잖아요!"

카일은 타오르는 얼굴로 나를 등지고 한참 말을 타곤 도망치듯 사라져 버렸다.

아직도 저리 부끄러움이 많아서야 나중에 나랑 결혼은 어떻게 하려고. 난 머릿속에서 상견례는 물론이고 벌써 애기에다 손주까지 다 봤는데 속도감 너무 차이 나잖아.

다음 날 마구간으로 찾아온 이사크는 귀여운 작전을 제시했다.

"질투를 이용하자."

"뭐야, 완전 구려요."

"이게 뭐가 구려!"

"전하는 모르겠지만 나 살던 곳에서는 벌써 써먹고 또 써먹어서 닳고 닳은 작전이라고요. 완전 흔해 빠지고 재미없어."

내 단호한 거절을 예상 못했는지 이사크는 골똘히 생각에 빠졌다. 그러나 그도 애초에 고민을 길게 하는 스타일은 아니었다.

"어제 보니까 카일 전하한테는 그 작전 먹힐 것 같던데."

"카일 전하는 이미 완전 나한테 빠졌죠, 거의 뭐 다 잡은 물고기."

261

"……그게 제일 이상해. 카일 전하가 왜 너를 좋아하냐고, 이해가 안 되네."

"뭔 말을 또 그렇게 하세요. 이사크 전하도 저랑 친구 하고 싶어서 허구한 날 여기 오시면서!"

"네 말처럼 친구가 하고 싶은 거야. 근데 카일 전하는 너랑 연애를 하고 싶어 하는 것 같으니까 심란한 거야. 그래도 내가 명색이 동생인데 악의 구렁텅이에서 구해 줘야지."

악의 구렁텅이? 이 멍텅구리 새끼가 돌았나. 미간을 팍 찌푸리고 노려보자 이사크가 장난스럽게 키득거리며 웃었다. 지도 상판 양아치같이 생겨 놓고 자꾸 누구한테 뭐라 그래.

"그래요, 그럼! 우리 천사 카일 전하가 나와의 불같은 사랑을 위해 기꺼이 악으로 뛰어드는 거라 쳐요. 그럼 델로아 아가씨는요? 거기는 완전 불모지잖아요. 사랑이 꽃필 구석이 없던데."

정곡을 찔린 이사크의 얼굴이 순식간에 흙빛으로 물들었다.

"……그렇긴 하지."

"질투도 어느 정도 마음이 있어야 먹히잖아요. 백날 전하랑 저랑 지지고 볶아 봐야 델로아 아가씨가 눈이나 깜빡하시겠어요?"

"너 연애 잘한다며. 그럼 말해 줘. 내가 지금 뭘 해야 되는데."

이사크의 눈에 간절함이 어렸다. 그래도 내가 해 줄 말은 단 하나뿐이었다. 연애는 단순한 거라니까.

"열심히 해야죠. 델로아가 그걸 원하잖아요."

"그럼 말 잘 듣는 강아지랑 나랑 다를 게 뭐야."

"말 안 통하는 개자식보다는 사랑스러운 강아지가 낫죠. 이사크 전하는 어쨌든 사람이잖아요. 발전의 희망이란 게 있다고요. 과정 하나하나가 호감의 계기라고 생각하세요."

나는 시무룩하게 처져 있는 이사크의 어깨를 툭툭 치며 다독였다. 무슨 주인공이 이렇게 멘탈이 약한지 모르겠다. 내가 이 책에 들어오지 않았을 세계에서 이사크는 누구에게 위로를 받았으려나. 거기서도 누군가에게 연애 상담을 했을까.

원작에선 서로 마음이 닿기까지 꽤나 빙빙 돌았던 걸로 기억한다. 나중에 델로아가 이사크를 좋아하면서도 스스로 마음을 깨닫지 못하기도 하고, 그즈음엔 이사크가 온 희망을 다 버린 채 그저 열심히 황제가 되기만을 바라던 중이었다. 델로아와의 계약을 성공적으로 성사시키겠다는 일념만 남아서.

어휴, 이 불쌍한 짝사랑의 노예. 왠지 측은한 마음이 들어 이사크의 어깨를 조금 길게 다독였다. 그때 울타리가 열리는 소리가 들려 몸을 뒤로 돌렸다. 기가 막힌 타이밍에 카일이 형형한 눈빛을 뿜내며 걸어오고 있었다.

"그렇게 매일 노닥거리면서 봉급을 받길 바라나, 조."

누가 보면 벌써 나한테 홀딱 반한 줄 알겠네. 어쨌든 사내 연애가 이래서 안 된다. 직장 상사와의 로맨스는 있어선 안 돼. 치사하게 돈 가지고 그러냐. 돈도 짜게 주면서. 사실 돈 쓸 시간도 없지만.

나는 입을 댓 발 내밀고서 카일이 탈 말을 데리러 마구간 안으로 들어갔다. 디에프에게 마구를 올리고 고삐를 끌고 나오자 이사크와 카일이 무어라 대화를 나누고 있었다.

"카일 전하. 여기 디에프요."

"넌 가서 네 일 해. 나는 이사크와 말을 탈 테니."

묘하게 찬바람이 씽씽 부는 걸 보니 또 이사크와 같이 있는 게 마음에 안 들었나 보다. 하지만 투덜거리기엔 할 일이 정말 많았다. 새로 들어온 말들 털도 빗질해야 하고, 그만큼 깔아야 할 건초의 더미도 많아졌다. 수레 한 번으로는 건초의 양이 부족해서 늘 서너 번씩 오가야 했다. 리어카 같은 수레를 질질 끌며 황궁 뒤편의 인부들에게서 건초를 엄청나게 받아 싣고 다시 마구간으로 돌아오는데 말발굽 소리가 귓전을 강하게 때렸다.

이렇게 박진감 넘치는 소리는 테오가 죽어 가던 그날 밤 이후로 처음이었다. 마구간 안으로 들어가자 두 사람이 말에 올라탄 채 부지 내의 평원을 미친 듯이 질주하고 있었다.

아이고, 내 말들. 저러다가 다리 부러질라. 공들여 키운 내 자식 같은 말들인데.

이사크가 요 한 달 내도록 마구간에 오더니 생각보다 승마 기술이 빨리 늘었나 보다. 카일과 엇비슷하게 달리고 있었다. 천재는 천재구나.

한 바퀴만 같이 돌기로 한 게 아니었는지 내가 건초 더미를 마구간 안에 부어 놓을 동안 발굽 소리는 멈추지 않았다. 온 땅이 흔들릴 것만 같은 우렁찬 소리였다.

말들의 보금자리에도 건초를 다 깔아 주고 난 이후 땀을 닦으며 걸어 나왔다. 어쩐지 조용해 평원을 향해 고개를 쭉 내밀었다. 저 멀리 지친 말들이 멈춰선 채 씩씩거리고 있는 게 보였다.

어떡해! 너무 많이 달려서 힘에 부치나 봐.

당장에 물통 가득 물을 퍼 들고 달려갔다.

우리 록시아랑 디에프 힘들어서 어떡해. 너희 자존심 싸움에 동물 괴롭히지 마. 이놈들아.

소매를 걷어붙이고 한 소리라도 하려고 입을 여는 순간 카일이 먼저 말을 걸었다.

"내게 핸디캡이 있었어."

"예?"

"한 바퀴 뒤에서 시작했다고."

"그게 뭔 소리예요."

어리둥절한 표정으로 이사크를 바라보았지만 그는 숨도 못 쉬고 헥헥거리느라 내게 대답을 해 줄 형편이 못 됐다. 가슴을 오르락내리락 움직이며 거칠게 숨을 쉬던 이사크는 조금 후에 나름대로의 항변을 시작했다.

"저는, 엄청 중요하단 말입니다. 연습을 뺄 수는 없, 후우. 없으니까요, 카일 전하."

무슨 소리냐고. 누구든 설명을 좀 하라고.

카일은 분한 얼굴로 나와 이사크를 번갈아 보더니 다소 신경질적인 발걸음으로 울타리를 지나쳐 갔다.

땀을 저렇게 흘리다니. 세상에. 사진이라도 찍어야 되는데. 카메라가 왜 아직 발명이 안 됐냐. 통탄스럽기 그지없다. 내가 그림 전공이었어야 했는데. 카일 얼굴을 그림으로 그려서 후손 대대로 남길 수만 있었으면 이렇게 한이 맺히

진 않았어.

속으로 중얼거리며 카일의 뒤를 졸졸 따라갔다. 마구간을 완전히 벗어나기 전 카일이 뒤돌았다. 하얀 목덜미로 땀방울이 흘러내려 그보다 더 흰 셔츠 안으로 사라졌다. 안타깝게도 흰 셔츠 위엔 더블릿이 입혀져 젖었다고 옷 안이 비치는 불상사가 일어나지는 않았다.

날도 더운데 옷 좀 얇게 입지 그러셨어요.

멍때리며 못된 생각을 하고 있을 즈음에 카일이 내 이마에 딱밤을 때렸다.

"아야!"

"또 무슨 생각을 하고 있었길래 내 말도 못 들어."

"왜요, 무슨 말 했는데요."

"……너무 친해지고 그러지 말라고. 너 여자인 것 들키면 황궁에서 쫓겨나니까. 아직 주술이 안 풀렸잖아."

"내가 건 주술 아니라니까 그러네. 그리고 들킬 일이 뭐가 있어요. 화장실을 같이 가는 것도 아닌데."

"너는 대체……!"

말을 더 이으려던 카일은 입을 다물고는 내 눈을 똑바로 바라봤다. 그의 푸른 눈동자 안에 거울처럼 그대로 내가 담겨 있었다.

호수에 비친 그림자를 보는 나르키소스가 이런 기분이었을까. 카일, 나 진짜 당신이라는 호수에 빠지고 싶소. 쌍팔년도 아저씨 같다고 욕하지 마요. 내 마음은 언제나 진짜.

카일은 픽 웃더니 꽤나 부드럽게 말했다.

"걱정 안 해도 될 것 같아."

"뭐요? 뭘 걱정했는데요?"

무슨 걱정을 했는지는 모르겠지만 나는 우리 노란 아기 고양이가 평생 걱정 없이 살았으면 좋겠어.

별다른 대답도 없이 나를 물끄러미 바라보고만 있던 카일은 그대로 울타리를 열고 가 버렸다.

요새 점점 나만 빼놓고 자기들끼리만 말하더라. 엑스트라는 이야기에 끼워 주지도 않냐, 치사하게.

게다가 그날 이후 카일은 1주일 동안 마구간에 오지 않았다.

"이사크 전하! 우리 카일 전하 왜 안 와요?"

"글쎄."

생글거리며 웃으며 휘파람을 불던 이사크는 말고삐를 잡고 앞으로 달려 나갔다. 카일이 없는 동안 이사크는 마구간에 뻔질나게 드나들며 편안하게 말을 타고 록시아와 친해지더니 마지막 날에는 거의 날아다닐 수준이었다.

"이러다 나 정말 우승하는 거 아냐?"

신나서 외치는 이사크를 무시하며 속으로만 대답했다. 네가 안 자빠지면 뭔들 못 하겠니. 주인공인데. 테오도르와 벤지에게 카일이 왜 오지 않냐 물어도 그들은 가만히 고개만 저었다.

"그러게 왜 그런 바보 같은 내기를 해서는."

"왜요, 뭔데. 무슨 내기를 했는데요."

꼬치꼬치 캐물어도 누구 하나 시원하게 답하는 인간이 없었다.

주인공이나 조연이라는 놈들이나 엑스트라 왕따시키는 수준 알 만하네. 치사한 놈들.

6. 기마 대회

기마 대회 바로 전날 나는 혹시나 해서 이사크에게 저번에 말했던 주의 사항을 다시 일렀다.

말의 상태가 이상하면 곧장 멈추고 기권하라고.

이사크는 늘 보던 웃는 낯이었지만 기권에 대해서는 대답이 없었다. 죽기 살기로 연습했으니 우승이 하고 싶은 모양이었다. 델로아와의 약속도 있었고.

어휴, 둔치야. 그렇게 무식하게 달리니까 말이 넘어져서 크게 다치는 거 아냐.

대놓고 말하지도 못하고 나는 속만 절절 끓이다가 결국 록시아를 더 면밀히 보살피는 쪽을 택했다. 마구간 안으로 들어가 록시아의 발을 샅샅이 살폈지만 가시는 보이지 않았다. 그래도 혹시 몰라 록시아의 몸 구석구석을 살피고 눈빛이 몽롱하거나 설사를 하진 않았는지 계속해서 체크했다.

오후에 마구간을 찾은 카일은 그런 나를 보며 또 투덜거렸다.

"내 말도 좀 봐 주지."

"디에프는 언제나 최상의 컨디션을 유지합니다, 전하."

사무적으로 답한 나는 열심히 록시아의 입을 벌려 무언가를 잘못 씹어 삼킨 흔적은 없는지 관찰했다. 시에나 황녀가 카일의 목숨도 심심찮게 노리지만 내일은 이사크의 피살 시도 날이니까.

내 최애 소설의 남자 주인공도 살립시다, 황자님. 나만 믿고 기다려.

"아니면 나를 좀 보던가."

아니 이게 무슨 소리야.

고개를 번쩍 쳐들고 카일을 바라봤다.

머리를 뒤로 싹 쓸어 넘긴 카일이 마구간 입구를 등지고 서 있었다.

완전 조각이 따로 없네그려. 타임지가 선정한 가장 영향력 있는 꽃미남 100인에 선정되셨습니다. 갓카일.

이제는 습관처럼 보일 정도로 낯을 발갛게 붉힌 카일이 수줍게 물었다.

"근데 타임지가 뭐야, 조?"

"그런 게 있어요. 어우, 진짜 조각이 따로 없네."

또 얼굴에 홀려 버렸다. 나 묘비에 '김금자, 얼굴 밝히다 간다.' 라고 꼭 적어 줘. 엄마.

기마 대회의 날이 밝았다. 대회는 황궁 내부가 아닌 수도의 중심지에서 살짝 벗어난 콜로세움에서 이뤄졌다. 황궁이 주최하는 행사다 보니 콜로세움을 가득 채울 정도의 관중이 아침나절부터 밀려든다고 들었다. 황제가 탄 마차의 뒤로 황비와 황자들의 마차가 줄줄이 이어졌다. 시에나 황녀는 용의자 선상에서 벗어나기 위함인지 몸이 불편하다며 콜로세움으로 향하지 않았다.

책과 똑같았다. 아직까지는.

나는 끝도 안 보이는 마차 행렬의 후반부에 속했다. 디에프, 록시아, 마틴을 번갈아 살폈지만 아직까지는 셋 다 멀쩡해 보였다. 황족의 행차에 수도 사람들이 소리를 지르며 달려들었으나 말을 살피기에 바빠 그런 것까지 신경 쓰지 않았다.

세 시간 반을 걸어 점심쯤 콜로세움에 도착했다. 황제와 황비들은 간단히 점심을 해결했고, 대회에 참가하는 사람들은 물만으로 입을 축였다.

나도 디에프, 록시아, 마틴에게 물을 먹이고 찬찬히 돌아봤다. 테오도르는 다행히 출전하지 않았다. 내가 기마 대회 위험한 것 같다고 발을 동동 구르니 그 나름대로 내 걱정을 덜어 주려는 배려인 듯했다.

긴장을 풀려는지 물이 아닌 술을 마시는 자들도 간간이 눈에 보였다.

카일, 이사크, 벤지가 갑옷을 입은 채 콜로세움 안으로 들어왔다.

불안이 쌓여 응어리졌는지 심장이 머리에서 뛰는 기분이었다. 내 굳은 표정을 본 카일이 안심하라는 듯 내 머리를 쓰다듬었지만 갑주 건틀릿 때문에 쇠로 머리를 맞은 것이나 다름없었다.

"아야, 아프잖아요."

눈을 흘기다가 그냥 웃어 버렸다. 불안한 마음이 치고 올라오는 것을 꾹 눌러 참고 겨우 웃으며 말했다.

"다치면 안 돼요, 나한테 죽어요."

이사크는 여전히 내 거친 언행에 놀랐는지 눈치를 봤지만 카일과 벤지는 이미 익숙해져 아무렇지 않다는 듯 대충 고개를 끄덕이곤 콜로세움을 향해 걸어 나갔다.

기사들이 등장하자 콜로세움 전체가 떠나갈 것 같은 함성에 휩싸였다. 생업에 몰두하며 하루하루 살기 바쁜 사람들에겐 오늘이 축제였다. 수도에 사는 두 발로 걷는 사람이라면 다 여기로 몰린 듯했다.

국가가 허락한 유일한 마약이라는 건가. 하긴, 우리나라도 월드컵이나 올림픽 할 때면 난리였으니까.

그러나 전의 생에서처럼 여유롭게 치킨을 시킨 후에 치킨 무를 아삭아삭 씹으며 경기를 관람하고픈 마음은 들지 않았다. 이사크는 갈비뼈가 나갈 테고, 카일은 주모자로 몰릴 테니까. 상처받는 거 보기 싫은데.

신이시여. 당신이 빚은 저 완벽한 피조물을 저렇게 둘 건가요. 있는지 없는지 모르겠지만 있으면서 방치하면 가만 안 돼.

기사와 황자들이 출입구에서 빠져나가 콜로세움의 동그란 테두리로 가 섰다.

"힘내요! 다치지 말고! 우승 안 해도 돼! 물론 카일 전하는 우승해요! 우리 카

269

일 전하는 다 잘하니까!"

목청껏 외쳤지만 콜로세움을 가득 채운 사람들 탓에 내 응원이 들리지 않았다. 다들 잔뜩 흥분해 있었다.

사상자가 꽤 나온다던데. 이게 무슨 기마 대회야.

"다치지 말라고오옥!"

아무리 소리를 질러도 내 귀에만 먹먹하게 들렸다. 물에 잠겨 입만 벙긋거리는 기분이었다.

종교도 없는 주제에 두 손을 모아 빌었다. 적어도 한 명에게는 정확하게 전달할 수 있겠지.

고든 램지도 왔다가 감탄하며 울고 가는 미슐랭 파이브 스타 꽃미남 맛집, 아따. 이 집 미남 잘하네. 얼굴 천재 카일. 다치지 말아요. 건강해야 돼요. 당신 귀한 얼굴에 조막만 한 뺴꾸라도 나면 모조리 죽는 거야.

둥, 둥, 둥. 장엄하게 울리는 커다란 북소리에 이어 커다란 뿔피리가 장내를 울렸다. 뿌—

소란스럽던 장내가 다소 잦아들자 기수들이 모두 말 위에 올라타 고삐를 그러쥐었다. 내 목소리가 그에게 전해졌는지 아닌지 알 수 없었다. 게다가 콜로세움이 너무 넓어서 내가 있는 곳에서는 사람 얼굴을 구별하는 것조차 쉽지 않았다.

돈을 많이 벌었어야 했는데! 아니면 금수저를 물고 태어났어야 했어!

황족은 경기장이 잘 보이면서도 그리 멀지 않은 특별석에 앉아 여유롭게 포도나 뜯어 먹고 있었고, 다른 귀족들도 느긋하게 전체가 한눈에 들어오는 곳에 앉아 있었다. 돈깨나 있는 상인들도 좋은 곳에 자리를 잡았다. 가진 거라곤 몸뚱이 하나밖에 없는 평민들은 그냥 앞사람 소리 지를 때 같이 지르는 정도의 먼 거리에 앉아 있었다.

아마 저렇게 높이 앉아 있으면 점무늬들이 달리는 것 같겠지.

나는 선수들이 입장하던 출입구 안쪽, 그러니까 콜로세움의 내부에 서 있었다. 위험하다는 이유로 경기장과 내부를 분리해 놓은 무거운 나무 창살에 바짝 붙어 눈살을 찌푸리고 최대한 멀리 바라봤다.

우리 카일의 빛나는 아침 햇살 금발이 어딨지.

하도 눈이 부셔서 지푸라기 똥색 머리칼과 구별이 잘 가지 않았다. 우리 카일은 봄에 제일 먼저 피는 부지런한 개나리 같은 금발인데.

손바닥으로 하늘을 가리고 열심히 찾아보았다. 저 시커먼 놈이 이사크고, 그 옆엔 모르는 놈⋯⋯. 저쪽 반대편 주황 머리가 벤지인가? 엥, 저기도 주황색 머리 있는데. 진짜 하나도 안 보이네. 죽을 때 망원경을 손에 들고 죽을 걸 그랬나 보다. 소소한 후회를 할 때 즈음 큰 북이 세 번 울렸다.

둥, 둥, 둥!

그 뒤를 이어 다시 뿔피리가 길게 토하듯 울었다. 경기의 시작이었다.

곳곳에서 하! 이약! 이얍! 같은 괴상한 기합 소리가 들렸고 기수들이 땅을 박차고 뛰어나갔다. 콜로세움이 워낙에 넓어 골인 지점인 정가운데까지 가는 것조차 쉽지 않아 보였다.

그런데 저 멀리 있는 이사크의 말이 이상해 보였다. 록시아가 갑자기 앞발을 들며 뛰어오르더니 몸을 뒤틀어 댔다.

"록시아!"

들리지도 않는 걸 알면서도 마음 졸이며 외쳤다.

왜 저러지. 분명 괜찮았는데. 경기장 나가기 전까지도 살피고 있었는데. 내 얼굴에 침 튀기면서 친한 척도 했는데.

이사크가 내 조언을 기억하길 바랐다.

'록시아에게 이상이 있다면 곧바로 기권해요.'

이사크는 당황했는지 창도 놓치고 고삐를 잡은 채 말에서 떨어지지 않으려 상체를 바짝 앞으로 붙였다. 사람들의 웃음소리가 점차 커지기 시작했다.

내 뒤에 서 있던 뭣 모르는 놈들도 낄낄댔다.

"저놈은 뭔데 저렇게 쩔쩔매."

"머리가 검은 걸 보니 새로 오셨다던 황자님 아냐?"

"길바닥 출신이랬나."

"말을 못 탄다더니 진짜네."

누런 이빨로 털어 대는 비아냥은 내 화를 돋우기엔 충분했다.

"입 좀 닥쳐, 남 경기 보는데 방해하지 말고. 매너를 엄마 배 속에 두고 왔나."

"뭐 이 새끼야?"

"왜 이 새끼야."

"이 건방진 놈이,"

내 뒷덜미를 잡아채는 손을 거칠게 뿌리쳤다. 중늙은이 인부가 내 어깨를 잡아 뒤돌리려는 것을 누군가가 말리며 사이를 가로막았다.

"그만해, 좋은 구경 놓치면 아깝잖아."

싸움을 말린 남자가 내 옆에 서서 말을 걸어왔다.

"저 황자를 응원하나 보지?"

"조용히 해 주세요. 나 집중하고 있으니까."

한참 말 위에서 휘청거리던 이사크가 고삐를 짧게 잡고 바로 뒤돌았다. 기권하려는 모양이었다. 다치지만 않으면 다음이 있으니까. 국민들이나 황제의 마음을 사로잡는 방법은 또 찾을 수 있겠지. 당신은 주인공이잖아요.

"다행이다, 기권하려나 봐."

작게 읊조렸는데 옆의 남자가 기다렸다는 듯 대답했다.

"다행? 기권이 왜 다행이야. 우승할 영광의 기회를 잃는 건데. 말을 다독여서 앞으로 나가면 되지."

온 신경을 경기장 안에 몰아넣고 있던 나는 다소 기계적으로 답했다.

"이대로는 큰일 나요. 다친다고요."

'정말 다 알고 있네.'

남자의 웅얼거리는 말을 제대로 듣지 못해 되물으려는 순간, 이사크가 갑자기 말에서 뛰어내리더니 바닥에 떨어진 창을 집어 들었다.

쟤 어쩌려고 저래!

록시아가 사방팔방으로 날뛰고 있는 데다가 주변의 기사들은 모두 말 위에서 경쟁자를 찌를 생각들뿐이었으니까. 나무 창살을 쥐고 있는 손바닥 가득 땀이 배어 나왔다.

사람 키만 한 말들이 날뛰는 경기장에서 단신으로 창을 들고 달려간 이사크는 약간 앞에서 고전하고 있던 무리의 제일 뒤에 바짝 붙었다. 그러곤 다소 작은 말 위에 올라탄 기사의 옆구리를 창대로 후려쳤다. 기사가 순식간에 말 아래로 떨어지자 이사크는 그의 말을 뺏어 올라탔다. 경기 도중 남의 말을 뺏으면 안 된다는 규칙은 없었다.

이사크는 말은 포기해도 경기를 포기할 생각은 없었나 보다. 하지만 이미 많은 사람들이 콜로세움의 가운데에 몰려 싸우는 중이었다.

순간, 커다란 함성이 울렸다.

과녁의 가운데를 어느 창이 꿰뚫었다. 창대 끝에 색이 칠해진 걸 보니 황족인 듯했다. 황족의 창대에는 색으로 표식을 해 두어 다른 기사들과 구별했다. 밝은 노란색이었다.

……카일?

이 기마 대회에서 카일이 우승을 했었나. 누가 이겼었지. 잔뜩 긴장한 탓인지 기억이 잘 나지 않았다. 나는 발뒤꿈치를 들고 경기장 안을 보려고 했지만 올라오는 흙먼지와 시야를 가리는 수많은 기사들 때문에 보이지 않았다.

근데 무언가가 이상했다. 과녁에 창이 꽂히면 멈춰야 되는 거 아닌가. 이미 우승자가 정해진 거잖아.

내 옆에서 경기를 보던 남자가 말했다.

"아, 참. 그거 알아? 올해 경기 규칙이 바뀌었다던데."

"뭐라고요?"

눈을 휘둥그레 뜨고 남자를 바라봤지만 수수께끼의 남자는 내 쪽을 보지도 않은 채 앞만 보고 말했다. 이상하게도 얼굴이 제대로 보이지 않았다.

"경기 시간이 끝나는 마지막 순간에 과녁에 창이 꽂혀 있는 사람이 우승자라더라. 카일 전하가 마지막까지 견디실지 모르겠네."

나는 황급히 다시 앞을 돌아봤다.

"몰랐나 보네. 하긴, 선수들도 경기 시작하기 전에 알았다더라고."

카일 어떡해. 이미 창을 날렸는데.

카일은 맨손으로 말에 올라탄 상태였다.

무기가 없잖아. 창을 들고 있는 사람들이랑 어떻게 싸우라는 거야. 이 미친 황제 새끼 생각이 있는 거야, 없는 거야. 진짜로 누구든 죽어도 상관없다는 건가.

이미 바닥에 널브러진 사람들이 몇 명 보였다. 창에 다리가 관통당한 채 기다시피 다시 입구로 향해 온 남자가 나무 창살 사이로 손을 뻗어 왔다.

"문 열어 줘. 도와줘."

뚝뚝 끊기는 절박한 목소리에 절로 이맛살이 찌푸려졌다.

내가 나무 창살이 박힌 거대한 문을 올리려 옆의 도르래 손잡이에 손을 갖다 대자 다른 인부들이 나를 막아 세웠다.

"기권은 없어."

"……그게 무슨 소리야."

"멍청아. 기권은 원래 없었어."

뭐라는 거야. 놈팽이 새끼가. 경기장을 향해 머리를 돌렸다. 위험천만한 경기는 기권도 없이 계속해서 진행되는 중이었다.

"……그럼 창에 찔려 죽어 가는 동안에도 도망칠 수가 없다는 거야?"

"몰랐냐."

시큰둥한 대답에 주변을 둘러봤지만 모두 같은 눈이었다. 너만 몰랐냐는 듯.

당연히 몰랐지. 책엔 그런 규칙까지는 안 나오니까. 이야기는 언제나 주인공 위주로 돌아가잖아.

이사크 쪽으로 눈을 돌렸다. 이제야 이해됐다. 기권하라는 내 말에 왜 그냥 빙긋이 웃기만 하고 확답을 내리진 않았는지. 걱정해서 건넨 내 말을 꺾고 싶지 않았던 거구나. 나 왜 이렇게 바보 같지. 왜 알아보지도 않고 무작정 돕겠다고 설친 거야. 하나도 제대로 되는 게 없어. 내가 도울 수 있는 게 없어.

어느새 사람들이 많이 쓰러져 경기장 내부에 일어서 있는 사람이 몇 남지 않았다. 주인을 떨구고 잔뜩 흥분한 말들은 쓰러진 사람 위를 뛰어다녔다. 누군가가 갑옷이 일그러질 정도로 뭉개져 밟히면 관중석에선 환호가 터져 나왔다.

가운데, 과녁 아래에 있는 카일은 누군가의 것을 빼앗아 들었는지 창을 들고 위태롭게 버티고 있었다. 디에프가 앞발을 들어 마구 휘두르며 다가오는 다른 말들을 위협했다. 카일의 창에 찔려 말 아래로 떨어지는 기사들은 그대로 짓밟혔다. 주인 잃은 말이 테두리로 빠지면 다시 다른 기사가 상처를 무릅쓰고 지나가는 남의 말 위로 올라타 과녁으로 향했다. 카일은 끝도 없이 몰려드는 사람들을 향해 창을 겨눴다.

멀리 있지만 그가 지친 게 느껴졌다. 아비규환 속에서 누군가가 디에프의 다리를 향해 창을 꽂아 넣었다. 디에프가 높은 울음소리를 내며 옆으로 쓰러졌다. 덩치 큰 검은 말이 부딪히며 넘어가자 깃대가 그대로 꺾이고, 사람들의 환호가 커졌다.

"이번엔 진짜 재밌는데!"

히죽대는 소리에 면박을 줄 여유조차 내겐 없었다.

누군가 창을 휘둘러 과녁이 걸린 깃대를 부러뜨렸다. 그러고는 아래로 떨어지는 과녁을 잡아채 반대쪽으로 달리기 시작했다.

가운데에 몰려 있던 사람들이 그를 따라 이동하자 나는 그제야 쓰러진 카일을 확인할 수 있었다. 디에프에게 오른쪽 다리가 깔렸는지 카일은 끙끙대며 벗어나려 애썼지만 누구도 그를 도와주지 않았다. 다들 과녁을 쫓느라 정신이 없었다. 멀어서 자세히 보이진 않았지만 갑옷도 군데군데 깨지고 부서져 본래의 모습을 찾아보기 힘들었다.

어떡해, 카일. 제발. 일어나요.

관중들의 야유 소리가 커져 무슨 일인가 싶어 시야를 돌려 보니 과녁을 든 사람이 다른 기사들에게서 도망치는 중이었다. 과녁에 꽂힌 카일의 노란 창을 그대로 두고서.

과녁을 든 기사는 벤지였다. 그 역시 카일의 우승이 목적인 듯했다.

벤지는 과녁을 들고 뒤를 따라오는 이들을 따돌리며 콜로세움을 빠르게 내달렸다. 일 대 다수의 경쟁에서 오래 버티긴 힘들 거라 판단한 모양이었다. 관중들의 야유가 점점 길어졌다.

"우우—"

"기사라는 놈이 도망이나 치고,"

"때려치워라."

"재미없다."

기사를 그만두라는 조롱이 귀에 들릴 법도 한데 벤지는 따라오는 다른 기사들과 싸우지 않았다. 그의 선택을 욕하는 관중의 목소리가 점점 커졌다.

그때 벤지의 앞을 누군가 막아섰다. 이사크였다.

이사크는 긴 창으로 벤지를 겨누며 똑바로 달려 나갔다. 등을 곧게 세우고 달리는 이사크의 말발굽 소리가 내 귓가를 가득 채웠다.

벤지 역시 달려오는 이사크를 향해 창을 고쳐 잡았다. 무거운 과녁을 한 손에 겨우 든 채 벤지는 말의 옆구리를 차 팅기듯 앞으로 나아갔다. 두 사람의 창이 서로의 목을 겨눈 채 거리가 점차 좁아졌다.

"저 황자님 아까랑 달리 꽤 달리는데."

"그러게, 지가 데리고 온 말보다 남의 말이 더 적성에 맞나 보지."

"이제 좀 재밌네."

"저기 봐, 아까 실랑이하던 다른 기사들을 다 때려눕혔어. 보기보다 꽤 하는 모양이더라고."

"아이고, 저 날치기 기사 놈 보느라 못 봤네."

"길에서 주먹질 꽤 하면서 컸나 본데."

인부들은 스포츠 경기를 관람하듯 한마디씩 말을 얹었다. 그들이 말한 것처럼 이사크가 지나온 자리에서 몇 명의 기사들이 말에서 떨어져 바닥을 뒹굴고 있었다.

내 뒤의 놈들 말처럼 '길에서 주먹질을 꽤나 한' 것은 아니었다. 고작 그런 걸로는 정식 교육을 받은 기사들과 저렇게 대등하게 싸울 수도 없었을 거고, 본인의 말이 아닌 다른 말을 유연하게 몰지도 못했을 거다.

이사크는 자기가 황자임을 안 순간부터 남들의 몇 배나 되는 노력을 통해 오늘 저 자리에 섰다. 마구간에 오지 않는 시간에는 내내 검법이나 창술을 익혔겠지. 고작 길바닥 주먹질이 안 먹히는 건 스스로가 제일 잘 알고 있었을 테니까. 델로아 때문이 아니더라도 이사크에겐 우승이 가장 간절했을 터였다.

멀리 있던 벤지가 이사크를 향해 가까이 가자 벤지의 상처투성이 얼굴이 눈에 들어왔다.

그때 갑자기 책의 문장이 선명하게 머릿속에서 들렸다. 이북 리더기에서 지

원하는 오디오북처럼 깔끔한 말투였다.

모든 것이 연습과 달라 낯설기 그지없었다. 말도 제 것이 아니었다.

아니, 평생 내 것인 게 있었던가.

이사크는 가끔 지금의 신분조차 남이 쥐여 준 것이라 느꼈다. 내 인생조차 어머니와 그 시녀의 연극이었는데.

그러나 이제는 돌아갈 연극 무대조차 남아 있지 않았다. 그가 가는 길이, 그 길에서 만든 흉터만이 이사크를 증명할 터였다.

결심을 세운 이사크가 창대를 찍어 누르듯 높이 들어 올렸다.

뭐야. 누구세요.

"이거 누구야! 이 방송 누구야!"

당황한 나는 귀를 틀어막고 공중을 마구 쳐다봤지만 다들 나를 이상하게 볼 뿐이었다.

"방금 그 아나운서 톤 누구냐고! 여기 해설 위원도 있어요?!"

당연히 아무도 대답하지 않았다. 옆에 서 있던 남자는 어느새 사라진 후였다. 뇌디오북이 다시 재생됐다.

문득 피처럼 붉은 섬광이 스쳤다. 살필 겨를도 없이 벤지의 뒤에서 날아온 창이 벤지의 몸을 꿰뚫었고 그는 그대로 낙마했다. 이사크의 창은 갈 길을 잃어버렸다.

"뭐? 안 돼! 아냐! 그런 게 어딨어! 아이씨! 당신 누구야!"

소리가 뻔히 들리는데 아무것도 할 수 없어 발을 쾅쾅 굴리다가 나무 창살을 손으로 내려쳤다.

"벤지! 피해요!"

내 목소리가 들릴 리 없었다. 표정까지 감식이 가능할 만큼의 거리까지 다가온 벤지의 옆구리를 무언가가 순식간에 꿰뚫었다. 뒤에서 날아온 창이었다.

"벤지!"

목이 찢어져라 소리를 질렀다. 벤지의 몸이 순식간에 아래로 풀썩 떨어졌다. 벤지를 두고 미친 듯 앞으로 달리는 말은 이사크를 그대로 스쳐 지나갔다. 벤지의 오렌지빛 머리카락이 바닥을 쓸었다. 피가 콸콸 쏟아지는 게 뻔히 눈에 보이는데도 아직 경기가 끝나지 않았기에 그를 데리고 나올 수 없었다.

창을 날린 사람은 헤론이었다. 황제가 가장 아끼는 적안의 2황자. 카일을 경멸하고 새로 들어온 이사크 황자 역시 눈엣가시로 여기는 악랄한 새끼. 네가 악역인 데에는 이유가 있다. 기사도 정신도 없냐. 어떻게 뒤에서 공격할 수가 있어. 황자라는 놈이.

하지만 내 의견은 사람들과는 달랐나 보다. 인부들은 휘파람을 불고 난리가 났다.

"역시! 빈틈을 놓치지 않으시는구만!"

헤론의 옆에 있던 기사 하나가 말에서 내렸다. 여유롭게 바닥에 떨어져 나뒹구는 과녁 앞으로 가 그것을 주우려 손을 갖다 대는 순간, 아악, 하는 비명 소리가 콜로세움 광장을 울렸다.

헤론의 허벅다리에 창이 깊숙이 박혀 있었다. 검은색으로 칠해진 끄트머리를 보아 하니 이사크가 날린 것이었다.

"제가 아직 창술이 미숙합니다, 형님. 명중을 못 하네요."

말에서 휘청이며 떨어진 헤론은 다리를 감싸 쥐고 비명을 지르다가 과녁 앞에 선 기사를 향해 명령했다.

"멍청한 새끼야! 뭐 하는 거야! 얼른 내 창을 꽂아!"

헤론이 들고 있던 창을 기사 쪽으로 던졌다. 발치로 굴러온 창을 주운 기사가 과녁의 가운데에 꽂힌 카일의 창을 뽑으려는 순간 이사크가 그에게 달려들었다. 흙먼지가 뿌옇게 일고, 두 남자가 엎치락뒤치락 몸싸움을 벌였다. 헤론의 명을 미리 받았는지 그 와중에 누구 하나 과녁에 제 창을 꽂겠다며 달려드는 이가 없었다. 결국은 다 헤론이 이기기 위한 싸움이었다. 허벅지를 감싸 쥔 헤론이 바닥에서 흙을 집어 뒤에 서 있는 기사들을 향해 분노를 터뜨렸다.

"가만 서서 구경이나 처할 거야!"

그제야 눈치를 보던 다른 기사들이 한 발짝씩 앞으로 나섰다.

'다 같이 달려들면 과녁도, 실랑이하고 있는 헤론 전하의 창도 뺏을 수 있겠지. 그 후에 꽂아야지.'

기사들이 과녁을 향해 조금씩 가까이 다가서자 이사크가 엎치락뒤치락 싸우던 어린 기사의 가슴팍을 발로 차 넘어뜨리곤 그들을 하나씩 노려보며 외쳤다.

"하나도 당당하지 않잖아! 기사라며! 긍지는 다 어디다 팔아먹은 거냐고!"

실핏줄이 터진 붉은 눈을 한 이사크가 일갈하는 순간, 뿔피리가 울렸다.

경기가 끝났다. 과녁엔 여전히 노란 창이 꽂혀 있었다. 우승은 카일이었다. 이제 겨우 쓰러진 말에게서 다리를 빼냈는지 카일이 비틀거리며 일어섰다. 사람들의 탄성이 절로 터졌다.

"아, 뭐야. 김이 확 빠지네."

"싸운 건 이쪽인데 우승은……."

뿔피리가 울릴 줄 몰랐는지 카일 역시 과녁이 있는 곳을 황망히 바라보다 멍하니 고개를 돌렸다. 아마도 황제가 있을 어느 자리를 올려다보는 듯했다.

우승을 했음에도 허탈한 표정이었다. 그 역시 이런 승리를 상상한 적이 없었겠지.

안이 소란스러워지는가 싶더니 감옥이라 느껴질 정도로 굳게 닫혀 있던 두꺼운 나무 창살문이 천천히 위로 올라갔다. 각각의 입구에서 나온 사람들이 쓰러져 걷지 못하는 선수들을 데리고 들어갔다.

나는 열린 문 사이로 뛰어나가 사태가 위급해 보이는 벤지에게 먼저 달려갔다. 혼자서는 쓰러진 벤지를 들쳐 업을 수 없었다.

"저기요, 같이 좀. 이봐! 야! 야, 인마!"

주변에 지나가는 인부를 불러도 그는 다른 절뚝이는 기사들을 부축할 뿐 벤지에게 향하지 않았다.

아니, 헤론이 황족인 걸 떠나서. 대부분의 기사들이 헤론의 편에 선 걸 다 떼놓고 보더라도 말이야. 그래도 벤지는 공작가 사람이잖아. 카일이라는 황자의 최측근이잖아. 어떻게 이래. 어떻게 이럴 수 있어.

피를 쏟아 내는 벤지의 옆구리를 손수건으로 틀어막았지만 금세 젖어 버렸다.

"아, 좀 도와줘요!"

짜증 섞인 부탁을 누군가 들었는지 앞에 그림자가 졌다.

"같이 옮기자."

이사크가 내 앞에 서 있었다. 그의 뒤편에 수레까지 있는 걸 보니 그새 안에서 빈 수레까지 챙겨 왔나 보다. 이사크는 벤지의 겨드랑이 사이로 팔을 넣었고, 나는 벤지의 두 다리를 잡아 겨우 끙끙대며 수레에 실었다. 땀범벅이 된 이사크는 수레를 끌고 빠르게 콜로세움 아래로 이동했다.

피를 많이 흘렸으니 얼른 치료해야 했다. 수레의 뒷부분을 잡고 이사크와 함께 두어 발자국 뛰다가 뒤로 돌았다. 크게 다친 벤지 때문에 카일에게 가까이 가 보지도 못했다.

그는 누군가가 전해 준 것인지 테두리가 부서져 엉망이 된 과녁을 들고 경기장 가운데에 서 있었다.

우승자는 넓은 콜로세움 벌판에 혼자 남는다. 온전히 홀로 서서 백성들의 환호를 만끽한다. 그것이 우승자의 마지막 규칙이었다. 사람들이 대부분 빠져나간 흙먼지 가득한 콜로세움에 홀로 남겨진 카일은 아주 느리게 고개를 떨궜다.

"다들 빨리 들어와!"

재촉하는 다른 인부의 목소리에 겨우 발걸음을 옮겼지만 눈길을 뗄 수가 없었다. 먼지에 덮인 노란 금발이 빛을 잃고 허공에서 흔들렸다.

카일은 천천히 고개를 다시 들어 내 쪽을 바라봤다. 잠깐 눈이 마주치는가 싶더니 그는 내게서 등을 돌려 버렸다.

"카⋯⋯!"

"조!"

카일의 이름을 외치려는 순간 앞서가던 이사크가 나를 불렀다. 큰일 날 뻔했다. 내가 아무리 카일이랑 개인적으로 친하다 할지라도 이렇게 사람들 많은 곳에서 황자의 이름을 함부로 불렀다가는 처형을 피할 수 없었겠지.

게다가 나만 멀뚱히 경기장에 남아 있을 수도 없었다. 그의 이름을 부르지도 못한 채 나는 떨어지지 않는 발걸음을 겨우 움직였다.

잠시 후 기사들이 가득 찼던 콜로세움 경기장에 카일만 혼자 남았다. 환호와 야유가 뒤섞인 비참한 우승이었다.

"다친 사람들 빨리 이쪽으로 옮겨!"

"붕대가 모자라!"

"깨끗한 천 아무거나 가져와!"

경기가 끝난 뒤 콜로세움의 아래는 전쟁터를 방불케 했다. 이사크는 다른 사람들과 함께 힘을 합쳐서 벤지를 수레에서 침대로 이동시켰다.

"이사크 전하! 벤지 님은 좀 어때요?"

"아직 잘 모르겠어. 의사들이 저 끝에서부터 돌고 있으니까. 이 자리까지 오려면 시간이 걸리겠는데. 일단 이 수건으로 여길 꾹 누르고 있어. 피라도 멎어야 하니까."

다친 사람들이 우르르 누운 침대 사이사이를 의사들이 지나다니며 간단한 응급 치료 중이었지만 나로서는 잘 이해가 가지 않았다.

여기 신분제 사회 아니었냐고.

"이사크 전하. 저 좀 치사하게 들릴 수도 있는데 이해가 안 가서 그래요. 보통 이럴 때는 신분 높은 사람이 우선순위 아닌가요. 벤지는 공작 가문의 사람이잖아요. 왜 이렇게 홀대를 받아요?"

그러고 보면 이상했다. 아무리 카일에 대한 충성심이라고는 해도 기사로서 본인의 명예를 뒤로하고 카일의 창을 지킬 정도인가.

나한테 칼 한 자루 빌려주지 않을 정도로 기사의 긍지를 중요시하던 사람이었는데. 카일의 보좌관을 맡으면서도 검법 연습도 꾸준히 한다고 했고. 얘가 책 잡힐 일이 뭐가 있냐냐 말이야.

누워 있는 벤지는 상처가 고통스러운지 미간을 찌푸린 채 기절해 있었다. 울컥한 마음이 올라와 저절로 목구멍이 뜨끈해졌다. 이사크는 어리둥절한 목소리로 내게 되물었다.

"······너 몰랐어?"

"예?"

"······아냐, 다음에 피셔 경이 깨어나면 그때 물어봐."

벤지의 상처에선 아직도 피가 울컥거리며 새어 나와 내 손을 축축하게 적셨다. 기분 나쁜 쇠 비린내가 코를 가득 채웠다. 하얗고 깨끗했던 수건이 금세 붉게 변해 버렸다.

"아, 벤지…… 얼른 일어나요. 나 벤지 아니면 머리 잘라 줄 사람도 없단 말이에요. 저번에 가위로 자르는 게 더 낫다면서 뿌듯해했잖아요. 내가 기사 때려치고 미용 자격증 따라고 했다가 우리 싸웠잖아요."

남이 들으면 기함할 내용이라 조용하게 속살거렸다. 굳은 듯 누워 있던 벤지가 고통 어린 신음을 흘리며 약간 정신을 차렸다.

"……조, 너는, 진짜……."

"벤지! 깼어요?"

눈꺼풀에 주름이 일 정도로 꾹 감은 채 고통을 참아 내던 벤지가 겨우 눈을 뜨고 나를 바라봤다. 살짝 열린 동공 사이로 빛이 들지 않아 오렌지색 눈인지 상한 귤색인지도 분간이 가지 않았다. 그는 그런 상태임에도 한결같은 태도로 나를 지적했다.

"……벤지 님이라고, 해야지…… 사람이 많잖아."

"아우, 진짜! 멀쩡해지기만 해요. 싫다고 해도 맨날 벤지 님이라고 불러 드릴 테니까."

맞는 말 하는 거 보니까 멀쩡한가 보네. 눈을 흘기며 벤지를 노려봤지만 그는 전처럼 웃어 주지도 않았다. 마음이 점점 무거워졌다.

대체 왜 이렇게 됐지. 이사크는 무사했지만 꼭 등가 교환이라도 하듯 벤지는 큰 상처를 얻었고, 카일은……. 카일은 어떡해. 어부지리로 얻은 우승자 자리는 그에게 아무런 도움이 되지 않을 것이다.

그리고 중간에 내 귀에 들리던 킹메이커 오디오북은 뭐였지.

심지어 내가 읽었던 것과는 묘하게 다른 구절이었다. 내가 책을 읽었을 때는 이사크 중심이라서 그가 낙마하여 갈비뼈가 부러진 이후에 경기에서 누가 다치고 죽었으며 우승은 누가 했는지조차 불명확했다.

곰곰이 책을 읽었던 기억을 떠올리다 보니 델로아가 기절했다가 깨어난 이사크에게 말했던 것도 같았다. 우승이 헤론이라고 했었나. 다소 치사한 방법이었지만 경기를 관람하던 백성들이 환호했다고 하니 그로서는 충분한 우승이었다.

소설이 묘하게 일그러졌다. 우승자는 카일이었고, 그의 우승은 야유와 힐난으로 얼룩졌고, 후에 전쟁터에 함께 참전해야 할 벤지까지 크게 다치고 말았다.

대체 무슨 일이 일어난 거지.

머리가 뒤죽박죽인 상황에 이사크가 내 어깨를 치며 미안한 낯으로 말했다.

"나 지금 가 봐야 할 것 같아. 미안해, 끝까지 같이 있지 못해서."

그의 곁에 아까까지는 없던 시종처럼 보이는 이가 서 있는 것이 아무래도 누군가가 급히 찾는 듯했다.

"괜찮아요, 어차피 둘이 있어 봐야 할 일도 없잖아요. 이사크 전하도 바쁘실 테니까요."

안심하라는 듯 슬쩍 미소까지 띠고 말했지만 이사크는 끝내 미안한 표정으로 몇 번을 뒤돌아보며 빠져나갔다. 나 역시 모든 상황을 홀로 감내하고 또 가슴속이 썩어 문드러질 카일이 걱정됐지만 다친 사람을 두고 갈 수는 없었다.

잠시 후 다가온 궁정 의사는 벤지의 상처를 살피더니 다분히 담담한 목소리로 안심하라 일렀다.

"크게 다치진 않으셨네."

"선생님, 지금 옆구리가 뚫렸잖아요. 근데 큰 상처가 아니라뇨."

"내 말은, 관통상치고는 크게 걱정할 필요가 없다는 뜻이었어. 장기가 다친 것도 아니고, 아예 배 한복판을 스쳤으면 몰라 옆을 스치듯 뚫은 거라, 사실상 깊은 찰과상이라 볼 수 있지."

의사는 긴 말을 끝낸 후에 벤지의 옷을 벗겨 내고 그의 옆구리 위로 하얀 가루를 뿌린 뒤 거즈를 덧대고 흰 붕대로 감아 버렸다.

이게 치료의 끝인가? 의대 근처에도 못 간 내가 봐도 너무 야매인데?

"이게 다인가요?"

"그럼, 다지. 상처가 아물기를 기다리는 수밖에는 없어. 장기도 안 다쳤다니까. 살이야 놔두면 알아서 붙지."

뭔 소리야. 다친 상처를 그냥 냅두면 곪지. 무슨 의사가 이래, 누가 봐도 피가 철철 나고 있는데. 지금은 거의 멎었지만 이미 수건 몇 개가 흠뻑 젖을 정도로 피를 흘린 뒤였다. 얼굴도 파리하게 질렸는데. 저 늙은이가 눈깔에 노망이 들었나.

"피가 엄청 났잖아요. 과다 출혈로 의식을 잃는 거 아니에요? 그 전에 상처를 꿰매야 하지 않나요? 만약에 옆구리에 창 조각이라도 박혀 있으면 어떡해요. 감염될 수도 있잖아요."

"자네, 의산가?"

"……아니요."

"하여튼, 무식한 것들이……. 어디서 되도 않는 것만 보고 들어서는. 건방지게."

"무식? 이……,"

발끈해서 일어서려는 와중에 내 손에 와 닿는 차갑고 딱딱한 감촉에 돌아보니 벤지의 손이 내 손 위로 올라와 있었다. 겨우 손끝만이 닿았는데도 차게 식은 체온이 생생했다.

"벤지 님? 괜찮으세요?"

누워 있는 벤지의 입가에 귀를 갖다 대자 그가 겨우 입을 열어 아까보다 작은 목소리로 말하는 것이 들려왔다.

"……싸우지 마……."

"아니, 나는……!"

파랗게 질린 얼굴을 보니 정말 당장이라도 숨이 넘어갈까 봐 걱정인데 의사랑 싸우지 말라며 말린다는 게 가당키나 한 소리냐고요.

억울해서 무어라 말하고 싶었지만 뒤를 돌아보니 이미 의사는 다른 환자에게로 넘어간 상태였다. 벤지는 여전히 찬 손으로 내 손가락을 지그시 누르며 나를 말렸다.

씩씩거리는 내 손가락을 말아 쥐며 벤지는 티도 안 날 정도로 살짝 입꼬리를 끌어 올려 웃었다.

"잠깐만…… 잡고 있을게."

284

허락도 통보도 아닌 말을 뱉은 후 벤지는 다시 기절했다. 나는 간신히 멎은 그의 피가 다시 흐르지 않기를, 상처가 곱게 아물기를 기도하는 것밖엔 할 수 없었다.

❖ ❖ ❖

"델로아."

"전하, 어디 계셨어요. 돌아가는 길에 흙먼지를 뒤집어쓰고 갈 수는 없으니 간단히 정돈해야 합니다."

"벤지 경이 다쳐서 그를 의사에게 데려다주고 오는 길이었어."

먼지로 뒤덮인 얼굴을 한 이사크를 물끄러미 바라본 델로아는 가만히 웃었다.

"잘하셨습니다."

"잘했어?"

"그럼요. 다친 사람을 그냥 지나치지 않는 배려 또한 이사크 전하의 큰 장점이니까요."

환자를 수레에 실어 싣고 가는 것 역시 경기장 위에서 했으니 관중들이 봤겠지. 단 스무 명이라도 좋아.

영웅담에 미담까지 섞인 새로운 황자는 구미가 당기는 소재가 될 것이다. 누가 뭐래도 오늘 기마 대회의 '진짜' 주인공은 이사크였으니까.

제 편이라고는 아무도 없는 경기장 위에서 남의 말을 타고 창을 휘두르던 모습, 마지막에는 겨루던 상대 기사의 편을 들며 치사한 꼴을 보이지 말라며 소리치던 모습까지. 결코 남의 밑에서 구걸이나 할 것처럼 보이진 않았다. 지금은 그것으로 충분했다.

굴하지 않는 자.

어떤 상황이래도 무너지지 않는다는 이미지를 심는 것만으로도 나쁘진 않았다. 우승까지 거머쥐었다면 좋았겠지만. 카일의 불명예스러운 우승도 나쁘지 않았다. 황태자로 가장 적합한 인물로 헤론 황자가 거론되고 있긴 하지만 카일

쪽도 마찬가지로 불안했으니까. 심지가 곧고 벨로이스트 가문 쪽 귀족들의 입지가 단단하여 그 또한 쉽지 않은 적수였다.

오늘은, 이것도 나쁘지 않은 드라마였다며 델로아는 내심 만족하며 이사크를 경기장 바깥으로 이끌었다.

임시로 쳐 놓은 천막 안으로 들어가자 이사크를 모시는 시녀와 시종들이 세숫물과 새 옷을 들고 그를 기다리고 있었다. 이사크는 여전히 남의 시중을 받는 일이 어색하게만 느껴졌다. 검은 머리를 정리하고 먼지를 털어 낸 이사크는 새로운 옷으로 갈아입은 뒤 주변을 물리고 델로아를 불렀다.

"록시아는? 갑자기 왜 그런 건지 알아봤어?"

"갈색 말 말씀이십니까? 확인해 보니 발굽에 가시가 박힌 상태였습니다. 누군가가 경기 전에 미리 손을 써 둔 것 같아 알아보려던 참이었습니다. 짐작 가는 사람이 있으십니까."

짐작 가는 사람. 이사크는 자연스럽게 록시아와 함께 있었던 이를 떠올렸고 델로아 역시 그런 모양이었다.

"혹시 그 마구간지기가 벌인 일은 아닐까요. 계속 전하의 말을 돌봤으니까요."

"아냐, 걔는 아니야."

이사크는 그럴 애가 아니라며 일축했지만 델로아는 마뜩잖은 듯했다.

"걔는 진짜 아니야, 델로아. 마구간에서 일하는 것도 좋아하고, 말들도 잘 돌보고."

"그게 결백의 이유가 될 수 있습니까."

반쯤 그림자 진 델로아의 얼굴이 이사크를 향했다. 에메랄드빛 눈동자가 이사크의 심중을 꿰뚫을 것처럼 선명했다.

이사크 역시도 조가 완전히 결백하다고는 할 수 없었다. 하지만 문제는 만약 그가 이 일을 꾀했다면 그 혼자 준비한 일이 아닐 거라는 것이다. 어쩌면 처음에 카일 황자가 이사크의 말들을 제 마구간에 두어도 좋다고 허락했을 때부터 계획을 세웠을지도 모른다.

사실 가장 미심쩍은 부분은 조의 조언이었다.

'말의 상태가 이상하면 기권하세요.'

기마 대회를 앞두고 으레 하는 조언이라 보기엔 꺼림칙한 태도였다. 몇 번이나 다짐하듯 대답을 받아 내고야 마는 그의 고집은 마치 이사크가 다치지 않기를 바라는 것처럼 보였다.

"······명령에 복종할 수밖에 없어서 그런 거였나."

"네? 뭔가 생각나는 게 있으면 말씀해 보세요."

"나한테 두 번인가, 세 번 그랬어. 록시아한테 이상이 생기면 기권하라고."

"록시아한테 이상이 생길 줄 미리 알고 있었다는 말투네요."

"그러니까."

"기권하라는 건, 다치는 것보다 우승을 포기하라는 의미 같고. 만약 아까의 경기에서 이사크 전하가 기권을 했다면 가장 이득을 볼 사람은 누구겠습니까."

델로아의 차분한 음성이 이사크를 이끌었다.

"아냐. 어차피 카일 황자는 피셔 경만으로는 우승이 힘들었을 거야. 델로아도 봤다시피 대부분이 헤론 황자 편에 선 기사들이었잖아."

"아니면 헤론 황자 쪽에서 조를 움직였을 수도 있죠."

"그건 아닐 거야. 조는 카일 황자를······."

"······?"

뒷말을 기다리고 있는 델로아에게 어디까지 말해도 좋을지 확신할 수 없어 이사크는 잠시 망설이다 결국 에둘러 표현했다.

"조가 카일 황자를 엄청······ 따르거든."

귀족인 델로아 앞에서 조가 카일을 진심으로 좋아하고 있으며 가끔은 과하다 생각이 될 정도라 말할 수는 없었다.

그 자체로 건방지다고 여길 테니까. 게다가 남자끼리잖아. 델로아에게 말했다가 괜히 나쁜 소문이 퍼지면 어떡해.

카일을 좋아한다고 말하던 당당한 하얀 얼굴이 떠올랐다. 내심 놀랐지만 하도 설렘에 가득하기만 한 얼굴이라 이상하다고 느낄 새도 없었지. 하지만 제3자에게까지 퍼뜨릴 순 없는 진심이라 생각했다.

조, 걱정 마. 네 비밀은 내가 지켜 줄게. 내가 형이잖아.

"조가 단독으로 저지른 일일 수도 있겠네요."

혼잣말처럼 이어지는 델로아의 확신 어린 음성에 이사크는 잔뜩 당황해 그녀를 돌아보았다.

"조는 아닐 거야, 진짜."

"전하. 그간 조와 친분을 꽤 두텁게 쌓은 건 알겠지만 여기는 황궁입니다. 수도성 밖의 코흘리개 아이도 다음 황태자가 누구로 정해질지 점치며 노는 판국에 조라는 저 마구간지기가 마냥 순수할 것 같습니까."

델로아의 말이 틀리지 않음은 이사크 스스로가 더 잘 알았지만, 조의 단독 범행일 가능성을 고려조차 하고 싶지 않았다. 늘 툴툴대는 시건방진 모습이긴 했지만 오히려 그런 꾸밈없는 점이 마음에 들었다. 아직도 황자라는 칭호가 낯설기만 한데, 이 황궁에서 유일하게 친구처럼 막 대하는 사람이 조였다. 그밖에는 친구라 명명할 이가 없었다.

'뭐, 형이라고 해 드려?'

'이사크 전하, 말을 왜 그렇게 타세요. 누가 보면 훔친 말 타고 도망가는 줄 알겠는데요.'

'형 진짜 연애 한 번도 안 해 보셨구나. 내가 여자였으면 형 찬다. 헤어지는 거 말고, 진짜 발로 찬다.'

'어이, 이 형.'

가만 생각해 보니 너무 막 대한 것 같기도 하지만. 아무튼 조와는 짧은 시간 동안 많이 친해졌다고 생각했는데 그게 다 거짓이라고 믿기는 싫었다. 그러면 정말로 황궁에서 같이 웃고 즐길 사람이 없어지니까. ……델로아는 내가 황자가 아니면 버릴 거잖아.

"나, 경기장 위에 갔다 올게."

"황제의 치하가 모두 끝났으니 올라가셔도 큰 무리는 없지만, 왜 그러세요."

"내가 경기장 안에 록시아를 데리고 들어갈 때까지만 해도 멀쩡했어. 분명 저 안에서 무슨 일이 생긴 거야."

"언제 다쳤는지보다는 누가 배후인지가 중요합니다."

"알아. 아니까 하나라도 빠트리고 싶지 않은 거야."

이사크는 델로아의 대답을 기다리지 않고 곧바로 등을 돌려 천막 밖으로 향했다. 천막에서부터 경기장까지는 호위병들과 기사들, 황족의 시중을 드는 시종과 시녀들로 번잡했지만 콜로세움의 안, 기사들이 말을 타고 달리던 경기장 위는 몇 시간 전의 소란이 모두 거짓말인 것처럼 조용했다.

이사크는 제가 나왔던 콜로세움의 출구에서부터 경기가 시작하기 바로 직전에 서 있던 곳까지 계속해서 살폈다. 말발굽에 가시가 박혀 있다고 했으니까 어디서 화살처럼 쏘진 않았을 텐데.

허리를 숙인 채로 바닥을 보고 걷다가 제가 출발했던 곳까지 도착했다. 바닥에 미세한 홈이 파여 있었다. 자세히 보지 않으면 모를 정도였다. 조는 늘 마구간에 있었고 이곳에 도착해서는 경기장 위로 올라온 적이 없었다. 그 말인즉,

조가 아니거나.

혹은…… 조가 단독으로 준비한 게 아니거나.

※　※　※

"펠 아저씨, 여기 무슨 일로 오셨어요."

"오, 조. 착하기도 하지. 네가 벤지 님 곁에 있었구나."

펠은 전처럼 인자하게 웃으며 내게 인사했다.

"전하께서 벤지 님께 가 보라 하셔서 말이야."

"카일 전하가 의사를 따로 보내시진 않으셨나요. 보시다시피 피를 많이 흘리셔서 낯빛도 안 좋으시고, 아직 정신도 못 차리세요."

"그래, 그래. 나도 경기를 보다가 어찌나 놀랐는지 기함을 했단다. 여기는 황궁이 아니라서 의사를 불러올 순 없고 일단 오늘 황궁으로 돌아간 후에 내가 전하께 말씀드려 보마."

"……아, 네, 알겠어요. 항상 감사해요. 펠 아저씨."

"아니면 전하께서 먼저 벤지 님께 의사를 보낼 수도 있지. 걱정이 많아 보이셨어."

"……펠 아저씨. 혹시 카일 전하는 어떠신가요."

멀쩡할 리는 없었다. 카일은 우승을 해야 한다고 몇 번이나 말했었고, 우승이 아니어도 그가 가진 빌테온의 이름에, 벨로이스트 가문에 누를 끼치면 안 된다고 생각하는 사람이었으니까.

그러나 펠은 내 생각과는 달리 꽤나 단조롭고 편안한 얼굴로 말했다.

"경기장에서 내려오실 때는 조금 굳은 표정이었지만 아마 피곤하신 것 같았어. 마차 안으로 돌아가시는 동안에는 평소와 똑같았단다."

"진짜요?"

"그럼, 내가 전하를 바로 옆에서 모시잖니. 게다가 벤지 님이 걱정되니 내게 직접 가서 살피라고도 하셨고. 여전히 주변을 먼저 챙기는 따뜻하신 분이야."

그게 문제라고, 이 양반아.

카일은 늘 남을 먼저 챙긴다. 책을 읽었을 때는 대충 감만 왔었는데 직접 겪어 보니 생생하게 실감이 났다. 가끔 나한테 성질을 부리거나 과하게 부끄러운 나머지 왁 소리를 지를 때는 있어도 남에게 그러는 것은 단 한 번도 보질 못했다. 자기 자신에게는 엄격하고 남에게는 한없이 관대했다. 그런 모습까지 황자다워야 했으니까 그랬겠지.

"내가 여기 있으니 이만 가 봐도 된단다. 말을 돌봐야 하지 않니."

친절하게 웃는 펠에게 나도 마주 웃으며 자리에서 일어섰다. 내 손가락을 잡고 있던 벤지의 손이 힘없이 침대 위로 툭, 떨어졌다.

"벤지 님도 마차를 타고 가나요? 위험하진 않을까요."

"몇 시간 거리긴 하지만 그래도 여기에 계시는 것보다는 나을 거야. 여긴 영 변변치 못하잖니."

펠의 말이 끝나기 무섭게 두 명의 장정이 벤지가 누워 있는 침상 곁으로 와 섰다.

"무슨 일이지."

펠이 묻자 거뭇하게 피부를 태운 인부 둘 중 한 명이 굽신거리며 입을 열었다.

"곧 이동한다고 중상을 입은 기사분들을 마차로 옮기라고 하셨습니다."

"아, 그렇군."

펠은 것 보라며 안심하라는 듯 눈을 찡긋했지만 나는 더 조바심이 들었다.

아니 지금 다친 사람을 옮긴다는 게 무슨 터무니없는 소리예요. 상처 덧나 달라고 제사라도 올릴 기세네.

걱정스러운 얼굴로 벤지를 내려다봤지만 다른 수도 없었다. 펠의 말처럼 계속 이곳에 있는 것보다는 나을 테니까. 이곳은 붕대, 약도 모든 것이 부족했다. 나는 인부들이 벤지의 침상을 들어서 옮기는 동안 내내 졸졸 쫓아다닌 후에야 겨우 마차 행렬의 끄트머리로 돌아갔다.

긴 줄에 묶인 록시아가 가시가 박혔던 발굽에 바른 약이 불편한지 오른쪽 다리를 계속 들었다 났다 움직이며 투레질을 했다. 록시아의 뒤에 선 디에프는 창이 꽂혔던 다리에 붕대를 감은 채 나를 멀뚱멀뚱 바라봤다. 소리 내어 울지도 못하는 검은 눈이 유독 쓰라렸다. 벤지가 타고 있던 말도 그다지 좋은 꼴은 아니었다. 땅을 구른 탓인지 온통 먼지를 뒤집어쓰고 갈기도 이리저리 엉켜 엉망이었다.

"……꼴이 말이 아니다, 너희……."

말들의 얼굴을 천천히 쓸어 주며 한숨을 길게 내뱉었다. 벤지의 파리한 안색이 계속해서 떠올랐고, 카일의 버려진 것만 같은 초라한 모습이 잊혀지지 않았다.

대체 왜 이렇게 된 거지. 아무리 고민을 해도 명확한 답을 찾을 수 없었다.

큐티 섹시 다이너마이트 카일, 아까 다리 다친 것 같은데 괜찮아요? 의사한테는 보여 줬어요? 예쁜 카일, 제발 부탁이니까 혼자 끌어안는 일은 없었으면 좋겠어요. 뭐든 나눴으면 해요. 힘든 거 있으면 기대도 괜찮아요.

간절하게 텔레파시를 보냈지만 당연히 대답을 들을 순 없었다. 마차에 올라탔다는 카일의 얼굴을 한 번도 보지 못한 채 황궁으로 돌아갔다.

옆에서 젊은 인부 하나가 같이 말을 끌고 가며 걸었다. 그는 목을 쭉 빼고 앞을 봤다가 다시 옆으로 조금 빠져서 앞서가는 행렬을 봤다가 하며 연신 정신없게 굴었다.

"저기요. 좀 얌전히 가면 안 돼요?"

금방이라도 한 대 칠 기세로 인상을 찌푸리고 물었지만 그는 사람 좋게 웃으며 손을 내저었다.

"아, 미안합니다. 그게 아니고 원래 우승자들은 창문 열고 손 인사도 하고 그러거든요. 백성들이 좋아서 소리도 지르고 꽃도 던지고 해요. 엄청 재밌으니까. 근데 올해는 잠잠하네요."

젊은이의 말을 들은 후 나도 그가 했던 것처럼 목을 쭉 빼고 긴 마차 행렬을 살폈지만 그의 말처럼 무언가 조용했다. 황족의 마차를 볼 일이 없는 백성들이 신나게 소리를 지르긴 했지만 무언가 내가 생각하던 것과는 달랐다. 게다가 그다지 큰 함성도 아니었고. 소리를 지르는 사람은 소수였고, 나머지는 적당히 큰 수군거림 정도였다.

"황족이 지나가는 건데 신기하지도 않나 봐요."

혼잣말처럼 말했지만 촉새처럼 나불대는 옆의 놈이 신나서 저 혼자 답을 했다.

"아무래도 이번 경기가 중간까지 엄청 재밌었는데 마무리가 싱거웠잖아요. 내 자리에선 잘 보이진 않았지만. 난 그래도 카일 전하가 중간까지 잘 싸워서 좋았는데. 보는 사람들은 그게 또 아니었나 보죠."

딱히 대답해야 할 필요성을 느끼지 못해 말을 하지 않았더니 그도 더 이상 내게 말을 걸지 않았다. 하지만 여전히 정신없이 몸을 흔들며 마차 행렬을 살폈다. 황궁으로 돌아가는 몇 시간 내내 우승자 마차의 창문은 한 번도 열리지 않았다.

조각 마스터가 신의 부름을 받고 심사숙고하여 최종_파일, 최최종_파일, 진짜_최종_파일, 이젠_정말_끝이야_최종까지 기획안 거친 후에 탄생한 신이 내린 조각 카일. 어디 많이 다쳤어요? 아파서 그래요? 멀쩡한지만 말해 줘요. 펠 아저씨는 카일이 괜찮다고 했지만, 내가 너무 걱정이 돼서 그래요.

저녁이 다 되어서야 도착한 황궁 안으로 들어서서 말들을 마구간 안으로 데려다 놓고, 구유에 건초와 생초를 섞어서 부은 뒤, 수통까지 가득 채우고 나오니 벌써 밤이었다.

혼자 남겨진 경기장에서 카일이 어떤 생각을 했을지, 무슨 마음으로 그 많은 시선과 야유를 견뎠을지 떠올리면 가슴이 미어지는 것 같았다.

카일에 대한 악평은 생활관에서 들려왔다. 기마 대회가 끝나고 이틀 뒤 생활관에 점심을 먹으러 가니 다른 테이블에서 하인들이 대회에 관해 떠들고 있었다.

"이번에 룰이 바뀌어서 그런가. 더 재밌던데."

"일했어야지. 경기 보고 있었어?"

"아, 당연하지. 누가 무식하게 일만 하고 있냐. 카일 황자님 진짜 대단했지."

와구와구 밥을 입 안 가득 밀어 넣다가 카일의 이름이 들려 고개를 쳐들었다. 내가 보고 있는 줄 모르고 긴 테이블의 끝에 앉은 무리들은 계속해서 떠들었다.

"확실히 황족은 황족이야. 창을 휘두르는데도 폼이 다르더라."

"근데 창을 왜 그렇게 빨리 던지신 거래? 그거 지키다가 결국 볼 장 다 봤잖아. 쪽이란 쪽은 다 팔고."

쪽?

숟가락을 쥐고 있던 손에 힘이 들어갔다.

"벤지 님 아니었으면 어쩔 뻔했냐. 그분이 과녁 들고 도망 다니면서 시간 끌었잖아."

"아, 나는 거기서부터 완전 흥 떨어졌어."

"나도, 나도. 뭐 하는 거야. 재미 하나도 없이. 자기네들 충성 놀음 하려고 경기 열었나."

충성 놀음? 이마에 힘줄이 올라오고 헛웃음이 절로 터졌다. 이 새끼들이.

"황자님이 까라면 까야지, 별수 있어. 벤지 님은 공작가에서 거의 버리는 카드잖아. 카일 황자님이 거둬 준 거지."

버리는 카드라니. 어떤 사정이 있는지는 모르지만 사람을 그딴 식으로 칭하면 안 된다는 건 알고 있다. 나는 자리에서 천천히 일어서 그들에게 향했다. 그 와중에도 그놈들의 주둥아리는 멈추지 않았다.

"남이 다 먹여 준 우승이라 그런가. 욕 엄청 먹더라. 경기장 완전 삭막했지."

"삭막은, 살벌이지. 반은 야유했잖아. 가만히 말에 깔려 있던 사람이 왜 우승이냐고. 사실 나도 같이 야유했어."

수줍은 척 던지는 우스꽝스러운 고백에 다들 낄낄 웃었지만 그는 곧 입을 다물 수밖에 없었다.

내가 개 뒤통수를 잡아다가 그릇에 처박아 버렸거든.

옥수수수프에 얼굴을 뭉갠 남자가 어푸프하! 하며 두 팔을 허우적대다가 자리에서 일어났다. 황당한 눈으로 나를 바라보기에 한마디 쏴 줬다.

"뭘 봐, 새끼야."

"……이 미친 새끼가. 지금 가만히 있는 사람한테 뭐 하는 짓이야!"

"뭘 꼬나보냐고. 좆만아."

"꼬나본 게 아니고! 네가 지금 내 얼굴을 수프에다가!"

남자가 점점 언성이 높아지자 앞에 있던 다른 놈이 내 어깨를 잡아 돌렸다.

"너 누구야. 미쳤어?"

"코주부 새끼가 어딜 끼어들어."

들고 있던 숟가락으로 끼어든 놈의 코를 강하게 때리고 그릇을 들어 귓방망이를 후려쳤다. 그의 그릇 위에 놓였던 빵이 바닥을 뒹굴었다. 그릇으로 얼굴을 맞은 남자의 정강이를 찬 뒤 그가 고개를 숙이자마자 턱을 주먹으로 올려 쳤다.

누나 복싱 배웠었다. 나 주특기 어퍼컷이야.

그때 수프에 얼굴을 박았던 남자가 내 뒷머리를 잡아당겼고 나는 그의 발등을 세게 밟고 팔꿈치로 명치를 가격했다. 긴 끈으로 묶어 뒀던 머리카락이 엉망으로 풀려 어깨 위로 떨어졌다.

"나 고상하게 경고하고 그런 거 못 하니까 그냥 오늘 다 뒤지는 줄 알아."

두 눈을 번뜩이며 아까 나불거렸던 놈들의 얼굴을 하나씩 차근차근 살폈다.

"니네 어느 궁 씨다바리야."

"……이 새끼가 겁대가리 없이,"

"어느 궁 소속이길래 감히 황족과 귀족을 함부로 거론하면서 나불거리냐고. 무슨 뒷배 짊어지고 있는지 내가 지금 묻잖아. 이 눈치 좆도 없는 새끼들아."

얼굴에 묻은 수프를 거칠게 닦아 낸 남자가 내 멱살을 잡으려 손을 뻗어 왔다. 잡히면 죽는 거다. 유도를 전공했던 친오빠는 항상 내게 말했다.

'너 쌈박질 좀 그만해. 허구한 날 싸우고 들어오냐.'

'걔가 먼저 쳤다니까.'

'네가 먼저 쳤다면서.'

'……못된 말로 내 마음을 쳤어.'

'하……. 야. 싸울 때 싸우더라도 다치지는 마. 다치면 너만 손해니까. 잘 들어. 싸움은,'

기선 제압, 그리고…… 선빵노잡.

먼저 치고, 잡히지 않는다.

뻗어 오는 손을 아래로 쳐 낸 후 테이블 위에 놓인 물잔을 집어 던져 버렸다. 잔 가득 들어 있던 미지근한 물과 쇠 컵까지 맞은 남자가 어푸푸, 하며 순간적으로 눈을 감았을 때 그의 사타구니를 힘껏 걷어찼다.

"으아아악!"

그의 고통 어린 비명과,

"아흐……."

구경하던 이들의 공감 어린 신음이 함께 어우러져 생활관에 울려 퍼졌다. 뒤에 서 있던 남자가 나를 잡아 돌려 얼굴에 주먹을 휘두르려는 찰나, 누군가 사이를 가로막았다.

릭이었다.

"그만해, 이 자식들아! 밥 먹다 말고 이게 무슨 소란이야!"

꽤 나이가 많은 데다가 궁에서 일한 지 오래된 릭의 말에 소란스럽던 주변이 조용해졌다. 금방이라도 싸움에 끼어들려고 준비하던 그들의 무리 역시 들고 있던 의자를 내려놓았다.

잠깐만. 의자? 날 의자로 치려고 했어? 체구도 작은 날 상대하면서 치사하게 장비빨로 다구리를 쳐?

나도 의자로 쳐야지.

한쪽 발을 의자 밑으로 갖다 댔다. 한 놈이라도 움직이면 바로 의자를 차 버릴 생각이었다. 한껏 눈을 부라리고 있자 아까 그릇에 맞은 놈이 억울했던지 목소리를 높였다.

"릭! 저 꼬맹이 새끼가 먼저 시비 건 거 안 보여!"

"그래, 이 왕대가리 새끼야! 내가 먼저 시비 걸었다! 어쩔래!"

남자의 어깨를 밀어 내던 릭은 얼굴만 뒤로 돌려 나를 향해 말했다.

"조, 적당히 해. 벌써 몇 대씩 쳤잖아."

"분이 안 풀렸으니까 몇 대씩 더 칠래요."

"야! 나가서 싸우자! 남자끼리 정정당당하게!"

"하이고, 나가서 싸우긴 개뿔이 나가서 싸워. 하급 종놈 새끼 주제에 아주 명예로운 기사 납셨다."

"뭐 인마!"

"뭐! 인마!"

"조! 그만해!"

남자가 씩씩대며 옆 테이블을 발로 차기에 나도 발로 차려다가 릭에게 막혀 버렸다.

"조! 그만하랬잖아! 그리고 커틀 너네도 잘못했어! 감히 황족의 이름을 입에 함부로 올리다니! 시녀장이나 시종장 귀에 들어갔으면 너희 죽었을 거라고!"

"아, 젠장. 잘못 생각했다. 싸우지 말고 틸리 님한테 바로 꼬바를 걸 그랬네."

혼잣말인 척 크게 이죽거리자 커틀이 나를 노려보며 경고했다.

"너, 조라고 했지. 조심해."

"너, 조르그 했쥐— 즈심해~ 웃기시네. 커틀인지 커튼인지 너도 조심해라. 얼굴 봐 뒀어. 퇴근길에 뒤통수 짱돌에 맞아 터지면 나인 줄 알아, 새끼야."

커틀이 다시 내게 덤비려던 걸 릭이 겨우 막아 세웠다. 나가라고 마구 손짓하는 그의 노력이 가상해 일단 멈춰 주기로 했다. 자리에서 벗어나며 아까 차지 못한 테이블을 발로 차 테이블 위의 그릇을 모조리 바닥에 떨어뜨려 버렸다. 너희는 밥 먹을 자격도 없어.

"아, 실수. 미안. 테이블까지 엎으려고 했는데. 그릇만 떨어졌네."

상큼하게 웃으며 윙크한 뒤 아직 쓰러져 있는 놈을 폴짝 뛰어넘어 생활관을 빠져나왔다. 밖으로 나와 바람을 맞으니 그제야 잔뜩 힘이 들어갔던 사지에 긴장이 풀렸다. 막혀 있던 숨이 길게 흩어져 나왔다. 억울하고 분해서 눈물까지 나올 지경이었다.

왜 우리 카일이 저런 말을 들어야 하지. 최선을 다했는데. 일부러 그런 상황을 만들려고 한 것도 아니었잖아.

그 넓은 경기장에서 많은 사람들의 야유를 듣고만 있었을 카일을 생각하니 저절로 가슴이 턱 하고 막히며 답답해져 왔다. 주먹을 들어 가슴을 퍽퍽 때리다가 혼자 분을 참을 수가 없어 발을 동동 굴렀다. 옆에 있어 주지도 못했는데. 얼마나 외롭고 서러웠을까. 눈가에 맺힌 눈물을 소매를 들어 닦아 냈다. 분노로 울기엔 아까운 눈물이었다.

"조, 잠깐 기다려!"

릭이 손을 흔들며 내게 뛰어왔다. 저 덩치 아저씨가 타이밍 좋게 막은 덕분에 한 대도 안 맞긴 했지. 나는 밭은 숨을 고르게 정돈하고 그에게 대답했다.

"왜요, 릭."

"그…… 좋은 소식이랑 나쁜 소식이 있는데. 뭐부터 말해 줄까."

"나쁜 소식이요."

"틸리 님이 싸운 걸 봐 버렸어. 그래서…… 너 3일 동안 생활관 출입 금지됐어."

"그건 상관없어요, 그놈들은요?"

"거기는 하루."

"왜 나만 3일이에요? 주먹질은 거기도 했는데! 비록 맞진 않았지만, 어쨌든 나한테 주먹을 휘두르려고 했다고요."

"물론 그건 그렇지만, 다들 네가 먼저 로렌조의 얼굴을 수프에 처박았다던 걸."

"아, 그놈 이름이 로렌조구나. 외웠어요."

검지로 관자놀이를 툭툭 치자 릭의 얼굴이 사색이 되었다. 아마 내가 로렌조를 찾아 죽이기라도 할 것 같았나 보다.

"아무튼, 좋은 소식은 뭔데요?"

"카일 전하가 찾아. 네가 생활관에 빨리 가 버려서 내가 대신 소식을 들었지. 듣는 대로 카일 전하의 궁으로 오라시던……."

"아! 빨리 말하지! 릭!"

화를 낼 시간도 아까워 그대로 몸을 돌려 카일의 궁으로 달려갔다.

"옷이라도 갈아입고 가!"

뒤에서 외치는 릭의 말에 대답할 여유도 없었다. 아, 몰라. 지금 카일이 저를 찾고 있다잖아요.

펠의 안내를 받아 카일의 개인 서재로 들어갔다. 언제나 그렇듯 사람 좋은 미소로 웃은 펠은 나를 들여보내곤 문을 닫아 버렸다.

책들이 천장까지 쌓인 서재의 한가운데에 원목으로 된 큰 탁자가 눈에 띄었다. 탁자의 중앙에 앉은 카일은 묵묵히 책을 읽다가 고개를 들어 나를 힐긋 보곤 차분히 가라앉은 음성으로 일렀다.

"벤지가 깨어났어."

"아, 그래요? 잘됐네요!"

"가서 벤지 만나 봐."

"……."

발걸음을 떼지 않고 카일을 가만히 보고만 있자 그가 다시 책을 펼치다 말고 나를 바라봤다.

"왜 안 가고 섰어."

"전하는요."

"뭐?"

"카일은 어떤데요."

"내가 뭐 어떻다는 거지. 멀쩡하잖아."

입구에서 겨우 몇 발자국 들어와 있던 나는 발을 천천히 움직여 카일에게 가까이 다가갔다. 평소 같으면 다가오지 말라거나, 무슨 음험한 생각을 하기에 들리지도 않는 정도냐며 질색을 할 텐데 카일은 무표정으로 일관했다. 무섭도록 냉담한 얼굴로 나를 보던 카일이 다시 말했다.

"벤지가 깨어났으니 그쪽에 가 보라고."

"나는요. 카일 얼굴이 0.1cm만 변해도 귀신같이 알아채는 재주가 있어요."

"……그게 뭐 어떻다고. 아니 그건 또 어떻게 아는데."

"적당히 잘생겼으면 나도 몰랐겠죠. 아무튼 카일 지금 화났잖아요. 엄청 속상하고 짜증 나 있는 거 같은데요."

"네 입으로 주술사가 아니라 해 놓고 독심술은 하나 보지."

"이건 독심술이 아니에요. 엄청 좋아하고, 관심이 많으니까! 매일 생각하고 얼굴 볼 때마다 뚫어지게 관찰하고 그러니까 당연히 알아차리는 거라고요. 목소리 톤, 말할 때 빠르기, 표정 변화, 태도 등 전부 다 해서요! 카일 지금……!"

"지금?"

"……저한테 화내는 거 같아요."

"다 꿰뚫었다는 듯 구는 것도 버릇이군. 별로 좋아 보이진 않아."

"카일. 내가 마음으로 말했던 거 안 들렸어요? 안 들릴까 봐 일부러 더 크게 외치고, 고백도 더 길게 했는데 하나도 안 들렸어요?"

"게다가 상관의 말도 무시하고. 너 무언가 헷갈리는 것 같은데 그래도 너는 내 궁에서 일하는 마구간지기에 불과해. 친구가 아니라고."

"알았어요, 알겠는데 내가 하는 말 들었어요?"

"뭐. 어떤 말. 힘들 때 기대라는 거? 몸이 괜찮은지만 말해 달라는 거?"

흥분했는지 카일의 목소리가 점점 격앙되어 갔다.

"너는 내가 그런 말을 들으면, '옳다구나!' 하고 네게 달려갈 줄 알았어? 아니면, 내가 울면서 무너지기라도 할 줄 알았어?!"

"그런 뜻 아니란 거 알잖아요!"

"내가 어떻게 알아!"

신경질적으로 책을 내려놓으며 카일은 자리에서 벌떡 일어섰다. 차분하게 넘긴 투명한 금발이 조금 흐트러져 이마로 내려왔다. 탁자를 둘러 오는 카일의 걸음걸이가 이상했다. 한쪽이 기운 것처럼 절뚝거렸다.

"카일! 다쳤어요? 다리가……."

카일을 향해 달려가려다 그가 손을 들어 막은 바람에 우뚝 멈춰 섰다.

"나는 황자야."

"알아요."

"허벅지부터 종아리까지 피멍이 들어도 티를 내지 않아야 하고, 남들 앞에서 멀쩡하게 걸어야 해."

"의사한테 보여 주지도 않았어요? 혹시 근육이 찢어진 거면 어쩌려고요. 지금도 늦지 않았으니까."

"나는!"

천장이 높은 서재에 카일의 목소리가 웅웅 울렸다. 햇볕 때문에 책이 상할까 봐 커튼으로 빈틈없이 막은 서재의 내부는 약간 어두웠고, 그 덕에 카일의 하얀 얼굴이 더욱 대비되어 빛났다. 눈썹을 찡그리고 입술을 굳게 다문 채 파르르 떨던 카일은 조금씩 끊어 짓씹듯 단어를 뱉어 냈다.

"그런 모습 보여 줄 수도 없고, 보여 줘서도 안 돼. 더군다나 그날로 인한 상처는 더더욱……."

기마 대회 자체가 그에게 상처로 깊이 남은 듯했다. 나는 조심스럽게 발을 떼어 그에게 다가갔다. 카일은 아랑곳 않고 계속해서 말을 이었다.

"유약한 모습을 보이면 안 되잖아. 함부로 곁을 내어 줘서도 안 되고."

"하지만 사람은 누구나 약해요, 카일."

"나는 황자야."

"황자도 사람이잖아요. 괜찮아요."

손을 뻗어 카일의 손끝부터 손가락까지 천천히 맞잡아 내 쪽으로 당기자 그는 맥없이 딸려 왔다. 기운 몸을 살며시 끌어안았다.

"부담감이나 고통까지 안아 주지는 못해도, 괜찮다고는 말할 수 있어요. 괜찮아요, 카일. 다 괜찮아요. 당신 정말 괜찮아요."

두 팔을 아래로 축 늘어뜨린 채 카일은 끊임없이 말했다. 내 말과 이어지지도 않는, 넋두리처럼 들렸다.

"고개를 뻣뻣하게 세우고, 가슴을 쫙 펴고, 보폭도 적당히 넓게. 그렇게. ……나는 그렇게."

"카일 우리 집 사위 해야겠다. 우리 집에선 네 발로 기어도 아무도 뭐라고 안 해. 내가 술 먹으면 네 발로 다니거든요."

"내 최선은 언제나 구경거리가 되고 말아."

"개새끼들."

"……뭐?"

"아니에요, 계속 말하세요."

안고 있는 카일의 가슴에서 심장이 크게 쿵쿵 울렸다. 어쩜, 심장 소리도 이렇게 정확한 정박일까.

"하마터면 그때 너한테 손을 뻗을 뻔했어."

심장 박동 소리를 브금으로 삼으며 조곤조곤 울리는 그의 소리를 듣고 있다가 번쩍 고개를 들어 올렸다. 카일의 단정하고 날렵한 턱선이 눈에 들어왔다.

"언제요."

여전히 침통한 얼굴로 카일은 꿈꾸는 듯 대답했다. 스스로의 감정에 휩쓸려 미아가 되어 버린 사람 같았다.

"콜로세움에서, 혼자……, 남겨져서, 다들, 나만 보는데……. 야유 속에 있으니 혼자라는 생각이, 문득……."

아. 젠장. 미친 척하고 그냥 카일 옆에 붙어 있을걸. 콜로세움 바닥에 굴을 파서라도 카일 발바닥이라도 잡아 주고 있을걸. 카일을 더 강하게 끌어안았다.

"미안해요. 내가 옆에 있을걸."

"이상했어."

멍하게 읊조리는 카일의 목소리는 유난히 멀게 느껴졌다. 상처 입은 그가 어딘가로 날아갈 것만 같아서 나는 두 팔에 힘을 주고 그를 세게 안았다. 며칠 새 말랐는지 전에 안았을 때보다 손가락이 남았다.

전에는 아름드리나무마냥 내 손끝이 닿을 듯 말 듯 했는데, 이제 손깍지도 가능하겠다고! 근육이 빠진 건가. 펠이 밥 잘 먹는다고 했는데.

"벤지가 크게 다쳤고 옆에 있어 줄 사람이 없으니까 네가 가는 게 맞는데. 난 왜 그런 생각을 했을까."

내 등에 체온이 닿았다. 카일의 손이었다. 그가 손을 들어 나를 안았다.

"……사실은 네가 그에게 안 갔으면 좋겠다고 생각했어. 그런데 생각밖에 할 수 없었어."

혼잣말에 가까운 고백이었다.

"불렀으면 나 안 갔을 텐데."

"나는 황자니까."

내 등을 안은 카일의 손이 얼어붙은 것처럼 차가웠다. 남에게 속내를 비친 적이 없는 남자였다. 주변에 사람이 많아도 스스로 외롭게 자라야만 하는 생이었다. 그가 말했듯 그는 황자였으니까. 남에게 함부로 제 감정을 말할 수도, 힘 듦을 토로할 수조차 없었다.

카일이 행복했으면 좋겠다고요, 내 이번 인생의 목표는 당신이 진심으로 웃는 얼굴을 보는 거라고요. 그거 하나가 왜 이렇게 힘들어.

"내가 행복했으면 좋겠다고?"

아. 맞다. 나 목소리 들리지, 참.

나는 온 마음을 다해 대답했다.

……이왕이면 나랑 사랑도 했으면 좋겠지만, 일단 카일이 행복하길 바라요. 정말, 정말로 카일 사랑하거든요.

들렸는지 안 들렸는지 카일은 답도 없이 가만 나를 안고 있다가 별안간 화들짝 정신을 차렸다.

"언제 이런 자세가 된 거야!"

카일이 내 어깨를 잡아 떨어뜨리려 힘을 주기에 나도 발과 손깍지에 힘을 주고 떨어지지 않으려고 용을 썼다.

"얌전히 안길 때는 언제고 또 딴소리예요. 아, 좀 가만히 있어 봐요."

"너는 부끄러움이란 게 없는 건가! 왜 틈만 나면 안으려고 해!"

"더한 것도 하고 싶은데 엄청 참는 거거든요!"

"……뭐?"

놀란 카일의 손에서 힘이 살짝 풀리자마자 나는 냉큼 다시 그를 꽉 껴안았다. 짧은 실랑이에도 지쳤는지 카일은 한숨을 얕게 폭 내쉬었다.

"……할 만큼 했잖아. 떨어져, 이제."

"된다고만 하면 3박 4일은 안고 있고 싶어요."

나를 떼어 내려 내 어깨에 손을 올린 카일은 차마 힘을 다 주진 못하고 몇 번 밀어 내려다가 조용히 말했다.

"······내가 했던 말들은 모두 잊어."

"왜요, 하나하나 기억해서 문신까지 새길래요. 카일이 나를 처음으로 의지한 날. 기념일로 새길래요."

"잊어. 제발."

평소처럼 돌아왔던 목소리가 또다시 우울의 굴레로 기어들어 갔다. 나는 그의 품에서 살짝 빠져나와 그의 두 손목을 잡고 말했다. 카일의 푸른 눈동자가 나를 내려다보며 투명하게 빛났다.

"아무한테도 말 안 할게요, 나만 알고 있을게요. 그러니까 편하게 말해도 돼요."

아무렴, 나이 칠십 먹은 노인네들도 인생 풍파 모질다며 우는소리를 해 대는데 이제 20대에 들어선 우리 카일이 힘들 만도 하지. 그게 무슨 흠이라고. 황자라는 이유로 다 짊어지라는 게 더 이상하잖아.

여전히 축 처져 있는 카일을 위로해 주고 싶었다.

나는 힘들 때 뭐 했더라. 친구들끼리 노래방 가거나, 같이 욕하면서 놀거나, 술 퍼먹었는데.

아, 참. 알맞은 장소가 있다.

"카일, 궁 뒤편 언덕에 가 봤어요? 마구간 부지 지나서 있는 곳이요."

"······글쎄. 어릴 때 갔었던 것도 같군. 근데 손 좀 그만 만지지."

"아. 맞다."

크고 은근히 잔흉터가 많지만 관리를 잘해 부드러운 하얀 손을 찰흙마냥 만지작거리다가 냉큼 놓아드렸다.

"제가 또 너무 변태처럼 만졌죠."

수줍게 볼을 붉히며 머리를 긁적이자 카일은 진심으로 놀랍다는 표정을 한 채 물었다.

"알고 있었나?"

"······묘하게 기분이 나쁘네요."

"알면서 그런다는 게 너무 놀라워서."

"제가 자아 성찰에 좀 부지런한 편이라서요."

"반성 및 개선의 시간은 안 가지나 보군."

"……자꾸 그러시면 이 변태 그냥 가요? 내가 진짜 좋은 데 알고 있다니까."

어처구니없는 듯 하, 하며 헛웃음을 터뜨린 카일은 이내 큰 소리로 웃었다. 서재에 하하하, 웃는 그의 청량한 웃음소리가 가득 찼다.

어머, 알람 소리로 저장하고 매일 아침마다 카일 목소리로 잠에서 깨고 싶어.

카일은 웃음기 섞인 목소리로 나를 똑바로 보며 말했다. 어두운 실내 탓에 반쯤 접힌 두 눈이 초승달 같았다.

"시정잡배 같은 말투인 데다가 변태잖아."

"지금 제 얘기하는 거 맞죠?"

"자기 객관화도 빠르고."

"일부러 시비 거는 거예요? 혹시 예민하면 남한테 푸는 스타일이신가? 아, 나 그건 좀 별론데."

"근데 같이 있으면 편해져. 자꾸."

음?

이거 고백이잖아. 이 양반이 오늘 뭘 잘못 먹었나. 왜 이러지.

눈을 커다랗게 뜨고 그를 바라보다가 나도 모르게 두 손을 올렸다. 좀비마냥 두 발을 질질 끌며 다가가자 카일은 아까와는 달리 얼른 시야에서 벗어나 입구로 향했다.

"말씀하신 좋은 데로 가시죠. 변태 씨."

아. 어쩌지.

"카일. 미안한데 지금 가는 곳은 침대가 없어요. 물론 옷이라도 깔면 되지만 저 은근히 위생적인 사람이고, 그리고 우리 처음인데……."

"무슨 생각을 하는 거야! 날 그런 곳에 데리고 가려던 거였어?"

"혹시 기대하시는데 제가 실망시켜 드리는 걸까 봐요."

"아냐! 너는 대체 날 뭘로 보는 거야! 로맨틱이라고는 찾아볼 수가 없군!"

"로맨틱? 저는 로맨스 장르 19금만 봐요."

"열아홉도 안 됐잖아, 너!"

"마, 마음은 나이를 부지런하게 먹었어요. 세상이 모질다 보니……."

어릴 때부터 내 꿈은 스무 살이 되어 로맨스 소설 성인판을 결제하는 것이었다. 스물다섯이 됐는데 갑자기 죽고 다시 태어난 몸이 미성년자라서 저도 속상하다고요. 그래도 여긴 이 나이 때 되면 할 거 다 하지 않나.

내 불퉁한 표정에 카일은 마른세수를 하며 등을 굽혔다가 천천히 폈다. 무언가 많이 답답한 모양이었다.

"그냥 어디 가두고 싶다. 사고라도 칠 것 같아."

"헉! 저도 그런 생각 해요! 카일 가둬 놓고 나만 보고 싶어! 근데 그러면 내가 사고 칠까 봐!"

"그런 뜻 아냐, 나는!"

"아, 그래요?"

난 그런 뜻이었는데.

내 시큰둥한 대답을 들은 카일은 머리가 아파 오는지 관자놀이를 지그시 누르며 고개를 저었다.

"나들이는 다음으로 하지."

"아이, 농담이에요. 가요, 제가 진짜 좋은 구경 시켜 줄게요. 네?"

농담 아니지만. 카일 정말로 나만 보고 싶지만.

"마음도 단속을 좀 해. 뭐가 진실인지 알고 싶지 않아도 알게 되잖아."

울상을 지은 카일은 힘없이 벽에 기댔지만 문이 열린 뒤로는 언제 그랬냐는 듯 넓고 당당한 보폭으로 앞으로 걸었다. 뒤를 따르는 펠과 호위 기사들을 물린 그는 나를 향해 손짓했다.

"조, 따라와."

"예! 전하!"

얌전히 두 손을 모으고 그의 뒤를 따라갔다. 뒤를 돌아보니 펠 아저씨가 흐뭇하게 웃고 있었다.

카일의 궁을 나와 길게 이어지는 그림자를 졸졸 따라가다 몰래 그림자의 손이라도 잡아 보려 휘적거렸다. 걸음 더럽게 빠르네. 다리도 아프다면서. 그러다가 갑자기 멈춘 카일의 등에 박아 버렸다.

"아! 왜 갑자기 멈추세요."

"마구간 부지 끝까지 걸어왔잖아. 이제 네가 안내해야지. 뒤에서 뭘 하고 있었던 거야. 오는 내내 한 마디도 안 하고."

……당신이랑 이런 거 저런 거 하는 상상하다가 하다못해 그림자라도 잡아 보겠다고 마음으로 들쑤시고 있었는데요.

진심은 생략하기로 하고, 나는 마구간 부지 내의 평지를 경계 지어 놓은 울타리를 넘어갔다. 커다란 바위 두 개 사이로 버드나무 가지에 가린 오솔길을 카일에게 보여 줬다.

"짜잔, 여기 길 있는 거 알고 있었어요?"

"……기억이 나는 것 같기도 하고……."

추억에 젖은 얼굴의 카일을 향해 환하게 웃었다. 그의 시선이 오솔길에서 내게로 느리게 옮겨 왔다. 내 웃음에 마주 미소 짓는 표정은 과하게 치명적이었다.

저거 봐, 자기 얼굴이 무기인 줄 모르는 거야. 적당히 잘생겼으면 내가 인생을 내걸진 않았을 거라고.

새삼스레 부끄러워지는 마음에 그의 등을 떠밀며 오솔길로 안내했다. 아무도 없는 길에 들어서서야 그는 다리가 아픈 티를 내기 시작했다. 미미하게 균형이 맞지 않아 절뚝이는 걸음걸이였다.

"다리 많이 아파요? 제가 부축해 줄까요? 여기 약간 오르막길이라서 힘들죠?"

"너 방금 마음속으로 '카일 옆구리 세게 끌어안아야지.'라고 한 거 다 들었어. 음란한 생각 그만하고 긴 막대기 찾아 와."

제기랄.

온 인상을 찌푸리며 적절히 지팡이로 사용할 수 있는 나뭇가지를 골라 왔다. 말이 언덕이지 거의 등산 수준이었다. 전에 혼자 오를 때는 아무 생각 없이 올라와서 언덕인 줄 알았는데 환자랑 같이 걸으니 은근히 눈치가 보였다. 다행히 카일은 힘든 티 없이 들뜬 표정이었다.

마침내 목표 지점에 다다랐다. 더 올라갈 수 있도록 길은 남아 있었지만 나도 카일도 더 올라가고픈 마음은 없었다. 애초에 내가 봐 뒀던 곳도 여기였고.

언덕 밑은 수도를 지나가는 크고 넓은 강이었다. 그 뒤로는 약간의 평지와 낮은 언덕 같은 산들이 줄줄이 이어졌다.

"경치 좋죠?"

"……예쁘네."

불어오는 산 바람을 맞는 카일의 얼굴이 몇 시간 전의 걱정을 말끔히 씻어 낸 것처럼 맑게 빛났다.

"카일도요."

"어?"

"카일 너무 예뻐요, 진짜. 최고야. 누가 감히 당신 미모를 따라가겠어요. 별도 달도 다 따다 주고 싶은데 따 와 봤자 카일 발끝도 못 따라갈 거 같아서 아무 쓸모도 없어요."

"……면전에서 그런 말은 자제했으면 좋겠어."

"그럼 얼굴 안 볼 때는 해도 돼요?"

"이미 하고 있잖아."

아.

고개를 끄덕이며 나는 카일을 넓고 평평한 바위로 안내했다. 주머니에서 손수건도 꺼내 깔아 줬더니 카일은 무언가 복잡한 심경이 담긴 얼굴로 손수건을 내려다봤다.

"이런 에스코트는 처음 받아 보는군."

"아……. 카일이 너무 고와서, 그, 더럽히면 안 된다는 생각에 저도 모르게 그만."

카일은 픽 웃으며 내 앞 머리칼을 쓰다듬었다.

"걱정 마. 날 더럽히려는 사람은 너밖에 없으니까. 난 너만 조심하면 돼."

세상 다정한 얼굴로 잔인한 말을 건넨 그는 고풍스러운 작품처럼 손수건 위로 천천히 앉았다.

"정말 경치가 좋네."

"경치도 경치지만, 여기 좋은 점은 인적이 드물다는 거예요."

카일의 미간이 한순간에 찌그러졌다. 옆에 들고 있던 지팡이를 검처럼 말아 쥐고 금방이라도 나를 향해 빼어 들 기세였다.

아니, 내가 뭐 덮치기라도 했냐고요. 누가 보면 진짜 범죄자인 줄 알겠다. 파렴치한 생각을 한 적은 많지만 실제로 자빠뜨린 적은 없잖아요.

억울한 마음을 입 밖으로 꺼내기엔 그의 머리에 메다꽂듯 던진 말들이 다소 풍기 문란하여 입을 다물었다.

"답답할 때 여기서 소리 좀 지르라고요."

부산 살다가 처음 서울 올라갔을 때 풀 곳이 없어서 열받으면 한강 가서 소리 꽥꽥 질렀었지.

"소리를 지르라니. 그게 무슨."

"욕해 본 적 있어요?"

눈을 동그랗게 뜬 카일은 입을 벙긋거리다가 고개를 도리도리 저었다.

"물론 욕 나쁘죠. 하지만 가끔은 필요해요. 꽉 막힌 속을 터뜨려 줄 주문으로는 쌍욕만 한 게 없거든요."

"······아니, 나는······."

"자, 저 따라 해 봐요, 절대 후회 안 해요."

나는 숨을 크게 들이쉬고 뱃심을 끌어 모아 외쳤다.

"이 개씨발놈들아! 눈깔 두 짝 뽑아다가 저글링을 돌려 버릴라!"

개운하게 웃으며 카일을 향해 뒤돌았다.

"따라 해 보세요, 카일 전하! 속이 시원해질지도 몰라요!"

"아니······ 나는 너무 놀라운데."

"아, 너무 거칠었나. 그러면 그냥, 조카! 내 맘대로 할 거야! 이렇게 외쳐 보세요."

"조······카? 네이트 공국으로 시집간 사촌 누이가 이번에 아들을 낳았다고 하던데."

"마음 깊이 축하드리는 바입니다. 하지만 지금의 의미는 약간 달라요. 얼른 조카를 크게 외쳐 보세요. '아, 몰라! 내 인생 내 마음 가는 대로 할 거야! 아, 몰라!' 하는 그런 마음으로요."

카일은 어리둥절한 표정으로 나를 보다가 작게 말했다.

"조카!"

"좋아요! 네이트 공국까지 들릴 정도로!"

"……조카!"

"잘했어요! '조카! 조팝나무 십장생들아!' 해 보세요! 카일 무시한 놈들 다 깔아뭉갠다 생각하고!"

이해할 수 없는 외계 생명체를 보듯 나를 빤히 보던 카일은 이내 허공을 보며 힘껏 외쳤다.

"……조팝나무 십장생들아! 조카!"

"잘했어요!"

카일을 향해 박수갈채를 치며 다가갔지만 왜인지 스스로에게 겁을 집어먹은 그는 길 잃은 동공을 마구 흔드는 중이었다.

"괜찮아요, 카일. 기분은 어때요."

"……큰 죄를 저지른 기분이야."

"금기는 원래 어기라고 있는 거죠."

"……어릴 적, 어마마마가 친구를 골라 사귀라고 했는데."

"저는 전하랑 친구 할 생각 없는데요."

이맛살을 찌푸린 카일은 내게서 반걸음 떨어졌다. 그렇게 질색할 정도인가요.

"너는 고백에 정도라는 게 없어."

"저 원래 어중간한 거 싫어해요."

"평민은 다 너 같은가?"

"지금 제 앞에서 다른 평민을 만나 보겠다는 말씀을 하시는 거예요?"

"……만날 일도 없지만 만났다간 죽을 거 같군. 그이가 네 손에 말이야."

"당연하죠."

망설임 없는 빠른 대답에 카일은 바람 빠지는 소리를 내며 웃었다. 푸흐흐,

라니. 역시 로맨스 소설 등장인물다운 웃음소리였다.

"웃음으로도 교양을 뽐낼 수가 있군요."

순수한 감탄이었다. 카일은 바람에 날리는 머리카락을 부드럽게 쓸어 넘겼다. 녹음이 우거진 수풀을 배경으로 선 미남이 그림처럼 느껴졌다. 어느새 바위에 주저앉아 그의 옆모습을 열심히 관찰했다.

내가 전생에 복을 많이 쌓았나 보다. 엄마, 아빠. 그동안 키워 주셔서 정말 감사했고, 오빠. 오빠가 사다 놓은 아이스크림 먹은 거 나야. 미안했다. 물론 이제 그럴 일 없겠지만. 아니, 아무튼 제가 복을 많이 쌓았는지 죽어서 다른 세계로 와 이렇게 좋은 구경을 합니다. 엄마. 아빠. 오빠. 많이 보고 싶지만. 잘 살길 바랄게요. 산 놈은 살아야 하고, 저도 새롭게 사는 김에 옴팡지게 잘 살아 볼게요.

새삼스럽게 눈물이 새어 나올 것 같았다. 너무 대단한 예술 작품을 보면 감동하는 것처럼.

카일이 나를 돌아보자 호선을 그리며 올라간 그의 입꼬리가 눈에 들어왔다. 짙은 눈썹과 우뚝 솟은 콧대와 날렵하면서 단단하게 각진 턱선. 너무 잘생겼어. 해로울 정도로 잘생겼어.

"그러고 보니 너 꼴이 왜 그래. 여기 올라오기 전부터 그랬잖아."

"예에……."

대답인지 신나서 뱉는 'Oh yeah' 인지 스스로도 구분이 가지 않았다.

내가 얼굴만 보고 사람을 판단할 것 같다면 아주 큰 오예입니다.

"조, 대답해. 그러고 보니 목에도 생채기가 있고, 팔에도 긁힌 자국이 있잖아."

"예?"

말을 듣고 팔을 내려다보니 붉게 올라온 자국이 눈에 들어왔다. 달릴 거 다 달린 놈들이 치사하게 팔을 긁어 놨네.

"아, 치사한 놈들."

"뭐?"

"식당에서 밥 먹다가 조금 싸웠는데—"

"싸워?"

"네. 틸리 님이 저 3일 동안 생활관 출입 금지래요."

"왜."

"제가 먼저 그, 누구더라. 아무튼 그놈 얼굴을 수프 그릇에 박아 버렸거든요."

"……왜."

뭐라고 말하지? 걔들이 전하 욕을 해서 쓴맛을 보여 줬어요? 고자로 만들어 주려다가 참았어요? 릭이 말려 줘서 빠르게 끝났어요? 아니면,

"한 대도 안 맞았어요. 걱정하지 마세요."

"하?"

카일의 고개가 한쪽으로 삐뚤게 돌아갔다. 팔짱을 낀 채 나를 노려보는 카일이 짝다리를 짚었다. 다분히 불만 많은 얼굴이었다. 물론 나는 화내는 그의 얼굴도 카메라로 찍고 싶어서 안달이 난 상태였다.

미래 세계로 갔어야 했나. 카메라가 없는 세상이라니. 아니, 현대였으면 그냥 연예인 시키는 건데. 내가 카메라 들고 쫓아다니게.

"소란 일으키지 말고 조용히 있으라고 했잖아."

"마구간에서 일한 지 거의 1년이 다 되어 가는걸요. 저 그동안 엄청 조용히 잘 지내지 않았어요?"

그는 나를 꿰뚫기라도 할 것처럼 조용히 끈질기게 응시했다.

"……네. 양심 고백합니다. 제가 조용하지만은 않았죠."

앞서 말했듯 나는 자기 객관화가 빨랐다.

"그냥…… 진짜 별일 아니었어요."

카일이 나를 향해 한 발자국 가까이 다가왔다. 그는 망설이다 내 손을 조심스레 잡고 입가로 가져다 댄 후 숨결이 닿을 거리에서 눈을 내리깔곤 말했다. 미인계였다.

"걱정이 돼서 그래. 왜 싸웠어. 조."

당연히 넘어갔다.

"……저는 밥을 먹고 있었는데요, 기마 대회 얘기를 하더라고요. 다른 궁에

서 일하는 놈들 같았는데 기마 대회가 재미가 있었니, 없었니 떠드는데 목소리가 너무 크고 거슬렸어요. 오늘 찐 감자 버터구이였단 말이에요. 내가 좋아하는 반찬인데 입맛이 뚝 떨어졌어요."

알 만하다는 듯 카일은 물가에 일어나는 작은 파문처럼 잔잔히 웃었다. 다정한 목소리가 귓가를 맴돌았다.

"날 욕했나 보네. 그래서, 어떻게 때려 줬어?"

맑은 호수처럼 푸른 눈동자에 거울처럼 내 얼빵한 얼굴이 비쳤다.

"그냥, 대충, 적당히……."

"조."

손 뻗으면 그대로 껴안을 수 있는 거리에서 나직하게 묻는 그의 미인계에 나는 다시 한 번 순순히 입을 열고 말았다.

"수프에 얼굴을 박은 놈은 명치를 때린 다음에 사타구니를 걷어찼고요, 제 어깨를 잡았던 놈은 코를 때리고 그릇으로 얼굴을 후려친 다음에 턱을 올려 쳤어요. 그 뒤엔 릭이 와서 말렸어요. 저는 안 맞았어요."

반쯤 혼이 나간 상태로 나는 눈을 굴리며 하나씩 손가락을 접어 가며 대답했다. 몇 대 때렸더라, 하나둘씩 접히는 손가락을 본 카일은 기가 찼는지 쓰게 웃으며 내 이마에 약하게 딱밤을 때렸다.

"아! 카일! 전부터 자꾸 한 대씩 치는데 저 가만 맞고 있는 사람 아니에요!"

"그래. 조 네가 어떤 성격인지는 이제 잘 알겠어. 모르고 싶어도 이미 너무 알아 버렸어. 그래도 싸우지는 마. 다치면 안 되잖아. 큰일 나면 어쩌려고. 여자인 거 들키면 황궁에서 생활하지도 못하잖아."

"그때는 조세핀이라고 하고 다시 여자로 들어와서 일할래요. 안 되면 전하 침대 밑에라도 숨어들게요."

"아, 그건 좀."

"아무튼, 저는 안 참아요."

"응?"

"전 안 참아요. 뒷일은 뒤에 생각할래요."

가까이에 서 있는 나를 관찰이라도 하는 것처럼 지그시 내 눈을 보던 카일은 잘게 고개를 끄덕였다. 그렇구나, 하는 짧은 감상까지 덧붙이며.

뒤돌아서서 이제 내려가자며 걸음을 재촉하는 카일의 뒷덜미가 또 발갛게 익어 있었다. 꽃잎이 떨어져 물든 것 같았다.

산길을 내려가는 중에 카일은 나지막이 물었다.

"벤지…… 보러 갈 거야?"

"가지 말까요?"

"왜 내게 물어."

"저는 전하의 마구간지기잖아요. 갈까요? 가지 말까요?"

카일은 내리막길을 천천히 내려가다가 한참 뒤에 말했다.

"마구간에 말도 늘었는데 바쁘지 않나."

"그럼 안 갈게요."

"……그래."

산을 다 내려왔을 즈음, 오솔길을 빠져나오며 카일은 다시 말했다.

"……그래도 가는 게 좋겠지."

"어우, 다행이다. 완전 집착 쩌는 남편 될까 봐 마음 졸였네."

"너랑 결혼한다고 한 적 없어."

"그럼 저 말고 누구랑 하시게요."

"……너는 내가 좋아? 결혼까지 하고플 만큼?"

"두말하면 잔소리죠."

당연한 걸 아직도 묻고 있네. 아주 지긋지긋해질 때까지 말해 주지. 투지를 불태우며 그를 바라봤지만 카일은 끝내 내 눈을 피하더니 중요한 저녁 식사가 있다며 서둘러 돌아갔다.

기마 대회 우승자를 축하하는 자리라고 했나. 파티는 1주일 후에 열리겠지만, 그거야 허울뿐이고, 황제가 참석하는 황족들의 식사 자리는 오늘이었다.

우승자 축하 식사?

뭐였지. 뭐더라.

수통에 가득 채운 물을 꿀꺽꿀꺽 마시며 느긋하게 떠올렸다. 다음엔 종이에 다가 사건이 일어나는 순서대로 써 놔야겠어. 책 안 읽은 지 오래돼서 기억이 안 나잖아. 골백번을 읽어서 거의 외울 정도였음에도 시간이 지나자 차츰 기억은 흐릿해졌다.

어디 보자, 기마 대회가 끝나고, 헤론이 우승했고, 식사 자리에서 헤론이 이사크를 골탕 먹이고, 파티에선…… 음? 헤론?

아! 헤론!

고분고분하지 않은 이사크를 아니꼽게 보던 헤론은 그가 자신의 우승을 제대로 축하하지 않는 게 열이 받아서—식사 전에 미리 헤론의 궁으로 찾아가 축하한다는 말을 전해야 했는데 그러지 않았다는 이유였다. 인성이 글러 먹었어, 진짜—그의 술잔에 미약을 넣었다.

미약을 마시고 비틀대던 이사크는 정찬실을 나가다 실수로 시녀와 어깨가 부딪혔다. 제대로 거리가 가늠이 되지 않는 데다 시야도 마구 흔들리는 중이었다. 이사크는 넘어지려는 시녀를 잡아 주려 손을 뻗었고 헤론이 그를 막고서 말했다.

"속상하다고 시녀에게 손을 대는 저속한 짓을 하려 하면 안 되지, 네가 아무리 시장 골목을 누비던 놈이었다고는 해도 이제는 황자잖니."

말도 안 되는 헛소리는 덤.

독도 아닌 약한 미약이라 몇 시간 뒤 금방 정신을 차렸지만 이사크에 대한 지저분한 소문이 돌았다. 딱 헤론이 생각할 만한 너저분하고 찌질한 복수였다. 죽일 거면 죽이든가, 평판만 구리게 만드는.

덤으로 델로아의 오해까지 사 버렸지.

비록 헤론이 기마 대회에서 우승하진 못했지만 이사크가 헤론의 기사들에게 큰 소리로 훈계했으니 원한 관계는 분명했다.

헤론이라면 틀림없이 간계를 꾸몄을 거야. 막아야 돼! 우리 델로아 아가씨 오해한다고.

엉망으로 흐트러진 머리를 다시 단정히 묶고 이사크의 별궁으로 향했지만 그는 이미 식사 자리를 위해 본궁으로 떠난 뒤였다.

어쩌지. 어떻게 말리지.

"조! 너 아까 낮에 싸웠다며!"

"제인! 일리나! 안녕. 근데 걔들이 먼저 말실수했어."

"알아, 우리도 들었어. 근데 틸리 님이 걔네 봉급 깎은 거 알아?"

"진짜? 대박이네. 난 생활관 3일 출입 금지지만 걔네는 돈이 깎였잖아. 내가 더 낫네!"

"그렇지, 겉보기엔 네가 더 엄중하게 벌받은 거 같지만 사실은 거기가 더 심하다더라구."

"틸리 님 진짜 뛰어난 상사다."

일리나와 제인은 까르르 웃고는 퇴근한다고 손을 흔들며 가 버렸다. 궁에서 기거하며 일하는 나 같은 사람도 있는 반면 출퇴근하는 하녀나 시종들도 많았다.

멀어지는 제인과 일리나를 뚫어지게 보다가 좋은 생각이 떠올랐다.

별궁의 정문을 지나 내부로 들어서는 동안에는 나를 붙잡는 호위병들이 없었다. 그간 연애 상담을 도와준 기사가 넉살 좋게 어깨동무를 해 오기도 했다.

"여— 조. 여긴 또 무슨 일이야."

"아, 파무크 기사님. 안녕하세요. 요새 플로리안 아가씨랑은 어떠세요. 잘 지내시죠."

"그럼, 여전히 내 온 마음을 다해 사랑하고 있지, 고마워. 조. 너 아니었으면 평생 땅굴만 팔 뻔했어."

"하하하. 파무크 님 너무 멋지셔서 아마 제 도움 없이도 충분하셨을걸요."

"자식이, 아부 떨기는. 아무튼 너 필요한 거 있으면 언제든 말해! 내가 도와줄 테니까!"

"예! 기사님!"

네가 친한 척 안 하는 게 날 도와주는 거다. 파무크의 어깨동무에서 풀려난 나는 웃으며 빠르게 앞으로 이동했다. 주변을 샅샅이 살핀 후 조심스럽게 이사크 궁 내부의 시종과 하녀들이 사용하는 별관으로 들어갔다. 다들 이른 저녁을 먹으러 갔거나 일리나처럼 퇴근했겠지. 나는 조용히 하녀의 탈의실로 직행했다.

일리나, 일리나…….

그간 열심히 글을 배웠으니까 이름을 읽는 것 정도는 가뿐했다. 일리나라고 적힌 칸의 서랍을 찾아내 열자 곱게 개켜진 하녀복이 눈에 들어왔다.

미안해. 일리나. 깨끗이 입고 돌려줄게.

하녀복을 입고 눈에 띄는 은색 머리카락은 모자 안으로 싹 밀어 넣어 버렸다. 슬쩍 거울을 보니 짙은 황금빛 눈이 유독 눈에 띄었다. 아, 적당히 예뻤어야 했는데. 내가 너무 예뻐 버렸네. 아무튼 그건 옆자리에 있는 썸머의 바구니 속 안경을 훔쳐 쓰는 것으로 만족했다. 눈이 약간 어지러웠지만 괜찮았다. 별궁을 빠져나오는 동안 파무크와 다시 마주쳐 눈치를 보며 얼굴을 숙였다. 다행히 그는 싱긋 웃는 것 말고는 별말이 없었다.

식사가 이미 시작했을 시간이었다. 포도주에 약을 넣는 것만 막으면 돼.

하녀들이 다니는 길을 통해 본궁으로 들어가 복도를 빠른 걸음으로 지나 와인 창고로 들어가자 턱이 두 개로 늘어진 떡두꺼비 같은 아저씨가 코를 킁, 하고 들이마시고는 말을 걸었다.

"뭐야, 너. 누구야."

"안녕하세요! 오늘 석찬에 올라갈 특제 와인을 준비하라는 명을 받아서 왔습니다!"

"벌써?"

"네!"

한껏 입꼬리를 올려 생글거리며 그에게 다가갔다.

테이블 위로 올라가는 그 순간까지.

와인, 놓치지 않을 거예요.

"너 이름이 뭔데!"

"……조세핀이요."

드디어 조세핀으로 화려하게 데뷔하네요.

광대를 올려 웃으며 윗니 아랫니를 최대한 균일하게 보여 주자 두꺼비가 다시 코를 킁, 하고 들이마시더니 몸을 움직였다.

"오늘 술은 아주 좋은 거야."

"어유, 그럼요. 조심히 들고 갈게요."

"근데 왜 에스킨이 아니라 네가 왔어?"

"오늘은 제가 일을 전달받았어요."

"그래? 에스킨이 필요한데 말이야. 걔가 이런 일에는 제격인데."

"어유, 저도 잘해요."

너스레를 떨며 와인 창고 안쪽으로 들어가는 두꺼비의 뒤를 조용히 따랐다. 그는 걷는 내내 에스킨의 이름을 댔다. 아마 이놈의 입에서 자유롭게 나오는 걸 보니 에스킨이라는 놈도 심부름이나 궁의 잡일을 하는 하인인 것 같았다.

"에스킨보다 제가 더 잘할 수 있어요! 믿어 보세요!"

바빠 죽겠는데 말을 왜 자꾸 하는 거야. 호기롭게 외쳤더니 두꺼비는 안 그래도 큰 눈을 더 크게 뜨고는 '오, 보기완 다른데. 그래!' 하며 사람 몸통만 한 오크통을 가리켰다.

"자!"

"예?"

"여깄잖아."

거짓말.

못 들은 척하고 싶었지만 두꺼비의 손가락이 너무나도 명확하게 그곳을 향했다.

"정말 이건가요?"

"왜 그래. 아니면 에스킨 부르든가."

"아니요! 제가 할 수 있어요! 저 잘해요, 저 원래 힘쓰는 애예요!"

"하녀가 힘을 써?"

"그…… 제가 힘을 좀 써요."

마구간에서 일하다 보면 싫어도 힘을 자주 쓰게 됩니다. 근육도 붙습니다.

오크통을 안아 들자니 밑으로 빠질 것 같았고, 뒤로 업자니 손바닥으로 받칠 수 있는 무게나 크기가 아니었다.

"……머리로 짊어지겠습니다."

주머니에서 손수건을 꺼내 똬리를 틀어 정수리에 깔고 오크통을 천천히 내

쪽으로 굴리며 반쯤 들어 올렸다. 꽉 찬 포도주가 찰랑이는 느낌이 무언가 잘
못돼 가고 있다는 걸 알려 주고 있었다.

이 두꺼비 새끼 나 엿 먹이려고 일부러 이러는 건가. 며칠 전에 생활관에서
나 본 거 아냐? 일부러 이러나.

언뜻 곁눈질로 눈치를 봤지만 두꺼비는 아까와 달리 진심으로 걱정하는 표
정이었다.

"조세핀. 너 진짜 위험해 보여. 이거 쏟으면 너나 나나 다 끝장이라고. 안 되
겠어. 에스킨 불러와."

내가 오크통을 반만 들어 올린 채 주춤대고 있자 그가 금방이라도 에스킨을
불러올 것처럼 몸을 움직였다.

"아! 저 지금 갑니다! 이 정도는 누워서 떡 먹기예요! 모르시겠지만 저 고향
에서 생활의 달인에도 나갔어요!"

"그게 뭔데!"

"와~ 정말 가볍다!"

그의 말을 무시한 채 오크통을 굴려 옆으로 눕힌 뒤에 머리 정중앙에 자리
잡도록 한 후 조심히 허벅지 근육에 힘을 주고 완전히 일어섰다. 척추가 그대
로 내려앉을 것 같은 감각이 강렬하게 뒤통수부터 짜릿하게 온몸을 타고 흘렀
다.

"괜찮아? 아니면 에스킨을……."

"내가 할 쑤 있따니꽈악!"

힘들어 죽겠는데 그놈의 에스킨, 에스킨, 그렇게 에스킨이 좋으면 그 염병할
에스킨이랑 살림이라도 차리던가.

물론 욕은 마음속으로만 했다. 나는 심호흡을 길게 내뱉으며 천천히 한 걸음
을 내디뎠다. 땅을 디딜 때마다 오크통 안의 포도주가 찰랑였다. 통 양옆을 잡
고 있는 손아귀에 힘이 바짝 들어갔다. 더 이상 시간을 지체할 순 없었다.

"저 이제 가 볼게요!"

"그래, 쏟지 마. 제발."

"예!"

빠르게 대답하고 차분하게 계단을 올라 복도를 지났다. 두더지 게임 할 때는 두더지의 고충을 알지 못했다. 그들도 직업병이 있었겠지. 두더지들아, 미안해. 앞으론 정수리를 때려 목이 들어가도록 하는 일은 없을 거야. 나는 너희를 응원한단다.

눈물을 삼키며 겨우 주방까지 들어가자 시끌벅적한 주방이 한층 더 소란해졌다.

"이게 뭐야!"

"어떻게 다 들고 왔대!"

"아, 마침 포도주 갈아야 할 때라고 하긴 했는데!"

"에스킨은 어딜 가고 여자애가 이걸 혼자 들고 왔어!"

"그레이든이 수레 있다고 안 하든?"

"그레이든 그 자식 건망증 있잖아! 내가 볼 땐 걔 한 잔씩 홀짝홀짝 마시다가 바보 된 것 같다니까!"

다들 한마디씩 하며 내 주위로 몰려들었고 나는 최대한 상냥하게 웃으며 대답했다.

"알겠는데 이거 좀 내려 주실래요?"

내 척추 접이식 되기 전에.

황제가 늦게 도착해서인지 식사는 끝나지 않았다고 했다. 하지만 그가 축하 포도주를 가져오라 명했으니 지금 얼른 나가야 한다며 시녀가 주방을 재촉했다. 정신없고 바쁜 주방이라 그런지 내가 누구인지 딱히 묻는 사람은 없었다. 왜건에 와인 잔과 병을 올리고 주방에서 출발하려는 순간 누군가 내 어깨를 잡았다.

"너 누구야."

"……조세핀이라고 합니다. 안녕하세요."

"나도 하녀야. 존댓말 할 필요는 없어."

"그래? 나 바빠. 놔."

"너 어디 소속이야."

"너 아까 시녀장님 말씀 못 들었니? 귀에 소시지 박았어? 빨리 가야 한다잖아."

"……마, 말을 왜 그렇게 해. 너. 오늘 와인은 내 담당이야."

너구나, 이년.

"누가 너보고 하래. 오늘 나야."

"아냐! 내가 지시받았어!"

"야. 나 집에 홀어머니하고 동생들만 여섯이야. 나 일 제대로 못 한다고 짤리면 우리 가족 다 굶어 죽는다고. 나 아까 니 몸뚱이만 한 오크통 짊어지고 온 거 봤지? 내 열정을 네 착각하고 뒤바꾸지 마라."

"와, 와인은 원래 내가 따라 드리는 건데!"

"그래? 그럼 오늘은 내가 해. 비켜. 걸리적거려."

일을 빼앗긴 하녀를 툭 치고 왜건을 끌고 정찬실로 천천히 걸어 들어갔다.

와인에 약을 못 탔으니까 이젠 안심해도 되겠지.

정찬실의 문이 열리자 공기 자체가 달라졌다. 무겁게 가라앉은 공기가 목을 조여 오는 기분이었다. 왜건의 바퀴가 굴러가는 소리가 유독 크게 들려 침조차 쉽게 삼킬 수 없었다.

"술이 늦었군."

황제의 낮은 목소리가 비수처럼 날아들었다. 몸을 크게 떨지 않으려 했지만 순간적인 중압감에 저절로 어깨를 파득 떨고 말았다. 다행히 황족들은 하녀 따위의 감정에는 크게 신경 쓰지 않는 눈치였다.

슬쩍 눈을 들어 살피자 카일은 커다란 눈을 무심히 깜빡이며 기계적으로 웃고 있는 중이었다. 다분히 사무적이지만 은근히 다정해 보이는 미소였다. 저렇게 꾸준하게 잘생기기도 힘들 텐데. 어쩜 부지런하기도 해라.

황제부터 시작해서 황후 엘린느, 1황비 프리실라, 2황비 이그리트. 3황비 루이지엔느에게까지 포도주를 따랐다.

레스토랑에서 알바해 보길 잘했다. 포도주 따르는 건 자신 있다고요. 처음 아르바이트 시작했을 때 매니저가 하도 신경 긁으며 갈궈서 3일 동안 집에서 물로 연습해 통달한 기술이었다. 와인을 튀지 않도록 높이 따랐다가 적당한 높이에서 다시 주욱 내려와 둥글리며 거두었다.

근데 너무 눈에 띄어 버렸다. 조용히 티 안 나게 술만 따르고 갔어야 했는데.

자상하고 정이 많다는 걸로 유명한 2황비 이그리트가 작게 박수를 치며 신기해했다.

"포도주 정말 잘 따르네. 그렇죠, 폐하?"

이목이 집중되는 게 느껴졌다. 최대한 눈을 아래로 내리깔며 허리만 살짝 아래로 굽혔다가 다시 올렸다. 내게 말을 건 게 아니라서 대답할 수도 없는 상황이었다.

와인을 따르는 걸 보고 있던 황제가 '음. 그렇군.' 하며 짧게 감상을 던졌을 뿐 달리 반응을 보이지 않자 이그리트는 다시 조용해졌다.

불쌍한 이그리트 황비님.

황자들의 포도주 잔을 하나씩 내려놓았다. 카일 옆에 가서 서자 그 특유의 시원한 나무 향과 은근한 단내가 느껴졌다.

나 진짜 백 보 뒤에서 냄새만 맡아도 우리 카일 맞출 수 있어.

광대가 씰룩대려는 걸 겨우 눌러 참았는데 가만히 앉아서 황비들의 대화를 듣고 있던 카일의 귀가 살짝 발그레해지는 게 눈에 보였다.

어떡해, 들렸나 봐. 귀여워. 티는 못 내고 귀만 빨개졌어.

목적어를 생략하고 마음껏 속으로 안달복달하며 그를 귀여워하다가 카일의 뒤를 이어 헤론, 시에나까지 와인을 부어 주고 이사크 몫의 잔을 그의 앞에 내려놓았다.

왜건에 올려놓은 잔의 순서대로 내려놓는 중이었는데 무언가 이상했다. 이사크 잔의 입이 맞닿는 부분이 빛을 받자 살짝 반짝였다.

……저게 뭐지.

불안한 예감이 개미 떼처럼 기어 올라왔다. 어쩐지 뭔가 다 곱게 넘어간다 했어. 술을 따르기 전 살짝 몸을 기울여 잔 안을 살펴보았다. 그렇게 찾던 미약 가루는 아까 그 하녀가 들고 있던 게 아니었다. 잔 안에 이미 뿌려져 있었다.

망했네.

이미 포도주를 따르기 위해 손 각도를 기울인 상황이었다. 황족들이 얘기를 나누고 있으니 나 따위가 멈출 수도 없었고, 이제 와서 이사크의 잔만 바꿔 올 수도 없었다.

지금 잔을 깨면서 포도주를 엎지르면?

만찬을 망쳤다고 목이 잘리겠지.

최대한 천천히 따르려고 했지만 이사크의 잔은 와인으로 채워지고 있었다. 가득 채워서 넘쳐서 약까지 흘러넘치게 하면?

그것도 목이 날아간다.

이쯤 되니 포기하고 싶어졌다.

미약에 취해도 시녀 손목만 안 잡으면 되는 거 아닐까. 진정하라고 어디 창고에 가둬 놓고 얌전해질 때쯤 풀어 주는 게 좋을 거 같은데.

그래. 그 작전으로 가자.

포기하니 한결 마음이 편했다.

성년식도 치르지 않은 테오도르에게는 알코올이 들어가 있지 않은 과일 음료를 따라 주었다. 한동안 못 봤던 테오도르의 동그란 머리를 쓰다듬고픈 욕망을 억누르며 그의 잔도 가득 채운 뒤 나는 조심스럽게 뒤로 물러났다.

아니, 잠깐만. 오늘 와인에 손댄 사람이라곤 나밖에 없는데 내가 오해받는 거 아냐?

이러나저러나 나는 끝이잖아. 카일이랑 키스 한번 못 해 보고 이렇게 가는가.

안경 속 시야가 저절로 빙빙 돌았다.

그때 갑자기 황제가 작은 탄성을 흘렸다.

"아."

모두의 이목이 집중되었다. 심지어 눈을 깔고 있어야 하는 나까지. 황제는 재밌는 생각이 났다는 것처럼 걸쭉하게 웃었다.

"거기. 하녀."

하녀? 음식을 세팅한 하녀는 이미 정찬실을 나가서 디저트를 준비하고 있을 터였고, 정찬실에 남은 하녀는 상시 대기하며 술병을 들고 있는 나뿐이었다. 천천히 고개를 들자 그의 손가락이 나를 향하고 있는 게 눈에 들어왔다. 나는 고개를 숙이며 최대한 짧게 대답했다.

"예."

"기마 대회를 구경했나."

"……예."

"즐거웠나? 아니면 지루했나? 그것도 아니면, 게임이 영 시시하게 끝난 것 같나?"

황제는 특유의 느긋한 음성으로 히죽대며 말했다. 누가 봐도 카일을 겨냥한 말이었다.

"……저는 즐거웠습니다."

고개를 들지 않고 차분하게 대답했다.

"그래? 그럼 우승자가 하사하는 술을 받아 보는 게 어떻겠나. 아마 네 평생에 이런 기회는 없을 테니."

콜로세움에서 이례적인 야유가 흘러나왔다는 걸 알고 있으면서.

잔인한 새끼. 아니나 다를까 프리실라 황비의 얼굴이 묘하게 구겨지는 게 보였다. 나를 등진 카일의 표정은 확인할 수 없었다.

"……영광입니다. 황제 폐하. ……카일 황자 전하."

굳은 듯 앉아 있던 카일이 술잔을 들어 올리는 순간 갑자기 황제가 테이블을 쿵 치더니 말도 안 되는 제안을 건넸다.

"아니면 원하는 사람을 직접 골라 보는 건 어때. 우승자가 아닌 사람을 응원했을 수도 있으니까. 누구의 잔을 받고 싶지?"

황제가 물 빠진 연한 갈색 수염을 매만지며 번들대는 눈으로 나를 바라봤다.

카일이요, 당연히 저는 카일뿐인데…….

이사크의 약이 들어간 술잔이 눈에 밟혔다. 이건 기회였다. 프리실라 황비가 얼굴에 미소를 띤 채 황제를 만류했다.

"장난이 지나치시네요, 폐하."

"그대의 말처럼 그냥 장난이지. ……자, 얼른 고르지. 기마 대회에 출전했던 황자들은 모두 알고 있겠지. 아니면 따로 응원하던 기사가 있었나."

"아뇨, 그런 건 아니지만……."

당신에겐 이 모든 게 그저 장난이잖아요. 아들들을 싸움 붙이고, 자존심을 벼랑 끝까지 내몰아 결국은 추락시켜 버리는 이 짓들이. 누군가는 당신의 어쭙잖은 인정을 받아 보겠다고 평생을 스스로 옭아매며 사는데요.

몇 시간 전, 나를 붙잡으며 떨던 카일의 낮은 음성이 아직도 생생했지만 나는 이사크의 술을 뺏어 마셔야만 했다.

"……폐하. 저는 이사크 황자 전하께 잔을 받고 싶습니다."

"영웅을 좋아하는 타입이군."

타입 같은 소리 하고 있네.

영웅을 선택한 나! 황제를 죽이고 싶어 하는 B타입! 입니다!

얌전히 고개를 숙이고 있자 황제가 손을 휘휘 저었다. 별로 재미없어 보이는 눈치였다. 그럴 줄 알았다는 반응인 건지, 아니면 막상 해 보니 다들 그저 인형처럼 굳은 채 웃고만 있어서 흥미가 떨어진 건지. 어느 쪽인지 알 수는 없었지만 한 가지는 확실했다.

황제는 재수 없다.

이사크는 잔을 들고 내게 다가오며 특유의 친절한 뉘앙스로 말을 걸었다.

"살짝 입만 대도 돼."

머리카락을 다 가린 데다 눈도 마주치지 않은 채 얼굴을 숙이고 있으니 알아보지 못하는 것이 당연했다.

하지만 나는 필연적으로 와인을 다 마셔야 했다. 슬쩍 눈을 굴려 앞을 보니 헤론이 주먹을 꽉 쥐고 나를 노려보고 있는 게 보였다.

어쩌라고, 인마.

씨익 웃었다. 나는 싫어하는 애 엿 먹일 때 그렇게 신나더라. 원래 도덕과 썩 친밀한 편은 아니었으니까, 뭐.

"와인은 처음 먹어 봐요! 황자님!"

신나는 척을 하며 이사크에게 잔을 받아 꿀꺽꿀꺽 모조리 마셔 버렸다. 황제는 이제 아예 흥미가 떨어져 버렸는지 빨리 새 잔을 가져오라며 성화였다.

언뜻 바라본 카일의 얼굴은 여전히 그림처럼 아름다웠다.

입꼬리가 약 1mm 정도 내려가 있다는 것만 빼면. 어깨가 조금 아래로 처져 있다는 것만 빼면.

우승자인 자신보다 영웅이 좋다는 하녀의 일개 의견을 되도록 무시했으면 좋겠지만 카일은 그럴 사람이 못 되는 것 같았다. 경기장을 가득 채운 사람들의 야유 섞인 함성을 들었으니 그럴 만도 했다. 그 와중에 저렇게 표정 관리를 하고 있는 게 대단할 정도였으니까.

약 기운이 오르기 전에 정찬실을 빠져나가며 마음속으로 열렬히 외쳤다.

귀여운 내 아침 햇살 카일, 내가 여기 오고 나서 당신 혹시라도 볼 수 있을까 봐 아침에 일찍 일어나요. 못 보면 너무 아쉬워서 밤에 잠이 안 올 정도예요. 매일이라도 보고 싶어요. 그니까 좀 자주 와요. 나는 그냥 카일이 다 좋아요. 전부 다요.

뒤돌아 문을 닫으며 카일의 얼굴을 바라봤다. 살짝 미소 지은 채 와인 잔의 기둥 부분을 잡고 내려다보고 있었다. 내리깐 푸른 눈동자에 슬픈 빛이 사라진 것만으로도 충분했다.

문이 닫히자마자 몸에 열기가 훅 돌기 시작했다.

이거 생각보다 약효가 엄청 빨리 도네. 머리가 핑핑 도는 와중에 아까 그 하녀가 내 앞을 가로막길래 잘됐다 싶어서 황제의 명을 전했다.

"야. 폐하가 잔 하나 새로 가져오라 명하셨어. 이사크 전하 몫으로."

"어우, 술 냄새! 너 술 먹었니?"

"넌 귀 먹었니? 잔 갖다드리라고."

더워 죽겠는데 왜 말귀를 못 알아먹어. 인상을 찌푸리고 말하는데 열이 올라 순간 머리가 핑 돌았다. 나도 모르게 앞에 선 하녀의 어깨를 짚자 그녀가 화들짝 놀라며 나를 부축했다.

"아, 아파?"

"……응."

"아픈 거면 말하지. 알았어. 잔은 내가 들고 들어갈게."

좋은 애였나 보다. 비록 돈 받고 이사크 잔에 약을 바르긴 했지만.

아닌가, 쟤가 아닌가. 왜건을 빨리 끌고 가라고 재촉하며 순서대로 잔을 내려놓으라고 시키던 시녀가 범인일 수도 있다. 하지만 지금 와서는 그 모든 것들이 그다지 중요하지 않게 느껴졌다.

얼른 마구간으로 돌아가든지 아무 데나 가서 숨어야겠다고요.

나를 붙잡는 하녀의 팔을 뿌리치고 빠른 걸음으로 주방 뒷문으로 빠져나갔다. 어서 본궁을 나가 별궁의 하녀 탈의실로 돌아가야 했다. 본궁 입구 쪽으로 한 걸음씩 걷는데 다리에 힘이 풀리고 자꾸만 의식이 흐려졌다.

미약이라더니 순 엉터리네. 거시기한 생각일랑 하나도 들지 않았고 그저 머리만 아파 왔다. 머리를 반으로 쪼개 버릴 것만 같은 두통과 저절로 후들거리는 사지 때문에 빨리 어디든 눕고 싶었다. 이게 대체 몸살이랑 다를 게 뭐야.

울지도 않는데 시야가 흐려 인상을 찌푸리고 앞으로 걸어가던 중 누군가 내 앞을 가로막았다.

"하녀 아가씨, 괜찮아?"

평범한 은색 기본 갑옷을 입은 걸 보아하니 보초병인 듯했다.

"예, 저는 괜찮……"

"아프면 잠깐 쉬었다 가."

그가 손짓으로 풀숲 너머를 가리켰다.

아.

가끔 이런 놈들이 있다고 하더라. 근무 시간에 하녀를 꼬시는 놈들.

하지만 나는 임자 있어, 인마.

"싫어요."

"쉬는 시간 아니야?"

"쉬는 시간이건 나발이건 무슨 상관이야. 신이 번식 타임을 따로 가지라고 시켜도 너랑은 하는 일 없을 테니까 놓으라고요."

손목을 붙잡고 있던 보초병이 움찔 떨며 손에 힘을 빼자 나는 그를 매몰차게 뿌리치고 다시 앞으로 걸어갔다.

어디 잡몹같이 생긴 놈이.

한 걸음 한 걸음 떼기가 쉽지 않았지만 겨우 별궁 탈의실로 들어가 옷을 갈아입었다. 가슴을 힘 있게 동여매야 하는데 손에 제대로 힘이 들어가지 않았다. 대충 묶고 정리한 뒤에 모자에 눌린 머리를 털며 도망치듯 별궁에서 나왔다. 마구간으로 가는 길이 너무나 멀게 느껴졌다.

으으, 추워. 아니 너무 더워. 아니, 추운 것 같아.

오한이 드는지 팔에 소름이 돋기 시작했다. 겨우 마구간 부지의 문을 열고 오두막까지 걸어갔다. 배고팠는지 말들이 투레질하는 소리가 바깥까지 들렸지만 지금은 내가 제일 급했다. 오두막의 문을 열자마자 기절하듯 바닥에 쓰러져 버렸다. 심장이 뛰는 소리가 귀까지 커다랗게 들렸다.

❖ ❖ ❖

"카일 전하. 얼굴이 빨갛습니다. 괜찮으십니까."

"……으응. 괜찮으니 걱정하지 마."

카일은 귀를 틀어막아야 하는지 붉어진 얼굴을 가려야 하는지 판단이 서지 않아 석찬 자리에서 굳은 듯 어색하게 미소만 짓고 있었다.

벌써 몇 분째, 조가 머릿속에서 기상천외한 말을 해 대고 있었다.

너무 좋아 카일. 무릎 위에 앉혀 놓고 하루 종일 예쁘다고 쓰다듬어 주고 싶어.

아니. 카일 —를 —해서 —하고 싶어. 우리 예쁘고 잘생긴 카일. 머리부터 발끝까지 물고 빨고 —해서 —한 다음에 —해야지.

카일은 결심했다. 주술인지 진짜 저주인지 모르겠지만 이 여자의 목을 치겠다고.

이사크가 걱정이 됐는지 다시 카일에게 물어 왔다.

"카일 전하, 혹시 몸이 안 좋으신 건지."

"괜찮아."

루이지엔느 황비가 마시던 잔을 소리 나게 내려놓으며 입을 열었다.

"카일 황자."

"예, 황비님."

"그대는 내 아들을 아직 황자로 인정하지 않나 봅니다."

"무슨 말씀을,"

"갑자기 동생이 생겨 당황스럽겠지만 그렇다고 모른 척을 하면 되나요. 폐하께서도 인정하신 핏줄인데."

그제야 루이지엔느 황비가 하는 말이 이해가 된 카일은 이사크를 돌아봤다. 영문 모를 표정으로 제 어미와 카일을 번갈아 보던 이사크가 가만히 카일을 향해 검은 눈을 깜빡였다.

"형님이라고 부르렴."

"……아, 카일 전, 아니……."

"괜찮으니까 형님이라고 불러도 돼. 전부터 일러둔다는 걸 잊었네."

"제가 황궁 법도에 적응이 조금 느려서……. 예. 카일 형님."

어쩌면 이사크가 더 황자에 잘 맞는 사람일지도 모른다. 난세에 등장하는 영웅 같은 사람이니까. 오늘 그 이름 모를 하녀조차도 이사크의 잔을 훌쩍 다 마실 정도로 그를 경애하는 눈치였으니. ……그런데 그 하녀 목소리가 은근히 귀에 익었는데.

카일이 이사크를 향해 다정하게 웃는 동안에 헤론의 얼굴은 흙빛으로 굳어갔다. 무언가 망친 일이 있는지 내내 죽상을 하고서 애꿎은 디저트만 포크로 난도질을 해 댔다.

황제가 나가자마자 카일은 기다렸다는 듯 테이블에서 일어섰다.

"이만 가 보겠습니다."

사족도 없는 깔끔한 인사와 함께 카일은 정찬실을 나가 곧장 마구간으로 향했다.

이 정신 나간 여자가 대체 무슨 생각으로 이런 말을 해 대는지. 주술을 풀 방법이 없다면 어쩔 수 없겠지만 그래도 정도는 지켜야지. 이건 좀 심하잖아.

아직도 머릿속에서 쉴 새 없이 폭격기 같은 고백이 쏟아졌다.

카일 너무 보고 싶어서 죽을 것 같아. 카일 손 잡아 보고 싶어. 키스하고 싶어. 얼굴 쓰다듬고 싶어. 이왕이면 다른 곳도 만질래. 옷을 왜 그렇게 챙겨 입고 다니는 거니. ……눈 너무 예뻐. 구슬치기하고 싶어. 카일 머리부터 발끝까지 입에 넣고 굴릴래. 와랄랄라.

순간 카일은 두 손을 들어 눈을 가렸다. 예전, 스승님이 했던 말이 떠올랐다.

'전쟁에서 가장 중요한 것은, 기백입니다.'

'기백이요?'

'반드시 이긴다는, 적을 무너뜨리겠다는 강한 의지 말입니다.'

그때 카일은 스승이 가져다준 책 옆의 조그만 공간에 기백이라 작게 적어 두었었다. 가끔 조의 눈동자는 의지로 똘똘 뭉친 기백 덩어리 같았다. 음험한 욕망의 덩어리와 마주하고 있으면 어쩔 수 없이 두려운 기분이 들곤 했다.

이쯤 되니 평소의 고백은 귀여운 정도였구나, 하는 깨달음도 얻게 되었다.

카일 대체 어쩌다가 인간계로 내려온 거야. 우리 카일 완전 천사인데 대체 누가 너를 이 험한 인간 군상 사이로 던진 거니. 개쌍놈 새끼들. 가만 안 둬. 뼈마디를 토각토각 부수고 끼워 맞춘 다음에 다시 부숴서 한 줌 재로 날려 버릴 거야. 내 예쁜이 울잖아.

"안 울어. 운 적 없다고. 게다가 누가 네 예쁜이야."

빨개진 얼굴을 가리고 걸음에 박차를 가해 빠르게 움직였다. 펠이 따라오다가 숨이 찼는지 '전하, 천천히 가세요.' 라고 말을 걸었지만 카일은 대충 손을 내저어 그를 물렸다.

"혼자 갈 테니까 따라오지 마."

"하지만 벤지 님도 안 계신데,"

"괜찮아. 황궁 안에서 누구한테 당하는 일은 없을 테니까."

……그 변태는 조금 무섭긴 하지만.

저명한 학자들이 모여 우리 러블리 섹시 핫 댄저러스 카일이 노란 고양이인지 마이 어도러블 카나리아인지 알아보는 시간을 가졌습니다. 우리 카일 가끔 날개뼈가 아프지는 않아? 날개가 떨어져서 우리 천사 아프면 어떡하지. 그런 의미에서 날개뼈 한 번만 확인해 봐도 될까. 무슨 옷에 단추가 그렇게 많니. 우리 카나리아 꽁지깃 떨어져서 꼬리뼈가 아플 수도 있는데. 바지 다 안 내리고 딱 꼬리뼈만 멀쩡한지 봐 줄게. 카일. 호~ 불어 줄게.

"안 돼!"

마구간 외부 울타리를 열어젖혔다. 보통 같으면 마구간 어디에 있든 울타리 소리를 듣고 뛰쳐나와야 정상인데 오늘따라 잠잠했다. 마구간 안으로 들어가

봤지만 말들만 신경질적으로 발길질을 해 댈 뿐 그 어디에도 조는 보이지 않았다.

벌써 잠이 들었나……? 아니 그러면 자면서 그런 생각을 한단 말이야? …… 중증이군.

완벽한 나의 카일, 삼신할머니 일생일대 최대의 도전이자 최고의 걸작, 명작, 마스터피스. 살아 있는 예술 박람회. 어떡해. 박물관이 살아 있다 찍은 감독이 당신에게서 영감을 받고 영화를 만들었다는 게 사실인가요. 예술품 카일 훔쳐서 어디 몰래 숨겨 놓고 나만 보고 싶어. 안 돼. 우리 카일 제국의 자랑이야. 온 세계에 얼굴 그려서 자랑해야 돼. 안 돼. 나만 볼래. 가둬 놓고 ─해서 ─할 거야.

카일은 더 이상 빨개질 곳도 없는 얼굴을 쓸어내리며 오두막에 노크했다.

"조."

안에서는 아무런 대답이 없었다. 카일은 다시 노크했다.

"조, 나야. 문 열어."

대답이 없자 그는 조심스레 문을 열었다. 문이 조금 열리다 말고 무언가에 부딪혀 이상하다 생각되던 와중, 열린 문틈 사이로 끙끙대는 신음이 들려왔다.

"조!"

바닥에 쓰러진 조는 온몸을 옹송그린 채 떨며 중얼거렸다.

"에이씨……. 책에서는 한 모금이었는데, 괜히…… 원샷을 때려 가지고, 이씨……."

"뭐라고? 조, 괜찮아?"

"엄마, 나 아프다니까."

"나 네 엄마 아니야."

아무래도 제정신이 아닌 듯했다. 조는 계속해서 알 수 없는 말을 이어 갔다.

"머리 깨질 거 같아."

"괜찮아? 의사를 부를까?"

"엄마. 콩나물국……."

"……그게 뭐지?"

"카일……."

"응. 나 여기 있으니까 정신,"

"카일 가슴……."

카일은 조의 이마빡을 한 대 때리고서 자리에서 벌떡 일어섰다. 아픈 척하지 말라고 화라도 내려고 했지만 평소 같으면 벌떡 일어나서 길길이 날뛰었을 조가 잠잠했다. 혹시 몰라 손바닥을 이마에 갖다 대자 불이 옮겨 붙은 듯 뜨거웠다.

"조. 일단 침대로 옮길게."

제대로 의식조차 없이 끙끙거리는 조에게 말한 뒤 카일은 그녀의 목뒤와 다리 뒤쪽으로 팔을 넣어 안아 올렸다. 막상 품에 안으니 생각보다는 작은 체구였다. 두 팔을 뻗어 강하게 안아 오는 게 아니라 얌전히 안겨 있는 것마저 신기했다. 카일은 잠시 동안 조를 안은 채 가만히 서 있었다. 내뱉는 조의 숨에서 미약한 와인 향이 느껴졌다.

"……또 어디서 술을 먹고 온 건가. 그 아는 형과?"

"야, 이씨. 사람이, 팍 씨 아프면 간호를 해야지."

"……미, 미안."

질문은 나중으로 미루기로 했다.

조가 오들오들 떨며 카일의 체온에 기대 왔다. 일부러 그러는 건가 싶어서 침대 위로 떨어뜨리려 했지만 조는 카일에게 안긴 채 떨며 기댄 것이 다였다. 그러고 보니 과음해서 쓰러졌다고 하기엔 무언가 이상했다. 몸이 과하게 뜨거웠고 제정신을 차리지 못했다.

주사와는 다른 느낌이었다. 결정적으로 저번에 주사를 부릴 땐 이러지 않았으니까. 술에 취했어도 얼굴은 알아봤는데.

카일은 조에게 먹힐 극약 처방을 썼다.

"조. 내 얼굴 보여?"

잠깐 눈을 뜬 조는 살짝 손을 들어 카일의 볼을 툭 건드리더니 곧바로 다시 눈을 감았다. 볼에 닿았던 작은 온기가 그대로 아래로 떨어졌다. 머리에서만 혼잣말 같은 대답이 울려 퍼졌다.

너무 잘생겼어, 예쁜 우리 카일. 좋아 죽겠어. 나 이러다 죽으면 호상이야. 팡파르 울려 줘.

팡파르 같은 소리 하기는. 이렇게 죽으라고 널 내 옆에 둔 줄 알아?

카일은 미간을 찌푸리며 조심스레 조를 침대 위로 바로 눕혔다.

"조. 누가 네게 약을 먹였나?"

"아. 아아…… 아. 머리 아파."

"누가 그랬지. 기억나는 게 있으면 내게."

"말 걸지 말라고 했지, 확."

"……."

얼굴의 효과는 채 10초를 가지 못했다. 결국 카일은 조의 손을 잡아 제 얼굴에 가져다 댔다. 조금 꺼림칙했지만 이 방법밖에 없었다. 이 얼마나 비정상적인 대화 방법인지. 얼굴을 보여 주지 않으면 말도 통하지 않는다니. 전혀 다른 세계의 짐승과 마주하는 기분이었다.

손에 닿는 부드러운 감촉에 조가 눈을 살며시 떠 왔다. 누군가가 저를 간절히 불렀다.

"깅깅자."

"……카일?"

"넌 어떻게 내 얼굴만 알아보면 고분고분해지지."

조는 열에 익은 붉은 얼굴로 픽 웃으며 답했다.

"그야, 좋아하니까……."

그 새삼스러운 대답에 또 새삼스럽게 카일의 얼굴이 달아올랐다. 갑자기 조가 언제 아팠냐는 듯 벌떡 일어나 앉아 카일의 어깨를 붙잡았다.

"꿈인가."

"……응?"

"당신 오두막까지 들어온 적은 없었잖아요. 이거 꿈인가?"

"너는 기억 안 나겠지만 저번에도, 읍!"

카일의 두 볼을 붙잡고 조가 그대로 돌진했다. 첫 뽀뽀치고는 다소 공격적이었다. 무드랄 것도 없이. 뜨거운 조의 입술이 잠깐 맞붙었다가 떨어졌다.

"이, 이게 무슨⋯⋯."

카일의 두 눈이 휘둥그레 커졌지만 조는 느리게 눈을 깜빡이며 사르르 웃었다. 방금 사고를 친 것과는 영 어울리지 않는 봄꽃 같은 미소였다.

"꿈이니까."

조는 망설임 없이 다시 카일의 입술로 다가갔다.

"⋯⋯조, 잠, 잠깐만. 아니 나는 아직,"

다가오는 조의 어깨를 막아 봤지만 막무가내였다. 세게 밀어 내면 막을 수도 있었지만 왜인지 카일은 그냥 그녀의 꿈에 잠깐 머물기로 했다.

열에 들뜬 입술이 첫 번째와는 달리 부드럽게 겹쳐 왔다. 맞붙은 입술 사이로 달큰한 포도주 향이 새어 나왔다. 조의 손이 카일의 얼굴을 매만지다 그의 옆 머리칼부터 귀, 목뒤까지 천천히 쓸어내렸다.

"하, 카일⋯⋯."

내뱉는 숨에서 짙은 열감이 느껴졌다. 홀린 것처럼 질끈 눈을 감고 있던 카일이 눈꺼풀을 들어 올리자 그늘진 조의 캐러멜색 눈동자가 한눈에 들어왔다. 카일은 황급히 고개를 돌려 피한 뒤 그녀를 도로 침대에 눕히고 자리에서 일어섰다. 어느새 반쯤 뒤로 누워 가던 중이었다. 이렇게까지 정신을 빼놓은 적이 없었는데.

"⋯⋯조. 의사를 불러올 테니까 얌전히, 제발 얌전히 있어."

"괜찮아, ⋯⋯괜찮아요. 진짜로 금방 괜찮아져요. 내가 다 봤어."

들뜬 숨을 뱉으면서도 느긋한 조를 보며 카일은 낮은 목소리로 읊조렸다.

"그래, 미래를 봤다고 했지."

또 눈을 감은 채 조는 아무런 말이 없었다. 씩씩대는 숨에 잡아먹혀 가는 것만 같았다.

"그럼 네가 괜찮다고 하면, 정말로 괜찮을 테니까 나는 가만히 있는 게 맞는 건가."

"⋯⋯."

"아무것도 안 하고? 그냥 가만히 기다리면서? 내 의지로는,"

"아니이⋯⋯."

조의 대답은 마음으로 이어졌다. 아직 정신이 온전히 돌아오지 않아 예의범절이라고는 여전히 쌈 싸 먹은 공격적인 말투였다.

더럽게 까탈스럽네. 걱정할까 봐 그러는 거잖아요. 안 그래도 걱정 많은 사람이 혹시나 내 걱정까지 할까 봐. 적어도 내 앞에서는 웃으라고. 말귀를 좀 한 번에 알아들어요.

추운 건지 더운 건지 조는 이불을 꽁꽁 싸맨 채 식은땀을 뻘뻘 흘렸다. 카일이 침대에 걸터앉으며 주머니에서 손수건을 꺼내 조의 이마의 구슬땀을 닦아 냈다.

"의사는 부르지 마?"

매끄럽게 묻는 음성에 조는 묵묵히 마음으로만 제 뜻을 전달했다.

부르지 마요, 고작 마구간지기한테 의사 불러서 뭐 해요. 안 좋은 소문 퍼지면 어쩌려고요. 종놈들은 이런 걸로 의사 그런 거 안 불러요. 그래도 걱정해 줘서 고마워요. 역시 좋은 얼굴에 좋은 인성 깃든다, 얼굴값 하는 마이 큐티 카나리아 카일.

"……카나리아는 빼면 안 될까. 듣기가 거북해. ……천사도."

그럼 아기 고양이?

"내 나이가 몇인데 아기 고양이야."

……하아, 카일 손 너무 시원해. 더 만져 줬으면 좋겠다. 이왕이면 다른 곳도.

"네 입을 틀어막을 수도 없는데 적당히 했으면 좋겠어. 듣기에 민망하니까."

입술로 막아 줬으면 좋겠다.

얼빠진 얼굴로 어처구니없다는 듯 조를 내려다보던 카일은 잠시 후 소리 내어 웃었다. 대단할 정도로 한결같은 사람이었다.

"좋다, 카일이 내 꿈에 나오고. 나랑 뽀뽀도 하고."

"……네 꿈에서 나는 어떤데."

"똑같아요."

"똑같다니?"

한결 편안해진 숨을 내뱉으며 조는 느릿느릿 기어가듯 답했다.

"몸서리쳐질 정도로 과하게 잘생겼고, 다정하고, 친절하고, 섹시하고, 가끔 못 견디겠다는 듯이 얼굴 빨갛게 물들이고, 아…… 귀여워."

말하다가 혼자 망상에 젖어 들었는지 조는 말을 끝맺지도 않고 다시 이불을 꼭 감아쥐었다.

카일이랑 키스하고 싶어.

긴 숨을 들이마시고 내뱉으며 숨 고르기를 하는 중에도 머릿속에서는 오로지 그런 생각뿐이라니. 그런데 이번에는 웬일로 가만히 있어? 방금 전 그 비슷한 건 먼저 해 놓고.

카일은 조의 머리 옆에 손바닥을 짚고 상체를 숙여 그에게 다가갔다. 하얀 얼굴이 조금씩 가까워졌다.

"조, 눈 떠 봐."

조가 얇은 눈꺼풀을 파르르 떨며 눈을 떠 카일을 바라봤다. 카일의 푸른 눈동자가 조를 지그시 내려다보고 있었다.

"이거 꿈 아니야."

"그래요? 그렇구나아."

몽롱한 조의 목소리가 카일의 귓가로 천천히 감겨들었다. 카일은 조의 얼굴을 하나씩 뜯어보았다.

"아프지 마."

"나 아픈 게 아니고,"

"응?"

"……몸이 달아 가지고."

"……가능하면 그런 말도 가려서 해 줘."

"어우, 너무 잘생겼어. 이게 뭐야. 엄마아……. 나 집에 갈래. 얼굴에 저당 잡힌 불쌍한 내 인생."

"……집? 집에 가고 싶어?"

카일은 잠깐 그녀가 집에 돌아간 뒤, 그녀가 없는 자신의 하루를 생각했다.

머리는 예전처럼 모든 게 굳어 버린 것처럼 조용하고, 며칠에 한 번 어머니의 궁으로 가 쓸데없는 일상들을 보고하고, 귀족들과 친분을 유지하고.

사실 생활 자체는 크게 달라질 게 없겠지만 조가 없는 일상은 이젠 상상만 해도 갑갑했다. 머릿속에서 폭탄 같은 고백을 듣고 있으면 웃음이 났고, 숨통이 트였다.

카일은 조에게 다시 물었다.

"……조, 집으로 돌아가고 싶어? 갈 거야?"

이불을 끌어안고 몸을 반쯤 옆으로 돌리던 조가 눈을 뜨고 카일을 바라봤다. 잠에 취한 건지, 술에 취한 건지 모를 진한 황금빛 눈동자가 눈꺼풀 너머로 사라졌다가 다시 나타났다. 아침 해가 깜빡이는 것처럼 찬란하게 느껴졌다.

"또 울 것 같은 얼굴이네. 어이구, 우리 예쁜이. 누나 없으면 또 얼마나 울려고."

아무리 봐도 누나가 아니었지만 카일은 얌전히 조가 안는 대로 안겨 있다가 고개를 들어 올렸다. 눈 감고 잠에 빠져드는 조를 흔들어 깨웠다.

"조, 일어나 봐."

"아, 엄마. 알람 안 울렸잖아요. 아직 출근 시간 아니라고."

"나 좋아한다며. 계속 있는다며. 옆에 있겠다며."

"……응, 아, 대리님. 이거는 제 일이 아닌데……."

"약속해 줘. 옆에 있겠다고 해 줘."

"아!"

자꾸 잠을 깨우자 짜증이 났는지 한 대 칠 것처럼 손을 휙 들어 올린 조는 찌푸린 미간 사이로 카일의 얼굴을 확인하곤 들었던 손 그대로 카일의 목뒤를 휘어잡아 제 품으로 끌어당겼다. 얼른 자라는 것처럼 머리카락을 쓰다듬다가 토닥이기까지 했다.

"조, 너는 황자비가 되기엔 너무 폭력적이야."

……이런저런 걸 다 빼고서도 황자의 비가 되기엔 교양이 여러모로 부족한 것 같지만.

"아으……. 카일. 내가 당신을 두고 어딜 가요. 그니까 좀 조용히 해."

그래도 좋았다. 나를 두고서 어디도 가지 않겠다는 대답을 당연하게 해 주어서.

"조……. 있잖아. 갑자기 이런 말 하는 거, 나도 어색하고 당황스럽지만……."

"빨리 말해, 이씨. 졸리다고."

"……키스해도 돼?"

조가 눈을 살짝 뜨고 물끄러미 카일을 바라봤다. 제 발이라도 저린 듯 카일은 이어 말했다.

"좋아하는, 마음이…… 그러니까, 내가 좋은 감정으로……. 널 볼 때면 가끔……."

버벅대며 제대로 말도 하지 않고 있는데 머릿속으로 허락이 떨어졌다.

개좋아. 대박 미남꿈이네. 내일 복권 사야지. 못해도 3등이다. 너무 귀여워. 갖고 싶어. 나만 볼래. 입술 존나 부벼.

"……키스 말하는 거 맞지? 그거 내가 할 테니까 전처럼 또 까먹으면 안 돼."

카일은 미소 지으며 그녀의 입꼬리 끝에 입을 맞춘 뒤 그대로 고개를 틀어 조의 입술로 향했다. 콧대가 어긋나듯 맞물린 후 두 입술이 맞닿았다. 조의 몸에 돌던 뜨거운 열은 아까에 비해 한결 식은 상태였지만 오가는 밭은 숨은 전보다 더 뜨거웠다. 조가 자연스럽게 오른손을 들어 카일의 더블릿 단추를 풀기 시작하자 카일은 입술을 떼지 않은 상태로 살짝 웃더니 조의 손을 잡아 내렸다.

"우으……."

불만인 듯 짜증 섞인 신음이 입술 밖으로 새어 나왔지만 모른 척한 채 계속해서 서로의 숨을 나눴다. 한참 후 겨우 떨어진 입술이 묘하게 살짝 부풀어 있었다.

"……약속했어. 잊지 마."

조는 기쁜 듯 웃으며 고개를 끄덕였고 그대로 잠에 빠져들었다.

그리고 깔끔하게 모두 잊었다.

❖ ❖ ❖

다음 날 아침 일찍 일어난 카일은 정원을 지나던 중 드물게도 지금까지 지지 않고 피어 있는 장미를 한 송이 발견했다. 다른 장미들이 이미 지든 말든 신경 도 쓰지 않고 저 혼자 씩씩하게 피어 있는 게 꼭 조 같기도 했다. 혹여나 정원 사에게 들킬까 주변을 둘러보다가 몰래 꺾고는 마구간으로 빠르게 움직였다.

조에게 바로 건넬까, 오히려 내가 귀에 꽂는 걸 더 좋아할까 하며 빠르게 걸 었으나 기대감은 조의 첫인사로 와르르 박살 났다.

"카일! 어쩐 일로 아침 일찍 왔어요?"

"……뭐? 어쩐 일이냐니. 너 설마…….."

"설마? 아. 맞다! 까먹기 전에 말해야지! 나 어제 꿈에 금발 미남 나왔어요! 대박이죠. 꿈 내용 카일이 들으면 완전 기겁할걸요."

응?

아. 또 잊었구나.

하, 하하. 하하하.

하하하하.

헛웃음으로 시작한 웃음은 마구간 부지를 가득 채울 정도로 커져 갔다. 카일 은 크게 웃었다.

내가 미쳤지, 주정뱅이한테 무슨.

미소를 띤 채로 고개를 갸우뚱 꺾는 저 맑은 얼굴은 아무리 봐도 지난밤을 통째로 기억에서 지운 눈치였다. 카일은 한숨을 쉬며 자리에 주저앉았다.

"카일, 왜 그래요? 어디 아파요?"

한 치의 번뇌 없이 빛나는 하얀 얼굴은 어젯밤이 민망해 모른 척하는 소녀의 얼굴은 절대 아니었다. 지나가는 똥개가 봐도 '아이고, 혼자 북 치고 바이올린 켜고 트럼펫 불고 오케스트라 대공연을 하셨네요.' 하며 비웃고 지나갔을 아주 깔끔한 낯이었다.

"……몸은 좀 어때."

"저야 늘 쌩쌩하죠."

쌩쌩하긴. 새벽까지 골골대다가 겨우 잠들었으면서.

밤새도록 침대 끄트머리에 앉아 조의 식은땀을 닦아 주면서 카일은 몇 번이나 일어섰다가 도로 앉기를 반복했다. 조의 말처럼 괜찮아지겠지, 조금만 더 있으면 멀쩡해지겠지. 미래를 봤다고 했으니까. 스스로를 다독이면서도 이대로 깨지 못하게 될까 봐 가만히 있을 수가 없었다. 무슨 독에 당한 거냐고 깨워 묻다가 결국 눈두덩이를 한 대 맞기까지 했다. 힘없이 휘둘러진 주먹이라 멍 자국이 남진 않았지만. 조는 이불을 온몸에 칭칭 감으며 대답했다.

'독 아니라니까는⋯⋯.'

대체 뭘 하고 다니는 건지. 왜 제대로 말해 주지 않는지. 속만 절절 끓다가 몇 시간 전에 나눈 입맞춤이 떠올라 카일은 혼자 얼굴을 붉히다가 여전히 머릿속에서 쉬지도 않고 울려 퍼지는 음담패설에 당황해 한참을 안절부절못했다. 그러다 뜨거운 숨을 뱉던 조가 차분히 고롱대며 잠이 드는 걸 확인하고서야 그는 겨우 오두막을 벗어났다.

조가 하나도 기억하지 못하니 혼자만 간직해야 하는 하룻밤 추억이 되어 버렸지만.

"카일 전하. 표정이 이상한데요? 무슨 일 있어요?"

"⋯⋯됐어."

"삐쳤어요? 왜 삐쳤지?"

"그런 거 아냐."

"지금 저한테 화나신 것 같은데."

"넌 대체⋯⋯!"

머리를 헝클어뜨리며 일어선 카일은 저를 올려다보는 순진무구하고 음란한 두 눈과 마주했다. 평생에 순진과 음란을 한 문장에 넣는 날이 올 거라곤 생각도 하지 못했다.

하지만 저 맹랑한 눈동자가 간밤에 이런저런 소리를 해 대며 더블릿 단추나 바지 버클을 풀겠다고 몇 번이나 손을 올린 걸 생각하면 음란이라는 두 글자로밖에 표현하지 못하는 게 아쉬울 따름이었다.

"다시는 술 먹지 마라, 너."

"……헉. 나 술 먹은 거 어떻게 알았어요?"

"그 아는 형인지 뭔지랑도 놀지 말고."

"뭐야, 지금 완전 의처증 심각한 남편 같아요. 언제 나 몰래 벌써 결혼식까지 올렸대요. 아직 반지도 없지만 그래도 나는 좋아요, 여보."

눈을 곱게 접어 가며 팔짱을 끼는데 이렇게 얄미울 수가 없었다.

"너는 다 장난이지."

"무슨 소리, 카일을 향한 내 마음은 언제나 뜨거운 200% 진심이에요."

"됐어."

돌아선 카일의 왼손에 장미가 있다는 걸 뒤늦게 알아챈 조가 박수를 치며 좋아했다.

"꽃 꺾어 왔네요! 나 이벤트 해 주려고요?"

"그게 아니라,"

"너무 좋아요! 나 주는 거예요? 아니면 머리에 꽃 꽂은 카일을 나 주는 거예요? 아니면 입에 물어도 돼요."

"하…… 너는 진짜."

그냥 잠깐 동안은 이 정도에 만족하기로 했다. 카일은 얌전히 장미꽃을 오른쪽 귀에 꽂았다. 꽂기 싫다고 내동댕이쳐 봐야 조가 다시 주워서 끼우라고 닦달할 게 뻔했다. 조는 황홀한 표정으로 카일을 한참 올려다보다 조심스럽게 물었다.

"한 번만 안아 봐도 돼요? 진짜 금방 떨어질게요."

간밤에 더한 것도 했는데.

카일은 대충 고개를 끄덕였다. 조가 오랜만에 주인을 만난 강아지마냥 카일의 품에 와락 안겨 들었다.

"어떡해! 카일 너무 좋아!"

카일 나만 보고 싶어!

여전히 언행을 완벽하게 일치시키며.

카일이 손을 들어 마주 안으려는 순간 조는 냉큼 품에서 빠져나갔다.

"약속은 약속이니까! 나 금방 떨어졌죠!"

의기양양하게 웃는 얼굴에 섭섭한 티를 낼 수도 없어서 카일은 뒤돌아섰다.

"벤지에게 같이 가 보자고 온 거야."

"정말요! 아, 잘됐다. 꽃이라도 가져가야 되는데. 기다려 봐요. 릭 지금 점심 먹으러 갔나. 나 꽃 좀 따 올게요."

"넌 어떻게 이 궁의 주인 앞에서 정원 꽃을 꺾는다는 말을 그렇게 쉽게 해."

"전하를 꺾을 수는 없잖아요."

무시무시한 말을 뱉고는 장난이라고 생긋 웃으며 조는 꽃을 꺾겠다며 달려 나갔다. 전에 저에게 한 것처럼 화관이라도 만들어 줄 요량인가 하는 생각과 함께 저절로 눈매가 날카로워졌다. 질투라 불리는 징그러운 감정이 또다시 돋 았지만 카일은 애써 모른 척했다.

'약속은 약속이니까!'

그녀의 말처럼 그녀는 약속을 잘 지키는 사람이니까. 내 옆에 있어 준다던 약속도 어쨌든 지키겠지. 술김에 한 거라도 진심이었을 테니까.

푸른 들판에 홀로 서서 기다리며 카일은 기분 좋게 입술로 호선을 그리며 웃 었다. 언제나 옆을 지켜 줄 사람이 생긴다는 건 묘한 기분이었다.

"전하! 저 꽃 다 꺾었어요! 릭한테 들키기 전에 빨리 가요!"

벤지가 쓰러진 탓에 자르지 못한 은색 머리카락이 어느새 어깨를 넘어섰다. 묶었다고는 하지만 여기저기 튀어나온 머리카락이 바람에 마구 흔들렸다. 그것 조차 예뻐 보이니 카일은 스스로가 곤란하다 느껴질 정도였다.

카일 왜 멍때리지. 어제 잠을 못 잤나. 살짝 피곤해 보이네. 피곤 예민미 쩐 다. 날카로운 얼굴 황궁 주방 식칼 대신 써도 될 듯. 하늘도 두 쪽으로 갈라 버 릴 당신 턱선. 사포질도 대신 할 예민함. 사랑해.

그래도 저건 심하다고 생각했다. 도저히 조처럼 사랑할 자신은 없었다.

7. 미인계

"전하, 오셨습니까."

"누워 있어."

"조도 같이 왔네."

"짠. 내가 꽃도 가져왔어요. 예쁘죠."

"정원에 있는 꽃을 함부로 꺾으면 사형이야, 조."

"꽃 주인이 허락해 줬는데도요?"

"내가 언제 허락을 했어. 네가 마음대로 꺾은 거지. 꽃이 아니면 나를 꺾어 버린다는데 내가 그럼 뭐라고 대답해."

"……조."

벤지의 음산한 목소리가 낮게 깔렸다.

하하, 하하하. 조의 웃음이 스타카토로 뚝뚝 끊어졌다. 주춤거리며 뒷걸음질을 치던 조가 '화병 들고 올게요!' 하며 사라지자 한숨을 얕게 내쉰 카일은 벤지가 누워 있는 침대 옆 스툴에 걸터앉았다.

"공작저로 돌아가지 않아도 돼?"

"전하의 기사가 되겠다고 한 이후로는 공작저에 돌아가지 않겠다고 결심했습니다."

"……공연히 시체 치울 일 생길까 봐 한 말이지."

"하하, 걱정해 주셔서 감사합니다. 의사 말로는 상처가 빨리 아문다고 하네요."

"짐승 같은 치유력이군."

"다행이죠. 얼른 나아서 다시 돌아가겠습니다. 제가 너무 오래 쉬고 있는 건 아닌지."

"그간 휴가도 제대로 없었는데 뭘. 푹 쉬어."

카일은 쉬라는 말 다음에 다른 말을 이으려 입을 달싹였다.

"그리고……."

망설이던 입술이 천천히 열렸다.

"다 낫고 난 이후에는 대련이라도 하지."

"……대련 말씀이십니까."

원래도 간간이 검술 대련을 하곤 했지만 지금 카일이 건네는 건 다른 종류의 것처럼 느껴졌다. 벤지는 저도 모르게 몸에 힘이 들어가 한층 단단한 목소리로 카일에게 되물었다.

"무엇을 위한 대련입니까."

밖에서 미친 망아지처럼 뛰어다니며 화병을 찾고 있을 저 사람을 두고 하는 것이냐 묻고 싶었다.

"벤지 네 상관이기 이전에 너를 친구로 생각하니까 건네는 말이야. 한 번은 네가 억울하지 않을 기회가 필요하니까. ……물론 내가 이기겠지만."

"그 말씀은 전하 역시 그를 두고 검을 꺼낼 각오가 되셨다는 말씀이네요. 마음이 온전해지셨나 봅니다."

진중한 목소리로 다짐을 받아 내듯 하는 벤지의 말에 카일은 고개를 무겁게 끄덕였다.

"비록,"

비록?

벤지는 왠지 억울해 보이는 제 상관의 얼굴을 올려다봤다.

"비록 나를 두고 온갖 상상을 하는 변태에다가, 가만히 두면 어디로 튈지도 모르겠고, 남장을 하고서도 전혀 위화감 없이 남들과 어울리고, 주먹질도 하고 다니는 데다가, 내 얼굴과 몸만 탐하는 것 같지만……."

"잠깐만요, 전하. 친구로서 드리는 말씀인데 다시 생각해 봐야 하지 않겠습니까."

"그러는 너는?"

"저야 그쪽에서 저를 그렇게 생각 안 하니까 안일하고 느긋하게 짝사랑 중이었죠. 그런데 전하는 신변의 위협이 있을 것 같습니다만."

"……역시 다시 생각해야 할까."

가슴에 천 근짜리 추를 매달아 놓은 것처럼 마음이 무거웠다. 카일은 묵직하게 한숨을 내쉬었다.

"아니, 그래도 대련은 해야지."

"아. 그 건에 대해서도 말입니다, 사실 의미가 없지 않을까요."

"왜."

"조 성격대로면 누가 이기든 간에 전하를 선택할 테니 대련을 해야 할 근본적 이유도 없고요, 그런 대련을 했다는 걸 조가 알면 가만있지 않을 텐데요."

생각해 보니 그도 그러했다.

'날 두고 미남 둘이서 싸웠다고? 기분은 좋다만, 어딜 감히 나를! 난 내가 좋은 쪽으로 갈 거야!'

조는 가끔 평민답지 않게 자의식이 높았다. 깅깅자로 살았다던 그 고향이 어떤 곳인지 궁금해 몇 번 물을 때면 조는 카일의 얼굴을 붙잡으며,

'거긴 당신 같은 사람 없어.'

라고만 답해서 더 이상 묻지도 못했었다. 시선이 너무 뜨거워서 오래 마주하고 있기엔 다소 부담스러운 감이 있었다.

"……네 생각엔 그래? 조는 무슨 일이 있어도 나를 선택할 것 같아?"

"전하 지금 굉장히 복에 겨운 얼굴을 하고 계시네요."

벤지는 씁쓸하게 웃다가 얼굴을 굳히곤 카일을 바라봤다.

"전하가 마음을 정하셨다면, 제겐 희망도 뭣도 없으니 더 이상 다가가진 않겠습니다. 하지만, 조와 친구로서는 괜찮은 거죠."

"내가 정할 수 있는 건가."

카일의 웃음을 보며 벤지는 함께 웃어 버렸다.

"그렇네요. 조가 뭔데 친구 사귀는 것까지 간섭이냐고 화내지나 않으면 다행이네요."

"……나 잘못 생각한 것 같지. 벤지, 친구로서 다시 조언해 봐."

"객관적으로 보면 걱정이 되긴 하지만 옆에서 지켜본 입장이라면 충분히 납득이 갈 만한 선택이셨다고 생각합니다. 보고 있으면, 기분이 좋아지잖아요."

"그래. 남한테 뺏기기 싫어."

조를 떠올리고 있는지 카일은 은은하게 미소 지었다. 푸른 눈동자가 부드럽게 일렁였다. 벤지는 그런 카일을 보며 함께 웃었다.

호불호가 없던 외로운 사람의 첫 감정을, 친구로서 함께 축하해 주고픈 마음이 컸다.

그때 조가 화려한 화병을 품에 안고 병실 안으로 걸어 들어왔다.

"에라이. 내가 화병 하나 달라 했더니 매튜가 꽃은 어디서 난 거냐고 꼬치꼬치 묻길래."

"묻길래?"

"창고에 집어넣고 문 잠그고 나왔어요."

"조!"

"넌 대체!"

"……왜요, 거기 창문 커요. 알아서 나올걸요."

"……하. 당장 가서 문 열어 주고 와."

"저번에 매튜가 나 창고에 넣고 문 잠갔을 때도 나 그냥 빠져나왔는데!"

"원래 그러고 노는 거야?"

이해할 수 없다는 듯 목소리를 높인 카일이 닦달하자 조가 어깨를 으쓱 올렸다가 내렸다.

"원래 싸우면서 크잖아요."

카일이 두 손을 들어 얼굴을 묻다가 벤지를 돌아봤다.

"선택을 철회하지. 너를 계속 응원해도 될까, 벤지."

"아니요, 전하. 저는 정확히 1분 전에 깔끔히 정리했습니다."

"다시 도전해 봐."

"정리했다니까요, 전하."

"뭐 정리했는데요?"

"너는 가서 창고 문이나 열어 주고 와."

조가 입을 삐죽거리며 카일을 노려봤다. 왜 나 빼고 둘이서 얘기해, 나 왕따야?

"에이, 거참. 별일도 아닌데. 알았어요. 화병에 꽃 꽂아 두고 갔다 올게요."

꽃을 꽂아 두는 화병이 뭔가 낯이 익었다.

"이거 어디 있던 거야."

"복도에 있던데요?"

"……이거 빈투르크국에서 보낸 공물이야. 제자리에 갖다 놔."

조가 입을 쩍 벌리며 화병을 품에 꼭 안아 들다가 다시 살폈다.

"그 중요한 걸 왜 복도에 뒀대요! 누가 훔쳐 가면 어쩌려고!"

"내 궁에서, 그것도 버젓이 복도에 있는 걸 훔치는 사람이 있을 줄은 나도 몰랐지."

조는 투덜거리며 몸을 돌렸다가 '에이 그럼 어쩔 수 없죠.' 라며 이젠 조금 시들해지려고 하는 꽃들을 누워 있는 벤지의 몸 위에 가지런히 올려 두곤 화병을 들고 병실을 빠져나갔다.

하얀 시트를 가슴께까지 덮은 채 꽃다발을 공손히 두 손으로 쥐고 누워 있던 벤지는 폭풍 같은 대화 후 조가 사라진 문을 바라보다가 카일을 향해 눈을 돌렸다. 그는 여전히 이해가 가지 않는 표정이었다.

"저기, 전하."

"왜."

"혹시나 해서 말입니다. 저 위에서 보면 관 속에 누운 시체처럼 보이지 않나요. 원래 미신 같은 건 믿지 않지만 사신이 오해라도 할까 봐 걱정이네요."

카일이 말없이 꽃을 들어 옆의 탁상 위에 가지런히 올려 뒀다. 멀쩡한 사람을 시체로 데커레이션 해 놓고 또 어딜 갔는지 조는 한참 동안 돌아오질 않았다.

"······이만 갈게. 또 어디서 싸움이라도 난 것 같아."

"예. 저도 들었습니다. 생활관에서 남자 둘을 때려눕혔다고요."

"······때려눕혀? 간단히 싸웠다고만 했는데."

"······부디 전하의 선택에 후회가 없길 바랍니다."

벤지의 염원과는 달리 카일은 조를 찾으러 가는 순간부터 후회했다.

그 시각, 조는 하녀와 실랑이 중이었다.

"너 어제 걔 아니야?"

"무슨 소리 하시는지 전혀 모르겠는데요. 저 마구간지기예요."

"아니, 목소리가 똑같은데. 눈도 그때 노란색이었던 것 같고. 앗, 아니 잠깐만. 그땐 여자였는데!"

"엥, 지금 제가 여자로 보여요?!"

"······아니. 그건 아니지만."

"와, 나! 나 고향에서도 여자로 오해하고 달려드는 애들이랑 한따까리씩 하고 올라왔는데. 누나."

"······으, 응?"

"사지 멀쩡한 남자 붙잡고 갑자기 여자 아니냐고 물으면 어떡해요, 듣는 사타구니 섭섭하게? 피차 돈 한 푼 벌겠다고 이렇게 황궁 들어와서 뼈 빠지게 일하는 판국에 이러지 맙시다."

"······말투까지 너무 똑같잖아."

귀를 씻으러 갈 기세인 하녀가 질겁하며 뒤로 물러났다. 와인 담당이라며 자신을 소개했던 본궁 하녀가 오늘은 왜 카일의 궁에 있는지 모를 일이었다.

어쨌든 보기 드물게 눈썰미 좋은 그녀는 조를 알아보고 팔을 붙잡아 오며 질문을 퍼붓던 중이었다. 붙잡은 직후에 어라, 어? 아니, 어? 남자였나? 아니······ 여자였는데. 라고 혼란스러워하는 틈을 타 조는 으름장을 놓으며 깡패

마냥 건들거렸다.

"누나 이름이 뭐예요."

껄떡대는 양아치 같은 면모에 하녀가 인상을 찌푸렸다.

"아니, 이것도 인연인데 서로 통성명이나 하자는 거죠."

"너. 좀 반반하다고 아무 데서나 그따위로 하고 다니나 본데."

"나 반반해요?"

창틀에 턱을 괴고 싱긋 웃으며 고개를 45도 각도로 꺾자 하녀가 또다시 한 걸음 뒤로 물러났다. 이 젊은 놈 끼를 떠는 게 보통이 아니었다.

"내 이름은 조인데, 누나는요?"

"피, 피오나……."

"내가 아는 공주님 이름도 피오나인데."

"공주님?"

"네, 동화 속 공주님이요."

"그, 그래?"

살굿빛 얼굴에 홍조가 퍼지기 시작했다. 피오나는 고향의 어머니를 떠올렸다. 그녀는 항상 말했다. 남자 조심하라고. 남자 사타구니만큼 못 믿을 게 없다며. 차라리 돈을 믿으라고. 피오나는 겨우 안정을 찾고 조에게서 멀어졌다.

"아니, 그래도 나는…… 일하는 중이라서, 먼저 가 볼게."

"잘 가요, 우리 다음에 또 얼굴 보면 인사해요."

"으응."

피오나가 몇 번 뒤를 힐끔거리며 사라지는 동안 조는 생글거리며 그녀에게 손을 흔들었다. 복도 뒤편으로 피오나가 사라지고 난 이후에 조는 후, 하고 한숨을 쉬며 뒤돌았다. 거목처럼 우뚝 선 카일이 그를 내려다보고 있었다.

"악! 깜짝 놀랐잖아요!"

"뭘 하는 거지."

팔짱을 낀 카일이 섬뜩하게 조를 쳐다보며 목을 기울였다. 뚜둑, 하는 소리가 조용한 복도에 울리고 시리도록 푸른 눈동자가 얼어 버릴 것처럼 조를 무심히 바라봤다. 낮은 목소리로 카일은 씹어 삼키듯 말했다.

"뭐? 내가 아는 공주님 이름도 피오나? 누나 이름이 뭐예요? 지금 장난하나?"

"카일 전하, 부디 오해 마시고."

"너는 불리할 때만 전하라는 존칭을 붙이는군."

"아니 그러면 여기가 궁인데 여보 자기라고 부를 순 없잖아요."

"말장난 치지 마. 여보 자기도 허락한 적 없어."

"이제 얼굴도 안 빨개지네요."

"창고 문 열어 주고, 화병 제자리 갖다 두고 돌아오라고 했더니 헌팅을 하고 있어? 그것도 여자를?"

"그러면 나 지금 남자인데 남자를 헌팅해요?"

"언제는 남자 헌팅 안 한 것처럼 말하는군. 내 궁의 시종들은 네가 나 쫓아 다니는 거 다 알고 있던데. 네 눈에는 내가 여자로 보여?"

형형한 눈을 빛내며 다가오는 카일을 피해 뒤로 물러난 조는 두 손을 들어 항복하는 자세를 취했다. 왜인지는 모르겠지만 카일이 어마어마하게 화가 나 있었다.

왜 화를 내고 그런대. 이 정도는 소란 피운 것도 아닌데.

"그게 아니라요, 제가 어제 어쩌다 보니까 여장을 했는데, 아니, 여장? 원래 여자인데? 아무튼 하녀복을 입을 일이 있었는데."

"하녀복을 네가 왜……!"

언성이 높아지자 카일은 조의 손목을 잡고 근처 빈방으로 들어갔다.

"천천히 하나도 빠짐없이 말해."

"박력 있는 모습 너무 오랜만에 봐요."

"말 돌리지 말고."

"……쳇."

조는 어제 있었던 일을 최대한 간략하게 그에게 전달했다. 이사크가 위험에 처할 뻔했고, 그를 도와주기 위해 하녀복을 입고 황궁으로 숨어들었다고.

"어제 아팠던 것도 그 때문이었나."

"어제 나 봤어요?"

조의 풍성한 속눈썹이 팔락거렸다. 역시 아무것도 기억 못 하는 눈치였다. 카일은 모른 척 다른 질문을 꺼냈다.

"이사크를 왜 도와."

"친구니까요."

"대신 독을 먹을 정도로?"

"독 아니라니까는……, 어라. 우리 이 얘기 한 적 있어요? 저 데자뷰 느껴져요!"

순수하게 되물어 오는 얼굴을 보고 있자니 차라리 간밤의 일은 하나도 기억하지 않는 게 낫다 싶었다. 지금 떠올려 봐야 한 번 더 키스하자고 덤비기나 하겠지. 게다가 너무 얄밉잖아. 어제는 마음이 통한 줄 알았는데 오늘은 다른 여자한테 껄떡대는 모습이라니. 카일은 고개를 가로저었다.

"네 몸은 상하지 말아야지."

"나 걱정해 주는 거예요?"

배시시 웃으며 볼을 발갛게 물들이는 조의 얼굴은 충분히 사랑스러웠지만, 이 얼굴로 다른 사람을 꼬시고 있었다는 게 도저히 용서가 되지 않았다.

"그럼 아까 그 하녀에게 그런 식으로 말을 한 건, 주의를 다른 곳으로 돌리기 위해서였겠군. 그렇게 곱게 웃으면서, 일부러 그런 말투로 말이야."

"네. 역시 우리 황자 전하. 눈치가 보통이 아니시네요."

당당하게 고개를 주억거리는 조를 보고 있자니 명치가 갑갑했다. 카일은 천장을 향해 머리를 젖히며 뒷목을 잡았다.

내가 이 미친 망아지를 좋아해도 되는 걸까. 이미 좋아하고 있는 거라면, 감정을 물릴 수는 없다. ……여신이시여, 제게 왜 이런 시련을 주십니까.

카일은 신경질적으로 미간의 거리를 좁히다 아래를 내려다봤다. 무언가 기대 만발한 눈으로 조가 그를 올려다보고 있었다. 이제 이런 눈빛은 불안했다.

"……왜."

"아니, 뭐, 이렇게 밀폐된 공간에 전하랑 둘밖에 없고, 솔직히 마구간은 너무 개방돼 있어서, 지금 카일 조금 질투도 하는 거 같고, 나 걱정도 한 거 같고, 감정이 조금 있으면, 온 김에 나랑 뽀뽀나 한 번 하고 가자는 거죠."

"싫어."

"아, 왜요!"

"……싫으니까."

"이, 이럴 수 있나? 제 착각이었나요! 전하! 카일! 어떻게 사람 마음을 갖고 놀 수가 있어요! 나는 우리가 그래도, 어? 꽤, 응? 마음이 조금 통한 줄 알았는데! 외국 애들은 사귈 때 '오늘부터 1일♥' 이런 거 안 한다길래 내가 꾹 참고 기다렸는데! 나는 우리가 어제 낮에 그 포옹 이후로 완전 마음이 통한 줄 알았는데!"

많이 억울했는지 멱살을 붙잡고 짤짤 흔들어 대는 조를 보고 있자니 열이 저절로 뻗쳤다.

포옹만 했냐고. 우리 어제 키스도 했는데. 너 내 바지에도 손댔잖아. 내가 막았지만. 쥐어박을 수도 없고.

카일은 간밤의 입맞춤을 깔끔하게 잊은 조에게 복수하기로 했다.

"적당히 하고 나와. 난 돌아가 봐야 하니까. 또 보초병한테 붙잡혔다는 핑계로 노닥거리지 말고."

나 말고 누가 당신을 이렇게 좋아해 주겠냐며 길길이 날뛰는 조를 두고 걸어 나오며 카일은 심히 절망했다. 날뛰는 모습마저 귀여워 보이기 시작했다는 게 믿기지 않았다. 되돌리기엔 글렀구나. 여신님. 감당하기엔 너무 큰 시련입니다.

❊　　❊　　❊

글씨 연습을 핑계로 테오도르에게 공책을 부탁했더니 최고급 종이로 만들어진 두툼한 공책이 돌아왔다.

"……테오, 이거 너무 비싼 거 아냐? 나 이렇게까진 필요 없는데."

단둘밖에 없을 때는 반말해도 된다고 허락한 테오 덕분에 나는 테오에게 존댓말과 반말을 섞어서 쓰는 중이었다.

"나한테 처음으로 뭔가 달라고 한 거잖아! 좋은 걸로 주고 싶었어!"

분홍색 눈을 아래로 내리깔며 웃는 테오의 동그란 광대가 위로 **빼꼼** 올라왔

351

다. 수줍어하다가 '좋아? 괜찮아?' 하고 물어 오며 뿌듯해하는 모습까지 그 자체로 작은 강아지를 보는 것 같았다.

"아이고, 우리 똥강아지. 형아가 그렇게 좋아. 어이구, 이뻐."

귀여움을 참지 못하고 끌어안자 테오가 또 내 뒷머리 꽁지를 잡아당기며 어깨를 퍽퍽 내려쳤다.

"내가 자꾸 꼬맹이 취급하지 말랬지!"

"오구, 우리 황자님. 그래쪄요, 애기 취급 받아서 서운해쪄."

"너 내가 반드시 사형시킨다. 나 2년만 있으면 형보다 더 커질 거라고 했지!"

"더 클 거야~? 어유, 그래쪄."

내 발을 밟은 뒤 풀려난 테오는 씩씩거리며 돌아가다가 도로 돌아와 내 얼굴을 향해 뭔가를 던졌다. 촉이 달린 긴 펜이었다.

"야! 눈알에 박힐 뻔했잖아!"

"시끄러워! 선물해 줬더니 사람을 순 꼬맹이 취급이나 하고!"

열받은 얼굴로 땅을 향해 발길질하던 테오는 그대로 돌아갔지만 썩 걱정은 되지 않았다. 늘 저러다가 며칠 지나지 않아서 다시 찾아오곤 했으니까. 이젠 일상이 된 싸움이었다.

귀여워 죽겠어, 우리 분홍 삐약이.

나는 테오도르가 보이지 않을 만큼 멀리 간 이후에 오두막으로 들어가 공책을 펼쳤다.

"사건 순서대로 써 볼까."

한국말로 글을 쓰는 게 몇 개월 만인지 모르겠지만.

몇 시간 뒤 빽빽하게 적은 공책을 처음부터 끝까지 쭉 훑어봤다. 몇 가지 빠진 걸 채우려고 계속 고심을 거듭하다 보니 머리가 아파 올 지경이었다.

"그래도 거의 다 채운 것 같은데."

시에나 황녀랑 프리실라 황비만 어떻게 잘 막으면 될 것 같은데. 시에나는 취미가 암살인 듯 골고루 주변의 황자를 죽이려 시도했다. 책에선 2황비 이그리트의 아들을 죽인 것도 시에나라고 나와 있었으니까. 물론 이그리트의 딸을 죽인 건 카일의 어머니인 프리실라였지만.

"집구석이 아주 콩가루구만. 하, 시어머니가 암살 전문이라니. 나도 고생이 많겠어."

팔짱을 끼며 한숨을 푹 내쉬었다. 그때 머릿속에서 기마 대회에서의 오디오북 음성이 다시 들렸다.

암살자가 보초병으로 변장한 뒤 카일의 궁으로 숨어들었다.

"뭐?!"

허공을 향해 외쳤지만 그는 뒷이야기를 이을 뿐이었다.

'밤이 되면 움직여야겠군.'

그는 때를 기다리며 검을 그러쥐었다.

카일이 위험하잖아. 나는 주변을 두리번거리다가 낫을 챙겨 들었다.

내 사전에 미인박명 그런 건 있을 수가 없어.

황자의 궁에서 보초병도, 기사도 아닌 사람이 무기를 들고 다닐 수는 없었다. 나는 낫을 뒤 허리춤에 꽂아 넣은 뒤, 웃옷을 내려 숨기고 카일의 궁을 향해 뛰었다. 머릿속 오디오북은 내가 모르는 책의 줄거리를 줄줄 읊고 있었다.

시에나는 초조하게 비고를 기다렸다.

시에나 그년 짓이구나. 이 망할 년. 가만 안 둬. 오늘 암살자 목 따고 너도 모가지 딴다.

해가 져 캄캄한 밤이었지만 황궁 곳곳을 밝히는 횃불과 등 덕에 그다지 어둡지는 않았다.

보초병으로 숨었다는 건 지금 카일이 지내는 궁의 벽을 돌고 있다는 건가.

이를 바득바득 갈며 달리는 도중 누군가가 나를 불러 세웠다.

"거기 너! 누구야!"

모른 척 계속 달리기엔 부를 만한 사람이 나밖에 없었다. 우뚝 멈춰 서서 목소리가 들린 쪽을 향해 고개를 돌렸다. 기사 파무크였다.

"조?"

"안녕하세요! 파무크 기사님! 크으, 역시 달이 휘영청 밝은 달에도 쉬지 않고 열심히 일하시는 파무크 기사님의 뛰어난 직업 정신에 오늘도 감탄하고 갑니다. 충성!"

속사포처럼 말을 쏟아 내고 다시 출발하려는데 파무크가 다시 붙잡았다.

"잠깐만! 어딜 가는 거야. 이 시간에 돌아다니면 안 된다고. 다른 사람이 봤으면 너 큰일 났어."

"그게 아니라요. 그게…….'

눈을 이리저리 굴리다가 고개를 푹 숙였다. 가만있자, 파무크가 연애를 시작한 지 얼마 안 됐으니까.

"고향을 떠나오기 전에 제 첫사랑이 잊지 말아 달라고 제게 남겨 준 증표가 있었는데요. 흑……. 파무크 님. 제가 그걸 카일 전하의 궁 근처에서 잃어버렸어요."

"……뭐? 어쩌다가."

"모르겠어요. 저 같은 건, 고향으로 돌아갈 자격도 없어요. 미래를 약속했는데! 진짜 사랑했는데! 물레방앗간에서 몰래 키스도 하고! 어? 막, 어? 더한 것도 하고! 우리 끝까지 사랑하자고 했는데! 헤어질 때 꼭 다시 만나기로, 흑! 난 머저리야! 등신! 바보! 멍청이!"

욕을 한 마디 할 때마다 손을 들어 내 머리를 때리자 파무크가 내 손을 가로막았다.

"그, 그러지 마. 괜찮아. 찾을 수 있을 거야. 궁 어디에 떨어뜨렸는지는 기억해?"

"아니요……. 전 쓰레깁니다!"

파무크에게 잡힌 손목으로도 머리를 퍽퍽 치자 그가 당황하여 두 손으로 내 손목을 잡았다.

"조! 머리 그만 때려, 괜찮아. 조. 금방 찾을 수 있어."

"어흑흑……. 제가 황궁에서 돈 벌어서 돌아가면 꼭 결혼하자고 했었는데! 흑흑흑……."

"……어쩐지, 연애 관련으로 모르는 게 없더라."

"제 진심은 그녀뿐입니다. 파무크 기사님. 제발 보내 주세요. 물건만 찾으면 돌아갈게요. 저 개 없으면 못 살아요."

"조. 그렇게 중요한 거면 우리 기사단한테 같이 부탁해 볼까?"

"아니요!"

이 젊고 오지랖 넓은 인간아. 그게 되겠냐. 다 같이 있지도 않은 증표를 찾겠다고 땅에 머리 박고 있다가는 암살자 다 놓치잖아요. 나 빨리 가 봐야 하는데.

"그러면 파무크 기사님이 저를 놓아줬다는 게 들키잖아요. 게다가 전 보잘 것없는 마구간지기인걸요. 안 들키고 얌전히 주변만 돌아보고 올게요. 기사님. 저 진짜 걔 없으면 죽어요."

"그래, 그 마음 잘 알지. 나도 이제 플로리안 없으면 못 살 거 같으니까. ……좋아! 못 본 척해 줄게."

"흑흑. 저 진짜 나중에 아들 낳으면 파무크 기사님 같은 사람이 되라고 할래요."

"야, 됐어. 아부는……. 가 봐. 사랑을 지켜야지."

멋진 척 코를 스윽 닦는 파무크에게 거듭 인사하며 나는 다시 카일의 궁으로 향했다.

맞아요, 파무크 기사님. 저는 사랑을 지켜야 돼.

허리 뒤에 꽂혀 있는 낫은 튼튼하게 고정되어 있었다. 오늘 밤은 네가 나의 엑스칼리버다. 나는 원래 사랑을 이렇게 지켜.

카일의 궁 벽까지 무사히 왔지만 암살자가 어디서 나타날지 모르는 상황이라 일단은 풀숲 뒤쪽에 가 숨기로 했다. 보초병이 나타나도, 진짜 보초병인지 암살자인지는 어떻게 분간하지?

카일의 방이 바로 보이는 아래쪽 풀숲에 자리 잡은 채 초조하게 시간을 보내고 있던 중, 어디선가 수상한 발걸음 소리가 들렸다. 보통의 보초병과는 다른 발소리였다. 발이 땅에 닿기도 전에 이동하는 듯 재빠른 발놀림이었다. 그는 순식간에 사각지대의 벽 쪽 빈틈을 잡고 기어올랐다. 카일의 방 3층으로 숨어들 계획인 것 같았다. 일단 카일을 깨우긴 깨워야겠지.

카일 나 당신 보고 있으면 뇌세포에 쥐 날 때까지 웃잖아. 광대 리프팅은 무

료 시술인데 눈가 주름은 따따블 되는 기적, 그 어려운 걸 우리 카일이 해냅니다. 일어나 봐요. 지금 암살자가 벽을 타고 당신 방으로 기어 올라가고 있어요.

소리를 질러 다른 보초병들을 부르는 방법도 있었지만, 근처에 다른 기사들이 있는지도 불확실했고 만약 운이 없으면 암살자를 그대로 놓칠 수도 있었다. 나는 허리춤에서 낫을 꺼내 들었다.

가자, 엑스칼리버.

암살자는 벌써 2층 높이의 창문에 다다랐다. 더 이상 미루면 공격 한 번도 하지 못한 채 손 놓고 지켜봐야만 했다. 풀숲을 빠져나와 조준하기 위해 엑스칼리버를 어깨 위로 들어 올리며 고개를 들었다.

엥, 우리 왜 눈이 마주치죠.

암살자가 어느새 내려와 벽을 등진 채 나를 보고 있었다. 아, 젠장, 멍청이. 암살자면 풀숲이 움직이는 소리 다 들었을 텐데.

"봤니?"

암살자가 작은 목소리로 내게 물어 오자 목뒤에 저절로 소름이 오소소 돋았다. 슬그머니 일어섰던 걸 그대로 다시 앉으며 멀쩡한 풀때기를 베고 이마에 맺힌 식은땀을 구슬땀인 양 닦아 냈다.

"아뇨, 저는 풀을 베고 있었는데요. 카일 전하가 정원 잔디 내일 아침까지 안 베면 제 목을 벤다고 하셔 가지고요. 아유, 전하도 참. 너무하셔. 사람 야근을 이렇게 시키나."

휴우, 숨을 길게 내쉬며 허리를 펴며 기지개를 켰다.

"어휴, 드디어 겨우 끝났네요. 저는 이만 가 보겠습니다. 그럼, 안녕히 계세요."

"잠깐."

"예?"

무해하게 웃으며 뒤돌았지만 암살자는 왼쪽에 찬 검집에 손을 올린 상태였다.

"너 봤잖아."

"뭘요. 저는 전혀,"

암살자가 칼을 꺼내 들자 나는 죽을상을 하고 애원했다.

"아이고, 기사님. 뭘 자꾸 봤냐는 거예요. 지금 저 아까 풀숲에서 몰래 똥 싼 거 그거 때문에 그러시는 거예요? 그래요! 맞아요! 저! 아까 저기 쪼그려 앉아서 똥 쌌어요! 배 아픈데 하인들 쓰는 화장실 너무 멀어서요! 근데 그거 때문에 칼 꺼내기 있어요?! 인심 퍽퍽하시네요, 정말!"

"조용히 안 해?!"

험악하게 생긴 암살자가 인상을 찌푸리며 내 쪽으로 한 발자국 다가왔다.

"아니, 뭐 어느 쪽에서 나오셨는지 보지도 못했고, 저는 그냥 바지 올리면서 일어났는데 앞에 서 계셨잖아요. 봤냐고는 오히려 제가 묻고 싶어요. 저 똥 싸는 거 보셨어요?"

억울해서 가슴을 퍽퍽 치며 얘기하자 남자는 머리를 벅벅 긁다가 매섭게 나를 노려봤다.

"진짜야?"

"아, 진짜예요. 형님. 제 말을 왜 못 믿으세요. 저 일찍 사고 쳐서 고향에 애도 있어요. 제가 뭐 하러 일 잘릴 거짓말을 하겠어요."

"그런 것치곤 냄새가 안 나는데."

"똥을 싸면 묻어야죠, 그럼 그대로 두고 튀나요. 저 진짜 결백해요. 제발 일하다가 땡땡이치고 정원에 똥 싼 거 이르지 마세요. 저 잘리면 와이프한테 죽어요. 우리 애 우유 먹일 돈도 없어요. 형님. 아니, 기사님."

두 손을 들어 싹싹 빌자 남자는 귀찮다는 듯 손을 휘휘 저었다.

"알았어, 빨리 꺼져."

"기사님 진짜 대대손손 길이길이 복 받으시고 들숨에 건강, 날숨에 재물 얻으시고 항상 행복만 가득하시길 여신님께 깊이 기도할게요. 이렇게 깊은 밤까지 궁 외벽까지 돌며 일하시는 기사님이라니 여신님 지금 감동해서 울고 있다네요."

"새끼가 말은, 볼일 다 봤으면 꺼져."

"옙!"

활짝 웃으며 뒤돌았다. 낫을 쥔 손바닥이 척척하게 젖어 들었다. 앞으로 몇 발자국 걷다 보니 암살자의 발걸음 소리가 들려왔다. 분명히 멀어지는 소리였다. 시에나 애는 황녀라면서 돈이 없었나. 뭐 이렇게 물렁한 사람을 고용했지.

재빠르게 뒤돌아 낫을 던졌다. 제가 이래 봬도 술집 다트게임 킹입니다. 그걸로 안주도 서비스받아 먹었다고요. 신변잡기 게임으로는 어디 가서 뒤지지 않습니다. 물론 그게 다른 세계에서까지 통할 줄은 몰랐지만.

무게가 있어서인지 위쪽으로 던진 낫은 호선을 그리며 날아가 암살자의 허벅지에 꽂혔다.

"으윽!"

신음을 흘리며 휘청거린 암살자가 곧바로 검을 빼어 들고 살기 가득한 눈을 빛내며 내 쪽으로 다가왔다.

"으아악!"

소리를 지르며 도망가려는 순간, 그의 거대한 몸뚱이가 앞으로 고꾸라졌다. 엎어진 남자의 뒤통수에 긴 화살이 꽂혀 있었다. 멍청히 고개를 들어 올리니 열려 있는 3층 창문에 카일이 서 있었다.

"침입자다!"

카일의 외침에 금세 주변의 기사들이 몰려들었다. 카일 역시 다급하게 내려왔다. 얇은 천으로 된 잠옷 차림으로.

죽기 전에 언제 또 보나 했는데 이렇게 또 만나네요, 반갑습니다. 잠옷 카일.

흐뭇하게 뛰어오는 카일을 보고 있었는데 갑자기 기사들이 내 뒷덜미를 잡고 땅바닥에 내리꽂았다.

"아악! 뭐야! 뭐예요!"

"너도 한 패야?!"

"무슨 소리, 악! 팔 꺾지 마세요! 팔, 팔! 팔, 아프다고요!"

나를 엎어 놓고 위에 올라탄 육중한 기사가 내 팔을 꺾고서 내게 계속해서 물었다.

"죽은 이놈과 무슨 관계지?"

"내가 이 새끼 허벅지에 낫 꽂았는데! 무슨 소리예요! 아악! 기사님! 나 팔 빠져요!"

벗어나려고 몸을 퍼덕거리자 내 목 아래로 칼날이 들어왔다. 히끅거리며 숨을 들이켜는 순간, 어디선가 칼 뽑는 소리가 들렸다.

"당장 그 위에서 비켜라."

"……카일 전하."

"이 사람은,"

이 사람은……?

엎어져 있던 나는 어느새 기대 가득한 눈으로 카일을 돌아봤다. 얇은 천이 바람에 휘날리자 근육이 여실히 드러났다.

신전을 왜 갑니까. 카일을 만나러 오세요. 아, 진짜. 성지가 저기 있네요. 운동을 몇 년을 하면 숨만 쉬어도 근육이 발씬거리나요.

"……변태."

"예?"

"예?"

카일의 말을 기다리고 있던 기사와 내가 동시에 의문을 던졌다.

변태라뇨. 이 상황에 그 말을 하시면 어떡해요. 주변에 서 있던 다른 기사가 곧장 칼을 빼 들었다.

"역시 변태입니까! 이 망할 자식! 카일 전하를 보기 위해 여기까지 숨어들었군!"

아니라고 바로 소리를 질렀어야 했는데. 당황해서 입만 벙긋거렸다.

"아니, 기사님. 그, 그게 아니고요."

마이 큐티 옥수수 알갱이 아기 고양이 카일. 여기서 변태가 왜 나와요. 나 죽는 거 보고 싶어요?

"……말을 잘못 꺼냈군. 그 사람은 죄가 없어. 그냥…… 마구간지기다. 그 위에서 내려와."

내 허리 위에 앉아 있던 기사는 슬쩍 일어나며 내 옆구리를 걷어찼다. 윽, 소리를 내며 엎드린 채 옆구리를 감싸 쥐었다.

"카일 전하, 근데 마구간지기가 이 시간에 여기까지 올 이유가 뭐가 있겠습니까. 뭔가 꿍꿍이속이, 윽."

카일이 검을 휘두르자 기사의 갑옷 가슴 부분의 앞이 잘려 나가 그대로 툭 떨어졌다.

"내가 아니라고 했을 텐데. 언제부터 내 기사가 내 말을 무시하게 됐지. 암살자와 싸우는 소리를 듣고 창문을 열어 내가 활을 쏴 죽인 거다. 이 정도면 혐의는 풀렸나."

카일의 날카로운 어조에 다들 차갑게 얼어붙어 있었지만 그중 겁도 없는 한 놈이 굳이 또 말을 얹었다.

"……암살자를 막은 건 알겠지만, 이 시간에 마구간지기가 여기까지 온 이유에 대해서는 그냥 지나칠 수 없습니다. 저희는 황자님을 지키는 기사단이니까요."

저 새파랗게 어린 놈이 쓸데없이 사명감만 높아서는……!

미래를 미리 듣고 달려왔다고 해 봐야 아무도 믿을 것 같지 않았고, 카일 역시 그런 말을 입 밖에 낼 수 없었는지 가만히 눈만 굴리고 있었다.

바로 그때, 누군가 손을 들었다. 뒤늦게 달려온 파무크였다. 앗. 기사님. 잠깐. 타임.

"조는, 사랑을 지키기 위해 온 겁니다."

카일의 커다란 눈이 파무크에게 향했다가 곧장 내게로 돌아왔다. 기사에게까지 구구절절 주접을 떨었냐고 질타하는 눈빛이었다. 두 손을 들어 잘게 흔들며 고개를 도리도리 저었지만 파무크는 계속해서 입을 털었다.

"제가…… 다 말씀드리겠습니다."

파무크. 제발.

"조는 고향에 열렬하게 사랑하며 미래를 약속한 여자 친구가 있다고 했습니다."

뜻밖의 러브 스토리에 기사들 눈이 휘둥그레 커지는 게 보였다. 흥미롭다는 듯이 팔짱을 끼는 놈도 있었고 휘파람을 부는 놈도 눈에 띄었다.

그리고 카일은 한쪽 입꼬리만 올려 웃고 있었다.

"여자 친구가 헤어질 때 사랑의 증표를 건넸대요. 돌아오면 결혼하자고요. 그걸 카일 전하의 궁 앞에서 잃어버렸다고 울면서 뛰어오더라니까요. 저 어린

애가. 이제 겨우 열일곱, 여덟 돼 보이는 애가, 사랑을 지키겠다고!"

파무크 씨. 구연동화에 아주 깊은 재능이 있으시군요. 어느새 집중한 인간들이 파무크의 말에 귀를 기울이며 다음 말을 기다렸다. 적절히 맺고 끊는 걸 아는 파무크는 타고난 이야기꾼이었다. 형씨, 적성에 맞는 취업을 다시 하셔야겠습니다.

"얼마나 애절하게 말했는지, 그 자리에 있던 누구라도 조를 보내 줬을 겁니다. 그 여자 없으면 못 산다고, 물레방앗간에서 입 맞췄던 기억이 아직도 생생하다며! 이렇게 잃을 순 없다면서 저를 부여잡고 우는데, 제 가슴이!"

가슴을 내려치며 말을 차마 잇지 못하고 스읍— 하며 고개를 쳐든 파무크는 미간을 잡고 눈물을 겨우 다시 집어넣었다. 제 얘기가 그렇게 감동적이었나요, 파무크……

칼을 들고 있던 카일의 표정도 언제부턴가 변해 있었다. 눈썹이 점점 아래로 처지기 시작했다.

아니야, 아니에요. 카일. 무슨 생각을 하는 거야.

"제발 보내 달라며 제게 빌었습니다. 자기 인생에선 그 여자뿐이라고요. 그래서 제가 얼른 찾아오라고 보내 줬고요. 만약, 이 일로 인해서 벌을 받게 된다면. 저, 파무크. 아무 말 않고 달게 받겠습니다. 친구와의 우정과, 그의 사랑도 응원해 주고 싶었으니까요!"

뮤지컬 한 신을 끝낸 것마냥 파무크는 나를 보며 아련하게 웃었고 나도 함께 웃어 주었다. 이 분위기에 아니라고 할 순 없잖아요. 사람들이 동조하며 고개를 끄덕이자 신이 났는지 파무크가 이어 말했다.

"조를 아시는 분들은 조가 평소에 마구간에서 얼마나 성실한지 아실 겁니다. 저 작은 체구로 돈을 벌어서 여자 친구에게 돌아가는 게 소원이라는 놈인데……! 수도에서 많은 사람을 만났지만 오직 여자 친구만이 진심이라는 놈인데! 크흑!"

파무크의 말이 끝나자 몇몇이 덩달아 입을 열었다.

"그래, 마구간 지나갈 때마다 보면 항상 일하고 있더라고. 참 성실해. 딴생각할 놈은 아니야."

그건 제가 월화수목금금금 퇴근이 없는 나라, 한국에서 와서 그렇습니다.

"깊이 사귄 여자가 있었구나. 어쩐지. 여자 마음을 귀신같이 알더라고."

그건 제가 여자라서 그렇습니다.

"간식도 안 사 먹고, 시장도 잘 안 나가길래 왜 그런가 했더니 고향으로 돌아가 결혼할 돈을 모으는 거였군."

평소 친분이 있던 조지까지 말을 얹으니 증언은 완벽해졌다. 다들 내 열렬한 사랑 일대기에 젖어 들어 나를 측은하게 바라보고 있었다. 제일 처음 나를 추궁했던 기사가 나를 쏘아보며 물었다.

"그럼 왜 고향을 떠나서 여기까지 와서 돈을 벌었지? 그거 다 거짓말 아니야? 증표는 뭔데? 찾았어?"

아귀찜 속에 덜 익은 아귀같이 생긴 놈이 말이 왜 이렇게 많아. 이렇게 된 이상 파무크의 말에 장단을 맞추는 수밖에 없었다.

"황궁에서 일하면 봉급을 잘 주니까요. 고향에서 허드렛일하는 걸로는 하루 벌어 하루 먹고 사는 게 전부였습니다. 결혼은커녕 부모님마저 병으로 돌아가셨죠. ……약 한 번! 써 보지도! 못하고! 아이고, 어머니, 아버지! 이 못난 자식이 죄송해요!"

하늘을 보며 울자 아귀찜 옆에 있던 기사들이 그의 옆구리를 툭 쳤다. 내 연극은 아직 끝나지 않았다.

"……가난은 죄가 아니라는데…… 가난한 놈이 사랑을 하면, 왜 죄가 될까요……."

허무한 듯 자조적으로 말하며 눈물 한 방울을 아래로 툭, 떨어뜨렸다. 품에서 잡히는 대로 뭔가를 꺼냈다. 생활관 출입 금지당한 나를 위해 릭이 감자를 싸다 준 면포였다. 게다가 낮에 펜이 잘 안 나온다고 마구 휘갈겨 놓은 한국말도 적혀 있었다. 아련하게 감자 냄새가 나는 면포를 품에 안으며 혼잣말로 읊조렸다.

"제가 떠나던 날 그녀가 제게 줬던 손수건이에요. 아니, 손수건이랄 것도 없죠. 그때 우리가 가졌던 건, 고작 이 천 쪼가리가 다였으니까요."

기사 몇이 뒤돌아 눈물을 소매에 닦아 냈다.

"그녀가 벌써 절 잊었어도, 괜찮아요. 전 그녀가 행복하기만 하면 되니까요……."

클라이맥스를 장식하는 애틋한 미소와 눈물 한 방울.

대학교 1학년 때 잘못 들어간 연극 동아리에 발목 잡혀서 4년, 아니, 휴학한 시기까지 총 5년 동안 연기를 배웠는데 이렇게 덕을 봅니다. 감사해요, 선배들. 아무리 한 치 앞을 모르는 인생이라지만 제가 몰라도 너무 몰랐네요. 이걸 여기서 써먹는다.

문제는 카일이었다. 사슴처럼 커다란 눈망울이 아래로 굴러떨어질 것처럼 울렁거렸다.

"……진짜야?"

당신이 낡이면 어떡해요. 마이 스윗 달링 허니 카일. 당연히 다 거짓말이지용. 나는 당신밖에 없어. 당신 없인 못 살아요.

카일을 바라보며 속으로 애정을 가득 담아 텔레파시를 보냈다. 하지만 웬일인지 카일의 표정은 변하지 않았다. 여전히 충격받은 얼굴로 나를 보고 있다.

"어쩐지. 하녀에게 말을 거는 게 너무 익숙하다 생각했었어. 여자 친구가 있었구나."

잠깐만요. 이거 왜 안 돼? 텔레파시 왜 고장 났어요? 통신국에 무슨 일이 생겼나요? 왜 하필 지금 고장인가요.

기사들이 일제히 나를 바라봤다. 거짓말이라고 할 순 없었다. 몇 분 전까지 울며 생쇼를 떨었으니까.

"다, 당연히 다 진짜죠. 제가 어떻게 거짓말을 하겠습니까."

눈치도 없이 파무크가 나를 일으키곤 덥석 끌어안았다.

"일 열심히 해야 돼! 언젠간 네가 돌아갈 수 있을 거라 믿는다!"

"……예, 예!"

기사들이 나를 에워싸고 힘내라며 한마디씩 건넸다. 여자 친구는 예쁘냐느니, 어린 줄로만 알았는데 아주 다 큰 사내라느니, 감동받아서 조금 울었다느니 등등. 위로와 격려의 말들.

야, 이 개놈 자식들아. 차라리 나한테 관심 끄고 죽은 암살자 시체부터 뒤져 보세요. 단서를 찾을 생각을 해야지, 왜 로맨스 드라마에 빠져 버렸냐고요.

카일은 암살자를 칼로 가리키며 우울한 목소리로 명령했다.

"이놈의 시체를 뒤져서 단서를 찾아내라. 티끌만 한 정보도 놓치지 말고. 누가 보냈는지 밝혀내."

"예! 전하!"

내 목소리를 들었나 싶어서 카일을 향해 귀를 기울였다.

"살려 두고 고문을 했어야 했는데 내가…… 마음이 급해서…… 급했는데, 다칠까 봐…… 근데…… 여자 친구가……."

아니구나. 횡설수설하다가 말을 채 끝맺지도 못하고 카일은 고장 난 인형처럼 삐걱거리며 뒤돌았다.

"카일 전하!"

나는 기사들을 헤치고 앞으로 나가 카일을 불렀다. 그는 금방이라도 터질 것 같은 표정으로 나를 돌아봤다.

"아. 조는…… 이만 돌아가. 사랑, 열심히 하고……."

뭔 소리야, 진짜! 내 사랑 당신밖에 없다니까! 카일! 듣고 있냐고! 나 사랑하는 사람 너라고!

답답해 죽을 것만 같은데도 기사들의 응원을 받고만 있어야 했다.

암살자를 처리한 게 문제가 아니었다. 왜 거기서 당신이 오해를 하냔 말이에요! 차라리 울고 싶을 지경이었다. 이 정신없는 와중에 다시 머릿속에서 깔끔한 아나운서 톤의 여자 목소리가 들려왔다.

……카일은 홀로 추억을 거닐었다. 모든 게 파도처럼 멀어졌다가, 한순간에 파고들었다. 조의 목소리가 처음으로 들렸을 때, 고백에 적응하지 못해 몇 번이나 편지를 썼을 때, 함께 밤하늘을 올려다봤을 때…….

아니, 분위기 왜 이래요. 우리 카일 나랑 백년해로해야 되는데 왜 추억을 혼자 거닐고 계시냐고. 안 돼. 돌아와.

이젠 모두 의미 없는 과거에 불과했다. 그녀에겐 미래를 약속한 여자 친구가 있었으니까.

없다니까! 이 사람아! 당신 누구야! 죽는다, 진짜!

내가 누군지 궁금해?

웃음기 서린 차가운 목소리가 뇌리를 스쳤다. 온몸에 소름이 돋아 왔다. 원초적인 공포였다. 상대가 누군지 알 수 없고, 누군가에게 내 정신이 조종당하고 있을지도 모른다는 두려움.

오디오북은 다정하게 말을 걸어왔다.

겁먹지 마. 재밌어서 그런 거야.

약간 안심이 되자 언제 겁먹었냐는 듯 짜증이 올라왔다. 너만 재밌으면 다냐고.

카일은 이미 궁으로 들어가 버렸고, 내 옆에서 날 달래던 기사들 중 몇은 암살자의 시체를 들고 어딘가로 가 버렸고, 나머지도 다시 제 근무지로 돌아간 상태였다. 멍하니 서 있다가 천천히 마구간을 향해 걸었다. 돌아가는 길에 몇 기사들이 반갑게 인사했다.

"사랑꾼! 파이팅!"

"아, 예! 감사합니다!"

무슨 기사단이 이렇게 정겹습니까. 여기가 시장인가요.

웃으며 함께 주먹을 올려 파이팅 인사를 나누고 터덜터덜 걸었다.

잠잠하다 싶을 즈음, 오디오북은 다시 말했다.

나도 네가 궁금해. 너 같은 아이는 낳은 적이 없는데.

"삼신할머니?"

……아직 할머니는 아니란다.

마구간 울타리 문을 열고 들어가 단숨에 오두막 안으로 들어갔다. 여기서부터는 소리 질러도 웬만해선 아무도 듣지 못할 테니 안심하고 꽥 고성을 질렀다.

"당신 누구야!!"

나는 소리치자마자 누구에게 얻어맞기라도 한 듯 그대로 정신을 잃고 풀썩 쓰러졌다. 나무 바닥에 머리를 박기 직전 생각했다.

아, 삼신 언니…… 적어도 침대 옆에 있을 때 쓰러지게 해 주지. 여긴 맨

바닥이잖아요.

눈을 뜨니 주변이 온통 하얬다. 끝이 보이지 않을 정도로 넓게 펼쳐진 하얀, 무의 공간이었다. 벌떡 일어나 내 팔다리가 무사한지부터 살폈다. 어디 묶여 있기라도 했으면 어쩔 뻔했어.

잠깐 동안은 명했다. 여기가 어딘지, 어쩌다가 왔는지조차 기억이 나질 않아 계속 걸었던 것 같다.

한참을 걷다가, 아무리 걸어도 끝이 보이지도 않고 나가는 출구도 없어서 그제야 입을 열어 말을 꺼냈다.

"사람을 데려다 놨으면 말을 해야지, 이씨."

내 목소리가 웅웅 울렸다. 안개가 낀 것처럼 뿌연 시야 너머로 무언가 보였다. 아니, 저걸 보였다고 할 수 있나. 안개가 움직이는 게 느껴졌다.

'거봐. 내가 만든 아이들 중에 너는 없었는데.'

온 공간을 가득 채우는 소리가 들려왔지만 그다지 크게 느껴지지도 않았다. 소리 한가운데에 서 있는 느낌이었다.

"애가 있어요? 결혼 빨리 하셨네."

다리가 아파 주저앉으며 대답했는데 머리를 한 대 쥐어박혔다.

"아! 뭐야! 어디서 때렸어요?!"

'나 결혼 안 했다니까!'

"……아니, 애가 있으시다길래. 그럴 수도 있죠. 요새 미혼모 많으니까요."

'세상천지에 신을 미혼모라고 부르는 사람은 너밖에 없을 거야.'

"신이에요?"

앉은 김에 누우려다가 벌떡 일어났다. 허공을 보며 다시 물었다.

"진짜 신이에요?"

들뜬 목소리가 다시 공간을 채우며 답해 왔다.

'내가 세계를 만들었지. 네가 밤낮으로 휘젓고 다니는 그 세계의 모든 것들을 내가 만들었어. 대륙의 바람, 나무, 꽃, 전쟁, 사람 하나하나 전부.'

"아. 작가님이신가."

한동안 오디오북 목소리는 대답이 없었다.

"작가님. 제 목소리 들리시나요."

'새싹이 고목이 되어 스러지는 걸 몇 번이나 지켜볼 정도로 긴 시간을 존재하며 갖가지 이름으로 불려 왔지만, 작가님은 처음이야.'

"이 세계를 만드셨다길래 작가님인 줄 알았어요. 저 책 진짜 재밌게 읽었거든요."

'책?'

"네. 킹메이커요."

'……그런 이름으로 알고 있구나.'

"그럼 원래는 뭔데요."

'미래. 네가 남들에게 말하고 다닌 것처럼 미래에 불과해. 일어나야 하는 일들.'

흐릿하던 정신이 그제야 돌아와 주먹을 꽉 쥐고 말했다.

"그딴 게 어딨어요. 그게 누구를 위한 거라고."

'모든 것은 흘러가기 위한 필연들이지. 아무것도 모르는 아이야. 내 미래를 자꾸 흔들지 마라.'

싸늘하게 가라앉은 목소리에 간담이 서늘해졌지만 나는 천천히 눈을 감았다 뜨며 정면을 똑바로 응시했다. 사람의 형상으로 둥글리며 돌아가는 안개가 이제야 제대로 보이기 시작했다.

"얻다 대고 아이래. 나 알아요?"

허공 속 안개는 대답이 없었다. 사실 안개는 그저 서 있을 뿐이고, 소리는 사방에서 나를 향해 울리고 있었다. 끝없이 하얀 무의 공간이 나를 향해 날 선 목소리로 대답했다.

'방금 뭐라고 했지.'

"아까 처음 얘기할 때 그랬잖아요, 나보고 만든 적도 없는 아이라면서요. 그럼 남이죠. 여봐요, 작가님."

'여봐요, 작가님? 너 지금 감히 이 나에게.'

"작가님이 만든 세계가 여기잖아요. 그죠?"

나는 감히 신의 말을 끊고 끼어들었다. 할 말이라면 나도 많아, 이 사람아.

"이거 다 작가님, 그러니까 신인 당신이 만드신 거라고 했잖아요."

'……그래. 아주 오랜 시간 공을 들여 만들어 왔어. 많은 아이들이 나라를 세우고, 싸우고, 무너지고, 다시 일어났지. 내 아이들은 대단해.'

"그런데 말입니다. 작가님. 자고로 창작물이라는 거는, 남에게 보여 줄 때 가치가 있는 거 아닐까요."

'뭐?'

진지한 시사 프로그램의 진행자처럼 나는 한 손을 앞으로 내밀며 한 발자국 걸어 나갔다. 목소리는 약간 낮고 진중하게. 큼, 흠. 목을 가다듬고 나는 화려한 제스처와 함께 입을 털기 시작했다.

"작가님. 아무도 안 보는 드라마, 왜일까요."

'그, 글쎄. 뭐, 재미가 없어서겠지.'

"아무도 읽지 않는 책. 과연 출판사에서 내 줄까요?"

'감히 내 창조를 장사와 비교하려 하다니.'

"작가 선생님. 들어 보세요. 세상을 창조하시느라 얼마나 오랜 세월 공을 들이셨어요. 그 많은 사람들을 만들어 내어 문명을 일으키고, 그들이 역사가 되는 걸 바라보면서 얼마나 뿌듯하셨을 거예요, 그죠? 근데 말이에요. 그걸 우리 선생님 혼자 알고 있으면? 이게 뭐다? 아. 안 팔리는 세계관이다. 시장성이 없다 그거죠."

'뭐라?!'

"여신님. 진정하시고요. 이게 과연 감정적으로 해결될 문제일까요? 제가 이 세계로 넘어온 건 어쩌면, 또 다른 기회가 아닐까 생각되는데요. 저는, 여신님의 아이가 아니라 당신의 유일한 독자인 거죠. 글에 코멘트를 달아 줄 수 있는!"

'……음?'

"알아요, 그 마음 다 압니다. 작가님. 어떻게 매번 좋은 반응만 있겠어요. 저처럼 결말 맘에 안 든다고 난장 피우는 진상 독자도 있는 법이죠."

'잠, 잠깐만. 그러면 네가 내 독자가 되는 건가?'

나는 오른손을 가슴 앞에 모으고 최대한 성스럽게 대답했다.

"저는 이미 킹메이커를 서른마흔백여덟 번을 완독한 당신의 '독자'입니다."

그러곤 웅변을 하듯 두 팔을 벌려 하늘을 향해 쫙 펼쳤다.

"그런 제가! 강력히! 외칩니다! 킹메이커! 결말! 구리다!"

'이게 진짜 보자 보자 하니까!'

위와 아래가 구분되지 않는 흰 공간이 그대로 기울어졌다. 나는 경사로를 굴러가는 공마냥 뒤로, 옆으로 하염없이 굴렀다. 나중에는 미끄럼틀을 타듯 계속해서 미끄러져 내려갔다. 워터파크에 있는 후룸라이드를 탄 기분이었다. 계속해서 내리막만 있는 후룸라이드.

"으아악, 신이시여, 제 말 좀 들어 보세요!"

'다 들었어! 필요 없어!'

"작가님! 우리 얼굴 보고 얘기해요!"

'됐어!'

"기분이 왜 상하셨어요! 제가! 으아악! 재미없다고 해서 상하신 거잖아요! 하지만, 작가님 캐릭터 구성 능력! 나는 그게 진짜! 너무! 으아아악! 좋더라!"

순식간에 다시 평지가 됐다. 온몸에서 식은땀이 줄줄 흘러내렸다. 가슴을 들썩이며 주변을 돌아봤다. 욕이라도 퍼붓고 싸우고 싶은 심정이었지만 여기서 더 건드렸다가는 평생 후룸라이드나 타다가 인생 종 치게 생겼다. 여신의 목소리가 다시 고풍스럽고 우아하게 바뀌었다.

'……그래?'

나는 안도의 한숨을 내쉬며 가슴을 쓸어내린 후 다시 진지하게 답했다. 꼬드김은 이제부터 시작이었다.

"네. 제가 읽었던 킹메이커 속에서 델로아 알베니스가 주인공이었거든요."

'델로아! 내가 아주 심혈을 기울여서 만들었지. 어찌나 사랑스러운지.'

"맞아요, 델로아요. 어찌나 강단 있고, 상황 판단 빠르고, 똑똑하고, 야망 넘치고, 당한 일에는 반드시 복수하는 강한 사람! 알베니스는 죽지 않는다. 알베니스 가언에 그렇게 잘 어울리는 사람 그쪽 조상들 주르륵 세워 놓고 하나씩 출석 부르면서 찾아도 못 찾을 겁니다. 흔들리지 않으며 꺾이지도 않는 대쪽

같은 성격. 그런 델로아 알베니스의 모습이 초반부에 쭉 그려지다가 사랑에 마음을 열어 주는 서사까지. 로맨스 역사에 길이길이 남을 전대미문의 주인공. 아니, 전대미문이 뭐야, 전에 없고 앞으로도 없을 전무후무한 내 마음속 유일한 주인공! 델로아 알베니스! 사랑해요, 연예가중계."

'뒷말은 뭔지 모르겠지만. 그, 그렇지? 그리고 이사크도 내가 고생해서 만들었는데.'

"이사크도 장난 아니었죠!"

나는 화답하듯 버럭 소리를 지른 뒤에 빠르게 말을 이어 나갔다.

"이사크로 말할 거 같으면, 흑발에 흑안! 이런 중세 세계관에서 흔히 볼 수 없는 섹시 포인트에 그와 맞지 않는 대형견 같은 귀여운 매력, 다정하고 스윗하고, 친근하고 자상하고 장난기 많은 매력에 여자 주인공 하나만을 바라보는 순애보! 가끔 박력 있는 모습까지! 그리고 한 번도 배워 본 적 없었던 승마나 검법, 격투도 금세 익히는 타고난 천재! 아, 그런데 그렇게 완벽한 사람에게도 가슴 아픈 과거가 있었나니, 어머니인 줄로만 알고 18년을 모셨던 사람이 알고 보니 내 친어머니의 시녀였고! 나는 버려진 황족이었고! 황궁으로 돌아갔지만 어딘지 모르게 처연함도 한 스푼 들고 돌아가 읽다가 괜히 가슴 저려서 한 번쯤 하얀 종이 위를 쓰다듬게 만드는 매력!"

'이렇게까지 말할 줄은 몰랐어, 이런 기분이구나……. 진짜로 재밌었어?'

"당연하죠, 진짜 우리 작가님 금손 중의 금손, 미다스 왕도 작가님 앞에서는 명함도 못 내밀며 울고 돌아간다는 황금 중의 황금손, 사금 주우러 강으로 떠나는 어중이떠중이들아. 우리 작가님 손 씻은 물속에서 스쿠버 다이빙이나 해라."

'고마워. 그리고 또! 다른 사람은? 다른 애들은 어땠니? 너 보니까 카일을 좋아하는 것 같던데. 아니 좋아하는 수준이 아니라 거의 인생을 걸었던데! 말해 봐!'

여신의 목소리에 웃음기가 가득 서리고 신이 난 게 느껴졌다. 나는 활짝 웃고 있다가 천천히 어깨를 늘어뜨렸다.

"아…… 카일이요."

'왜, 왜 그래? 카일은 별로였니? 좋아했잖아. 아가? 아니, 독자님?'

"작가님, 그냥 편하게 금자라고 불러 주세요."

'……금자야, 왜 그래. 무슨 일 있어?'

나는 느리게 바닥에 주저앉아 다리를 접고 무릎을 끌어안은 채 고개를 숙였다.

"그냥, 죽을까 봐요."

'응? 갑자기 왜? 왜 그래. 얘기 잘 하고 있었잖아.'

"아니에요. 하— 허망하다. 이게 다, 무슨 소용인가 싶고."

'카일 미래 때문에 그러는 거야? 그래도 이게, 이야기가 흘러가야 하는 흐름이란 게 있어서.'

"그래요, 그럴 수 있죠. 내 최애는 아버지에게 버림받고, 어머니한테 이용당하다가 전쟁터에서 외팔이 되고, 황제 앞에서 칼 들어서 자살이나 하고, 세상에. 로맨스 소설에 이런 캐릭터가 있다니. 나는, 정말, 믿기지가, 않는다."

마지막 문장을 뚝뚝 끊어 말하며 나는 흰 공간에 드러누웠다.

'저기, 금자야. 그런 사람이 있어서 황제의 잔인함이 드러나는 부분도 있고.'

"헛된 인생. 사랑도 없이 이렇게 가네."

'금자야. 그러지 말고 카일을 좀 더 열심히 사랑해 봐.'

"끝이 정해진 사랑. 무슨 의미가 있나. 카일. 같이 죽자. 내 목소리 들려? 카일. 우리 그냥 같이 죽고 영혼결혼식이나 하자."

'이왕 산 거 잘 살아 봐야지, 왜 벌써 죽을 생각을 하고 그래, 젊은 애가. 아가. 응? 금자야.'

"어유, 됐어요. 저는 젊고 철이 없어서 사랑 없으면 입맛도 뚝 떨어지고 잠도 못 자고 그래요. 내가 전생에서 왜 죽었게요? 카일 생각하다가 횡단보도 신호등을 못 봐서 그래요. 근데 이번 생도 글렀네. 카일아, 그냥 같이 죽자. 우리는 답이 없다."

'아냐, 내가 지금 카일 보고 왔어. 너 좋아한대. 너 좀 좋아하는 거 같아.'

음? 약간 솔깃한 소리였지만 여기서 포기할 순 없었다. 확실한 대답을 들어야 된다고.

"아이고, 어머니, 아버지. 이 불효자가 죽어서도 또 부모보다 먼저 가는 불효를 저지릅니다. 불효가 두 배네요."

'근데 이미 나는 정한 미래라서 바꿀 수가 없어.'

뭐?

이럴 땐 그냥 진상 손님이 돼서 예외를 만드는 수밖엔 없었다. 죄송해요, 서비스업! 자식 앞에서 없는 소리 해 대는 할머니마냥 땅을 퍽퍽 치며 억지 눈물을 짜냈다.

"죽어야지~ 죽어야지~ 내가 무슨 부귀영화를 보겠다고 열심히 살아, 말똥이나 치우고, 아이고~ 나도 남의 집 귀한 딸로 태어나 놀고먹고 살았는데 죽었다 깨어났더니 이렇게 사랑에 죽네~"

'그, 금자야! 그러면! 네가 미래 바꿀 때 손 안 댈게!'

눈물을 훔치며 고개를 들었다.

"그게 무슨 말씀이세요, 작가님. 이 험난한 인생에도 볕 뜰 날이 있나요?"

'볕……이랄지…….'

"내가 어둠 속에서만 십수 년을 살았고나—"

'그만!'

"흑."

'그동안 갑자기 네가 알던 줄거리랑 다르게 바뀐 적이 있었잖아. 저번 기마대회도 그렇고.'

"예. 그거 설마 작가님이 하셨어요?"

'다 네가 자초한 거야.'

"네? 그게 무슨 책임 전가예요?"

'내가 만든 이 세계에 끼어든 너는 말하자면 불순물인데,'

"듣는 불순물 섭섭하니까 첨가물이라고 해 주세요."

'……첨가물인데.'

"예."

작가님은 목소리를 가다듬고 이야기를 풀어냈다. 내가 이 세계에 끼어들어 사람의 감정부터 관계를 조금씩 바꾸어 나가니까 이야기가 원래대로 돌아가려는 필연적 관성이 더 강해졌던 거라고.

"관성이요? 이거 고무줄 세계관이에요?"

'내 세계에 이상한 이름 붙이지 마!'

작가님은 울컥했는지 억울하게 말했지만 나도 할 말 많다 이거예요.

"아니 그러면 작가님 말씀은 어떻게든 카일은 상처받아야 한다는 말이잖아요! 그게 말이나 돼요! 세상에 망가지려고 태어난 사람이 어디 있어요! 당신은 사랑받기 위해 태어난 사람이라는 노래도 있는데!"

'그게 무슨 노래인지는 모르겠지만 여긴 그래. 각자가 해야 할 몫이 있어. 악인도 선인도, 불행한 사람도 모두 그게 각자의 몫인 거야. 그게 그녀들 삶이야.'

"인심 야박하시네요, 진짜. 그럼 아까 저한테 손 안 대겠다는 말은 뭐예요?"

'……말 그대로야. 관성 빼고는 아무것도 손대지 않으마, 금자야. 미래를 위해 끼어드는 짓은 이제 안 할게.'

"……그럼 희망이 있을까요? 관성은 그대로 작용하잖아요."

'네가 카일을 바꿨잖니.'

내 눈앞에 카일의 모습이 나타났다. 처음 봤을 때의 당당하고 날 서 있는 모습이었다. 등을 곧게 편 채 약간 아래를 내려다보고 있었다.

"카일!"

반가운 마음에 벌떡 일어나자 그의 모습이 바뀌었다. 평상복을 입은 카일이 느긋하게 걸음을 옮겼다. 얼굴은 여전히 빛났지만 무언가 묘하게 분위기가 달랐다. 은은하게 미소 띤 얼굴로 그는 내 눈을 바라보았다. 카일의 푸른 눈은 정말 언제 봐도 사람을 홀리네.

"……작가님. 아까 결말 욕해서 죄송해요. 이런 캐릭터를 만드셨다는 것 하나만으로 당신은 이미 예술가입니다. 세계가 인정한 명품 아트 디렉터."

풉 하고 웃는 소리가 들려 고개를 돌렸다가 다시 앞을 보니 카일은 사라진 상태였다.

'카일이 많이 바뀌었어. 정말로. 전과 같은 사람이라고 보기 힘들 정도이더

구나. 금자 네가 많은 걸 바꿨어.'

"그럼 뭐 해요. 기마 대회에서 상처란 상처는 있는 대로 다 받았는데."

'알았어. 이제는 네가 하는 대로 지켜볼게. 내 세상이 네 입맛대로 만만히 굴러가진 않겠지만. 그래도 재미는 있을 것 같아. 그러니 울지 마, 죽는다는 소리도 하지 말고, 알았지? 그러니까 가끔 이야기가 재밌는지 와서 말해 줘야 돼. 내 새로운 아가, 아니 독자님, 우리 금자.'

"저야 우리 카일이 행복만 하면 완벽한 이야기죠. 이왕이면 나랑 사랑도 하고요."

기분 좋게 웃는 여신의 목소리가 조금 더 가까이에서 들리기 시작했다.

"어라? 혹시 근처에 있어요?"

"까꿍."

"끄악! 무, 뭐야!"

놀라서 고개를 돌리니 기마 대회 때 싸움을 말렸던 남자가 서 있었다. 어라, 하는 순간 그는 웬 중년의 미인으로 변했다.

"……자, 잠깐만. 그 사람도 작가님, 아니구나. 당신 신이었어요?"

"얼굴을 보고 인사를 해야 할 것 같아서."

"무슨 인사요?"

"돌아가야지. 금자야."

"금자 하니까 생각났는데 여기 제국 애들은 왜 다 제 이름 발음을 못 하는 거예요. 저 깅깅자 됐잖아요."

풍성한 붉은 머리를 올려 묶은 여신이 곱게 웃으며 머리를 쓰다듬었다.

"네가 있던 곳과는 다르니까."

"내가 있던 곳……."

억지로 묻어 뒀던 가족에 대한 생각이 스멀스멀 고개를 들었다.

살찌니까 새벽에 라면 좀 먹지 말라고 잔소리하던 엄마, 해외여행 가자고 해놓고 한 번도 모시고 간 적이 없네. 여권 만들어 놓고 써 보지도 못했겠다. 미안해. 취직한 날 수고했다고 소고기 사 주던 아빠. 아빠 제발 술 좀 작작 마셔. 건강 검진도 제때 좀 가고. 오빠……. 오빠 너는. 됐다. 말을 말자.

부쩍 울적해진 얼굴로 한숨을 길게 내쉬자 붉은 여신이 내 머리카락을 쓰다듬었다. 짧고 억세게 뭉쳐 있던 머리칼들이 그녀의 손을 지나자 부드럽게 풀어졌다.

"울지 마."

"안 울어요."

"울고 있잖니, 아가."

손을 들어 볼을 닦자 손등이 축축한 눈물에 젖어 들었다. 평소에 지지고 볶고 싸우긴 했지만 그래도 가족이긴 했구나. 가끔 손절하고 싶은 날도 있었지만 미운 정, 고운 정 다 들어 버렸는지 오빠까지 그리웠다. 엄마나 아빠야 말할 것도 없고.

"저기요, 작가님."

"왜?"

"저희 가족 잘 지내고 있나요."

삼신 언니는 빙긋이 웃으며 내 볼에 쪽 하고 키스했다.

"그럼. 당연하지."

"잠시만요, 작가님. 이런 동의 없는 스킨십 그다지…… 어? 어라?"

시야가 빙빙 돌며 삼신 언니의 얼굴이 일그러지며 돌아갔다. 한순간에 흐트러지는 시야에 저절로 눈살이 찌푸려졌다. 제대로 앉아 있기도 힘들었다.

"이제 돌아가야지."

"어, 어디…… 우웩. 저 멀미……."

"네가 있어야 할 곳으로. 너를 찾는 이가 있는 곳으로."

"으, 토할 거 같아……. 잠깐만요, 저 물어볼 거 많은데. 목소리 텔레파시 그거, 작가님이 그런 거예요?"

"아니. 그건 내가 한 게 아니란다. 네 마지막 소원이 이쪽 세계로 넘어오면서 그렇게 발현되었나 보지. 아가. 많이 어지러우면 뽀뽀 한 번 더 해 줄까."

"아니요, 저 임자 있어요."

"하하, 그래. 금자야, 아가. 많이 힘들 거야. 네가 본 건 델로아와 이사크의 미래지만, 앞으로 네가 이끌어 가야 할 건 카일의 미래니까. 모르는 부분이 많을 거야."

"아. 작, 자까으어님. 이거 대체 언제까지 돌아가는……. 으, 우웩."

건의 사항도, 물어볼 말도 아주 셀 수 없이 많았지만 지금 제일 중요한 건 단하나였다.

카일이랑 오해 풀게 해 줘요. 나 여자 친구 없는데 완전 단단히 오해하고 있잖아요. 아니라고요. 나는 진짜 우리 카일밖에 없다고요.

"카…… 카일. 으으, 카일."

"조, 괜찮은 거야?"

굵은 남자의 목소리가 귓가에 들리고 그가 나를 일으켜 세웠다.

"조. 정신 좀 차려 봐."

아프지 않게 내 뺨을 툭툭 두드리는 손길에 점점 어지럽던 정신이 돌아왔다.

"카일……."

"뭐라고? 조. 괜찮아?"

카일, 뽀뽀 한 번만 해 줘. 입술을 내밀며 슬며시 눈을 뜨자 보이는 건 햇볕에 실컷 탄 릭의 커다란 얼굴이었다.

"악! 깜짝이야!"

나도 모르게 펄쩍 뛰어오르다 릭의 턱을 쳐 버렸다. 릭이 얼굴을 싸매고 주저앉자 나는 벌떡 일어나 앉았다. 거긴 내 오두막이었다. 차가운 나무 바닥에서 축축한 냉기가 올라왔다.

이게 뭐야. 나 언제 여기로 왔지? 아까 눈이 아플 정도로 하얗던 거기는? 나 돌아온 건가?

"야 이 자식아! 쓰러져 있는 거 깨워 놨더니 사람 얼굴을 쳐?!"

"그 큰 얼굴을 갑자기 들이대니까 그렇죠!"

"야 인마!"

"나 얼마나 쓰러져 있었어요?"

"뭐?"

나는 릭의 대답을 기다리지 못하고 문을 벌컥 열었다. 1시간도 채 지나지 않은 것 같았는데 벌써 해가 중천에 떠 있었다.

다 꿈이었나. 그 삼신 작가님이랑 실랑이하다가 이제 미래에 손대지 않겠다고 한 게 정말 그냥 다 꿈이었다고? 릭은 내 뒤에서 날 툭 하고 밀치며 밖으로 나갔다.

"아침이야 너 늦잠 잔다고 간간이 안 먹으니 그렇다 했지만 점심까지 거르고 안 오길래 뭐 때문인가 했지. 몸살이라도 난 거야?"

퉁명스러운 말투였지만 릭의 목소리에는 걱정이 묻어났다. 무심코 손을 들어 내 머리를 손으로 빗자 엉키지도 않고 부드럽게 어깨까지 흘러내렸다.

"어라, 내 머리 끈 어디 갔지."

뒤를 돌아보는데 바닥에 떨어졌을 거라 생각했던 끈은 보이지도 않았을뿐더러 머리카락에서 은은한 향기까지 났다.

"릭. 내 머리에서 냄새나죠?"

"그래, 인마. 좀 씻어. 너는 목욕탕에서 본 적이 없다."

"릭 냄새 나서 같은 물에서 씻기 싫어서 일부러 아무도 없을 때 가는 거거든요. 아무튼 나 머리에서 꽃향기 나지 않냐고요."

릭이 아주 못 볼 것을 봤다는 눈으로 질겁하며 내게서 멀어졌다. 금방이라도 정원으로 돌아갈 기세였다.

"너 약간 왕자병 있는 건 알고 있었는데 심하구나."

"아! 진짠데! 맡아 보라니까요! 꽃향기 난다고요!"

"꽃 같은 소리 하네."

"……발음 조심해서 하세요. 릭 늙었다고 봐주는 거 없어요."

형형한 눈빛으로 릭을 노려보자 그는 너털웃음을 지으며 내 어깨를 주먹으로 퍽 쳤다.

"하여튼, 장난기만 많아 가지고. 따라와. 너 못 먹은 점심 챙겨 놨으니까."

"나는 릭이 너무 좋아."

촐랑대며 릭을 따라가 그가 내 몫으로 챙겨 놓은 고기 조금과 옥수수수프에 감자까지 먹고 부른 배를 통통 두드리며 마구간으로 돌아오니 카일이 나를 기다리고 있었다. 왜인지는 모르겠지만 평소보다 배는 꾸민 것 같았다. 귀 옆을 바짝 짧게 자르고 약간 길어진 앞머리는 뒤로 넘긴, 그러니까 깔끔한 포마드 머리 스타일이었고, 게다가 짙은 남색의 더블 재킷을 입고 있었다. 금장까지 달려 있는.

멀리서 보고 있자니 가관이었다. 울타리 앞에 서 있다가 돌아가려는지 몸을 돌려 몇 걸음 걷다가 다시 마구간 울타리를 열고 안으로 들어갈 반복했다. 결국 쪼르르 뛰어가 그에게 말을 걸었다.

"카일 전하! 저 보러 오셨어요?"

카일의 얼굴이 순간 밝아졌다가 금세 씁쓸하게 변했다.

"……그래."

"전하. 저 할 말이 있는데요."

"잠깐, 내가 먼저 말할게."

"……제가 먼저 말해야 할 것 같은데, 진짜 진짜로요."

고향은 이미 사라졌고, 저는 애인이 없으며, 나는 이미 당신 얼굴의 노예입니다. 라고 말하려던 참이었는데.

내 앞에 선 카일은 나를 데리고 마구간 안쪽으로 들어갔다. 밖에서는 쉽게 보이지 않을 마구간 내부 부지까지 들어가고서야 카일은 내 팔을 놓았다.

"아. ……함부로 잡아서 미안해."

미안? 미안하다고?

여태 잘만 잡아 놓고? 손도 잡고 포옹도 했는데 갑자기 미안?

카일은 쓰게 웃으며 말을 이었다.

"미래를 약속한 사람도 있는데, 내가 그동안 너무…… 네 생각도 안 하고."

"카일! 그게 아니고!"

변명을 하려던 찰나 카일의 눈에서 투명한 물방울이 아래로 툭, 떨어졌다. 잘못 본 줄 알았어. 다이아몬드인 줄 알고 주울 뻔했어. 어떻게 이렇게 예쁘게 울어. 누나 심장 지금 공사 중이야. 망치로 네가 때려 부쉈잖니. 일렁이던 눈물 방울은 한 방울만 떨어지고 난 뒤에는 더 이상 고이지 않았다.

카일은 체리빛의 입술을 열었다가 다시 꾹 닫기를 반복하더니 겨우 입을 열었다.

"새벽 내내…… 네 목소리를 기다렸는데, 아무 말도 들리지가 않아서…….

원래는 네가 꿈을 꾸는 소리까지 들렸는데. 항상 꿈속에서도 나를 찾았잖아, 네가. 근데…… 어제부터는 들리지가 않아서."

어제 기절했어요. 제발. 카일. 저 어제 기절해서 이쪽 세계의 여신님한테 끌려가서 팬 미팅 하고 왔어요. 내가 당신 미래 바꿀 때 안 건드리겠다는 계약도 하고 왔어요. 비록 도장을 내 볼에 찍었지만.

"카일, 그게 아니라요."

눈을 질끈 감은 카일이 고개를 도리도리 저었다.

"……나는 네가 내 사람인 줄 알았어."

나야 당연히 완전 네 사람이지. 이제 너만 내 꺼 하면 되는데. 이게 무슨 귀신이 씻나락 까먹다가 봉창까지 두드리는 소리야. 카일이 애절한 눈빛으로 나를 바라봤다.

"……나는 그냥, 얼굴만 좋아했던 거야?"

"아뇨, 아뇨, 그게 아니에요. 근데 지금 너무 예쁘다. 세상에. 아니 내가 지금 대체 무슨 말을."

카일이 살짝 내 손끝을 잡더니 한 발짝 뒤로 물러났다. 마치 제 전체 모습을 내게 각인이라도 시키려는 듯 그는 한참 나를 똑바로 바라보며 서 있다가 다시 가까이 다가왔다. 티끌 하나 없이 맑고 고운 카일의 하얀 얼굴이 내 두 눈에 가득 찼다.

"……매일 더 예쁘게 꾸밀게."

"아뇨, 이미 충분하신데…… 넘치는데……."

"더 잘생겨질게. 그러니까…… 그러니까, 그 여자랑은 헤어지면 안 돼? 편지…… 쓰는 거 도와줄게. 그 여자도 글을 모르면 내가 하인을 보내 뜻을 전달할게."

어째 오해를 너무 깊이 하신 것 같은데. 왜 갑자기 마음이 전달이 안 되지.

"카일. 오해를 하고 있는 것 같아요. 어제는 진짜 다 거짓말이었고, 저는 정말, 정말로 카일밖에 없어요. 처음 봤을 때부터 쭉, 지금까지 계속 카일만 사랑해요."

어중간하게 내 손끝을 잡고 있는 카일의 오른손을 덥석 붙잡았다.

"카일 정말 머리부터 발끝까지 다 좋고요, 성격도 좋고, 은근히 부끄러움 많은 것도 좋아하고, 그 와중에 강단 있어서 당당하고 심지 곧고 단단한 것도 좋고, 남한테 힘든 거 티 안 내려는 점도 좋긴 한데 내 앞에서 무너지는 것도 꽤 감 개쩔었지, 아니 그게 아니고. 카일 너무 좋아해요. 사랑해요. 나한테 보여 주려고 이렇게 멋지게 꾸민 거예요? 당신 진짜 어쩌려고 이래요. 가만 안 둬. 바지 내려."

평소 같으면 기겁을 하고 도망갔어야 할 카일이 시무룩한 표정으로 내게 잡힌 오른손을 내려다보기만 했다.

"왜, 왜 그래요? 무슨 문제라도 있어요?"

덩달아 당황한 내가 물었지만 카일은 슬쩍 잡혀 있던 내 손을 빼냈다.

"나를 행복하게 해 주기 위해 왔다는 네 말 믿어."

"그렇죠?"

"네가 미래를 봤다는 것도, 조금 납득이 가. 그렇지 않았으면 막지 못했을 사건들이 있었으니까."

"네!"

고개를 끄덕이며 기대감에 가득 찬 눈으로 카일을 올려다봤다. 그는 촉촉이 젖은 눈을 아래로 내리깔더니 질끈 감아 버렸다.

"날 행복하게 해 주려고 날 좋아하는 척했던 거지⋯⋯?"

아니야! 그거 진짜 아니야! 아, 진짜 답답해서 미치고 팔짝 뛰겠네!

너무 놀라고 어안이 벙벙해 입 밖으로 소리도 채 나오지 않았다. 마음은 왜 이럴 때 조용한 건지. 아니, 이젠 전해져도 믿지도 않을 거 같은데. 카일은 쓰게 웃으며 나를 아련하게 쳐다봤다. 아련한 미소, 책 속에서 상상만 하며 반했던 거였지만 이런 식으로 보고 싶진 않았는데! 아놔, 진짜 돌아 버리겠네.

"⋯⋯네 정성엔 고마워하고 있어. 하지만 이제 내가 다 알게 되었으니까⋯⋯ 그래서 이제 마음이 들리지 않는 거겠지."

"아니에요! 진짜 아니에요. 나는 항상 카일 좋아했고, 마음은 왜 갑자기 안 들리는지 나도 모르겠고요, 전하. 카일. 아무래도 내가 어젯밤에 삼신 언니 만나고 온 게 잘못된 거 같아요."

"······삼신 언니?"

카일의 얼굴이 미묘하게 일그러졌다.

"그 사람이 네 연인이야?"

"그럴 리가 있냐고!"

제자리에서 펄쩍펄쩍 뛰어오르기까지 했다. 사람이 이렇게 억울해하는데 카일은 미동도 없이 나를 멀뚱히 바라만 봤다. 그 큰 눈을 인형처럼 깜빡이면서.

너무 예뻐. 미친 거 아니야?

"내가 이런 미인을 앞에 두고! 대체 누구랑 연애를 한다는 말이야! 그게 말이 되냐고!"

가로막힌 언덕배기를 보며 왁 소리를 지르자 카일이 내 어깨를 잡으며 물었다.

"진짜 나 좋아해?"

"당연하죠. 한 치의 거짓도 없어요."

"······그럼 이제 그 여자랑 헤어지는 거지?"

"······딱 한 대만 때려도 돼요?"

"뭐?"

카일의 눈이 휘둥그레 커졌다. 당황한 카일이 이리저리 둘러보다가 사뭇 진지한 목소리로 말했다.

"조, 뭔가 잊은 거 같은데. 나 황족이야."

"알죠. 근데 어쩜 이렇게 말귀를 못 알아들어요. 나는 진짜 카일 사랑한다니까. 답답해서 돌아 버리겠네."

"······정말?"

그제야 카일의 얼굴에 안심하는 빛이 서렸다. 하지만 여전히 내 마음의 소리는 그에게 전달이 되지 않았다. 무슨 오류가 생긴 건지. 이게 컴퓨터도 아닌데 왜 서버가 터진 것마냥 갑자기 먹통인지는 나도 알 길이 없었다.

카일은 아쉬운 듯 내 머리카락 끄트머리를 살짝 건드렸다가 놓아주었다.

"네 목소리가 안 들려."

"······카일."

"응?"

선명한 티 존과 짙은 눈썹 탓에 매서운 느낌이 있었지만 이렇게 눈에 힘을 풀고 나를 바라볼 때면 평소의 매서운 눈매가 금세 유순하게 바뀌었다.

언제 이렇게 변했지. 처음 만났을 때만 해도 훨씬 딱딱했는데.

"대체 우리 사이를 가로막는 게 뭐죠. 서로 마음도 통했는데. 이제 몸만 통하면 되잖아요."

사람 자체가 이렇게 매혹적일 수가 있냐고. 카일의 멱살을 잡아채자 그가 당황했는지 내 손을 그대로 잡아 내렸다.

"아야!"

"미안, 너무 세게 잡았네. ……조. 하지만 그건 아니야. 아니라고 생각해. 무슨, 어떻게,"

"어떻게는 무슨 어떻게예요. 나 이제 안 참아. 못 참아."

금방이라도 땅을 데굴데굴 구를 듯 카일 앞에서 발을 쿵쿵 굴리자 카일은 당황했는지 다급하게 내 입을 틀어막았다.

"너는 대체 왜 이렇게 중간이 없어!"

"으브븝읍!"

"뭐라고?"

카일이 손을 풀자마자 꽥 소리를 질렀다.

"거울 봐 봐요! 안심이 되나! 누가 채 갈까 봐 겁나! 나는 당신 갖고 싶어 죽겠, 읍!"

다시 가로막혔다. 카일은 빨개진 얼굴로 나를 보다가 조용히 하라며 검지를 제 입술에 가져다 댔다.

제기랄, 검지로 다시 태어났어야 했어. 마구간에서 말똥 치우고 밥 주는 말식모 생활이 아니라 카일 검지로 태어났어야 했다고. 그러면 진짜 많은 걸 함께할 수 있었을 텐데.

어차피 이제 마음도 안 들리겠다 싶어서 나는 평소보다 더 안심하고 떠들었다. 카일은 조용히 하라며 계속 검지를 입에 붙였다 뗐고 나는 그의 체리빛 촉촉한 입술이 통통 튕겨지는 걸 넋 놓고 보다가 뒤늦게 고개를 끄덕였다.

"알았어, 조. 알았으니까……."

"뭘 알았는데요? 나 오두막 안에 이불도 있고, 침대도 있고."

"조……. 너는, 정조 관념이나……."

"고리타분한 말 하지 마세요. 사람이 마음이 급해 죽겠는데 무슨 소리예요. 난 지금 여기 들판에서라도 당신 다리 걸어서 자빠뜨릴 수 있어."

카일이 황급히 내게서 멀어졌다. 눈에 서린 공포가 진심이라 다소 당황스러웠다.

"저 좋아한다면서요, 카일."

"……우리 서로 조금 시간을 갖는 게 어떨까. 아무래도 나는 적응하는 데 조금 걸릴 거 같은데."

"역시 너무 좋아. 싫다는 말도 안 하고 기다리며 저한테 적응을 시도하겠다는 그 말도 너무 좋아요."

"……너의 그 과하게 긍정적인 마인드가 탐나는군."

"이왕이면 저도 탐내 주세요."

"……나는, 너한테 적응하는 데 시간이 꽤 오래 걸릴 거 같아. 희망을 버리고 기다려."

"기다리래 놓고 희망을 버리라뇨. 무슨 소리예요. 전 포기 안 해요."

카일 딱 기다려. 넌 내 꺼야.

……라고 생각한 것이 무색하게도 카일에게 약혼녀가 생겼다는 소문이 돌기 시작했다.

삼신 언니. 우리 약속이랑 좀 다르네.

그동안 내가 테오도르와 사귄다느니, 릭의 숨겨진 아들이라느니―릭과 과하게 막역해 퍼졌지만, 이목구비가 닮지 않았다는 이유로 금세 조용해졌다―떠드는 말들은 많았지만 한 번도 카일에 대한 소문이 돈 적은 없었다.

이사벨라 플라반이라나.

하인들과 하녀들이 모이는 생활관은, 황궁 내 모든 소문의 집결지이자 시발점이었다. 일리나와 제인이 플라반 아가씨께서 카일 황자 전하께 마음이 있다더라, 하고 떠드는 걸 듣고 그들에게 다가갔다.

"안녕, 제인. 일리나."

"어머. 조. 무슨 일이야? 늘 릭이랑 밥 먹었으면서."

"나도 가끔은 또래랑 어울려야지. 무슨 얘기 하고 있었어?"

생글생글 웃으며 접시를 내려놓자 제인이 입가에 만연한 미소를 띠며 이사벨라 플라반에 대해 말했다.

카일의 어머니인 프리실라 황비가 욕심내고 있는 가문이며, 플라반 영애의 나이가 카일 또래라는 것. 아직은 아니지만 최근 프리실라 황비와 플라반 부인의 교류가 몇 번 있었다는 걸 봐선, 곧 혼담이 오갈지도 모른다는 것까지. 듣자 하니 불같은 연애를 즐기는 성미라는 것도.

"그래……?"

최대한 멀쩡하게 웃으려고 노력했다.

나보고 여자 친구랑 헤어지라고 하더니 자기는 뒤로 호박씨를 까?

"게다가, 조! 이번에 기마 대회 우승자를 데리고 기념으로 가는 사냥 말이야. 거기가 어딘 줄 알아?"

일리나가 호들갑을 떨며 내 팔을 붙잡았다. 어쩐지 조금 길게 잡고 있는 것도 같았지만 지금 그게 중요한 게 아니었다. 나는 호기심으로 눈을 빛내며 일리나와 눈을 똑바로 마주쳤다.

"플라반 영지래! 거기가 넓은 데다가 영지 내 사냥터에 사슴이나 여우들도 많이 있고,"

일리나의 말을 끊으며 제인이 다른 쪽 손을 덥석 붙잡았다.

"큰 늑대도 있다던데?"

"아. 그래?"

양손을 붙잡힌 채 나는 매너 좋게 입꼬리를 끌어 올렸다.

"사냥……. 재밌겠네."

눈을 휘며 싱긋 웃자 제인의 볼이 발그레 물들었다.

"말을 끌고 가니까 조 너도 가지 않을까."

"……조는 안 가고 우리랑 놀면 좋겠는데."

"내가 힘이 있나. 까라면 까야지. 아, 수프 다 식었겠네. 새로 떠다 줄까, 제인?"

"응!"

"조, 나도 부탁해도 될까?"

"그럼. 일리나 것도 떠다 줄게."

뒤에서 릭이 혀를 끌끌 차는 소리가 언뜻 들렸다.

'저놈 저거 아주 여자 꼬시는 데에는 도가 터 가지고……'

"이건 그냥 정보를 가르쳐 준 것에 대한 보답이고 기본 매너죠, 매너."

……아, 잠깐만 뭐라고? 내가 여자 꼬시는 데 도가 터?

좋은 생각이 났다. 썩 좋진 않은 것도 같고, ……사실상 불가능에 더 가깝지만, 해 보기 전까지는 모르는 거니까.

나는 새로 뜬 수프를 제인과 일리나에게 건네주고 식당의 주방 안으로 뛰어 들어가 헬릿과 인사하는 척 감자를 하나 쌔볐다. 마구간으로 돌아가는 길에 릭은 내 주머니가 불룩한 것을 보더니 인상을 찌푸리며 물었다.

"배고프면 말하지, 짜식아. 빵 한 조각 더 받으면 되잖아."

"이거 팩 할 거예요."

"……팩이 뭔데?"

나는 앞머리를 부드럽게 넘기며 릭을 느끼하게 바라봤다.

"예뻐지는 거."

릭이 기겁한 얼굴로 나를 바라봤지만 난 어떡하면 이 미모를 더 가꿀지 상념에 빠져 릭과 지지고 볶을 시간 따위 없었다.

❖　❖　❖

"너는 안 와도 된다니까!"

"전하가 가는데 제가 어떻게 안 가요! 바늘 가는 데 실이 가고, 카일 가는 데 조 따라가야지."

"마구간 지키고 있으라니까. 사냥을 네가 왜 따라와."

"마구간에 말도 없는데 뭘 지켜요!"

실랑이를 하던 카일은 결국 두 손 두 발 들며 포기를 선언했다.

"네 맘대로 해!"

옆에 있던 테오도르가 쿠키를 집어 먹다 말고 고개를 절레절레 흔들었다.

"세상 어느 누가 황족한테 마음대로 하라는 말을 듣겠어, 조는 영광인 줄 알아."

"마구간지기랑 친구 먹는 황족도 너밖에 없어, 테오."

"나 오늘 형이랑 왔다, 시비 걸지 마라."

"야, 나도 형 있거든?"

"……누구. 나 빼고 누구랑 친한데, 너."

입술을 삐죽 내밀고 발로는 돌멩이를 툭툭 차면서도 화나지 않은 척하는 꼬맹이가 귀여워 웃음이 픽 터졌다.

"누구냐니까 왜 대답도 안 하고 웃어!"

"……그, 있어, 그. 아는 형."

이사크라고 있어.

차마 황족과 형 동생 먹었다고 말을 할 수가 없어서 입을 다물었다. 테오는 분한 얼굴로 카일과 함께 돌아갔다.

나는 작은 보따리에 며칠간 입을 옷가지를 욱여넣었다. 일단 옷은 비싼 게 없으니까 깔끔하게만 입자. 카일이 나보다 더 잘생겼으니까 다른 매력이 필요한데, 어떡하지. ……형한테 물어볼까.

황궁이 배정된 이사크는 이제 별궁이 아닌 자신의 궁으로 입궁했다. 오르브 시델로 만들어 견고한 검은 창살이 울타리를 이룬 궁이었다.

"이사크 전하를 뵈러 왔습니다."

"……네가?"

이놈의 보초병 새끼들은 왜 하나같이 마구간지기를 무시하는지. 남들은 책으로 빙의할 때 잘만 공녀, 황녀로 가던데 왜 나는 마구간지기를 해 가지고 검문 한 번을 쉽게 통과하는 일이 없냐. 억울하고 원통해 죽겠네.

물론 사회생활에 찌든 나는 눈을 하회탈처럼 접으며 굽신거렸다.

"엡! 기사님! 이사크 전하께서 일전에 마구간에 두고 가신 게 있어서요. 마구간의 조가 왔다고 하면 기억하실 텐데. 어우, 그나저나 기사님 갑옷이 너무 멋지네요. 저도 어릴 때는 기사가 꿈이었는데."

"네깟 놈이 기사는 무슨. 이건 아무나 하는 건 줄 알아?"

칭찬을 들은 기사가 콧잔등 주름을 만들어 가며 한 대 칠 것처럼 팔을 휙 들어 올렸다. 대충 피하며 에헤헤 넋 빠진 듯 웃자 그는 그제야 으쓱거리며 안으로 들어갔다. 잠시 후 빠른 걸음으로 내려온 이사크가 반갑게 손을 흔들었다.

"조! 어쩐 일이야! 그냥 들어오지!"

"전하, 안녕하세요. 아뇨, 그게 아니고 이 기사님께서 저를 막으셔서요."

"너를? 왜?"

이사크의 검은 눈이 기사를 똑바로 향했다. 네가 왜 조를 막았냐는 눈빛이었다. 기사가 잔뜩 당황한 얼굴로 이사크의 건조한 눈빛을 받다가 파드득 고개를 숙였다.

"전하의 궁 사람이 아니라서…… 그만,"

"나랑 친분이 있는 자니까 앞으론 막지 않아도 돼."

"……예, 전하. 명심하겠습니다."

웃음이 삐져나오려는 걸 겨우 눌러 참았다. 너 아까 나한테 뭐랬더라. 네깟 노옴~? 아들 낳은 후궁 같은 미소가 퍼지려는 걸 꾹 참았다. 안 돼. 사소한 복수에 얼굴 취향 바꾸지 말자. 마음을 다독이며 이사크와 함께 그의 궁 정원을 거닐었다.

"형. 내가 다른 게 아니고. 나 봐 봐."

나는 이사크에게서 두 발자국 떨어져서 나무에 기댔다. 비스듬히 몸을 기울이며 짝다리를 짚고 이사크를 지그시 바라봤다.

"형. 나 어때. 반할 거 같아?"

"……조, 미안한데 나 너한테 그런 감정은,"

"아, 이사크 전하한테 하는 거 아니에요. 거리감 들게 하지 마세요."

"그럼 카일 형님께 하게? 형님도 너 그러는 건 별로 안 좋아하실 것 같은데."

말을 한참 고르던 이사크는 눈을 제대로 맞추지 못하며 말했다.

"솔직히 너 지금 정신 나간 카사노바 같아."

정신이 나갔으면 나갔지, 정신 나간 카사노바는 또 뭐야.

"형은 무슨 말을 그렇게 하냐."

"굳이 그렇게 멋진 척을 해야 돼? 애초에 그걸 왜 하는 거야."

"형이 여자라고 생각해 봐. 나 어때."

"……와, 치사하다. 언제는 카일 형님만 볼 거라고 그렇게 난동을 피우더니. 네 순정 헐값이네."

"형도 헐값에 팔기 전에 빨리 말해 봐. 나 어떠냐고."

내 협박에 이사크는 조용히 입을 다물고 나를 찬찬히 살폈다.

"누구 꼬실 건데. 아니, 너 이러는 거 카일 형님은 알아? 카일 형님도 너 좋아한다고 알고 있었는데."

"그걸 형이 어떻게 알, 아니, 아무튼 카일은 알면 안 되지!"

"왜."

"카일 약혼녀를 내가 꼬실 거니까."

"미친 새끼 아냐."

"뭐?"

"……미안. 마음의 소리가."

오른손을 들어 입을 막은 이사크가 눈을 감고 머리를 잘게 흔들었다.

"너 그거 진짜 위험해."

"형. 내 얼굴 봐 봐. 위험한 사랑 하고 싶게 생기지 않았어?"

"……너 진짜 미쳤구나."

"아, 나 그럼 어떡해! 이번에 가는 사냥 대회가 플라반 영지잖아! 그 집 딸이 그렇게 돈도 많고 성격도 좋대! 나 망했어! 난 돈도 없어! 있긴 있는데 그것도 다 카일 주머니에서 나온 돈이란 말이야. 형, 도와줘!"

주저앉아 발을 동동 구르자 이사크가 내 엉덩이를 발로 툭 찼다.

"일어나."

"왜."

"······플라반 영애가 뭘 좋아하는지는 알아봐야지."

아싸! 하며 벌떡 일어서는 내게 이사크는 걱정을 줄줄 늘어놓았다.

"근데 너 플라반 영애한테 어떻게 다가갈 건데. 너 거기서 말 돌봐야 돼."

"한국엔 이런 말이 있지, 강아지끼리 눈 맞으면 주인도 정분난다."

"······뭐?"

카일 궁으로 돌아와 비장하게 마구간으로 들어섰다. 한때 열 마리의 말을 돌봤던 고급 인력인 내게 다섯 마리 정도는 이제 우스웠다. 역시 인간이란 극한의 상황에 몰린 후에 발전하는 법이지.

두 팔을 걷어붙이고 나는 다섯 마리의 말들을 향해 외쳤다.

"너희는 이제 엄청나게 아름다워져야 돼! 어렵지도 않아, 얘들아! 딱 니네 주인만큼만 하면 된다!"

나는 디에프의 앞으로 다가섰다. 처음 봤을 때 내 얼굴에 침이나 튕기던 검은 말은 이제 무덤덤하게 나를 보다가 한 걸음 앞으로 다가왔다. 거의 1년을 지극정성으로 돌봤으니 마음을 여는 건 당연했다. 디에프의 검은 털은 기름칠이라도 한 것처럼 윤기가 줄줄 흘렀고 갈기는 엘라스틴을 퍼부었는지 부드럽게 찰랑였다.

"······디에프는 통과. 내가 평소에 카일이 타는 말이라고 신경을 많이 썼구나. 사심이 너무 들어갔다. 손볼 데가 없네."

심지어 다른 말들과 비교하니 월등해 보이기까지 했다. 이 정도면 카일이 나한테 보너스를 줘도 뭐라고 하는 사람 아무도 없겠는데. 난 역시 마구간이 체질이었구나. 이 시대에 태어나길 잘했지. 우리나라에서 말 돌보는 게 체질이라는 걸 알았어 봐야 내가 뭘 했겠냐. 경마장 아르바이트나 했겠지. 벽에 걸려 있던 말 전용의 커다란 빗을 꺼내 들었다.

"오늘 우리 묵은 털을 벗겨 내고 새롭게 태어나자."

네 마리 말들의 털을 모두 빗고 나니 확실히 황실에서 공들여 키운 티가 났다. 나는 가장 멀끔한 신사처럼 생긴 멜린다의 얼굴을 붙잡고 신신당부했다.

"멜린다. 내일 내가 신호하면, 플라반 영애의 말한테 윙크라도 해 봐. 알았지? 꼬리도 좀 치고. 내가 아이고, 플라반 아가씨. 죄송합니다. 우리 예쁜 멜린다가 왜 이러지. 이럴 수 있게. 그다음은 내가 알아서 할게. 멜린다. 믿는다. 너 내가 그동안 몰래 째벼 준 당근만 해도 몇 개냐. 우리 우정이 있잖아. 응?'

알아들었는지 어쨌는지 멜린다는 검은 눈만 한참 껌뻑였다. 그다음엔 옆으로 옮겨 가서 디에프의 긴 얼굴을 쓰다듬었다.

"너는…… 카일이 타고 있을 거니까…… 플라반 영애 근처에 있으면 안 된다. 디에프 너 내 말 다 알아듣는 거 알아."

디에프는 코웃음이라도 치는 것처럼 내 얼굴에 투레질을 하며 침을 뱉었다. 야, 이 인정머리 없는 자식아.

다음 날 긴 마차 행렬의 뒤에서 나는 부지런히 걸었다. 색목인 놈들아, 계급 사회 치사하다. 말이 버젓이 있는데 왜 나는 걸어가야 돼.

입을 삐죽이면서 한참 걷다 보니 옆에서 누가 어깨를 툭 치며 말을 걸어왔다.

"너, 마구간 조 맞지?"

"예, 누구세요."

"듣자 하니까 네가 카일 전하의 뒤꽁무니를 졸졸 쫓아다닌다면서."

"……틀린 말은 아닌데 듣기가 좀 그러네요. 그쪽은 누구세요. 저 지금 두 번 물었는데."

칼을 찬 걸 보니 하인이나 시종 같아 보이진 않았다. 그 남자의 뒤로도 많은 사람들이 마차 행렬 전체를 에워싸며 걷고 있었다.

"난 크룩 에반스."

"전 조."

"말이 짧네?"

"……입니다."

소속이 궁금한 거지, 네놈 새끼 이름 물어본 게 아니었는데. 한층 띠꺼워진 표정으로 크룩의 위아래를 조용히 훑어보자 그가 껄껄 웃으며 다시 내 어깨를 툭 쳤다. 밀리지 않으려고 힘을 주고 있길 잘했지, 안 그랬으면 꼴사납게 옆으로 넘어질 뻔했다. 늙은이 힘은 더럽게 좋네. 크룩의 표정이 흥미롭다는 듯 변했다.

"어린애가 꽤 힘이 좋군."

"누구시냐고 저 지금 세 번 물어요. 아저씨."

"……아저씨?"

크룩의 시커먼 얼굴에 있는 큰 상처가 기묘하게 일그러졌다. 걷느라 힘들어 죽겠는데 왜 말을 거냐고요. 지금 3시간째 걷고 있는데 누가 아부를 네이티브로 떠들겠어요. 이런 건 서로 좀 이해해 주자. 나는 원래가 계급 사회에 신물이 난 사람인데.

작가님 거기 듣고 계신가요. 이 세계에도 만민 평등사상을 좀 퍼뜨려 주세요.

크룩의 옆에 있던 젊은 기사가 배를 잡고 웃으며 대화에 끼어들었다.

"조! 말 많이 들었어! 단장님이 장난이 지나쳤어요. 조 안 그래도 성격이 더럽다던데."

"아니 누구보고 성격이 더럽, 잠깐만요. 단장님? 기사단장님이에요?"

크룩이 호쾌하게 웃으며 내 어깨 위에 손을 올렸다. '그래, 인마!' 하는 당당한 말까지 덧붙였다. 크룩에게 어느 기사단이냐고 물으려던 찰나, 방금 끼어들었던 남자가 내게 손을 내밀었다.

"카일 황자 전하의 개인 기사단이고, 나는 톰 블레인. 반갑다. 너랑 꼭 한 번 말하고 싶었어."

기사단……. 카일을 지키는 개인 기사단……? 눈이 반짝 빛났다. 나는 단박에 톰이 내민 손을 덥석 잡고 짤짤 흔들었다.

"몰라봐서 죄송합니다. 진짜 중요한 일 하시는 분들이네요. 나라에서 세금 내는 게 이런 일에 쓰여야죠. 세상에, 이보다 중요한 일이 어디 있겠어요. 국가의 보물을 지키는 거잖아요. 누가 훔쳐 가면 어쩌지, 매일 걱정이 천근만근이었는데! 정말 귀한 분들이시네요."

톰이 내 배를 주먹으로 퍽 치며 장난스럽게 말했다.

"너 이런 반응일 줄 알았어! 네 소문은 다 들었거든. 우리 기사단 이름 뭔지 알면 아주 기함할걸."

"뭔데요?"

상기된 표정으로 톰을 바라보고 있을 때, 크룩 단장님이 검집에 새겨진 문양을 내게 보여 줬다. 장미?

"장미예요?"

"그래. 왜 장미일 거 같아?"

톰의 장난스러운 말투에 나는 열심히 머리를 굴렸다.

"……제가 사고방식이 얼굴 위주라서요, 솔직하게 말하자면……. 카일 전하가 장미처럼 예뻐서?"

크룩 단장님이 내 등짝을 퍽 후려쳤다. 겨우 10분 걷는 동안 몇 번을 맞았는지 모르겠네. 다음엔 나도 쳐야지. 주먹에 힘을 주고 크룩의 대답을 기다렸다. 크룩이 호탕하게 웃으며 내 머리에 헤드록을 걸었다.

"어린놈 새끼가! 보는 눈이 있어! 어?"

"뭐야! 진짜 그런 이유예요? 대박! 잠깐만! 놔 봐요! 우리 할 얘기가 많겠는데! 내 눈에만 그런 줄 알고 내가 얼마나 억울했는데! 아, 아저씨! 놔 봐요!"

크룩의 팔 근육에 머리가 끼인 채 나는 팔을 휘둘러 그의 등과 배를 마구 퍽퍽 쳐 댔다. 내 머리를 마구 쓰다듬은 크룩이 뿌듯하단 표정으로 나를 내려다봤다. 톰은 은밀하게 내게 작은 손수건을 건넸다. 구석에 장미가 새겨져 있었다.

"공식적으로는, 카일 전하의 궁에 장미 정원이 있어서지만. 우리끼리는……. 알지?"

갑자기 기나긴 마차 행렬이 하나도 지루하지 않았다. 인생에서 가장 중요한 건, 덕질 메이트라는데. 엄마. 나 여기서 덕질 메이트 만났어요. 그것도 떼거리로요.

"톰 기사님. 크룩 단장님. 정말 어쩜 이렇게 안목이 뛰어나십니까. 저 정말 감동해서 눈물이 다 날 지경이에요. 우리 사냥터까지 가는 동안 카일 전하의 미모에 대해 팔만대장경을 펼쳐 봐요."

"팔……망?"

"그런 게 있어요. 아, 나 정말. 너무 행복하네. 그래요, 기사단 창단 이념부터 하나씩 가르쳐 주시면 안 될까요? 카일은 언제부터 저렇게 예뻤어요? 태어날 때부터?"

폴짝폴짝 뛰며 말하자 근처에 있던 기사들이 점점 가까이 몰려드는 게 느껴졌다.

"말이 통하는 놈을 찾았군."

"솔직히 말해. 저번에 카일 전하의 궁에 새벽에 숨어든 거, 여자 친구 때문이 아니라 카일 전하 때문인 거 아니냐."

"사냥터까지 따라온다고 했을 때 알아봤지."

"힘은 좀 쓰냐."

그동안 카일의 미모에 대해서 좀 입을 털라치면 다들 나를 변태처럼 보고 뒷걸음질을 쳐서 답답해 죽을 맛이었는데. 그래, 미는 불변의 법칙인데. 아무리 중세 시대라고 해도 알아보는 사람들이 있을 줄 알았지!

크룩이 자랑스럽게 나를 바라봤다.

"곱상하게 생겨서 기둥서방 노릇 한답시고 애인 따라 살롱이나 다니게 생겼는데. 용케도 카일 전하한테 붙었네."

"살아 움직이는 조각, 신이 내린 예술품을 실제로 볼 수 있는 살롱이 이 세상에 어디 있어요."

아까까진 힘들어 죽을 것 같았는데 이젠 아무 생각도 들지 않았다.

덕질 메이트 너무 소중해요, 정말. 여러분 우리 오래오래 같이 카일 사랑해요.

❖　❖　❖

플라반령에 도착했을 때는 이미 해가 져 버려 사냥을 하긴 무리였다. 황족의 행차라 플라반령으로 들어설 때부터 온갖 곳에서 환대가 이어졌다.

카일과 벤지는 플라반 저택 안으로 들어가고 나는 임시 마구간 옆에 작은 막사를 지어 짐을 풀었다. 다른 잡부들은 넓은 플라반 부지의 별채 뒤뜰 구석에 모여 있었지만 장미 기사단의 막사는 반대편이었다.

나는 맛있는 냄새를 풍기는 기사단의 막사로 향했다. 거기선 이미 식사를 배급 중이었다. 멀찍이서 스멀스멀 다가오는 날 발견한 단장은 이리 오라 손짓하더니 밥을 받으라며 빈 접시를 내밀었다.

밥도 챙겨 주는 소중한 내 덕질 메이트. 앞으로 당신의 앞날에 행운이 함께하길. 카멘.

"단장님! 감자 진짜 맛있어요! 드셔 보셨어요?"

나는 접시 가득 감자와 고기, 샐러드를 켜켜이 쌓아 올리고 단장의 옆에 털썩 앉았다. 그런 나를 못마땅하게 본 다른 기사가 투덜거렸다.

"야. 잡부들 밥 먹는 곳은 저기니까……."

"됐어. 이만큼 마음 맞는 애가 또 어디 있다고. 조. 그냥 여기서 편하게 먹어."

크룩은 막냇동생을 보듯 내게 따스한 눈빛을 보냈다.

"조, 너는 좀 더 크면 기사를 해도 되겠는걸. 잘 먹고, 힘도 좋고."

"싫어요. 기사 하면 카일 전하랑 결혼 못 하잖아요."

내 말에 테이블에 있던 다른 기사들이 모두 웃음을 터뜨렸다.

"이 자식은 진심인데."

"달릴 거 다 달린 놈이 카일 전하와 결혼이라니!"

"우리야 그냥 좋은 게 좋은 거고, 대우도 좋고, 카일 전하에 대한 존경까지 해서,"

"얼굴, 얼굴!"

"그래, 조 네 말처럼 카일 전하의 아름다움까지 해서 모인 거지만 너처럼 결혼하겠다고 설치는 놈은 없어."

"설친다뇨. 카일 전하를 향한 제 마음은 언제나 200%의 진심입니다."

기사들이 귀엽다는 듯 내 머리를 쓰다듬으며 지나갔다.

"남자끼리는 결혼 못 한다고, 조."

"……그, 그렇긴 하죠."

새끼들아. 의심 좀 해라. 내가 이렇게 예쁜데.

"카일 전하가 물론 아름답긴 하지만, 너 정도로 성에 차겠냐."

"⋯⋯아, 뭔 소리예요. 내가 뭐 어때서요. 반드시 결혼하고 만다."

감자를 으적으적 씹다가 샐러드 속 렌틸콩을 케일에게 집어 던지자 그도 곧장 반격해 왔다. 얌전하던 테이블이 금세 난장판이 됐다. 나는 케일의 콧구멍에 렌틸콩을 쑤셔 박고 나서야 크룩의 팔에 매달려 물러났다.

"얜 쥐방울만한 게 성질이 왜 이렇게 더러워!"

"너 봐! 아까 걸어올 때는 말 잘 해 놓고 사람을 또 건드네!"

"야 이 새끼야! 결혼이라니, 그게 말이 되냐! 상식적으로!"

"새끼? 나보고 새끼랬어?"

결국 톰이 내 입에 감자 한 알을 통째로 집어넣고 막사 밖으로 질질 끌고 갔다. 버터에 구운 감자를 오물오물 씹으며 성질을 부리다 쏟아질 듯 내리는 별을 보니 조금 차분해졌다. 톰이 내 머리에 꿀밤을 먹었다.

"결혼이라니, 너도 참. 그리고 먹던 음식을 왜 던져. 이 막 나가는 놈아."

"톰. 들어 보세요. 언젠가 우리 제국도, 어? 열린 마음으로, 더 큰 빌테온 제국이 되면 그때 카일 전하한테 완전 멋지게 정원에 있는 장미꽃이란 장미꽃은 다 꺾어다가 프러포즈를 간지나게⋯⋯."

"야 이 도둑놈아. 정원에 있는 꽃 꺾으면 안 돼. 그리고 성별을 떠나서 너는 평민이잖아. 그게 말이나 되냐."

"⋯⋯계급 사회 좆같네."

"뭐라고?"

"아무 말도 안 했어요."

밤이 되니 꽤 쌀쌀해서 팔에 소름이 오소소 돋았다. 몸을 떨며 팔을 문지르자 톰이 내게 물어 왔다.

"추워?"

"네. 톰 안 추우면 그 겉옷 저 주시면 안 돼요?"

"⋯⋯진짜 놀랍도록 뻔뻔하다."

헛웃음을 터뜨리던 톰이 얇은 겉옷을 벗어 내 어깨 위로 직접 둘러 줬다. 체격 차이 때문인지 꽤 옷이 커서 소매가 줄줄 흘러내렸다. 톰은 아무 말도 없이 나를 빤히 쳐다봤다.

"너 머리를 더 바짝 자르거나, 체격을 키우는 게 어때. 근육을 조금 더 말이야."

"왜요. 나는 큐티 꽃미남 계열인데."

"……아니, 뭔가 이상한 생각이 들 거 같아서."

그때, 어디선가 내 이름을 부르는 소리가 들려 뒤돌았다. 벤지였다. 그가 굳은 얼굴로 다가오고 있었다. 톰이 바짝 굳어서 벤지에게 인사했다.

"안녕하십니까. 보좌관님."

벤지는 싸늘한 목소리로 냉담하게 말했다.

"가 봐."

"예?"

"가 보라고. 할 말 있어?"

"아, 예……. 알겠습니다."

톰이 빠르게 간 이후 벤지는 내 어깨에 걸쳐져 있던 톰의 옷을 빼앗아 버렸다.

"이딴 놈한테 넘기려고 내가 포기한 거 아니야."

"예? 이 옷 원래 벤지 꺼예요?"

벤지가 골때린다는 얼굴로 날 내려다봤다. 쳐다보면 어쩔 거야. 목적어 넣고 말해.

벤지와 함께 말들을 묶어 놓은 임시 마구간으로 향했다.

"조, 카일 전하가 걱정이 이만저만이 아니야. 다른 사람들과 친하게 지내는 것도 좋지만 적당히 하는 게 어때."

"나도 사회생활이라는 게 있는 사람인데 거참 너무하네."

"그러다 여자인 거 들키면 어쩌려고 그래."

"아, 그것도 좀 이상해요. 어떻게 아무도 의심을 안 하지? 다들 찰떡같이 좀 곱상하게 생긴 남자로 보던데요. 벤지 님이 보기에도 그래요?"

"……조. 가슴에 손을 얹고 말해 봐. 그게 정말 겉보기의 문제 같아?"

그렇게 말하면 딱히 할 말이 없죠. 사람 머쓱하게 하는 재주가 거참 뛰어

나네.

"남장을 해서까지 궁에 남으려고 하는 사람은 없으니까. 들키면 안 돼. 일단은 카일 전하가 너를 궁에 남기려고 한 거잖아."

"어우, 어떡해요. 카일 전하가 나 계속 보고 싶어서 그렇게 안달복달이에요?"

광대를 올려 음흉하게 웃었더니 벤지가 고개를 절레절레 흔들었다.

"주술 때문에 남긴 거였잖아. 제발. 조."

"알았어요, 조심할게요. 벤지 님은 진짜 걱정도 많으셔."

대수롭지 않게 벤지의 말을 넘기고 나는 말들에게 각설탕을 먹이고, 말들이 기분이 좋아진 틈을 타 열심히 빗질했다.

"각설탕은 또 어디서 났어?"

"아까 식당에 갔더니 거기 일하는 언니가 주더라고요."

"달라고 하니까 그냥 줬어?"

"아니, 뭐, 안부 인사 조금 하고, 같이 남편 흉봐 주고 했더니 주더라고요. 좋은 언니였어요."

"카일 전하가 왜 너보고 끈끈이 풀이라고 했는지 알 거 같다."

"사람보고 끈끈이 풀이 뭐예요, 끈끈이 풀이."

윤기가 줄줄 흐르는 말을 뒤로하고 나는 벤지를 끌고 내 임시 막사로 돌아갔다. 막사라고 하기에도 초라한 작은 천막이었다. 나는 끙끙거리며 짐 가방에서 옷가지들을 꺼내 하나씩 몸에 대며 벤지에게 보여 줬다.

"벤지. 뭐가 더 나아요? 이거? 아니면 이걸로 입을까요? 이건 얻은 옷인데 잘 어울리죠?"

이사크 형한테 새 옷도 몇 벌 받아 온 탓에 패션쇼도 가능했다.

"……또 뭐 하게."

"내 파리지옥의 매력이 어떻게 하면 먹힐까요."

"조, 제발 부탁이니까 얌전히 있으면 안 될까."

"알았으니까 옷만 골라 주고 가요. 이거? 감색?"

"……베이지."

"약간 내추럴한 거 좋아하시는구나. 알았어요. 내일 이거 입어야지."

옷을 골라 주고 한참 서성거리던 벤지는 망설이다 내게 물었다.

"조. 혹시 손수건 챙겨 온 거 있어?"

"손수건이요? 나는 그냥 수건밖에 없는데."

그럴 줄 알았다는 듯 짧은 한숨을 폭 내쉰 벤지는 고개를 절레절레 흔들었다.

"보통 영애들은 좋아하는 사람이 사냥 나갈 때 무사히 돌아오라고 손수건에 자수를 놓아서 선물하잖아."

"……그, 그런 문화가 있어요? 일단 나는 영애가 아닌데."

"주면 카일 전하도 기뻐할걸."

나는 부리나케 다시 짐 가방을 뒤집어엎었다. 비교적 깔끔한 수건 한 장뿐이었다. 이거 말고는 없는데…….

"벤지! 혹시 펜 있어요?"

"……방에 가면 있지."

이 미개한 중세 시대. 어떻게 볼펜 하나가 없냐.

"저 벤지 방에 잠깐만 가도 돼요?"

"……내 방에?"

"펜 잠깐만 빌리게 해 주세요. 벤지한테 아무 짓도 안 할게요."

"보통은 내가 너한테 아무 짓도 안 한다는 말을 해야 되지 않나."

머리를 긁적이던 벤지가 따라오라는 손짓을 했다. 나는 그의 방까지 얌전히 따라갔다. 책상에 앉아 펜을 들고 잠깐 고민했지만 아무리 생각해도 수건이 컸다. 결국 옆에 꽂혀 있던 작은 칼로 수건을 반으로 잘랐다. 너덜너덜해진 수건은 아무리 봐도 손수건이라 우기긴 힘들어 보였다.

"……이딴 걸 줘도 카일이 정말 기뻐할까요?"

"……글쎄."

별수 있나. 나는 수건 한 귀퉁이에 카일의 이름을 제국어로 최대한 또박또박 적었다. 어느새 옆으로 다가온 벤지가 참견하기 시작했다.

"카일 전하의 이름은 그렇다 치고 옆의 저 찌그러진 동그라미는 뭐야."

"저건 하트예요."

"하트?"

"내 온 마음을 다해 사랑한다는 뜻이죠."

"……좋아하실 것 같네."

나는 곧장 다른 쪽 수건에 네잎클로버를 그리고 벤지라고 적어 그에게 내밀었다.

"자요, 이건 벤지 꺼!"

"내 것도 있어?"

"벤지도 내일 사냥 갈 거 아니에요. 카일 전하 옆에 있을 테니까."

"……이건 무슨 모양이야?"

"네잎클로버라고, 행운이 따르길 바란다는 뜻이에요."

벤지의 얼굴에 서서히 미소가 퍼졌다. 그의 얼굴이 발그레 물들었다.

"고마워, 조."

"뭘요. 다치지 말고 돌아오세요. 저번에 엄청 놀랐다고요. 몸은 다 나았어요?"

"빨리도 물어보네. 응. 이제 멀쩡해."

"다행이에요. 아 참, 하트 그려진 이거 카일 전하한테 전해 주시면 안 돼요? 내일은 보는 눈이 많아서 옆에 못 갈 거 같아요."

"알았어. 걱정하지 마."

이른 아침, 벤지는 카일의 방으로 싱글거리며 들어갔다.

"전하. 여기 손수건입니다."

카일의 옷차림을 정돈하던 시녀들의 눈동자가 이리저리 팝핀 하듯 튀었다. 카일 역시 고개를 갸우뚱 꺾었다.

"……네가 나한테?"

벤지가 부드럽게 미소 지으며 시녀들을 모두 물려 달라 카일에게 부탁했다. 주변의 시선이 느껴지지도 않은지 그저 행복이 그득그득 묻은 얼굴이었다. 카일은 탐탁지 않은 얼굴로 시녀와 시종 펠까지 모두 물렸다.

"벤지. 혹시 내게 고백 같은 걸 하려는 거면,"

"무슨 말씀이십니까. 조가 전해 달라고 했습니다. 아무래도 마구간지기인 조가 손수건을 전한 게 시종들 사이에 퍼지면 안 좋을 것 같아서 물려 달라고 한 겁니다."

"그러면 들어오자마자 물려 달라고 하든가. 손수건 먼저 내밀어 놓고 사람을 물리라고 하니까 다들 이상하게 보잖아."

"……그랬습니까?"

"하……. 이리 줘 봐. 손수건……이 아닌데? 수건 찢은 거 아냐? 그리고 이 찌그러진 동그라미는 뭐야."

카일의 입술이 삐죽거리자 벤지는 당당하게 아는 척하며 떠들었다.

"그건 하트라는 겁니다. 전하."

"그게 뭔데."

"온 마음을 다해 사랑한다는 뜻이라고 합니다."

"……그래? 나를 그렇게나 사랑한다니. 정말 지치지도 않는군."

뿌듯한 표정으로 온 얼굴에 만연하게 미소를 지은 카일은 두터운 가죽으로 된 베스트 안에 손수건을 고이 접어 넣고서 벤지를 돌아봤다. 싱글싱글 웃고 있는 걸 보니 그도 뭔가를 받은 듯했다.

"넌 뭐 받았는데."

"예?"

"조 성격에 널 안 챙겼을 리 없지. 넌 뭘 받았길래 그렇게 해죽거려."

날카로운 지적에 벤지는 품 안에 있던 천을 꺼내 들었다. 네잎클로버에 대해 설명하려는 순간 카일의 목소리가 음산하게 바뀌었다.

"너는 왜 하트가 네 개나 있지?"

"……아?"

그러고 보니 하트가 네 개였다. 카일의 얼굴이 어두워졌다.

"나는 한 개인데 너는 네 개나 있잖아. 너를 네 배 더 좋아한다는 건가."

"……그, 그런……."

정말 그렇게 보였다. 벤지의 얼굴이 빨갛게 물드는 걸 본 카일이 더욱 날카롭게 그를 노려봤다.

"벤지. 분명히 말하지만 결투가 하고 싶으면 언제든 신청해도 좋다."

"아, 아닙니다. 전하. 뭔가 착오가 있었던 것 같습니다. 조가 저에게는 이게 네잎클로버라고 했거든요."

"……네잎클로버?"

"행운을 가져다주는 풀이라고요. 다치지 말라는 의미를 담고 있다고 했습니다."

"하! 나는 사랑만 담고, 너한테는 다치지 말라고? 그럼 나한테도 네잎클로버를 그려 줬어야지. 나는 하트가 하나잖아."

투덜거리는 카일의 얼굴이 답지 않게 아이처럼 보여 벤지는 웃음이 터지려는 걸 꾹 참았다.

"전하. 정말 많이 바뀌셨습니다."

"내가?"

"예. 전보다 솔직해지셨네요."

카일이 무어라 반박하려는 순간 닫힌 문 너머에서 펠의 목소리가 들렸다.

"전하. 나가셔야 할 시간입니다."

문 쪽을 향했던 벤지의 시선이 다시 카일에게 닿았다. 그는 순식간에 다시 차갑게 얼어붙은 얼굴로 제 옷매무새를 다듬었다. 한결 무거워진 목소리로 카일은 벤지에게 명령했다.

"나가지."

"……예, 전하."

황자의 발걸음으로 카일은 문을 열고 걸어 나갔다. 벤지는 그의 등을 보며 그 뒤를 따라 걸었다.

❖　❖　❖

"아니, 플라반 아가씨가 대체 누구야. 여긴 시녀들도 휘황찬란하게 비싼 옷을 입고 있어서 누가 누군지 알 수가 없네."

"나를 찾나 본데?"

"끄악!"

"깜짝이야."

뒤를 돌아보니 나랑 비슷한 키의 검은 머리를 가진 미인이 당당한 자태로 서 있었다. 이사크의 검은 머리와는 약간 달랐다. 곱슬머리가 허리까지 굽이쳐 흐르고, 반 올려 묶은 머리카락이 어른스럽고 고풍스러운 분위기를 자아냈다.

"아, 아름다우십니다."

꼬시려고 한 말이 아니라 진심에서 우러나온 말이었다. 그리고 결코 만만해 보이지 않았다. 살짝 올라간 눈매나 우뚝 솟은 콧날이 내가 꼬신다고 해서 넘어올 영애처럼 보이지 않았다. 진한 보라색의 눈동자가 나를 지그시 응시했다.

"말발굽 소리가 우렁차길래 구경하러 왔더니, 재밌는 게 있네."

"저, 저요?"

이러면 안 되는데 심장이 너무 뛴다.

엄마, 나 사망 신고 벌써 했어? 이름 바꿔서 올려. 김 못 말리는 얼빠.

"날 왜 찾았어?"

"그, 그게요……."

공격형 미인 앞에만 서면 심장이 두방망이질을 친다. 저 사실 중학교 때 삥 뜯길 때도 예쁜 언니한테 웃으면서 지갑 꺼내 드렸거든요. 얼빠의 유구한 역사, 세월의 풍파에도 지지 않네요.

"황궁에서 플라반 아가씨가,"

"이사벨라라고 불러도 된단다."

"이, 이, 이사벨……."

"이사벨라."

언니. 너무 좋아요. 어떡해.

"이사벨라 아가씨가 그렇게 아름다우시다는 소문을 듣고 꼭 한 번 뵙고 싶었는데…… 실, 실례라면 정말 죄송해요!"

"내가 아름답다는 소문이 돌았다고? 그럴 리가."

"네?"

덜덜 떨던 얼굴을 들어 올렸다. 소문이 나고도 남을 미모인데 뭐가 문제란 거지. 이 세계관 이해를 못 하겠네. 미인들이 너무 겸손하잖아.

드러난 어깨에도 무언가를 발랐는지 하얀 살결이 반짝거렸다. 흰 피부 위로 부드럽게 흐르는 검은 머리카락을 홀린 듯 보고 있자 이사벨라가 내 턱끝에 부채를 갖다 대 고정시켰다.

"내가 말할 땐 내 눈을 봐야지."

"헙, 네."

"거기엔 카일 전하가 있잖아."

"예?"

"카일 전하가 그렇게 미인이라던데. 소문이 자자하더라. 꼭 한 번 뵙고 싶,"

"안 돼요!"

"뭐?"

감히 귀족의 말을 끊었다. 아, 나 미쳤네. 왜 이렇게 학습이 없냐. 이사벨라의 말투로 봐선 웃으며 넘어갈 것 같지도 않았다. 냉큼 고개를 숙이며 사과했다.

"이, 이사벨라 아가씨. 그게 아니고요…… 정말 죄송해요. 카일 전하도 아름답지만, 이사벨라 아가씨도 무척이나 눈부시게 아름답다는 의미였어요. 아가씨. 제가 말을 끊어서 죄송해요. 잘못했어요."

나름대로 싹싹 빌었는데 이사벨라는 아무런 말이 없었다. 불안한 예감이 슬슬 올라오던 중 이사벨라가 부채 끝으로 내 등을 툭 두드렸다.

"이게 뭐니."

"예? 뭐가요?"

"너 왜 가슴을 동여매고 있어."

"네?"

베이지색 옷이 유난히 얇았는지 식은땀이 나기 시작하자 안의 붕대가 비치기 시작했다.

"다, 다쳤어요. 크게 다쳐서……."

"저런. 붕대를 이렇게 꽁꽁 싸매듯 할 정도면 아주 심하게 다쳤나 보네."

"네, 네! 완전 흉터 크게 남을 정도로……!"

"그런데 아까는 일 잘 하고 있던걸. 말들을 한 번에 몰면서 여기까지 오고, 몸도 잘 쓰고."

"아……."

"이제 보니 얼굴에 수염 하나 없네. 피부도 곱고."

"아……."

이사벨라가 부채로 내 얼굴을 들어 올리자 짙은 보라색 눈동자와 공중에서 눈이 마주쳤다.

"여자구나, 너."

"무, 무슨 말씀을 하시는 거예요, 하하. 아가씨도 참."

"그게 정말 상처면 내가 우리 집 주치의를 불러 제대로 치료해 줄게. 지금 데려올까."

이사벨라가 그대로 몸을 돌리려 하기에 나는 결국 그녀의 치맛자락을 붙잡았다.

"잠, 잠깐만요! 제가 다 사정이 있어서 그래요! 제발, 아가씨……."

내 간절한 표정을 가만히 내려다보던 이사벨라가 화려하게 미소 지으며 내 얼굴을 감쌌다.

"……귀여워."

예? 갑자기요?

"오늘 남자들 사냥 나가고 나면 언니랑 놀까?"

언니라뇨, 아가씨.

너무 당황해서인지 말도 제대로 나오지 않았다. 속으로만 언니, 언니 했는데 이렇게 본인 스스로 '언니랑 놀까.' 라고 하는 사람이 나올 줄이야. 눈만 껌뻑이며 어버버하고 있자 이사벨라가 부드럽고 큰 손으로 내 양 볼을 매만졌다.

"예뻐라. 아까까지만 해도 정말 남잔 줄 알았는데. 지금 다시 보니 여자인 게 티가 나네. 어쩜 그렇게 태연하게 남자인 척을 해? 눈물까지 그렁그렁해선. ……귀엽게."

얼굴을 붙잡힌 나는 붕어 입술마냥 툭 튀어나온 입술로 겨우 오물거리며 말했다.

"저, 아가씨……."

"너무 귀여워."

"……으긋씨."

"언니랑 살까? 이름이 뭐야?"

"……조요."

"조요? 이국적인 이름이네. 타국에서 왔니? 동대륙에서 온 거야, 조요? 어쩜, 작은 다람쥐 같아. 네 주인이 카일 전하니? 전하에게 너를 달라고 해야겠다."

스톱. 이런 삼각관계는 상상해 본 적이 없었는데.

"조요가 아니라,"

"너무 귀엽다. 정말. 어떻게 이런 깜찍한 발상을 했어?"

내 머리카락을 살살 쓰다듬으며 미소 짓는 이사벨라의 얼굴에서 광이 마구 뿜어져 나왔다. 미인이란 정말 굉장하네요. 아차 하는 순간 이사벨라의 종으로 살겠다는 종신 계약이라도 찍을 것 같았다. 눈을 질끈 감고 고개를 절레절레 흔들었다.

얼굴에 넘어가면 안 돼. 이건 내 계획에 없었어요. 한 번도 인생이 내 맘대로 흘러간 적은 없었지만 이건 너무 예상 밖인데요. 장르가 바뀌잖아요.

"저, 이사벨라 아가씨. 지금 뭔가 착오가 있으신 것 같아요. 저는 여자인 데다가,"

"조요. 나는 귀여운 게 좋아. 사람이 귀엽기만 하면 되지, 그게 뭐가 중요하니."

작가님. 나 진짜 파리지옥인가요.

"조요. 힘들지 않아? 마구간에서 일하는 거. 여기서 그냥 편하게 나랑 노는 게 더 몸도 마음도 좋을 텐데."

"……저, 저 일흐 그 브으 드느드요."

"뭐라고?"

이사벨라가 손에 힘을 약간 풀기 무섭게 나는 뒤로 한 걸음 물러났다.

"저 일하러 가 봐야 돼요. 황자 전하가 말 어디 파킹해 놨냐고 지금 찾으실 걸요?"

"파킹?"

"그, 말을 애타게 찾고 계실 거예요. 저……. 저 지금 가 봐야 돼요. 아가씨. 이만 안녕히 계세요!"

귀족에게 제대로 된 예우를 갖추지도 않고 도망치듯 자리를 벗어나 버렸다. 조금 더 있었다간 정말 이사벨라가 나를 잡아다가 무릎 위에 앉혀 놓고 둥가둥 가라도 할 기세였다.

저 언니 진짜다.

진짜는 진짜를 알아보는 법. 빠르게 말을 끌고 사라지는 도중에도 이사벨라는 웃으며 목소리를 높였다.

"조요! 그럼 우리 친구부터 할까?"

"종놈이랑 아가씨랑 무슨 친구예요! 저 가 보겠습니다!"

후다닥 달음박질쳐서 빠져나왔다. 마음속으로 간절하게 여신님을 불렀다.

'작가님! 듣고 있어요, 보고 계신가요! 지금 저한테 무슨 일이 생긴 거예요, 저 혹시 개다래나무 같은 건가요. 저 언니 완전 찰떡 고양이상이긴 했는데, 아니 내가 진짜 개다래 휴먼이 아니고서야.'

머릿속에서 오디오북 같은 깔끔한 목소리의 여신님이 난처한 목소리로 답변을 건넸다.

……아주 예전, 네 전생에서 킹메이커에 집착 캐릭터가 없다고 아쉬워하는 네 기억을 봤어.

'작가님! 이게 무슨!'

걷다가 우뚝 멈춰 서자 옆에서 빠르게 걷던 디에프가 불만스레 나를 돌아보며 침을 튀겼다.

기다려, 새끼야. 누나 지금 일생일대의 집착캐를 만나 버렸으니까.

'작가님. 집착 캐릭터가 없는 게 킹메이커의 아쉬운 점이라고 생각을 한 적이 있긴 있는데, 그게 왜 저한테 와요. 이런 신캐릭터 별로 달갑지 않아요. 저는 카일만 있으면 되는데! 그리고 저 언니 들이대는 게 아예 중간이 없잖아요!'

……*집착이라는 단어를 듣는 순간 너밖에 생각이 안 나서, 너를 벤치마킹해서 만들었단다, 아가.*

"악! 돌아 버리겠네!"

어쩐지 동류의 냄새가 진하게 난다 싶었어. 이건 필시 엄마의 저주다. 우리 엄마 매일 내게 말했어. 너도 딱 너 같은 거 만나라고. 식겁해 봐야 정신을 차릴 거라고. 엄마. 제발……. 말이 씨가 됐잖아. 이제 카일 약혼이 문제가 아니게 됐는데. 카일 미안해요, 당신 약혼녀—될 뻔했던 사람—내가 감아 버렸어.

디에프를 데리고 플라반 후작 영지의 입구까지 가자 벤지가 걱정스레 내게 안부를 물었다.

"조. 무슨 일이야. 식은땀을 흘리고 있잖아."

"……벤지 님은 만약에 벤지 님이랑 똑같은 성격의 사람이 고백하면 어떡할 거예요?"

"……글쎄. 내 성격과 비슷하다는 건 잘 맞는다는 거 아냐? 왜? 누구에게 고백 받았어?"

"고백이라기보다는……."

우물거리며 대답을 못 하고 있던 중에 카일이 다가와 디에프의 고삐를 내 손에서 가져갔다.

"폐하께서 곧 내려오실 테니 조는 이만 뒤로 가는 게 좋겠군."

"……카일 전하. 지금 당장 저를 좀 더 화끈하게 사랑해 주세요."

카일의 눈이 금세 휘둥그레 커졌다. 금방이라도 내 입을 틀어막을 기세였다. 물론 벤지가 나를 대롱 들어다가 뒤로 옮겨 버렸지만. 카일은 빨개진 얼굴로 검지를 입술에 가져다 댔다.

"조! 넌 왜 그렇게 중간이 없어! 여기가 내 궁도 아니고, 후작가의 영지에서까지 그럴 필요 있어?"

"지금 완전 필요해요. 저 진짜 이러다가,"

"조요!"

맑은 목소리가 쾌청하게도 내 이름을 잘못 부르며 다가왔다.

나 이제 이름 정정해 주기도 지쳐. 벤지가 의심스레 나를 바라봤지만 나는 냉큼 뒤로 멀어졌다. 카일은 붉어진 얼굴을 다시 무덤덤하게 바꾼 뒤 허리를 곧게 세웠다. 언니 걸음도 빠르시네.

양산을 받치고 있는 하녀가 종종걸음으로 이사벨라의 뒤를 따랐다. 이사벨라가 나와 벤지를 보더니 싱긋 웃으며 고개를 숙였다.

태어날 때부터 부와 명예, 권력을 타고 난 집안의 독녀라더니. 부티와 귀티가 줄줄 흘러넘……치는 건 좋은데 이 좋은 캐릭터가 왜 나를.

카일이 황자 전용의 꿀 바른 미소로 이사벨라에게 인사를 건넸다. 그래, 나는 역시 금발 벽안 미남이 좋아.

"플라반 영애. 처음 뵙겠습니다. 어제는 시간이 늦어 영애를 미처 뵙지 못했군요."

"별말씀을요, 카일 황자 전하. 먼 길 오시느라 수고가 많으셨습니다. 황자 전하를 저택에 모실 수 있어 영광이에요."

든든한 집안과 화려한 얼굴에 우아한 말투까지. 언니 정말 다 가졌네요. 하지만 마구간지기 조는 가지지 못했지.

슬쩍 고개를 숙이고 슬금슬금 뒤로 더 물러났다. 원래 귀족들끼리 있을 때 나 같은 종놈은 끼어드는 거 아니야.

카일과 간단히 안부를 주고받으며 인사치레를 길고 지루하게 건네던 이사벨라가 커다란 눈을 곱게 휘며 카일에게 말했다.

"카일 전하만 허락하신다면, 전하가 사냥터에 나가 계신 동안 제가 전하의 하인들을 대접해도 될까요. 귀하신 분을 모시느라 항상 수고가 많으니까요."

불안한 예감이 뒷덜미를 스쳤다. 저 멀리 도망가려다 휙 뒤돌아서 팔로 엑스자를 만들어 보였지만 벤지는 약간 고개를 갸우뚱 꺾을 뿐 알아채지 못한 것 같았다. 카일은 당연히 이쪽을 보고 있지도 않았고. 예절 교육 너무 잘 받았다, 자기야. 상대방이 말할 땐 딱 그 사람만 보는구나. 근데 예절 교육 받을 때 눈치도 좀 기르지 그랬어.

카일은 매너 좋게 웃으며 고개를 끄덕였다.

"영애의 환대에 깊은 감사를 표합니다. 다들 먼 길을 걸어와 지쳐 있던 참이었습니다."

"황자님을 모시니 적은 수로 올 수도 없었겠죠. 사냥은 이틀간 다녀오시죠? 제가 그간 아주 '극진히' 대접하겠습니다."

등골이 서늘해졌다. 조금씩 뒷걸음질 치다가 장미 기사단 단장 크룩과 눈이 마주쳤다. 간단히 채비를 마치고 칼을 꺼내 살피던 크룩은 날 보며 반갑게 눈가 주름을 접으며 인사했지만 나는 썩 여유롭게 인사를 나눌 상황이 아니었다.

"크, 크룩 님. 단장님. 저도 사냥터 따라갈래요."

크룩은 멀찍이 서 있는 카일과 인사를 나누는 이사벨라를 힐끗 보고는 고개를 저었다.

"안 돼. 위험해. 무슨 일이 일어날지도 모르는데 검도 잡아 본 적 없는 애가 무슨 사냥을."

"단장님. 저도 가서 카일 전하 지킬게요. 저 잘할 수 있어요. 저 잘해요. 저 원래 살던 동네에서 미친개들이랑 자주 싸웠어요."

"고작 개나 잡으려고 사냥 가는 게 아니니까 하는 소리지. 곧 황제 폐하 내려오시겠는데."

크룩은 내 머리를 마구 헝클어뜨리며 뒤로 살짝 밀어 냈다.

"자! 줄 똑바로 서자!"

어수선하던 기사단이 곧장 열을 맞춰 섰다. 아니 무슨 사냥하러 가면서 이렇게 전쟁 나가듯 결사 항전의 각오를 하세요. 나는 크룩의 팔에 매달려 징징거렸다.

"그럼 톰 보고 가지 말라고 해 주세요. 저랑 같이 놀게요."

크룩이 결국 주먹으로 아프게 내 머리를 쿵 내려쳤다.

"가서 놀아!"

"아이씨."

눈물을 그렁그렁 매달고 짜증스럽게 주변을 돌아보다 이쪽을 향해 걸어오는 이사벨라와 눈이 마주쳤다. 그녀가 반갑게 손을 흔들며 다가왔다.

"조요. 전하에게 허락을 받았어."

"……아가씨. 저 진짜 바빠요. 저 지금 말들 돌봐야 되고……."

"네가 데려온 말은 다 사냥터로 간단다. 내가 카일 전하에게 여쭤봤지."

"제가 사실 잡일도 같이 해서요. 말단이거든요. 쉴 틈이 없어요."

"카일 전하의 사람들은 모두 오늘 쉬기로 했어. 내 '극진한 환대'를 받아야 하거든. 너도 오늘은 휴일이야."

"……이, 이사벨라 아가씨."

"우리 조요. 언니라고 불러 볼래? 쇼핑하러 갈까?"

"잠깐만요. 아가씨."

내 손을 붙잡고 어깨를 잡아끄는 박력에 어영부영 끌려갔다.

어느 집 귀족 영애가 마구간지기랑 손을 잡아요. 아가씨 주책이네요.

잠깐 카일의 눈동자가 나를 향하며 마구 흔들렸지만 그는 금방 고개를 돌려 한 치의 흔들림도 없이 바르게 섰다. 황제가 저택의 가운데 계단을 걸어 내려오고 있었다.

이사벨라는 옆의 시녀에게 뭐라 속삭이며 내 손을 슬쩍 놓았다. 이사벨라의 시녀 둘이 내 양옆에 섰다. 뒤로 돌자 그곳엔 그녀의 기사인지 나발인지가 서 있었다.

작가님. 부와 명예를 가진 캐릭터가 집착을 하니 참 좋긴 한데 이게 참…….

황제와 카일이 말을 타고 떠나는 동안 벤지가 몇 번 뒤돌아봤지만 그 역시 별다른 수 없이 카일의 뒤를 따랐다. 얘들아. 힘 좀 내 봐……. 엑스트라는 개 길 힘이 없다.

이사벨라는 제 아버지인 플라반 후작에게 손수건을 흔들며 인사한 뒤 곧바로 뒤돌았다.

"아실. 마차를 준비해."

"네, 아가씨."

❖ ❖ ❖

"벤지."

"예, 전하."

"……방금 플라반 영애가 조와 손을 잡고 있지 않았나."

"……예."

표정 변화 없이 작은 목소리로 벤지에게 물은 카일은 작게 한숨을 내쉬었다.

"어디 묶어 놓을 수도 없고."

"전하, 조가 짐승도 아니고……."

"알아. 그럴 수 없으니 꺼낸 말이잖아. 갑자기 플라반 영애가 왜 조에게 관심을 보이는 거지."

"……귀여워서 그런 게 아닐까요. 예쁘기도 하고."

무표정하게 앞을 향하던 카일이 다소 신경질적으로 휙 뒤를 돌아보자 벤지가 입을 다물었다. 다시 정면을 보던 카일은 품에서 걸레 같은 넝마 손수건을 꺼내 손목에 맸다. 하트가 그려진 조의 손수건이었다.

"우리는 최대한 빨리 사냥을 마치고 복귀한다."

"하지만 전하. 황제 폐하와 동행하는 사냥인데."

말없이 전진하던 카일은 혼잣말로 읊조리듯 말했다.

"어차피 내가 뭘 해도 신경 안 쓰실 분이니 괜찮아. 지금은 더 중요한 걸 먼저 챙긴다."

"예, 전하."

카일은 크게 숨을 몰아쉬며 허리에 찬 칼을 잡았다가 놓았다. 빨리 끝내고 돌아가야 했다. 조는 얌전히 있을 위인이 아니었다.

8. 장르 잘못 찾으셨어요

마차에 감금되다시피 실려 이사벨라와 도착한 곳은 온갖 화려한 드레스들이 즐비한 고급스러운 부티크였다.

"조요는 무슨 색이 좋아? 머리카락 색이 밝으니까 조금 단정한 걸 골라도 좋으려나."

"아가씨. 드레스라뇨. 저 지금 남자 옷 입고 있는데……."

"여긴 한 번에 손님을 하나밖에 받지 않으니 들킬 걱정 할 필요 없어. 마담이 입도 무겁고, 예약제라 다른 사람도 안 와."

"예약제인데 어떻게 당일에 바로 들어와요?"

내 순수한 물음에 이사벨라는 그저 빙긋이 웃으며 내 손을 잡아끌었다.

"부자는 뭐든지 쉬운 법이지. 조요. 뭐부터 입어 볼래?"

나는 손사래 치며 뒷걸음질 쳤지만 곧장 뒤에 서 있던 시녀에게 가로막혀 버렸다. 무표정한 얼굴로 정면만을 보는 시녀는 미동도 없이 벽처럼 굳어 있었다.

"이, 이분은 터미네이터인가요?"

"그게 뭐야?"

"아니, 아니에요……."

어정쩡하게 서 있던 찰나 다시 이사벨라가 내 손목을 잡고 부티크 중앙으로 이끌었다. 그녀가 길고 흰 손으로 손뼉을 짝짝 치자 커튼이 한 번에 젖혀지며 벽을 가득 채운 다양한 색의 천들과 드레스가 펼쳐졌다. 손을 뻗어 드레스를 고르던 이사벨라는 나를 돌아보더니 곱게 정리된 짙은 눈썹을 팔자로 만들며 아쉬워했다.

"이런, 내가 마음이 급해서 잘못 생각했다. 조요를 대충 단장이라도 해서 데리고 나올걸."

"아가씨, 지금 무슨 애완견 산책시키다가 장난감 사러 들어온 것처럼 말씀하시는데 이게 그런 단순한 문제가,"

"무슨 소리야. 애완견이라니. 내 마음을 왜 그렇게 말하는 거야. 나는 그냥, 조요가 예쁜 게 좋아서 그래."

"아가씨,"

"물론 입는 것보다 벗는 게 더 좋지만, 아직 그건 무리일 것 같으니까. 예쁜 옷으로 환심 사려는 거지."

아 시발. 진짜 나랑 똑같네. 사상 초유 도플갱어를 만난 생생한 후기 전합니다. 절대 만나지 마세요. 당신이 변태일 경우엔 더더욱.

생각하는 게 너무 비슷하니 화도 못 낼 지경이다. 이게 다 내 업보군요. 한숨을 폭 내쉬며 나는 이사벨라를 똑바로 쳐다봤다.

"아가씨."

"왜, 조요."

"저 아가씨네 하녀는 못해요. 아니 안 해요."

뒤에 있는 시녀에게 들리게 말하기엔 너무 건방진 거절 같아 이사벨라에게 약간 가까이 다가갔다. 이사벨라는 기쁜 듯 두 팔을 뻗어 나를 안으려 했지만 주춤거리며 근처 언저리에서 속삭이듯 말했다.

"……저는 카일 전하를 좋아한다고요."

"괜찮아, 그냥 곁에만 있어 달라는 거니까."

"아가씨는 여자잖아요."

"너 남장했잖아."

"알맹이는 여잔데요."

"괜찮아. 장애물이 있는 사랑일수록 불타오르는 법이지."

"당사자가 장애물이잖아요."

"난 쉽게 포기하지 않아. 그리고 그런 게 대수니. 걱정은 접어 두렴."

대화가 안 되네. 카일의 심정을 이해할 수 있는 소중한 계기를 만들어 준 작가님께 이 영광을 전하고요. 그리고 당신 앞으로 절대 집착 캐릭터 넣지 마세요. 사람 돌아 버리겠네.

"이사벨라 아가씨. 저 좋아하는 사람 있다니까요."

"어머. 그냥 이사벨라라고 부르는 것도 나는 좋아."

"……아가씨."

"뭐, 어쨌든 아직 마음이 통한 것도 아니잖아."

"통했어요! 완전 완전 통했는데! 진짜 완전 제대로 통했어요!"

"그 완벽한 황자님이? 남자 애인을? 황궁에 있는 사람들은 다 너를 남자로 알고 있을 텐데."

"우리는 조연이라서 괜찮아요. 난 엑스트라 축에도 못 끼고."

"뭐?"

"……그런 게 있어요. 아무튼 황자 전하가 조금만 기다려 달라고 했어요. 저는 이사벨라 아가씨한테 갈 순 없어요. 일단 제가 하녀보다는 마구간이 적성에 맞아요."

내 굳은 의지에도 이사벨라는 표정에 큰 변화가 없었다. 짙은 자안에 비친 내 얼굴은 살짝 멍청해 보이기까지 했다. 이사벨라의 보랏빛 눈이 농염하게 빛났다.

"귀여운 조요. 나 이렇게 위태로운 사랑은 오랜만이야."

"……아무리 생각해도 위태로운 건 제 쪽인 거 같은데요."

불퉁하게 투덜거리는 나를 내려다보며 화사하게 웃던 이사벨라가 내 양 볼을 붙잡고 얼굴을 들이밀었다. 가까워지는 얼굴에 나도 모르게 파닥거렸지만 이사벨라는 코가 맞닿을 거리에서 민트 향이 나는 입술로 어처구니없는 말을 뱉었다.

"우리 그럼 친구부터 시작할까."

"친구로 끝내 주시면 안 될까요."

"생각해 보고."

이사벨라는 부티크 안쪽으로 걸어 들어가며 덧붙였다.

"원래 친구끼린 쇼핑하는 거 알지? 내가 친구 된 기념으로 옷 사 줄 테니까 골라 봐."

"아, 좀 부담스러운데요. 이런 거 받을 만한,"

"친구로 잘 지내면 애인 하자고 안 할지도 모르고."

"와, 저 남색 드레스 너무 예쁜데요. 아가씨."

"단정한 것도 좋지만, 화장을 조금 하면 화려한 것도 훨씬 잘 어울릴 거 같은데. 마담. 우리 아가씨를 부탁해."

"아가씨라뇨. 이사벨라 아가씨, 저 평민이잖아요."

"나랑 친구 하기로 했잖아. 조요. 쉿. 가만히 있어. 내가 알아서 할게. 실은 마담이 알아서 해 줄 테지만. 마담. 우리 조요를 아가씨로 만들어 줘요."

"네, 플라반 아가씨."

"아실, 너도 가서 좀 도와주렴. 조요가 헛소리하면 밤에 내 방으로 넣어 버린다고 해."

터미네이터 시녀가 두 팔을 걷어붙이고 내 쪽으로 걸어왔다.

아. 이게 바로 로맨스 장르에 한 번씩 나온다는 환골탈태 변신 모먼트구나.

그간 내가 읽었던 숱한 로맨스 여주들 중 변신을 달갑지 않아 하던 사람들 많았지만 이렇게 도살장 소처럼 끌려가는 사람이 또 있었을까. 내 기억엔 없는데. 작가님. 여신님. 날 보고 있다면 정답을 알려 줘. 지금 저 벽을 뚫고라도 도망치는 게 맞는 건가요.

아니, 도망은 칠 수 있나요. 카일 언제 와. 이제 바지 벗으라고 안 할게. 셔츠 단추에도 손 안 댈게요. 반성하겠습니다. 마음으로 눈물의 반성문 작성하고 있어요. 그러니까 당장 돌아와.

마음의 소리가 들리지 않은 지 몇 주나 지났고 내 진심은 아직도 감감무소식이었다. 그 때문에 가끔 카일이 몇 번 내게 '나 정말 좋아해?' 하며 푸른 눈을 애처롭게 뜨며 물어 왔고, 나는 그때마다 허벅지를 찔러 가며 참았다.

'카일. 어디 가서 그 예쁜 얼굴로 그렇게 물어보지 말아요. 누가 훔쳐 갈까 봐 겁나서 나 밤에 잠을 못 자겠어요.'

그러면 카일은 질겁하며 자리에서 일어나 도망을 쳐 댔지만. 그의 불안한 마음이 이해가 가지 않는 건 아니었다. 1년 가까이 들리던 고백이 들리지 않으니까 의심이 될 만도 하지. 그래도 그때까지는 단순한 해프닝이었는데. 이렇게 남의 귀한 집 아가씨한테 손목 붙들려서 부티크까지 끌려왔을 때는 좀 다르지. 이건 위기 상황이라고.

……익숙해지면서 수위가 약해서 전달이 안 됐던 건가?

'이거 들어도 놀라지 말아요, 카일. 나 가끔은요, 당신 —에다가 —를 —해서 완전 끝까지 —하는 거 보고 싶어요. 내 목소리 들리나요? 돌아오시면 안 될까요? 음험한 소리 해서 죄송하고, 그, 제가 자유 민주주의 국가에서 와서 그래요.'

식은땀이 줄줄 흐르는 내 얼굴을 무심히 내려다보던 터미네이터 시녀 언니가 내 옷깃을 잡아당겼다.

"왜요, 왜요! 아, 아실 님? 성함이 아실 님 맞으시죠. 옷은 왜 당기시는데요."

"몸에 묻은 먼지를 물 묻은 천으로 간단히 닦으시고, 향수를 묻힌 천으로 물기를 닦은 후에 속옷부터 갈아입으시죠."

"아실 님. 평민 아니에요? 저보다 나이도 많아 보이시는데."

"아가씨의 친구분께 반말을 할 순 없으니까요."

높낮이 없는 차분한 목소리의 아실 때문에 괜히 없는 공포감까지 생길 지경이었다. 그때 흰 분을 두껍게 칠한 마담이 내 팔을 잡아끌었다.

"저쪽에서 혼자 씻고 오실래요?"

"네, 네네! 차라리 그럴게요! 네!"

"속옷은 여기 있어요. 혹시 착용법을 모르면 내가 가르쳐 주고."

"아뇨! 팬티 하나 못 입는 애가 어딨어요, 제가 할 수 있어요! 들어오지 마세요! 제발!"

종놈 팔자 상팔자였구나.

부티크는 밖에서 볼 땐 그리 커 보이지 않았는데 안쪽은 반대편 골목의 대지까지 사들여 건물을 터놓은 건지 어마어마하게 넓었다. 흰 대리석이 깔린 욕실 구석의 욕탕에는 꽃잎이 동동 떠다녔다. 옷을 벗긴 했지만 어쩔 줄을 몰라 어리둥절하고 있을 즈음, 마담의 친절한 목소리가 다시 들려왔다.

"욕탕에 들어가서 먼지를 씻은 뒤에 흰 천에 향수를 뿌리고 닦으셔요."

"예!"

왜인지 기합이 잔뜩 들어가서 나는 욕탕 안으로 들어갔다. 미지근한 물 온도 탓인지 긴장이 조금씩 풀리기 시작했다. 약간 엉겨 있던 머리카락도 손가락으로 천천히 풀어 내리며 빗고, 몸 구석구석을 문지르고 나와 마담이 말한 방법으로 몸을 열심히 닦다 보니 현타가 찾아왔다.

나 또 왜 이렇게 열심히 하고 있나. 하여튼, 이게 문제다. 뭐 하나 시켜 놓으면 맥락 없이 너무 열심히 해. 이건 한국 주입식 교육의 폐해야. 평생 기계마냥 산 놈은 어쩔 수 없다는 건가.

몸에서 향기가 진동을 했다. 한 번도 향수 어쩌구가 묻은 천으로 몸을 닦고, 꽃잎 진액을 머리에 바르며 단장을 한 적은 없었다. 팬티는 또 왜 이렇게 쓸데없이 풍성해.

"저기요, 마담⋯⋯님?"

"마담이라고 불러요."

"브, 브라⋯⋯는 어디 있나요?"

"브라⋯⋯?"

"브래지어 같은 거요. 가슴은 뭘로 가리고 나가야 하나요."

커튼이 살짝 젖혀지며 마담과 아실이 들어왔다. 물 묻은 머리에 천을 휘감고 있다가 놀라서 두 사람을 바라봤지만 아실은 여전히 터미네이터 같은 무표정한 얼굴로 나를 바라볼 뿐이었다. 그녀의 손에 무언가가 들려 있었다.

"이게, 무슨⋯⋯."

"코르셋입니다. 당신을 완벽한 아가씨로 만들어 줄."

"저…… 그런 거 안 하는데요."

마담은 꾀꼬리 같은 소리로 천장을 보며 깔깔 웃었다.

"정말 귀여우신 분이네요! 저기 벽을 보고 서 보세요, 조요 아가씨!"

"아. 아까부터 말씀드리고 싶었는데 저는 조요가 아니, 흐어업!"

잘 익은 백설기를 떡 메치듯 마담은 내 가슴을 쓸어 담아 코르셋 가슴 부분에 집어넣고는 뒤에 있는 줄을 힘껏 잡아당겼다.

"느흐어억! 마, 마담!"

"허리를 곧게 펴세요, 조요 아가씨!"

"흐읍……. 으, 으어억. 사, 살려 주세요. 장기가, 튀어 나갈……."

밖에서 이사벨라의 목소리가 들려왔다.

"마담. 조요가 싫다고 하는 건 너무 세게 하지 말아요, 조요는 여장이 처음이니까."

여장……. 처음이긴 한데 기분이 참.

마담은 '네, 아가씨!' 하며 경쾌하게 대답하고는 뒤에 있던 끈을 처음보다는 느슨하게 엮고는 풀리지 않도록 꽉 묶었다.

그래도 역시 숨 쉬기엔 약간 버거웠지만. 저절로 허리가 펴지는 기이한 보정 효과가 있었다. 마담은 내 뒤집힐 것 같은 속 사정은 헤아리지도 못하고 편한 소리를 해 댔다.

"첫 드레스라면서요. 그럼 드레스와의 첫인상이 아주 중요한데. 아쉽네요."

"아니, 괜찮……아요. 지금도 충분해요."

첫인상 벌써 너무 안 좋은데요.

깨끗한 마른 천으로 몇 번을 머리를 닦아 내자 어느새 결 좋은 머리카락이 금세 말랐다. 마담이 한쪽 구석의 투명한 병 안에 있던 화장품을 손끝에 발라 내 머리카락에 펴 바르니, 머리카락이 새로 태어난 것처럼 어깨 위에서 찰랑였다.

"세상에, 난 벌써 볼 수 있어요, 변신한 조요 아가씨의 모습을! 갓 지져스, 벌써 아름답네요!"

그 지져스는 지금 내 편이 아닙니다.

짧은 머리에 꽃줄기와 약간 굵은 천을 함께 엮어 땋아 올려 묶으니 굉장히 풍성해 보였다. 원래의 머리카락 길이를 가늠할 수 없을 만큼.

"머리가 짧아서 이렇게 꾸며 올림머리를 하는 게 제일 좋겠어요, 그렇죠?"

이제 반쯤은 포기한 채로 그냥 고개를 끄덕였다. 언제 나갔는지 모를 아실이 청록색 드레스를 들고 나타났다.

"이것 먼저 입어 보라 하셨습니다."

"어머머— 역시 플라반 아가씨는 옷 고르는 안목이 뛰어나셔요. 이번에 내가 좋은 원단을 구한 김에 뻴 받아서 착착 만들었거든요. 조요 아가씨한테 맞으려나 모르겠네. 소매가 조금 길지만 소매를 풍성하게 올려 묶고 밑에 레이스를 넣으면 되겠네요! 조요, 움직이지 말아요, 팔에 바늘구멍 나니까."

여신님. 살려 주세요. 제가 여기서 곱게 빠져나갈 수 있을까요.

치마의 주름을 잡고 머리를 다시 정돈하고, 화장까지 마치고 난 후에야 겨우 마담에게 풀려나 커튼 밖으로 향했다.

긴 카우치에 고고하게 앉아 홍차를 마시고 있던 이사벨라는 큰 눈을 깜빡이며 천천히 고개를 들어 올렸다. 보라색 눈동자가 일순간 커다랗게 뜨였다. 이사벨라의 붉은 입술이 부드럽게 호선을 그리며 올라갔다. 느린 심호흡을 뱉으며 이사벨라는 서서히 자리에서 일어섰다.

"브라보."

아, 나 이 장르 아닌데.

이사벨라는 내 근처를 한 바퀴 빙 돌더니 어쩔 줄 몰라 하는 표정으로 발을 동동거렸다.

"이렇게 예쁜데 왜 내가 몰랐을까."

"……영원히 몰랐으면 좋았을 텐데."

"뭐?"

"아뇨, 친구끼리 농담도 하고 그런 거죠."

"마담, 머리에 꽃은 과하니 빼는 게 어때요?"

"예, 플라반 아가씨."

"피부가 하얘서 그런가. 청록색이 너무 잘 받네. 너무 사랑스러워. 아까는 시골에서 갓 올라온 멋모르는 청년 같더니."

내 콘셉트는 어떻게 알았지. 나 황궁에서 시골에서 갓 올라온 멋모르는 청년인 척 살고 있는데. 그 핑계 대고 릭이랑 쌈박질하면서 살고 있는데 대체 어떻게 알았냐고. 이 언니 무당 끼가 있나.

"지금은 정말 아가씨잖아. 당장 데뷔탕트를 치르면 누구라도 춤을 추자고 손을 내밀겠어."

"……그래요?"

찬양을 계속 듣다 보니 살짝 부끄러워져 얼굴에 열이 올랐다. 이사벨라가 조심스레 내 어깨를 감싸고 부티크 한쪽 벽면에 세워진 전신 거울로 나를 이끌었다.

"네 눈으로 봐 봐. 얼마나 아름다운지. 깜짝 놀랄걸."

제대로 된 거울을 보는 게 얼마 만인지. 처음 이 세계로 왔던 날 커다란 거울 앞에 서서 놀랐던 이후로 처음이었다. 그때는 달라진 얼굴에 기함을 했었지.

"히익……. 저게 나예요?"

믿을 수가 없어서 한 걸음 더 앞으로 다가갔다. 동그란 이마에 살짝 내려온 잔머리 몇 가닥과 자연스럽게 뒤로 올려 묶은 은색의 머리카락에서 윤기가 흘렀다. 긴 목선에서부터 이어지는 몸의 선들이 내 것처럼 느껴지지 않았다. 흰 살갗이 여실히 드러나는 어깨와 잘록하게 들어간 허리, 게다가 여러 겹의 페티코트를 입은 탓에 풍성하게 아래로 퍼진 치맛자락을 어설프게 잡고 있는 내 모습은 아무리 봐도 어느 귀족 가문의 영애처럼 보였다.

이사벨라의 긴 손가락이 내 어깨를 두드렸다.

"마법 같아, 조요."

"……아가씨. 사실 제 이름은 조요가 아니ㄱ,"

"카일 전하의 사람이 아니었으면 정말 좋았을 텐데."

이름은 평생 안 가르쳐 주는 게 좋겠다.

볼에다 뭘 발랐는지 광이 나네. 거울에 빠질 것처럼 얼굴을 들이밀고 구경하고 있었는데 이사벨라가 마담에게 새로운 옷을 가져오라 주문했다.

"저 짙은 푸른색도 예쁜걸요. 얇은 레이스가 점처럼 박혀 있어서 꼭 밤하늘을 그대로 옮겨 놓은 것 같네. 우리 조요한테 어울리겠어."

"아가씨. 저는,"

"쉿. 우리 친구 하기로 했잖아."

나는 마담의 손에 끌려 들어가 여러 벌의 옷을 입어 봐야만 했다. 푸른색의 드레스부터 가슴골이 훤히 드러나며 주름을 몇 겹이나 겹쳐 잡은 풍성한 붉은 드레스, 상아색 안감이 보이도록 앞이 트여 화려하게 주름을 잡은 보라색 드레스까지.

"마지막은 내 눈동자 색이랑 완전 똑같이 생겼지, 조요."

"친구끼리는 그런 말 안 합니다."

"그래?"

"예."

"······그럼 우리 그냥 친구 말고,"

"집에 가실까요, '친구' 이사벨라 아가씨?"

"그래! 보라색은 마침 네 몸에 딱 맞으니까 그냥 입고 가자."

이사벨라가 활짝 웃으며 소파에서 일어섰다.

"아가씨는 옷 안 고르세요?"

"난 됐어. 옷 많아. 오늘은 네 옷 보러 왔어. 그리고 마담, 3일 뒤에 내 저택으로 오는 거 기억하죠?"

"네, 아가씨."

"그때까지 오늘 가봉했던 드레스들 길이 조정해서 다 들고 오세요. 무거울 테니 마차는 따로 보내 드리죠."

"어머— 그럼요, 아가씨! 걱정 붙들어 매세요!"

부티크를 빠져나가 걷다 보니 치마가 여간 불편한 게 아니었다. 마차에 오를 때는 어느 발부터 올려야 하는지조차 헷갈릴 정도였다. 우물쭈물하고 있으니 플라반 집안의 마부가 뛰어와 손을 내밀었다.

"올라가시죠, 아가씨."

아가씨라니. 아까 이사벨라랑 마차 처음 탈 때는 웬 사내새끼냐는 눈빛으로

421

죽일 듯 노려봤으면서. 어리둥절한 표정으로 마차 안에 몸을 싣고 넋을 빼놓고 멍하니 창밖을 바라봤다.

마부는 마차 안에 타 있던 이사벨라에게 물었다.

"아가씨. 아까 함께 오셨던 그 청년은 어디 갔습니까?"

"응, 걔는 알아서 간대. 난 친구랑 내 저택에 가서 좀 쉬기로 했어. 출발해."

나는 마부에게 '내가 바로 그 청년이요.' 라는 말도 하지 못했다.

후작가에 도착한 후 곧바로 마구간으로 향하려다 아실에게 붙잡혔다. 터미네이터 같으니라고. 아실을 나름 힘 있게 째려봤지만 그녀는 묵묵히 고개만 저었다. 곧이어 마차에서 느긋하게 내린 이사벨라가 굉장히 자비로운 목소리로 말했다.

"설마 그렇게 하고 마구간으로 갈 건 아니지? 아무도 조요가 조요인 줄 모를 텐데."

"같이 온 사람들이 저를 찾고 있을지도 모르잖아요."

"우리 영지 특산물이 뭔 줄 아니? 와인이야."

"그런데요?"

"다들 지금 풍족한 음식과 술에 취해 파티를 즐기고 있을 거란 말이지."

"……호의를 베푸시면서 무슨 그런 악마 같은 얼굴을 하세요, 아가씨."

"난 여자 친구가 생기면 꼭 파자마 파티를 해 보고 싶었어."

악마네. 나 안 보내겠다는 거 아니야.

내 일그러진 얼굴을 보던 이사벨라가 갑자기 배를 잡고 깔깔 웃어 대기 시작했다.

"농담이야, 농담!"

"네?"

"나 같은 돈 많은 집안의 후작가 영애가 왜 여자 애인을 만들겠니. 하지만 친구가 갖고 싶었던 건 사실이야. ……조금 짓궂게 놀리긴 했지만."

"아! 뭐야! 깜짝 놀랐잖아요! 나 벌써 좋아하는 사람 있어서 안 되는데 거절만 계속 해야 돼서 약간 미안하던 중이었다고요!"

깔깔 웃던 이사벨라는 손에 든 부채를 가볍게 펼치며 날 향해 조심스럽게 물었다.

"이렇게 솔직한 친구는 없었으니까……. 조요, 파자마 파티 나랑 해 줄 거지?"

어쩜 저렇게 구슬픈 목소리로 애처롭게 물을 수가 있지. 정말로 친구가 없었나 봐.

"그럼요! 당연하죠!"

이사벨라가 꽃처럼 환하게 웃었다.

❖　❖　❖

화살이 사슴의 이마 정중앙을 꿰뚫었다. 힘 있게 박힌 활촉 덕분에 사슴은 그 자리에서 그대로 고꾸라져 쓰러졌다. 근처에 있던 다른 사슴들이 달음박질쳐 도망치기 시작하자 어딘가에서 또 화살이 날아들었다. 목을 관통당한 사슴이 연이어 한 마리 더 쓰러지자 그제야 두 사람이 모습을 드러냈다.

"……사슴 정도면 돌아가도 되겠지. 사슴은 덩치가 크잖아."

"전하. 이미 붉은 여우와 늑대 한 마리를 잡으셨습니다."

"생각보다 많이 지체됐어. 야영지로 복귀 후에 곧장 저택으로 이동한다."

"해가 지고 있습니다. 전하. 밤에 산을 내려가는 건 위험하니까 내일 움직이시죠."

"조가 더 위험해."

벤지는 묘하게 초조해 보이는 카일을 말렸다. 사슴의 숨통을 끊고 자리에서 일어선 카일은 급하게 단검의 피를 닦아 냈다.

"조가 위험에 처할 리가요, 멀쩡히 저택에 있을 텐데."

"아니 내 말은, 말 그대로 조가 위험하다고. 얌전히 기다리고 있는 꼴을 못 봤어."

"아."

"걔가 무슨 사고를 치고 날 부를지 이젠 조바심이 날 지경이라고. 내 눈에 보이는 곳에 있었으면 좋겠어. 이제 머리에 소리도 안 들려서 날 부르지도 못

할 텐데, 나 없다고 얼마나 전전긍긍하고 있겠어."

벤지는 칼자루를 조금 강하게 쥐었다. 지금 자기가 무슨 말 하는지는 알고 있는 건가.

처음에야 사고뭉치를 나무라는 투였지, 갈수록 물가에 내놓은 애(인)을 걱정하는 것마냥……. 원래 이런 주인이었던가.

"밤에 이동을 못 하는 건 아니잖아. 너나 나나."

"……예. 그렇죠."

근처를 돌아다니던 기사 하나와 함께 사슴을 옮겨 야영지로 옮겨 놓은 후, 카일은 곧장 말의 고삐를 잡았다. 기사단 몇이 카일과 함께 돌아가겠다며 달라붙었지만 카일은 냉정한 목소리로 명령했다.

"거추장스러워. 벤지만 따른다."

말이 끝나기 무섭게 카일은 디에프 위로 훌쩍 올라타 허리를 곧추세웠다. 기사단장인 크룩이 다급하게 카일에게 물었다.

"하지만 전하. 폐하와 플라반 공작 각하께서 여쭈시면 뭐라고 합니까. 갑자기 돌아가신 이유는,"

"……아팠다 그래. 열이 심해서 도저히 야영할 수 없었다고."

카일은 크룩의 만류를 미처 다 듣기도 전에 이랴, 소리와 함께 야영지를 빠져나갔다. 한숨을 푹 내쉰 벤지가 이어 말을 출발시키려 하자 크룩이 벤지의 옆으로 다가섰다.

"이봐, 벤지. 전하가 갑자기 왜 저러는 거야. 저택에 뭐 중요한 거라도 두고 오셨어?"

한때 함께 기사단에서 한솥밥을 먹던 사이였기 때문에 크룩은 벤지에게 편하게 반말을 하곤 했다. 벤지는 빠르게 멀어지는 제 주군의 뒷모습을 보며 조용히 대답했다.

"……미친 망아지를 두고 와서."

"뭐?"

"아무것도 아닙니다. ……모레 뵙죠."

하! 짧은 기합 소리와 함께 벤지가 총알처럼 튀어 나갔다. 모래 먼지를 고스

424

란히 맞으며 선 크룩은 잘못 들은 건가 싶어 곰곰이 되새겼다.

"미친 망아지?"

금방 출발했는데도 카일의 뒤를 따라가기가 버거울 정도로 카일은 전속력으로 달려가고 있었다. 말의 옆구리를 단단한 허벅지로 살짝 조여 속도를 높이며 벤지는 약간, 아주 약간 투덜거렸다.

그렇게 좋아서 어쩔 줄 모르시면서 정작 앞에서는 왜 그렇게 데면데면하신지. 나라면 안 그럴 텐데.

검은 숲을 망설임도 없이 빠르게 내달리던 카일이 갑자기 우뚝 멈춰 선 채한 곳을 응시했다. 그를 따르던 벤지 역시 카일을 따라 말을 세웠다.

"전하, 왜……."

"쉿."

수풀 너머로 노란 안광이 번쩍이며 으르렁거리는 짐승의 울음소리가 들려왔다.

곰이었다. 그것도 말 두 마리와 사람 둘 정도는 너끈히 잡아먹을 것처럼 커다란.

"……눈이 노랗게 빛나는 걸 보니 조가 생각나네. 조도 항상 저렇게 희번덕거리면서 날 보잖아."

"……빠르게 해치우고 가시죠."

벤지는 이제 이 팔불출의 주접을 듣고 싶은 마음이 사라졌다.

이제 결투하자고 하면 안 받아 주시겠지. 그냥 한 대쯤 치고 싶어졌는데.

뒤늦은 후회에 젖은 벤지를 대신해 카일이 달려드는 곰을 향해 먼저 검을 빼들었다. 곧바로 벤지가 그의 뒤를 따랐다.

팔불출이라도, 주군은 주군이지.

※　※　※

아직 어둠이 짙게 내려앉은 산길 초입에서부터 비릿한 피비린내가 퍼지기 시작했다. 플라반 저택의 대문을 지키며 졸던 하인은 저 멀리 커다란 언덕이 움직이며 다가오는 것을 보고 기어코 비명을 터뜨렸다.

"으, 으아악!"

근처에서 경비를 돌던 다른 기사가 달려와 대문 밖을 살피다가 눈을 비비며 다시 확인했다. 시야가 어두운 탓에 멀리서 천천히 다가오는 저 언덕이 무언지 가늠조차 가지 않았다. 언덕의 뒤로 여명이 밝아 오자 역광으로 빛나는 그들의 형체가 서서히 또렷하게 보이기 시작했다.

"······우리 전하 아냐?"

장미 기사단원의 추측에 하인은 가슴을 쓸어내리며 안심했다.

"그럼 옆에 계신 저분은 보좌관 피셔 공이신가요?"

"어······. 그런 것 같······은데 그럼 저 가운데에 있는 저건 뭐지."

카일과 벤지가 한쪽씩 잡고 끌고 오는 게 무언지 확신할 수 없어 눈살을 찌푸리며 보던 기사는 직접 가서 확인하기로 했다. 하인은 저택의 문을 열며 달려가는 기사를 보고 있었다. 기사는 반가운 듯 카일 황자를 향해 달리다가 그만 길가에 주저앉았다.

"기사님이 왜 저러는 거지, 황자 전하가 아니신 건가."

시야가 조금 더 밝아지고, 그들이 더 가까워 오자 하인 또한 그 기사처럼 털썩 주저앉고 말았다.

"고, 고, 고, 곰을 끌고 오신······."

"알아서 처리하도록. 플라반 후께 드리는 내 선물이야."

"고, 곰이······."

아직도 놀라 벌벌 떨고 있는 하인을 지나치며 벤지가 카일에게 물었다.

"전하. 바로 마구간으로 가실 겁니까."

손에 묻은 피를 손수건으로 닦을까, 그냥 옷에 닦을까 고민하던 카일은 조가 선물한 넝마 손수건을 도로 품 안에 집어넣고 그냥 더블릿 위에 슥슥 문질러 닦아 버렸다.

"아니. 씻고 깔끔하게 가겠다. 지저분한 꼴을 보일 순 없지."

"아. ······예."

조라면 전하의 야성적인 모습도 좋아할 것 같은데요, 라는 속마음은 그냥 말하지 않았다. 군이 확인시켜 주고 싶진 않았다. 볼에 튄 피를 손등으로 닦은 카일은 소년처럼 수줍게 웃었다.

"곰…… 좋아하려나. 구경하러 가자고 하면 신기해하며 따라오겠지."

그러나 깨끗한 물에 씻고 펠을 닦달해 새 셔츠까지 챙겨 입고 찾아간 마구간은 텅 비어 있었다.

이럴 줄 알았지. 제자리를 지키고 있을 거라 생각도 안 했어.

머리를 거칠게 쓸어 넘긴 카일은 일단 벤지에게 명령했다.

"분명 하인들과 술을 퍼마시고 있을 테니 잡아 오도록."

"예, 전하."

느긋하게 기다리며 아침을 먹은 직후 벤지가 난처한 얼굴로 카일의 곁으로 다가왔다.

"……조가 보이지 않습니다."

"그게 무슨 소리야."

"저택에 남아 있던 기사들도 조를 보지 못했다고 하고, 식당과 후원에서도 조를 찾지 못했습니다."

"납치라도 당한 건가."

카일의 얼굴이 굳어졌지만 벤지는 벤지대로 당황한 낯이었다.

"얌전히 당하고 있을 조가 아닌데요, 전하."

"그건 그렇지만. 혹시 모르잖아. 워낙 사건을 몰고 다니니. 내 측근인 걸 눈치챈 누군가가 있을 수도 있고."

"……그건 그렇군요. 플라반령을 샅샅이 살펴보겠습니다."

그러나 벤지는 오후가 될 때까지 이렇다 할 소식을 듣고 오지 못했다.

카일은 제자리에 앉아 있지 못하고 방 안을 이리저리 돌아다니다 낮게 뇌까렸다.

"……제길."

곱게 넘어가 있던 머리를 거칠게 흩트리고는 한숨을 길게 내쉬었다. 사냥을 떠나기 전에 더 화끈하게 사랑하자며 덤비던 조의 말이 떠올랐다.

"그냥 옆에 데리고 있을 걸 그랬어. 따라오겠다고 할 때 기사단 끄트머리에라도 매달려서 쫓아오라고 할걸. 아니, 그것도 위험하니까 그냥 내 옆에 두고……."

창틀에 두 손을 짚고 머리를 숙인 채 중얼거리던 카일은 이내 고개를 번쩍 쳐들었다.

"……대체 무슨 명분으로."

뒤돌아 테이블로 걸어가 곱게 놓인 조의 손수건을 손아귀에 틀어쥐었다가 조심스레 펼쳤다.

'카일♡'

저절로 조의 목소리가 떠올랐다. 귀에 꽂히는 맑고 큰 목소리.

예쁘지도 않은 손 글씨로 내 이름을 적었군. 황자 전하 같은 건 붙이지도 않고. 늘 그랬듯 이름만.

이름 옆에 앙증맞게 그려 놓은 하트가 눈에 들어왔다. 천을 찢어서 만든 거라 한쪽은 이미 실타래가 반쯤 풀려 엉망이었다. 웃음과 분노가 동시에 피어올랐다. 문밖에서 노크 소리가 들리자 카일이 빠르게 몸을 돌리며 넝마 손수건을 품 안으로 집어넣었다.

"전하, 펠입니다."

"……들어와."

"오찬을 거르셨으니 석찬은 부담스럽지 않게 수프로 준비하겠습니다. 그리고……."

펠이 조심스레 눈치를 살피며 카일에게 물었다.

"전하, 혹시 불편하신 곳이 있다면 저택의 하인들을 시켜 시정하겠습니다. 정말로 편찮으신 거라면 의사를 부르도록 하겠습니다. 이 펠, 전하를 모시는 사람이니 뭐든지 편히 말씀해 주세요."

충직한 펠의 말에 카일은 입술을 잡아 뜯다가 천천히 그를 향해 몸을 돌렸다.

"혹시……."

"예, 전하!"

"그, 마구간······."

"마구간이요? 전하의 말들은 지금 마구간에서 편히 쉬고 있으니 걱정 마세요."

"그래?"

반색하며 안심했다는 듯 웃는 카일을 보며 펠은 만족스럽게 고개를 숙였다.

"예. 하인을 시켜 물과 여물을 충분히 주라 시켰으니 너무 염려치 마십시오."

"······하인이라니? 원래 일하던 자는 어디 가고?"

펠이 눈동자를 데구루루 굴리다가 사라진 마구간지기를 변호하기 시작했다.

"너무 그러지 마십시오, 전하. 조는 시골에서 올라온 데다가, 수도 밖에서의 자유 시간도 처음이니까요······."

"그래서 조가 어딜 갔다고."

"······저도 잘은 모르지만, 전하께서 휴일을 준 덕에 시내 거리를 돌아다니는 사람도 있으니······. 아마 그 어디······ 주점이나, 아니면 워낙 노는 걸 좋아하고 아직 멋모르는 어린 놈이니 풍속점에 갔을 수도 있,"

"푸웅속저어엄?"

카일이 쥐고 있던 찻잔이 그대로 산산조각이 났다. 주먹을 꽉 쥔 채로 부들부들 떨던 카일의 눈썹이 찡그려졌다.

"저, 전하! 여봐라. 당장 주치의를 불러와! 전하께서 자상을 입으셨다!"

"······펠."

"예, 전하."

"이 마을의 제일가는······."

"예, 전하! 뭐든지 말씀만 하십시오. 이 펠이 전하께 가장 완벽한,"

"미인을 데려와라."

"미인을······ 예?"

"여자든, 남자든 상관없으니 눈이 돌아갈 정도로 아름다워서 침이 뚝뚝 떨어질 정도의 미인을 내 앞으로 데려와."

명령이 이해가 가지 않는지 펠이 입을 멍청하게 벌렸다가 대답도 하지 못하고 있자 카일이 위협적으로 그의 앞으로 한 발자국 다가갔다.

"두 번 말하게 하지 마."

"……예, 예! 전하!"

도망치듯 빠져나온 펠은 종종걸음으로 저택을 걸어가며 울상을 지었다.

우리 전하께서 마음이 많이 외로우셨던 게지. 그 오랜 시간을 홀로 부담을 견뎌 내셨으니까 스트레스가 장난이 아니셨을 거야. 하지만…… 이런 방법은…….

고인 눈물을 소매 끄트머리로 툭툭 찍어 내며 펠은 다짐하듯 양 주먹을 꾹 쥐었다.

"전하께서 원하시는 게 뭐든! 이 펠이! 다 이뤄 드리겠습니다!"

❖　❖　❖

석찬을 먹는 둥 마는 둥 대충 넘긴 카일의 앞에 다시 벤지가 나타났다. 명령을 이행하지 못했다는 것은 그의 어두운 낯빛만 봐도 충분히 알 수 있었다. 카일은 망연자실한 얼굴로 오른손으로 눈가를 짓눌렀다. 혹시나 해서 물어본 질문에 돌아온 대답도 절망적이었다.

"……조의 행방은."

"영지의 성문을 나간 사람들 중 은발은 아무도 없었습니다. 은발을 목격했다는 사람도 없고요. 이 정도로 은밀하게 움직인 걸 보면,"

"정말로 납치당했을 가능성도 있다는 거네."

그때 경쾌한 노크 소리가 방문을 두드렸다. 들어오라는 대답이 떨어지기 무섭게 펠이 들어와 낮게 속삭였다.

"이곳 플라반에서 알아준다는 미인들입니다. 전하의 명령대로 여자 남자 구분 없이 은밀하게 데려왔지요."

"들라 해라."

양쪽 문이 활짝 열리고 두 명의 여자와 한 명의 남자가 들어왔다. 끌려온 사람들과 펠을 황당한 얼굴로 번갈아 보던 벤지가 카일에게로 고개를 돌렸지만 그는 한 치의 미동도 없이 차갑게 가라앉아 있었다. 펠을 내보낸 뒤 카일은 굳은 얼굴로 세 명의 얼굴을 하나하나 뜯어보다 조용히 질문했다.

"너희, 살면서 아름답다는 말을 얼마나 들어 봤지."

갑자기 비밀스럽게 후작의 저택에 들어온 세 명은 서로를 번갈아 보며 어깨를 으쓱거렸다. 눈치로 대충 보아하니 앞에 고고하게 앉아 질문을 하는 차가운 인상의 금발 미남은 비싸 보이는 옷을 입고 있는 데다가 후작의 저택에서 머무는 귀족인 것 같았다.

어두운 금발을 얼기설기 땋아 틀어 올린 집시 여인이 사투리가 섞인 말투로 당당하게 답했다.

"제가 지나왔던 곳 어디에서든 누구나 제게 그런 말을 했죠."

옆에 서 있던 앳된 청년도 말을 얹었다.

"저, 저도! 태어날 때부터 지금까지 지겹게 들어왔습니다."

단정한 드레스를 입고 있던 마지막 여인이 눈을 마주치지 못하고 벌벌 떨며 말했다.

"……저는 약혼자가 있는 몸입니다."

카일이 흥미롭다는 듯 녹색 머리의 마지막 여인에게 질문했다.

"수줍음이 많은 걸 보니 조가 좋아할 타입이군. ……은발의 앳된 청년을 본 적이 있나."

그녀가 고개를 젓자 카일은 같은 질문을 나머지 두 명에게도 했지만 둘 다 보지 못했다고 답했다.

질문의 의도를 알아차린 벤지가 카일을 도와 심문을 이어 갔다.

"커다란 황금색의 눈을 가지고 있고 말랐지만 키는 내 어깨 정도야. 너희 정도의 미인에게 껄떡거리지 않았을 리 없다. 정말 아무도 본 일이 없나."

카일의 투명한 하늘빛 눈동자가 서슬 퍼렇게 빛났다.

"미인을 보면 눈을 희번덕거리는 놈이다. 잘 기억해 봐."

단정한 드레스의 여인의 눈에서 결국 눈물방울이 떨어졌다. 카일은 아랑곳 않고 밝은 갈색 머리칼의 청년을 눈여겨보다 그에게 다가가 고압적으로 노려보며 질문했다.

"오늘 누군가가 네 바지를 벗기려 한 적은 없었나. 2세를 만들자고 하거나, 엉덩이에 손을 댄 적은? 가슴을 만진 이는?"

결국 앳된 청년이 두려움을 참지 못하고 맨바닥에 무릎을 꿇으며 성토하듯 고했다.

"저, 저는 맹세코! 이날 이때껏 순결을 잃은 적이 없습니다!"

이때다 싶었는지 집시 여인이 고혹적으로 몸을 비틀며 카일에게 어필했다.

"전 순결 같은 건 상관없다는 주의지만 잘생긴 공께서 원하신다면 처음인 것처럼 할 순 있"

"닥쳐."

음산한 목소리로 답한 카일은 천천히 집시 여인을 향해 고개를 돌렸다. 금발이 눈에 들어왔다.

"밀이 익어 가는 들판에 내리쬐는 가장 고운 햇볕만을 듬뿍 담은 머리 색……."

"예?"

"……이라는 말을 어제 혹은 오늘 중에 들은 일이 있나?"

집시 여인이 멍찐 얼굴로 '아니, 아니요…….' 하며 고개를 숙이자 카일은 녹빛 머리의 여인에게 마지막 질문을 했다.

"너. 꽃사슴인지 요정인지 천사인지 정체를 밝히라며 누가 날붙이를 들이댄 적은 없고?"

"그런…… 말은 태어나서 지금 처음 듣습니다."

카일이 신경질적으로 한숨을 푹 내쉬며 뒤돌았다.

"모두 나가."

어리둥절한 낯으로 엉거주춤 모두 방을 빠져나가고 난 뒤 카일은 머리를 헝클어뜨리며 벤지에게 명령했다.

"……조가 마을을 돌아다닌다면 이렇게 잠잠할 리 없어. 벌써 추행죄나 폭행죄로 마을 경비대에게 잡히고도 남았을 텐데. 이건 납치다, 벤지."

"예, 전하. 제 생각도 같습니다."

"행선지 불명의 마차가 성문을 빠져나간 기록이 있는지 살펴보고, 이방인을

432

목격한 자가 있는지 좀 더 폭넓게 조사해. 아니면 이미 감옥에 수감되어 있을 수도 있으니 거기도 살펴봐라. 찾기 전까지는 돌아오지 마."

"……명, 받들겠습니다."

사명감을 불태우며 벤지가 빠르게 저택을 빠져나갔다.

그날 저녁, 플라반에 희대의 변태 살인마가 숨어들었고, 그를 잡기 위해 수색대가 파견되었다는 소문이 돌기 시작했다. 미인만을 노린다는 말에 제 자식 귀한 부모들은 일찍 문을 걸어 잠그고 외출을 삼가게 했다.

이튿날, 황제와 플라반 후작이 사냥터에서 돌아왔다. 1황자 전하께서 미령하시어 식사를 거듭 거르셨다는 소식을 들은 후작은 급하게 주치의를 보냈으나 무슨 일인지 황자는 의사들을 모두 물리고 방에서 칩거했다.

기분 좋게 사냥을 즐기고 돌아온 황제는 황자에게 내일 있을 연회는 반드시 참석하라는 뜻을 전했고 카일은 피골이 상접한 얼굴로 그러겠노라는 답을 시종을 통해 전했다.

"……조, 대체 어디 간 거야."

전날 사냥터에서 돌아온 황제의 컨디션을 생각해 연회는 소규모로 느지막한 오후에 시작되었다. 하지만 명색이 황족이 참여하는 연회인지라 플라반 저택 정문엔 마차의 행렬이 끊이질 않았다. 플라반 영애의 소문 자자한 미모를 보겠다며 달려온 영윤도 있었고, 카일 황자의 눈에 들겠다고 한껏 꾸민 영애들의 수도 만만치 않았다.

"빌테온 제국의 1황자 전하, 카일 드 빌테온 전하께서 납십니다."

연회장의 문이 열리며 날카로운 눈빛을 한 카일이 차분하게 계단을 내려왔다.

"사냥터에서 곰을 잡고 크게 다치셨다더니, 진짜였나 봐."

"감기에 걸리셨다던데."

"몸살 아니었니."

속닥대는 소리에 신경 쓸 겨를도 없는지 카일은 묵묵히 연회장을 가로질러 걸어가 플라반 후작 내외에게 먼저 인사했다. 몸이 좋지 않아 먼저 돌아왔으며, 면구스러운 마음에 후작에게 곰과 여우 가죽 등을 선물했으니 기쁘게 받아 주셨으면 좋겠다는 상투적인 인사였다. 플라반 후작은 이틀 내도록 잠을 못 잔 것처럼 피곤해 보이는 카일을 걱정했지만 그는 애써 입꼬리를 올려 웃었다. 몸도 마음도 완전히 지친 상태였지만 연회까지 빠질 수는 없었다. 와인 잔을 들고 있으니 술만 보이면 달려들던 조가 생생하게 떠올랐다.

네가 좋아하는 술이 이렇게 많은데 대체 어딜 간 거야.

"안녕하세요, 황자 전하."

카일이 뒤돌자 플라반 영애가 느긋하게 미소 지으며 그에게 인사했다.

"플라반 영애. 어제는 저녁을 함께 하지 못해 죄송했습니다."

"아니에요, 편찮으셨다니 그럴 수 있죠."

예의상 마주 웃은 카일은 그녀의 뒤에 보일 듯 말 듯 숨어 있는 영애에게 눈길을 돌렸다. 부끄러움이 많은 사람이군.

무신경하게 흘긋 쳐다본 시선에도 이사벨라 플라반은 그녀의 등을 앞으로 떠밀며 굳이 소개를 시키려 들었다. 최대한 피곤한 티를 내지 않으려 얕게 한숨을 쉰 뒤 예의상의 미소를 짓는 순간, 플라반 영애의 뒤편에 서 있던 여인의 은색 머리카락이 눈에 들어왔다. 그와 동시에 머리를 맑게 깨우는 숲속의 바람 같은 향이 코끝을 맴돌았다.

"제 막역한 친구 조요 하테로사입니다. 조요, 수줍어 말고 전하께 어서 인사해 봐."

쭈뼛거리며 앞으로 나선 영애는 연신 손을 가만있지 못하고 우물거리다가 꾸벅 고개를 숙였다 들었다.

"⋯⋯조요 하, ⋯⋯하, 잠깐만. 이사벨라. 내 이름 뭐라고요?"

이사벨라의 소맷자락을 붙잡으며 조용히 되묻는 말투가 은근히 껄렁한 것이 며칠간 찾아 헤매던 사람이 분명했다. 카일이 다급하게 그녀의 앞으로 한 발자국 다가갔다.

"⋯⋯너⋯⋯!"

그때 화려한 문양의 부채가 카일의 앞을 막아섰다. 고양이 같은 이사벨라의 눈이 장난스럽게 휘어졌다.

"전하. 보는 눈이 많습니다."

남들 보기엔 긴장해 겁먹은 영애의 손목을 거머쥘 것 같은 모양이라 이사벨라는 조용히 카일을 만류했다. 코로 길게 숨을 들이마셨다가 느리게 뱉은 후 카일은 부드러운 음성으로 말했다.

"……하테로사 영애께서 본인의 이름이 어색한 듯하니, 제가 감히 하트라 줄여 불러도 괜찮을까요."

그제야 작은 은색 머리통이 고개를 들었다. 커다란 황금색 눈동자가 사랑을 가득 담고 카일을 똑바로 바라보았다. 침착을 겨우 유지하던 카일의 두 눈이 크게 흔들렸다. 조의 붉은 입술이 열렸다.

"아니, 우리 예쁜이 얼굴이 반쪽이 됐네……!"

"……픕!"

터진 웃음을 부채로 황급히 가린 이사벨라가 뒤로 물러났다.

"두 분 얘기 나누세요. 선물도 전해 드렸으니 저는 이만."

이사벨라가 멀어지자 조는 몸을 어찌 숨기지도 못하고 어쩔 줄을 몰라 했다.

"……하트 영애. 왜 그렇게 몸을 비비 꼬십니까."

보는 눈을 생각해 카일은 애써 미소 지으며 음산하게 물었다.

"아니, 저 이렇게 노출 많은 옷은 처음이라서요."

조의 얼굴을 확인하느라 온 신경을 곤두세우고 있던 차라 뒤늦게 그녀가 입은 남색 드레스가 눈에 들어왔다. 하얀 어깨부터 가슴골까지 훤히 드러나 있었고 한 품에 들어올 정도로 가는 허리를 지나 풍성하게 펼쳐지는 치맛자락에는 그녀의 머리색을 닮은 은색 보석이 불규칙적으로 수놓아져 있었다. 눈을 어디 둬야 할지 몰라 고개를 반쯤 돌린 카일은 낮게 읊조렸다.

"……밤하늘을 보는 것 같군."

"그죠, 우리 그때 같이 별 보면서,"

신났는지 또 목소리가 커지려는 조의 앞으로 카일이 불쑥 와인을 내밀며 기계적으로 웃었다. 어쩐지 이마에 힘줄이 돋은 것도 같고.

"하트 영애. 조금 목소리를 낮추시죠."

"예? 아. 맞다. 아, 예."

"대체 어디에 있다가 오셨는지, 아니…… 짐작은 가지만. 하……. 내가 얼마나 걱정했는지 아십니까."

"전하."

"왜 그러십니까."

카일의 날카로운 눈빛을 멍하니 바라보던 조가 약간 앞으로 다가오더니 남들에게 들리지 않을 정도로 작게 속삭였다.

"존댓말 너무 섹시하다. 자기라고 불러도 돼요?"

조가 속삭였던 왼쪽 귀가 금세 빨갛게 물들었다. 아까까지만 해도 피곤해 죽을 것처럼 죽상이었던 카일의 얼굴에 혈색이 돌기 시작했다. 조는 손에 들고 있던 와인을 빠르게 원샷한 후 카일에게 손을 내밀었다.

"황자 전하. 저랑 춤추실래요?"

자기보다 머리 하나는 작은 조의 손에 들린 빈 잔을 치워 준 카일이 그녀가 내민 손 위로 다시 손을 내밀었다.

"보통은 남자가 먼저 춤을 청합니다. 하트 영애."

"……이사벨라가 저보고 먼저 신청해 보라던데요."

"플라반 영애가 장난기가 많으시네. 여러모로."

왠지 이를 가는 소리가 들렸지만 어쨌든 조는 신경 쓰지 않고 카일의 손을 덥석 잡았다. 카일의 첫 춤 상대가 누군지 혈안이 되어 쳐다보던 다른 영애들의 눈매가 사나워졌지만 조가 알 바 아니었다. 원래부터가 사리사욕이 먼저인 사람이었으니.

싱글싱글 웃으며 조는 카일과 함께 연회장 가운데로 이동했다. 마침 곡이 부드러운 왈츠 음악으로 바뀌었다. 조가 냉큼 카일의 어깨 위로 손을 올리고 허리를 곧추세우고 턱을 당겼다.

진짜 미친 망아지인 줄 알았는데. 그녀를 바라보는 카일의 얼굴에 은은한 미소가 감돌았다.

조의 등 뒤로 손을 감아 제 쪽으로 당기자 아까 전의 시원한 숲 향이 또다시 코를 간질였다.

"하트 영애. 춤은 언제 배우셨습니까."

"이사벨라 아가씨가 밤에 잠도 안 재우고 가르쳐 주더라고요. 연회장 가서 춤이나 추라고. 나는 싫다고 했는데 안 그러면 집에 안 보낸다고 얼마나 사람을 들들 볶는지. 아오 진짜. 귀족만 아니었어도 한 대 쳤다."

"쭉 그녀와 함께 있었어?"

귓속말을 해도 될 정도로 몸이 가깝게 붙자 카일은 조에게만 들릴 정도로 낮게 말했다.

"네. 왜요. 저 찾으셨어요?"

"……그걸 말이라고."

카일의 어깨에 팔을 올리고 왈츠 스텝을 천천히 밟던 조가 카일을 향해 휙 고개를 돌렸다. 작정하고 덤비면 금방 입술이라도 마주칠 거리였다.

당황한 카일이 반대쪽으로 얼굴을 돌리려다 예의가 아니라는 걸 알아차리고 필사적으로 웃으며 복화술로 말했다.

"……하트 영애. 얼굴 제자리로 돌리세요."

"저 보고 싶으셨어요?"

"하트 영애. 남이 듣습니다."

"그럼 작게 대답하시면 되잖아요."

"……그래. 보고 싶었어."

"아, 나 오늘 일 치겠네."

"너는 그 말버릇 좀 고쳐. 좋게 봐도 날건달이야. 옷을 이렇게 입혀 놓으면 뭐 하냐고."

"지금 남들이 보기엔 기똥차게 잘 어울리는 커플일걸요."

자연스레 웃음이 터진 카일이 약하게 소리 내어 웃었다. 잔뜩 긴장해 있던 몸이 편안하게 풀리는 게 느껴졌다. 카일의 미소를 목격한 영애들의 얼굴이 발갛게 물들었다. 조가 마침 반대편을 보고 있어서 다행이라 생각하며 카일은 풀어진 얼굴을 냉큼 갈무리했다. 그때, 팔뚝에 얌전히 올라가 있던 조의 손이 점점 농밀하게 움직이기 시작했다.

"우리 예쁜 전하 살 빠진 거 봐. 밥 안 드셨어요?"

"하트 영애. 팔뚝 만지작거리지 마세요. 보는 사람들 많다고 했습니다."

"피부도 푸석해요, 전하. 잠도 안 주무시고 뭐 하셨대요. 꿀 바른 광택 피부 어디 갔어. 나 진짜 가슴 찢어져."

"……하트 영애."

"계속 하트 하트 하니까 너무 행복해요. 그거 무슨 뜻인지 들으셨죠? 제 마음."

카일이 픽 웃음을 터뜨리며 부드럽게 그녀의 손을 재차 고쳐 잡은 뒤 허리를 감싸 쥐고 제 쪽으로 당겨 그녀의 귓가에 소곤거렸다.

"……그래, 나도 같아."

품에 안은 조의 몸이 움찔 떨렸다. 짙은 황금빛 눈동자가 휘둥그레 커졌다.

"정말, 정말이에요?"

"응, 이제 와 내가 너 아니면 누구한테 마음을 주겠어."

조의 눈동자에 금세 물방울이 들어찼다. 당황한 카일은 황급히 춤을 마무리한 뒤 최대한 자연스럽게 조와 테라스로 이동했다. 테라스 안으로 들어가자 커튼에 가려 연회장에선 이쪽이 보이지 않았다. 입술을 삐죽 내밀고 눈물을 대롱대롱 매달고 있는 조를 보며 어쩔 줄 몰라 하던 카일은 품 안의 손수건을 꺼내들었다.

"조, 왜 그래. 갑자기 왜 울어? 응?"

콧물이나 신나게 풀려고 카일이 내민 손수건을 받으려던 조는 이내 그게 제가 선물한 하트 넝마 손수건이라는 걸 알고는 참지 못하고 카일의 목덜미를 끌어안았다.

"조? 울어? 우는 거야? 괜찮아?"

"아, 몰라. 아이씨. 심장 너무 빨리 뛰어요. 잘생기면 싸가지나 없든가. 왜 성격까지. 아, 인간아. 너무 좋아, 진짜 가만 안 돼. 안 놔줘. 평생 내 꺼야. 개봉 후 환불 불가 알죠."

"무슨 말인지 다는 모르겠지만, 일단 알았어. 울지 마. 응? 울지는 마."

마주 안아 다독이려던 카일은 그녀의 등판이 훤하단 걸 알아챘다.

"잠깐만. 옷이 이게 뭐야."

"킁, 뭐가요."

"앞엔 분명 웃감이 있었는데."

카일이 조를 떼어 낸 뒤 팔을 잡고 그녀를 돌렸다. 어깨만 트인 줄 알았더니 날개뼈까지 드러날 정도로 등이 훤히 파여 있었다.

"내가 아까 이렇게 노출 많은 옷 처음 입어 본다고 했잖아요."

"등까지 이럴 줄 몰랐지!"

"아니 그럼 이 앞판은 멀쩡했다는 거예요? 가슴골도 보이는데?"

"잠깐만. 들이밀지 마."

하얀 살갗이 불쑥 다가오자 카일은 질끈 눈을 감으며 뒷걸음질 쳤다.

"눈길이 가는 걸 겨우 자제하고 있었는데 네가 그러면 어떡해."

"자제? 이 나를 두고 그딴 걸 했단 말이에요?"

"……너는 자제를 좀 배울 필요가 있어."

조와 평소처럼 아옹다옹하고 있으니 웃지 않으려 해도 웃음이 자꾸 터져 나왔다.

"왜 웃어요."

"좋아서 그래. 너 좋아서."

조의 눈이 다시 휘둥그레 커졌다가 가늘어졌다.

"당신 카일의 탈을 쓴 암살자군. 내 예쁜이는 그런 말 안 해."

"……맞아. 처음 해 봐. 이런 말."

"이거 봐, 이거 봐! 우리 큐티프리티섹시메가헤르츠 카일은 내가 예쁘이라고 하면 질색한다고요. 어쩐지. 오늘 너무 달콤하다 했어. 이거 다 꿈인가 봐. 이사벨라가 나한테 약을 먹였나."

진짜 꿈인지 확인하려는지 팔뚝 안쪽 살을 꼬집던 조가 아야, 하고 인상을 찌푸리자 카일은 작게 웃으며 조를 당겨 안았다.

"……네가 없어진 줄 알았어."

"네?"

"……추행죄나 폭행죄로 경비대에 잡혀갔으면 **빼** 올 수 있지만,"

"……뭐요?"

"술을 마시고 돈을 안 내서 가게에 붙잡혀 있었어도 대신 값을 치렀겠지만,"

"······당신 머릿속의 나 대체······."

"납치를 당했어도 어떻게든 내가 구했을 거야. 하지만."

"······."

"내 앞에 어느 날 갑자기 나타났던 것처럼, 그렇게 사라진 거면······. 난 방법이 없잖아. 네가 다신 닿을 수 없는 곳으로 갔을까 봐 내가 얼마나······. 얼마나······."

카일의 목소리가 묵직하게 가라앉았다. 조를 안은 손끝이 잘게 떨려 왔다. 물기 어린 목소리로 카일은 나긋하게 고백했다.

"내가 몇 번이나 지옥을 오갔는지 너는 모를 거야."

조의 동그란 이마에 짧게 입을 맞춘 카일이 안도의 한숨을 내쉬었다.

"어쨌든 내 앞에 있으니 됐어."

맞닿은 가슴이 빠르게 뛰었다. 조가 카일의 허리를 감싸 안고는 그의 품에 얼굴을 묻었다.

"내가 우리 예쁜이 두고 어디 가요, 당신이나 내빼지 마요."

"황자를 그렇게 부르는 사람도 너밖에 없을 거야."

"예쁜이, 여보, 당신, 자기, 애 아빠까지 다 할 거예요. 아. 근데 출산 계획은 차근차근 세워 봐요."

가볍게 웃은 카일이 조를 힘 있게 당겨 안았다. 농담 아닌데 웃네? 스산한 조의 읊조림이 들렸지만 이제 그런 것쯤은 가볍게 넘길 수 있었다. 카일이 조의 이마에 키스하며 고백했다. 이틀 동안 스스로를 괴롭혔던 질문에 대한 답은 그녀의 얼굴을 보는 순간 찾을 수 있었다.

장난기 많고, 힘세고, 거칠고, 야생마 같고, 길들여지지도 않을 것 같고, 변태인 데다가 보이는 사람마다 다 꾀고 다니는 파리지옥······이지만, 내 사람. 날 떠나지 않을 내 사랑.

"명분, 위치 그런 것보다 네가 없어지는 게 더 무서워."

"······저기, 카일."

"왜."

조의 숨이 거칠어진 게 느껴져 카일은 잠깐 움찔 떨었지만 이 정도는 각오할 수 있었다. 원래 변태인 건 알고 있었으니까.

"……야한 생각 하는 건 괜찮아. 어차피 지금은 네 마음의 소리가 안 들려서 약간 참을 만해."

"아니요, 그게 아니라……. 저, 심장이 너무 빨리 뛰어서 지금 딱 죽을 거 같아요."

생각보다 귀여운 이유였다. 카일은 웃으며 조를 더 강하게 안았다.

"괜찮아. 안 죽어."

"오바하는 게 아니라 정말 너무 빨리 뛰어요. 현기증 날 정도로요."

품에서 벗어나려는지 꼼지락대는 조를 놓기 싫어 카일은 힘을 풀지 않았다.

"아니, 전하. 이, 팔 좀……."

"평소엔 어떻게든 오래 안고 있으려고 하면서 오늘은 왜 그래."

"아니 저 정말로 너무……. 갑자기 너무 좋아서 그, 런가……. 숨이……."

"뭐?"

"하아, 하, 하……. 숨, 이 너무 차요……."

"……조, 귀에 뜨거운 숨을 자꾸 불어넣지는 말아 줘. 곤란해지니까……."

"하, 으, 으으, 하……."

참지 못한 카일이 품에서 조를 살짝 떼 내고는 푸념하듯 말했다.

"안기만 해도 이러면 어떡해. 조."

"아니…… 진짜로…… 숨이 안 쉬어진다고, 말을 좀, 듣…… 이 양반아, 으헉, 씨바……."

"뭐?"

갑자기 품 안에서 조가 축 늘어졌다.

"……조?"

다리에 힘이 풀려 주저앉는 조를 겨우 품 안으로 고쳐 잡은 카일이 그녀의 뺨을 두드렸다.

"조. 왜 그래! 일어나. 조!"

조의 하얗게 질린 얼굴을 붙잡고 카일은 애타게 외쳤다. 눈을 뜨라고. 하지만 파르라니 질려 덜덜 떨던 조의 입술은 들이켠 숨을 내쉬지 못하고 그대로 닫혀 버렸다. 카일은 쓰러진 조를 안은 채로 주변을 둘러보다 다시 조의 이름을 불렀다.

"조!"

하지만 조는 눈을 뜨지 못했다. 머릿속이 하얗게 물든 것처럼 아무런 생각도 나지 않았다. 갑자기 왜. 코 밑으로 손가락을 갖다 대도 그녀의 숨이 느껴지지 않았다.

카일의 눈이 커다랗게 뜨였다. 조의 고개를 쳐들고 그녀의 입술에 입을 맞추고 제 숨을 깊이 밀어 넣었다. 넘어간 카일의 숨을 마신 조의 가슴이 약간 부풀었다. 몇 번을 반복하자 조가 코로 숨을 뱉으며 다시 호흡하긴 했지만 여전히 너무 미미했다.

……독에 당한 건가.

품 안에 있는 조의 체온이 점차 차갑게 식어 가는 것만 같았다. 지금은 배후가 누구인지, 어떤 독을 썼는지 생각할 틈이 없었다. 카일은 조의 목 뒤와 다리 뒤로 팔을 넣어 그녀를 안아 올렸다. 테라스의 문을 박차고 나가 빠르게 입구를 향해 내달렸다. 사람들의 시선 따위 신경 쓸 겨를이 없었다. 연회장 입구에 서 있던 시종 하나가 어리둥절한 표정으로 카일을 올려다봤다.

"황자 전하, 지금 무슨,"

"문 열어!"

"예, 예!"

플라반 저택의 복도를 달리며 제 방으로 달려가자 한 키 큰 시녀가 카일의 뒤를 빠르게 뒤쫓아 오며 가까운 방의 문을 열었다. 카일이 의심 가득한 눈으로 시녀를 노려보자 그녀가 고개를 숙이며 빠르게 말했다.

"지난 이틀 동안 조와 함께 있었던 이사벨라 플라반 아가씨의 시녀 아실 비엔테입니다. 황자 전하의 방으로 가시면 소문이 돌 수 있으니 일단 손님들이 머무는 객실로 모시죠. 곧 주치의를 데리고 오겠습니다."

카일은 조를 고쳐 안으며 눈치 빠른 시녀에게 위협적으로 뇌까렸다.

"허튼짓하면 네 목부터 치겠다."

"예."

넓은 침대에 그녀를 바르게 눕힌 카일은 걱정스러운 얼굴로 조를 바라봤다. 살짝 미간을 찡그린 조의 얼굴에 손을 대자 그녀의 체온이 마치 차게 식은 대리석처럼 느껴졌다.

"조, 제발. 눈 떠. 떠나지 마. 응?"

카일이 조의 손을 잡고 애절하게 기도했다. 그때 문이 열리고 이사벨라가 의사와 함께 들어왔다.

"조요!"

조의 이름을 이상하게 부르며 다가온 이사벨라는 카일을 보며 고개를 숙이긴 했지만 황자를 향한 예의범절보다 조의 생사가 더 중요한지 시선은 온통 조를 향해 있었다. 카일로서도 그녀의 인사를 받을 정신이 없었다. 카일은 이사벨라를 보며 물었다.

"조에게 무언가를 먹였나. 대답에 따라 네 가문의 영광은 오늘이 마지막일 수도 있다."

"……전하도 보셨다시피 전하의 앞에 ……하테로사 영애를 데려다 놓을 때까지만 해도 그녀는 멀쩡했습니다. 심문보다 중요한 것은 조의 안위입니다. 의사에게 그녀를 보여 주세요."

의사를 의식한 건지 이사벨라는 조를 '하테로사 영애' 라 칭했지만 카일은 그런 것 따위 신경 쓸 겨를이 없었다. 의사를 한 번 힐긋 노려본 카일이 말없이 한 걸음 뒤로 물러나자 이사벨라가 의사에게 손짓했다. 둘의 눈치를 보며 다가온 의사는 조의 안색을 살피곤 눈꺼풀을 뒤집었다. 고개를 갸웃거리던 의사가 이사벨라의 귓가에 속살거렸다.

"내게 들리게 말해!"

노기 띤 카일의 음성이 객실을 울렸다. 이사벨라는 고개를 갸우뚱 꺾더니 조에게 가까이 다가갔다. 카일이 참지 못하고 이사벨라의 손목을 아프게 잡아 쥐었다.

"내 허락 없이 조에게 손대지 마."

"……전하. 조의 옷을 벗겨야 합니다."

"……뭐?"

뒤로 돌아 의사를 보니 그가 난처한 얼굴로 고개를 숙여 말했다.

"……독에 당한 것일 수도 있지만, 흐르는 식은땀과 혈색, 호흡으로 보아…… 숨 쉬기 불편해 기절한 것처럼 보이니 코르셋을 풀어 확인해 보는 게 좋을 듯합니다. 카일 황자 전하."

이사벨라가 굳은 얼굴로 카일을 똑바로 바라봤다. 보라색 눈에서 냉기가 뚝뚝 흘러넘쳤다.

"결혼도 안 한 영애의 옷을 전하께서 직접 벗기실 게 아니라면 저를 막지 마세요."

"……아니, 그래도……."

당황한 카일의 눈이 이리저리 흔들리는 사이에 이사벨라가 조의 몸을 손쉽게 뒤집어 등 뒤 몇 개의 단추를 풀고 옷 속으로 손을 집어넣었다. 카일이 빠르게 뒤돌았다. 조의 하얀 등을 본의 아니게 봐 버려 온 얼굴에 시뻘겋게 열이 돌았다.

투두둑. 코르셋 자체를 뜯어 버리는 소리가 들렸다. 이사벨라 역시 느긋하게 매듭을 하나씩 풀 정신은 없는 듯했다.

"……조는? 눈을 떴나?"

뒤돌아선 채 카일이 물었지만 이사벨라는 조의 이름을 반복해 부를 뿐이었다.

"조요, 조. 눈 떠 봐. 내 목소리 들려?"

조가 끙끙대며 앓다가 급히 숨을 들이켜곤 콜록대기 시작했다.

"으…… 캑, 아, 머리야……."

작게 들리는 조의 목소리에 카일이 급하게 뒤돌았다. 다행히 목 아래까지 이불이 덮여 있어 불상사는 일어나지 않았다.

"아…… 머리 빠개질 것 같아. 뭐야. 여기 어디예요."

"저택의 객실이야. 네가 갑자기 쓰러져서 카일 전하가 널 여기로 데려오셨어."

"몸이 너무 찌뿌둥해요. 으으……."

조가 두 팔을 들어 올려 기지개를 켜려 하자 이사벨라가 당황해 이불을 조의 얼굴까지 덮어 버렸다.

"읍! 뭐, 뭐 하, 악! 나 옷이 왜 이래! 누, 누가 벗겼어요!"

이불 너머로 얼굴을 쏙 빼낸 조가 빨갛게 달아오른 얼굴로 이사벨라와 카일을 노려봤다. 어느새 몸을 반쯤 돌린 카일의 옆얼굴이 홍당무처럼 물들어 있었다.

"카일 전하가 벗겼어요?"

"아니, 내ㄱ,"

"단둘이 있을 때 벗기든가! 이렇게 사람이 많은데! 나는 이런 취향은 아닌데! ……근데 영감님은 누구세요."

영감이 허허 웃었다.

"……플라반 저택의 주치의 로 제리니스입니다."

"의사요? 의사가 왜 여기 계세요?"

완전히 혈색이 돌아온 조가 고개를 갸우뚱 꺾자 카일이 아직도 허공을 보며 말했다.

"네가 갑자기 쓰러졌다니까. 나는 네가 독에 당하기라도 한 줄 알고 급하게 무도회장을 빠져나와서 의사를 불렀고. 코르셋 때문에 숨이 막혔다기에 옷을 벗길 수밖에 없었어. ……그리고 옷을…… 뜯은 건 플라반 영애다."

"아."

쓰러지기 직전의 상황이 기억났는지 조는 목소리를 높였다.

"제가 분명히 숨 막힌다고 했는데 카일 전하가……!"

조는 생각했다. 이 나라의 황자 전하인데. 플라반 영애랑 혼담이 오갈지도 모르는데(물론 내가 막을 거지만). 나랑 정분났다고 의사 있는 데에서 말하면 소문이 나지 않을까. 조는 나름대로 임기응변이라는 걸 해 보았다.

"제가 숨 막힌다고 했는데 카일 전하가 헤드록을 거셨잖아요."

"……내가?"

"예. 손바닥으로 세 번 이렇게 탭 하면 풀어 주셔야죠. 그게 업계 룰이라고요."

"……어?"

닥터 로가 혼란스럽다는 얼굴로 미간을 살짝 찡그리더니 곁눈질로 카일을 흘겨봤다.

어린 영애에게 헤드록을 거시다니…….

닥터의 따가운 시선을 받은 카일은 잠깐 눈을 감았다.

이 미친 망아지가 또 사람을 쓰레기로 만들고 있군. 몇 달 전 시종들에게 내 내 식은 홍차만을 받았던 걸 생각하면 이젠 썩 놀랍지도 않았다.

카일은 차분하게 한숨을 내쉰 후, 의사에게 명령했다.

"알았으니 이만 나가 봐."

닥터 로는 고개를 숙여 인사한 뒤 방을 나가기 직전까지도 카일의 뒤통수를 노려봤다. 1황자에 대한 소문이 너무 좋은 방향으로 부풀려져 있는 것 같아. 로는 집으로 돌아가면 아내에게 1황자에 대한 험담을 해야겠다고 생각했다.

조가 별안간 화들짝 놀라며 일어나 앉았다가 이불이 내려가기 전에 냉큼 몸을 감싸 휘감고는 카일에게 물어봤다.

"그럼 지금 무도회 끝났어요?"

이사벨라가 흐트러져 내려온 앞머리를 뒤로 넘기며 한숨을 쉬었다.

"아니. 아직 한창이지."

"근데 다들 여기서 뭐 하세요?"

"어?"

"어?"

"카일 전하가 저를 데리고 나오셨다고요?"

카일은 이불에 꽁꽁 둘러싸여 얼굴만 삐죽 내밀고 있는 조의 얼굴을 보며 고개를 끄덕였다.

귀여워.

저도 모르게 그런 생각을 하며 두 볼을 붉히다가 조가 버럭 소리를 지르는 탓에 파드득 놀라 정신을 차렸다.

"이 전하가!"

"왜 소리를 지르고 그래!"

"그 중요한 자리에서! 어느 출신인지도 모르는 여자를 안고 나왔다니! 이게 말이나 돼요!"

"하지만 아까는 네가 독에 당한 줄,"

"그냥 사람을 부르셨어야죠! 보는 눈이 얼마나 많은데요!"

카일의 말문이 막혔다. 조의 말이 틀리지 않았다는 건 알고 있지만 아까는 그런 생각을 할 겨를이 없었다. 조가 멀쩡한지 확인하는 게 우선이었으니까.

"여태 염문설 하나 휩싸인 적 없이 완전 깔끔하고 고고하고 젠틀하고 섹시하고 잘생긴 완벽한 황자님. 모두의 아이돌 큐티성실건실함의 대명사. 아들을 낳으면 카일처럼 키워야지. 온 국민들이 그렇게 생각하고 있을 텐데!"

"……뒤의 말들은 좀 과한 것 같아. 조 사심이 섞였는데."

이사벨라가 웃음을 참으며 덧붙였지만 잔뜩 고양된 조는 계속해서 말했다.

"틀린 말은 아니라고요. 근데 지금 다들 무슨 생각을 하고 있겠어요. 이성적으로 판단하셔야죠! 전하 얼른 돌아가셔,"

"네가 쓰러졌는데 내가 무슨 생각을 해!"

예? 얼빠진 소리가 입 밖으로 흘러나왔다. 그제야 카일의 얼굴이 제대로 보였다. 아까 무도회장에서 완벽히 세팅 되어 있던 머리카락이 엉망으로 흘러내려 있었고 재킷에도 주름이 져 있었다. 카일이 조에게 한 발자국 다가오며 말했다.

"갑자기 숨이 막힌다면서 쓰러지는데 내가 그럼 거기서 뭘 어떻게 했어야 해! 이성? 그게 그 상황에서 생각이나 났겠어?"

"……그래도 전하는,"

"황자, 명예, 명분 그런 것보다 네가 중요하다고 했잖아! ……아."

스스로 말하고도 놀랐는지 카일은 오른손으로 입가를 가리곤 얼굴을 빨갛게 물들였다.

"어머."

이사벨라가 부채로 입가를 가리며 침대에서 일어섰지만 곱게 접힌 눈꼬리로 봐선 활짝 웃고 있는 게 훤히 보였다. 하얀 이불을 꼭 틀어쥐고 있던 조의 얼굴이 시뻘겋게 물들었다.

"기억났어."

"뭐가."

이사벨라가 웃음기를 겨우 감추고 조에게 되묻자 조가 멍청한 얼굴로 카일을 뚫어지게 보며 대답했다.

"내가 카일 전하의 저 고백을 듣고, 심장이 너무 빨리 뛰는데 숨이 안 쉬어져서 기절했던 거였어요."

품 웃은 이사벨라가 입을 열었다.

"고백을 듣고 기절했다고? 귀여운 우리 방울토마토."

카일의 얼굴이 대번에 구겨졌다.

"……사람한테 방울토마토가 뭐죠. 듣기 거북하군요. 플라반 영애."

"귀여워서 그러는 건데 그게 뭐가 중요하죠. 전하? 설마 제게 조를 뺏기기라도 할까 봐 그러시는 건가요?"

"……그럴 일은 없으니 걱정 마시죠."

"사람 일은 모르잖아요. 제가 꼬박 이틀을 조와 보내면서 어땠는지 모르시면서. 저 드레스는 제가 직접 골라 입혔답니다. 후후."

"그럼 코르셋도 좀 신경 쓰지 그러셨습니까. 처음 드레스를 입는 사람의 흥부를 그렇게 졸라 묶었으니 기절하죠. 내…… 망아지가."

"망아지요?"

"잠깐. 타임."

타임이 뭔지 모르는 사람들을 향해 조가 미간을 찡그렸다.

"전하. 지금 저보고 망아지라고 했어요?"

조가 금방이라도 침대에서 일어설 것처럼 눈을 부릅떴다.

아차, 실수했다. 하도 미친 망아지라고 하다 보니 순간적으로 애칭이 떠오르지 않았다. 항상 애칭을 받기만 하던 쪽이라.

이사벨라가 환하게 웃으며 객실의 문을 가리켰다.

"황자 전하. 잠깐 나가 계시는 게 어떨까요."

"……내가 왜."

"그럼 조가 편안한 드레스로 갈아입는 것도 다 지켜보시게요? 어머, 엉큼해라."

카일은 아주 잠깐 조가 원망스러웠다. 어디서 꼭 자기 같은 능글맞은 여자를 데려다 놨다.

카일이 무슨 생각을 하는지도 모르고 조는 싱글거리며 웃었다. 아까 볼을 빨 갛게 물들인 건 착각이라고 여길 정도로 태연한 말투였다.

"저는 카일 전하만 괜찮다면 편하게 갈아입을 수도 있는데, 대신 내가 알몸 보여 주면 전하도⋯⋯."

"나갈 테니까 입 좀 조심해."

"예. 근데 전하. 입술에 뭐 바르셨어요?"

"어?"

이사벨라와 조의 시선이 카일의 입술에 닿았다.

"입술이 좀 빨간데요, 누가 보면 립스틱 번진 것처럼⋯⋯. 설마 나 기절한 새에 누구랑 키스라도 하고 왔어요? 와. 나보고 기다려 달라더니 자기는 그새 바람을 피우고 오냐. 진짜 섭섭하다."

"⋯⋯아니, 그게 아니라!"

부채로 눈 아래까지 가린 이사벨라가 웃음을 참으며 조에게 거울을 내밀었 다. 거울 속에 비친 제 입술도 마구 번진 걸 확인한 후에야 조가 반색을 하며 목소리를 높였다.

"나한테 키스했어요?"

"키스라니!"

카일이 목소리를 높이자 조가 입술을 삐죽이며 투덜댔다.

"아니, 그럼 입술이 쌍으로 번져 있는데 키스가 아니면 뭐예요."

"인공호흡! 넌 왜 머리가 그런 걸로밖에 안 돌아가! 아까는 위급 상황이었으 니까."

"앗! 저 지금 엄청 위급한데 다시 하면 안 돼요? 이사벨라 아가씨, 잠깐 나가 계셔도 돼요."

"어머. 난 이런 재밌는 구경 놓치기 싫어."

고개를 숙인 카일은 느리게 한숨을 내쉬며 마른세수를 했다.

"⋯⋯내가 대체 왜 너를 좋아하게 됐을까."

음흉하게 웃으며 조가 이불 밖으로 손을 내밀었다.

"어디 사람 마음이 맘대로 되던가요. 다 팔자 소관이죠. 전하, 저는 전하를 세상 끝까지 사랑할 자신 있어요."

왜인지 카일은 절망적인 시선으로 조를 바라보다 발길을 돌렸다. 문손잡이를 잡은 그는 우뚝 멈춰 서서는 이사벨라를 향해 말했다.

"……내…… 귀, 귀여운 망아지한테 허튼짓 마시고, 플라반 영애도 얼른 나오시죠. 연회장에 같이 돌아가는 게 비교적 그림이 나을 것 같으니."

입꼬리만 올려 웃은 이사벨라가 어깨를 으쓱하며 까딱거렸다.

"글쎄요, 사실 저는 빠져도 그만이라. 제 '방울토마토'가 더 아픈 곳은 없는지 살펴보고 싶기도 하고요."

카일의 눈이 이글거리며 불타오르려는 찰나, 닫힌 문 너머에서 똑똑 노크 소리가 들려왔다. 카일이 문을 열자 바깥쪽에 서 있던 장신의 여인이 고개를 꾸벅 숙이며 그에게 인사했다. 아까 방을 안내했던 아실이었다. 카일이 인사를 받아 주자 과묵한 아실은 그대로 그를 지나쳐 제 주인인 이사벨라의 귀에 무어라 속삭였다. 이사벨라의 검은 곱슬머리가 끄덕거릴 때마다 잘게 흔들거렸다.

"……머리숱 많다."

멍하니 내뱉은 조의 어처구니없는 감탄사에 카일이 불만스레 그를 바라봤다.

머리숱 그깟 건 나도 많아. 네가 제일 좋아하는 건 금발이라고 그랬잖아.

……묘하게 신경이 쓰여 카일은 오른손으로 머리를 쓸어 넘겼다. 대번에 조의 시선이 다시 카일을 향했다. 조의 희번덕거리는 흰자위가 조금 두렵긴 하지만, 그래도 다른 사람을 보고 있는 것보다는 낫다고 생각했다.

카일이 일부러 허리를 곧게 펴자 조의 눈빛이 한층 더 게슴츠레하게 변했다. 날고기 품등을 내릴 것만 같은 위판장의 경매사스러운 눈이었지만 카일은 이제 그것도 나름대로 익숙해져 즐기는 듯했다.

"……픕!"

둘의 유치한 촌극을 지켜보던 이사벨라가 입을 가리고 웃다가 헛기침을 하며 문 앞으로 향했다.

"조는 정말······."

"네?"

"정말 예쁜 사람을 좋아하는구나."

"아······. 그렇죠, 뭐."

"나는 안 예뻐?"

이사벨라가 조를 향해 고개를 숙이자 굽이치는 검은 머리카락이 부드럽게 찰랑였다.

"우와."

자연스럽게 튀어나온 감탄사에 어쩐지 문 앞에 있는 카일의 얼굴이 구겨진 듯했다. 카일이 무어라 말하려 입을 열려는 순간 이사벨라가 박수를 짝! 치며 그에게로 다가갔다.

"옷은 아실이 갈아입혀 줄 테니, 나는 전하와 함께 연회장으로 돌아가 보도록 할게. 조, 푹 쉬어."

나른하게 웃은 이사벨라가 천천히 고개를 돌리는 모습은 마치 오르골 위에 있는 귀족 아가씨 인형 같았다. 넋 나간 조의 얼굴을 노려보던 카일이 눈을 질끈 감았다 뜨며 숨을 내쉬었다.

"전하, 가시겠습니까."

"······플라반 영애와 할 말이 많겠군요."

"어머, 저도 전하께 드릴 말씀이 많은데. 영광입니다."

장난기 가득한 얼굴로 치마 양 끝을 살짝 잡았다 놓으며 이사벨라는 문을 열어 주는 카일을 지나쳤다.

문을 나서기 전, 카일은 조의 눈을 똑바로 보며 씹어 삼키듯 말했다.

"너 지금 정신이 없어서 까먹은 것 같은데······."

"예?"

"난 내 자리를 걸고 약 1시간 전에 네게 마음을 고백했어."

"흐읍! 아, 죄송해요. 너무 현실감이 없어서!"

"······한눈팔지 말란 뜻이야."

"질투도 하세요? 너무 귀여워, 어떡해. 연회장 꼭 가셔야 되는 거 아니면 이

불 안으로 잠깐 들어오실래요?"

침대 위를 팡팡 두드리며 눈을 빛내는 조를 보고 한숨을 푹 내쉰 카일은 깔끔하게 뒤돌았다.

"……간다."

"예, 전하!"

언제 파리한 낯으로 기절했냐는 듯 힘이 넘치는 조의 목소리에 저도 모르게 울컥 짜증이 솟았다. 내가 얼마나 놀랐는데, 저런 야한 장난이나 치고…….

굳어 있는 카일의 옆얼굴을 살핀 이사벨라가 카일에게 부드럽고 낮은 음성으로 말을 걸어왔다.

"전하, 얼굴 좀 펴세요. 누가 보면 대판 싸우고 오신 줄 알겠습니다."

"……하트 영애가 무사하니 다행이네요."

주변의 시선을 의식한 카일이 조를 다시 하트 영애라고 부르기 시작했다. 이사벨라 역시 접었던 부채를 펴며 여유롭게 대답했다.

"그러게요. 카일 전하께서는 듣던 대로 어찌나 다감하신지, 제 친구가 원래 미인을 보면 기절을 하는 병이 있어서요."

지나가던 하녀가 고개를 숙이고 있다가 이사벨라의 웃음소리에 살짝 고개를 들어 카일을 보고 얼른 다시 조아렸다. 숙인 얼굴 뒤로 보이는 붉어진 귓불과 벌건 목을 보니 어지간히도 카일의 미모에 놀란 모양이었다.

"저도 플라반에서 빠지지 않는다는 소리 듣는데, 역시 전하에겐 상대가 안되네요. 하트가 기절까지 할 정도라니."

"……하트 영애에게 장난을 꽤나 짓궂게 치시던데."

하녀가 사라지자 카일이 음산하게 이사벨라에게 물었다. 연회장 앞에 다다랐을 즈음. 이사벨라는 맑은 얼굴로 웃으며 답했다.

"전하. 너무 날 세우지 마세요. 그저 친구입니다."

에스코트하며 황자다운 얼굴로 연회장 안으로 그녀를 먼저 들여보낸 카일의 귀에 덧붙이는 말은 닿지 않았다.

"욕심나는 친구죠."

오랜만에 휴가인데 침대에만 묶여 있을 순 없지. 나는 배시시 웃으며 아실의 이름을 불렀다.

"아실 님."

"예."

"둘이 있을 때는 편하게 말씀해 주시면 안 될까요? 저 그냥 카일 전하 궁의 마구간지기예요."

"이사벨라 아가씨의 친구분이신데 그럴 순 없죠."

"⋯⋯아실 언니."

베이지색의 드레스를 들고 있던 아실이 잠깐 흔들렸다.

"언니라고 하지 마십시오."

부끄러워하는 얼굴이었으면 내심 반가운 마음으로 언니 언니 나불거렸겠지만 어지간히 언니 호칭이 마음에 들지 않았는지, 아실은 눈으로 나를 쏴 죽일 것 같았다.

"⋯⋯네, 아실 님."

"예."

얌전히 베이지색 드레스로 갈아입고 난 후에야 겨우 숨통이 트였다. 걸을 때 다리도 안 불편하고.

"아실 님. 저 있잖아요."

"없습니다."

"⋯⋯잠깐만 밖에 갔다 오면 안 될까요. 저택 밖으로 안 나가고, 그냥 진짜 구경만 할게요. 지금 머리도 이렇게 길게 붙여 올려 묶어서 아무도 제가 조인 줄 모를 거예요. 저 진짜 구경만 하고 올게요."

"안 됩니다."

"아실 님. 이틀 동안 같이 있었잖아요. 저 술 한 모금도 못 마셨고,"

"술이라면 갖다드리겠습니다."

"바깥 공기가 너무 쐬고 싶어요."

453

"창문 열어 드리겠습니다."

"아, 왜요! 왜 이렇게 못 나가게 하는 거예요!"

아실은 시큰둥한 말투로 딱딱하게 말했다.

"카일 전하와 플라반 아가씨께서 명령하셨습니다. 한 발자국도 방 밖으로 나가지 못하게 하라고."

"……저를요?"

"네."

더럽게 치사하네. 아까 그 연회장이 내 마지막 자유 시간인 줄 알았으면 기절 안 했지.

"왜요! 저 아까 춤 잘 추고 놀았는데, 갑자기 왜요?"

"카일 전하께서는 갑자기 또 쓰러질지도 모르니 걱정된다는 눈치셨고, 플라반 아가씨는 그냥……."

"그냥? 방금 그냥이라고 했어요? 그 언니 진짜 제대로네. 날 밖에 내보이기도 싫어한다는 거야?"

아, 이거는 대화를 좀 해 봐야겠다.

'이보세요. 작가 언니. 내 목소리 들리면 좀 나와 봐요. 캐릭터 설정을 대체 어떻게 한 거예요. 집착에 중간이 없잖아, 중간이.'

……요새 그런 거 유행이라던데.

'20세기에서 오셨어요? 대체 누가 방 밖으로도 못 나가게 해요.'

아가, 나는 세기로 시기를 나누는 것이 무의미할 정도의 시간을 살았단다.

'어쩐지. 고리타분하다 했어요. 사상에도 업데이트를 좀 하세요, 업데이트를.'

"조?"

"예?!"

아실의 부름에 고개를 숙인 채 눈살을 찌푸리고 중얼거리다 번쩍 얼굴을 들었다.

나를 한심하게 바라보던 아실이 단정하게 닫혀 있던 입술을 열었다.

"미친 척해도 못 나갑니다."

"하……. 알겠어요. 괜찮아요……. 저는 수도에서도 궁 안에, 그것도 마구간에서만 지냈으니까요. 저 같은 종놈 팔자가 다 이렇죠 뭐. 주인 명령 없이는 어디 가지도 못하는…… 목줄에 매인 신세. 하…… 처량하다."

"……안 됩니다."

"……언니도 고향에 동생이 있겠죠."

"외동입니다."

시발.

"그렇구나……. 전, 이만 잘게요. 딱히 할 것도 없고요."

다시 침대로 기어들어 가 이불을 덮어썼다. 초중고 수련회 약 10년 동안 한 번도 교관에게 들킨 적 없던 쌔근쌔근 숨소리에서 드르렁 코골이로 진화하기 스킬을 무려 20분간 했는데도 아실이 움직이는 소리는 들리지 않았다.

저 사람 진짜 터미네이터 아니냐고. 살 껍데기 벗기면 쇠붙이가 나올 거 같은데. 제기랄. 이대로는 내 휴가 남의 집 침대에서 끝내게 생겼어.

드르렁드르렁 코를 고는 명연기 와중에도 속이 바짝바짝 타들어 갔다.

'작가 언니. 삼신 언니. 여신이시여. 날 보고 있다면 정답을 알려 줘.'

죄송하지만 업데이트 안 된 사람은 정답을 모르네요.

'아이고, 여신님. 미천한 쇤네가 어찌 하늘의 뜻을 알겠습니까. 제가 또 실언을 했네요. 제발 아실에게서 벗어날 방도를 가르쳐 주시옵소서.'

……카일이 걱정할 텐데.

'그건 제가 알아서 달랠게요. 제발요. 아실의 약점이 뭐예요. 절대 못 뚫고 나갈 것 같단 말이에요.'

……네가 죽지 않는 이상은 절대 안 움직일 거 같아. 아실은, 그런 아이란다.

'나 진짜 침대에만 있기 싫은데! 좀 쑤신단 말이ㅇ, 뭐요? 죽지 않는 이상? 캬. 역시 여신님 관록에서 묻어 나오는 지혜가. 크으.'

왜, 또. 무슨 사고를 치게.

'제가 뭔 사고를 쳐요. 그냥 콧구멍에 바람 좀 쐬고 온다는 거죠.'

드르렁거리면서 코를 걸다가 아주 천천히 소리를 줄이고, 이내 불편한 듯 숨을 몰아쉬었다. 아직까진 아실이 움직이지 않았다. 눈꺼풀을 얇게 떨다가 이불을 움켜쥐며 몸을 동그랗게 말았다. 그리고 고통 섞인 작은 신음.

"……으윽."

"조?"

나를 부르는 아실의 목소리에는 여전히 감정이 없었지만 불렀다는 것만으로도 이미 반은 성공한 셈이었다.

"우, 우웍!"

"조!"

헛구역질을 했지만 나오는 건 없었다. 이불을 거칠게 걷어 내는 아실의 차분하던 목소리는 아까 전보다 확실히 커져 있었다. 나는 구역질을 한 탓에 붉게 달아오른 눈으로 아실을 바라보다가 옆으로 쓰러졌다.

"하, 하아…… 나, 코르, 코르셋 때문에…… 쓰러진 거 맞아요? 우, 우우윅!"

침대 밑으로 빠르게 기어가 바닥에 토악질을 했지만 여전히 나오는 건 멀건 침밖에 없었다.

아, 계속 헛구역질하다 보니까 진짜로 속 안 좋아지는 거 같은데. 시야에 아실의 커다란 발이 한 걸음 뒤로 물러나는 게 보였다. 드디어.

"……의사를 다시 불러올 테니 기다리세요."

"빠, 빨리……! 으윽!"

아냐, 언니. 늦게. 최대한. 늦게.

아실이 문을 열고 나가서 멀어지는 발자국 소리를 들으며 나는 곧장 뒤쪽의 창문을 열었다.

"……아, 좀 높네."

아가. 죽으려는 건 아니지?

"그럼요. 나들이하러 가다가 죽는 멍청이가 어딨어요."

그게 너일까 봐.

"사람을 뭘로 보고. 이래 봬도 운동 신경 하나만큼은 좋았다고요."

창틀에 올라선 나는 무릎을 한 번 접었다가 펴며 길게 가지를 뻗어 있는 나무를 향해 준비 운동을 한 뒤 점프했다. 어찌저찌 가지를 잡긴 했지만 반동으로 가슴과 배, 무릎을 줄줄이 나무줄기에 박고 말았다.

"끄윽!"

에어백도 안 터지는 염병할 중세 시대. 괴상한 소리를 내며 겨우 팔에 힘을 줘 버틴 나는 조심스레 나뭇가지를 밟아 가며 아래로 내려왔다.

고운 드레스를 입은 탓에 정문으로 나서는 나를 아무도 의심하지 않았다. 파티 날 오후, 드레스를 입은 아가씨가 코와 입을 수줍게 가리고—코피가 조금 나긴 했어—밖으로 나가는데 누가 의심을 하겠어.

이제 조비는 자유의 몸이에요!

❖ ❖ ❖

"자유도 돈이 있어야 자유지, 염병할. 돈이 없네."

비싸 보이는 드레스를 입고 있었지만 내 옆에는 시녀도 종도, 그럴싸해 보이는 기사도 없었다. 그래도 사람 많은 길거리를 걷는 건 오랜만인데. 생각해 보면 이쪽 세계로 넘어오고 나선 쭉 황궁에만 있었다. 카일의 침대로 떨어지고, 날이 새고 난 다음에 머리를 자르고 마구간으로 들어갔으니까.

그다음엔 노동……. 노동, 눈뜨면 또 일하고, 말똥 치우고, 밥 먹고, 자고, 일하고……. 가끔 카일이나 벤지나 테오도르랑 놀고, 릭이랑 장난치고…… 일하고…… 또 일하고.

야박한 색목인 놈들. 어떻게 된 게 휴가가 하루도 없냐. 자는 시간 빼고 계속 일하는데 봉급도 개미 똥만 하고, 콧구멍에 바람은 쐬게 해 줘야 할 거 아냐. 엑스트라 인생 서럽네. 이렇게 클라이맥스 없는 삶이라니. 마구간에서 혼자 일하는 게 정체가 안 들킬 가능성이 제일 높아서 어쩔 수 없긴 했지만 솔직히 답답한 건 사실이었다.

물론 이사벨라와 같이 지냈던 며칠이 내 첫 휴가이긴 했지만, 나도 혼자서 밖을 돌아보고 싶단 말이야. 카일이 그렇게 사랑하는 이 나라가 궁금하기도 하다고. 딱 한 시간만 구경하다가 들어가야지.

"이봐요!"

"네?"

누군가 부르는 목소리에 나도 모르게 뒤로 돌았다. 밝은 갈색 머리카락의 젊은 남자였다.

세상에. 내가 전생에서도 못 당해 본 헌팅을 여기서 당하나. 가슴이 두근거리는 와중에 그 남자가 손을 번쩍 들어 올렸다.

"은발이다!"

사람들의 적대적인 시선이 순식간에 나를 향했다. 뭐지. 진짜 헌팅이었나.

"뭐, 뭐야! 은발이 왜! 뭐요! 말이나 해 주고 그래요!"

이 동네에 은발이 뭔 큰 죄를 짓기라도 했나. 다들 두려움과 뭔가 모를 혐오가 섞인 눈으로 나를 바라봤다. 그중 피부가 거뭇거뭇하게 탄 덩치 좋은 아저씨가 성큼성큼 걸어왔다. 손에 들고 있는 고기 써는 커다란 칼이 빛을 받아 번쩍거렸다. 눈가에 생긴 흉터를 일그러뜨리며 나를 내려다본 남자가 불만스럽게 툭, 말했다.

"여자잖아."

품평을 내리듯 간단하게 뱉은 말에 도리어 당황한 건 내 쪽이었다.

"여자잖아? 여자잖아? 지금 장난하세요? 어이! 야! 거기!"

'은발이다!'라고 제일 처음 소리 질렀던 남자를 소리쳐 부르자 그가 어깨를 움찔 떨며 나를 바라봤다. 커다란 눈망울이 촉촉하게 반짝이는 게 꼭 작은 아기 꽃사슴 같긴 하지만 그래도 우리 카일에 비하면 비할 바가 못 되지.

제 취향은 아기 꽃사슴보다는 뿔이 간지나게 자란 순록입니다. 마치 라   마이 프리티 카일.

"야! 너 일로 와 봐, 인마! 사람 겁을 주고 왜 너는 뒤로 빠져 있어! 야!"

손가락질을 하며 불렀지만 남자는 왜인지 다가오지 않고 눈을 피하기만 했다.

"뭔데! 은발이 뭐 어쨌는데요! 왜 가만히 있는 시민한테 시비를 걸어! 너 뭐야, 인마!"

길길이 날뛰자 칼을 든 덩치가 나를 진정시키려는 듯 손을 들었다.

아니, 근데 아저씨 지금 칼 들었잖아요. 손을 들어 올리면 어쩌란 거야.

"악! 아저씨! 칼!"

"어우, 미안. 아무튼 아가씨. 진정하세요."

"진정? 멀쩡한 사람을 범죄자 취급해 놓고 진정하라뇨."

어째 나는 수도를 벗어나도 사고뭉치 취급을 벗어나질 못하네. 나 혹시 관상학적으로 우환이 있나. 기분 나쁜 티를 팍팍 내고 있자 아까의 그 밝은 갈색 머리의 앳된 청년이 주춤거리며 다가왔다.

"……죄송해요, 제가 오해를 했어요. 아가씨."

"……아가씨 같은 소리 하고 있네, 사지육신 멀쩡한 남ス,"

"네?"

"네? 제가 뭐라고 했죠?"

"아가씨 아니세요?"

"아. 마, 맞아요. 아가씨죠."

습관적으로 남자라고 말할 뻔했네. 정신 차리자. 나는 여자다. 나는 여자다. 나는 사지육신 멀쩡한 여자다. 비싼 옷 입은 여자다. 크흠흠, 헛기침을 한 후 나는 청년과 칼 든 아저씨를 보며 물었다.

"그, 그건 그렇다 치고 왜 나를 잡으러 온 거예요? 은발은 또 뭐고요."

험상궂은 아저씨를 칼등으로 머리를 벅벅 긁으며 물었다.

"거, 아가씨한테 묻기에는 좀 거시기하지만 혹시 친척 중에 뭐, 변태나…… 살인자 있습니까?"

"아니 그게 무슨 말이에요?"

청년이 끼어들었다.

"최근에 은발의 남자가 마을을 돌아다니면서 미인들에게 치근덕거리다가 인적 드문 곳으로 데려가서 흉악한 범죄를 저지른다더라고요! 알고 계셨어요, 아가씨?"

"……헐! 진짜 심각하네요!"

대체 누가 그런대.

"그런 놈들은 다 물리적으로다가 거세를 시켜야 돼요! 아냐, 바로 교수형을 때려야 돼요! 중세 시대는 그런 거 간단하지 않나? 그런 놈들은 다 줄 세워 놓고 한 번에 목을 썰어야 되는데!"

어느새 몰려 있던 사람들은 꽤나 흩어진 후였다. 내가 너무 흥분한 탓에 길거리 한가운데에서 대화할 수가 없어서 바로 옆에 있던 칼쟁이의 정육점으로 이동했다.

"나는 르데인. 이쪽은 루소."

"루데인?"

"'르' 데인 이라고요, 아가씨."

"아가씨라는 호칭이 굉장히 불편해 보이네요, 르데인."

칼쟁이를 놀리고 있는데 루소가 눈치를 보며 끼어들었다.

"그야 우리는 플라반 후작가가 아니면 이런 촌구석에서 귀족들을 볼 일이 없으니까요. 근데 아가씨는 어디 계시는 분이세요? 한 번도 뵌 적이 없어요. 시녀도 없이 혼자 다니시네요."

"……아. 나는 그,"

이럴 때는 너무 거짓말만 하면 좀 그러니까 사실과 섞어 말해야지.

"오늘 플라반 아가씨의 저택에서 열리는 파티에 억지로 끌려갔다가 슬쩍 몰래 빠져나왔어요. 제가 도통 집 밖으로 나가 본 적이 없거든요."

"저런……. 부모님이 과하게 보호하시나 봐요."

"예. 뭐…… 그렇죠."

카일 미안. 당신이 아버지라고 생각해 본 적은 한 번도 없지만, 아무튼. 네. 한 번만 좀 써먹을게요.

"제 얘기 말고 아까 그 은발 범죄자 얘기 해 주세요."

후루룩 넘긴 거짓말에 루소가 어린아이처럼 고개를 끄덕거리다가 갑자기 울상을 지었다.

"……이틀 전이었나. 플라반 아가씨네 저택에 갑자기 끌려갔어요."

"갑자기요?"

"네. 갑자기요. 기사님들이 마을을 돌아다닌다 싶더니 갑자기 키 작고 마른 아저씨가 다가오셔서 저를 마차에 태웠어요. 그 안엔 르데인의 동생도 있었고, 다른 사람들도 있었는데 다들 하나같이……."

"하나같이?"

르데인이 말을 덧붙였다.

"미인이었지요."

"어머, 어머. 그래서요?"

"저택에 들어가서 셋이서 나란히 심문을 받았어요. 은발의 남자와 접촉한 적이 없냐고 하는데 정말 너무 무서웠어요. 조사관들 중 한 분이 계속 닦달하시면서 누가 엉덩이를 만지거나 바지 단추를 풀려고 한 적이 없냐고 물으시는데,"

"수법 진짜 저질이다! 다짜고짜 바지를 벗기려고 한대요? 그 변태가?"

"네, 게다가 남자 여자 가리지도 않나 봐요. 저랑 남자고 같이 간 다른 분은 여자였거든요. 르데인의 동생도 여자고."

"와, 그냥 예쁘게 생기기만 하면 장땡인가 보네. 진짜 인성 폐차장이다. 어쩜 인간의 탈을 쓰고 그런대."

"그러니까요. ……저희한테서 만족스러운 답을 못 들었는지 금방 풀려났긴 했는데 그때 이후론 저희 마을 비상이에요. 은발이 보이기라도 하면 바로 신고하려고요."

아. 그제야 마을 사람들이 힐끗거리던 게 이해가 갔다.

"괜히 같은 은발이라서 오해받았네. 저는 그런 파렴치한은 아니에요."

내가 머쓱하게 말하자 르데인이 칼을 도마에 꽂아 놓고 뒤돌며 씩 웃었다.

저기요, 아저씨. 역광에 웃지 마세요. 흉터 어그러져서 너무 무서워요.

"누군진 몰라도, 내 동생한테 손대는 새끼는 가만 안 둘 겁니다. 은발 남자, 그 새끼는 잡히면 바로 죽음이에요."

"어유, 그럼요. 동생분도 많이 놀라셨겠네."

"신고도 해 봤는데 피해자가 없어서 마을 경비병들은 도와줄 수 있는 게 없다더라고요. 우리 영지에선 아직 피해자가 없는 걸 보니 아무래도 타지에서 온 사람인가 봐요."

"미꾸라지 한 마리가 물 흐린다더니. 어휴. 애먼 플라반 영주민 분들만 고생이네요."

루소가 배시시 웃으며 내게 찻잔을 내밀었다. 아, 얘는 웃으니까 좀 얼굴이 사네. 울상인 것보다는 낫다. 나도 모르게 얼굴을 감상하듯 꼼꼼히 훑어보고 있으니 루소가 부담스러웠는지 눈을 아래로 내리깔았다.

"아가……씨는 그러면 바깥 구경이 처음이시겠네요."

"예, 뭐. 그렇죠."

"그럼 제가 조금 도와드려도 될까요. 아까 본의 아니게 놀래켜 드린 것도 사과할 겸 해서요."

얘가 상도덕이 있는 애네. 역시 좋은 얼굴에 좋은 인성 깃든다.

"그럼 저야 너무 좋죠! 근데 제가 일찍 들어가야 해서,"

"걱정하지 마세요. 제가 늦지 않게 보내 드릴게요, 얼른 가요, 아가씨!"

말릴 틈도 없이 벌떡 일어선 루소가 내 손목을 잡고 이끌었다.

"저거 맛있겠다."

"……아가씨. 또 드시게요?"

"내가 지갑을 안 들고 와서 그래요. 딱 저 돼지고기 꼬치만 먹고요. 저거 진짜 맥주 안주네."

"맥주도 드시겠다는 말씀 돌려 하시네요."

"루소 어쩜 이렇게 눈치가 빨라. 얼굴만 잘생긴 줄 알았는데 아주 그냥 만능 척척박사네."

나름대로 칭찬을 한답시고 꺼낸 말이었는데 루소가 흠칫 떨며 물었다.

"정말로, 그 은발 범죄자와는 모르는 사이인가요?"

"생판 모른다니까, 진짜로!"

고개를 갸우뚱 기울인 루소는 내 얼굴을 보다가 얼굴을 발그레 물들이더니 이내 상점에 가서 돼지 꼬치구이를 사 들고 다가왔다.

"아가씨. 저 안쪽에 가면 재밌는 거 파는 곳 있는데, 같이 가실래요?"

옷에 양념을 떨어뜨릴까 봐 거북목을 해서 꼬치에서 고기를 쭉 빼 먹고 있던 나는 대충 고개를 끄덕거렸다. 안쪽? 어디지? 시선을 돌려 루소가 가리킨 쪽을 바라봤지만 양옆의 건물 사이에 있는 골목이라 잘 보이지 않았다.

"시커메서 뭐 하나도 안 보이는데?"

"현지인들만 가는 상점가가 저 안쪽에 있거든요. 스튜 좋아하세요, 아가씨? 알아주는 고기 스튜가 저기 있거든요."

"고기? 근데 나 이만 돌아가야 되는데."

"안 먹고 가면 정말 후회하실걸요! 원래 줄 서서 먹는 곳인데 아는 집이라 얼른 받아다 드릴 수 있어요! 이런 건 아마 황궁에서도 못 드실걸요!"

"그래……?"

그럼 들고 가서 카일한테 먹여 줄까. 카일은 시장에서 파는 고기 스튜는 먹어 본 적 없을 텐데.

루소가 큰 눈을 반짝거리며 나를 바라봤다. 결국 루소를 따라가긴 했지만 어째 가면 갈수록 음산하기만 했다.

"저기, 루소. 아무래도 잘못 생각한 것 같아. 아까 초저녁이었는데 해가 금방 지네. 이만 돌아가자."

"조금만 더 가면 돼요, 아가씨."

"아이씨. 해 지기 전엔 가야 된다니까."

뒤돌려는 순간, 갑자기 튀어나온 손에 어깨가 잡혔다. 드레스의 소매 부분이 그대로 뜯기며 몸이 돌아갔다. 악! 하고 소리를 질러 보았지만 순식간에 입이 틀어막혔다. 좁은 골목을 가득 채울 정도의 거구의 사내가 내 입을 막은 채 앞에 서 있는 루소에게 돈뭉치를 던졌다.

"거봐, 새끼야. 하면 잘하는 게."

"……이거면 된 거죠?"

망설이는 눈으로 나를 힐긋 본 루소가 '아가씨, 죄송해요, 정말 죄송합니다!'라고 거듭 인사하더니 얼른 뒤돌아서 골목을 빠져나갔다.

"아가씨? 그냥 촌년인 줄 알았는데 귀족인가 보네. 값이 꽤 나가겠는데."

마구 발버둥을 쳐 봤지만 거구는 꼼짝도 하지 않았다. 숨이 닿는 정수리부터 발끝까지 소름이 오소소 돋았다.

"으, 으읍! 읍!"

"얌전히 좀 있, 으악!"

손에 쥐고 있던 꼬챙이를 뒤로 찔러 넣었다. 눈알에라도 박을 계획이었는데 스쳐 지나가 관자놀이를 스쳐 귓바퀴에 그대로 박혔다. 남자가 비명을 지르며 손을 놓자마자 곧장 앞으로 튀어 나갔다.

"도와주세요! 살려 주, 악!"

쿵쿵대며 쫓아오던 남자가 금방 내 뒷덜미를 잡아챘다. 넘어지려는 찰나 무게 중심을 뒤로 날려 귓바퀴에 걸려 있던 꼬챙이를 잡고 마구 후비다 빼냈다. 살갗이 찢어지는 으드득 소리가 선명하게 들렸다.

"아악! 치사한 년!"

"체급이 안 맞잖아, 개새끼야."

만약 이대로 잡혀가면 어떻게 되는 거지. 책 속에 한 줄 남겨지지도 않고 그냥 그대로 사라지는 건가. ……딱 한 번 밖에 나왔다고 이런 일이 생기다니, 마치 누가 내 인생을 꼬아 놓기 위해 작정이라도 한 것 같았다. 신이 날 싫어하나. 하지만 신이고 나발이고 어쨌든 나는 여우처럼 새초롬하고 토끼처럼 귀여운 카일에게 돌아가야 했다. 나는 꼬챙이를 들고 뒤로 물러서서 옆에 있던 돌을 왼손에 쥐었다.

"어디 한 군데 병신 될 각오하고 덤벼."

당당하게 말했지만 가슴이 쿵쾅거렸다. 호신술 뭐였더라. 주먹은 어떻게 쓰는 거더라. 저렇게 덩치 큰 놈이랑은 싸워 본 적 없는데. 아니, 작정하고 덤비는 놈을 이길 수 있나.

"곱게 말할 때 이리 와."

"난 좆같이 말할 거니까 꺼져."

슬금슬금 뒤로 물러나며 말했지만 사내는 아랑곳 않고 천천히 나와의 거리를 좁혀 왔다. 그때 뒷걸음질 치던 내 등 뒤에 딱딱한 뭔가가 닿았다. 머리 위로 차갑게 식은 숨이 느껴졌다. 심장이 바닥으로 쿵 떨어졌다.

"그 여자 좀 잡아 주쇼. 우리 집 막냇동생인데, 미쳐서."

"아, 그래?"

뒤를 돌아봐야 하는데. 너무 놀란 나머지 몸이 굳어 버려 꼼짝도 할 수 없었다.

두 명은 무리야. 어쩌지. 어떡하지.

"미친년이 오빠도 몰라보고 도망을 쳐서 겨우 잡으러 왔네."

"오빠치고는 둘이 너무 안 닮았는데. 동생 맞아?"

"엄마가 달라서 그래. 아무튼 도련님. 빨리 그년 이리로 넘겨."

"아니, 아니에요……."

덜덜 떨리는 턱을 겨우 움직여 말하던 찰나 뒤에 서 있던 남자가 내 어깨 위로 뭔가를 툭 얹었다. 얇은 옷이었다.

어?

그가 내 앞으로 나섰다. 시야를 가득 채운 넓은 어깨 위에 금빛 머리카락이 한 줄기 달빛을 받아 투명하게 빛났다.

"……카일?"

"조, 저런 오빠가 있어?"

"……있을 리가 없잖아요."

카일은 칼을 뽑지도 않고 남자의 앞으로 다가갔다. 순식간이었다. 남자의 오른손이 바닥으로 툭 떨어진 건.

"으아아악!"

비명을 지르며 손목을 움켜쥔 남자가 제자리에서 부들부들 떨었다. 카일은 굳은 듯 가만히 서서 어느새 들고 있는 단도를 남자를 향해 겨눈 채 말했다.

"다시 물을게. 정말 동생 맞아?"

남자는 눈물과 침을 줄줄 흘리며 고개를 마구 저으며 뒤로 물러났다.

"아직 가라고 안 했는데."

카일이 칼을 아래로 던져 남자의 발등 위로 꽂았다. 조용하던 골목에 다시 한 번 비명이 울려 퍼졌다.

"사람이 물으면 대답을 해야 하는 거 아닌가?"

"아니, 흐, 아니에요, 동생이 아니에요. 아닙니다."

거구의 사내가 아래턱을 떨며 더듬거리며 대답했다. 어디선가 지린내가 진동했다. 사내의 사타구니에서 오줌이 질질 흘러내렸다.

"거짓말하면 안 되지."

카일이 남자의 가슴팍을 힘껏 발로 차자 사내가 그대로 뒤로 넘어갔다. 얼마나 깊게 박혀 있었는지 칼은 꼼짝도 하지 않았고 남자의 발만 그대로 빠져나갔다. 바닥에 쓰러진 채 일어서지도 못하고 남자가 설설 기어서 도망을 갔다. 발에서 피가 쏟아지듯 흘러나와 땅을 적셨다.

"죄, 죄송…… 죄송, 으으, 죄송합니, 으으……."

말을 채 다 잇지도 못하고 큰 몸뚱이를 바닥에 질질 끌며 멀어지는 남자의 실루엣이 점차 사라졌다. 좁은 골목에 피비린내가 가득했다.

카일은 사라지는 사내를 쫓아가려다 골목에 덩그러니 서 있는 나를 보곤 한숨을 쉬며 다가왔다. 몇 번 입술을 달싹이다 카일은 짙은 한숨을 내뱉고는 조심스럽게 내 어깨에 손을 올렸다.

"……찾았으니 됐어. ……돌아가자."

멍하니 서 있다가 고개를 끄덕이곤 카일과 함께 골목을 빠져나오니 저 안과는 다른 세상인 것처럼 시끌벅적했다. 황족의 행차 때문인지 저녁 시간인데도 조명을 켜 놓아 길거리가 환하게 밝았다. 사람들이 지나다니는 걸 보고 있다가 카일을 향해 뒤돌았다.

무표정하게 굳은 듯 서 있는 카일은 한 번도 본 적 없는 여유 없는 낯이었다. 갑자기 카일이 미간을 찌푸리며 고개를 아래로 숙였다.

"왜, 왜 그래요! 다쳤어요?"

"……손에서 피 나잖아, 조."

"네?"

카일이 내 왼손을 조심스레 잡아 올렸다. 나도 모르게 온 힘을 주어 잡고 있었는지 돌을 꽉 쥔 주먹 틈새 사이로 피가 뚝뚝 떨어졌다. 왼손을 느리게 어루만지는 따뜻한 카일의 체온에 점점 힘이 풀렸다. 펼친 손바닥에 돌 파편이 박혀 엉망이었다. 그제야 막아 두었던 눈물이 올라왔다.

"……흐, 아, 나 진짜, 그렇게 멍청하진 않은데……. 걔가, 그, 아……."

"그래."

"내가요, 아, 흐으, 카일이 와서 다행인데, 사실은, 흐……."

"그래, 무서웠지. 그래도 지금은 내가 옆에 있잖아, 조."

환한 조명에 반쯤 그림자 진 카일이 나를 안심시키려는 듯 입꼬리를 올려 미소 지었다. 그런데 분명 웃고 있는데도 어쩐지 우는 것처럼 보여 어떻게 마주해야 할지 감이 오지 않았다.

평소 같았으면 장난을 치거나 끌어안거나 했을 텐데 왜인지 자꾸 시선이 발끝으로 향했다. 피투성이가 된 손을 잡은 채 미간을 찌푸리던 카일이 품속에서 무언가를 꺼내 다친 내 손바닥 위로 올려 뒀다. 네잎클로버였다.

"어, 이건……."

"이게 네잎클로버 맞지? 행운을 가져다주는. 벤지한테 줬잖아."

"……네."

"……앞으로 이건 나한테만 줘."

"네?"

"……하트가 네 개나 있잖아."

손수건으로 손바닥을 한 번 싸맨 뒤, 네잎클로버를 그 위에 올려놓고 다시 꽁꽁 상처를 감은 카일이 주문을 외우듯 중얼거렸다.

"손이 빨리 낫는 행운이 있었으면 하고, 좋은 일들만 가득했으면 하고, 나쁜 건 잊었으면 해."

카일이 안심하라는 듯 천천히 미소 지으며 고개를 들어 나와 눈을 마주했다. 엉망이 된 내 머리카락 위에 붙은 먼지를 떼 준 카일이 내 손목을 잡으며 말했다.

"가자. 우리 망아지."

"망, 뭐요?"

"눈을 뗄 수가 없어, 대체. 왜 그렇게 가만히 있질 못하는 거야. 사람을 말려 죽일 셈이야?"

말은 험악하게 하면서도 나와 걸음을 맞춰 걷던 카일은 내 옷이 흘러내리려고 하자 자연스럽게 어깨 위로 덮어 주고, 다시 걸었다.

"나가도 좋아, 그래. 다 괜찮은데 어디 가는지는 말하고 가야 될 거 아냐."

"그렇다고 무도회를 팽개치고 나오면 어떡해요, 황자님이. 아까도 날 안고 나왔다면서요!"

"네가 얌전히만 있었어도 이런 일 없었어. 넌 가만히 있는 게 날 도와주는 거야."

"와. 우리 엄마 같은 소릴 하시네. 여기가 주방이에요? 나가는 게 더 도움 되게?"

"그건 또 무슨 소리야."

"내가 주방에 들어가기만 하면 엄마가 나가라고 하더라고요."

"……어머님을 뵌 적은 없지만 왜인지 이해가 가는군."

"아이씨, 진짜."

평소처럼 카일과 아웅다웅하고 있으니 속이 조금 풀리긴 했지만 똥 싸다 끊긴 기분을 지울 수 없었다. 내가 뭘 까먹고 있었더라. 뒷머리를 긁적이자 아까 그 덩치 큰 놈이 내 머리채를 잡았던 게 생각이 났다. 아직도 두피가 쓰라릴 정도였다. 아, 그걸 놓칠 뻔했네. 우뚝 걸음을 멈춰 선 뒤 나는 카일의 어깨를 붙잡았다.

"있잖아요. 카일."

카일이 의문이 가득한 얼굴로 나를 바라봤다.

"옷을 똑바로 걸쳐, 찢어진 부분이 보이잖아."

나는 찢어져 덜렁거리던 소매 한쪽을 마저 뜯어서 아직도 눈가에 맺혀 있던 눈물 자국을 거칠게 닦은 뒤 바닥으로 휙 내버렸다.

"……왜 그래."

카일의 동공이 빠르게 흔들렸다. 나는 그가 준 외투를 꺼입고 소매를 걷어붙인 뒤 앞서 걸었다. 일단 정육점부터 찾아가서 조져야지.

"잠, 잠깐만! 조, 어디 가."

"아까 그 새끼한테 날 넘긴 놈을 찾아야 돼요. 이렇게 그냥 가면 분명 또 다른 사람을 팔아넘길 거라고요."

당황하던 카일의 얼굴이 삽시간에 굳어졌다.

"넌 돌아가."

"뭐라고요?"

"내가 처리할 테니까 돌아가라고. 또 험한 일 생기면 어쩌려고 그래."

"안 돼요."

"조."

카일의 입매가 단단하게 굳어졌다. 하지만 나도 물러설 생각은 없었다. 어떻게든 그 새끼를 내 손으로 조져 놔야 속이 풀릴 거 같았다. 그대로 뒤돌아서는 순간, 카일에게 손목이 잡혔다. 나를 끌고 근처의 건물 사이 골목으로 들어간 카일은 가까이 붙어 서서 내 얼굴을 내려다보며 읊조렸다. 카일의 낮은 목소리가 목 안쪽에서부터 긁어내듯 으르렁거리며 새어 나왔다.

"넌 언제쯤 내 말을 들을 거야."

"당한 거 갚으러 가겠다는 게 그렇게 잘못이에요?"

"네가 다칠지도 모르는 곳에 내가 널 보낼 거라고 생각해? 내가 알아서 처리할 테니까 돌아가라고 했잖아!"

카일의 얼굴이 굳어 있었다. 나는 아직 잡혀 있던 손목을 뿌리치듯 빼내고 카일의 어깨를 뒤로 밀쳤다.

"당신은 돌아가야죠! 황자잖아요!"

"……뭐?"

카일의 한쪽 눈썹이 움찔 떨리며 올라갔다.

"황자가 마음대로 연회장도 뛰쳐나온 걸로도 모자라서 어느 곳 영애인지도 모를 애 복수를 돕겠다고 영주민을 잡으러 간다고요? 그게 말이 돼요?"

무어라 말을 하려 입을 벌렸던 카일의 입술이 다시 굳게 달렸다. 일자로 꾹 다문 입매가 바르르 떨렸다.

"……황자니까 못 간다?"

"당신이 직접 처리해서 괜히 뒷말이 나오느니 내가 혼자 가서 처리하고 오는 게 더 나아요. 지저분한 소문이 나면 어떡해요. 영 못 믿겠으면 벤지라도 붙여 줘요. 카일은 얼른 돌아가서,"

"그래."

손으로 눈가를 잠깐 짓눌렀다가 뗀 카일은 차갑게 식은 푸른 눈으로 나를 바라봤다.

"네 말이 맞아. 내가 내 본분을 잠깐 잊고 있었군. 난 황자인데 말이야."

"……카일. 내 말은 그런 뜻이 아니에요."

갑자기 변한 분위기에 카일의 소매를 살짝 붙잡고 말을 이었다. 사람들이 지나다니는 걸 잠깐 응시하던 카일은 소매를 잡고 있는 내 손을 천천히 떼 냈다. 가라앉은 차분한 목소리가 귓가에 나직하게 울렸다.

"황자 주제에 무슨 사랑씩이나 한다고."

곧바로 내게서 등을 돌린 카일은 골목을 빠져나갔다. 멍하니 멈춰 선 채 그의 곧게 펴진 등을 바라봤다. ……하지만 카일, 황자로서의 입지도 중요한 건 사실이잖아요. 누구보다 인정받고 싶었으면서.

골목 사이의 그늘에 덩그러니 선 채 그에게 말을 걸었다.

"고작 나 때문에 사람들의 시선까지 저버리고 올 필요는 없었잖아요, 카일."

카일이 신경질적으로 휙 뒤돌아 빠르게 내게 다가왔다.

"고작? 넌 대체…… 네가 나한테 뭐라고 생각하는 거야."

내 바로 앞에 선 카일은 가만히 나를 내려다봤다. 어떤 말도 할 수 없었다.

하지만 당신한테는 나보다 더 중요한 게 있잖아요.

"사랑한다고 줄기차게 고백할 때는 언제고, 왜 내가 주는 건 받을 생각을 안 해."

"그게 아니라……!"

"후작저로 바로 돌아간다."

내 말을 끊은 카일은 그대로 돌아섰다. 평소와는 확연히 다른 분위기였다. 냉소적이고, 딱딱한 목소리. 마치 처음 만났을 때처럼. 내가 그의 침대 위에서 눈을 빛내며 사랑을 고백할 때, 내 목에 칼을 들이댔던 그때처럼 말이다. 축 처진 채 카일의 발뒤꿈치만 보고 걸었다.

후작저의 정문이 아닌 후문으로 들어오니 다른 사람들과 마주치지 않을 수 있었다. 묵묵히 걷는 카일에게 은근슬쩍 말을 건넸다.

"……후문으로 오니까 사람이 없네요."

"플라반 영애가 가르쳐 주더군. 내가 갑자기 뛰쳐나가는 것만 봐도 눈치를 채던데."

"어떻게 알고 왔어요?"

"……플라반 영애가 네가 사라졌다고 내게 말했어. 나한테 무슨 정신이 있었겠어, 네가 없어졌다는데. 근처까지 왔는데 머릿속에서 살려 달라고 하는 네 목소리가 들렸어."

시큰둥한 말투로 대답하는 카일의 걸음걸이가 평소보다 빠르고 보폭도 넓었다. 이대로 건물 안까지 들어가면 정말로 한동안 말할 기회가 없을 것 같았다. 나는 조심스럽게 운을 뗐다.

"카일. 미안해요."

"뭘 잘못했는지도 모르면서 사과하지 마."

"내 마음대로 나간 거 미안해요. 그리고 곧장 복수하러 가겠다고 한 것도 미안해요."

조용한 정원을 지나던 카일이 우뚝 걸음을 멈춰 섰다.

"그것 때문에 화난 거 아니야."

"……알아요, 아는데."

"아니. 넌 몰라. 아무것도 몰라."

"……상처 준 말도 사과할게요."

"네가 나한테 어떤 의미인지 알고 있으면 그따위로 말할 순 없다고. 알아?"

거칠게 말하는 카일의 등이 약하게 떨렸다. 나는 카일의 등을 조심스레 뒤에서 안으며 날개뼈 언저리에 이마를 기댔다. 카일의 화가 난 목소리가 등까지 울렸다.

"답답했던 마음은 이해하지만, 차라리 내게 말을 했으면 좋았잖아."

"나 말고도 신경 쓸 일이 많은데 고작 답답하다는 이유로 징징거릴 순 없잖아요."

카일은 저를 안고 있던 내 손을 떼 내고 천천히 나를 돌아봤다.

"갑갑해서 숨 막혀 죽을 뻔한 내 인생을 구한 건 너야. 그런데 뭐? '고작 나 때문?' 그게 할 말이야? 네가 없어지면 내가 무너질 걸 왜 몰라."

천천히 눈꺼풀을 깜빡이며 날 보던 카일은 검지로 옆 건물을 가리켰다.

"가서 기다려. 곧 벤지를 보낼 테니까 혼자 나가지 말고."

한참 나를 놓지 못하고 다친 내 손을 만지작대던 카일은 조용히 낮게 중얼거렸다.

네가 다시 내게 왔으니 됐어. 그거면 됐어.

❋ ❋ ❋

건물 안쪽 방은 사람이 별로 없었다. 후작저에 사람도 없는 건물이 있구나. 여기도 이사벨라가 가르쳐 준 곳인 듯했다. 나를 방문 앞까지 데려다준 카일은 그제야 손을 놓았다.

"……꼭 네가 직접 가야 해? 벤지만 보내면 안 될까."

"속았다는 게 너무 억울해서 직접 얼굴을 보고 사과를 듣고 싶어요. 아니, 사실 때려 주고 싶어요. 카일이 직접 갈 순 없으니까요. 아……! 황자의 본분 이런 게 아니라 객관적으로 상황을 따져 봤을 때 말이에요."

"알아, 무슨 말인지."

한숨을 내쉰 카일은 내 등을 밀며 방 안으로 집어넣었다.

"아! 밀지 마요!"

"일단 들어가 있어. 벤지를 보낼 테니까."

"언제요!"

"곧."

방 안으로 들어선 채 불만 가득한 표정으로 카일을 올려다봤다. 닫히는 문 사이로 카일은 내 눈을 바라보며 경고했다.

"벤지에게 말해 둘 테니 너 혼자 나갈 생각 하지 마."

"알았어요."

"널 좋아하는 내 생각도 좀 해."

힘줘서 말한다고 눈을 부릅뜬 건 좋았지만 그것마저 이렇게 예쁠 건 또 뭐야. 문을 닫으려다 말고 멈춰 선 카일이 입을 달싹이다 시선을 아래로 내렸다.

"……네가 한 말 무슨 뜻인지 알아. 내가 황자라는 거."

"아, 카일. 그게 아니라,"

"알아. 어떤 뜻으로 한 말인지도 알아. 하지만,"

바닥을 보고 있던 카일의 눈동자가 다시 나를 향했다. 사파이어를 닮은 푸른 눈이 투명하게 빛났다.

"……너는 그걸 잊어 줬으면 해. 그냥, 네 앞에선 평범한 한 사람이었으면 좋겠어. 다른 사람들처럼 나를 생각하지 마."

열려 있던 문 틈으로 카일의 손이 들어와 내 얼굴을 감쌌다. 카일의 말이 한 음절씩 가슴에 와 박혔다.

"나는 그냥 네 사람이야. 네가 내 사람이 되었듯. 그것만 생각해."

홀린 듯 고개를 끄덕이자 살짝 미소 지은 카일은 문을 닫고 가 버렸다. 멍하니 방 안에 있는 카우치에 가 앉아 머리를 감싸 쥐었다.

"……너무…… 야한 거 아니야? 뭐? '나는 그냥 네 사람이야?' 이런 미친. 진짜 가만 안 둬 버릴라."

손이 바들바들 떨렸다. 달빛에 반쯤 그림자 진 카일의 얼굴이 진하게 잔상으로 남아 머릿속을 떠나질 않아 얼굴이 터질 것 같았다. 잘생긴 사람들은 원래 다 저런가. 저렇게 자기 얼굴 주체를 못 하고 마구 발산을 하나. 어디 가서 달리기라도 하고 와야 속이 풀릴 것 같았지만 벤지가 언제 올지도 모르니 얌전히 있어야겠지.

후. 일단 창문을 열까. 시원한 밤바람을 맞으며 명상을 했다.

잘생긴…… 얼굴……. 굉장히 해롭구나……. 내 심장에 안 좋다…….

눈을 감아도 눈꺼풀에 카일의 얼굴이 아른거리고 귓가에 목소리가 들렸다. 누가 카일 음성 반복 재생 눌러 놓은 거야. 감사합니다. 복 많이 받으시고 밥 두 그릇 먹으세요.

이른 새벽, 벤지가 방문을 두드렸다. 방으로 들어온 벤지가 내 시커먼 다크 서클을 보고 흠칫 놀라 뒷걸음질을 쳤다. 아무리 그래도 그렇지. 왜 사람 얼굴을 보고 놀라고 그래.

"얼굴이 왜 그래, 조? 잠이라도 설쳤어?"

"설칠 잠이라도 잤으면 좋았겠죠. 저 안 잤어요."

"……카일 전하께 대충 들었어. 그 자식들 때문에 잠을 설친 거라면,"

"아뇨. 그건 아니에요. 단지…… 신의 예술품에 너무 감명받아서 도저히 잘 수가 없었어요."

"또 전하의 얼굴을 집중해서 봤나 보네."

"오, 눈치 빠른데요."

"전하가 너랑 같이 나가서 최대한 조용히 처리하고 오라고 하셨는데, 대체 뭘 원하는 거야."

"얼른 가요. 날 인신매매단한테 넘긴 놈을 직접 보고 사과를 듣든, 당한 만큼 패든 해야 속이 시원할 것 같아요."

나를 인신매매단에 넘길 작정으로 내게 웃어 주고 먹을 걸 사 주며 놀러 다녔다니. 루소를 당장 찾아서 찢어발기고 싶었다.

"벤지를 보낸다는 카일의 말 때문에 지금까지 참았어요."

벤지가 오기 전에 갈아입은 새 드레스에 카일의 코트를 다시 챙겨 입고 벤지를 지나쳐 문고리를 잡았다.

"안 따라오시면 저 혼자 가고요. 그 말라깽이 놈 사실 혼자서도 충분할 거 같지만."

"그건 좀."

아랫입술을 살짝 깨물며 미간을 찌푸리던 벤지는 결국 숨을 길게 내쉬며 내 쪽을 향해 다가왔다. 바로 내 뒤에 선 채 벤지는 문고리를 잡고 있던 내 손 위에 제 손을 덮고는 직접 문을 열었다.

"……전하한테 말하기 힘들면 나한테라도 말해. 어디든 데려다줄 테니까. ……나라도 괜찮다면 말이야."

"그게 무슨 말이에요. 벤지랑 있으면 얼마나 든든한데요. 오늘도 그래서 카일이 벤지를 보낸 거잖아요."

방긋거리며 대답하자 벤지는 입꼬리만 살짝 올려 웃었다.

"……그렇지, 전하가 날 믿으니까 날 네게 보낸 거지. 그래……."

우리는 어젯밤 들어왔던 후문을 통해 저택 밖으로 나갔다. 나는 곧장 정육점의 르데인에게 찾아갔다. 이른 아침, 정육점의 문을 열던 르데인은 분노에 가득 찬 얼굴로 루소를 찾는 나를 보고 대번에 인상을 찌푸렸다.

"그 자식이 결국……."

"결국? 겨얼국? 그럼 내가 어떤 일을 당할지 알고 있었다는 거네?"

욱하며 르데인에게 한 걸음 다가서자 뒤에서 낮고 묵직한 목소리가 위협적으로 잇따랐다.

"대답 여하에 따라 공범으로 처리될 수도 있다."

르데인은 벤지와 나를 번갈아 보더니 고개를 숙였다.

"그냥 루소 그 자식 사정을 알고 있었을 뿐입니다. 결백해요. 질 안 좋은 놈들이 루소를 건든다는 소식이 간간이 들렸지만, 설마 루소가 넘어갈 줄은 몰랐습니다. 진짭니다."

흉터가 짙게 남은 얼굴로 르데인은 연신 손을 저으며 자신의 무죄를 밝혔다.

"……그럼 루소 그 새끼 집 어딘지나 말해."

"……루소 동생이 약값이 없어서 그랬을 겁니다. 아가씨, 넓은 아량으로 한 번만 봐주십시오."

"봐주긴 뭘 봐줘. 사정 딱하다고 봐줄 거면 법이 왜 있어. 빨리 불어. 범죄자 은닉으로 감방 가고 싶지 않으면."

어제까지만 해도 덩치 큰 르데인이 무서웠는데 더 큰 일을 겪고 오니 그냥 푸덕한 정육점 주인장 그 이상도 이하도 아니었다. 나는 도마에 꽂혀 있던 칼을 빼 들었다가 힘 있게 다시 내리꽂았다.

"그 호로 쌍놈 새끼 집 불라고!"

"……저기 좀 심한 것 같은데."

기사처럼 보이는 이가 나를 말리자 르데인의 표정이 기묘하게 변했다. 진짜 귀족 가문의 기사라면 감히 아가씨를 말리지 못할 테니 나름 합리적 의심이었다. 장사꾼이라 그런지 눈치가 꽤 있나 본데 여기서 들킬 수는 없지.

"넌 인마! 내가 아가씨라 부르라고 몇 번을 말했어! 아무리 어릴 때부터 친했어도 그렇지! 신분이, 어? 이 나라의 전통이 있는데! 우린 안 된다고!"

"……ㅇ, 예?"

잠깐 당황하던 벤지가 눈을 빠르게 깜빡이며 더듬거리다가 겨우 답했다.

"……아, 네, 아가씨. 죄송합니다. 실수했네요."

벤지가 한 걸음 뒤로 물러서자 나는 다시 르데인을 노려보며 물었다.

"마지막이야. 내 입에서 똑같은 질문 세 번 나오는 순간, 당신은 대답을 손가락으로 해야 할 거야. 내가 그 눈치 뒤진 혓바닥을 썰어 버릴 거니까."

오른손에 쥔 칼을 르데인의 눈앞으로 바짝 들이밀었다. 움찔 움츠리던 르데인은 울상을 짓다가 결국 한숨을 푹 내쉬며 입을 열었다.

"건너편 상점가 사이의 래일 스트릿 안으로 쭉 들어가시면 녹색 문이 있습니다. 손잡이가 녹슬어 있어서 금세 찾으실 겁니다."

"만약 거기가 거짓말이면 당신 위로 3대, 아래로 3대 전부 다 사지를 뜯어서 따로 묻어 주지."

르데인의 얼굴이 경악으로 물들어 가는 걸 뒤로하고 나는 곧장 정육점을 뛰쳐나왔다. 래일 스트릿? 그게 어디야. 뒤졌다, 루소 이 새끼. 감히 나를.

뒤에서 벤지가 빠른 걸음으로 쫓아왔다.

"조! ……아가씨."

"왜요, 가 아니라 왜."

주변 시선을 의식한 벤지가 작게 속삭이며 바로 뒤로 따라붙었다.

"칼을 들고 가고 있잖아. 조. 지금 모습은 아무리 잘 봐 줘도 살인마야."

"잘못 보면 뭔데요."

"연쇄 살인마."

"하, 잘됐네. 지금 한 놈 죽이러 가는 중이니까."

골목 위 표지판에 적힌 ㄹ, ㅐ, ㅇ, ㅣ, 까지만 읽고 곧바로 안으로 들어갔다. 뛰다시피 걸으며 래일 스트릿의 문들을 하나하나 눈으로 훑었다. 짧은 만남이었지만 루소와 즐겁게 어제 반나절 내내 같이 놀았었는데. 어떻게 날 인신매매단한테 팔아 치울 수가 있어. 이 배신자 새끼. 처음부터 작정하고 있었던 거잖아. 잡히면 죽었다. 진짜로 죽을 줄 알아.

녹슨 손잡이가 달린 녹색 문이 시야에 들어오자마자 빠르게 달려갔다. 문을 뻥 발로 차자 오래된 문짝이 바스러지며 벌컥 열렸다. 반동으로 다시 내게 다가오는 문을 향해 손에 들고 있던 큰 칼을 휘둘렀다. 나무가 퍼석 소리를 냄과 동시에 부러졌다. 문을 박살을 내고 나서야 나는 집 안을 살필 수 있었다.

안쪽 침대에 누워 있던 작은 체구의 마른 남자애가 이불을 싸매고 덜덜 떨며 나를 보고 있었다.

"사, 살려 주세⋯⋯콜록. 살려 주세요."

"야. 니네 형 이름이 루소야?"

아침 해를 등지고 서서 번쩍이는 네모반듯한 정육점 칼을 소년을 향해 디밀었다. 역광으로 내 얼굴을 보지 못한 소년이 사시나무 떨듯 떨어 대며 이를 딱딱 부딪쳤다.

"죄송, 죄송해요⋯⋯ 저희 형이 도둑질을 했나요, 잘못했어요⋯⋯."

"형 어디 갔어. 말해."

이어 따라온 벤지가 박살 난 문을 보며 아, 하고 짧게 신음했다.

"아가씨. 일단 차분, 아니, 문을 부수시면⋯⋯."

"이 집 사는 새끼가 나 팔아 치웠는데 문짝이 대수야. 머리통을 안 깨부순 걸 다행으로 알아 그래. 물론 곧 대가리도 부술 거지만."

체급만 비슷하면 나도 어디 가선 지지 않는다고. 복싱을 했던 아빠를 닮아서인지 나도 운동에 재능이 꽤 있는 편이었다. 여자애가 무슨 복싱이냐며 아빠가 나를 뜯어말린 덕에 그냥저냥 자라 취미로만 배운 게 다였지만. 그때, 등 뒤에서 작은 소리가 들렸다.

"누구신데 아침부터 우리 집에, 헉!"

휙 뒤돌자 루소가 품 안에 들고 있던 장바구니를 떨어뜨리고 곧장 뒤돌아 도망치기 시작했다.

"저 새끼 잡아요, 벤지! 저 새끼!"

제깟 놈이 아무리 날고 기어 봐야 기사 훈련을 받은 벤지만 하겠어. 몇 걸음 가지도 못하고 붙잡힌 루소는 흙바닥에 얼굴을 처박힌 채 눈물을 줄줄 흘리며 빌어 댔다.

"죄송해요, 제가 진짜 동생이 너무 아파서⋯⋯. 하나 남은 가족인데 쟤까지 잃을 순 없었어요. 아가씨, 죄송해요."

엎드린 루소를 뒤에서 결박한 채 내리누르던 벤지가 루소의 목덜미를 강하게 압박하며 말했다.

"아무리 그래도 사람이 할 짓이 있고 못 할 짓이 있지."

정말로 나의 기사라도 된 양, 벤지가 고개를 들어 내 처우를 기다리듯 가만히 대기했다.

"아가씨……."

나는 대답 대신 나를 애처롭게 올려다보는 루소의 얼굴을 그대로 걷어찼다.

"설교 그딴 걸 왜 해, 시간 아깝게. 이 새끼가 그게 잘못인지 모르고 했겠어?"

코피가 터졌는지, 앞니가 빠졌는지, 혹은 그 둘 다인지 루소의 말이 금세 어눌해졌다.

"자못, 쟈못해서요."

"잘못인 줄 아는 새끼가 네 동생 살리겠다고 남을 팔아? 이 천하의 빌어먹을 새끼가."

루소의 머리채를 잡고 소리치는 순간 뒤에서 인기척이 들려왔다.

"……형아."

"드러가!"

아까 침대 위에서 떨고 있던 루소의 동생이 형이 걱정됐는지 담요로 몸을 칭칭 감싼 채 이쪽으로 다가왔다.

"가라고!"

루소가 동생을 향해 소리를 지르곤 눈물과 피로 얼룩진 얼굴을 바닥에 비볐다. 마을에서 제일 잘생겼네, 어쩌네 하는 얼굴이 꼴사납게 변했다.

"아갓시, 제가 죄송해여, 쟈못햇습니다. 진따 죄송하니다."

"……혀엉."

울음기 섞인 목소리가 점점 가까이 다가왔다.

"저이 가라고 했지!"

루소가 더 크게 입을 벌려 외치자 입에서 피가 터져 나왔다. 어떻게든 제 동생에게 험한 꼴 안 보이려는 모습을 보니 헛웃음이 나왔다. 분노가 치밀었다. 내가 어제 얼마나 무서웠는데 지는 고작. 고작 동생 보기 부끄러워서. 이기적인 새끼. 자기 먹고살자고 남의 인생을 팔다니.

"네가 무슨 짓을 했는지 네 동생은 아냐?"

내 질문에 루소가 놀란 눈으로 날 올려다보다가 고개를 마구 흔들었다.

"아갓시, 제발. 모으게 해 주세요, 제 동생은 모으, 모르게 해 주세요."

헛웃음이 튀어나왔다. 어제 그대로 인신매매로 팔려 갔으면 내가 어떤 꼴이 될지 뻔히 알았을 놈이 자기 동생한테는 떳떳하고 싶다니. 이딴 것도 사람이라고.

"너 쪽팔린 줄은 아냐?"

공포에 질려 이쪽으로 더 다가오지도 못하는지 동생의 발자국 소리는 들리지도 않았다. 나는 천천히 쭈그려 앉으며 오른손에 들고 있던 칼을 루소의 얼굴 바로 옆으로 내리꽂고 바들바들 떠는 루소의 귓가에 읊조렸다.

"남의 목숨 팔아서 네 동생 살리려고 했어?"

스산한 내 목소리에 루소가 눈을 질끈 감으며 온몸을 덜덜 떨었다. 걱정스러운 목소리로 벤지가 내게 말을 걸었다.

"……아가씨. 뒤에 어린 동생이 지켜보고 있어요."

알고 있다. 뒤에서 보면 흉악한 살인마가 형을 죽이러 온 것 같겠지. 당장에라도 루소를 죽이고 싶은 건 맞지만……. 어린애는 죄가 없지. 나는 손수건으로 꽁꽁 싸매 손가락만 겨우 밖으로 빠져나온 왼손으로 루소의 머리채를 잡고 그의 눈을 똑바로 바라보며 목구멍 안쪽을 긁어내듯 으르렁거렸다.

"마음 같아선 이빨이란 이빨은 다 뽑아다가 삼키라고 도로 던져 주고 싶어."

머리를 내던지듯 떨쳐 내고 일어서자 루소가 엉망이 된 얼굴로 소리쳤다.

"돈이, 안 모이는 거를 어떡해어! 아무이 일해도! 돈은 턱없시 부조칸데!"

절절 끓듯 소리치는 원망이 귓가에 박혔다.

"죽는데! 안 그으믄, 내 동샌 죽는데! 어떠캐요!"

이제 아무래도 상관없는지 엉엉 울며 소리치는 루소를 무심히 내려다보다가 벤지에게 손짓하자 그가 루소의 등 위에서 물러났다. 꺽꺽 숨넘어가는 소리를 내며 엎드려 울던 루소가 고개를 숙인 채 스멀스멀 일어섰다. 똑바로 선 그의 얼굴이 나를 향하자마자 나는 주먹을 힘껏 휘둘러 그의 턱을 휘갈겼다. 마른 멸치같이 비쩍 꼴은 루소가 휘청거리다 바닥에 털썩 주저앉았다.

"어디 목소리를 높여. 지 잘못한 줄 알면 입이나 닥치고 있던가. 정신 차려.

죽자 살자 해도 안 되면, 죽겠다는 각오로 일을 했어야지. 이딴 범죄나 저지르고 합리화하는 게 아니라."

그때 내 허리춤에 작은 온기가 느껴졌다. 작은 소년이 흐느끼며 매달려 왔다.

"하지 마세요, 우리 형 때리지 마세요, ……아, 아가씨. 하지 마세요."

내가 왼손으로 아이의 어깻죽지를 강하게 잡아 떼어 내자 벤지와 루소가 동시에 움찔 떨었다. 루소가 제 동생에게 손댄 내게 무릎을 꿇고 두 손을 모아 빌었다.

"걘 잔못 업서요, 아가시. 제발."

벤지까지 나를 말리려 손을 뻗는 순간 나는 한쪽 무릎을 꿇고 앉아 아이와 눈을 맞췄다.

"너희 형이 무슨 잘못을 했는지 알고 있니."

"하디 마! 말하디 마세오! 제발!"

이쪽을 향해 손을 뻗은 루소가 목이 터져라 외쳤다. 나는 차갑게 굳은 얼굴로 그를 돌아봤다. 분노가 다시 들끓었다.

"네가 한 짓이 부끄러운 줄은 알아? 네 동생 살리겠다고! 남 죽이려고 했던 게 쪽팔린 줄은 아냐고!"

루소가 고개를 숙인 채 눈물을 뚝뚝 흘렸다.

"죄송합니다. 정말 죄송해요. 제발, 동생에게는……."

제 형이 피투성이 된 몰골로 내게 빌기 시작하자 동생이 내게 주먹을 내질렀다.

"우리 형한테 그러지 마요! 형 괴롭히지 마요!"

나는 동생의 뒷덜미를 잡아 떼어 내고 루소를 똑바로 쳐다보며 말했다.

"내가 말해? 아니면 네 입으로 말할래?"

루소가 눈물과 피로 범벅이 된 얼굴을 거칠게 닦아 내고 동생에게 겨우 또박또박 입을 열었다. 이가 몇 개 빠져 볼품없는 꼴이었지만 최대한 새지 않는 발음으로 말하려 노력하는 듯 보였다.

"녜온. ……형이 이분께 큰 죄를 지었어. 돌이킬 수도 없는 되게 나쁜 짓이라서 꼭 벌을 받아야 돼. ……찬장에 형이 사다 놓은 약 잘 챙겨 먹고. 그리고 길 건너에 있는 가게 사람들한테 도와 달라고 말하면 조금씩은 도와주실 거야."

땟국물이 줄줄 흐른 데다 눈물에 콧물까지 지저분하게 흐르는 얼굴로 동생이 고개를 끄덕였다. 나는 벤지의 옆으로 다가가 그에게 부탁했다.

"벤지. 루소를 경비대에 넘기고 와 주세요. 지은 죄에 대한 값을 치를 수 있도록."

말을 끝낸 뒤 루소의 앞으로 가 멱살을 잡고 그를 직접 일으켰다.

"동생을 사랑하는 만큼, 떳떳한 형이 됐어야 했어, 너는."

벤지가 루소를 데리고 골목 끝으로 사라지는 동안 동생은 형의 뒷모습에서 눈을 떼지 못했다. 정확한 이유는 알지 못하지만 아마 대충은 짐작하고 있는 것 같았다. 형이 떠나야만 한다는 것과 붙잡을 수 없다는 것을.

오들오들 떨리는 아이의 작은 어깨를 잡고 돌려 세우자 아이가 울먹임을 꾹 참고 내게 물어 왔다.

"내가 자꾸 아파서…… 형이 나쁜 짓을 한 거예요?"

나는 싸늘하게 식은 눈으로 대답했다.

"아니. 선택은 자기 몫이고, 네 형은 잘못된 선택에 대한 벌을 받을 뿐이야. 너랑은 상관없어. 앞으로 어떻게 살아갈지는 네가 정해."

말을 마친 후 나는 조금은 느린 걸음으로 골목을 빠져나왔다. 루소를 경비대에 보냈음에도 여전히 가슴 한구석에 남은 억울함과 분노와 허망함이 몸 구석구석을 돌아다녀 숨을 내쉬는 것이 조금 버거웠다.

몇 걸음 걸어가다 보니 벤지가 금세 나타났다.

"그놈은 경비대에 보냈어. 내가 직접 목격했다 했으니 아마 선처 없이 절차대로 처리될 거고, 이 문제는 내가 끝까지 신경 쓸게. ……너는, 괜찮아?"

"사실 달려갈 때만 해도 그냥 죽여 버리고 싶었어요."

"……그래. 누구라도 그랬을 거야."

마른세수를 하며 얼굴을 거칠게 쓸어내렸다. 아래턱을 힘주어 꾹 다물자 아직도 긴장이 풀리지 않아 온몸의 근육이 아파 왔다. 아침 해가 밝아 오자 상점들이 하나둘씩 문을 열고 있었다. 시장이 깨어나는 거리를 거닐며 벤지가 말을 덧붙였다.

"혹시, 문득문득 생각나서 힘들면……. 혼자 있기 무서울 때나, 그럴 때. 만약이라도 전하가 바쁘시면, 대신이라도 좋으니까……."

한참 망설이던 벤지가 겨우 입을 열었다.

"나를 찾아 줘. 곁에 있을게."

흘러내려 간 코트를 다시 올려 주며 벤지가 빙긋이 웃었다.

"아직 쌀쌀하니 옷 똑바로 입고."

"알았어요. 마음만이라도 고마워요."

나란히 걷던 벤지가 말없이 걷는 내가 신경 쓰였는지 운을 띄웠다.

"어릴 때 얘기 해 줄까? 다른 생각은 안 나도록."

벤지의 어린 시절?

어렴풋이 기억났다. 식당에서 싸울 때 벤지를 두고 공작가의 버리는 카드라고 떠들던 것들이.

거리를 걸으며 벤지가 책을 읽어 주는 듯 차분한 목소리로 옛날이야기를 꺼냈다.

첫 기억은, 아주 묽은 수프를 실수로 엎지르는 거였어. 그다음 기억은, 내가 그 묽은 수프를 더는 먹기 싫다고 스스로 엎은 거였고. 어쩌면 첫 기억 속의 나도 일부러 엎은 걸 수도 있지. 꽤 오랜 시간 수프나 딱딱하게 굳은 빵을 먹고 살았으니까. 공작의 아들이라는 것도 몰랐어. 어머니는 공작이라고 확신했는데, 그가 내 어머니를 믿지 않았다더군.

밖에서 꽤 오랫동안 자랐어. 가끔은 야채 향기만 나는 맹물 같은 걸 마실 때도 있었지. 굶는 날도 있었고. 어머니는 바느질을 하거나 식당이나 주점에 나가 설거지를 하며 겨우 나를 키웠지. 공작가로 들어가지 않을 수도 있었어.

근데, 내가 내 아버지를 많이 닮았다더군. 공작이 기억도 하지 못한 건지, 내 어머니에게 손을 댔던 주점에 다시 들어와서 우연찮게 나를 보고 그제야 확신을 했다는 거야. 내가 아홉 살이나 됐던 그때. 내가 자기 아들이라고.

어머니에게서 나를 뺏다시피 해서 날 공작가로 데려갔지. 처음엔 좋았어. 어머니가 보고 싶긴 했지만 거긴 음식이 잘 나오고, 밤엔 춥지 않았고, 비 오는 날에 바다이 젖을 걱정을 안 해도 됐으니까. 목이 마를 때 연못가에 얼굴을 처박지 않아도 됐거든.

검술도 아버지를 닮았는지 꽤 잘했어. 다들 깜짝 놀랄 정도로 빠르게 실력이 늘었지. 세 명의 형들을 금방 따라잡을 정도였어. 그래도 나는 저택의 별관에서만 지내야 했지. 그건 별로 상관없었어. 가끔 어머니를 보고 싶다고 말할 때 공작과 그의 아들들이 더럽다는 표정으로 날 노려보는 것만 빼면, 정말로 살 만했거든.

그래도 어머니가 너무 보고 싶어서 빠져나간 적도 있었는데 어머니는 함께 살던 그곳에 없었어. 아마 공작이 수를 써서 어머니를 다른 곳으로 이사시킨 걸 수도 있지. 열다섯이 돼서야 알았어. 어머니가 이미 죽었다는 걸. 그것도 2년 전에. 계단에서 미끄러져 죽었다더라고. 어디에 묻혀 계시냐고 물었더니 하인이 눈살을 찌푸리는 거야.

찾아서 뭐 하실 거냐고.

내가 눈치가 없어도 너무 없었지. 다들 나를 별관의 재주 좋은 기생충 정도로만 생각하고 있었던 건데. 공작의 명성을 적당히 드높일 수 있는 재능 있는 사생아. 그게 다였는데. 내가 몰랐던 거야.

그날 이후 반항한답시고 검법 훈련도 가지 않았고, 별관 밖으로 잘 나서지도 않았어. 웃기지. 아예 집을 떠날 생각은 못 했다니까. 다시 그 야채 물 수프를 먹긴 싫었나 보지. 공작은 나에 대한 기대를 굉장히 금방 버리더라. 그럴 줄 알았다고. 출신이 불분명한 근본 없는 새끼니 근성도 없을 줄 알았다고.

잠깐 말을 쉬고 숨을 고르는 듯 깊게 들이마셨다가 내뱉는 벤지의 옆얼굴을 올려다봤다. 외로움이 짙게 밴 눈동자가 내 쪽을 향했다. 고된 시간을 견뎌 지금을 살아 내고 있는 벤지에게 할 수 있는 말은 하나뿐이었다.

"고생 많았어요."

잠깐 놀란 눈으로 날 보던 그가 배시시 웃으며 눈가를 붉게 물들였다.

"……고마워. 기쁘네. 정말로."

갑자기 목을 붉게 물들이며 말없이 걷는 벤지 탓에 괜히 분위기가 어색해지는 것 같아 떠오르는 대로 질문을 던졌다.

"그, 그럼 카일이랑은 어떻게 처음 만난 거예요?"

부드럽게 표정을 푼 벤지가 눈을 접으며 웃었다.

"이제 카일 전하의 얘기를 하려던 참이었어. ……너는 참 한결같네, 조."

공작 가문에 인사를 왔던 황자가 별관에 왜 관심을 뒀는지는 모르지. 성큼 성큼 와서는 굳은살이 박인 내 손을 보고는 대뜸 기사나 하라더라고. 동정하지 말라 했더니 싫으면 말라고 하시는 거야. 마음은 여린데 표현이 서투시지. 여러 모로.

그다음 날에도, 다다음 날에도 별관으로 오시더니, 1주일쯤 될 때였나. 검술 대련 한 번 해 보고 자신이 지면 다신 오지 않겠다고 하는 거야. 당연히 내가 졌고, 전하를 따라 궁으로 들어가 장미 기사단으로 입단했지. 입단 테스트를 간단히 통과할 실력은 됐었거든. 거기서 다른 사람들과 부대껴 보니까 알겠더라고. 그동안 계속 외로웠다는 걸. 그게 황자님 눈에는 보였나 보지.

이후론 쭉 열심히 했어. 사생아 주제에 기사를 하다 황자 전하의 보좌까지 맡았으니, 출세한 셈이지.

긴 이야기를 끝낸 벤지는 후련해 보였다.

"그나저나 조 화났을 때 정말 어마어마하던데."

"하, 참 내! 그쪽도 만만치 않았거든요."

"아가씨. 체통을 지키셔야죠. 아직 드레스 입고 계시면서."

장난기 가득한 얼굴로 나를 놀리는 벤지의 오금을 걷어차려다 중심을 잃고 휘청거렸다. 어, 어, 하며 넘어지려는데 빠르게 내 팔과 어깨를 잡은 벤지 덕에 넘어지진 않았다.

"우와, 까딱하면 코 깨질 뻔했네. 고마워요."

"……향수 뿌렸구나, 조."

"아. 그게 아니고, 이사벨라 아가씨랑 지내면서 내내 꽃물에서 목욕하고 닦아서 그래요. 근데 그게 아직도 냄새가 나요?"

팔뚝을 잡고 있는 벤지에게서 빠져나와 내 몸에 코를 박고 킁킁거렸지만 딱히 냄새는 나지 않았다.

"나는 모르겠는데."

따라오는 발걸음 소리가 들리지 않아 돌아보자 벤지가 엉거주춤 사선으로 선 채 온 얼굴을 붉히고 있었다.

"안 오고 뭐 해요. 아침에 사람 몰리면 후문으로 들어가도 들킨다고요. 그럼 골치 아파지잖아요."

"아, 응. 응. 갈게."

벤지는 뒤늦게 왜 내가 여장(?)을 하고 있는지 물어 왔고, 나는 저택으로 가는 동안 내내 조잘거렸다.

무슨 팔자인지 플라반 후작가의 그 유명한 아가씨가 나한테 꽂혀서 자기네 집에 나를 들어앉히려고 하더라는, 결국 잘 타협해서 친구 엇비슷한 거로 쇼부 봤더니 이번에는 여장을 하자고 해서 이틀 내내 아가씨 방에서 인형 옷 입히기 하는 것처럼 옷 이것저것 갈아입고 춤 배워서 아가씨랑 춤추고 먹고 놀았다고.

"어쩐지. 아무리 찾아도 안 보이더라."

"카일이 나 많이 걱정했죠? 마음의 소리가 안 들리니까 텔레파시를 전할 방법이 없네요."

"……아, 어. 그렇지. 전하가 걱정 많이 하셨어. 다음부터는 어디 가더라도 말이라도 하고 가. ……아니면 아까 말했듯 나한테 말해도 되고."

"아유, 당분간은 안 나가려고요. 안 그래도 어제 카일한테 달달 볶였어요."

"응……. 그래. 전하가…… 너를 아끼시지. 전하의 사람이니까, 너는."

"와. 어떻게 알았지. 어제 카일이 나한테 좋아한다고 했거든요. 내가 막, 자기 사람이라고 하면서 자기도 내 거 하라고. 세상에. 이제 진짜 자기라고 불러도 되겠다. 물론 황자님이니까 다른 사람들 있을 때 하면 안 되겠죠. 그죠? 벤지? 표정이 왜 그래요. 울 거 같은데?"

벤지가 씁쓸하게 웃으며 고개를 도리도리 저었다.

"아냐, 아무렇지 않아. 다행이네."

황자님도 너도 다 행복하니 다행이다.

짧게 덧붙인 벤지가 입꼬리를 느리게 올리며 미소 지었다.

"화나서 뛰쳐나올 때는 몰랐는데 돌아가려니까 은근 머네요. 겨우 다 왔네."

"그러게."

"이러고 걷고 있으니까 꼭 산책하는 것 같죠."

배시시 웃으며 벤지를 향해 돌아보자 그가 반대쪽으로 고개를 돌렸다.

"……조, 있잖아."

"어? 저기 누가 마중 나와 있네요. 전하 아니에요?"

저택에서 멀지 않은 길 어귀에서 서성거리는 카일이 눈에 보였다.

"카일 전하!"

카일의 이름을 부르며 반갑게 달려가자 주변을 두리번거리던 카일이 내 쪽을 향해 고개를 돌렸다. 빠르게 다가오는 카일의 표정이 심상치 않았다.

"아, 어……. 표정이 왜 그래요, 나간다고 말했잖아요."

눈 깜짝할 새 내 앞으로 다가온 카일은 내 팔을 잡고 품 안으로 당겨 안았다. 카일에게 안기는 바람에 코가 딱딱한 어깨에 부딪혔다.

"아야! 왜 그러냐니까요?"

아픈 걸 꾹 참고 물었는데도 카일은 숨을 거칠게 쉴 뿐, 아무런 대답이 없었다. 저기요. 사람이 말을 하면 대답을 하셔야죠.

"……카일?"

빈틈없이 나를 안은 카일의 몸이 바위처럼 딱딱했다. 얼굴을 마주 보려고 떨어지려 했지만 그것조차 허락하지 않는 듯 카일은 내 뒤통수를 잡고 제 쪽으로 당겼다.

"왜 그래요?"

"원래 이런 거야?"

"뭐가요?"

"원래 누구를 좋아하면 이렇게 옆에 없으면 불안하고, 걱정되고 그래? 그냥 내가 널 따라갈 걸 그랬어."

주인이랑 떨어진 새끼 강아지도 아니고 왜 이러실까. 나는 카일의 부드러운 머리카락을 쓰다듬으며 그를 다독였다.

"자, 봐요. 나 티끌 하나도 안 다쳤어요. 벤지랑 같이 있어서 괜찮았어요. 그리고 당신이 따라왔으면 분명히 황제가 의심했을 거예요."

카일은 나를 꼭 껴안고 고개를 도리도리 저었다.

"그래도, 그래도……."

"아유, 진짜 귀엽게 왜 이래요. 진짜 가만히 안 놔두고 싶네."

품에서 나를 떼 낸 카일이 고운 미간을 찡그리며 내게 말했다.

"옷은 왜 갈아입고 간 거야. 바닥에 네 찢어진 드레스만 떨어져 있어서 얼마나 놀랐는지 알아? 분명 벤지랑 같이 나갔을 거라고 생각이 되긴 하는데, 혹시라도 네가 처음에 갑자기 나타났던 것처럼 사라졌을까 봐……. 텔레파시도 이젠 안 들리는데 어떡하지 하면서……."

"옷이 찢어져서 새벽에 그 방 옷장 안에 있던 다른 옷으로 갈아입었어요. 소매는 좀 길지만 허리랑 엉덩이는 대충 맞길래……. 많이 걱정했어요?"

"조, 내 옆에 있어."

내가 건넨 질문에 맞지 않는 대답을 하는 카일의 눈은 전에 없이 단단했다. 묵직한 목소리로 말을 건네며 그는 나를 꼭 붙잡았다.

"내 옆에 있어 줘."

"알았어요. 앞으로는 무슨 일이 있어도 전하 곁에서 안 떨어질 거예요. 싫다고 해도 꼭 붙어 있을 거니까 나중에 딴말하지 마요."

카일을 꼭 껴안으며 허리를 지분거리다 슬슬 밑으로 내려가자 그가 손을 뒤로 돌려 허리를 만지작대는 내 손을 얌전히 고정시켰다. 천천히 카일의 떨림이 잦아들었다. 그때 카일의 등 뒤로 익숙한 목소리가 들렸다. 시종장 펠이었다.

"전하! 아침부터 어디, 흐업!"

카일에게 가려 나를 제대로 보진 못했지만 카일의 허리를 끌어안은 내 팔을 봤는지 펠이 짧게 신음하며 걸음을 멈춰 섰다.

아, 잠깐. 타임. 나 지금 드레스 입고 있는데. 들키면 안 되잖아. 얼굴 가려야 돼!

당황해 머리가 새하얗게 질려 버렸다. 어떻게 도망가지. 얼굴을 안 들킬 수 있나. 어쩔 줄 몰라 하던 찰나 또각또각 구두 소리가 빠르게 다가왔다.

"까악! 어쩜 좋아. 황자님, 괜찮으세요?"

이사벨라가 요란 법석을 떨며 펠을 지나쳤다.

"세상에! 요새 우리 영지에 아주 파렴치한 변태가 있다더니! 벤지 님. 얼른 이 스토커를 떼 주세요!"

가까이 다가온 이사벨라가 슬쩍 보이는 내게 윙크했다.

아.

나는 평소보다 목소리를 두 톤 높여서 소리를 질렀다.

"황자니이이임! 너무 사랑해요! 황자님 오신다는 말 듣고 저택 밖에서 이틀 밤을 샜어요! 죽도록 사랑해! 미쳐! 이대론 못 가! 차라리 죽을래!"

"어? 어, 어?"

아직 상황 파악이 안 됐는지 카일이 얼빠진 소리를 하는 동안 나는 뒤를 돌아보며 벤지에게 눈짓했다.

우물쭈물하던 벤지가 순식간에 내게 달려들어 어깨를 잡고 떼 냈다.

"이.런.몹.쓸.스.토.커.를.봤.나.당.장.전.하.에.게.서.떨.어.져."

너는 진짜 어디 가서 연기하지 마라.

뚝뚝 끊어지는 어색한 말투로 나를 카일에게서 떼 낸 벤지가 카일에게 고개를 숙였다.

"전하. 이자는 제가 처리하고 오겠습니다."

"어? 아니…… 어? 잠깐만."

카일이 손을 뻗으려는 순간 나는 벤지의 손목을 잡고 내 뒤통수에 갖다 댔다. 꼭 벤지가 내 머리통을 찍어 누르듯 허리를 숙인 채 나는 꽥꽥 소리를 지르며 팔다리를 휘저었다.

"이거 놔아악! 카일 전하아아! 전하! 첫눈에 반했어요옥! 놔! 이 오렌지 대가리!"

이사벨라가 과장되게 입을 틀어막으며 카일을 뒤돌려 세웠다.

"전하, 다치시진 않으셨어요? 어머나, 세상에! 미친 여자인가 봐요!"

펠이 경악에 물든 얼굴로 이 촌극을 보고 있었다.

"제 영지에서 이런 일을 겪으시게 하다니, 정말 죄송합니다. 제가 저 여자를 데리고 가서 감옥에 가둘게요. 전하, 놀라셨을 텐데 얼른 들어가 보세요. 아침 식사도 못 하셨죠? 세상에. 어쩜 좋아."

빠르게 말을 뱉으며 카일을 데리고 펠의 앞까지 데려간 이사벨라가 펠에게 카일을 토스했다.

"전하께서 산책 나오시자마자 스토커에게 잡혀 놀라셨을 테니 아침 식사는 부담 가지 않는 것으로 준비해 주세요."

"예, 예……!"

그제야 펠이 정신을 차리고 카일을 보필했다.

"전하, 괜찮으세요? 이게 무슨 난리인지."

펠의 목소리가 멀어질 때까지 나는 열심히 미친 스토커를 연기했다.

"전흐아아악. 카일 전하아악! 내 수청을 들라! 조각상이 왜 걸어 다녀! 내가 모를 줄 알았지! 이리 와! 내 거야!"

"조, 이제 그만해. 조. 펠은 이미 들어갔다고. 그만."

"전흐아! ……아. 갔어요? 아우, 목 아파."

찢어지게 소리쳤던 목을 가다듬으며 말하자 옆에 서 있던 이사벨라가 그제야 배를 잡고 깔깔 웃었다.

"너 연기를 왜 그렇게 잘해?"

"이 정도야 껌이죠. 올 연말 여우 주연상은 내가 타겠네."

낄낄대며 이사벨라랑 농담을 주고받는데 벤지가 내게서 한 걸음 떨어지며 심각한 목소리로 진지하게 물었다.

"조 너 혹시 진짜로 카일 전하의 스토킹을 했던 건 아니지?"

"……전 갖고 싶으면 직진하는 스타일이지. 음침하게 뒤에서 달려들진 않아요."

"그래, 그렇지. 너무 실감 나서 당황했어."

하하, 하하하하. 하하. 어색하게 웃으며 안도의 한숨을 내쉬는 벤지에게서 나를 빼낸 이사벨라가 미끄러지듯 부드럽게 미소 지었다.

"아실을 속였더라."

"아……."

언니, 왜 눈은 안 웃으세요. 이분 사실 흑막인가. 식은땀이 절로 나네.

내 당황한 얼굴을 빤히 보던 이사벨라가 생글거리며 내 볼을 살짝 꼬집었다가 금세 놓았다.

"아실이 누구한테 속는 걸 처음 봐서 그래. 괜찮아. 카일 전하한테 게스트 건물을 소개시켜 준 것도 나인걸."

"아가씨, 걱정했다면 미안해요."

혹시나 걱정을 시켰을까 봐 이사벨라를 보며 조심스럽게 말하자 그녀가 눈썹을 팔자로 일그러뜨리며 발을 동동 굴렀다.

"어우, 귀여워. 황궁으로 돌아가지 말고 여기서 나랑 살면 좋을 텐데."

하하, 그건 곤란한데용. 거절하려던 찰나 벤지가 뒤에서 나를 끌어당겼다.

"황궁에 소속된 아이입니다. ……플라반 아가씨."

나지막하게 건네는 벤지의 말에 이사벨라는 어깨를 으쓱거리며 피식 웃었다.

"조가 싫다는 건 나도 안 해요. 자, 이제 그만 들어가 볼까요. 조. 우리는 후문 말고 다른 비밀 입구로 들어가자."

"벤지는요?"

"어머, 황궁 기사님께 우리 저택의 비밀 입구를 알려 드릴 순 없지. 우리 플라반 가문의 비밀인데. 이해하시죠?"

"……예."

부채를 소리 나게 편 이사벨라가 고개를 까딱 숙이며 묵례한 뒤 나를 데리고 저택으로 향했다.

나한테 알려 주는 건 괜찮은 거냐고요.

묻고 싶은 말은 많았지만 이사벨라가 걸어가는 내내 아쉬울 거라며 보고 싶을 거라고 말하는 통에 입을 떼진 못했다.

저택으로 들어간 뒤 이사벨라를 따라 걸어가자 내가 어제 오후에 도망쳤던 그 방이었다. 나를 방으로 들여보낸 뒤 이사벨라는 아침 식사에 늦을지도 모른다며 냉큼 가 버렸다. 마지막까지 아쉽다는 미련의 눈빛을 한가득 보낸 후였지만. 그녀가 간 후에야 나는 밀려드는 피로감에 침대에 털썩 쓰러지듯 누웠다.

"으아아. 죽겠다."

요 며칠이 너무 길게 느껴졌다. 납치를 당할 뻔하다니. 그동안 나한테 큰 사고가 생겼던 적은 없었는데. 혹시 책의 서사를 건드렸기 때문에 생긴 일일까.

'작가님. 혹시 이번 일도 작가님이 그런 거예요? 엑스트라 주제에 자꾸 끼어 들어서?'

아니야, 조. 아니란다. 금자야, 내가 널 얼마나 아끼는데. 약속도 했잖니. 널 건드리지 않겠다고.

'그럼 이번엔 정말 그냥 내가 재수가 없어서 이런 일이 일어났다는 거예 요?'

물론 관성은 내 의지와 관계없이 균형을 깨트리는 자에게 더 매몰차게 굴기 도 하지. 루소라는 아이는,

갑자기 밖에서 들려오는 노크 소리에 여신의 목소리가 뚝 끊겼다.

"······누구세요?"

"아실입니다."

"히이익! 죄송합니다!"

"괜찮습니다. 문을 열겠습니다."

"아니, 아직 마음의 준비가······ 으억!"

벌컥 열린 문 사이로 아실이 조각처럼 서 있었다. 우리 예쁜이 귀염둥이 섹 시 카일도 조각이긴 한데요, 이런 느낌은 아니거든요.

"아실 님······은 정말 조각 같으시네요."

"칭찬으로 듣겠습니다."

그런 무표정한 얼굴로 그렇게 말하셔도 하나도 안 달가워하는 것 같아요.

"원래 입으시던 스타일의 옷을 챙겨 왔습니다. 이 옷으로 갈아입고 방 밖으 로 나오시면 저택 내의 마구간까지 안전하게 안내하겠습니다. 혹시 지금 목욕 이 필요하시면, 목욕물을······."

왜 나를 엿 먹이고 도망을 갔냐, 날 속이다니 실망이다 등등. 예상했던 대사 들과는 달리 아실은 무표정했다.

"저기 아실 님?"

"네."

"저한테 화 안 내세요? 저······ 속이고 도망쳤잖아요. 다른 분들이야 그렇다

쳐도 아실 님한테는 완전 대놓고 연기하고,"

"알고 계시네요."

"……예."

손에 들고 있던 옷가지를 침대 옆 협탁에 내려놓은 아실은 여전히 무덤덤한 얼굴로 말했다.

"그런 사항에 대해서는 전달받지 못했습니다."

"네?"

"못 지킨 것은 제 불찰입니다. 실수를 감정적으로 풀 수는 없으니까요."

"……정말, 프로페셔널하시네요."

입꼬리를 아주 살짝 올려 사무적으로 웃은 아실이 뒤로 물러났지만 뭔가 섭섭했다.

"……그래도 놀라게 해 드린 거 죄송하다고 사과를 해야 할 것 같아서요. ……거짓말하고 걱정시켜서 죄송해요."

나름 고심해서 말했는데 아실이 대답이 없어서 눈치를 보며 슬쩍 고개를 들었다. 나를 지그시 지켜보는 아실의 눈은 똑같았지만 묘하게 따뜻한 것처럼 느껴졌다.

"플라반 아가씨의 말씀이 맞았네요."

"예? 뭐가요?"

"카일 전하의 말씀도 이해가 갑니다. 밖에 내놓기 무섭네요."

"아니, 왜 이쪽 사람들은 다 말을 댕강댕강 짤라먹고 한대요. 뭔데요."

"이렇게 사람을 이끌고 다니셔서야 원. 카일 전하가 고생이 많으시겠습니다."

"뭐요, 뭔데요. 아니 저 지금 혼자 있는데 제가 또 누굴 끌, 아. 아실 님~ 지금 저한테 감기셨구나."

능글맞게 웃으며 자리에서 일어서자 아실은 부드럽게 이동해서 멀어졌다.

"갑니다. 하인들이 모두 일어나기 전에 나오세요. 남자 옷은 치수가 맞는 것으로 준비했습니다."

"제 몸 사이즈를 어떻게 아시고?"

"······우리 아가씨가 워낙에 섬세하셔서."

아가씨가 변태인 것까지 포장할 필욘 없잖아요. 가재는 게 편이라더니.

"아실 님 같은 이렇게 완벽한 시녀가 옆에 있는데 대체 아가씨는 제가 왜 필요하다고 하신 걸까요."

"하녀가 아니라 친구가 갖고 싶으신 거겠죠. 솔직한 사람은 흔치 않으니까."

아무래도 유명한 귀족가의 영애니 어릴 때부터 배경을 노리고 다가오는 친구들이 많았을 법도 했다. ······괜히 음험하게 오해했네. 더 편하게 대할 걸 그랬나. 같이 있는 동안 나름 재밌었는데.

마구간 근처까지 나를 데려다준 아실은 미련 없이 등을 돌려 돌아갔다. 혼자 마구간 앞쪽의 임시 막사로 들어가려는 순간, 뒤에서 누군가가 내 이름을 불렀다.

"조."

"벤지? 왜요. 뭐 까먹은 거 있어요?"

"······그건 아니지만. 음, 잘 들어왔는지 해서."

"방금 저택 입구에서 헤어졌잖아요."

"아, 그, 그렇지."

하고 싶은 말이 있는 건지 벤지는 머리를 긁적이며 몇 번이나 입술을 달싹였다. 나로서는 벤지의 이상한 행동이 이해가 가지 않았다. 이른 새벽에 나랑 둘이 루소 잡으러 다녀 놓고 왜 또 찾아온 거지. 굳이?

"벤지? 나한테 할 말 있어요?"

"······아니, 할 말이 있다기보다는······."

"그럼요? 설마 진짜로 제가 이사벨라 아가씨한테 잡아먹히기라도 할까 봐 걱정돼서 온 건 아니죠."

내 괴상한 농담에 벤지는 픽 웃었다.

"물론 농담이긴 하지만요, 벤지. 진짜로 저한테 할 말 있어서 찾아온 거 아니에요?"

한참 망설이던 벤지는 고개를 휘휘 저었다.

"······아냐. 안 하는 게 낫지. 내가 뭐가 중요하겠어. 넌 이미 다 결정했고,

끝났는데. 왜 나만 이러는지 모르겠다. 늦어도 한참 늦었지. 이건 실례야."

"예?"

아니 이 자식들은 말을 왜 자꾸 목적어 없이 하는 거야. 너희 나라는 국어 배울 때 목적어 뒤지라고 염불 외우면서 가르치냐.

"말을 똑바로 해 줘요. 뭐라고요? 혼잣말을 할 거면 혼자서 하시든가."

어제 새벽부터 단 한숨도 자지 못한 탓에 그리 인내심이 풍족하진 못했다. 벤지에게 다시 묻자 그는 그냥 웃으며 어깨를 으쓱하고 말았다.

"가 볼게. 조. 곧 수도로 돌아갈 거니까 짐 싸서 준비하고 있어. 전하가 걱정하시니까 행렬에서 뒤처지지 말고."

"가출 한 번 했다고 거참 되게 뭐라 하시네. 걱정 마세요. 나는 카일 레이더 망이 있다고요. 멀리 있어도 미인은 한눈에 알아보지."

기분 좋게 소리 내어 웃은 벤지가 뒤돌아서 몇 걸음 걷다가 다시 뒤돌았다. 그새 해가 꽤 떠서 약간 어둡던 시야가 밝아지고 있었다. 코발트블루색으로 물든 하늘과 플라반 영지의 푸른 녹음을 등진 채 벤지가 웃음기를 머금고 내게 물었다.

"난 어때, 조."

"뭐가요."

"얼굴 말이야."

"……지금 저한테 얼평 해 달라는 거예요? 저 이렇게 대놓고 얼평 부탁하는 사람 처음 봤어요."

"얼평?"

"얼굴 평가요."

"그걸 왜 줄여서 말해. 별걸 다 줄여서 말하네."

"'별걸 다 줄여서 말한다.'를 줄이면 별다줄이에요. 완전 웃기죠."

어디서 웃어야 할지 모르겠다는 듯 벤지가 고개를 갸웃거렸다.

아, 강아지 같아.

"약간…… 코카 스파니엘 계열이십니다."

"그게 뭐지. 어디 있는 가문이야. 나라의 이름인가? 스파니엘?"

개의 종 이름이라고 하면 혼나려나. 어떤 대답을 하는 게 좋을지 몰라 흠, 하고 고민하고 있자 벤지가 허리를 숙였다.

"여기도 있네."

"뭐가요."

"네잎클로버."

"에이, 그건 세잎클로버잖아요, 네 잎, 세 잎. 딱 다르잖아요."

"아, 정말이네. 이건 하트가 세 개밖에 없잖아."

세잎클로버 뚝 따서 들고 온 벤지가 내게 내밀며 물었다.

"이것도 뜻이 있어? 세잎클로버."

"그건 행복이요."

"재밌네. 행복, 행운…… 하트는 사랑이고?"

"네!"

나는 세잎클로버를 들고 뭔가 상념에 젖어 있는 벤지의 옆으로 다가가 쪼그려 앉았다. 얘들아, 미안하다. 조금씩만 떼자. 나도 낭만이란 게 있는 사람이란다. 줄기를 길게 늘여 세잎클로버를 떼고 옆에 있는 다른 풀과 엮어 팔찌를 만들었다.

"짠. 내가 또 이런 풀때기 잔재주가 있지. 캬, 이걸 이력서에 못 넣어서 어찌나 아까웠는지."

"……나 주는 거야?"

"네, 아까 루소 잡아 줘서 고마워요. 그러니까 이번엔 행복을 드릴게요. ……뭐, 꺾은 거라서 한나절 지나면 시들겠지만, 기분이라는 게 있잖아요."

콧물이 나오려는 참에 쿵, 하고 콧방울을 찡긋거렸다. 벤지는 부드럽게 입술에 호선을 그리며 웃다가 팔찌를 고이 받아 들었다.

"왜 팔에 안 차세요."

"……선물은 귀하게 여기는 타입이라."

아, 아무리 봐도 코카 스파니엘인데. 한번 개과라고 생각했더니 다른 걸로는 생각이 안 든다. 커다란 눈이 데굴 굴러가며 눈치를 보는 게 정말 강아지인데. 없는 꼬리도 왠지 흔들리는 것 같고. 귀엽고만.

나도 모르게 오른손을 들어 벤지의 머리카락을 쓰다듬었다. 물론 그냥 만지기에는 다소 높은 경향이 있어서 팔을 쭉 뻗어야 했지만, 어쨌든 나름대로 쓰다듬었다.

"……뭐 하는 거지."

"강아지 같아서요."

부끄러운 건지, 평민에게 농락당한 것에 화가 난 건지 벤지의 얼굴이 삽시간에 불그스름하게 변했다.

"스파니엘은 강아지였나."

"네."

그제야 놀린 걸 알아차렸는지 벤지가 눈을 흘기며 한 걸음 뒤로 물러섰지만 정말로 싫은 눈치는 아니었다. 올라가 있는 입꼬리나 눈빛은 언제나처럼 따뜻했다.

"……카일 전하한테는 안 드리게?"

슬쩍 묻는 벤지의 질문에 나는 깔끔하게 대답했다.

"일찍 시든다니까요. 직접 만나서 드리려고요. 넷째 손가락에 반지로 끼워 줘야지."

잠깐 말이 없던 벤지는 제 손에 들린 팔찌를 내려다보다가 내게 다시 물었다.

"황자님의 장신구 하나하나 지켜보는 이가 많아서 힘들 거야."

"그 힘든 사랑 제가 해냅니다. 그리고 뭐, 안 껴도 돼요. 줬다는 게 중요하니까. 너무 귀엽겠다. 반지 받아 들고 당황해 가지고 귓불까지 빨개지는 카일 너무 귀여워. 완전 진짜 한주먹 거리로 꼭꼭 접어 가지고 입 안에 넣고 와랄랄라 굴렸다가 손바닥 위에 올려놓고 우르라라락끼 까꿍 하고 싶어요."

"……음. 전하가 그걸 동의하실지 모르겠지만, 그래. 음……."

머리를 긁적이던 벤지가 웃음을 터뜨렸다. 소리 내어 웃는 얼굴은 개운해 보였다.

"왜 웃는지나 말해 주고 웃어 주세요."

소설 속이라서 그런가. 인간들이 다 약간 로맨스 소설 남주 아니면 서브 남주처럼 의미심장하네. 21세기 김금자(25/회사원)는 아직도 여기가 낯설기만 합니다.

"너는 항상 확실했는데, 같은 곳만 봤는데. 괜히 나만 늦어서 실례할 뻔했네. 미안하다, 조."

"아까부터 하나 걸러 한 번씩 헛소리하시는 걸 보니 많이 피곤하신 것 같아요. 이만 돌아가셔도 됩니다."

불만 가득하게 말해도 벤지는 화 한 번 내지 않고 하하 웃으면서 유쾌하게 손을 흔들며 멀어져 갔다. 대체 왜 저러냐고. 뭐가 문제야. ……아니, 뭔 문제가 있었다가 혼자 해결됐기에 저렇게 개운하게 웃어. 아까 그냥 짜증이라도 내 볼 걸 그랬나. '웃어?'라고 말해 볼걸. 아니다. 어차피 싸워서 지니까 얌전히 있자. 나는 지는 싸움을 하지 않지…….

그대로 천막으로 들어가 내 자리에 벌러덩 드러누웠다. 쓸데없는 생각만 줄줄 이어 가다 누군가 나를 부르는 소리에 번쩍 눈을 떴다.

"조! 일어나! 며칠 동안 보이지도 않더니 새벽에 기어들어 온 거야? 참, 너도 너다."

"……아, 예. 그, 네?"

가방을 챙기려고 했는데 깜빡 잠이 들었나 보다. 잠이 덜 깨서 더듬거리며 대답을 하던 찰나, 내가 있던 작은 임시 막사가 획 걷혔다.

"무, 뭐야?"

"뭐긴 뭐야. 이제 돌아가야지. 얼른 너도 챙겨."

"벌써요?"

아직 이사벨라 아가씨한테 제대로 작별 인사를 하지도 못했고, 여기 제일 유명하다는 와인도 쪼끔밖에 못 먹어 봤는데. 그리고 결정적으로 고기 스튜를……. 물론 루소가 말했던 가게 위치는 거짓말이었지만 이 동네 고기가 엄청 질이 좋다던데. 나 아직 고기 스튜 못 먹어 봤단 말이야.

"아침은요? 아침은 안 먹고 가요?"

"아침? 아까 너 없었나. 우린 너 있는 줄도 몰라서 깨우러 오지도 않았네. 오늘 고기 스튜였는데."

"아! 아야! 아, 같은 종놈 팔자에 진짜 섭섭하게! 아!"

"뭐, 인마? 종놈 팔자? 카일 전하 궁에서 일한다고 네가 뭐라도 된 줄 아나 본데! 본궁에서 짬밥만 14년이야, 내가! 너 자꾸 그딴 식으로 기어오르면 언젠 가 큰코다칠 줄 알아."

"아저씨 코가 제일 크거든요. 아! 고기 스튜!"

고기 스튜도 없이 돌아간다니. 서러운 마음에 짜증을 내며 단출한 짐 가방을 챙겨 마구간으로 향했다. 며칠 못 봤지만 나를 알아본 말들이 신나서 투레질을 하며 알은척을 해 댔다.

"지금 그럴 기분 아니다, 얘들아. 형 고기 못 먹어서 예민하니까 그러지 마 라."

나는 행렬의 제일 뒤로 가서 말들의 고삐를 앞 수레에 연결하고 난 뒤 한숨 을 푹 내쉬었다.

"내 고기……."

"고기 줘?"

어디선가 풍겨 오는 향긋한 고기 냄새에 고개를 쳐들자 장미 기사단의 톰 블 레인이 손을 흔들었다. 그의 손에는 부드러워 보이는 빵 사이에 고기가 들어 있는, 그러니까 현대식으로 말하면 샌드위치 같은 게 들려 있었다. 톰은 샌드위 치를 내 얼굴 앞에서 흔들며 익살스럽게 장난을 쳤다.

"형님, 이라고 하면 이거 주,"

"형님. 오빠, 누나. 언니. 아버지, 큰아버지, 할아버님, 스승님, 제발. 형님."

"……너 배 많이 고프구나. 자, 여기."

나 진짜 먹을 복 하나는 타고났구나. 어딜 가서도 굶지는 않네.

9. 거짓말

샌드위치를 으적으적 씹고 있으니 긴 마차 행렬이 서서히 행진을 시작했다. 이사벨라 아가씨와 제대로 된 작별 인사를 하지 못한 건 아쉽지만 어쩔 수 없지. 어차피 두 번 볼 사람도 아니었다. 이번에 카일이랑 이사벨라도 딱히 좋은 분위기도 아니었고. 혼담이 오가진 않을 테니까.

며칠이나마 여자인 친구가 생겨서 뭔가 든든한 기분이었다. 진짜 여자 주인공 델로아 역시 내가 여자인 걸 알고는 있지만, 거긴 정통 아가씨 느낌이라서 막 대하기엔 조심스러운걸. 친구란 자고로 편안해야지. 물론 이사벨라가 편한 건 아니지만, 걘 적어도 내가 싫다고 꽥 소리를 지르면 깔깔 웃으며 박수를 치니까. 화낼 순 있잖아.

……다시 생각해 보니까 약간 열받네. 걔는 내가 화내면서 부끄러워하고 질색하는 게 웃겼나. ……쌍, 진짜 소름 돋게 나랑 비슷하네.

벌써 다 먹어 버린 샌드위치가 아쉬운 나머지 입맛을 다시며 멍하니 앞으로 걸었다. 다음 줄거리가 뭐더라. 〈킹메이커〉는 이사크와 델로아 위주긴 했지만 미래를 미리 체크하는 건 중요했다. 나는 테오도르가 선물했던 노트를 꺼내 미리 써 두었던 〈킹메이커〉 스토리를 읽었다.

이사크는 슬슬 스승들 사이에서 영민하고, 똑똑하고, 외국어를 배운 지 얼마 되지 않았는데도 벌써 동대륙어를 완벽히 떼고, 테리슨어, 크렘린어는 일상 회화까지 가능하다며 칭찬이 자자하겠지. ……우리 카일은 아홉 살에 아카데미에 입학해서 열두 살에 조기 졸업한 진짜 천잰데. 이사크는 델로아가 미리 가르쳐서 보낸 거라고요. 진짜 천재 존잘이 여기 있는데 다들 어딜 보고 있는 거야. 거긴 잔상이라고요.

혼자 씩씩거리며 노트를 다음 장으로 넘겼다. 어머니가 돌아가셨다는 소식을 들은 델로아가 알베니스로 가며 자리를 비운다. 그녀가 어머니의 장례식이 끝난 후, 수도로 올라가겠다며 이사크에게 편지를 보내다가 둘이 또 싸웠데. 남은 가족들 곁에서 위로를 해 주니 어쨌니 하는 감성적인 이유였지. 델로아는 급하게 수도로 올라오다가 프리실라 황비의 계략으로 죽을 뻔했지만 겨우 살아났고.

그게 아마 이번 사냥에서 돌아간 직후였던가. ……델로아한테 모친상을 미리 말하면 임종을 지킬 수 있을까. 어떻게 알고 있었냐고 하면 뭐라고 대답하지.

카일한테야 이상한 일이 몇 번이나 일어났고, 앞으로도 계속 도울 거라서 말했지만 델로아한테까지 이 말도 안 되는 비밀을 말할 순 없었다.

안녕하세요, 제가 책을 읽었는데요. 짜잔. 죽었다 깨어나 보니 읽었던 그 책 속이었습니다. 딴따라란. 그런 소리를 해 대면 곧바로 두 번째 죽음을 맞이하겠지.

생각해야 할 것들이 한두 개가 아니었다. 분명 카일이 내 목소리를 들었댔지. '살려 줘.' 라고 외치는 말을. 그건 위급한 상황에서만 텔레파시가 통한다는 건가. 그건 어떤 기준인 거지. 그냥 위급한 거로는 안 쳐 주나.

나는 멀찍이 앞서 걷고 있는 톰에게 다가갔다. 그는 장미 기사단의 기사임에도 느긋하게 길가의 꽃이나 따며 걷고 있었다.

"톰."

"샌드위치는 잘 먹었냐."

"저 좀 칼로 막 위협해 보세요. 금방이라도 죽일 것처럼."

"가, 갑자기?"

내 뜬금없는 말에 톰의 눈동자가 위아래로 마구 팝핀을 추기 시작했다.

"……너 갑자기 왜 그래. 무슨 잘못한 거라도 있어? 아니, 잘못한 일이 있다고 한들 내가 함부로 칼을 뽑을 순 없어. 단장님이라도 아시면 큰일 난다고."

"어차피 여기 행렬 맨 뒤라서 우리끼리 막 장난쳐도 아무도 안 볼 거예요. 잠깐만 위협해 주면 돼요. 목에 살짝 기스 나도 화 안 낼게요."

"대체 그런 걸 왜 해야 되는데?"

"우리의 장미를 위한 일입니다. 더는 묻지 말아 주세요."

우리의 장미라는 말에 톰의 눈썹이 움찔 떨렸다.

"물론 내가 카일 전하에게 받은 은혜도 많고, 장미 기사단으로서 그분을 지키는 것도 맞지만, 이런 영문 모를 일에 검을 빼낼 정도로 바보는 아니야."

……라고 말은 하지만 톰의 오른손은 검집으로 향하고 있었다. 나는 히죽거리면서 톰을 놀렸다.

"입은 아니라지만 몸은 솔직한걸, 보이."

"……아, 아니. 그게 아니라……."

"아니 이왕 손잡이까지 잡은 김에 뽑아 주시지. 여기 진짜 행렬 맨 뒤라니까요. 봐요, 우리끼리 얘기하다 보니까 더 떨어지기까지 했잖아요. 여기서 칼부림 쪼끔 해도 아무도 몰라요. 아니면 거기 단도로."

"너 진짜 미친 거야?"

"아니 뭐 인간들이 나만 보면 미쳤내. 나 안 미쳤어요."

그치만 카일한테는 미쳤어요. 그렇게 칼이 꺼내기 싫다면 다른 방법이 있지.

"다 싫으면 마침 여기 산골짜기 지나고 있으니까 저쪽에서 저 한 번만 밀쳐 봐요. 약간 위험하게 휘청거릴 정도면 될 것 같은데."

"조, 죽고 싶으면 혼자 죽으면 안 될까. 나 살인자로 몰려서 감옥 가긴 싫거든."

"……하긴, 그것도 그렇네요. 내가 너무 무리한 부탁을 했어요. 그럼 나중에 나 한 번만 놀래켜 주면 안 돼요?"

"······또 뭔 이상한 짓을 하려고. 야, 됐어. 난 싫어."

질겁한 얼굴로 톰이 다시 기사단 행렬에 맞춰 서는 동안 나는 뾰로통한 얼굴로 느적느적 걸었다.

그럼 대체 기준이 뭐지. 온갖 주접을 다 떨어도 그동안 안 들리던 게 갑자기 왜 들린 거냐고. 위험의 기준은 오로지 진짜 상황일 때만 그런 건가.

이것저것 생각을 하며 걷다 보니 행렬이 멈춘 것도 뒤늦게 알게 되었다. 왜 안 가냐고 묻는 질문에 황제가 멀미를 하여 잠깐 쉬었다 간다는 친절한 대답이 돌아왔다. 나는 말들 마실 물을 뜨기 위해 커다란 통을 들고 연못으로 향했다. 껄껄껄 웃는 소리와 함께 물장구치는 소리가 귓가를 가득 메웠다.

"······아, 젠장. 눈 버렸네."

오래 걷느라 더웠는지 몇몇 잡일꾼들이 웃통을 벗고 멱을 감고 있었다. 조금 더 올라가야지. 인부들이 목욕한 물을 말들한테 떠다 줄 순 없으니까.

약간 상류로 올라가자 이번엔 기사들이 웃통을 벗고 있었다. 아무래도 황제가 오수라도 즐길 모양인지 기사들도 한층 풀어진 모습이었다.

"······아, 여긴 좀······ 괜찮네."

무심코 툭 튀어나온 진심에 혼자 놀라서 손을 들어 입을 짝 소리 나게 쳤다. 괜찮긴 개뿔이 괜찮아. 변태야. 제발. 조금 더 움직여서 물통이나 채워야지. 스스로를 타이르며 한 걸음 더 위로 움직이려는 순간, 손목이 잡혔다.

"조!"

"왁!"

톰이 물에 흠뻑 젖어 반나체를 하고선 히죽거리며 웃고 있었다. 구릿빛 피부에 굵직한 근육이 촘촘히 붙어 있어 감탄사가 절로 나오는 몸이었다. 기사는 기사구나.

"와우······."

"넌 안 더워?"

"후끈하네요. 여러 의미로."

눈이 자꾸 가슴팍으로 향하려는 걸 필사적으로 올려 톰과 눈을 마주했다.

······정신 차리자. 미간만 보자. 미간만. 김 못 말리는 얼빠에서 몸빠까지 되

면 너무 추잡스럽잖니. 이분 성함은 톰 블레인이고요, 물에 젖어 반짝이는 구릿빛 피부에 갑빠가, 아니요. 그게 아니고. 톰은 갈색 눈을 가졌네요, 눈썹이 가지런하고 승모근 라인이, 아니요. 그게 아니라 머리숱이 참 많으시네요.

혼자 머릿속에서 고군분투하는 것도 모르고 톰은 여전히 해맑았다.

"물 엄청 시원한데, 너도 들어와."

"아뇨, 저는 원래 물에 빠지는 걸 싫어해서요."

"너 아까 깜짝 놀래켜 달라고 했지?"

"예? 아, 설마."

내 말이 끝나기 무섭게 톰이 젖은 몸으로 나를 번쩍 안아 들었다. 정말 단단하시네요. 아니요, 이게 아니고.

"악! 안 돼! 아니, 나 물 싫어해요! 진짜! 하지 말라고요! 악!"

팔다리를 버둥거려 봤지만 톰은 흔들리지도 않고 성큼성큼 냇가를 향해 걸었다. 어쩜 이렇게 꼼짝도 안 하시는지. 기사님들의 오랜 수련의 결과는 정말 대단했다. 아, 잠깐만. 이렇게 감상평이나 줄줄 늘어놓을 때가 아닌데. 옷 하나만 입은 터라 물에 젖으면 안이 다 보일 텐데. 가슴을 묶은 붕대가 보이면 끝이었다. 다쳤다고 말하면 다들 상처를 보자고 할 테니까.

"아이씨, 놓으라고요!"

"야, 그냥 같이 좀 놀자! 던진다, 하나, 둘—"

"아아악!"

절대 떨어지지 않으려 나는 파닥거리는 걸 멈추고 톰의 몸에 찰싹 달라붙었다. 목을 꽉 끌어안자 톰이 살짝 주춤하는 게 느껴져 곧장 다리로도 톰의 허리를 감았다. 고목나무 매미처럼 매달린 채 나는 계속 우는소리를 해 댔다.

"아아아, 물에 던지기만 해 봐요. 톰이고 뭐고 머리통을 뜯어 버릴 거예요. 하지 말라고요, 진짜."

톰의 숱 많은 뒤통수를 잡아당기며 말했다. 두 팔을 멍하니 펴고 어쩔 줄 몰라 하며 서 있던 톰이 내 머리를 툭 치며 말했다. 끌어안고 있는 탓에 놈의 목소리가 귀 바로 옆에서 들려왔다.

"어우, 알았어, 알았어. 너 진짜 물 무서워하는구나."

"내가 그렇다고 몇 번을 말해요."

톰은 그대로 뒤로 돌아 척척 걸어가 강에서 노는 다른 사람들에게 들리지 않을 정도로 멀리 떨어졌다. 그러곤 조심스럽게 나를 나무 아래에 내려놓은 후, 약간 씁쓸한 표정으로 작게 속삭였다.

"……그런 비밀이 있는 줄은 몰랐어, 조."

"네?"

"비밀, 지켜 줄 테니까 너무 걱정하진 마."

얼빠진 내 표정에도 톰은 그저 웃기만 하며 뒤돌아 다시 사람들에게로 향했다. 뭐지. 뭐야, 들킨 건가. 방금 끌어안았을 때 가슴이 느껴졌나? 그럴 리가. 엄청 꽁꽁 싸매서 아무 느낌도 없을 텐데. 혹시나 붕대가 풀렸나 해서 가슴팍을 매만져 봤지만 붕대는 멀쩡히 묶여 있었다. 옷이 너무 얇은 탓에 붕대를 눈치챘을 수도 있다는 생각이 들었다. 등줄기 한가운데로 식은땀이 주륵, 흘렀다.

나 진짜 어떻게 이렇게 잘 들키지. 큰일 난 거 아닐까. 이사벨라는 내가 여자인 걸 여기저기 떠들고 다닐 것 같진 않았다. 델로아 아가씨 역시 글에서 나온 정정당당한 성품대로라면 안 그러실 테고. 우리 델로아 아가씨는 나쁜 짓 그런 거 절대 안 한다고.

근데 톰은? 저 기사 놈은 책에서 한 줄 언급된 적도 없었고, 알고 지낸 시간이라고 해 봐야 사냥터로 출발할 때부터 해서 오늘까지뿐이었다. ……내가 여잔 거 알고 기사단들한테 말하면? 그게 카일한테까지 전해지면. 카일은 황자니까 대놓고 나를 감싸 주지 못할 거고, 난 그대로 궁에서 쫓겨날 수도 있다. 어쩌면 황족을 속인 대가로 처형당할지도 모른다.

생각이 거기까지 뻗어 나가자 나는 약간, 이 로맨스 소설 장르와는 다소 맞지 않는 위험한 결론까지 다다랐다. ……톰을 없애야 하는 게 아닐까.

물통에 물을 가득 채우고 멍하니 돌아오자 말들 뒤로 카일이 서 있었다. 눈에 띄고 싶지 않았는지 나름 구석진 나무 그늘 아래에 서 있었지만 그 또한 화보의 한 장면 같아서 시선이 안 갈 수가 없었다.

카일아. 이렇게 잘생긴 너를 두고 누나가 대체 어딜 간단 말이니. 차라리 내목을 쳐라, 너 두고는 못 간다.

"어딜 갔다가 와."

퉁명스레 뱉는 말투조차 사랑스럽다. 이 사람아. 어쩌자고 그렇게 예뻐서 나를 살인마로 만들어.

"……카일."

눈물이 앞을 가리려 했지만 마음을 다잡았다.

"나, 사람을 죽일지도 몰라요."

"무, 뭐?"

놀랐는지 휘둥그레 떠진 카일의 눈이 밖으로 튀어나올 것만 같았다.

"어쩜, 속눈썹도 황금색이에요. 너무 예쁘다."

"헛소리하지 말고 말해 봐. 그게 대체 무슨 말이야."

"아. 이건…… 선물."

"어?"

아까 아침에 떠나오기 전 급하게 만들었던 꽃반지를 내밀었다. 하얀색 꽃 주변에 네잎클로버를 엮어 감은 반지였다. 풀 냄새가 약간 나고, 걸어오느라 꽃이 시들해지긴 했지만 그래도 우리 카일이 꽃이니까. 카일의 손을 들어 반지를 열심히 끼워 주자 내 정수리를 향해 조곤조곤 타이르는 카일의 목소리가 들려왔다.

"아니, 그래. 반지, 고마워. 너무 고맙고, 항상 예쁘다 하는 것도 좋아. 좋은데, 사람을 죽이겠다니 그게 무슨 소리야."

"……어쩔 수 없어요. 당신이랑 함께 있으려면. 그놈은 너무 많은 걸 알고 있어."

"많은 걸 알고 있다니?"

고개를 갸웃하는 카일의 얼굴에 뽀뽀라도 퍼붓고 싶었지만 내용을 이해한 듯 카일의 얼굴이 삽시간에 굳어 갔다.

"들킨 거야?"

"……아마도. 어떤 사람인지 모르고, 이대로 까발려지면 위험하잖아요. 그전에 수를 써야 하지 않을까요. 이런 못된 생각 싫었지만, ……어쩌겠어요. 강한 놈만 살아남는 세상인걸."

번들거리는 내 눈이 전체 이용가가 아니란 걸 알아챘는지 카일이 몸을 움찔 떨었다.

"조, 그 살기 내뿜는 것 좀 어떻게 해 봐. 검도 잡아 본 적 없는 게 어떻게 기백이 그렇게 살아 있어. 배우고 싶을 정도다."

"나도 카일한테 배우고 싶은 거 많은데. 이것저것 여러모로."

꽃반지를 끼워 주고 난 이후에 잡고 있던 손을 스멀스멀 올리며 그의 손목과 팔을 매만지자 카일이 벌레를 쫓듯 파드닥 떨쳐 냈다.

"내가 벌레예요?"

"……순간 위험하다는 생각에 나도 모르게 그만."

"나 좋아한다면서!"

"……좋긴 좋은데 이런 종류의 사람을 처음 봤어. 내 주변엔 너 같은 사람 없거든. 지금도 이게 맞는 건지 모르겠다."

"기다려 달래 놓고 이렇게 질색하기 있어요? 나 확 마음 접어 버려?"

괜히 어깃장을 부려 봤다. 마음 못 접을 걸 내가 제일 잘 알고 있지만. 이렇게 고운 너를 두고 내가 어딜 가겠니. 세상에 너보다 잘난 인간 없는데.

마음은 음흉했지만 아무튼 장난을 쳤는데, 카일 표정을 보아하니 장난으로 받아들이지 못한 것 같았다. 눈꼬리가 아래로 추욱 내려왔다. 곱게 올라가 있던 입꼬리도 살짝 처졌다.

"……마음을 왜 접어……."

뭐야. 너 사람 아니지. 비 맞은 강아지야? 아침 이슬이 무거워서 고개 숙인 꽃잎이야? 이 예술품 당장 내 주머니로 들어와. 희대의 도둑이 되겠다. 주님, 정의로운 도둑이 되는 걸 허락해 주세요. 대영 박물관이 훔쳐 가기 전에 얼른 내 주머니 속으로 들어오라고.

콧구멍이 벌렁거리는 걸 겨우 참고 있는데 카일은 푸른빛으로 일렁이는 눈동자를 아래로 내리깔며 느리게 말했다.

"내가 적응해 본다고 했잖아……."

"예술이네요."

"어?"

"우리 카일 조심해야겠다. 누가 예술 작품인 줄 알고 훔쳐 가서 박물관에 전시하면 어쩌지. 대영 박물관이 탐내는 외국 예술품 1호야."

방금까지도 머릿속에서 톰을 슬쩍 산꼭대기에서 밀어야 되나 어째야 되나 고민 중이었는데 방금 결정했어. 존나 나를 아무도 막을 수 없어. ……아니 근데 손에 피 묻기기 싫은데. 무섭다고. 톰이 좋은 사람일 수도 있잖아. ……그래도 카일이랑 헤어지긴 싫으니까. 아니야. 일단 비밀 지켜 준다니까 기다려 볼까.

내면적 갈등이 극에 달하는 순간, 고민의 원인이 말을 걸어왔다.

"조!"

나무에 가려진 카일을 보지 못했는지 그는 빠른 걸음으로 다가왔다. 말단 마구간지기가 황자와 독대한다는 상황은 아무래도 무리가 있어서 나는 단번에 카일에게 발을 걸어 수풀 뒤로 밀어 버렸다.

"잠ㄲ, 윽!"

신음을 내던 카일이 수풀 뒤로 넘어갔다. 쿵 소리가 나진 않은 걸 보니 아마 그 짧은 순간에 제대로 발을 디뎌서 안착했나 보다.

세상에, 여러분. 내 남자는 천재입니다. 머리만 좋은 줄 알았더니 몸으로 하는 것도 못하는 게 없네요. 몸으로 어디까지 잘하는지 아주 속속들이 알아내고 싶네.

내 음흉한 마음의 소리가 닿지 않아 다행이었다. 그 외중에 톰은 내 바로 앞까지 바짝 다가왔다. 뭐지, 이 새끼 지금 내가 여잔 거 알고 어떻게 한번 좋은 시간 가져 보겠다는 건가. 건방진 놈. 나 눈 높다고. 옥황상제 똥꾸멍을 찌르다 못해 정수리까지 뚫고 올라간 안목이란 말이다.

"조, 그, 아까는 미안해. 내가…… 몰랐어."

어쩔 줄 몰라 하는 눈동자가 마구 흔들렸다. 냇가에서 놀다가 금세 정리하고 돌아온 건지 젖은 머리카락에서 물이 뚝뚝 떨어졌다.

"……어떻게 알았어요?"

은근슬쩍 떠보는 질문을 던져 보자 톰은 내 눈을 마주치지 못한 채 머리를 긁적이며 대답했다.

"아까 네가 나 안았을 때…… 그, 느낌이……."

아. 역시. 내 볼륨감을 붕대로도 막을 수 없었던 건가. 옷이 너무 얇았나. 내 일부턴 두 겹으로 입어야겠다는 생각을 하던 중에 톰이 내 어깨를 짚었다.

"괜찮아. 내가 그 비밀은 꼭 지켜 줄게. 자존심 문제잖아."

"……네?"

자존심? 내가 얼굴을 갸우뚱 옆으로 기울이며 되묻자 톰은 한숨을 폭 내쉬며 말했다.

"……너 그, 거기, ……없잖아. 너 고자인 거. 아무한테도 말 안 할게."

잠깐만. 타임. 이게 무슨 소리야.

"뭐, 뭐라고요?"

너무 황당해서 말조차 제대로 나오지 않았다. 멍청한 얼굴로 올려다보자 톰이 관자놀이를 벅벅 긁으며 대답했다.

"그 나이대 남자애치고는 수염도 없고, 뼈대도 은근히 가늘어서……. 피부도 희고, 아! 물론, 네가 여자 같다는 뜻은 절대 아니야. 그, 생식기가 없는 걸로 놀릴 생각은 없으니까 상처받지 마."

개새끼야 방금 이미 상처받았어.

"정말이야. 여자라곤 생각한 적 없어. 그냥 '약간 예쁘게 생긴 미소년이구나.' 라고만 생각했어. 누가 널 보고 여자라고 생각하겠어. 원래, 그, 아래에 문제가 생기면 수염이 안 나고 그런다더라……. 너무 걱정하지 마. 조."

"……아. 아……. 아니, 그, 비밀이라는 게……."

내가 고자라고? 야, 나는 남장을 해도 당당하고 싶은 사람이야. 가슴이 들킨 게 아니었다고?

"……네가 아까 나 안는데, 바지가 얇아서……. 그, 내가 내 남동생들 자주 안아 주곤 했었거든. 나이 차이도 나고, 해서…… 아, 그게 아니고 아무튼 너는 거기, 그, 없……. 혹시 어릴 때 사고라도 당했던 거야?"

톰이 말을 할수록 내 입은 점점 벌어졌다. 뭐라고 대답해야 돼.

그니까, 내 사타구니가 밋밋하여 깜짝 놀랐는데. 그 와중에 여자라고는 절대 생각하지 않았다고요. 고자인 편이 더 타당하게 느껴졌다는 건가.

풀숲이 미미하게 흔들리는 게 눈에 들어왔다. 카일. 이게 웃겨? 웃기냐고.

톰의 축 처진 목소리가 다시 들려왔다.

"……그, 그래! 가끔 그런 일들이 있다곤 하더라. 그래도 넌 누가 봐도 남자
니까. 아까처럼 그런 상황이 아니면 아무도 모를 거야. 너무 걱정하진 말고. 아!
나, 나도 널 이상하게 생각하거나 그렇진 않아."

"……누가 봐도 남자예요, 제가?"

"그럼! 당연하지!"

톰은 상냥하게 웃으며 주먹으로 내 어깨를 툭 쳤다. 이 새끼 그냥 죽이는 게
좋았을 텐데.

여자인 걸 들키지 않은 건 다행이었지만 기분이 적잖이 더러웠다.

"하. 하하. 하하하하. 맞아요. 하하하. 난 남자야. 하하하. 아무리 봐도 남자
죠, 나는. 하하."

실성한 듯 웃음이 터졌는데 톰은 아무래도 다른 식으로 해석한 건지 내 앞에
서 안절부절못하며 나를 달랬다.

"야, 괜찮아. 넌 누가 봐도 남자야. 누가 뭐래도 넌 진짜, 제대로 된 남자야.
불의의 사고를 겪고도 이렇게 활달하고, 명랑하고, 씩씩한 네가 너무 자랑스럽
고 대단하다. 너 진짜 누가 뭐래도 멋진 남자야. 혹시 누가 너 그, 그걸로 뭐라
고 하는 사람 있으면 나한테 말해. 내가 혼내 줄 테니까. 아니, 뭐, 네가 그, 구
실 못해서 나서는 건 아니고 동생 같아서 그래. 응?"

"아…… 구실 못하는 동생……."

여자라고 개새야. 눈물이 앞을 가린다. 허탈하게 고개를 숙이는 나를 보며
눈치를 보던 톰이 내 위쪽 가슴팍을 다시 주먹으로 퍽 치며 말했다.

"형이라고 불러!"

"예?"

"이제 넌 내 동생이나 다름없으니까."

"뭐 했다고 동생이에요. 고자 동생이 갖고 싶으셨어요, 평소에?"

마음이 삐뚤어서 그런지 자꾸 말이 험악하게 나간다. 하지만 톰은 양껏 구겨
진 내 얼굴에도 아랑곳 않고 씩씩하게 말했다.

"그게 뭐가 중요하냐. 그냥 내가 너랑 더 잘 지내고 싶어서 그러지."

"동정하지 마세요, 저 같은 고자는 아무 의미 없어요."

"조⋯⋯. 왜 그래. 내가 미안해. 너 물에 빠지면 실루엣 다 보일 걸 생각도 못 하고 내가 장난이 지나쳤어. 미안해."

내가 고민한 실루엣은 아랫도리가 아니었다고요, 이 사람아. 다시 생각해도 어처구니가 없네. 내가 고자라니. 내가 고자라니! 원래 없었던 거지만, 또 이런 건 묘하게 기분이 상하잖아. 아니 보통 사타구니가 허전하면 여자라고 생각하는 게 정상 아니냐고. 어떻게 거기서 고자가 나와.

머릿속에서 웃음소리가 들려왔다. 작가 언니가 웃고 있나 보다.

아가, 너 어쩌다⋯⋯.

'겁나 웃고 있으면서 걱정하는 척 말하지 마세요. 여신님은 꼭 나 곤란할 때만 찾아와서 비웃고 가시더라.'

어유, 금자야. 오해하지 마. 네가 곤란할 때만 내가 찾아오는 게 아니라 내가 너 보러 올 때마다 네가 코미디를 찍고 있잖니.

'뭐라고요?'

거의 한 판 뜰 기세로 삼신 작가 언니에게 쏘아붙였지만 그녀는 이내 대답 없이 사라져 버렸다. 말을 걸 때와 아닐 때의 묘한 분위기 차이 때문에 여신이 갔다는 걸 느낄 수 있었다. 흥. 그래 봤자 또 어디서 보고 있겠지.

"야, 이제 형이 다 봐줄게. 너 무시하는 놈 내가 다 때릴게."

"됐어요. 형이나 나한테 안 처맞을 거면 말조심해요."

"너 방금 형이라고 했다? 어? 나보고 형이라고 했지?"

이 중세 시대 새끼들은 형 소리 못 들어서 안달이 났다. 한껏 엇나간 나는 톰을 노려봤지만 그는 나를 기특하단 얼굴로 내려다보며 내 머리를 마구 헝클어뜨렸다.

"아우, 짜식! 그래, 인마! 그렇게 사는 거야! 그렇게 당당하게! 네가 뭐가 쪽팔릴 일이 있냐!"

"형. 저 동생으로서 부탁이 있어요."

"야, 말도 편하게 해도 돼. 형이잖아."

"형 저기 좀 뛰어내려라. 진심이야. 형 죽었으면 좋겠어. 아니면 그 주둥이라도 크게 다쳤으면 좋겠다."

야. 나 진짜 마음 같아서는 바지 내리고 증명하고 싶은데 그럼 이 새끼 또 울면서 이렇게나 깔끔하게 사고를 당했냐며 울겠지. 진짜 너무 억울하다. 진심으로 낭떠러지를 가리키며 저주를 퍼부었는데도 톰은 하하 웃기만 했다. 장난인줄 아나 보네.

"형. 나 장난치는 거 아니야."

"으이구. 알았어. 알았어. 다음엔 나도 장난 안 칠게. 물에 들어가라고도 안할게!"

헤드록을 걸며 머리를 헤집던 톰은 내 어깨 위로 팔을 둘렀다.

"나 진짜 다른 사람들한테 절대 말 안 할 테니까 너무 신경 쓰지 말고. 형 믿지?"

"……형 평소에 눈치 뒤졌다 소리 좀 듣지?"

"하하하. 나 편하게 대하는 거 보니까 마음이 너무 좋다. 그래, 앞으로도 이렇게 허물없이 지내자. 힘든 거 있으면 말하고."

쌍욕을 퍼붓기도 전에 톰은 털레털레 멀어져 갔다. 톰이 멀어지자마자 풀숲에서 카일이 천천히 일어났다. 눈물이라도 흘렸는지 눈가가 젖어 있었다.

"……울었어요?"

"너무 가슴 아픈 이야기라 도저히 안 울고는 못 배기겠, 푸흡!"

"웃은 거구나."

"아, 내 기사단에 저런 놈이 있을 줄이야. 미치겠네, 정말."

"웃겨요? 나 한 치의 의심도 없이 고자 취급 당했다고요."

"그게 웃기잖아. 한 치의 의심도 없이 너를 남자로 확정 지은 게."

"아니 보통, 껴안은 그 상황에서 의심이 들면 여자라고 생각하지 않나. 너무해."

"……아. 그래. 껴안았다니 그게 무슨 소리야."

카일의 얼굴이 삽시간에 험악해졌다. 파란 눈동자가 질투심에 약간 구겨졌다. 저기요. 지금 네가 인상을 찌푸릴 일이야?

"미간 찌푸리지 마세요. 물에 빠지는 것보다는 끌어안는 게 나았다고요. ……내가 가슴을 붕대로 동여맨 걸 보고도 심장 수술을 했냐며 물을 놈 같지만."

"아니, 내려 달라고 하면 되지. 왜 끌어안아?"

"내려 달라고 했다니까요. 근데 장난치겠다고 안 내려 주는 걸 어떻게 해요. 끌어안은 게 뭐 어때요, 들킨 것도 아니고. 나보고 고자라잖아요!"

"……풉."

"웃어? 누가 날 보고 여자라고 생각하겠냐는 소리까지 들었는데 웃음이 나와요?"

"톰도 톰이지만 네 평소 행동을 보면, 확실히 단순히 남장을 한 여자라곤 보기 어렵지."

팔짱을 끼고 웃는 카일의 얼굴이 묘하게 여유롭고 느슨해 보여 섹시하기까지 했지만 지금은 썩 좋지 않았다.

"나 놀리고 싶은 건 알겠는데요. 이런 나 좋다고 한 것도 카일이거든요."

"……아."

"좋으시겠수다. 누가 봐도 남자인 사람 좋아하셔서 가지고."

"내, 내가…… 너를……."

갑작스러운 현실 자각에 카일의 얼굴이 또 하얗게 질려 갔다. 저 반응도 볼 때마다 센세이션이네. 날 좋아하는 게 그렇게 충격적인가. 믿기 힘들다는 듯 저렇게 파드득 떨 정도로?

카일은 굳은 듯 서 있다가 스스로에게 다짐하는 것처럼 말했다.

"아냐, 그래도 난 정했어. 너 좋아하기로 했고. 응. 괜찮아. 네가 좋아. 그래. 어, 맞아. 비록 변태지만, 비록 사회적인 기준에서 많이 어긋나 있지만. 그래, 응. 좋아."

"나 기분 좀 나쁜데 예쁘게 말해 봐요."

카일의 앞에 얼굴을 들이대며 물었다. 패닉에 빠져 있던 카일은 고개를 들어 나를 보며 배시시 웃었다.

"예쁘게 말해 달라고?"

바람 빠지듯 웃은 카일은 내 얼굴을 잡고 이마에 쪽, 하고 키스했다.

"예쁘다, 조."

이런 미친. 당장 누워.

"카일."

"응?"

"황제 폐하 낮잠 얼마나 주무신대요? 후딱 한, 30분 정도 일 쳐도 괜찮지 않을까요? 30분은 부족한가. 아니, 뭐, 얼른 끝내자고 마음만 먹으면. 세상에. 안 되겠네. 3시간은 물고 빨고 싶다."

카일의 얼굴이 시뻘겋게 물들어 갔다.

"넌…… 넌 나만 보면 그런 말밖에 안 하지! 항상 그런 생각밖에 없고! 사람이 어떻게 그렇게 경박해!"

휙 돌아서서 긴 다리로 휘적휘적 걸어가는 카일을 붙잡으려 뛰어갔지만 금세 다른 시종들에게 둘러싸이는 탓에 말을 걸지도 못했다.

아니, 뭐 그런 걸로 삐치고 그래. 달래지도 못하게. 예뻐 죽겠어. 진짜.

❖　❖　❖

"야, 너 전에 여자 친구도 있다고 그랬잖아. 여자 친구가 준 증표 찾겠다고 밤에 황자 전하 궁 앞에서 어슬렁거리다가 자객도 잡고 그랬었잖아."

다시 출발한 마차 행렬의 맨 뒤에서 느긋하게 걷고 있었는데 톰이 은근슬쩍 다가와 말을 걸어왔다.

"……예, 뭐."

"그러면 너 이런 상태인 거, 여자 친구는 알아?"

"아……. 뭐, 대충은."

"근데도 너랑 계속 만나는 거야? 여자 친구도 엄청나네. 진짜 너 사랑하나 보다."

고자를 만나고 있는 내 가상의 여자 친구에게 감탄하는 톰의 면상을 갈기고 싶었다.

"형. 근데요,"

"괜찮아. 말 편하게 해도 돼."

"됐고요, 형. 듣는 고자 개빡치니까 자꾸 그런 식으로 말하지 마실래요? 나 여자 친구랑 나름대로 최선을 다해 사랑하고 있었고, 그, 저기, 그, 아무튼 여자 친구도 엄청 만족하고, 우리 잘 지내거든요."

"아. 그래."

얌전하게 다시 앞을 향해 걷던 톰은 잠시 후 내 눈치를 보며 슬금슬금 뒤로 다가왔다.

"아, 왜요! 고추 없는 놈 사생활이 뭐가 궁금한데요!"

"야, 누가 듣겠다!"

"지금 형이 제일 수상해, 알아?"

짜증을 버럭버럭 내자 톰은 주변 눈치를 보며 쉿, 하곤 검지를 들어 올렸다.

"나 사타구니 사정 걱정해 줘서 고맙긴 한데 여자 친구랑도 아무 문제 없거든요. 일상생활도 아무 거리낌 없고요. 목욕을 남이랑 못 하는 거 말곤 다 괜찮다고요. 그니까 형 그 주둥이 좀 닫고 앞으로 좀 가. 기사잖아. 가서 카일 전하를 지켜야 될 거 아냐."

엉덩이를 발로 차며 앞으로 떠밀어도 그는 사람 좋게 웃으며 다시 내 옆으로 다가왔다. 행렬을 이탈할 수도 없어서 계속 톰과 실랑이를 했다. 밀려나지도 않고 톰은 눈을 굴려 주변 눈치를 보다가 슬쩍 운을 띄웠다.

"사실은 내가 너한테 궁금한 게 있어서."

"뭐."

"너 연애 상담도 잘해 주는 걸로 유명하잖아."

"근데."

"핸디캡이 있는 상황에서도 얼마나 어마어마하길래 여자 친구가 고향에서도 널 기다리고, 너도 막, 여기서도 애인들 줄줄이 사귀고 화려한 거야?"

"그런 걸 왜 물어봐. 혹시 톰 고자야?"

"아냐! 야! 내가! 무슨!"

하하! 하하하! 하, 하하! 끊어 웃으며 너스레를 떨던 톰은 작은 목소리로 웅얼거렸다.

"······내가 그, 작지는 않은데, 진짜 크기에 문제가 있는 건 아니거든. 근데 가끔 잘 안 서서 곤란해. 이런 건 누구한테 말도 못 하니까."

이게 돌았나. 오만상을 찌푸리고 톰을 향해 눈을 흘겼지만 그는 진지한 얼굴이었다. 제발 그딴 진심 털어놓지 마.

"진짜 알고 싶지 않네요. 너무 싫다. 귀를 뜯어내고 싶다."

"야, 같은 남자끼린데 한 번 도와줘."

"돕긴 뭘 도와! 그냥 알아서 세워!"

평생 세운 거라곤 자존심밖에 없는데 남자 사타구니 사정을 내가 어떻게 아냐고요. 귀에 손을 뗐다 붙였다 하며 못 들은 척을 했다.

"아르르르르, 아아아, 모른다, 모른다. 못 들었다. 아라라라, 몰라."

정말, 정말로 다른 남자의 밤 사정까지 듣고 싶지는 않았어요. 작가님, 들리시나요. 지금 이놈을 심장 마비로 죽여 주세요. 딱하게 여겨 명복은 빌어 주겠으나 후회하진 않을 거예요.

하지만 바쁜 여신님은 다른 놈을 살피러 갔는지 대답이 없었다.

"조, 야. 한 번만 도와줘. 스킬(?) 같은 거라도."

"아이씨. 그 주둥이를 확 찢어 버리기 전에 입 좀!"

"이대로 가다간 애인이랑 헤어질지도 몰라. 제발. 요새 갑자기 자주 그런단 말이야."

"기사님. 최근 스트레스 받은 일이 있을 수도 있고, 애인분과 권태기일 수도 있고, 아니면 탈모 치료제라도 복용하셨나요."

드라마에서 보던 대로 읊고는 빠른 걸음으로 톰을 앞서 나갔지만 그는 계속 나를 졸졸 따라오며 발기 부전의 심각성을 설파했다.

"조, 비법이라도 알려 줘. 세워 달라곤 안 할게. 내가 미쳤냐, 그런 것까지 도와 달라고 하게. 그게 아니라 위급 상황에 여자 친구가 불만스럽지 않도록 하는 방법이라도."

아, 제발. 석가모니가 보리수나무로 때려죽일 새끼야. 제발.

"톰! 이러려고 형 동생 하자고 했어요? 본인 성생활 때문에?"

"아냐! 그런 건 아닌데 방금 그냥, 말하다 보니까 너는 어떻게 하나 싶어서."

"지금 내가 변변치 않은 사타구니로 어떻게 여자들 꼬시고 다니나 그게 궁금하단 거예요?"

"넌 참 말을 직접적으로 하더라."

"돌아 버리겠네, 정말. 알아서 좀 해요!"

귀찮게 달라붙는 톰을 퍽퍽 쳐 내기도 하고 밀쳐도 봤지만 톰은 꼼짝도 안 하고 끈질기게 내게 말을 걸었다.

"아, 그러니까 내가 그쪽 가운뎃다리까지 세워 줘야 할 의무가 있냐고!"

"……이게 무슨 소리야."

옆구리에 긴 칼을 차고, 가벼운 옷차림을 한 벤지가 굳은 얼굴로 말을 몰고 뒤쪽으로 다가왔다. 행렬 중앙의, 황자의 마차 옆에서 이동하셔야 할 분이 이런 누추한 뒤꽁무니까진 어인 일로 행차하셨는지.

당황한 얼굴로 눈을 휘둥그레 뜨다가 나도 모르게 고개를 숙여 버렸다. 그러지 말았어야 했다. 그게 더 수상해 보였는데. 방금까지 무슨 대화를 하고 있었는지 자각도 못 하고 잔뜩 당황해 버린 탓에 빼도 박도 못하고 의심을 받아 버렸다.

"조…… 너 설마."

말에 올라타 있는 벤지의 얼굴이 차갑게 식어 갔다. 카일을 배신한 거냐고 표정으로 묻는 벤지를 향해 마구 손사래를 쳤지만 벤지의 눈은 이미 가라앉아 있었다.

"다른 이는 다 그래도 너는 그러면 안 되잖아, 조."

"벤지 님. 잠깐만요. 뭔가 단단히 오해를 하신 것 같은데."

"네가 미인을 좋아한다는 건 알고 있었지만 그래도 직접적으로 손까지 댈 줄은 몰랐어."

"진짜 억울해요! 아니라니까요!"

말에서 내리지도 않고 등을 곧게 선 채 나를 내려다보는 벤지의 등 뒤로 태양이 내리쬐었다. 멈춰 선 뒤쪽을 향해 다른 기사들이나 인부들이 힐끔거리긴 했지만 크게 신경 쓰지는 않는 눈치였다. 살짝 미간을 찌푸린 벤지는 조용히 말 머리를 돌렸다.

"너에겐 실망이야, 조."

그 순간 톰이 눈치 없이 벤지의 옆으로 향했다.

"벤지 님!"

"……뭐지."

"왜 그러시는진 모르겠지만 너무 화내지 마세요. 조가 밤일에 굉장하다는 소식을 들어서 조언을 들어 보려고 한 거거든요."

얼굴이 벌게진 벤지가 순식간에 검을 뽑으려 손잡이로 손을 옮기는 순간 톰이 배시시 웃으며 말을 이었다.

"같은 남자끼리인 데다가 조는 어쩐지 편하기도 해서요. 게다가 제 또래들한테는 왠지 이런 거 물어볼 데가 없기도 하고, 다 거기서 거기잖아요. 물론 조가 저보다 어리긴 하지만, 뭔가 세상을 많이 살아 본 티가 나잖아요, 쟤는. 여자 친구도 많다고 하고. 하하, 제 입으로 말하기 부끄럽네요."

검 손잡이를 쥐고 있던 벤지가 손에 힘을 스르륵 풀고 슬쩍 뒤를 돌아봤다. 눈동자에 혼돈이 가득했다. 어떤 생각을 하고 있는지는 이제 눈만 봐도 대충 알 수 있었다.

이놈이 말하는 게 대체 무슨 뜻이야, 조.

너 무슨 짓을 하고 돌아다니길래 밤일 잘한다는 소문까지 도는 거야.

여자 친구가 많다는 건 또 무슨 얘기야.

조, 제발 부탁이니까 얌전히 좀 있어.

기타 등등.

아, 예. 예. 저도 너무 가만히 얌전하고 평범하게 살고 싶었는데요. 인생이 나를 가만두질 않네요. 『여장에서 고자가 되기까지』 자서전이라도 한 편 쓰고 싶은 마음입니다.

허탈해진 얼굴로 어깨를 으쓱 올렸다 내리며 벤지를 힘없이 바라봤다. 대충 톰의 오해인 걸 눈치챈 벤지는 헛기침을 하며 침착하게 톰의 말을 들어 주었다.

"아, 어……. 어, 그 소문. 나도 들었지. 그, 어, 조가 대단하다는……."

"와. 벤지 님까지 아실 정도면 조 저 자식 진짜 어마어마한가 보네요."

"음……."

난처한 듯 머리를 긁적이던 벤지가 천천히 행렬을 따라 앞으로 이동했지만 새로운 대화 상대를 만난 톰은 벤지의 옆에서 걸으며 다소 큰 소리로 말했다.

"벤지 님도 전에 그 소동 기억나시죠. 침입자 들어왔을 때, 조가 여자 친구 선물 찾으러 왔다가 침입자 잡은 거요."

"어, 어어……."

"쟤가 얼마나 대단하면 고향에 두고 왔다는 여자 친구가 아직도 목 빠지게 쟤만 기다리고 있겠어요. 벤지 님은 모르시겠지만 황궁 안에서도 조한테 눈독들이는 하녀들이 은근 있거든요."

"아, 어……. 음, 조는 매력 있지. 맞아."

"겉보기엔 말라 보이잖아요. 아마 어마어마한 스킬이 있나 본데 저한테는 말을 안 해 주더라고요."

스킬이라니. 알면 정말 대충이라도 말해 주고 떨구어 내고 싶다. 죄송하지만 제가 가진 게 없어서 상황 전후 어떻게 일으켜 세워 박진감 있게 움직이는지 전혀 감이 오지 않네요, 형님. 알면 진작 가르쳐 드렸을 텐데요. 아우 좋다는 게 뭡니까. 하하. 하하.

행렬의 제일 뒤에서 걸으며 두 사람의 정신 나간 대화를 듣고 있자니 헛웃음이 터졌다. 톰이 미심쩍다는 눈빛으로 벤지를 보며 고개를 갸우뚱 꺾었다.

"벤지 님, 근데 소문 제대로 아시는 거 맞아요? 아까부터 계속 먼 산만 보시고, 진짜 조에 대해 알고 있는 거 맞으세요?"

저 새끼는 왜 쓸데없는 데서 눈치가 빠르고 난리야. 이 상황 자체가 웃겼지만, 평소의 여유 넘치고 센스 있는 벤지라면 자연스럽게 상황을 빠져나갈 것이라고 생각했다. 미소를 은은히 지으며 둘의 콩트를 마저 보고 있던 나는 벤지의 덧붙이는 말에 더 이상 웃을 수 없어졌다.

"그럼! 조가 얼마나 어마어마한, 어? 그, 대물인데!"

"……예?"

아. 잠깐만. 하나만 해. 있을 거면 있든가, 없을 거면 없든가.

내 커다래진 눈을 보지도 못했는지 벤지는 허황된 거짓말을 이어 갔다.

"……내가 조를 데려왔잖아! 황궁에 입궁시킬 때 몸에 칼이라도 숨기진 않았는지 살피려고 검사했는데, 그때 다들 기함을 했다고."

"그럴 리가요……."

말끝을 흐리며 톰이 다시 내 쪽으로 얼굴을 돌렸다.

"아까 안았을 때는 아래에 정말, 아무것도 없는 것처럼…… 어?"

톰이 아까 상황을 떠올리기라도 하는 듯 검은 눈동자를 굴렸다. 고자든, 대물이든 상관없는데 여자인 걸 들키면 안 되잖아. 나는 황급하게 큰 소리로 외쳤다.

"접어 다녀요!"

캑!

벤지가 말 위에서 크게 기침하며 한참을 쿨럭거렸다.

"아까 나한테는 고자라며."

"아유, 뭐 그런 걸 자랑이라고 떠들고 다니겠어요. ……벼는 익을수록 고개를 숙이는 법이죠."

"접는 게 가능해?"

"안 그러면 바지 가랑이가 세 개 필요해서요. 어느 한쪽으로 몰아넣자니 너무 적나라하고 해서, 그냥 가운데로 넣고 고정해 버려요."

"……그게 가능한 거냐고."

"……이게 사실 집안 내력인데 아버지도 그러셨거든요. 아버지한테 배운 꿀팁이 있어요. 우리 가문 대대로 내려오는 전통 수납 방식이에요."

톰의 얼굴이 괴상망측하게 변하다가 순식간에 차분히 가라앉았다.

"……역시 크기였던 건가."

"그, 그렇죠. 남자라면 역시. 음. 네."

얼굴이 터질 것 같았다. 태연하게 말하고 있는지 제대로 분간할 수조차 없었다.

"얼마나 큰데."

"그런 지저분한 얘기로 형과의 대화를 낭비하고 싶지 않아요."

벤지가 타이밍 좋게 큰 소리로 앞을 향해 외쳤다.

"수도 성이 얼마 남지 않았다. 다들 빨리 걸어!"

나는 빠른 걸음으로 거의 뛰다시피 척척 걸어 나갔고 톰 역시 기사단 줄로 다시 자리를 찾아 돌아갔다. 벤지가 잠깐 나를 쳐다보다가 고개를 절레절레 흔들었다.

저기요. 당신이 일 더 크게 만들었잖아요. 차라리 없는 척하는 게 나았어. 진짜 없으니까. 이제 아무것도 없는데 엄청난 게 있는 척해야 하잖아요.

❖　❖　❖

속으로 대성통곡을 하고 있자니 금방 황궁에 도착해 버렸다. 나는 넋 부랑자가 되어 털레털레 말들을 이끌고 마구간으로 향했다. 온몸에 진이 다 빠져 한 걸음 옮기는 것조차 버거웠다.

드디어 집이네……. 이젠 이 마구간이 내 집같이 편안하게 느껴졌다. 며칠 나가 있지도 않았는데 삭신이 쑤셨다. 미친 집착 캐릭터 이사벨라에다가, 진실 혹은 거짓 서프라이즈 아랫도리 대소동에……. 아우, 늙는다. 늙어.

오두막 안으로 들어가려는데 저 멀리서 톰이 다른 기사들과 이쪽으로 다가오는 게 보였다.

저 미친 호기심 마왕 같은 놈이 기어코.

결국 나는 한 번 눕지도 못하고 마구간 부지 뒤편을 빙 돌아 정원으로 향하는 샛길로 들어섰다. 장미 정원인가 싶었지만 다른 꽃들도 많은 걸 보아하니 카일의 정원은 아닌 것 같았다. 어디로 온 거지? 나가야 되는데.

오랜 시간을 걸어온 탓에 다리에 힘이 들어가지 않았다. 쉬었다 갈 요량으로 구석에 있는 나무 벤치에 앉자마자 긴장이 탁 풀렸다.

"……슬슬 졸리는데."

벤치에 몸을 누이고 멍하니 하늘을 올려다보고 있자니 솔솔 잠이 밀려왔다. 깜빡 잠이 들려던 나를 깨운 건 볼에 와 닿는 차가운 체온이었다.

"아. 차가워."

눈을 비비며 일어나자 델로아가 내 뺨에 손을 대고 있었다.

"아픈 거야?"

다정히 물어 오는 손과 말투와는 달리 표정은 여전히 냉담하고 고고했다.

"으, 으악!"

깜짝 놀라 벌떡 일어나자 델로아는 움찔 놀라 뒤로 물러났지만 내게 나무라지는 않았다.

"외진 곳에서 잠이 들었길래 쓰러진 건가 했어. 조, 어디 아픈 거니."

"아뇨, 그런 건 아닌데…… 좀 지쳐서요. 사정이 있어서 기사들한테서 도망치다가 이리로 왔는데 여기가 어딘 줄 모르겠어요. 궁에 1년 넘게 있었는데 여긴 처음 와 보거든요."

"멀리도 왔네. 카일 전하의 궁을 지나고, 이사크 전하의 궁 너머 별궁의 정원이야. 무슨 일이 있었길래 기사들이 너를 쫓아?"

델로아의 녹안이 부드럽게 날 보며 미소 지었다. 언제 봐도 진짜 사람 심금을 울리는 미소네요, 언니. 어차피 델로아는 내가 여자인 걸 다 알고 있는 사람이니까.

"아가씨, 혹시 지금 심심하세요?"

질문의 의도를 파악하려는 듯 대답도 없이 나를 물끄러미 보는 귀족 아가씨 때문에 나는 덧붙여 말해야 했다.

"제가 요 며칠 얼마나 엉망진창이었는지 말해 드릴게요. 지루하진 않으실 거예요."

물끄러미 나를 보던 델로아는 입꼬리를 올리며 고개를 끄덕였다. 나는 델로아와 나란히 앉아 손과 발을 써 가며 열심히 지난 일들을 얘기했다. 친구에게 미주알고주알 털어놓듯 델로아에게 얘기하고 나니 며칠간의 개고생도 그냥 웃긴 에피소드처럼 느껴졌다.

처음엔 허리를 꼿꼿이 세우고 이야기를 듣던 델로아는 내가 납치당할 뻔했다는 부분에선 주먹을 꼭 쥐고 바들바들 떨었다가, 흠씬 두들겨 패고 왔다는 대목에선 손으로 입을 얌전히 가리고 깜짝 놀라기도 했다. 역시나 물구나무서기를 하고 봐도 귀족 가문의 아가씨다운 면모였다.

사타구니 얘기를 할 땐 정숙한 모습을 내려놓고 소리 내어 한참을 웃었다. 델로아의 웃음소리를 들으니 뭔가 뿌듯했다. 한참을 웃던 델로아가 눈물을 닦으며 나를 바라봤다.

"이렇게 웃은 게 얼마 만인지 모르겠어. 조. 고마워."

후련하게 웃는 델로아를 보다가 잊고 있던 원래의 줄거리가 불현듯 떠올랐다.

며칠 뒤, 그녀의 어머니가 죽는다.

말을 해 주는 게 맞을까. 어머니의 임종을 지키고 싶어 하진 않을까. 늦둥이 남동생 때문에 평생을 준비하던 가주 자리에서 밀려난 델로아가 집을 떠나오고 싶어 했던 건 맞지만, 그게 어머니의 마지막까지 저버릴 정도였을까. 수십 번을 읽은 책 속의 주인공이었지만 인물의 심정을 속속들이 알 순 없었다.

적어도 마구간지기인 내 농담에 웃으며 편하게 숨을 몰아쉬는 델로아를 보고 있으면, 그녀가 황궁 생활에 많이 지쳐 있는 것 같긴 했다. 그도 그럴 것이 이사크 황자와 정식으로 약혼을 한 것도 아닌 상태에서 황자의 손님이라는 이유로 여기에 계속 지내고 있었으니까. 황자의 보좌를 한다는 명목이 있긴 하지만 아직까진 정식으로 임명된 게 아니라서 다들 델로아를 은근히 무시하기도 했다. 황족도 아니고, 수도의 사람도 아닌 델로아가 혼자 여기서 견디는 게 얼마나 힘들까.

오지랖을 부리는 게 맞는지 아닌지 제대로 판단도 서지 않은 상태라 나는 은근슬쩍 운을 띄웠다.

"아가씨, 황궁 생활은 좀 어떠세요."

"응?"

델로아가 되물으며 나를 바라봤다. 한마디 말을 건넬 때마다 내 표정을 살피는 건 그녀의 습관인 듯했다. 매 순간마다 상대방의 의중을 알아채는 게 버릇이 된다는 건 얼마나 눈치를 많이 보며 살았다는 걸까.

"황궁은, 남의 집이잖아요."

"하하하."

기분 좋게 웃음을 터뜨린 델로아가 구두로 땅을 툭툭 건드렸다. 불어오는 바람의 냄새를 맡는 듯 눈을 감고 조용히 숨을 들이켜는 모습이 남들에게는 여유로워 보이겠지만, 내 눈에는 금방 깨질 것처럼 위태롭게 느껴졌다. 델로아는, 어머니의 부고를 듣고 집으로 돌아가는 길에 마차에서 몇 번이나 기절했으니까. 황궁에서 보낸 시종들과 함께 움직이는 탓에 약한 모습을 보이지 않으려 이를 악물었고, 눈물을 참느라 숨을 일부러 참았다가 내쉬길 반복했다고 책에 적혀 있었다. 그러다 결국 밀려오는 슬픔을 참지 못하고 잠드는 것처럼 앉은 채 기절했다가 혼자 놀라서 파드득 떨며 깨길 반복했댔지.

그렇게 돌아간 알베니스의 저택에서 그녀는 몇 달 동안 나가 있느라 임종을 지키지 못했다는 이유로 남아 있는 아버지와도 크게 싸웠다. 어머니의 장례를 겨우 마친 직후 곧바로 황궁으로 돌아가겠다고 편지를 썼더니 어떻게 그렇게 무정할 수 있냐고 이사크랑도 싸우고.

다 지 좋자고 하는 일인데. 무정한 게 정작 누군지도 모르고. 이사크 나쁜 새끼. 델로아 언니. 왜 사람들이 언니를 못살게 굴죠. 나 진짜 책 보면서 눈치가 뒤져 버린 이사크를 파묻어 버리고 싶었어요.

나도 모르게 델로아를 물끄러미 바라보고 있었다. 델로아는 내 시선을 눈치챘는지 웃음기를 머금은 채 말을 이었다.

"그래. 황족이 아니고서야 여긴 남의 집이지."

"……집에 돌아가고 싶진 않으세요?"

"글쎄. 거기도 이젠 내 자리가 없는 것 같아서."

아무렇지 않게 말하는 델로아 때문에 괜히 내가 더 축 처졌다.

"그래도 가족이 거기 있잖아요."

나는 가족이 보고 싶은데.

그쪽에서의 나는 이미 죽은 지 1년이 지났다. 나 없이 살아갈 가족들을 상상하다가도, 가끔은 그들의 얼굴을 생각하는 것만도 버거웠다. 그저 여기서 최선을 다해 살아 내는 것. 그것 말고는 지금의 내가 할 수 있는 건 아무것도 없었다.

나는 목소리를 쥐어짜 내듯 델로아에게 말했다.

"후회할 땐 이미 늦었으니까요."

"후회를 하는 것처럼 말하네, 조."

"……가족들이 델로아 아가씨를 기다리고 있을지도 모르잖아요."

델로아는 때 묻지 않은 곱고 하얀 손으로 내 머리를 느리게 쓰다듬었다.

"모든 부모가 자식을 사랑하는 건 아니야."

청량한 목소리에 비해 말은 싸늘했다.

"공평하게 사랑하는 건 더 어렵지."

어떤 마음으로 알베니스 저택을 걸어 나와 다시는 돌아가지 않겠노라 결심했는지 알고 있었기에, 그저 책 속의 몇 줄뿐이지만 아무런 말도 할 수 없었다.

"다 내 것인 줄 알았는데, 사실은 아무것도 없었던 거야. 고작 남동생이 태어나면 뺏길 자리에 멍청하게도 평생을 매달렸지."

"……."

그녀의 허탈함이 묻어 나오는 말에 어떤 말도 함부로 할 수 없어 가만히 듣고만 있었다. 그런데 델로아의 입 밖에서 의외의 말이 튀어나왔다.

"그래서 나는 확실한 내 사람을, 이 제국의 황제로 만들 거야."

고개를 숙이고 끄덕이며 듣고 있다가 온몸이 움찔 굳어졌다.

황제로 만들겠다는 말을 왜 지금, 그것도 나에게?

내가 아는 델로아는 이렇게 쉽게 자기의 목표를 털어놓을 사람이 아니었다. 놀란 눈으로 델로아를 쳐다보자 그녀는 아까 전과 전혀 다를 바 없는 온화한 얼굴로 나를 바라봤다.

"놀랄 것 없잖아. 모두 같은 마음으로 남의 집에 얹혀살고 있는걸."

"……아가씨. 굳이 저에게 그런 말씀을 하시는 이유를 잘 모르겠."

"내가 비밀을 말했으니 너도 하나 말해 줘야 공평한 거 아닐까. 조 너한테도 비밀이 있잖아."

"네?"

에메랄드처럼 빛나는 델로아의 녹안이 느리게 깜빡였다.

"기억을 잃었다면서 고향의 농담을 꺼내고, 가족을 그리워하는 눈을 하고서 내게 조언하고, 남장을 하고 굳이 카일 전하의 궁에서 일하는 조."

머리 위에 올라가 있는 손이 천천히 뒷덜미로 내려왔다. 눅눅한 바람이 스산하게 불어왔다. 델로아가 목소리를 내리깔고 읊조렸다.

"비밀이 지키려면 독해져야지."

"무슨 말씀을 하시는지 잘 모르겠어요. 저, 저는 그냥…… 일자리가 없어서 카일 전하 궁에서 일하게 된 거고요."

"굳이 남장까지 해 가며? 다른 편한 곳에서 권해 오는 일자리를 모두 거절하고 꾸역꾸역 남아서? 네가 생각해도 말이 안 되지 않니. 거짓말이 서툴구나, 조."

어떤 대답을 해야 할지 감이 오지 않았다. 그저 뒤통수를 매만지는 것뿐인데도 숨통을 틀어막는 것 같았다.

"너를 누가 보냈는지는 모르지만, 네가 황제로 만들고 싶어 하는 사람과 내가 황제로 만들고 싶어 하는 사람이 다르다는 건 알아."

"……."

"내 집으로 자객이라도 보냈어?"

"무슨……! 아니에요!"

의심받는 게 억울해 벌떡 일어서려 했지만 델로아가 내 어깨를 잡아 누르는 통에 도로 자리에 앉고 말았다.

"아직 내 질문 안 끝났어."

델로아는 굳은 얼굴로 나를 앉혔다.

내가 아는 그 델로아가 아닌 것 같았다. 이렇게 조바심 내면서 본인의 패를 보여 주는 인물은 아니었던 것 같은데.

귀신이라도 들렸나. 델로아의 탈을 쓴 다른 사람인 건 아닐까. 주변을 휘휘 둘러보았지만 이 난처한 상황에서 나를 도와줄 사람은 아무도 없었다.

"누군가 장기짝으로 쓰기엔 조는 너무 순수하구나."

"저, 저는……."

델로아는 나를 물끄러미 바라봤다. 따스하고, 강하다던 그녀의 위압감이 목을 조여 왔다.

"내 가족이 죽어?"

입이 쩍 벌어졌다. 델로아가 눈을 아래로 내리깔았다.

"카일 전하가 내 가족을 죽여? 그래서 경고하러 온 거야?"

"아니에요! 카일은 그런 짓을 할 사람이 아니에요! 전 그냥, 아가씨가 걱정돼서!"

"이게 문제야, 조. 너는."

내 손을 잡고 다독이며 델로아는 차분하게 속삭였다.

분명 바람이 불고, 저 멀리 하녀들의 웃음소리가 들려오는데도 이 주변만 시간이 멈춘 듯했다.

"아무 일도 없이 평화로운 지금, 내가 걱정된다며 굳이 말을 건네는 너의 그 다정함이 결국 널 위험하게 만들 거야."

커다란 녹안이 나를 꿰뚫을 듯 바라봤다. 그녀의 말 한 마디 한 마디가 가시처럼 날카롭게 나를 찔렀다.

"남의 집에선 행동거지를 조심해야지."

내 손을 잡고 있는 델로아에게서 빼낸 뒤 그녀를 똑바로 마주 봤다.

"그런 저에게 하나하나 짚어 주시는 아가씨의 다정함은요. 저는 아가씨가 좋은 사람이란 걸 알아요."

"어떻게."

"네?"

"고작 몇 달 전에 나를 처음 봤을 네가 나를 어떻게 알아."

손끝이 차갑게 식어 갔다. 나는 떨어지지 않는 입술을 겨우 움직여 말했다.

"미래를 봤어요. ……바뀌기도 하고, 이제는 모든 게 불확실하기도 하지만……."

"내가 그 터무니없는 말을 믿을 것 같았어? 비밀이랍시고 털어놓는 게 미래를 본다고? 넌 대체 날 얼마나 우습게 봤으면."

"아니에요! 아가씨!"

자리에서 일어나는 델로아의 소매를 잡았다.

"아가씨 말마따나 제가 그럴 이유가 없잖아요! 굳이 남장까지 해 가며 카일의 궁에서 일하는데 제가 뭣 하러 아가씨한테 이런 말을 꺼내겠어요."

델로아의 미간이 구겨졌다. 신경질적으로 찌푸린 얼굴이 나를 향했다.

"그래, 좋아. 그럼 넌 내가 어떤 선택을 할지도 알겠네."

"……제가 아가씨한테 말을 한 순간부터 이미 달라진 거예요. 이후는 몰라요."

"그럼 뭘 바라고 나한테 말을 한 건데."

"……아가씨가 가족을 보러 가셨으면 좋겠어요. 하지만,"

나는 붙잡고 있던 델로아의 소매를 힘없이 놓았다.

"가지 않으시겠죠. 아가씨는. 어떤 것에도 흔들리지 않으시는 분이니까요. 설령 흔들려도, 남에게 보이지 않으시는 분이니까. 지금 알베니스로 간다면 다들 아가씨가 지쳐서 돌아간다고 생각할 테니까요."

"그렇게 영리한 애가 왜 내게 말했어. 때론 침묵이 더 나을 때가 있다는 걸 모를 나이는 아닐 텐데."

"……그래도, 그래도 가셨으면 해요. 정말로 후회하시기 전에요."

델로아는 말없이 앞으로 두세 걸음 걸어가다 뒤를 돌아봤다.

"……기억을 잃었다는 건 거짓말이지? 네 가족들은 어디 있어?"

긴 바람이 불었다.

짧은 머리카락이 콧잔등을 간질이고, 눈가로 차오르던 눈물이 금세 날아가 버렸다. 나는 먹먹한 목소리를 겨우 감추고 들릴 듯 말 듯한 목소리로 대답했다.

"미래를 본 대가로, 제가 알던 모든 것이 사라졌어요. 다 없어요, 이젠."

델로아의 동공이 짧게 흔들렸다.

"정말 아무것도 남지 않았어요. 미련 말고는."

오두막으로 돌아와 담요에 얼굴을 파묻었다. 엉엉 소리를 내어 울고 싶은데 그것조차 어색하기만 했다. 애써 묻어 놓고 몇 달을 살아 내서일까.

너무 오랜만에 꺼낸 가족 얘기에 가슴이 묵직하게 저려 왔다. 그대로 돌아서서 가 버린 델로아의 곧은 등이 생각났다.

그녀는 알베니스로 가지 않을 것이다. 머지않은 날에 어머니의 부고를 듣고 내 생각을 할지도 모르겠지만, 달라지는 건 없겠지. 그녀는 마차 안에서도 등을 꼿꼿이 세운 채 기절하며 알베니스로 갔다가 이사크의 황위를 위해 곧장 황궁으로 돌아올 것이다.

거기가 자기의 자리라고 정했으니까.

……아가씨. 나는 아가씨가 부러워요. 나는 정말 이제 돌아갈 수도 없고, 할 수 있는 게 그냥 열심히 사는 것밖엔 없는데.

저는 저를 다 잃었는데요.

눈물이 아래로 하염없이 흘러내렸다. 그때 오두막 밖에서 발소리가 들렸다. 똑똑 노크하는 걸 보니 카일 아니면 벤지겠지만 우는 얼굴을 보이긴 싫었다. 담요를 덮어쓴 채 대답을 하지 않자 말소리가 들렸다.

"……조."

카일이었다.

"거기 있어? 자는 거야? 또 어디로 간 건 아니지."

의지하고 있는 사람의 목소리가 들려오니 괜히 서러워져 눈물이 멈추질 않았다. 목울대 아래로 파도가 치는 것처럼 마구 일렁였다.

"으, 흐으, 윽……."

끅끅대는 소리를 들었는지 카일이 문을 다시 쿵쿵 두드렸다.

"조? 괜찮아?"

나 들어간다, 응? 조. 나 들어가도 돼?

몇 번이나 물어보며 어쩔 줄 몰라 하던 카일이 조심스레 문을 열고 들어왔다. 그가 발을 옮길 때마다 오두막의 낡은 바닥이 끼이익, 우는 소리를 냈다. 작은 침상 위에 걸터앉은 카일은 담요 위에 손을 올렸다.

"조? 무슨 일이야. 왜 그래."

뭐라고 말해요. 이제 와서 가족이 보고 싶다고? 내가 죽은 게 갑자기 서러워졌다고? 델로아가 부러워 죽겠다고?

어떤 말도 꺼내지 못하고 웅크린 채 훌쩍이고만 있자 곧 내 위로 따스한 온기가 무게감 있게 실렸다. 담요 위로 나를 안은 카일이 낮게 속삭였다.

"나 있어, 조. 내가 네 옆에 있을게. 그러니까 혼자 울지 마."

나를 안은 카일의 온기가 천천히 내게로 퍼졌다. 단단하고 낮은 목소리가 귓가에 닿을 때마다 심장이 점점 크게 뛰었다.

"조, 내 목소리 들려?"

울먹이면서도 고개를 끄덕이자 잘했다는 것처럼 카일이 담요 위로 삐죽 솟아오른 내 머리에 입을 맞췄다.

"내가 옆에 있을게. 멀리 있어도 너한테 올게. 혼자 외롭게 울지 마."

둥글게 솟아 있는 담요 위를 어루만지며 속삭이는 카일의 말에 더 크게 울어 버렸다.

꺽꺽 소리를 내며 넘어갈 듯 우는 나를 그대로 담요에 싸안아 올린 카일은 두 팔로 나를 안고 품 안에 가둔 채 한참 토닥이다가 물었다.

"왜 우는지 물어봐도 돼?"

나는 담요 안에서 고개를 도리도리 저었다. 카일은 내 동그란 머리를 쓰다듬으며 속삭였다.

"왜 울고 그래. 속상하게. 이젠 네 목소리도 안 들려서 찾아오지도 못하는데. 왜 몰래 울어, 서럽게."

정박자로 등을 다독이는 카일의 어깨에 기대 담요 안에서 한참을 울었다. 플라반령에서 돌아온 지 몇 시간 되지 않아 지쳤을 텐데도 그는 지친 기색 없이 내게 계속해서 말을 걸었다.

"네가 날 부를 수 있으면 좋을 텐데. 슬플 때 슬프다고 부르고, 기쁘면 기쁘다고 또 부르면 좋을 텐데. 이젠 그걸 바라는데도 안 되네. 응, 조?"

내가 고개를 끄덕이자 그는 내 어깨를 감싸 안았다. 단단한 팔에 감긴 채 숨을 느리게 들이마셨다가 내뱉자 편안함과 안도감이 밀려들었다.

"그래도 너무 오래 울진 마."

마법처럼 눈물이 점점 사그라들었다. 어쨌든 여기가 내 두 번째 인생이었다. 모든 순간은 내가 선택한 거였고, 살아 내기로 결심한 이상 사는 수밖에 없었다.

후회와 미련이야 당연히 있겠지만, 그게 다는 아니니까. 그걸론 살아갈 수 없으니까.

나는 담요 속에서 두 팔을 쭉 뻗어 그대로 카일의 목을 끌어안았다. 그러곤 먹먹해진 목소리로 카일에게 말했다.

"내가, 다시⋯⋯ 돌아갈 수 없는 곳에 다 두고 왔는데. 거기 다시 못 가는데
요⋯⋯."

"⋯⋯응."

흘러내리는 담요 탓에 드러난 결 좋은 은색 머리카락을 손가락에 얽어내듯
쓰다듬며 카일은 조용히 내 말에 대답했다. 차분히 다음 말을 기다리는 그
덕분에 더듬거리면서도 나는 카일에게 설움을 칭얼거릴 수 있었다.

"못 돌아갈 걸 아는데, 근데 그냥, 그런 날 있잖아요. 괜히 좀 서럽고⋯⋯ 자
꾸 생각나고, 후회해 봤자 달라지는 것도 없는데⋯⋯."

머리를 쓰다듬던 카일의 손이 움찔 떨렸다. 카일은 내 허리를 힘 있게 끌어
안고는 묵직한 목소리로 말했다. 어쩐지 말끝이 흔들리는 것 같았다.

"⋯⋯나로는 안 되는 거야?"

"예?"

"⋯⋯내가 네 옆에 있는 걸로는 안 돼?"

홀리씻. 너무 되죠. 안 될 리가요. 존나 과분하십니다.

내 안의 주접 자아가 또 고개를 쳐들려는 순간, 카일의 손이 더 빨랐다.

카일을 보려고 고개를 들려는 찰나, 그가 내 머리를 잡고 더 깊이 안았다. 얼
떨결에 목덜미에 얼굴을 파묻은 나는 본의 아니게, 다시 말하지만 정말 본의
아니게 얌전히 안겨 그의 체취를 맡았다.

⋯⋯텔레파시 안 전해져서 정말 다행이네요.

우울을 끝내고 음흉한 생각을 시작한 내 속도 모르고 혼자 전전긍긍하며 카
일은 로맨스 장르 소설 캐릭터다운 대사를 내뱉었다.

"내가 네 옆에 쭉 남을게. 네가 내 곁에 있겠다고 한 것처럼. 나도 계속 있을
게. 그걸로는 안 될까."

되죠, 되죠. 선생님. 너무 되죠. 땡큐입니다. 넝쿨째 굴러 들어온 카일 지져
스 크라이스트 갓 땡큐입니다.

말없이 가만히 있는 내가 불안했는지 카일은 더욱 힘 있게 나를 안고 조용히
속삭였다.

"……가지 마. 내 옆에 남은 걸 후회하지도 마."

"……네."

카일이 내 손을 잡고서 자기 왼쪽 가슴 위로 올려 뒀다. 뭐지, 단추 풀라는 건가. 오늘인가.

셔츠 단추 위로 손가락을 움직이려는데 카일이 내 손을 쫙 펼치더니 가슴 위에 가만히 올려 뒀다. 쿵쿵 빠르게 맥동하는 카일의 심장 박동이 손바닥으로 전해졌다.

"이젠 내가 못 놔줘. 그러니까 나를 만난 걸 후회하지 마."

정말 너무 다행이다. 제가 로맨스 소설로 들어오길 얼마나 다행입니까.

살아생전에 추리 소설을 안 좋아해서 다행이라는 생각을 오백 번 정도 했을 때쯤에 카일은 품 안에서 나를 떼 내고 걱정스레 내려다봤다.

눈물은 그친 지 오래였지만 아직도 눈두덩이가 벌겋게 퉁퉁 부어 있었다. 카일은 커다란 손으로 내 뺨을 만지다가 엄지로 천천히 눈가를 쓸었다.

진짜 쏘 짜릿하네요. 죽길 잘했다.

아까 왜 울었더라.

자꾸만 올라가려는 입꼬리를 필사적으로 잡아 내린 노력 덕에 들키지 않았는지 카일은 아직도 멜로 눈빛을 달고 나를 바라봤다.

"나로 만족해 줘."

그는 고개를 숙이고 내 두 손을 꼭 잡고 덧붙였다.

"……제발."

예.

Yeah~

존나 오예입니다.

세상에 안 되는 게 어디 있겠어요, 황자님. 뭐든 되는 세상입니다.

홀린 것처럼 끄덕이며 네, 라고 대답하려 했는데 너무 울었던 탓인지 목이 메어 목소리가 잘 나오지 않았다. 몇 번의 바람 소리를 낸 끝에 겨우 '네.' 하고 대답했다.

그가 안도의 한숨을 내쉬며 자리에서 일어섰다.

"오래 같이 있어 주지 못해서 미안해. ……네 마음의 소리라도 들리면 좋을 텐데."

이제 제 마음은 안 들리는 게 나을 것 같긴 합니다만.

떨어지지 않는 발걸음을 겨우 옮기며 마구간을 떠난 카일은 그날 이후로 며칠간 잠잠했다. 워낙에 바쁘니 그럴 만도 하지.

나는 늘 하던 것처럼 마구간 관리에 최선을 다했다. 그리고 간간이 찾아오며 무료함을 달래 주던 시종들과 하녀들 사이에 기사들이 섞였다.

"궁을 지키셔야 하는 분들이 마구간까지 뭐 하러 오시냐고요!"

"야, 우리 쉬는 시간이야!"

"와. 무슨 직원 복지가 이렇게 좋냐. 나 때는 휴식 시간 보장 안 되는 회사가 더 많았어!"

"회사……?"

내 말을 이해하지 못한 기사들이 자기네들끼리 몇 번 말하다가 대충 손을 휘휘 젓고는 마구간의 울타리에 몸을 기대며 눈을 반짝반짝 빛냈다. 기대감에 젖은 저 눈빛은 분명,

"야. 너, '그거' 장난 아니라며."

내 이럴 줄 알았지.

갈퀴를 집어 던지고 싶은 마음은 굴뚝같았지만 쪽수가 딸렸다. 톰이 곤란한지 머리를 마구 헝클어뜨리며 내게 사과했다.

"미안, 조! 나 진짜 혼자 와서 필요한 것만 물어보고 갈랬거든. 근데 다들 어디 가냐고 하고, 왜 가냐고 물어서."

"조. 그래도 뭔가 엄청난 스킬이 있을 거 아냐. 나 있던 고향에서도 엄청난 놈 있었는데 걘 오히려 샌님이었거든."

"기사님들, 저 정말로 귀를 뜯어다가 새 걸로 갈아 끼우고 싶어요."

"치사하게 혼자만 잘 살지 말고. 어?"

"아, 저리 가시라고요. 저 바쁘단 말이에요."

"조. 그러면 그냥 평범한 연애 상담은? 어?"

"돈 줄 것도 아니면서!"

"10테랑 줄게."

"어서 오십쇼, 손님. 일단 중요한 건, 진심과 그에 상응하는 꾸준한 정성입니다. 어느 쪽 형님부터 시작하실 거죠? 개별 질문 받고 1인당 10분 미만 10테랑입니다. 수위 있는 질문은 받지 않습니다."

"30테랑에 간단한 조언은 가능한가요?"

"여자 친구와 상의해 보시면 충분히 답을 찾으실 수 있을 겁니다. 모든 잠자리 불만은 쌍방 간에 해결해야 하는 겁니다. 외부에서 답을 찾으려 하지 마세요."

"오오~"

기사 하나가 돈주머니를 꺼내 높이 쳐들길래 나도 목소리를 높여 고함을 질렀다.

"하, 참 내. 누가 돈만 주면 뭐든 하는 사람 같은가 본데, 정답입니다! 그러니까 일단 줄부터 서시라고요!"

고민들이라고 해 봐야 고만고만했다.

Q1. 애인이 요새 나만 보면 한숨을 내쉬는데 왜일까. 스킨십이나 다른 건 문제없어.

A1. 스킨십은 문제없다는 걸로 봐선 애정 전선에 흠난 건 아닌 것 같네요. 만난 지도 꽤 됐고, 슬슬 나이도 됐는데 결혼 얘기를 안 꺼내니 그런 거 아닐까요. 반지라도 하나 준비해 가 보시는 게 어떠세요.

Q2. 내가 갈 때마다 웃어 주는 대장장이 아가씨가 있어. 혹시 날 좋아하는 걸까.

A2. 서비스직 종사자에게 무슨 실례예요. 그분한테 호감이 있으면 부담 주지 말고 차근차근 의견부터 여쭤보세요. 다짜고짜 찾아가서 '너도 날 좋아하는 거 아니었어?' 그딴 소리 행여 하지 마시고. 단언컨대 그분은 아마 기사님한테 쥐똥만큼도 관심 없을걸요.

Q3. 있잖아, 나는…….

A3. 너저분한 수염 깎고, 머리 단정하게 정리하시고. 샤워도 좀 하시고. 다음.

Q4. 부모님들끼리 시켜서 결혼을 하긴 했는데, 어쨌든 내 부인이니까 잘해 주고 싶거든. 근데 어색해서 어떻게 해야 할지 모르겠어. 결혼식 때 두 번째로 봤어. 그날 손잡은 게 다고.

A4. 형수님도 어색한 건 마찬가지일걸요. 친구 사귄다고 생각하고 차근차근 다가가세요. 부부라고 생각 말고, 친구처럼. 편안하게. 형수님이 좋아하시는 게 뭔지 물어도 보고. 날 좋은 날은 같이 산책도 하고. 천천히 친해져 봐요, 남은 인생 길잖아. 형.

Q5. 오랫동안 친구였던 애가 있는데 얼마 전부터 약간, 이성적으로 보이기 시작했어.

A5. 급하게 고백하면 친구고 뭐고 다 좋날 수 있으니 천천히 매력을 어필해 보세요. 부담스럽지 않도록.

하나씩 처리하며 돈을 두둑하게 받아 갈 때쯤 저 멀리서 델로아가 걸어왔다.

"……오늘은 여기서 끝!"

"아, 왜!"

"내일 오세요, 내일! 저도 본업이란 게 있다고요. 말똥 치워야 돼요!"

투덜거리긴 했지만 기사들이 몰려가자 멀찍이 서서 나를 보고 있던 델로아 가 내게 다가왔다. 굳은 얼굴로 그녀는 울타리 너머에서 딱딱한 목소리로 말했 다.

"……난 후회 안 해."

델로아의 목구멍 아래가 먹먹하게 잠겨 들어 마치 물속에서 겨우 입을 열어 말하는 것 같았다.

"……네."

"여기서 버티는 게 내 최선이었으니까."

"네, 알고 있어요."

당당하게 말하고 있지만 꽉 쥔 델로아의 주먹이 미미하게 떨리고 있었다. 어 머니의 부고를 들은 모양이었다. 그날 바로 출발했다면 마지막을 함께 보낼 수 있었겠지만 델로아의 말처럼 아무 연유 없이 알베니스로 돌아갈 순 없었으니 까. 꼭 다물고 있던 입술을 열고 델로아가 내게 질문했다.

534

"다른 방법이 있었을까."

'만약'에 매달리는 델로아에게 자기 탓은 하지 말라고 말해 주고 싶었다.

"……아뇨. 아가씬 아가씨의 최선을 다한 거예요. 사람이 위독하면 위독하다고 편지라도 한 통 써 주지, 아버지가 나빴어요."

"……역시 그렇지?"

쓰게 웃은 델로아는 손으로 울타리를 몇 번 잡았다 놓으며 눈을 느리게 감았다 뜨길 반복했다. 그녀가 안쓰러웠지만 위로랍시고 함부로 손을 잡아 줄 수도 없었다.

델로아는, 델로아의 방식으로 이겨 낼 테니까.

큰 눈을 힘주어 뜬 델로아가 힘 빠진 목소리로 물었다.

"혹시 해 줄 말 있어?"

"아. 돌아오실 때 마부는 직접 구하세요. 위험하거든요."

"알았어."

살포시 미소 지은 뒤 델로아는 크게 심호흡을 한 뒤 그대로 등을 돌렸다. 한 걸음 앞으로 내딛던 델로아가 다시 뒤돌아 나를 바라봤다.

"너는 카일 전하의 사람이면서, 왜 나를 도와줘? 얻을 것도 없으면서."

"가끔은 이런 친구가 있는 것도 좋잖아요."

힘없이 웃은 델로아는 곧장 궁으로 향했다. 걸어가는 뒷모습이 위태로워 보였지만 델로아는 늘 그랬듯 당당하게 돌아올 것이다.

그날 저녁, 델로아를 태운 마차가 황궁을 빠져나갔지만 궁의 시간은 언제나 그랬듯 한 사람의 부재 따위는 아무렇지 않다는 듯 조용히 흘러갔다.

너 하나 이 세상에 들어왔다고 해서 달라질 건 없단다, 아가.

'힘 빠지는 소리 하지 마세요. 저번에는 제가 카일을 바꿨다고 했잖아요.'

여신의 목소리가 내 머리에 광광 울렸지만 그 말만큼은 인정할 수 없었다.

'여신님. 사람들이 기도하거나 행복을 바랄 때, '여신의 뜻대로.'라고 하더라고요. 아시죠?

그럼, 알지.

'정말로 이 모든 게 다 당신의 뜻이에요? 제가 하는 모든 선택이, 델로아와

카일의 미래도, 카일의 인생도 다 당신이 이미 정해 놓은 삶인 거냐고요.'

……대부분은 내가 다 알고 있어. 그리고 인간은 거기서 크게 벗어나질 않지. 일어날 일은 어쨌든 일어나게 돼 있단다. 마치, 델로아가 마부를 바꿔도 프리실라가 보낸 사람들이 그녀의 마차를 습격하는 것처럼.

'뭐라고요? 아니, 그럼……! 그럼 델로아는 어떡해요! 위험하잖아요!'

그래도 네가 아는 그 미래처럼 그 아이는 살아 돌아올 거야. 바뀐 그 마부 덕에 조금 빨리 구해지겠지. 이렇게 큰 틀을 벗어나진 않아.

'아무리 날고 기어 봐야 여신님 손바닥 안이라는 뜻인가요.'

아가, 너무 부정적으로만 듣지 마렴. 세상에는 균형과 질서가 있단다.

신의 목소리가 이렇게 잔인하게 느껴진 적이 없었다. 마치 카일이 때가 되면 죽을 것이라고 말하는 것 같았다.

'전 그 말 싫어요. 반대예요, 제가 바꿀 거라고요. 여신님은 애초에 제 존재 자체를 예상 못 했잖아요. 변수라는 건요, 어떻게든 변할 수 있는 수를 보고 변수라고 하는 거잖아요. 바꿀 수 있어요.'

여신은 다소 굳은 목소리로 대답했다.

고작 변수 하나가 세상을 바꾸진 못한단다, 조. 여기에도 오차 범위라는 게 존재하니까.

❖ ❖ ❖

여신의 말처럼 약 1주일이 지난 후 델로아가 돌아왔다. 핼쑥해진 얼굴로 마차에서 내린 델로아는 멀찍이 서 있는 나를 힐끗 보곤 곧장 궁으로 들어갔다.

지금쯤 이사크가 델로아를 붙잡고 살아 돌아와 줘서 감사하다고 말하고 있겠지.

델로아는 도적이 떨구고 간 검에 찍힌 문양이 프리실라 황비의 가문인 벨로이스트가(家)에서 관리하는 무기고 출처라는 걸 알아내고서 분노에 몸을 떨었다.

프리실라 황비는 거슬렸던 델로아를 정리하려 사람을 사서 그녀의 마차를 습격했지만 그걸 딱히 숨기려 하진 않았다. 오히려 명백히 눈에 띄도록 경고하고 있었다. 까불지 말고 물러나라는.

누가 범인인지 유추하고 있음에도 감히 황비 가문에 심문을 할 수 없어 델로아는 그저 속으로 분노를 삼켜야 했다.

아직은 황제도, 궁 안의 그 누구도 제 편이 아니었으니까.

도적의 화살이 스쳤던 팔의 붕대를 갈아 끼우며 델로아는 이를 악물었다. 사건을 전해 들은 이사크의 눈에 분노가 치솟았지만 델로아는 냉정하게 그를 말렸다.

"이사크 전하. 지금의 우리는 아무것도 할 수 없습니다."

"델로아 너 죽을 뻔했어! 근데 그냥 넘어가라고?"

"그럼 어떡하실 건데요. 이 칼을 들고 황제에게 찾아가 명백한 증거이니 심문해 달라 하실 겁니까. 그럼 그가 해 줄까요. 벨로이스트를 잃을 수 없는, 가진 거라곤 황권 이름뿐인 그 황제가."

"하지만 우리에겐 오르본 백이 있고, 칼리테 백도 우리 쪽으로 돌아섰고."

"고작해야 그 둘입니다. 이제 겨우 둘인 거고, 그것으론 충분하지 못해요. 추밀원의 숫자 반의반도 채우지 못합니다."

분하지만 참을 수밖에 없음을 인정한 이사크는 델로아의 손을 잡고 미안하다며 사과했다.

이런 상흔을 입히자고 너를 황궁에 데려온 게 아니라고.

"오래되어 잊으셨나 본데 전하를 황궁으로 끌고 온 게 접니다."

델로아 너무 멋있어요, 언니는 평민으로 태어났어도 황후를 하셨을 관상입니다.

책 줄거리를 되뇌며 느긋하게 식사를 하곤 있었지만 다친 델로아가 걱정됐다. 잘 이겨 낼 건 알지만 아픈 건 아픈 거니까.

며칠 뒤, 몸 상태가 호전된 델로아는 보란 듯이 황궁 안을 활보했다. 마구간으로 찾아온 델로아는 손에 낀 긴 장갑을 벗으며 내게 상처를 보여 줬다.

"흐이이익! 흉터 남으시는 거 아니에요?"

"뭐야, 알고 있을 줄 알았더니."

"제가 아가씨 뒤로 영혼 보내서 보고 있던 것도 아니고 얼마나 다치셨는지는 당연히 모르죠."

"미래를 안다며, 이건 왜 몰라. 네가 마부를 바꾸라고 한 덕에 이 정도에서 그친 건데."

"아우…… 죄송해요, 아가씨. 마부 정도로는 막을 수 없었나 봐요."

시무룩한 내 얼굴을 보고 그냥 웃고 만 델로아는 벗어 둔 장갑을 챙겼다.

"솔직해서 좋다, 조."

"다행이에요. 저 좋아해 주셔서."

"그게 왜 다행이야."

"저 싫어하는 사람치고 좋은 사람 못 봤거든요."

"하하하."

높은 웃음소리로 웃은 델로아는 약간 편해 보였다.

"사실 의심을 했어. 미래를 봤다는 허무맹랑한 소리는 지금도 반신반의하지만."

"……하지만?"

"마부를 바꾸면서 온갖 경우의 수를 다 계산했지. 이것도 네가 파 놓은 함정이 아닐까. 애초에 어머니가 돌아가시는 건 어떻게 알았나 싶기도 하고."

"……하고?"

"도적과 맞닥뜨렸을 땐 너한테 당했구나, 싶다가 재빠르게 도망친 걸 많은 마부가 데려온 경비병과 가디언들을 보곤 계속 헷갈렸지. 사실은,"

"사실은……?"

"지금도 헷갈리는 중이야. 널 어떻게 대해야 할지 모르겠네. 근데 너 왜 자꾸 내 말끝마다 따라 하니."

"……누가 이렇게 말끝마다 따라 하면 다정하게 들린다고 해서요. 아가씨랑 잘 지내고 싶거든요, 저는."

"대체 누가 그런 화법을 써, 깡패도 아니고."

손에 쥔 하얀 장갑을 입가로 가져가며 웃는 델로아의 눈이 곱게 휘었다. 주변을 많이 경계하던 델로아가 고작 마구간지기한테 마음을 열다니. 이 또한 그녀의 판단이겠지만 내게 마음을 열어 준 게 다행이면서도 많이 지친 것 같아 속이 쓰렸다.

내 주인공 언니가…… 괴로워한다뇨, 흑흑.

싱긋 웃은 델로아는 눈을 빛냈다.

"확실히 내 사람이 될 생각은 여전히 없어?"

"……예. 없는데…… 그래도 최대한 도와드릴 거예요. 남의 집 더부살이에 몸 축나지 않으시도록."

빙긋이 입꼬리를 올리며 나를 응시하던 델로아는 낮게 읊조렸다.

"모두가 다 승리할 순 없어."

"네?"

내게 한 걸음 다가온 델로아가 팔을 뻗어 내 어깨를 당겨 끌어안았다.

"우린 친구가 되지 못할 거야."

"하지만……!"

"지금은 가능해도, 앞으로는 아닐 거야. 그런 미래는 못 봤니?"

"아가씨, 저는 그런 게 아니라요. 정말 아가씨나 여기의 다른 분들이……."

"모두 이 커다란 황궁에서 화목하게 사는 결말을 기대하는 건 아니겠지. 조."

몸이 굳은 나를 바라보며 웃던 델로아는 긴 손가락으로 내 어깨를 두드리곤 짧게 손을 흔들었다.

긴 흉터가 내려온 팔에 다시 장갑을 낀 그녀는 느릿한 걸음걸이로 이사크가 있을 궁으로 돌아갔다. 아마 델로아는 몸 상태가 더 좋아지면 살롱에도 초대되어 나가겠지. 지금 그녀는 사교계에서 꽤 뜨거운 감자니까.

갑자기 나타난 검은 황자와 그의 연인인지 보좌관인지 모를 어느 백작 가문의 아가씨.

사람들은 스캔들을 좋아하는 법이니까. 흥미로운 드라마에 군침 흘리고 있을 부인들이 프리실라 황비와 엘린느 황후 때문에 몇 달 동안 눈치를 보고 있었지. 하지만 이사크가 곧 웰런스 백작까지 스승으로 모시게 되면, 그 부인과 그 부인의 친구인 크랜슈너트 부인과도 굴비 엮듯 친해지겠지.

추밀원의 궁내부 장관인 크랜슈너트 후작은 소문난 애처가고, 부인이 최근에 사귄 친구라는 델로아와 친분이 차곡차곡 쌓이는 걸 보면, 아마 프리실라 황비와 시에나 황녀가 제대로 복장이 터질 터였다.

그 대목 좋아했는데. 조마조마하면서도 캐릭터가 잘 풀리는 걸 보는 재미가 쏠쏠했다고. 역시, 주인공이란. 걱정하지 않아도 워낙에 알아서 잘할 델로아였다.

문제는 카일이었다.

주인공이 승승장구한다는 건, 조연이 그를 빛내기 위해 한 걸음씩 뒤로 물러난다는 뜻이니까. 기마 대회에서 우승을 하고도 백성들의 반응이 영 시원찮았던 탓에 프리실라 황비가 목이 타는 것 같았다.

어제도 내보낸 마차가 오늘도 또 나가네요. 저기엔 카일이 있을까.

친분 과시인지 교류 가문 관리 명목인지 카일은 요 몇 주 동안 계속 먼 친척과 추밀원 가문들을 만나고 있는 듯했다. 얼굴 볼 틈도 없이 밤늦게 돌아와 곧장 자신의 방으로 돌아갔다는 카일의 소식을 그다음 날 아침 밥상에서 들으면 마음이 다 쓰렸다.

아이구, 얼마나 피곤했을꼬. 고운 얼굴이 반쪽이 된 건 아닌지 모르겠어.

카일 걱정으로 전전긍긍하던 중, 식사 시간에 달갑지 않은 소식이 들려왔다.

"조. 그거 들었어?"

"뭐."

"이사크 황자 탄일 연회를 베르디움홀에서 진행한대."

"베르디움홀? 거기가 뭐야."

"그게 중요한 게 아니야."

"너 방금 그게 존나 중요하단 듯이 말했잖아."

"황제가 곧 있을 휴스카만령 조세 협약을 이사크 황자님한테 맡긴대."

"너 내가 타지 사람이라고 무시하냐. 뭐 시발 설명을 하고 말해, 새끼야."

수프를 떠먹던 숟가락을 내려놓고 로렌조의 얼굴을 노려봤다.

전에 뒤지게 치고 박고 싸운 뒤 내가 지나갈 때마다 노려보던 로렌조는 얼마

전, 슬쩍 내 앞에 밥그릇을 내려놓고 말을 걸어왔다.

'너 싸움 어디서 배웠냐.'

'알 게 뭐야.'

'쪼끄만 게 잘 싸우니까 그렇지. 야. 너 이따 저녁에 우리 모임에 나와라.'

'꺼져. 바빠.'

'야. 술 한잔 하면서 풀자.'

'호로새끼 아냐, 네가 사과를 안 했는데 내가 왜 풀어. 모든 일에는 순서가 있다.'

'……그때 카일 황자 욕한 거 아직도 마음에 두고 있던 거야? 그때가 언젠데, 인마.'

'내가 니네 부모님 문상 가서 어떻게 하는지 잘 봐 둬라.'

'……우리 부모님 살아 계신데? ……야. 너 방금 욕한 거지.'

'눈치 있네.'

결국 로렌조랑 식당에서 또 한 판 싸우고 틸리 님에게 불려 가 나란히 혼난 뒤, 억지로 서로 사과를 했다.

푼 거라면 푼 거지만 영 찝찝했다. 하지만 내 마음과는 달리 로렌조는 나와 친해지고 싶었는지 그날 이후 옆에 와서 이것저것 황궁의 가십들을 전해 왔다.

나 같으면 얼굴에 수프 날리고 어퍼컷 먹인 사람이랑은 친구 하기 싫을 거 같은데. 아무튼 로렌조는 내게 퍽 친하게 굴며 알짱거렸다. 오늘도 그런 맥락이었고.

"로렌조. 베르디움이 대체 뭐 하는 곳인데. 이 나라는 명칭이 너무 어렵다. 나는 윙가르디움 레비오우사밖에 몰라."

"그건 또 어디 말이야."

"있어. 빗자루랑 지팡이로 먹고사는 자급자족의 나라."

"신기하네……. 아니, 암튼 그게 아니라 베르디움홀은 주로 외국 사신들이 왔을 때나, 황제가 즉위할 때, 황후를 맞을 때 여는 엄청 큰 돔이라고. 조. 돔이 뭔지 알지?"

"알아. 나도 고척돔 가 봤어."

"그건 또 어디야."

"……넌 다 늙은 아저씨가 왜 그렇게 호기심이 많냐. 베르디움홀이 그래서 뭐 어쨌다고."

"그니까, 엄청나게 엄청나다고!"

"……로렌조. 계급장 떼고 싸우고 싶으면 그냥 말로 해. 시비 걸지 말고."

"넌 왜 걸핏하면 주먹이야. 이사크 황자가 최근에 황제랑 석찬도 자주 가졌 잖아. 알지. 요새 황제 폐하가 루이지엔느 황비님이랑 산책도 자주 하시고. 그 것도 모자라서 각종 행사에도 이사크 황자를 내세워서 진행하기도 하셨잖아."

"……로렌조, 요점만 말해."

"이사크 황자님은 눈이 검어서 황태자가 될 수 없는데도 불구하고, 갑자기 황제 폐하가 애정을 쏟는다? 뭔가 이상하지 않아? 여태 그 어떤 황자님도 사랑 받은 적이 없었다고. 심지어 적안의 헤론 황자님마저도. ……헤론 황자님이 황 후마마의 적통인데도 불구하고 여태 황태자로 임명되지 못한 데에는 이유가 있 다는 소문이 있지. 엄청 암암리에 도는 건데."

"내가 방금 요점만 말하라고 했지."

"알았어. 이건 진짜 아는 사람만 아는 얘기야."

로렌조는 주변 눈치를 살피며 내게 귀를 갖다 대라며 손짓했다. 영 탐탁잖았 지만 호기심이 동해 슬쩍 몸을 그리로 숙였다. 식당이 워낙 소란스러워 귓속말 을 해야만 은밀한 이야기가 들릴 것 같았다.

"……헤론 황자가 황제 폐하의 친자가 아닐 수 있대."

"뭐?"

몸이 튀어 나갈 정도로 눈을 휘둥그레 뜨고 로렌조를 바라봤지만 그는 어깨 를 으쓱할 뿐이었다.

"뭐, 카더라 통신이긴 하지만."

"야. 솔직히 여기서 일하는 네가 알고, 그게 말단 인부인 마구간지기 내 귀 에까지 들어올 정도면 더 이상 카더라로 취급하긴 무리인 거 아냐?"

"그치, 그렇긴 하지. 그러니까 엘린느 황후도 자기 아들이 황태자로 아직도 임명받지 못하는데도 가만히 있는 거겠지. 물론 항상 별말씀 없이 고고하게 앉아 계시긴 하지만."

갑자기 전해 들은 위험한 얘기에 등골이 서늘해져 나는 혀를 내둘렀다.

"로렌조, 너 이런 얘기 그만 떠들고 다녀라. 카일 황자님 얘기하다가 나한테 턱주가리 맞은 건 그냥 애교 수준이겠는데. 너 잘못하면 목 날아가, 진짜."

"아이고, 야. 내가 또 주둥이 자물쇠 아니냐. 말 안 하지."

로렌조에게 한 번 더 경고한 뒤 식당을 빠져나왔다.

왜 그 생각을 못 했을까. 가장 강력한 황태자 후보라고 생각했던 헤론 황자가 적안에다가 황후마마의 소생인데도 여태 황태자가 되지 못한 이유. 단순히 엘린느 황후의 외가가 힘이 부족해서 그런 줄 알았는데. 황제가 엘린느의 외척이 강해질까 봐 견제하는 줄 알았다고.

근데 헤론이 황제의 친아들이 아닐 수도 있다니. 생각해 보면 황족뿐 아니라 평민들 중에서도 적안이 꽤 있었다.

그걸 델로아는 알고 있었던 건가.

그래서 이사크에게 입궁 전에 황제의 사소한 습관을 미리 알려 줬구나. 좋아하는 음식과 알레르기가 있는 것들을 황제와 똑같이 맞추라고.

……황제가 십수 년 동안 떨어져 살았지만 자신을 똑 닮은 이사크를 친아들이라며 눈여겨보기 시작했다.

그렇다는 건, 카일의 결말이 다가오고 있다는 뜻이었다.

2권에서 계속

어차피 조연인데
나랑 사랑이나 해

1판 3쇄 찍음 2022년 4월 8일
1판 3쇄 펴냄 2022년 4월 15일

지은이 | 단 디
펴낸이 | 정 필
펴낸곳 | (주)뿔미디어

기획·편집 | 박경희 권자영 감산혜
표지 디자인 | 우 물

출판등록 | 2002년 9월 11일 (제1081-1-132호)
주소 | 경기도 부천시 소향로 17, 303(두성프라자)
전화 | 032)651-6513 팩스 | 032)651-6094
E-mail | scarlets2012@hanmail.net
블로그 | http://blog.naver.com/dahyangs
비북스 | http://b-books.co.kr

값 13,000원

ISBN 979-11-6565-914-1 04810
ISBN 979-11-6565-913-4 04810(세트)